Zum Buch:

Nach dem Mord an ihrem Mann Nick sucht Ex-FBI-Agentin Jane Hawk weiterhin nach den Tätern. Janes Nachforschungen zogen Drohungen gegen ihren fünfjährigen Sohn Travis nach sich, sodass er zu seinem Schutz jetzt bei dem befreundeten Ehepaar Gavin und Jesse Washington lebt. Jane gelang es herauszufinden, dass hinter der geheimnisvollen Selbstmordwelle, der auch ihr Mann zum Opfer fiel, die Arkadier stecken. Ein Geheimbund aus elitären Mitgliedern der Gesellschaft, deren Ziel es ist, die USA nach ihren Vorstellungen zu formen. Dazu räumen sie jeden aus dem Weg, der ihnen gefährlich werden könnte, so wie Nick. Die Arkadier nutzen Nanomechanismen, die dem Opfer injiziert werden und die dafür sorgen, dass der eigene Wille unterdrückt wird. So können sie jeden fremdsteuern und für ihre Zwecke missbrauchen.

Zur Autorin:

Dean Koontz ist in Pennsylvania geboren und aufgewachsen. Er begann parallel zu seiner Tätigkeit als Lehrer zu schreiben. Seine Frau Gerda erkannte schnell sein Talent und unterstützte ihn in den folgenden Jahren finanziell, sodass er sich voll auf seine Karriere als Schriftsteller konzentrieren konnte. Inzwischen wurden seine Werke in 38 Sprachen übersetzt und mehr als 450 Millionen Mal verkauft.

Dean Koontz

GEFÜRCHTET

Thriller

Aus dem amerikanischen Englisch von
Wulf Bergner

Die Originalausgabe erschien 2020 unter dem Titel
The Crookes Staircase bei Bantam Books, New York.

FSC
MIX
Papier
FSC® C014496

Genehmigte Sonderausgabe 2022

Ungekürzte Ausgabe im HarperCollins Taschenbuch

Published by arrangement with Penguin Random House LLC, New York
Umschlaggestaltung von Denise Meinhardt
Umschlagabbildung von kingwin/GettyImages
Gesetzt aus der Stempel Garamond
von GGP Media GmbH, Pößneck
Druck und Bindung von GGP Media GmbH, Pößneck
Printed in Germany
ISBN 978-3-365-00047-2

Für Vito und Lynn
mit Liebe für all das Lachen

Abscheuliche leere Masken,
voller Käfer und Spinnen,
dennoch … aus ihren Glasaugen
mit grausig lebendiger Anmutung glotzend.

THOMAS CARLYLE,
Sartor Resartus

TEIL EINS

NIRGENDWO SICHER

EINS

Gegen 19 Uhr an jenem Märzabend, während starker Regen zwar ohne Donner, aber laut wie ein Orchester aus Kesselpauken trommelte, verließ Sara Holdsteck endlich ihr Büro bei Paradise Real Estate: ihr Aktenkoffer in der linken Hand, eine offene Umhängetasche über der linken Schulter, ihre rechte Hand frei, damit sie am Oberkörper vorbeigreifen und die Pistole aus der Tasche ziehen konnte. Sie stieg in ihren Ford Explorer, schlug die tropfnasse Kapuze ihres Regenmantels zurück und fuhr durch vertraute Vororte nach Hause – auf Straßen, die das Unwetter in eine Fremdartigkeit, eine apokalyptische Finsternis tauchte, die ganz zu ihrer Stimmung passte. Nicht zum ersten Mal in den letzten zwei Jahren hatte sie das Gefühl, irgendwo vor ihr erodiere die Realität, breche gewissermaßen weg, sodass sie vielleicht bald den abbröckelnden Rand einer Schlucht erreichen würde, an dem nur mehr ein lichtloser, unergründlich tiefer Abgrund vor ihr lag. Silberne Regenlanzen durchbohrten die Dunkelheit mit Geheimnissen und Drohungen. Jedes unbekannte Fahrzeug, das ihr weiter als drei Straßenblocks folgte, erweckte ihr Misstrauen.

Ihre Springfield Armory Champion .45 ACP steckte in der offenen Schultertasche, die auf ihrem Aktenkoffer stand, der leicht erreichbar auf dem Beifahrersitz lag. Ursprünglich hatte sie keine so großkalibrige Waffe gewollt, aber schon bald war ihr klar geworden, dass keine andere einen Angreifer ebenso sicher stoppen würde. Sie hatte viele Stunden auf dem Schießstand verbracht, um zu lernen, wie sich der Rückstoß beherrschen ließ.

Früher hatte sie in einer Tag und Nacht von Sicherheitspersonal bewachten eingezäunten Wohnsiedlung in einer vollständig abbezahlten Villa mit elfhundert Quadratmetern Wohnfläche mit Blick auf den Pazifik gelebt. Jetzt gehörte ihr ein mit einer dicken Hypothek belastetes Haus, das kaum ein Viertel so groß war und in einem Viertel ohne Zaun, ohne Wachleute, ohne Meerblick stand. Sie hatte mit wenig Startkapital angefangen und es bis zu ihrem vierzigsten Geburtstag als Immobilienmaklerin in Südkalifornien und clevere Investorin zu einem bescheidenen Vermögen gebracht – aber der größte Teil davon war ihr weggenommen worden, bevor sie zweiundvierzig war.

Mit vierundvierzig war sie zwar verbittert, aber doch dankbar dafür, dass sie nicht völlig mittellos zurückgelassen worden war. Nachdem sie's einmal geschafft hatte, sich bis ganz oben hochzuarbeiten, war ihr eben genug Kapital für einen zweiten Aufstieg durch Fleiß und Können geblieben. Aber diesmal würde sie den Fehler vermeiden, der ihr Ruin gewesen war: Sie würde nicht wieder heiraten.

In ihrer Straße hatte das Unwetter die Gullys überlaufen lassen, sodass in allen Fahrbahnsenken flache Tümpel entstanden waren. Wie ein trügerisches Fabelwesen durchpflügte ihr Explorer sie auf Schwingen aus Wasser. Sara wurde langsamer und bog in ihre Einfahrt ab. Hinter einigen Fenstern brannte Licht, das von einem Smart-House-Programm gesteuert wurde, das nach Einbruch der Dunkelheit und in ihrer Abwesenheit die Illusion von Anwesenheit und Aktivität erzeugte. Sie öffnete das Garagentor mit der Fernsteuerung und nahm ihre Umhängetasche auf den Schoß, während das Sektionaltor in seinen Führungsschienen nach oben rollte. Als sie hineinfuhr, wurde das Trommeln des Regens durch das willkommene elektronische Schrillen der Alarmanlage ersetzt, das ihr ein stärkeres Gefühl von Sicherheit gab, als sie empfunden hatte, seit sie an diesem Morgen ins Büro gefahren war.

Sie stellte den Motor nicht ab, ließ die Türen verriegelt. Mit dem linken Fuß auf der Bremse, während der rechte eben das Gaspedal berührte, stellte sie den Wahlhebel des Automatikgetriebes auf R. Sie schloss mit der Fernbedienung das Garagentor und sah von einem Außenspiegel des SUVs zum anderen, während das breite Sektionaltor nach unten ratterte. Hätte jemand versucht, darunter durchzuschlüpfen, hätten Bewegungsmelder den Eindringling erfasst und als Sicherheitsmaßnahme das Tor wieder hochgefahren. In diesem Fall hätte sie Vollgas gegeben, sobald die Toröffnung hoch genug für den Explorer war, und wäre rückwärts in die Einfahrt, auf die Straße hinausgeschossen.

Mit etwas Glück war sie dabei vielleicht schnell genug, um den Dreckskerl zu überfahren, der sich hinter ihr angeschlichen hatte.

Mit einem dumpfen kleinen Schlag setzte die Abschlussleiste des Tors auf dem Betonboden auf. Sara war in ihrer Garage allein.

Sie drückte den Wahlhebel nach vorn auf P, zog die Handbremse an, stellte den Motor ab und stieg aus. Die letzten Auspuffschwaden wurden bereits abgesaugt. Der Ford ließ Regenwasser auf den Beton tropfen und tickte leise, als sein Motor abkühlte.

Nachdem sie die Verbindungstür ins Haus aufgesperrt hatte, betrat sie den Wirtschaftsraum, blieb vor dem Tastenfeld stehen und gab den vierstelligen Code ein, der die Alarmanlage ausschaltete. Danach stellte sie die Anlage sofort wieder scharf, allerdings im Zuhause-Modus, der nur die Tür- und Fenstersensoren aktivierte, sodass sie sich bei ausgeschalteten internen Bewegungsmeldern im ganzen Haus frei bewegen konnte.

Ihren Regenmantel hängte sie an einen Wandhaken, von dem er auf den gefliesten Boden tropfte. Mit der Umhängetasche über der linken Schulter und ihrem Aktenkoffer in der rechten Hand öffnete sie die innere Tür des Wirtschaftsraums, betrat die Küche und merkte einen Augenblick zu spät, dass es hier nach frisch aufgebrühtem Kaffee duftete.

Eine Unbekannte mit Pistole stand an dem kleinen Esstisch mit einem Becher Kaffee und Saras Exemplar der *Los Angeles Times* von diesem Morgen mit der fetten Schlagzeile JANE HAWK: ANKLAGE WEGEN SPIONAGE,

HOCHVERRAT, MORD. Der Lauf der Waffe war durch einen Schalldämpfer verlängert, dessen Mündung so dunkel und tief wie ein Wurmloch war, das dieses Universum mit irgendeinem anderen verband.

Sara blieb abrupt stehen. Sie war nicht nur schockiert darüber, dass trotz aller Sicherheitsvorkehrungen jemand in ihr Haus eingedrungen war, sondern auch darüber, dass der Eindringling eine Frau war.

Mitte bis Ende zwanzig, mit langen schwarzen Haaren, die in der Mitte gescheitelt und hinter die Ohren gestrichen waren, mit schwarzen Augen, die so unergründlich waren wie die Pistolenmündung, ohne Make-up oder Lippenstift – die auch unnötig waren –, mit einer Brille mit dünnem Silberrahmen, in einem schwarzen Jackett zu weißer Bluse und schwarzen Jeans wirkte sie streng und schön zugleich – und irgendwie überirdisch, als habe der Tod sich ein neues Image verpasst und zeige nun erstmals sein wahres Geschlecht.

»Keine Sorge, ich will Ihnen nichts Böses«, sagte die Unbekannte. »Ich brauche nur ein paar Informationen. Aber zuerst möchte ich, dass Sie Ihre Umhängetasche auf die Arbeitsplatte legen, ohne nach der Waffe darin zu greifen.«

Obwohl Sara ahnte, dass es töricht war, diese Frau täuschen zu wollen, hörte sie sich sagen: »Wer immer Sie sind, ich bin nicht wie Sie. Ich bin nur eine Immobilienmaklerin. Ich habe keine Waffe.«

Die Unbekannte sagte: »Vor knapp zwei Jahren haben Sie eine Springfield Armory Super Tuned Champion mit einem Mikrometervisier von Novak, poliertem Auszieher, Auswerfer und Patronenlager sowie einer Abzugssicherung von King gekauft. Sie haben sie mit einem Abzug im A1-Stil und einem Abzugsgewicht von exakt achtzehnhundert Gramm geordert und die gesamte Waffe abfasen lassen, um alle Ecken und Kanten abzurunden, damit beim Schnellziehen nichts hängen bleibt. Um diese Bestellung aufgeben zu können, müssen Sie ziemlich viel recherchiert haben. Und Sie müssen viele Stunden auf dem Schießstand zugebracht haben, um zu lernen, mit dieser Waffe umzugehen, denn anschließend haben Sie die Erlaubnis, sie verdeckt zu tragen, beantragt und erhalten.«

Sara legte ihre Tasche auf die Arbeitsplatte.

»Den Aktenkoffer auch«, wies die Unbekannte sie an. »Denken Sie nicht mal daran, ihn nach mir zu werfen.«

Während Sara gehorchte, starrte sie unwillkürlich die breite Besteckschublade an, in der französische Kochmesser und ein Fleischerbeil lagen.

»Wenn Sie kein Ass als Messerwerferin sind«, sagte die Unbekannte, »haben Sie keine Chance, sie zu benutzen. Haben Sie nicht gehört, dass ich Ihnen nichts Böses will?«

Sara wandte sich von der Schublade ab. »Ja, ich hab's gehört. Aber ich glaub's nicht.«

Die Frau betrachtete sie sekundenlang schweigend, dann sagte sie: »Sind Sie so clever, wie ich denke, werden Sie sich mit mir arrangieren. Sind Sie's nicht, wird diese Sache unnötig hässlich. Setzen Sie sich an den Tisch.«

»Was ist, wenn ich einfach rausgehe?«

»Dann muss ich Ihnen doch ein bisschen wehtun. Aber daran wären Sie selbst schuld.«

Das Gesicht der Unbekannten – seine markanten Züge, seine klar definierten Linien, seine Raffinesse – war so unverfälscht keltisch wie jedes typische Gesicht in Schottland oder Irland. Aber diese Augen, so schwarz, dass Iris und Pupille ineinander übergingen, schienen zu einem ganz anderen Gesicht zu gehören. Der Kontrast war irgendwie beunruhigend, als könnte das Gesicht eine Maske sein, auf deren Ausdruck kein Verlass war, während die Wahrheit, die sonst in den Augen zu lesen sein konnte, in ihren dunklen Tiefen verborgen blieb.

Obwohl Sara sich geschworen hatte, sich nie mehr von jemandem einschüchtern zu lassen, setzte sie sich nach einem kurzen Blickduell auf den angewiesenen Platz.

ZWEI

In die tropische Stille des Unwetters brach ein stürmischer Wind herein, der Regenschauer an die Fensterscheiben prasseln ließ.

Jane Hawk setzte sich Sara Holdsteck gegenüber und legte ihre Heckler & Koch .45 Compact auf den Küchentisch. Sara wirkte abgekämpft, was nicht überraschend war, wenn man bedachte, was sie in den letzten zwei Jahren mitgemacht hatte. Abgekämpft, aber nicht besiegt. Diesen Zustand kannte Jane aus eigener Erfahrung.

»Ihre Springfield Champion ist eine klasse Waffe, Sara. Aber sie gehört nicht in Ihre Umhängetasche. Ziehen Sie sich anders an. Gewöhnen Sie sich an, ein Jackett zu tragen. Und tragen Sie die Pistole in einem Schulterholster, um sie blitzschnell ziehen zu können.«

»Ich hasse Schusswaffen. Ich hab mich überwinden müssen, um überhaupt eine zu kaufen.«

»Das verstehe ich. Aber tragen Sie in Zukunft trotzdem ein Schulterholster. Und machen Sie sich klar, wie Alarmanlagen wie Ihre hier funktionieren.«

Böiger Wind ließ Regen an die Scheiben prasseln und beunruhigte Sara, die zu den beiden Küchenfenstern hinübersah, als erwarte sie, die Fratze irgendeines Dämons zu sehen, den das Unwetter heraufbeschworen hatte.

Dann konzentrierte sie sich wieder auf Jane und fragte: »Wie meine Alarmanlage funktioniert? Was gibt's darüber zu wissen?«

»Wussten Sie, dass alle in einer Stadt oder einem Bezirk tätigen Sicherheitsdienste zur Überwachung ihrer Anlagen eine gemeinsame Zentrale benutzen?«

»Ich dachte, jede Firma hätte eine eigene.«

»Irrtum. Und bestimmte staatliche Stellen haben geheime – im Prinzip illegale – Zugänge zu sämtlichen Zentralen im ganzen Land. Wissen Sie, was ich mit ›Geheimzugang‹ meine?«

»Einen Zugang zum Firmencomputer, von dem das Unternehmen nichts weiß.«

»Ich habe einen Hintereingang zu Ihrem Sicherheitsdienst benutzt und mir Ihre Unterlagen angesehen. Ich weiß, wo Ihre Tastenfelder und Bewegungsmelder angebracht sind, welches Passwort Sie benutzen, wenn Sie nach einem Fehlalarm die Zentrale anrufen, und wo die Batterie steht, die bei einem Stromausfall einspringt. Für jeden bösen Kerl nützliche Informationen. Allerdings müsste er noch den vierstelligen Code wissen, mit dem sich die Anlage ausschalten lässt.«

Zwei Wörter bewirkten, dass Sara verspätet die Stirn runzelte. »›Staatliche Stellen‹? Von denen hab ich genug! Bei welcher sind Sie?«

»Bei keiner. Jetzt nicht mehr. Sara, den Abschaltcode dürfte der Sicherheitsdienst nicht haben. Den sollte nur der Hausbesitzer kennen. Sie hätten ihn ohne Zeugen persönlich eingeben sollen. Aber wie vielen Leuten war es Ihnen zu mühsam, nach dem Handbuch vorzugehen, deshalb haben Sie den Techniker, der die Anlage installiert hat, gebeten, den Code für Sie einzugeben. Das hat er getan – und ihn in Ihren Unterlagen vermerkt. Dort habe ich ihn dann gefunden.«

Als drücke das Gewicht ihrer Versäumnisse sie nieder, sank Sara auf ihrem Stuhl etwas tiefer. »Ich lebe schon seit Langem defensiv, aber ich habe nie behauptet, darin perfekt zu sein.«

»Vielleicht müssen Sie besser werden, aber nach Perfektion sollten Sie nicht streben. Nur die Verrückten sind in ihrer Paranoia perfekt.«

»Wenn ich bedenke, wie ich lebe, glaube ich manchmal fast, dass ich schon halb verrückt bin. Ich meine, das Schlimmste ist mir vor zwei Jahren zugestoßen. Seither ist nichts mehr passiert.«

»Aber aus dem Bauch heraus wissen Sie, dass er jederzeit beschließen könnte, Sie als lästige Zeugin zum Schweigen zu bringen.«

Sara sah erneut zu den Fenstern hinüber.

»Möchten Sie die Jalousien herunterlassen?«, fragte Jane.

»Das tue ich immer, wenn ich bei Dunkelheit nach Hause komme.«

»Also gut. Danach setzen Sie sich wieder.«

Nachdem Sara die Jalousien heruntergelassen hatte, kehrte sie zu ihrem Stuhl zurück.

Jane sagte: »Hereingekommen bin ich mit einem elektrischen Dietrich, der eigentlich nur an Polizeien verkauft werden darf. Ich habe die Alarmanlage mit Ihrem Code ausgeschaltet, danach den Zuhause-Modus eingegeben und mich darauf eingerichtet, hier auf Sie zu warten.«

»Den Code ändere ich persönlich. Aber wer sind Sie?«

Statt ihre Frage zu beantworten, sagte Jane: »Sie hatten es geschafft, haben Luxusvillen verkauft, waren verdammt gut darin, hatten nie Reklamationen von Kunden. Dann hatten Sie binnen vierzehn Tagen drei sehr öffentliche Prozesse wegen angeblicher Betrügereien am Hals.«

»Die Vorwürfe waren erfunden.«

»Ja, das weiß ich. Als Nächstes hat die Finanzbehörde eine Betriebsprüfung durchgeführt. Aber das war keine Routineprüfung, sondern Ihnen wurden kriminelle Aktivitäten, genauer gesagt Geldwäsche vorgeworfen.«

Die Erinnerung daran bewirkte, dass Sara sich empört aufsetzte. »Die Betriebsprüfer, die meine Bücher unter die Lupe genommen haben, waren *bewaffnet*. Als sei ich eine gefährliche Terroristin.«

»Bewaffnete Prüfer sollen ihre Waffen nicht sichtbar tragen.«

»Schon möglich, aber diese haben dafür gesorgt, dass ich wusste, dass sie bewaffnet waren.«

»Um Sie einzuschüchtern.«

Sara kniff die Augen zusammen, konzentrierte sich ganz auf Janes Gesicht. »Kenne ich Sie? Sind wir uns schon mal begegnet?«

»Darauf kommt's nicht an, Sara. Wichtig ist nur, dass ich dieselben Leute hasse wie Sie.«

»Wer könnte das sein?«

Jane zog ein Foto von Simon Yegg aus einer Jackentasche und ließ es über den Tisch gleiten, als gebe sie eine Spielkarte.

»Mein Mann«, sagte Sara. »Exmann. Dieser gemeine Scheißkerl. Ich weiß, warum ich ihn hasse, aber warum tun Sie's?«

»Wegen den Leuten, mit denen er sich umgibt. Ich will ihn dazu benutzen, um an sie heranzukommen. Dabei kann ich dafür sorgen, dass er zutiefst bereut, was er Ihnen angetan hat. Ich kann ihn demütigen.«

DREI

Tanuja Shukla stand bei Nacht und Regen auf dem weitläufigen Rasen vor dem Haus: bis auf die Haut durchnässt und ausgekühlt und einsam und ekstatisch glücklich, als die Auftragskiller eintrafen, obwohl sie natürlich nicht gleich erkannte, dass die Männer welche waren.

Fünfundzwanzig und seit frühester Kindheit obsessiv kreativ hatte Tanuja an einer Novelle gearbeitet, in der eine stürmische Regennacht die Atmosphäre lieferte, aber zugleich als Metapher für Einsamkeit und spirituelle Malaise diente. Nachdem sie den Wolkenbruch vom Fenster ihres Arbeitszimmers im ersten Stock aus beobachtet hatte, hatte sie die Gelegenheit genutzt, in die Naturgewalten einzutauchen, um besser nachempfinden zu können, wie ihrer Romanheldin auf einer langen Wanderung bei Sturm und Regen zumute war. Die meisten anderen Autoren von Romanen mit Fantasy-Elementen hielten solche Recherchen für überflüssig, aber Tanuja fand, ein Skelett aus Wahrheit müsse die Grundstruktur für den von der Autorin hinzugefügten Muskelaufbau – die Fantasy-Elementebilden, wobei es darauf ankam, die beiden durch Sehnen aus akkuraten Fakten und gut beobachteten Details miteinander zu verbinden.

Ihr Zwillingsbruder Sanjay, zwei Minuten jünger als Tanuja und weit boshafter, hatte gesagt: »Mach dir keine Sorgen. Stirbst du an Lungenentzündung, schreibe ich deine Story zu Ende, und die letzten Seiten werden die besten sein.«

Tanujas klatschnasse Jeans und ihr schwarzes T-Shirt klebten an ihr wie eine dieser beschwerten Decken, die gegen Angstzustände helfen sollten, aber dann schienen sie sich aufzulösen, sodass sie sich bis auf ihre blauen Sneakers unbekleidet vorkam: nackt im Sturm, einsam und verletzlich, genau wie ihre Romanheldin sich fühlte. Während sie die physischen Details dieses Erlebnisses in Gedanken zur späteren Verwendung im Roman speicherte, fühlte sie sich zufriedener, als sie den ganzen Tag über gewesen war.

Das Ranchhaus stand am Ende einer asphaltierten zweispurigen Stichstraße auf gut einem Hektar Weideland im hügeligen Osten des Orange County, in dem es viel Pferdezucht gab, doch auf diesem Anwesen wurden keine Pferde mehr gezüchtet. Zäune aus weiß gestrichenen Planken, zwischen denen Maschendraht gespannt war, umgaben das Grundstück. Fünfzig bis sechzig Meter westlich des Hauses sicherte ein Tor aus denselben Materialien die lange Zufahrt.

Der Platzregen trommelte auf den Erdboden und erzeugte auf dem Asphalt ein Geräusch wie von unendlich vielen geworfenen Würfeln, während jedes der vielen Tausend steifen ovalen Blätter einer in der Nähe stehenden hundertjährigen Virginia-Eiche eine Zunge war, die dem Wind eine Stimme gab, die als Chor aus Flüsterlauten das Geschrei einer fernen Menge imitierte, wobei alle Einzelgeräusche dazu dienten, das Motorengeräusch eines ankommenden Wagens zu tarnen.

Weil das Haus der Shuklas das letzte Gebäude war, bevor die Stichstraße in einen Wendehammer überging, erweckte das sich aus Süden annähernde Scheinwerferlicht Tanujas Neugier. Sie erwarteten keinen Besuch. Im Dunkel schien das vermeintlich geräuschlose Fahrzeug von aus dem Asphalt aufsteigenden Nebelschwaden getragen zu werden, und seine Scheinwerfer trieben Herden von Schatten vor sich her, die über die Eukalyptusbäume auf der anderen Straßenseite huschten.

Der Wagen hielt am Tor, aber nicht mit dem Kühler zum Haus, sondern quer zur Zufahrt, als solle er die Ausfahrt blockieren.

Als die Türen aufgestoßen wurden, flammte die Innenbeleuchtung auf und definierte die Umrisse eines großen SUVs. Der Fahrer schaltete die Scheinwerfer aus, und als die letzte Tür zugeknallt wurde, war das schwarze Fahrzeug praktisch unsichtbar.

Tanuja hatte so lange in der Sintflut gestanden, dass ihre Augen völlig an die Dunkelheit angepasst waren. Weil das Plankentor weiß gestrichen war, konnte sie es sogar aus der Ferne sehen – nicht exakt als Tor, sondern als ein blasses, kryptisches Symbol, eine in der Nacht schwebende rätselhafte Hieroglyphe. Und sie erkannte drei Gestalten, die über dieses Hindernis kletterten.

Neben dem Tor war auf einer Betonsäule eine Gegensprechanlage montiert. Besucher sollten dort klingeln und sich anmelden, damit das Tor vom Haus aus elektronisch geöffnet werden konnte. Dass diese Neuankömmlinge die Gegensprechanlage ignorierten und stattdessen übers Tor kletterten, suggerierte, dass sie keine Besucher, sondern Eindringlinge waren, die Unfug oder Schlimmeres im Sinn hatten.

In ihrer dunklen Kleidung, mit ihrem schwarzen Haar und ihrem dunklen Maid-of-Mumbai-Teint würde Tanuja schwer zu entdecken sein, solange sie außerhalb des Lichts blieb, das aus dem Haus ins Freie fiel. Sie wandte sich ab und flitzte zu der riesigen Eiche hinüber, die den Regen sammelte und über ihre Laubstockwerke abfließen ließ, bis er in hundert Bächen zur Erde plätscherte.

Sie blieb kurz stehen und sah sich um und beobachtete die drei großen Männer, die in Richtung Haustür hasteten, wobei ihre Kapuzenpullis und ihr energischer Schritt ihnen das Aussehen satanischer Mönche verliehen, die mit irgendeinem teuflischen Auftrag unterwegs waren.

Ihr Leben war bisher nie hochdramatisch gewesen, wenn man von den Szenarien absah, die in ihrem Kopf entstanden und Ausdruck in ihren Romanen fanden. Sie hatte noch nie solches Herzklopfen gehabt wie dieses, das jetzt ihren ganzen Körper erzittern ließ, als befänden sich Hammer und Amboss in ihrer Brust.

Tanuja spurtete von der Eiche weg und um die Südseite des Hauses herum, wobei sie darauf achtete, außerhalb des Lichtscheins aus den Fenstern zu bleiben. Auf die Terrasse hinter dem Haus. Hier gab es zwei Türen. Die erste führte in die Küche, die zweite in den Schmutzraum für Gummistiefel und Regenjacken, aber natürlich waren beide abgesperrt.

Sie zog ihren Schlüssel aus der Tasche, ließ ihn fallen, griff ihn mit zitternden Fingern vom Boden und sperrte den Raum auf, in dem sie ihr Smartphone zurückgelassen hatte, bevor sie sich ins Unwetter hinausgewagt hatte. Sportlich schlank, wie sie war, bewegte Tanuja sich gewöhnlich elegant wie eine Tänzerin. Aber jetzt rutschte sie von Regenwasser triefend auf den Vinylfliesen aus und stürzte.

Die linke Tür verband den Schmutzraum mit der Küche, während die Tür geradeaus vor ihr in die Diele im Erdgeschoss führte. Sie rappelte sich auf, wobei ihre durchnässten Sneakers wie auf Eis rutschten, öffnete die Tür zur Diele und sah Sanjay. Er war aus seinem Arbeitszimmer gekommen, hatte die Diele durchquert, um in den kleinen Vorraum zu gelangen, und öffnete eben die Haustür.

Weil Tanuja zu spät kam, um noch eine Warnung rufen zu können, konnte sie nur hoffen, dass sie die Situation falsch gedeutet, dass ihre überaktive Fantasie ihr eine Gefahr vorgegaukelt hatte, die nicht wirklich existierte.

Den ersten Mann an der Haustür kannte sie: Lincoln Crossley, ein Deputy Sheriff, der zwei Häuser südlich von ihnen wohnte. Verheiratet war Linc mit Kendra, die Vollzugsbeamtin bei Gericht war. Die beiden hatten einen 16-jährigen Sohn namens Jeff und einen Labrador, der Gustav hieß. Sie waren gute Leute, sodass Tanuja einen Augenblick lang erleichtert aufatmete.

Aber statt abzuwarten, bis sie hereingebeten wurden, schoben Crossley und die beiden Männer hinter ihm Sanjay beunruhigend grob zurück und drängten ins Haus, sobald die Tür aufging. Keiner von ihnen trug Uniform, und unabhängig davon, was die beiden Fremden sein mochten, gehörte Crossleys Benehmen sich nicht für einen Polizeibeamten.

Tanuja konnte nicht verstehen, was Linc Crossley sagte oder was Sanjay antwortete, aber sie hörte den Deputy laut ihren Namen sagen. Sie schloss die Tür des Schmutzraums fast ganz, beobachtete die Szene durch den schmalen Spalt und kam sich wie ein Kind vor, wie ein ahnungsloses kleines Mädchen, das zufällig Zeugin einer rätselhaften, beunruhigenden Konfrontation von Erwachsenen wird.

Crossley legte Sanjay einen Arm um die Schultern, aber Tanuja sah darin etwas Bedrohliches, nicht nachbarschaftliche Freundlichkeit. Er war viel größer als Sanjay.

Einer von Crossleys Begleitern zog eine Pistole, durchquerte rasch die Diele und lief die Treppe hinauf, ohne sich groß darum zu kümmern, dass seine regennassen Stiefel und sein Kapuzenpulli Wasserspuren auf Teppich und Hartholzboden zurückließen.

Als der dritte Mann die Haustür hinter sich schloss, durch die Diele ging und im Wohnzimmer verschwand, als führe er eine Hausdurchsuchung durch, zog Tanuja im Schmutzraum ein Schubfach auf, nahm eine Stablampe heraus, schnappte sich ihr Smartphone von der Ablage neben der Tür und flüchtete. Sie überquerte die Terrasse, setzte mit einer Flanke über die

Brüstung und rannte durch Wind und Regen in den Garten hinaus, ohne sich schon zu trauen, die Stablampe einzuschalten. Ihre lebhafte Fantasie malte ihr Gewaltexzesse und Vergewaltigungen und unerträgliche Erniedrigungen aus, während sie ihr zugleich verzweifelte Szenen vorstellte, in denen es ihr durch alle möglichen Mittel gelang, ihren Bruder und sich selbst zu retten.

VIER

Lange aufgestaute Ressentiments bewirkten, dass Sara Holdsteck mit zusammengekniffenen Lippen und rosa angehauchten Wangen sprach, während die Knöchel ihrer zu Fäusten geballten Hände weiß hervortraten, als sie berichtete, was sie vor über zwei Jahren durchgemacht hatte, als sie in einer einzigen Woche gleich von drei Kunden verklagt worden war, was sich allerdings als der harmloseste Anschlag auf sie erwiesen hatte. Weil ihr Schmerz und ihre Empörung darüber, betrogen und zum Narren gehalten worden zu sein, auch im Lauf der Jahre kaum abgeklungen waren, fand Jane es schmerzlich, sie dabei zu beobachten.

Saras Anwältin Mary Wyatt, der sie seit fünfzehn Jahren vertraute, hatte ihr versichert, die eingereichten Klagen seien substanzlos und ließen sogar auf eine konzertierte Aktion der Kläger mit dem Ziel, sie herabzuwürdigen, schließen, sodass sie sich keine unnötigen Sorgen machen solle. Drei Tage später legte Mary ohne Erklärung ihr Mandat nieder und war telefonisch nicht mehr für sie erreichbar. Ein neuer Rechtsanwalt übernahm ihre Vertretung – und überlegte sich die Sache am folgenden Tag anders. Während ein dritter Anwalt ihr zu einem Vergleich mit den Klägern riet, stand ihr Apartmentgebäude mit sechs Wohnungen plötzlich auf einer EPA-Liste von Bauten auf kontaminierten Grundstücken, und nur drei Tage später forderte die Gesundheitsbehörde sie auf, sich zu etwaigen Gesundheitsrisiken für ihre Mieter zu erklären. Zu diesem Zeitpunkt lief bei ihrer Buchhaltungsfirma schon seit sechs Tagen eine Steuerprüfung wegen des Verdachts auf Geldwäsche.

Jetzt tippte Sara mit dem Zeigefinger auf das vor ihr liegende Foto von Simon Yegg. »Das Ganze ist an einem Freitagabend passiert. Das feige Schwein hat ein ›Komm-zu-Jesus‹-Treffen mit mir veranstaltet. Er hat gesagt, meine Probleme seien das Werk von Freunden, die er nicht nennen wolle. Der Dreckskerl wollte eine Scheidung. Und er hat mir in Bezug auf die Vermögensaufteilung ein Ultimatum gestellt. Er würde alles behalten, was er vor kaum eineinhalb Jahren mit in die Ehe gebracht hatte, siebzig Prozent meiner Vermögenswerte mitnehmen und mir großzügig dreißig Prozent als Startkapital für einen Neuanfang lassen. Als Gegenleistung würde er dafür sorgen, dass die Klagen zurückgenommen, die Betriebsprüfung zu meinen Gunsten abgeschlossen und das Apartmentgebäude von der Liste belasteter Gebäude gestrichen würden.«

»Haben Sie ihm geglaubt, dass er das alles könnte?«, fragte Jane.

»Dieses ganze Erlebnis war so bizarr, surreal. Ich wusste nicht, was ich glauben sollte. Wie er sich verändert hatte, war geradezu schockierend. Er war immer so freundlich, so … liebevoll gewesen. Plötzlich war er herablassend, grausam, voller Verachtung für mich. Ich habe ihn aufgefordert, sich zum Teufel zu scheren. Ich habe betont, dies sei vor unserer Ehe mein Haus gewesen und werde immer meines bleiben.«

»Aber was hat Sie dazu gebracht, doch nachzugeben?«

Sara sah von einer heruntergelassenen Jalousie zur anderen hinüber – nicht weil etwas von der Nacht zu sehen gewesen wäre, sondern vielleicht, weil es ihr peinlich war, Janes Blick zu begegnen.

»Ich wusste nicht, dass er drei Leute mitgebracht hatte. Sie sind aus der Garage reingekommen. Zwei Männer und eine Frau. Er hat mich ihnen ausgeliefert, dann ist er gegangen.«

»Er hat Sie ihnen ›ausgeliefert‹?«

Sara streckte die Finger und betrachtete dann ihre Hände, als schrecke sie vor Schmutz zurück, den nur sie sehen konnte. »Die Männer haben mich festgehalten.«

Nach kurzem Schweigen sagte Jane: »Vergewaltigung.«

»Nein. Sie haben mich nackt ausgezogen. Mir die Hände gefesselt. Gleichgültig. Als betrachteten sie mich nicht als eine Frau. Nicht als einen Menschen. Nur als eine Sache.«

Sie sprach jetzt ausdruckslos, bar jeglicher Emotionen, als habe sie diese Erinnerung schon so häufig analysiert, dass sie ihre scharfen Kanten und die Fähigkeit, sie zu verletzen, eingebüßt hatte. Wie sehr sie tatsächlich nachwirkte, zeigten jedoch ihre blassen Lippen, die hektisch roten Wangen und ihr sichtbar angespannter Körper, als mache sie sich auf harte Schläge gefasst.

»Sie haben mich ins Bad geschleppt«, fuhr sie mit fast unheimlich körperloser Stimme fort, die sich von den geschilderten Grausamkeiten distanzierte. »Die Frau hatte die Wanne mit kaltem Wasser gefüllt. Und mit Eis. Mit Eiswürfeln aus dem Eismacher in der Küche. Mit Unmengen von Eis. Sie haben mich gezwungen, mich in die Wanne zu setzen.«

»Hypothermie ist eine wirksame Foltermethode«, sagte Jane. »Die Iraner benutzen sie. Nordkoreaner. Kubaner. Sie wollen das Opfer nicht entstellen.«

»Ein Mann hat sich aufs WC gesetzt. Der andere hat sich einen Stuhl geholt. Die Frau hat auf dem Wannenrand gesessen. Sie haben über Kino, Fernsehen, Sport geredet, als sei ich überhaupt nicht da. Wollte ich etwas sagen, haben sie mir einen Elektroschocker ins Genick gedrückt und meinen Kopf dann an den Haaren aus dem Wasser gehalten, bis die Krämpfe aufgehört hatten.«

»Wie lange mussten Sie das aushalten?«

»Ich habe jegliches Zeitgefühl verloren. Aber es ist nicht bei diesem einen Mal geblieben. Sie haben mich übers Wochenende mehrmals in die Wanne gesetzt.«

Jane zählte einige Symptome von Unterkühlung auf: »Unkontrollierbares Zittern, Verwirrtheit, Schwäche, Schwindel, undeutliches Sprechen.«

»Kälte ist ein ganz spezieller Schmerz«, sagte Sara. Als sie mit geschlossenen Augen den Kopf senkte, hätte man sie für eine Betende halten können, wenn ihre Hände nicht wieder zu Fäusten verkrampft gewesen wären.

Jane wartete geduldig schweigend, Sara in kaltem, gedemütigtem Schweigen, bis Jane sagte: »Dabei ist's nicht nur um Schmerz gegangen. Natürlich sollten Sie sich elend fühlen. Und Angst haben. Aber der Hauptzweck war Ihre Demütigung. Damit Sie sich hilflos, ausgeliefert fühlten – und beschämt, um Ihren Willen zu brechen.«

Als Sara endlich sprach, zitterte ihre Stimme, als setze der nadelspitze Schmerz von damals ihr wieder zu. »Die Männer … wenn sie mussten …«

Jane ersparte es ihr, den Satz zu Ende bringen zu müssen. »Dann haben sie in die Badewanne uriniert.«

Nun hob Sara den Kopf und begegnete ihrem Blick. »Ich hätte mir so was nie vorstellen können, dass man einen Menschen mit solcher Verachtung behandelt.«

»Weil Sie nie mit solchen Typen zu tun gehabt hatten. Ich schon.«

Das Zittern in Saras Stimme veränderte sich: Es kam nicht mehr von Erinnerungen an Unterkühlung oder Demütigung, sondern von virulentem gerechtem Zorn. »Tun Sie Simon an, was diese drei mir angetan haben?«

»So arbeite ich nicht, Sara.«

»Er hätte's verdient!«

»Er hat Schlimmeres verdient.«

»Ruinieren Sie ihn?«

»Wahrscheinlich.«

»Nehmen Sie ihm sein Geld weg?«

»Zumindest teilweise.«

»Legen Sie ihn um?«

»Zwinge ich ihn dazu, mir zu erzählen, was ich wissen muss, dürften andere Leute ihn als Verräter liquidieren.«

Sara dachte über diese Aussichten nach. »Worum geht es hier überhaupt?«

»Das wollen Sie lieber nicht wissen. Aber wenn Sie Ihre Selbstachtung zurückgewinnen, ganz zurückgewinnen wollen, müssen Sie mir helfen.«

Draußen tobte stürmisches Regenwetter. In Sara Holdstecks Kopf andere, aber ebenso heftige Turbulenzen.

Dann fragte sie: »Okay, was wollen Sie wissen?«

FÜNF

Tanuja Shukla, von Angst gegeißelt, aber von Pflichtbewusstsein angetrieben, weil sie ihrem Bruder nicht weniger als alles verdankte, rannte durch den dunklen Stall, in dem seit Jahren keine Pferde mehr standen, und schirmte die Stablampe mit der linken Hand ab, obwohl die Entfernung und das Unwetter es wenig wahrscheinlich machten, dass einer der Männer bei einem Blick aus dem Fenster den schwachen Lichtschein entdecken würde … Regen prasselte aufs Dach wie die Stiefel marschierender Legionen, und in den Erdgeruch des von Hufen festgetrampelten Bodens mischte sich der süßliche Modergeruch von altem Stroh, das in den Ecken leerer Pferdeboxen verrottete …

In der ehemaligen Sattelkammer, in der früher Sättel und Zaumzeug gehangen hatten, standen jetzt ein Aufsitzrasenmäher, ein Schubkarren und alle möglichen Gartengeräte. Eine langstielige Axt hätte als Waffe dienen können, aber sie hätte nicht ausgereicht, um einem zierlichen Mädchen zu ermöglichen, drei kräftige Männer zu vertreiben oder niederzustrecken, selbst wenn Tanuja die Nerven für solche Gewalt gehabt hätte, die sie nicht besaß.

Weil die Sattelkammer fensterlos war, brauchte sie die Stablampe nicht länger abzuschirmen. Sie ließ den Lichtstrahl rasch über Düngersäcke, Terrakottakübel in allen Größen und Redwood-Stäbe für Tomaten gleiten, bis er auf mehrere Sprühdosen mit Spectracide Wasp & Hornet Killer fiel …

Tanuja nahm eine Sprühdose mit Hornissenkiller aus dem Regal. Zog die Sicherungskappe ab. Die Dose war etwa fünfundzwanzig Zentimeter hoch. Wog ungefähr eineinhalb Pfund. Sie enthielt eine Menge Gift.

Ein böiger Wind verlieh dem Regen komplexe Rhythmen, als Tanuja zu der offenen Stalltür zurückhastete, wo sie die Stablampe ausschaltete und auf dem Boden abstellte.

Obwohl sie als Hindu geboren war, hatte sie den Glauben ihrer Eltern seit ihrem zehnten Lebensjahr nicht mehr praktiziert – seit die beiden beim Absturz einer Boeing 747 auf dem Flug von New Delhi nach London umgekommen waren. Trotzdem richtete sie jetzt ein Stoßgebet an die Göttin Bhawani, die den gütigen Aspekt der furchtbaren Kali darstellte: Bhawani, die alles Gebärende, zugleich die Spenderin aller Glückseligkeit. *Schenke mir Kraft und lass mich siegen!*

Sie stürmte in den kalten Regen hinaus und schüttelte die Spectracide-Dose kräftig, während sie zum Haus hinüberlief, in dem Sanjay vielleicht in Lebensgefahr schwebte. Ihr Zwillingsbruder hatte das Licht dieser bösen Welt kurz nach ihr erblickt, deshalb musste sie stets seine *Rakschak* – seine Beschützerin – sein.

SECHS

Eine Vase aus Kristallglas wie die Kristallkugel einer Zigeunerin, die aber die jetzige Gefahr nicht vorhergesagt hatte, schien voller aufgeblühter Rosen, deren abfallende Blütenblätter unheilverkündend wie Blutstropfen wirkten, auf dem halb durchsichtigen Glastisch zu schweben.

Sanjay Shukla, der unter Androhung von Waffengewalt am Küchentisch saß, empfand eine Mischung aus Angst und Aufregung. Er besaß genügend Eigenwahrnehmung, um darüber zu staunen, dass seine Angst selbst unter solch schlimmen Umständen mit gewissem Entzücken durchwoben war.

Was seine Schwester schrieb, ließ sich am besten als magischer Realismus charakterisieren, und ihr letzter, erst vor drei Wochen erschienener Roman war fast einhellig gelobt worden. Auch Sanjay galt als vielversprechender Autor, weil er Literatur durch bestimmte Elemente knallharter Thriller anzureichern versuchte. Manchmal fürchtete er, nicht genug von den Gefahren und der Brutalität der Welt mitbekommen zu haben, um schwarze Romane so wirkungsvoll schreiben zu können, wie er sich wünschte. Gewiss, seine Eltern waren bei einem Terroranschlag auf ein Verkehrsflugzeug gestorben. Ja, seine Tante Ashima Chatterjee und ihr Mann Burt hatten als Vormunde der Geschwister Shukla zwei Drittel ihres Erbes unterschlagen, bis ihre Nichte und ihr Neffe vor Gericht erstritten hatten, mit siebzehn für volljährig erklärt zu werden. Aber nichts davon wäre schlimm genug für einen guten *Film noir* mit Robert Mitchum gewesen; daher wünschte Sanjay sich oft, er hätte prägendere Erfahrungen mit Angst und Gewalt gemacht.

Nun saß er hier und starrte in die Mündung der Pistole eines Nachbarn, der ihm stets so ehrlich und aufrichtig wie Captain America erschienen war. Ein zweiter, unbekannter Bewaffneter stand in der Nähe der Tür zum Schmutzraum. Ein dritter Mann mit dicken schwarzen Raupen als Augenbrauen stellte eine kleine Kühlbox auf den Tisch und entnahm ihr eine steril verpackte Injektionsspritze und eine fast würfelförmige Edelstahlkassette mit zwanzig Zentimetern Seitenlänge. Die Kassette nahm er mit weißen Baumwollhandschuhen heraus, als sei sie so kalt, dass die Haut seiner Finger am Metall festkleben könnte.

Sanjay fand die Pistole weniger beunruhigend als die Injektionsspritze. Die von der Waffe ausgehende Bedrohung lag auf der Hand, aber die Nadel brachte etwas Unwägbares ins Spiel. Sie ließ ihn an Krankheit, an Seuchen denken. Er war nicht krank, und selbst wenn er's gewesen wäre, waren diese Männer nicht hier, um ihn zu heilen. Folglich waren sie vielleicht gekommen, um ihn mit etwas zu *infizieren*.

Das ergab keinen Sinn, aber Menschen machten vieles, was keinen Sinn ergab.

Sanjay dachte an ein Wahrheitsserum, an Filmszenen von Verhören, aber auch das ergab keinen Sinn, weil er keine wertvollen Informationen besaß, die er irgendwem vorenthalten konnte.

Er hatte sie gefragt, was sie wollten, was sie machten, was dies alles bedeutete, aber sie hatten seine Fragen ignoriert, obwohl er ihre beantwortet hatte. Vielleicht errieten sie, dass er nicht wahrheitsgemäß antwortete, denn sie quittierten seine Fragen nur mit Schweigen. Er hatte ihnen erzählt, Tanuja sei mit ihrem Freund ausgegangen, und er wisse nicht, wann sie zurückkommen werde. Sanjay konnte nur hoffen, dass seine Schwester, die im Augenblick keinen Freund *hatte*, die auf der exzentrischen Suche nach realen Erfahrungen, die sie in ihren Romanen verarbeiten konnte, irgendwo draußen im Regen gestanden hatte, die Ankunft dieser Männer beobachtet, ihre bösen Absichten erkannt hatte und weggelaufen war, um Hilfe zu holen.

Weil ein ständiger erregter Monolog den Eindruck erwecken musste, er sei verzweifelt auf der Suche nach einer Fluchtmöglichkeit, quittierte Sanjay ihr Schweigen mit Schweigen und sank scheinbar hoffnungslos auf seinem Stuhl zusammen – bloß ein magerer indischer Junge mit einem Paar *Golis* in Erbsengröße, falls er überhaupt *Golis* zwischen den Beinen hatte. Je sicherer sie glaubten, er habe sich in sein Schicksal ergeben, desto eher konnte er überraschend flüchten.

Der Mann mit den Handschuhen öffnete die Metallkassette, aus der leichter farbloser Nebel aufstieg, als sei der Inhalt in Trockeneis eingepackt, das bei Kontakt mit der Umgebungsluft zu verdunsten begann.

Waren die Pistolen und die Injektionsspritze schon beängstigend, war das kollektive Auftreten der drei Eindringlinge noch einschüchternder: ihre demonstrative Autorität, mit der sie ins Haus eingedrungen waren und Sanjay in die Küche gestoßen und ihn auf einen Stuhl gedrückt und die Rosenschale weggeschoben hatten, dass Wasser auf den Glastisch spritzte; das arrogante Schweigen, mit dem sie seine Fragen und Proteste quittierten; ihre ausdruckslosen Gesichter und ihre direkten, mitleidlosen Blicke, als dächten sie, er gehöre einer anderen – minderen – Spezies als sie selbst an. Auch Linc Crossley war anders als sonst, schien seinen Humor verloren zu haben, und alle drei hatten etwas Maschinenartiges an sich.

Die Metallkassette enthielt zahlreiche mit silbrigem Isoliermaterial umhüllte Röhrchen, die bei fünfzehn Zentimetern Länge etwa zweieinhalb Zentimeter Durchmesser hatten. Als der behandschuhte Mann drei davon herausnahm und auf den Glastisch legte, führte sein Stirnrunzeln die raupenförmigen Augenbrauen zu widerstrebender Konjugation zusammen.

Crossley legte seine Pistole auf die Arbeitsplatte neben dem Kühlschrank und zog aus der Innentasche seiner Jacke einen dünnen Gummischlauch, wie ihn Phlebologen als Abschnürbinde verwendeten, um die Armvene eines Patienten, dem Blut abgenommen werden sollte, leichter finden zu können.

Die ruhigen Bewegungen der schweigsamen, ernsten Männer, die Schauspielern glichen, die keine Unterhaltung bieten, sondern irgendeine Wahrheit mit schrecklichen Konsequenzen übermitteln sollten … Der rasiermesserscharfe Lichtblitz von den Kanten der Stahlkassette, als sie zugedrückt wurde … Ein paar letzte Nebelfäden von dem verdampfenden Eis, so ephemerisch wie die Geheimnisse Verstorbener, die aus den Kehlen erwürgter Geister kamen … Mit jedem Augenblick wurde die Szene traumähnlicher, während sie zugleich in allen Einzelheiten hyperreal blieb.

Die Pistole auf der Arbeitsplatte schien eine Möglichkeit zu sein. Passte Sanjay den richtigen Augenblick ab, in dem die Männer abgelenkt waren, warf er sich auf seinem Stuhl nach rechts, sprang auf und bewegte sich schnell, konnte er die Waffe bestimmt vor dem Deputy erreichen, obwohl natürlich zu bedenken war, dass Linc eine Polizeiausbildung hatte.

Als Nächstes zog Crossley eine kleine Folienpackung aus der Tasche, die vielleicht ein mit Alkohol getränktes Mullkissen zur Desinfektion der Einstichstelle enthielt.

Sanjays Aufmerksamkeit galt jetzt wieder den drei silbernen Röhren. Als Raupenmann den Klettverschluss der ersten aufriss, glitt eine Glasampulle mit einer trüben bernsteingelben Flüssigkeit in seine Hand.

Der Spinnenfaden aus Entzücken, mit dem Sanjays Angst durchwebt gewesen war, hatte sich verflüchtigt. In den letzten Minuten hatte er genug Gefahr und Gewalt erlebt, um für den Rest seiner Karriere inspiriert zu sein – falls er lange genug lebte, um eine zu haben.

Als Raupenmann die Membran der Ampulle mit der Nadel durchstieß und die bernsteingelbe Flüssigkeit aufzog, steckte der Mann an der Tür zum Schmutzraum seine Pistole weg und trat auf Sanjay zu, vermutlich um ihn notfalls festzuhalten. Er gähnte, als sei diese Arbeit solche Routine für ihn, dass sie ihn langweilte.

Einen Augenblick lang schien ein dicker glitzernder Strahl einer ätzenden Flüssigkeit aus seinem Mund zu schießen. Als Sanjay, der den Geruch erkannte, den Kopf zur Seite drehte, konnte er den Strahl zu seinem Ursprung verfolgen.

Nur einen Meter sechzig groß, kaum fünfzig Kilo schwer und bestimmt durchgefroren wirkte Tanuja wie eine Rachegöttin, als sie gleich einer Manifestation von Kali, der Göttin von Tod und Verderben, jedoch ohne Kalis sechzehn Arme mit einer Dose Spectracide auf Armeslänge vor sich gehalten aus der Diele hereinstürmte. Der unter hohem Druck stehende Behälter versprühte keinen Nebel, sondern einen massiven Strahl, der fünf, sechs Meter weit reichte.

Durch eine Ironie des Schicksals hatte Linc Crossley einmal erwähnt, dass Hornissenspray und Bärenschutzmittel effektive Waffen zur Verteidigung des eigenen Heims waren.

Der erste Mann, der von dem Insektizid würgen musste und wegen der giftigen Dämpfe keine Luft mehr bekam, stolperte auf den Ausguss zu. Anscheinend wollte er sich den Mund ausspülen, was alles nur schlimmer machen würde.

Graziös wie eine Tänzerin wandte Tanuja sich Lincoln Crossley zu, der nach seiner Pistole auf der Arbeitsfläche griff, und drückte wieder auf den Sprühkopf. Aus kaum zweieinhalb Metern Entfernung klatschte der kräftige Strahl ihm in Nase und Augen, machte ihn vorübergehend blind und ließ ihn noch lauter keuchen als ihre erste Zielperson.

Der Mann in den weißen Handschuhen ließ fluchend die Ampulle mitsamt der Spritze fallen. Sanjay glitt von seinem Stuhl und kroch auf allen Vieren unter dem Tisch hindurch, um aus der Schusslinie zu kommen.

Nun torkelten alle drei hustend und würgend und Schmerzenslaute ausstoßend umher und kollidierten mit Möbelstücken und einander.

Sanjay, der Stahlrohrstühle wegschob, um unter dem Tisch hervorzukommen, hörte seine Schwester seinen Namen rufen.

Er sah sie an der Tür, die aus der Küche in die Garage führte, und im nächsten Augenblick fielen Schüsse. Die Glastür der Mikrowelle zersplitterte. Das nächste Geschoss prallte vom Kühlschrank ab und surrte als Querschläger davon. Die Tür eines Hängeschranks wurde durchlöchert, und das Porzellan dahinter zersplitterte klirrend.

Wenn Linc Crossley nicht durch Tränen und von dem über sein Gesicht strömenden Insektengift geblendet war, musste er eine Welt sehen, in der alles bis zur Unkenntlichkeit verschwamm. Er holte rau keuchend Luft, atmete explosiv aus, weil jeder Atemzug mehr Insektizid als reine Luft enthielt, und schwankte im Stehen, als würden seine Knie weich. Trotzdem hielt er weiter seine Dienstwaffe umklammert und schoss auf Phantome, die seine brennenden, blutunterlaufenen Augen ihm vorgaukelten.

Sanjay, der mit verzweifelter Hast weiterkroch, machte einen Bogen um den behandschuhten Eindringling, der sich auf der Seite liegend erbrochen hatte. Als der Mann jetzt mit beiden Händen seinen Magen umfasste, hatte er Schaum vor dem Mund, als sei er tollwütig.

Der Kerl, der an der Schmutzraumtür gestanden, eine volle Dosis Hornissenspray in den Mund bekommen und unwillkürlich geschluckt hatte, lag auf dem Rücken ausgestreckt und krallte so verzweifelt nach seinem Hals, dass seine Fingernägel blutige Spuren hinterließen – vielleicht weil er keine Luft bekam, vielleicht weil er vergiftet war und im Sterben lag. Neben ihm lag ein Smartphone, das ihm bei seinem Sturz aus der Tasche gerutscht sein musste.

Obwohl Sanjay es verdammt eilig hatte, aus der Küche und damit der ziellosen Ballerei des Geblendeten zu entkommen, besaß er die Geistesgegenwart, sich auf seinem Weg zu der offenen Tür, durch die Tanuja verschwunden war, das Smartphone zu schnappen.

Als Sanjay auf seinem Zickzackkurs den Hauswirtschaftsraum erreichte, in dem seine Schwester die Spraydose abgestellt hatte und an der Tür zur Garage wartete, richtete er sich auf. Dann hörte er, wie er sie trotz seiner Angst mit einem Lob bedachte, das aus dem Mund ihres Vaters hätte kommen können: *»Shabash!«*, auf Hindi: »Gut gemacht!« Während er Tanuja in die Garage folgte, schaltete er das Handy ein und sagte: »Ich rufe die Neun-eins-eins an.«

»Scheiß drauf«, sagte sie. »Wir hauen ab.«

SIEBEN

Jane, die nun zuversichtlich war, dass der Becher nicht nach ihr geworfen werden würde, goss einen zweiten Kaffee ein und stellte ihn Sara Holdsteck hin. Aromatischer Dampf schlängelte sich in dünnen Fäden in die Höhe.

Während sie sich selbst nachschenkte, sagte sie: »Auch wenn Sie sich bereit erklärt haben, mir zu helfen, müssen Sie erst mehr hören.«

»Das muss bedeuten, dass … meine Lage noch schlimmer ist, als ich denke.«

»Simon hat Ihnen nie erzählt, dass er schon dreimal verheiratet war?«

Sara war kurz überrascht – dann jedoch nicht mehr. »Er hat behauptet, er habe sich geschworen, Junggeselle zu bleiben. Aber mit mir wollte er ewig zusammenbleiben.«

»Seine dritte Frau sagt, dass er eine sehr überzeugende Art hat.«

»Ja. Und ein Herz aus Eisen.«

Jane stellte die Glaskanne auf die Warmhalteplatte zurück. »Seine Frauen scheint er nach zwei Aspekten auszusuchen. Erstens sind sie einander ähnlich. Schlank, brünett, blaue Augen, nicht über eins siebzig groß.«

»Und die andere Qualifikation?«

»Geld, das sie geerbt oder – wie in Ihrem Fall – selbst verdient haben. Kein riesiges, aber doch ein ansehnliches Vermögen. Drei andere Frauen mit vier verschiedenen Scheidungsanwälten. Trotzdem wollten sie alle keinen Cent von Simon, sondern haben ihm stattdessen fünfzig bis siebzig Prozent ihrer Vermögenswerte übertragen.«

»Nachdem sie durch eigene Höllen gegangen sind.«

Jane, die sich wieder hingesetzt hatte, sagte: »Durch ziemlich ähnliche Höllen. Leute haben sie verklagt, alle möglichen Bundesbehörden waren plötzlich hinter ihnen her, und auf dem Höhepunkt des Chaos … Eiswasserbäder oder dergleichen und gezielte Demütigungen.«

»Und alle sind eingeknickt wie ich«, vermutete Sara, aber das klang nicht so, als sei die Schwäche der anderen Frauen eine Art Entschuldigung für sie, sondern als empfinde sie die Nachricht von Simons wiederholten Triumphen als deprimierend.

»Sie können von Glück sagen, dass Sie so klug waren, seine Forderungen gleich nach dem ersten Folterwochenende zu erfüllen. Außerdem hätten Sie ihn alternativ nur umlegen können.«

»Ich wollte, ich hätte's getan! Aber damals war ich noch eine andere Frau. So furchtsam.«

»Nicht furchtsam«, sagte Jane. »Naiv. Seine dritte Frau hat acht Tage lang durchgehalten. Eiswasserbäder, Foltersitzungen in einer überhitzten Sauna, Schlafentzug … und dann die brutalen Vergewaltigungen, denen *Sie* entgangen sind, jeweils drei Männer, aber immer wieder andere. Daran ist sie zerbrochen. Heute lebt sie von dem, was er ihr gnadenhalber gelassen hat. Sie leidet unter Panikattacken, fürchtet sich so sehr vor der Außenwelt, dass sie ihren kleinen Bungalow nie verlässt.«

Als Sara einen Schluck Kaffee nahm, klapperte der Becher an ihren Zähnen.

»Welche Misshandlungen die beiden anderen Frauen erdulden mussten, weiß ich nicht«, fuhr Jane fort, »aber Simon hätte schon das Geld seiner ersten Frau nicht gebraucht. Er war bereits ein erfolgreicher Unternehmer, dessen Firma vor allem wegen seiner Verbindungen zu Leuten in Machtpositionen hohe Gewinne abgeworfen hat.«

Sara umfasste den warmen Becher mit beiden Händen, schloss die Augen und schien auf den Regen zu horchen, der an die Fenster trommelte, aber vielleicht hörte sie eine Stimme aus der Vergangenheit, die höhnische Stimme ihres Exmanns. Nach einiger Zeit sagte sie: »Ich wusste schon immer, dass es ihm nur in zweiter Linie um mein Geld ging. Viel wichtiger war ihm meine totale Demütigung, meine Beschämung, meine Unterwerfung. Ich glaube, dass er mich nur deshalb am Leben gelassen hat. Damit er wissen kann, dass ich hier draußen bin: für immer verändert und leidend.«

Weil Sara clever genug war, um die Konsequenzen der beiden abschließenden Mitteilungen zu begreifen, beschränkte sich Jane auf die Tatsachen, ohne sie zu interpretieren. »Zweieinhalb Jahre nach der Scheidung hat seine erste Frau mit einer Cousine Urlaub in Frankreich gemacht. An ihrem dritten Tag in Paris sind die beiden Frauen verschwunden. Zwei Tage später wurden ihre Leichen in einem leer stehenden Gebäude in einem Arrondissement aufgefunden, in das sie sich nie gewagt hätten, denn dort fährt selbst die Polizei nicht gern Streife, weil sie die syrischen und iranischen Banden fürchtet. Sie waren ausgeraubt und mit Eisenrohren, die am Tatort zurückgeblieben waren, erschlagen worden. Im Fall seiner zweiten Frau hatte sie drei Jahre nach der Scheidung wieder den Mut, sich mit einem Mann anzufreunden. Die beiden haben eine Wanderung im Yosemite gemacht. An einer Stelle, wo der Weg durch einen Steilhang führte, scheint einer von ihnen ausgerutscht und abgestürzt zu sein. Der andere hat ihn vielleicht halten wollen und ist mitgerissen worden. Jedenfalls haben zuletzt beide hundert Meter tiefer zerschmettert auf den Felsen gelegen.«

Sara schien den Kaffee nur zu wollen, weil sie sich daran die

Hände wärmen konnte. »Also bleiben mir noch sechs bis zwölf Monate.«

»Außer ich erschieße ihn in Notwehr, oder sonst jemand legt ihn wegen der Informationen um, die ich ihm abgepresst habe.«

»Ich habe schon gesagt, dass ich Ihnen helfen will.«

»Ja, ich weiß«, sagte Jane. »Und ich habe Ihnen das nur erzählt, weil ich möchte, dass Sie alles ernster nehmen: die Trageweise Ihrer verdeckten Pistole, das Funktionieren Ihrer Alarmanlage und Ihr Leben, das weiterhin fragil bleibt.«

ACHT

Das nach oben ratternde Sektionaltor der Garage, das dem Tor eines Mausoleums glich, das Gestalten freisetzte, die für tot und bestattet gegolten hatten, das jähe Prasseln des Regens auf der Frontscheibe, die wilde Nacht mit sturmgepeitschten Bäumen und durch die Luft fliegendem nassem Laub und vom Wind zerfransten Nebelschwaden, die aus Westen herangaloppierten … Dies alles wurde jetzt zu einem Hohelied auf das Leben.

Am Steuer eines Hyundai Santa Fe Sport sitzend war Sanjay Shukla von ihrer Flucht wie berauscht, aber auch wegen der zuvor erlebten Gewalt bekümmert. Als er auf das Tor am Ende der Einfahrt zuraste, das sich bei ihrer Annäherung automatisch öffnen würde, schaltete er die Scheinwerfer ein.

»Licht aus!«, verlangte Tanuja so energisch, dass er widerspruchslos gehorchte. »Sie haben die Einfahrt mit ihrem SUV blockiert.«

»Dann lösen wir die Bremse, nehmen den Gang raus und schieben ihn weg.«

»Aber vielleicht passt ein vierter Dreckskerl auf ihn auf.«

»Scheiße.« Sanjay wünschte sich, er hätte nicht das Handy, sondern die Pistole des Vergifteten mitgenommen.

Dann riefen seine Schwester und er wie aus einem Mund aus: »Das Pferdetor!«

Sanjay riss das Steuer nach links und lenkte den Hyundai vom Asphalt über den unebenen Rasen vor dem Haus, der seit der Zeit, als ihr Vater hier Pferde gezüchtet hatte, eine ungemähte Wiese war.

Während das Haus gebaut wurde, hatte das Tor zu den Pferdekoppeln als zweite Baustellenzufahrt gedient. Deshalb war es breit genug für einen Geländewagen. Hinter dem ungeteilten einfachen Torflügel begann ein Reitweg, der durch die Hügel im Osten verlief.

Im Dunkel ragten die mächtigen schwarzen Äste der Virginia-Eichen trotz des Sturms unbeweglich auf, aber die kleineren Zweige peitschten die Luft und warfen ovale Blätter ab, die über die Frontscheibe glitten und von den Scheibenwischern zur Seite geschleudert wurden.

Vor ihnen fiel das Gelände wie das Glacis einer halb versunkenen Stadt ab, bis die schwach erkennbaren weißen Planken des Ranchzauns aus der wässrigen Dunkelheit leuchteten.

Sanjay bremste und wollte aussteigen, um das Tor zu öffnen, aber Tanuja stieß bereits ihre Tür auf – »Lass mich!« – und sprang in den Regen hinaus.

Während Sanjay ihre geisterhafte Gestalt beobachtete, erschien Tanuja ihm klein, fast kindlich klein, als habe die Nacht sie geschrumpft, seine *chotti bhenjii*, seine kleine große Schwester. Erstmals seit sie den Krallen von Ashima und Burt Chatterjee entronnen waren, um durch Gerichtsbeschluss vorzeitig für volljährig erklärt zu werden, fürchtete Sanjay, er könnte sie verlieren. In den sieben Jahren davor hatten sie zu zweit gegen den Rest der Welt zusammengehalten – und genau das schien jetzt auf unerklärliche Weise wieder nötig zu sein.

Für zweieiige Zwillinge waren sie sich erstaunlich ähnlich: drahtig schlank, mit glänzend schwarzem Haar und noch dunkleren Augen. Beide waren begabte Gitarristen. Mit vierzehn waren sie unschlagbare Bridgespieler gewesen, aber Kartenspiele hatten ihren Reiz für sie verloren, als sie mit achtzehn ernstlich zu schreiben begonnen hatten. Sie würde eines Tages heiraten, er vielleicht auch, und obwohl ihm ihr Glück am Herzen lag, wusste er schon jetzt, dass er sich an diesem Tag wie in Stücke gehauen vorkommen würde.

Der Torflügel schwang auf, und Tanuja stieg wieder ein. Sanjay fuhr in die Wildnis hinaus, durch die ein Reitweg führte, der reichen Hobbyreitern, zu denen ihre Eltern gehört hatten, Abenteuer versprochen hatte. Er blieb auf der alten Fahrspur in Richtung County Road, ließ die Scheinwerfer noch ausgeschaltet und hoffte, dass der tausendstimmige Chor von Wind und Wasser ihr Motorengeräusch überdecken würde, falls ein vierter Mann bei dem SUV an der Einfahrt zurückgeblieben war.

»Sie wollten mir etwas injizieren. Dir auch, wenn sie dich gefunden hätten.«

»Ich habe die Spritze gesehen. Aber was injizieren?«, fragte sie.

»Jedenfalls nichts Gutes.«

»Das hier, was immer es ist«, sagte sie und zeigte ihm zwei der silbernen Isolierhüllen mit Ampullen, die sie von dem Tisch mitgenommen hatte, unter dem Sanjay hindurchgekrabbelt war.

Er sagte: »Echt verrückt, dass Linc Crossley mit ihnen zusammen war.«

»Ohne ihn ist's genauso verrückt.«

Nach Westen hin fiel das Gelände leicht ab. An einer Engstelle kratzte und scharrte Buschwerk die Flanken des Hyundai entlang, als protestierten die Bewohner eines alten Gräberfelds mit knochigen dürren Fingern gegen diese Entweihung.

»Könnten dahinter Ashima und Burt stecken?«, fragte Tanuja sich.

»Was hätten sie dabei zu gewinnen?«

»Den kleinen Rest, den sie uns noch nicht gestohlen haben. Und Rache.«

»Nicht mehr nach acht Jahren. Sie können von Glück sagen, dass sie ohne Gefängnisstrafe davongekommen sind. Das wissen sie genau.«

Aus Regen und Nebel und formloser Dunkelheit manifestierte Ordnung sich in Form zweier paralleler Linien. Anfangs nur schwach sichtbar, vielleicht illusorisch, gewannen sie an Realität und zeigten klare Ränder: der doppelte Mittelstrich der County Road.

Die letzten Meter bis zum Asphalt waren noch einmal holprig, dann bog Sanjay links ab – weg von ihrem Haus und dem SUV, der ihre Einfahrt blockierte. Aber er bremste sofort wieder, denn vor ihnen stand ein Range Rover quer zu beiden Fahrbahnen und konnte weder vorn noch hinten passiert werden. Die Scheinwerfer brannten nicht, aber seine Warnblinkanlage war eingeschaltet, sodass die Blinker den Regen vorn silbern und hinten blutrot anstrahlten.

Die vorderen Türen wurden geöffnet, und zwei Männer stiegen aus: schemenhafte Gestalten, die sich ernst und methodisch und ohne Hast bewegten wie die anderen, die ins Haus eingedrungen waren.

Sanjay legte den Rückwärtsgang ein, stieß mit aufheulendem Motor zurück, schlug das Lenkrad bis zum Anschlag ein, fing den schleudernden Hyundai ab, schaltete die Scheinwerfer ein und flüchtete nach Norden an dem SUV vorbei, der ihre Einfahrt blockierte. Die Straße endete an einer Wendefläche, die in dem fast ebenen Gelände nicht mit Leitplanken gesichert war.

»Sie haben auch Allradantrieb«, warnte Tanuja ihn.

»Aber vielleicht weniger Mut«, sagte Sanjay, als sie übers Kiesbankett in wegloses Gelände fuhren, auf dem Ginster und Brombeerranken den Wagenboden peitschten.

Vor ihnen wurde der aus der Tiefe aufsteigende Nebel dichter, und der Wind trieb ihn wie eine Stampede aus Fantasiegestalten gegen den Hyundai, den sie umflossen, um sich hinter ihm wieder zusammenzuschließen. Ein Wald aus Eukalyptusbäumen, der den Hang vor dem Abrutschen bewahren sollte, ließ die Nebelschwaden durch, schien aber für alles andere unpassierbar zu sein.

Sanjay, der dieses Gebiet schon als Kind erkundet hatte, kannte die Architektur von Erde, Fels und Flora. Für ihn war diese Wildnis nicht wild, sondern ein Palast aus eleganten Sälen und Passagen. Er lenkte zwischen Felsen hindurch, holperte über eine felsige Schwelle und hielt in regennassem Gras auf die Bäume zu, als sei der Wall, den sie bildeten, so wenig substanziell wie der Nebel, der zwischen ihnen hervorquoll.

»Sanjay, nein«, sagte Tanuja warnend, als er nicht langsamer wurde.

»Ja.«

»Ja?«

»Ja.«

»Jhaw!«, rief sie aus – ein unanständiges Wort, das er noch nie von ihr gehört hatte. Sie stemmte sich gegen den bevorstehenden Aufprall ein.

Im letzten Augenblick fürchtete er, die falsche Stelle des Waldrandes angesteuert zu haben, aber dann erwies der geschlossene grüne Wall vor ihnen sich doch als Illusion. Die Bäume links vor ihnen waren älter, aber sie standen sechs, sieben Meter tiefer als die Bäume rechts, sodass sie gleich alt und gleich groß zu sein schienen, und der unsichtbare Steilabfall tarnte die Tatsache, dass die lange Baumphalanx in Wirklichkeit zweigeteilt war. Der SUV kippte nach vorn ab. Sanjay schlug das Lenkrad scharf rechts ein. Der Wagen überschlug sich nicht. Er fuhr hinter dem jüngeren Baumbestand vorbei, der als natürlicher Windschutz fungierte, aber kein richtiger Wald, sondern nur drei Bäume tief war. Hier ging es auf einer Terrasse mit Eukalyptusbäumen rechts und schwarzer Leere links weiter; hier fiel der steilere Hang hundert bis hundertfünfzig Meter bis zum Boden eines Canyons hinunter ab.

Ihnen war nichts anderes übrig geblieben, als von der Straße weg ins Gelände zu flüchten, aber Sanjay wusste, dass diese Terrasse allmählich schmaler wurde, bis sie abrupt an einem Felssporn der Canyonwand endete. Sie mussten in weniger unwegsames Gelände hinunter.

Hinter ihnen tauchten zwei leuchtende Kugeln auf, im Nebel von Halos umgeben, im Regen magisch schimmernd, ihre Ursache wie bei einer außerirdischen Vision nicht zu deuten. Aber das waren natürlich die Scheinwerfer des Range Rover.

Sanjay lenkte den SUV über die Felskante, ins Leere.

NEUN

Sara Holdstecks Vertrauen zu gewinnen hatte Jane Hawk sehr viel mehr Zeit gekostet, als sie brauchen würde, um Antworten auf die wenigen wichtigen Fragen zu erhalten, die sie ihr stellen wollte.

Sie warf eine Tablette in ihren Kaffee.

Sara zog die Augenbrauen hoch.

»Gegen Übersäuerung«, erklärte Jane ihr.

»Mit schwarzem Kaffee einzunehmen?«

»Von Kaffee bekomme ich kein Sodbrennen. Der jammervolle Zustand der Welt, die arrogante Elite, die ihn verursacht hat, die wie Ihr Exmann an nichts als Macht glaubt. *Das* sind die Säuren, gegen die ich Tabletten nehme.«

»Haben Sie eine für mich übrig?«

Jane kippte eine Tablette aus dem braunen Fläschchen und gab sie ihr. »Simon wohnt also in Ihrem ehemaligen Haus?«

Sara nahm die Tablette ein. »Wie ich höre, lebt er mit einem Flittchen zusammen.«

»Von dem Flittchen weiß ich. Aber ich brauche ein paar Informationen über das Haus, die ich sonst nirgends bekommen kann. Die brauche ich von Ihnen.«

»Klar doch. Fragen Sie nur. Aber ... vielleicht wird's Zeit, dass ich Ihren Namen erfahre.«

»Elizabeth Bennet«, log Jane.

»Wie in *Stolz und Vorurteil.*«

»Wirklich?«

»Nennen Sie sich manchmal auch Elizabeth Darcy?«

Jane lächelte. »Nicht, dass ich wüsste.«

»Also gut, Lizzy. Was wollen Sie über das Haus wissen?«

Zehn Minuten später wechselte Jane das Thema. »Außerdem brauche ich ein paar Informationen über seine persönlichen Angewohnheiten.«

Als eine stärkere Bö Regentropfen gegen die Jalousien prasseln ließ, schrak Sara nicht wieder zusammen, sah nicht mal zu den Fenstern hinüber. Stattdessen sprach sie mit ruhiger Stimme leidenschaftslos über Simon Yegg, als sei sie nun davon überzeugt, dazu beitragen zu können, dass er zur Rechenschaft gezogen wurde.

Janes letzte Fragen betrafen seine Angehörigen. »Kennen Sie seinen Bruder?«

»Simon hat einen Bruder?«

»Einen Halbbruder. Eine Mutter, zwei Väter.«

»Sein Vater ist gestorben, als Simon acht war, seine Mutter sechs Jahre später.«

»Nein. Sie hat sich von seinem Vater scheiden lassen. Er ist später bei einem Brand umgekommen. Seine Mutter lebt noch.«

»Verdammt! Hat der Kerl denn nie die Wahrheit gesagt?«

»Dafür ist seine Zunge nicht geeignet. Kennen Sie einen Booth Hendrickson?«

»Nie gehört.«

»Er ist der Halbbruder. In Florida geboren, in Nevada und Kalifornien aufgewachsen. Groß. Aschblondes Haar.

Blassgrüne Augen. Redet wie jemand aus der Bostoner Oberschicht. Fünftausenddollaranzüge.«

»Nie gesehen.«

»Er ist ein hohes Tier im Justizministerium. Nur wenige Sprossen unterhalb des Ministers. Durch seine Verbindungen scheint er großen Einfluss bei anderen Behörden zu haben.«

Sara verarbeitete diese Informationen. Ihr Gesichtsausdruck zeigte, dass sie froh war, eine Tablette gegen Übersäuerung bekommen zu haben. »Bei anderen Behörden? Zum Beispiel bei der Finanzbehörde?«

»Nicht nur dort. Er ist ein begnadeter Netzwerker.«

»Was ... Simon und er nehmen naive Frauen aus und teilen sich die Beute?«

»Ich bezweifle, dass Hendrickson einen Cent nimmt. Er tut es für seinen Bruder.«

»Wie rührend!«

»Sie haben unterschiedliche Nachnamen. Sie machen keine Reklame mit ihrer Verwandtschaft. Hendrickson verfolgt eigene, größere Ziele, will sich dabei nicht von Simon behindern lassen. Aber sie kommen gut miteinander aus, und ich habe die Verbindung herstellen können.«

»Sie haben gesagt, dass Sie's auf Simon wegen der Leute, mit denen er umgeht, abgesehen haben. Damit meinen Sie Hendrickson?«

»Ja, ich will durch Simon an Hendrickson herankommen. Und danach ... an andere, die ebenso korrupt sind wie diese beiden.« Jane stand auf, griff nach der Heckler & Koch und steckte sie ins Schulterholster. »Aus eigenem Interesse sollten Sie niemandem von mir und unserem Gespräch erzählen.«

»Wem sollte ich davon erzählen? Ich traue keinem mehr.«

»Das kann sich ändern, wenn Sie's zulassen. Sie wissen jetzt mehr darüber, wen Sie meiden sollten. Aber denken Sie an das Pistolenholster und den Sicherheitscode.«

»Der Code heute Abend, das Holster morgen. Und ich reise weder nach Paris noch in Nationalparks.«

Jane ging zur Hintertür, die aus der Küche auf die Terrasse führte.

Hinter ihr sagte Sara: »O Gott!«

Jane drehte sich um. Auf dem Gesicht der Frau stand ein geradezu beunruhigend ehrfürchtiger Ausdruck.

»Ich weiß, wer Sie sind! Schwarzes Haar, nicht blond. Schwarze Augen, nicht blaue. Aber Sie sind's trotzdem.«

»Ich bin niemand.«

Sara sagte nicht, dass Jane, einst eine mehrfach ausgezeichnete FBI-Agentin, jetzt als Staatsfeind Nummer eins das Objekt einer Medienhysterie war. Sie deutete auf die Schlagzeile der *Los Angeles Times*. »Von den Nachrichten ist kein Wort wahr, stimmt's? Nicht in Bezug auf Sie, nicht in Bezug auf irgendwas. Wir leben in einer Welt aus Lügen.«

»Es gibt immer Wahrheit, Sara. Unter dem Lügenmeer liegt immer die Wahrheit verborgen.«

Die Müdigkeit der Frau wich einer Ernsthaftigkeit, einer nervösen Begeisterung, die Jane beunruhigte. »Was Sie auch getan haben, Sie lassen ihnen nichts durchgehen. Was sie auch verbergen wollen, Sie bringen es ans Licht.« Sie stand von ihrem Stuhl auf. »Die Leute, zumindest manche Leute, spüren, dass wir manipuliert werden, damit wir schlecht von Ihnen denken, aber wir wissen nicht, warum wir Sie so hassen sollen. Ich wollte … ich wollte, ich wäre wie Sie und könnte tun, was Sie tun.«

»Ich bin niemand«, wiederholte Jane, ohne damit ihre Identität zu leugnen. »Ich kann morgen schon tot sein. Wenn nicht heute Nacht.«

»Niemals! Nicht Sie.«

Die Inbrunst in Saras Stimme, das Leuchten in ihren Augen ließen Jane aus Gründen, die sie nicht völlig verstand, einen kalten Schauder über den Rücken laufen.

»Doch, ich«, sagte sie. »Eher früher tot als später. Oder schlimmer als tot.«

Um Sara nicht weiterreden zu lassen, trat sie mit dem letzten Wort ins Freie und schloss die Tür. Sie überquerte die Terrasse, hastete ums Haus herum auf die Straße zurück und machte sich auf den Weg zu ihrem eineinhalb Blocks entfernt geparkten Explorer.

Das eigenartige Kältegefühl, nicht nur von dem kalten Regen Ende März, saß ihr weiter in den Knochen. Unter den Straßenlampen warf sie einen Schatten, was gut war. Der steife Wind ließ ihr Gesicht brennen, und der schräg fallende Regen nahm ihr die Sicht, was ebenfalls gut war. Das Dunkel – das der tief hängenden Sturmwolken und vor allem das des bestirnten Himmels, der sich ewig unveränderlich über dem Sturm wölbte – machte, dass Jane sich klein und zerbrechlich vorkam, was gut und richtig zugleich war.

ZEHN

Durch Nebelschwaden, die zusammenhingen und weniger rasch zogen, weil der Wind mit abnehmender Höhe schwächer wurde und die Wände der Schlucht auf beiden Seiten näher rückten, fuhren sie in gefährlich steilen Serpentinen, die Sanjay mehr ahnte als sah, den Hang zum Canyon hinunter. Die grobstolligen Geländereifen walzten durch nasses Gras und sandigen Schlamm, drehten manchmal durch oder rutschten in nassem Geröll, das unter dem Santa Fe Sport nachgab, seitlich weg. Der Starkregen füllte alte Wasserläufe mit gurgelnden, schäumenden Fluten, die beim Durchqueren gegen den Hyundai anbrandeten, als wollten sie ihn unlenkbar machen, damit er sich überschlagend in die Tiefe stürzte. Und wo sie nicht über Geröll ratterten, fürchtete Sanjay, das durch stundenlange Regenfälle aufgeweichte Erdreich könnte einer gewaltigen Bestie gleich, die jahrtausendelang geschlummert hatte, in Bewegung geraten, sie als Schlammlawine mitreißen und ohne Aussicht auf Hilfe oder Entkommen unter sich begraben.

Trotz der Konzentration, die Wetter und Gelände erforderten, sah Sanjay zwischendurch immer wieder bergauf oder wurde von Tanuja dazu veranlasst. Und jedes Mal sah er über sich den Range Rover der beiden finsteren Kerle, der ihnen unbeirrbar folgte. Auch wenn ihre Verfolger nicht stetig näher kamen, fielen sie auch nicht merklich zurück. Und so wie Sanjay den Range Rover durch seine Scheinwerfer orten konnte, spornten die Lichter des Hyundai die Verfolger an.

Als der Spießrutenlauf durch Bäume, Unterholz, Schlamm und zu Tal schießendes Wasser hinter ihnen lag, erreichten sie den Grund des Canyons, wo Tausende von Regenwasserbächen sich zu einem braunen Strom vereinigten, der schäumend und tosend nach Süden davonschoss. Bevor Sanjay der Strömung folgend ins tiefere Wasser fuhr, schaltete er die Scheinwerfer aus.

»Vielleicht glauben sie, dass wir nach Norden gefahren sind«, sagte er dabei.

»Bestimmt nicht«, widersprach Tanuja, obwohl sie keine geborene Pessimistin war. »Ohne Scheinwerfer müssen wir langsamer fahren. Dann holen sie uns früher ein.«

»Ich habe nicht vor, langsamer zu fahren, Tanny«, versicherte er ihr.

Als sich der Regen zum Fluss sammelte, hatten die herabfließenden Wassermassen alles von den Ufern, sogar die vermoderten Stämme längst umgestürzter Bäume, mitgerissen, die sich jetzt in den braunen Fluten wälzten. Außerdem hatten viele Jahrtausende und zahllose Unwetter den Canyonboden blankgescheuert, sodass er jetzt – abgesehen von den reißenden Wassermassen – gut befahrbar war.

Der Hyundai war zwar für ihre Verfolger auf halber Höhe des Steilhangs nicht mehr sichtbar, dafür war Sanjay anfangs fast blind, konnte die Strecke vor sich nur ahnen. Rechts vor ihm war das braune Wasser wegen seiner Bewegung und einer dünnen Schicht Treibgut auf seiner Oberfläche andeutungsweise zu sehen. Dazu kam, dass auf den Wellen vage phosphoreszierende Schaumgirlanden tanzten, die dem kraftvollen Strom zusätzlich Kontur gaben.

»In dem weichen Boden hinterlassen wir Reifenspuren«, sagte Sanjay, »aber bei diesem Regen müssten sie in ein paar Minuten verwischt sein. Und auf Geröll statt Schlamm hinterlassen wir gar keine. Die Kerle müssen langsamer fahren, als ihnen recht ist, und auf Spuren achten, die verraten könnten, dass wir den Fluss verlassen haben und wieder auf den Hügeln unterwegs sind.«

»Plötzlich hast du *chaska* an Gefahr«, sagte Tanuja.

»Ich habe überhaupt keinen Spaß daran«, widersprach ihr Bruder. »Aber ich bin scharf darauf, am Leben zu bleiben, das stimmt.«

ELF

Jane Hawk saß verfroren in ihrem Ford Explorer Sport, wartete darauf, dass die Heizung sie wieder wärmte, und starrte auf das nächtliche Straßenbild hinaus, das durch den über die Frontscheibe laufenden Regen verzerrt wurde. Durch diese flüssige Linse gesehen schienen die Straßenlampen zu zittern; sie glichen Fackeln auf hohen Gestellen, die eine zu Tod und Verderben führende düstere Straße säumten.

Ihren jetzigen Wagen hatte sie von einem Schwarzhändler gekauft, der sein auf strikter Barzahlung basierendes Geschäft aus mehreren Scheunen heraus in Nogales, Arizona, betrieb.

Der Explorer Sport war in den USA gestohlen und in Mexiko umgebaut worden, wobei er einen getunten Motor, einen Chevy Big Block V-8 mit 825 PS, bekommen hatte.

War man auf der Flucht und wurde von Polizei- und Sicherheitsbehörden auf nationaler, bundesstaatlicher und lokaler Ebene gejagt, machte es sich bezahlt, eine FBI-Agentin gewesen zu sein, die aus Erfahrung wusste, wie alle möglichen kriminellen Unternehmen arbeiteten – und wo sie zu finden waren.

Auf Janes Wunsch war das Navigationssystem des Explorer entfernt worden. Hätten die Leute, die Jagd auf sie machten, einen Hinweis auf ihr Fahrzeug bekommen, hätte das Navi sie Meile für Meile so exakt zu ihr geführt, dass die Verfolger elegant wie ein Raubvogel, der sich eine Maus von einer Wiese greift, auf sie hätten herabstoßen können. Um weitere Ortungsmöglichkeiten auszuschließen, besaß sie weder Smartphone noch Computer.

Die aus den Lüftungsschlitzen strömende heiße Luft erwärmte sie, konnte aber die innere Kälte, die nicht physisch war, nicht lindern. Die hatte Jane erfasst, als Sara Holdsteck sie mit aufrichtiger Bewunderung, wenn nicht sogar Verehrung betrachtet hatte.

Jane wollte nicht irgendjemandes Heldin sein. Sie hatte diesen Kampf aus zwei egoistischen Gründen aufgenommen: um den Ruf ihres Mannes wiederherzustellen, da Nick, entgegen dem Anschein, *keinen* Selbstmord verübt hatte, und um das Leben ihres einzigen Kindes zu retten, nachdem der fünfjährige Travis bedroht worden war, als ihre Ermittlungen zu Nicks Tod zur Entdeckung einer Verschwörung in höchsten Staats- und Industriekreisen geführt hatten. Diese Kabale streckte ihre Tentakel täglich weiter durch einen Staat aus, dessen Bürger nichts von ihrer extremen Gefährdung ahnten.

Sie hatte akzeptiert, dass dieser Kampf sie das Leben kosten konnte. Selbst wenn es ihr gelang, die Verschwörung zu entlarven und zu zerschlagen, würde sie danach ziemlich sicher aus

Rache ermordet werden. Ihre Feinde waren sehr reiche und mächtige Leute, die keine Niederlagen gewöhnt waren und sie nicht klaglos hinnehmen würden. Travis lebte bei Freunden versteckt in Sicherheit; sollte sie ermordet werden, würde er liebevoll und vernünftig erzogen werden.

Ihre Überlebenschancen, so gering sie auch waren, hingen davon ab, dass sie konzentriert blieb, ihr Ziel eng und ihre Motivation persönlich fasste und bescheiden, doch bestimmt voranschritt. Obwohl die Zukunft der Freiheit auf dem Spiel stand, war sie keine Johanna von Orleans und wollte nicht wie sie durch die Bewunderung der Massen dazu gezwungen werden, eine Rüstung anzulegen und das Schwert zu ergreifen. Solche charismatischen Kreuzfahrer waren selbst im Triumph zum Untergang verdammt, wurden durch übertriebenen Ehrgeiz, wenn nicht sogar Stolz vernichtet. Und was Janes Feinde ihr antun konnten, wenn sie ihnen lebend in die Hände fiel, würde weit schlimmer sein als ein Feuertod auf dem Scheiterhaufen.

Sie stellte die Scheibenwischer an und fuhr los. Vor ihr lag eine schwierige Aufgabe, und die Zeit drängte.

ZWÖLF

Der trostlose Regen wie eine Vorahnung kommender Verzweiflung, das Platzangst erzeugende sargartige Dunkel der Nacht, der rechts von ihnen nur undeutlich zu sehende Fluss mit den Muskeln eines gigantischen Pythons, dessen unaufhaltsame Strömung sie wie irgendein heidnischer Schicksalsgott ohne Rücksicht auf die Konsequenzen mitriss …

Tanuja Shukla behauptete nicht, Wahrsagefähigkeiten zu besitzen. Die Zukunft war ihr so unbekannt wie jedem anderen Menschen. Aber als sie sich dem Südende des Canyons näherten, wo der reißende Strom zwischen Brückenpfeilern unter dem Highway hindurchschießen würde, machte die Hochstimmung wegen ihrer anscheinend geglückten Flucht vagen Vorahnungen von einer Katastrophe Platz.

Sanjays Strategie schien aufgegangen zu sein. Das Höllentempo, mit dem er leichtsinnig ins Dunkel hineingerast war, hatte ihnen einige bange Augenblicke beschert, in denen der Hyundai die Bodenhaftung verloren hatte oder sie über riesige entwurzelte Büsche – größer als ihr SUV – erschrocken waren, die in den braunen Fluten mitschwammen oder im Nebel wie mythische Horrorgestalten vor ihnen ins Wasser klatschten. Jedoch leuchteten die Schweinwerfer des Range Rover nun schon seit mehreren Minuten nicht mehr durch Nacht und Regen hinter ihnen. Ihre Verfolger befanden sich anscheinend auf einer falschen Fährte, die vom Fluss wegführte, oder waren so weit zurückgefallen, dass sie hinter einigen Biegungen nicht zu sehen waren.

Aber als Sanjay jetzt am Südende des Canyons über loses Geröll zum Highway hinauffuhr und nach links in Richtung Brücke abbog, machte Tanuja sich auf eine Katastrophe gefasst. Die kam sogleich in Form eines großen Pick-ups von Chevrolet mit Doppelkabine und überdimensionierten Reifen.

Sie waren nach Westen unterwegs, und der Truck kam von dort. Sie hatten keinen Grund, etwas anderes anzunehmen, als dass er mit ebenso harmlosen Leuten wie ihnen besetzt sei und vorbeifahren werde. Stattdessen wurde er langsamer und blieb auf der Brückenzufahrt schräg stehen. Die beiden hinteren Türen wurden aufgestoßen, dann sprangen zwei Männer in den Regen hinaus.

In den Canyon konnten sie auf keinen Fall zurück. Und sie konnten auch nicht einfach kehrtmachen, denn weniger als zwei Meilen östlich führte die Straße an dem Haus vorbei, aus dem sie erst vor Kurzem geflüchtet waren, und endete mit einer Wendefläche.

Wäre Sanjay in dieser kritischen Situation vom Gas gegangen, wären sie verloren gewesen. Aber noch während der Pick-up schleudernd zum Stehen kam, trat er das Gaspedal durch. Der Santa Fe Sport schoss vorwärts, sodass Tanuja einen verrückten Augenblick lang fürchtete, ihr Bruder wolle den Chevy frontal rammen.

Der hinten links ausgestiegene Mann hielt eine Schrotflinte in den Händen. Er wirkte überrascht, als der Hyundai auf ihn zugerast kam. In seinem blassen Gesicht glitzerten weit aufgerissene Augen, die das Scheinwerferlicht reflektierten. Er war nicht schnell genug, um die Schrotflinte hochzureißen, und nicht clever genug, um sich zur Seite zu werfen. Der Hyundai streifte die offene Tür, die gegen den Bewaffneten knallte und ihn zusammenbrechen ließ, als sie vorbeirasten.

»Heilige Scheiße!«, rief Tanuja bei dem Aufprall.

Der Chevy blockierte einen so großen Teil der Fahrbahn, dass Sanjay nicht auf dem Asphalt an ihm vorbeikam. Er musste auf das steil abfallende Bankett ausweichen, dessen Schräge umso bedrohlicher wirkte, als bei dem Zusammenstoß ein Scheinwerfer des Hyundai zersplittert war und der andere die gesamte Szenerie vor ihnen in einen schrägen Lichtkegel tauchte. Sanjay kämpfte mit dem Lenkrad, um das ausbrechende Heck ihres Wagens zu stabilisieren. So ging es in starker Schräglage weiter, während Tanuja sich wieder mit den Füßen einstemmte, weil sie fürchtete, sie könnten sich überschlagen. Sanjay fuhr halb auf dem Bankett nach Westen davon, bis sie weit von dem Pick-up entfernt, vielleicht schon außer Reichweite der Schrotflinte waren, bevor er allmählich gegenlenkte und auf den Asphalt zurückfuhr.

Tanuja sah in den rechten Außenspiegel, während ihr Bruder in den Innenspiegel sah. Sie sagte: »Da kommen sie, da kommen sie!«, während er gleichzeitig sagte: »Wir sind schneller als jeder beschissene Pick-up!«

»Sie lassen den Kerl einfach auf der Straße liegen«, sagte sie. »Vielleicht ist er tot.«

»Er ist nicht tot«, sagte Sanjay.

»Die Tür hat ihn schwer getroffen.«

»Nicht so schwer.«

»Mir ist's gleich, wenn er tot ist. Er wollte uns erschießen.«

»Wer sind diese Dreckskerle überhaupt?«

»Rakschasa«, antwortete Tanuja. Sie bezog sich auf Dämonen aus der hinduistischen Mythologie, die sie in einem ihrer Romane als Fantasy-Element verwendet hatte.

»Gangster, Schlägertypen, Auftragskiller«, sagte Sanjay, »aber in wessen Auftrag unterwegs, mit welchem Ziel, *wieso wir*?«

»Und wie zum Teufel konnten sie wissen, wo wir den Canyon verlassen würden?«

Schwere Regentropfen zerplatzten auf der Frontscheibe, als der Santa Fe Sport auf über neunzig Meilen in der Stunde beschleunigte und trotz Allradantrieb in Gefahr geriet, durch Aquaplaning von dem regennassen Asphalt zu rutschen.

Dieses Gebiet war noch ländlich, aber die kurvenreiche Straße führte über Meilen hinweg allmählich abfallend ins dicht besiedelte Tiefland des Orange County hinunter. Der Pick-up mit Doppelkabine folgte in stetem Abstand, als in der Ferne ein pulsierender Lichtschein sichtbar wurde, dessen Quelle sich in einer Senke vor ihnen befinden musste und der anfangs so unheimlich war wie eine Begegnung der Dritten Art à la Steven Spielberg: weiß und rot, rot und blau, weiß und rot …

»Hey, Cops!«, sagte Sanjay. »Alles gut, Tanny. Das sind die Cops.«

»Lincoln Crossley ist auch einer, ein Deputy Sheriff, macht keinen Unterschied«, sagte Tanuja und erinnerte sich daran, wie Linc durch das Insektizid vorübergehend geblendet blindlings um sich geschossen hatte, obwohl er dabei ebenso gut seine Begleiter, Sanjay oder sie hätte treffen können. Sie ächzte laut, als weit vor ihnen ein Streifenwagen auftauchte, dessen

Blinkleuchten rasch heller wurden. Das Sirenengeheul war jetzt trotz Regens und Motorenlärms deutlich zu hören. »Scheiße, wir sind erledigt!«

»Sind wir nicht«, widersprach Sanjay.

»Wir sind erledigt.«

»Woher weißt du das? Du schreibst hoffnungsvolle Fantasy, magischen Realismus, was auch immer. Ich bin der Kerl fürs Schwarze, und ich sage, dass wir nicht erledigt sind.«

»*Chodu*«, sagte sie.

»Wir sind nicht *chodu!*«

»Sind wir doch«, stellte sie unbeirrt fest, während das Sirenengeheul lauter wurde.

DREIZEHN

Aus dem Unwetter mit Starkregen war ein schauerartiges Nieseln geworden, als Jane um eine Ecke und fast zwei Blocks von ihrem Ziel in der Stadt Orange entfernt parkte. Von dort aus ging sie mit ihrer Sporttasche über der Schulter zu Fuß weiter.

Stellten die Behörden jemals eine Verbindung zwischen ihr und dem metallicgrauen Explorer her, würde das National Crime Information Center auf seiner Webseite eine Fahrzeugbeschreibung und einen Fahndungsaufruf bringen. Danach würde sie ständig gefährdet sein, wenn sie mit dem Wagen unterwegs war. Sie würde drei bis vier Tage brauchen, um von ihrem gegenwärtigen Lieferanten für gefälschte Dokumente in Reseda, nördlich von Los Angeles, neue Kennzeichen mit den dazugehörigen Papieren zu bekommen. Unter solchen Umständen war es sicherer, den SUV preiszugeben, statt ihn in dem Intervall zwischen NCIC-Posting und dem Empfang neuer Kennzeichen und Papiere zu benutzen.

Besser war es auch, den Wagen diskret außer Sichtweite des

Hauses zu parken, das ihr Ziel war. Der Kerl, mit dem sie reden musste, gehörte nicht zu der Verschwörung, der sie den Kampf angesagt hatte. Sie erwartete nicht, dass er sie verraten würde. Aber wie Schlangen sich häuteten, kam es so oft vor, dass Leute ihre Erwartungen enttäuschten, dass sie gelernt hatte, auf alles vorbereitet zu sein.

Das Gebäude war genau so, wie Jane es in Erinnerung hatte: von zwei Parkplätzen flankiert, mit einer imposanten zweigeschossigen Fassade in dem als Southern Classic Revival bezeichneten Stil mit Säulenvordach, Balustrade und sich verjüngenden Säulen. Um diese Zeit, kurz nach 21 Uhr, standen auf beiden Parkplätzen Autos.

Jane mied den Haupteingang und ging nach hinten zur Westseite des Gebäudes, wo die großartige Fassade durch den in Südkalifornien vorherrschenden Glattputz ersetzt war, der suggerierte, die Hauptziele hiesiger Architektur seien Vergänglichkeit und spätere Abrissfreundlichkeit. Hinter dem Gebäude stand eine große Einzelgarage mit vier Toren, vor der ein Autowaschplatz angelegt war.

Das Hauptgebäude hatte nicht nur einen normalen Hintereingang, sondern auch eine zweiflüglige Schiebetür, hinter der sich ein Lastenaufzug befand, der sich über ein Tastenfeld bedienen ließ. Jane versuchte es mit dem Hintereingang, der nicht abgeschlossen war.

Sie betrat einen Vorraum. Die Tür direkt vor ihr führte in die Eingangshalle, in der Leute unterwegs sein würden, denen sie nicht begegnen wollte. Sie versuchte es mit der Tür links. Eine nach oben führende Treppe.

Hinter der rechten Tür führte eine Treppe in den Keller hinunter. Jane benutzte sie rasch.

Unten lag ein langer Korridor vor ihr. In die Decke eingelassene Milchglaslampen mit fast einem halben Meter Durchmesser verbreiteten kaltes, leicht bläulich gefärbtes Licht. Die glatten Wände waren glänzend weiß lackiert. Fußboden und Decke waren fugenlos mit hochglänzenden grauen Kunststoffquadraten gefliest. Das Ganze ergab einen Science-Fiction-Effekt, als habe sie einen Zeittunnel oder ein intergalaktisches Raumschiff betreten.

Auf dieser unteren Ebene befand der Zugang zum Lastenaufzug sich rechts von Jane.

Sie öffnete die Tür des Raums gegenüber dem Lastenaufzug, machte Licht, sah einen Toten und trat ein.

VIERZEHN

Wie in einem real anmutenden, aber verwirrenden Alptraum kamen die erbarmungslosen Verfolger gleich einer dämonischen Meute auf der Jagd nach einer menschlichen Seele von hinten heran, während der Streifenwagen ihnen mit an- und abschwellendem Sirenengeheul entgegenraste. Das Land auf beiden Seiten des Highways war weiterhin einsam und verlassen. Der Regen hatte abrupt aufgehört, als habe ein langer Trommelwirbel geendet, weil das Ereignis, auf das er hatte aufmerksam machen sollen, nun unmittelbar bevorstand.

Sanjay respektierte die Polizei und war stolz auf seine Fähigkeit, in kritischen Situationen Ruhe zu bewahren, aber fünfundzwanzig Jahre Erfahrung hatten ihn nicht auf eine Nacht vorbereiten können, in der die vertraute Realität wie eine sich öffnende Falltür unter ihm wegsackte. Obwohl es nicht seine Art war, Intuition über nüchterne Überlegung zu stellen, ahnte er, dass der Wahnsinn ab jetzt nur noch zunehmen würde.

»Festhalten!«, warnte er Tanuja, als im Scheinwerferlicht eine Straßenkreuzung sichtbar wurde. Sanjay bremste scharf, riss das Lenkrad nach rechts, um auf die neue Straße abzubiegen, fing den schleudernden Hyundai ab und beschleunigte sofort wieder.

»Was machen wir?«, fragte seine Schwester.

»Weiß ich nicht.«

»Wohin fahren wir?«

»Das weiß ich, wenn ich's sehe.«

»Weiß *ich's* dann auch?«

»Irgendeine Stelle, wo wir ungesehen die Straße verlassen können.«

Das schwarze Asphaltband der Straße wand sich durch niedrige Hügel und weite Täler voller mächtiger Virginia-Eichen, die schwarz und tropfnass aufragten. Unzählige Kurven und die vielen Bäume bewirkten, dass ihre Verfolger den Hyundai immer wieder für einige Zeit aus den Augen verloren.

Obwohl Sanjay diese Nebenstraße gut kannte, fiel ihm kein geeignetes Versteck entlang ihrer Route ein. Auch wenn er sich scharf wie ein Laser konzentrieren konnte, gab er freimütig zu, kein Talent für Multitasking zu haben. Er sah keine Notwendigkeit, Kaugummi zu kauen und gleichzeitig Baseball zu spielen. Teufel, er *mochte* Baseball nicht mal. Er konnte mit dem Santa Fe Sport auf dieser nassen, kurvenreichen Straße wie ein Rallyefahrer unterwegs sein, aber die Antwort auf die Frage *Wohin als Nächstes?* wollte ihm nicht einfallen.

Wie immer war Tanuja die entscheidende Komponente in dem zweiteiligen Puzzle, das die Geschwister Shukla bildeten. »Sie sagte: »Bald kommen die Honeydale Stables. Dort sind wir richtig.«

»Genau«, bestätigte er knapp.

Und schon wurde die Abzweigung rechts voraus sichtbar: eine einspurige Zufahrt mit einer rissigen, an vielen Stellen aufgebrochenen Asphaltdecke, die von Unkraut überwucherte Pferdekoppeln durchschnitt und auf beiden Seiten von verfallenden Ranchzäunen gesäumt war.

Sanjay nahm den Fuß vom Gas, lenkte scharf rechts und schaltete den verbliebenen Scheinwerfer aus. Er vermied es bewusst, auf die Bremse zu treten, um ihre Position für den Fall, dass die Verfolger unerwartet nahe waren, nicht durch aufflammende Bremslichter zu verraten.

Nach ungefähr dreißig Metern begann die private Zufahrt abzufallen, und sie waren von dem Highway hinter ihnen nicht mehr sichtbar, als sie in ein Tal hinunterrollten, das in mond- und sternenloser Dunkelheit vor ihnen lag. Der verfallende Plankenzaun und die Kolonnade aus Virginia-Eichen ließen erkennen, wo der Weg verlief, und das hohe Gras auf beiden Seiten war nicht so dunkel wie die Fahrbahn.

Sie kamen an der Ruine des einstmals prächtigen Ranchhauses vorbei, dessen Besitzer vor fünf Jahren bei einem Großbrand umgekommen waren: ein Trümmerhaufen aus eingestürzten Mauern und brandgeschwärzten Balken. Zwei weitgehend intakt gebliebene Natursteinkamine mit ihren Schornsteinen ragten eigenartig bedrohlich in den Nachthimmel auf – wie Altäre einer primitiven Gottheit, die ihre eigenen Götzendiener mit Feuer verzehrt hatte.

In der Brandnacht hatte Sturm geherrscht. So waren die Flammen auf die weitläufigen Stallungen übergesprungen, von denen über die Hälfte niedergebrannt war. Der Ranchmanager und seine Pferdepfleger hatten die eigenen Zuchtpferde und die in den Honeydale Stables eingestellten fremden Pferde retten können, aber das Unternehmen war mit den Eigentümern gestorben. Nach erbitterten Auseinandersetzungen hatten die Erben sich schließlich geeinigt, aber obwohl die Ranch seit über einem Jahr auf dem Markt war, hatte sich bisher kein Käufer gefunden.

Sanjay fuhr hinter eines der unbeschädigten Stallgebäude, parkte und stellte den Motor ab. »Wenn sie merken, dass sie uns verloren haben, machen sie sich nicht die Mühe, zurückzufahren. Sie werden annehmen, wir seien längst über alle Berge.«

Tanuja fuhr ihr Fenster herunter. Der Regen hatte aufgehört. Auch der Wind war fast eingeschlafen. In der kühlen Nachtluft hing schwacher Brandgeruch, den die Regenfluten aus den rauchgeschwärzten Ruinen herausgewaschen hatten, aber in der Ferne waren weder Sirenengeheul noch Motorengeräusche zu hören.

»Wer glaubt uns das alles, Sanjay?«

»Nicht der Sheriff. Dort ist irgendwas korrupt.«

Tanuja bezog sich auf ihre Eltern, als sie sagte: »Deshalb haben *Baap* und *Mai* damals Indien verlassen – wegen der massenhaften Korruption, vor der sie uns bewahren wollten. Sie fehlen mir noch heute jeden Tag.«

Sanjay nickte seufzend. »Mir auch, Tanny.«

Unter der tiefen Wolkendecke lag die Welt in geheimnisvolles Dunkel gehüllt, und durchs offene Fenster schien eine spürbare nächtliche Flut hereinzuströmen und den Wagen anzufüllen. Sanjay hatte das seltsame Gefühl, Luft und Dunkelheit einzuatmen, aber nur Luft auszuatmen.

»Vielleicht ist der Sheriff nicht korrupt«, sagte Tanuja, »nur einige seiner Deputies.«

»Oder vielleicht *er* am meisten.«

»Die meisten Städte haben eine eigene Polizei.«

»Aber wir leben in keiner dieser Städte.«

»Nun, wir müssen das trotzdem irgendwem melden.«

Obwohl Sanjay den Motor nicht angelassen hatte, obwohl weder seine Schwester noch er etwas angefasst hatten, leuchtete der Bildschirm des Navis plötzlich auf und erschreckte sie. Das Navigationssystem hatte sich selbst eingeschaltet. Auf dem Bildschirm erschien eine Karte. Sie zeigte eine dicke Schlängellinie mit der Nummer der Landstraße, die sie gerade verlassen hatten. Von der starken Linie zweigte eine dünnere ab, die nicht bezeichnet war, aber nur die Privatstraße zu den Honeydale Stables sein konnte. Auf der Karte bezeichnete ein rot blinkender Lichtpunkt die Stelle am Ende der Zufahrt, an der ihr SUV jetzt stand.

»Wie kommt das?«, fragte Tanuja.

Sanjay stieß die Fahrertür auf und stieg aus. Er machte ein paar Schritte, blieb auf Höhe der vorderen Stoßstange stehen und horchte auf eine Stille, die nur durch das unregelmäßige Knacken des abkühlenden Motors, das Platschen des von den Bäumen tropfenden Regenwassers und einzelne klagende Eulenrufe unterbrochen wurde.

Während seine Schwester auf der Beifahrerseite ausstieg, sah Sanjay nachdenklich zum Himmel auf. Falls jemand das Kennzeichen ihres Wagens kannte und somit Zugriff auf das unverwechselbare Transpondersignal seines Navis hatte … konnte dieser Jemand sie dann aufspüren? Sendete der Transponder des Hyundai selbst dann weiter, wenn der Motor abgestellt war? Konnte einer der Satelliten, dessen Signal ihr Navi verarbeitete, sie dabei »sehen«, und ließ ihr Gerät sich ferngesteuert einschalten, um sie zu verunsichern? Die Antworten darauf wusste er nicht. Aber der im Instrumentenbrett leuchtende Bildschirm schien zu sagen: *Ihr könnt euch nicht verstecken.*

In der Ferne war ein Motor zu hören. Nicht nur einer.

Tanuja starrte ihn über die Motorhaube hinweg ängstlich an. »Sanjay?«

Als die Motorengeräusche lauter wurden, hastete er vorn um den Hyundai herum und ergriff die Hand seiner Schwester. *»Lauf!«*

FÜNFZEHN

In der kühlen Luft lag ein adstringierender chemischer Geruch, der einen schwächeren, weniger angenehmen organischen Duft überlagerte, mit dem Jane sich lieber nicht näher beschäftigte.

Die leicht schräge Tischplatte aus Edelstahl mit Blutrinne war benutzt und danach methodisch saubergeschrubbt worden. Sie war jetzt ebenso leer wie das unter ihr angeordnete Sammelgefäß aus durchsichtigem Kunststoff.

Der Verstorbene war auf einen weiteren Stahltisch ohne

Blutrinne umgebettet worden, auf dem er nackt unter einem weißen Laken lag, das nur Hals und Kopf sehen ließ – und einen Arm, der unter dem Laken hervorgerutscht war und nun über die Tischkante hing. Das erbarmungslos grelle Licht machte aus jeder vergrößerten Pore einen Krater, aus jeder Falte eine Schlucht, sodass sein bleiches Gesicht einem von sengender Hitze, erodierendem Wind und tektonischen Gewalten verformten Wüstentrakt glich, morgen früh würde er weit besser aussehen, wenn die Kosmetikerin seine grimmige Miene mit einer Illusion von Leben und friedlichem Schlaf überschminkt hatte.

In dem Fach am Fußende des Stahltischs steckte seine Akte. Darin fand sie ein Foto des Verstorbenen, das ihn gesund und munter zeigte – eine Vorlage für die Kosmetikerin. Sein Name stand hinten auf dem Foto: Kenneth Eugene Conklin.

Jane steckte die Akte ins Fach zurück und wählte mit ihrem Wegwerfhandy eine Nummer.

Oben im Aufbahrungsraum des Bestattungsinstituts meldete sich der Eigentümer: »Gilberto Mendez.«

»Du hast mal gesagt, dass du notfalls für meinen Mann sterben würdest. Das ist nicht mehr nötig, weil er dir zuvorgekommen ist, aber ich könnte etwas Hilfe brauchen.«

»Großer Gott, wo bist du?«

»Ich leiste Kenneth Conklin Gesellschaft.«

»Unglaublich!«

»Ich würde ihm das Telefon geben, damit er sich für mich verbürgen kann, aber Ken ist gerade ein bisschen antriebslos.«

»Bin sofort da!«

Als Gilberto eine Minute später in einem schwarzen Anzug mit weißem Hemd und schwarzer Krawatte hereingestürmt kam, wirkte er zehn Kilo schwerer als vor zwei Jahren, aber noch immer gut in Form. Er hatte ein rundes, braunes, freundliches Gesicht. Seine Frau Carmella sagte, er habe das Gesicht eines Lebkuchenmanns. Mit sechsunddreißig und zurückweichendem Haaransatz begann er seinem Vater zu gleichen, von dem er das Unternehmen geerbt hatte.

Er schloss die Tür hinter sich, musterte Janes pechschwarzes Haar, ihre schwarzen Augen und sagte: »Das bist nicht du, echt nicht.«

»Nur eine Perücke, farbige Kontaktlinsen und etwas Selbstbewusstsein.«

»Na ja, das hattest du schon immer.«

Er kam um den Tisch herum, sodass sie den Toten zwischen sich hatten, und Jane fragte: »Wie geht's, Gilberto?«

»Besser, als ich's verdiene.«

»Das hört man gern.«

»Im Juni bekommen wir unser viertes Baby.«

»Wieder ein Mädchen?«

»Ein Junge. Der arme Kerl – mit drei älteren Schwestern.«

»Als hätte er drei Schutzengel.«

»Vielleicht hast du recht.«

Wenn Gilberto lächelte, wirkte er jungenhaft freundlich. Aber seine Augen waren die traurigsten, die Jane jemals gesehen hatte.

»Ich bin zu den Marines gegangen, um dem hier zu entkommen«, sagte Gilberto. »Aber wie sich gezeigt hat, ist diese Arbeit eine Berufung, nicht nur ein Beruf. Mein Dad hat immer gesagt, es gehe darum, die Würde der Toten zu bewahren, sie ihnen nicht durch den Tod rauben zu lassen. Damals konnte ich nicht viel damit anfangen. Aber nachdem ich im Krieg gewesen war, habe ich ihn verstanden.«

Fast zärtlich, als nehme er sich als Pfleger eines Kranken an, hob er den herabhängenden Arm auf den Tisch und bedeckte ihn mit dem Leichentuch.

Er sagte: »Nick hätte nie Selbstmord verübt.«

»Hat er auch nicht.«

»Also steckst du in diesem Schlamassel, weil du die Wahrheit rauskriegen willst.«

»Was Nick zugestoßen ist, weiß ich. Aber die Sache geht weit darüber hinaus.«

»Was sie dir in den Nachrichten vorwerfen – Mord, Hochverrat, Landesverrat –, glaubt ohnehin kein Mensch, der dich kennt.«

»In den Nachrichten kommen nicht mehr viele Nachrichten. Die vielen Lügen, die sie verbreiten, lassen nicht viel Sendezeit für Fakten.«

»Wem bist du dabei auf die Zehen getreten?«

Jane sagte: »Manche sind Teil der Regierung, manche der Wirtschaft und Industrie. Sie instrumentalisieren einen Großteil der Medien für ihre Zwecke.«

Seit er Carmellas Schwangerschaft erwähnt hatte, musste Jane an seine Frau, die drei kleinen Mädchen und den noch ungeborenen Jungen denken.

Sie sagte: »Du hast so viele Verpflichtungen. Ich hätte nie herkommen sollen. Ich gehe lieber wieder.«

Mit ruhiger, halblauter Stimme, als spräche er in einem der Aufbahrungsräume mit trauernden Angehörigen, fragte er: »Wie geht's deinem Jungen, wie geht's Travis?«

Nach kurzer Pause antwortete sie: »Er kämpft noch damit, Nicks Tod zu verarbeiten. Aber er ist in Sicherheit, bei Freunden versteckt, die ihn liebevoll umsorgen.«

»Du musst ihn verstecken, was?«

»Sie haben mir gedroht, ihn zu ermorden, wenn ich meine Ermittlungen nicht einstelle. Aber sie kommen nie an ihn heran. Niemals!«

Als Jane nach ihrer Sporttasche griff, um zu gehen, fragte Gilberto: »Wie kommst du darauf, dass *semper fidelis* mir nichts mehr bedeutet?«

»Das denke ich nicht, Gilberto.«

»›Immer treu‹ bedeutet *immer* treu, nicht nur wenn's gerade passt.«

»Familie geht vor«, sagte sie. »Sei deiner Familie treu.«

»Nick war wie ein Bruder für mich. Ohne ihn wäre ich heute nicht hier. Also gehörst du auch zur Familie. Stell deine Tasche ab. Hab den Anstand, mir zu erzählen, was du von mir brauchst. Wenn's zu hirnrissig ist, wenn ich von einer Klippe springen soll, sage ich Nein.«

Sie behielt die Sporttasche in der Hand. »Ich wollte dich bitten, als Chauffeur eine Limousine zu fahren.«

»Was noch?«

»Wir würden einen Scheißkerl aus dem Justizministerium entführen. Mein einziger verbliebener Anhaltspunkt. Er ist bei dem Anschlag aufgetaucht, dem letzte Woche der Gouverneur von Minnesota zum Opfer gefallen ist. Dass er herkommt, habe ich erfahren, als ich das Reservierungssystem des Limousinenservices seines Bruders gehackt habe. Er besitzt Informationen, die ich mit Gewalt aus ihm rausholen muss, aber dafür brauche ich dich nicht. Du holst ihn ab wie der ihm zugeteilte Chauffeur, du bringst ihn zu mir, du fährst heim. Das ist alles – wenn alles klappt. Wofür es natürlich keine Garantie gibt.«

Er sagte: »Ich bin ein guter Fahrer. Hab noch nie einen Strafzettel gekriegt.«

»Entführung, Gilberto. Dafür sperren sie dich lange ein.«

»Ich fahre bloß. Einen Chauffeur spiele ich mit links. Das gehört schon jetzt zu meinem Alltag – ich fahre den Leichenwagen.«

SECHZEHN

Die Virginia-Eichen standen nicht dicht genug beisammen, um einen geschlossenen Wald zu bilden, aber ihre mächtigen Kronen hatten einen so gewaltigen Durchmesser, dass ihr weit ausgreifendes Geäst sich auf dem Talboden und den langen Gegenhang hinauf zu einer Art natürlicher Kathedrale über Tanuja und Sanjay wölbte, in der ihnen der Hirtengott Pan begegnen konnte: bocksfüßig, gehörnt und seine Panflöte spielend.

Aber als sie von den Honeydale Stables wegliefen, war keine Musik, sondern nur das Quaken unzähliger Baumfrösche zu hören, das in Tanujas Ohren noch nie so bedrohlich geklungen hatte. Solche Frösche ließen sich nach jedem Unwetter lautstark hören, aber sie reagierten sehr empfindlich auf jeden Eindringling in ihrem Revier und verstummten, sobald Menschen anwesend waren. Dieser Chor, der fast ekstatisch jubilierte und kein einziges Mal verstummte, schien zu suggerieren, die Natur und ihre Geschöpfe wüssten, dass die Geschwister Shukla so bald tot sein würden, dass sie kaum mehr als Geister waren, die man nicht weiter beachten musste.

Der Segen einer lebhaften Schriftstellerfantasie war auch ein Fluch.

Weil es hier nur Wildgras, aber kein Unterholz gab und das Gelände unter den Eichen relativ eben war, wurden sie auf ihrer atemlosen Flucht nur durchs Dunkel und die Angst behindert, über eine nicht rechtzeitig gesehene Felskante zu stürzen. Sie erreichten den Hügelkamm schneller als erwartet, machten halt und sahen nach Süden – sie standen hoch genug, um über die Baumkronen hinwegblicken zu können. Nach Atem ringend starrten sie lange die beiden Scheinwerferpaare im Tal an, die sich jetzt nicht bewegten, sondern auf den Hyundai Santa Fe Sport gerichtet sein mussten, den sie dort unten zurückgelassen hatten.

»Wer *ist das*?«, fragten sie sich.

»Nicht nur Deputy Sheriffs. Jemand Größeres ist hinter uns her.«

»Größerer wer? Und *warum?*«

»Scheiße, woher soll ich das wissen, Tanny? Aber wir müssen weiter.«

Sie kehrten der Szene im Süden gemeinsam den Rücken zu. Im Nordnordosten, jenseits des nächsten Hügelkamms, erhellte eine seltsame Lichterscheinung die Nacht, tatsächlich sogar drei zusammenfließende, leicht verzerrte Lichtblasen – eine blau, eine rot, eine gelb. Die blaue wie eine Gasflamme, aber in Farbe und Helligkeit unveränderlich. Die rote nicht an Feuer erinnernd, sondern intensiv und dunkel und gleichmäßig wie das Licht einer Votivkerze in einem Glaskelch. In der Mitte eine aufgeschlagene Krempe aus Kanariengelb, als steckten Blau und Rot wie Hutschmuck auf beiden Seiten eines Stetson.

Einen Augenblick lang fühlte Tanuja sich in dieser außergewöhnlichen und furchterregenden Nacht von einem ultimativen Mysterium und einer Offenbarung angezogen wie die verwirrte Heldin einer Story in ihrem bevorzugten Genre, dem magischen Realismus. Aber dann wurde ihr klar, welche Lichter das waren. Sie sagte: »Das sind die Leuchtreklamen von Coogan's Crossroads.«

Das Crossroads war ein Restaurant, aber weniger ein Restaurant als eine Taverne und weniger eine Taverne als eine Tradition, ein kultiger Treffpunkt, zu dem sich die Bewohner der weit verstreuten Minisiedlungen in den isolierten Tälern des Ostens hingezogen fühlten, wenn sie Gesellschaft suchten – vor allem an Wochenenden wie diesem.

»Ungefähr eine halbe Meile«, sagte Sanjay.

»Dort finden wir Hilfe.«

»Vielleicht«, sagte Sanjay. »Vielleicht.«

»Wir treffen bestimmt ein paar Leute, die wir kennen.«

»Lincoln Crossley haben wir auch gekannt – oder geglaubt, ihn zu kennen.«

»Nicht die ganze Welt kann korrumpiert sein, Sanjay. Komm jetzt!«

Ohne dass ihre Verfolger ihnen unmittelbar im Nacken saßen, wanderten sie bergab weiter, hielten in nordnordöstlicher Richtung auf den Neonschein zu und schlugen ein gemäßigteres Tempo ein, weil sie jetzt ein Ziel vor Augen und Hoffnung auf Hilfe hatten. Die Wolkendecke löste sich allmählich auf.

Durch gezackte Risse und zerfasernde Schleier kam eine Andeutung von Mondlicht. Das Einzige, was jetzt noch schiefgehen konnte – zumindest glaubten sie das –, war ein Sturz im Dunkel, bei dem sich einer von ihnen ein Bein brach. Sanjay hielt Tanujas linke Hand umklammert, während sie vorsichtig weiterzogen.

SIEBZEHN

Vielleicht hatten sie den Toten zwischen sich behalten, weil Jane nach wie vor Bedenken hatte, diesen vierfachen Vater in ein so gefährliches Unternehmen zu verwickeln, und Gilberto trotz seines Geredes von *semper fidelis* und seiner Ehrenschuld Nick gegenüber wohl ebenfalls Bedenken hatte.

Feierlich still auf dem Stahltisch liegend war der Tote ein Hindernis für unbedachtes Handeln, zugleich eine Erinnerung daran, dass sie bei dieser Entführung umkommen könnten. Jane liebte Nick so innig, dass sein Tod ihre Liebe nicht vermindert hatte, und obwohl Gilbertos Dankbarkeit und Bewunderung weniger starke Gefühle waren, diente Janes verstorbener Mann ihnen als Prüfstein, an dem sie Engagement für alles Gute und Wahre in dieser Welt der Finsternis und der Lügen erproben konnten. Aber ein Prüfstein war nur etwas wert, wenn sie vernünftig, aus Pflichtbewusstsein handelten, statt sich von Sentimentalität überwältigen zu lassen. Jane wusste – und Gilberto vielleicht auch –, dass eine Berührung, eine Umarmung, sogar ein Händedruck in den ersten Minuten dieses Wiedersehens ehrliche Gefühle in Sentimentalität verwandeln und ihn dazu bringen konnten, eine schicksalhafte Entscheidung aus falschen Gründen zu treffen.

»Ich bin dir dankbar, dass du das für mich, für Nick tun würdest«, sagte sie. »Aber wenn sie rauskriegen, dass du mir geholfen hast, ist's ihnen egal, dass du nur gefahren bist. Sie legen dich um. Du musst wissen, was sie bisher getan haben, was sie erreichen wollen, wie viel sie zu verlieren haben.«

Sie betrachtete das Gesicht des Toten, nach der Einbalsamierung so eierschalenweiß, seine Lippen steif, als hätten sie nie gelächelt, und die Lider papierdünn, als hätten all die schrecklichen Anblicke, vor denen er die Augen verschlossen hatte, sie halb abgetragen. Nick war feuerbestattet worden. Auch sie bevorzugte Feuer, falls nach ihrem Tod noch eine Leiche aufzufinden war.

»Diese Dreckskerle, diese Verschwörer, diese Putschisten, wie immer man sie nennen will … sie haben ein Computerprogramm. Es identifiziert Leute, die unsere Zivilisation in die ›falsche‹ Richtung lenken könnten: Künstler, Journalisten, Lehrer, Wissenschaftler, Soldaten …«

Gilberto runzelte die Stirn. »Falsche Richtung? Wie kann ein Computer entscheiden, welche Richtung für eine Zivilisation falsch ist?«

»Das tut er nicht. Die Kriterien haben *sie* bei der Entwicklung des Programms festgelegt. Er identifiziert lediglich Zielpersonen. Ihre Theorie lautet, dass man nur genügend sorgfältig ausgewählte Leute, die in einflussreiche Positionen gelangen und andere mit falschen Ideen beeinflussen könnten, eliminieren muss, damit im Lauf der Zeit ein Utopia entsteht. Aber hier geht's nicht um Utopia, sondern um Macht, um absolute Macht.«

Gilberto war aus dem Krieg mit anhaltender Traurigkeit heimgekehrt, die ihn sanfter und immer um Konfliktvermeidung bemüht gemacht hatte. Aber jetzt war sein Zorn stärker als seine Sanftmütigkeit, als er aufgebracht sagte: »Nur eliminieren, was? *Eliminieren.* Immer so nette Umschreibungen für *Mord.*«

»Stalin soll gesagt haben: ›Der Tod eines einzelnen Mannes ist eine Tragödie, aber der Tod von Millionen nur eine Statistik.‹ Hast du damit ein Problem?«

»Sie wollen eine Million umbringen?«

»Im Lauf der Zeit sogar mehr. Zweihundertzehntausend pro Generation in den USA. Das sind achttausendvierhundert pro Jahr.«

»Das haben sie dir erzählt?«

»Einer von ihnen hat ausgepackt. Das musst du mir glauben. Er kann's nicht mehr bestätigen. Ich habe ihn erschossen. In Notwehr.«

Obwohl Gilberto im Krieg gewesen war, schockierte es ihn. Ein Krieg auf einem anderen Erdteil war etwas anderes als Kämpfe auf den Straßen des eigenen Landes. Er stützte sich mit beiden Händen haltsuchend auf den Stahltisch.

Jane fuhr fort: »Die ausgewählten Opfer stehen auf der sogenannten Hamlet-Liste. Sobald die Zielpersonen identifiziert sind, erfolgt der Angriff, wenn sie am verwundbarsten sind. Wenn sie beispielsweise auf einer Tagung oder allein auf Reisen sind, sodass sie unter Drogen gesetzt oder sonst wie sediert werden können.«

»›Sediert‹?«

»Das Ganze soll nicht nach Mord aussehen. Sie sedieren ihre Opfer und programmieren sie, sodass sie Selbstmord verüben. Nick hat auf ihrer Hamlet-Liste gestanden. Er hat sich mit seinem Kampfmesser des Marine Corps die Halsschlagader durchgeschnitten.«

Gilberto starrte sie lange an, als versuche er zu enträtseln, unter welcher Art Verrücktheit sie litt. »Sie programmieren?«

»Das Leben gleicht heutzutage einem Science-Fiction-Film, Gilberto. Aber keinem Wohlfühlfilm für die ganze Familie. Was weißt du über Nanotechnologie?«

»Mikroskopisch kleine Dinge. Oft Maschinen, die so winzig sind, dass sie unsichtbar sind. Solche Sachen.«

»Hier geht's um Konstruktionen aus ein paar Molekülen. Hunderttausende – vielleicht Millionen – in einem Serum, das intravenös injiziert wird. Ihr Ziel ist das Gehirn. Sobald sie durch Osmose aus den Kapillaren ins Gehirn gelangen, schließen sie sich zu einem größeren Netzwerk zusammen. Zu einem netzartigen Kontrollmechanismus. Binnen Stunden wird totale Kontrolle möglich. Der Betroffene ahnt nichts davon. Er wirkt unverändert. Niemandem fällt etwas an ihm auf. Aber irgendwann, Tage oder Wochen später, erhält er den Befehl, Selbstmord zu verüben … und gehorcht.«

»Würde ich dich nicht schon lange kennen«, sagte Gilberto, »würde ich glauben, du wärst reif fürs Irrenhaus.«

»So bin ich mir in letzter Zeit oft vorgekommen. Nick hat nicht gewusst, was er tat. Oder er hat's gewusst, konnte's aber trotzdem nicht verhindern, was ich noch schrecklicher finde.«

Jane schloss die Augen. Atmete tief durch. »Die Selbstmorde erfolgreicher, glücklicher Menschen sind seit zwei Jahren steil angestiegen. Von Leuten, die nie Depressionen, sondern Freude am Leben hatten. Manchmal reißen sie andere mit in den Tod.« Sie öffnete die Augen. »Du musst die Berichte über diese Frau in Minnesota gesehen haben, Lehrerin des Jahres, die nicht nur sich selbst, sondern auch den Gouverneur und über vierzig weitere Unbeteiligte umgebracht hat. Ich weiß sicher, dass sie ebenso von diesen Leuten kontrolliert wurde wie damals Nick.«

»Das alles kannst du beweisen?«

»Ja. Aber zu wem soll ich mit meinen Beweisen gehen? Das FBI ist nicht völlig korrumpiert, aber aus der Führungsriege gehören einige zu den Verschwörern. So ist's auch bei der NSA, dem Heimatschutzministerium und so weiter. Diese Leute sitzen überall.«

»An die Presse wenden?«

»Ich hab's versucht. Ich dachte, ich hätte einen vertrauenswürdigen Journalisten gefunden. War er aber nicht. Ich habe Beweise, viele Beweise. Aber wenn ich sie dem Falschen überlasse und der sie vernichtet, war alles, was ich erduldet habe, vergebens. Und es gibt etwas, das schlimmer als die Hamlet-

Liste ist. Viel schlimmer. Nicht jeder, der eine Injektion bekommt, wird zum Selbstmörder programmiert.«

»Sondern?«

»Manche Leute unter ihrer Kontrolle scheinen ihren freien Willen zu behalten, aber das stimmt nicht. Sie werden skrupellos benutzt. Als programmierte Profikiller. Andere werden versklavt und als billige Arbeitskräfte eingesetzt.«

Sie hasste den Tod, der ihr die Mutter und den Mann geraubt hatte, aber als sie auf den Toten zwischen sich und dem Bestatter hinabsah, suggerierte sein wachsbleiches Gesicht einen Seelenfrieden, um den ihn vermutlich viele, deren Gehirn mit einem Nanonetz überzogen und durchwebt war, beneidet hätten.

»Ich habe Männer gesehen, die den Besitz eines Arkadiers – so nennen sie sich selbst – zu bewachen hatten: ein Rudel von Männern in Khakihose und Sportsakko, auf den ersten Blick ganz normal, aber wie Hunde ausgebildet, beengt wie in einem Zwinger lebend. Ihre Persönlichkeiten und Identitäten ausgelöscht. Kein Privatleben mehr. Dafür programmiert, Waffen zu tragen, Sicherungsaufgaben zu übernehmen, Eindringlinge aufzuspüren und zu töten. Sie sind wie … Maschinen aus Fleisch und Blut.«

Falls Jane noch im Zweifel gewesen war, ob er ihr glaubte, hatte sie jetzt Gewissheit, als er sich bekreuzigte.

»Maschinen aus Fleisch und Blut«, wiederholte sie. »Die gibt es auch in Luxusbordellen für reiche, mächtige Leute, die diese Verschwörung finanzieren. Mir ist's gelungen, in eines reinzukommen – und lebend wieder rauszukommen. Die jungen Frauen sind schöner, als sich mit Worten beschreiben lässt. Aber sie haben kein Gedächtnis mehr. Keine Erinnerung daran, wer sie einst waren oder dass es eine Welt außerhalb des Bordells gibt. Keine Hoffnungen. Keine Träume. Keine Interessen, außer fit und begehrenswert zu bleiben. Dafür programmiert, alle sexuellen Wünsche zu erfüllen. Total unterwürfig. Niemals ungehorsam. Kein Wunsch zu extrem, um nicht erfüllt zu werden. Sie sind sanft, reizend, anscheinend glücklich, aber das ist alles einprogrammiert. Sie sind unfähig, Wut oder Traurigkeit auszudrücken. Aber irgendwo tief in ihrem Innersten … was wäre, wenn in einer von ihnen etwas zurückgeblieben wäre, der blasseste Schimmer menschlicher Gefühle, ein Hauch von Selbstachtung, eine Andeutung von Hoffnung? Dann wäre ihr Körper ein Gefängnis. Sie müssten ein grausig einsames Leben in einer Hölle ohnegleichen führen. Ich habe geträumt, eine dieser jungen Frauen zu sein, und bin zitternd aufgewacht. Ich schäme mich nicht, zuzugeben, dass ich schreckliche Angst habe, meines freien Willens beraubt wie sie zu enden. Denn sowie der Kontrollmechanismus sich im Gehirn ausgebreitet hat, lässt er sich nicht mehr entfernen, dann ist der einzige Ausweg der Tod.«

ACHTZEHN

Ein Mond wie ein Drachen-Ei kam aus einem Nest aus zerfaserten Wolken hervor, die von einem stürmischen Wind, der nicht bis zum Erdboden durchschlug, nach Südosten gejagt wurden. Die Eichen wuchsen jetzt in weiten Abständen voneinander, jede als Majestät ihres eigenen Reichs: mit knorrig verdrehten schwarzen Ästen wie die brandgeschwärzten, aber unerschütterlichen Überlebenden eines Kataklysmus – oder Orakel, die vor irgendeiner bevorstehenden Katastrophe warnten. Auf dem kargen Boden wuchs weniger Gras, und der letzte Anstieg war im Mondschein mit schwachen Baumschatten auf einem Teppich aus nassem Geröll und ausgefransten flachen Riedgrasklumpen gesprenkelt.

Trotz der unerklärlichen Gefahr, in der Tanuja und ihr Bruder sich befanden, blieb ihr das erzählerische Potenzial dieser bizarren Situation nicht verborgen. Schon als sie zum letzten Hügelkamm hinaufhastete, entstand in ihrem Kopf ein Roman, eine moderne Version von *Hänsel und Gretel*, in der ein Geschwisterpaar aus Deutschland in die südkalifornische Wildnis versetzt wurde, in der seine Widersacherin keine Hexe in einem Haus aus Zuckerwerk, sondern irgendeine furchterregende Sekte oder verbrecherische Bruderschaft war. Was ihr an *Hänsel und Gretel* immer am besten gefallen hatte, war die Art, wie die beiden es der Hexe zeigten: Nachdem Gretel sie in den Ofen geschoben hatte, füllten Hänsel und sie sich die Taschen mit den Schätzen der bösen Alten.

Ziemlich außer Atem erreichten Sanjay und sie den Hügelkamm und hatten nun die Quelle der roten, blauen und gelben Auren, die sie durch die Nacht angezogen hatten, strahlend hell unter sich. Das einzige Gebäude in Sicht, ein Fertigbau, der ein traditionelles Blockhaus imitierte, warb mit zwei Reihen von Neonröhren, die sein Dach nachzeichneten, und einer riesigen abgesetzten Leuchtreklame, auf der die Wörter COOGAN'S CROSSROADS im glühenden Umriss eines Cowboyhuts blinkten.

Vor und neben dem Gebäude parkten mindestens zwanzig Autos. Aus der Bar drang schwach Countrymusik in die Nacht hinaus.

Tanuja folgte Sanjay den Hang hinunter, der durch halb liegendes japanisches Berggras, in dem man sich leicht verfangen konnte, rutschig war, und auf die in Ost-West-Richtung verlaufende Straße hinaus, die sich hier mit einer Nord-Süd-Route kreuzte.

Als sie den Parkplatz des Coogan's erreichten, erklangen in einer Tasche von Sanjays Jeans einige Takte von »Macarena« von Los Del Río und ließen ihn haltmachen. Als der Klingelton sich wiederholte, zog er das Smartphone heraus, das einem der Eindringlinge gehört hatte.

»Geh nicht ran!«, warnte Tanuja.

»Natürlich nicht«, sagte ihr Bruder. »Ich hab's nur mitgenommen, weil es vielleicht einen Hinweis darauf liefert, wer sie sind.«

»Wer ruft an? Mit welcher Nummer?«

»Unterdrückt«, sagte Sanjay.

Obwohl er den Anruf nicht annahm, wurde irgendwie eine Verbindung hergestellt. Ein endlos langer Binärcode, der wie eine Raupe in Serpentinen übers Display lief, füllte es von oben bis unten aus. Dann verschwand der Code, der blaue Hintergrund wurde weiß, und zwei schwarze Linien mit Straßennummern bildeten die Kreuzung ab, an der die Geschwister standen. Der rot blinkende Lichtpunkt konnte nichts anderes bezeichnen als die Position des Smartphones.

»Scheiße!«, sagte Sanjay. »Sie haben uns geortet!«

»Wie ist das möglich?«

»Keine Ahnung.«

Tanuja sah zu der noch dunklen, nicht befahrenen Nord-Süd-Route hinüber. »Bald sind sie hier!«

Vor dem Coogan's befand sich eine Holzterrasse aus massiven Planken auf gut halbmeterhohen Stützen. Sanjay rannte hinüber und ließ das Smartphone durch einen Spalt zwischen zwei dekorativen Lorbeerbäumen ins Dunkel unter der Terrasse fallen.

Motorenlärm kam näher, schwoll rasch an. Aus Süden, wo die Ruine der Honeydale Stables lag, tauchten Lichtkegel auf, wippten bei Unebenheiten der Fahrbahn und wurden hinter einem Windschutz aus Eukalyptusbäumen größer.

Tanuja und Sanjay, die sich wortlos verstanden, rannten zu einem der parkenden Fahrzeuge: einem Lastwagen mit fünf Meter langer Ladefläche, geteilten Bordwänden und einer Plane über einem bogenförmigen Metallgerüst. Sie kletterten über die Heckklappe und ließen sich auf die Ladefläche fallen, auf der es eben hell genug war, dass sie erkennen konnten, dass dies der Wagen eines Landschaftsgärtners war, der große Farne und Rhapis-Palmen in Pflanzkübeln geladen hatte. Sie kauerten einen Meter hinter der Heckklappe, wo das reflektierte Neonlicht ihre Gesichter nicht mehr erreichte und die Wedel der jungen australischen Baumfarne über ihnen und um sie herum zusammenschlugen.

Im nächsten Augenblick wurde der Motorenlärm lauter. Scheinwerfer glitten über den Parkplatz, ein Paar, dann ein weiteres. Als Erster fuhr ein Streifenwagen des Sheriff's Department ohne Blinklicht und Sirene an dem Lastwagen vorbei. Er hielt am Aufgang zu der Holzterrasse, wo der gelb gestreifte Randstein ein Parkverbot signalisierte.

Dicht hinter dem Streifenwagen folgte der höhergelegte Chevy mit Doppelkabine, dessen hintere rechte Tür, die eingedrückt war und klapperte, von dem Mann auf dem Beifahrersitz zugehalten wurde. Der Pick-up parkte auf einem freien Platz zwischen zwei SUVs. Sein Fahrer stellte den Motor ab und stieg mit zwei weiteren Männern aus. Der Verletzte war anscheinend auf der Brücke seinem Schicksal überlassen worden. Der Fahrer ging nördlich um das Coogan's Crossroads herum, die beiden anderen südlich. Offenbar wollten sie sich hinter dem Gebäude treffen, wo der Kücheneingang und ein Notausgang lagen.

Aus dem Streifenwagen stiegen zwei uniformierte Deputies. Sie gingen zur Holzterrasse hinauf, sahen sich kurz auf dem Parkplatz um und verschwanden nach drinnen.

»Wir sind *chodu*, wenn wir hierbleiben«, sagte Tanuja, als Sanjay feststellte: »Wenn sie uns dort drinnen nicht finden, kontrollieren sie diese Autos.«

Sie kletterten nacheinander über die Heckklappe und sprangen vom Truck des Landschaftsgärtners.

Sie rechneten damit, wieder zu Fuß zu sein: eine deprimierende Aussicht in diesem dünn besiedelten Gebiet, in dem es viele Meilen bis zur nächsten Siedlung waren, in der sie sich vielleicht würden verstecken können, um Zeit zum Nachdenken zu gewinnen. Außerdem würden sie unbewaffnet in einem Kojotengebiet unterwegs sein – und das zu einem Zeitpunkt, in dem die Präriewölfe nach dem Unwetter heißhungrig und erbarmungslos auf die Jagd gehen würden.

Dann machte das Knacken eines Funkgeräts sie auf den Streifenwagen aufmerksam – und auf die Tatsache, dass sein Motor lief.

»Ausgeschlossen«, sagte Sanjay.

Tanuja sagte: »In ungefähr drei Minuten wissen sie, dass wir nicht im Coogan's sind.«

Sie lief zu dem Streifenwagen, und Sanjay folgte ihr.

Das Fahrerfenster stand offen. Die Stimme eines Dispatchers forderte Unterstützung für einen 11-80 – was immer ein 11-80 sein mochte – im Silverado Canyon an.

Tanuja glitt hinters Lenkrad und löste die Handbremse, während Sanjay vorn rechts einstieg. Sie schob sich mit dem Sitz nach vorn, gab Gas und fuhr davon.

NEUNZEHN

Das erbarmungslos grelle Licht in dem fensterlosen Kellerraum, die Luft, kalt wie in einem Kühlraum, der chemische Geruch, der darunterliegende Duft, der am besten undefiniert blieb, die von Respekt und Sympathie sanfte Stimme des Bestattungsunternehmers und die stete Traurigkeit in seinem Blick …

Er wiederholte, was sie in Bezug auf Menschen gesagt hatte, denen ein Nanotech-Kontrollmechanismus injiziert worden war. »›Dann ist der einzige Ausweg der Tod‹?«

Indem er ihre Aussage in eine Frage umwandelte, wollte er nicht das Schicksal der Injizierten bestätigt bekommen, sondern ihre Versicherung hören, dass sie trotz der gegen sie aufmarschierten Feinde und der Ungeheuerlichkeiten, die sie soeben geschildert hatte, aufrichtig an eine Zukunft für sich, an einen anderen Ausweg als den Tod glaubte. Hoffte sie nur, das Leben ihres Kindes retten zu können, indem sie ihr eigenes opferte, war sie nach genauer Analyse der Lage der Überzeugung, die Verschwörer nur stoppen zu können, indem sie ihr Leben dafür hingab, war sie nicht wie die Marines, mit denen er in den Krieg gezogen war. Sie hatten für ihr Land und nicht weniger füreinander gekämpft, aber sie waren in jedes Gefecht mit der festen Überzeugung gegangen, überleben zu können.

Als Frau eines Marines verstand Jane Gilbertos Besorgnis. Krieger sollten nicht furchtlos sein, denn die Furchtlosen waren oft fahrlässig, gefährdeten dadurch sich und ihre Kameraden. Aber er sollte auch nicht mit dem sicheren Tod vor Augen in den Kampf ziehen, denn auf diese Weise deprimiert, kämpfte niemand gut.

»Ich muss für Travis überleben«, sagte sie. »Ich *werde* für das Vergnügen leben, diese arroganten Scheusale ruiniert zu sehen, wenn sie ihre Macht verlieren und lebenslänglich hinter Gitter kommen, auch wenn ich lieber sehen würde, wie sie an die Wand gestellt werden. Ich bin weder furchtlos noch nihilistisch. Ich werde Fehler machen. Aber ich werfe mein Leben nicht weg – und deines erst recht nicht.«

»Sorry, dass ich dich zu dieser Klarstellung gezwungen habe.«

»An deiner Stelle hätte ich das auch getan.«

»Also, wer ist dieser Kerl aus dem Justizministerium, den wir entführen?«

»Ein gewisser Booth Hendrickson.« Sie zog den Reißverschluss ihrer Sporttasche auf und nahm einen festen braunen Umschlag heraus, den sie Gilberto gab. »Studiere sein Foto, bis du sicher bist, dass du ihn wiedererkennst, und verbrenne es dann.«

»Wann brauchst du mich für diesen Job?«

»Du holst ihn morgen um halb elf vom General Aviation Terminal auf dem Orange County Airport ab.«

Als sei die Blässe des Toten durch das Gehörte veranlasst, lag er mit wie zum Gebet geschlossenen Augen zwischen ihnen, einem Priester ohne Robe gleich, durchs Gewicht der Verbrechen, die sie planten, niedergedrückt und zu keiner Bewegung imstande.

»Unser Leichenwagen geht nicht als Limousine durch«, wandte Gilberto ein.

»Ich habe eine für dich. Seinem Bruder gehört unter anderem eine Firma, die Limousinen mit Fahrer vermietet. Er wird sich sicherer fühlen, wenn er in einer der Limos seines Bruders sitzt, die von einem Chauffeur seines Bruders gefahren wird.«

Jane erklärte ihm, wie die Entführung ablaufen würde, dann holte sie aus der Sporttasche ein ledernes Schulterholster, in dem eine Pistole steckte: eine Heckler & Koch .45 Compact aus Stahl und Polymer wie die, mit der sie selbst bewaffnet war.

»Ich glaube nicht, dass du eine Waffe brauchen wirst«, sagte sie. »Aber diese Welt wird vom Teufel regiert, der niemals schläft. Sie hat ein Magazin mit zehn Patronen in halb gestaffelter Anordnung. Der schmalere Griff liegt besser in der Hand.«

Statt danach zu greifen, sagte er: »Ich habe selbst eine Pistole. Die bin ich gewöhnt. Und ich kenne ihre Macken.«

»Aber deine lässt sich vielleicht zu dir zurückverfolgen. Diese hier ist anonym. Nimm sie. Benutz sie, wenn's nicht anders geht.«

Sie legte Holster und Pistole auf die mit dem Leichentuch bedeckte Brust des Toten. Aus ihrer Tasche holte sie ein Reservemagazin und einen Schalldämpfer für die Heckler & Koch. Sie legte beides auf den Toten und fügte ein Handy hinzu. »Für dieses Unternehmen brauchst du ein Wegwerfhandy. Die Nummer meines Handys steht hinten drauf.«

Gilberto sagte: »Auch wenn du eine gewisse Sicherheit für dich und Travis erkämpfen kannst … auch dann verlierst du.«

»Schon möglich.«

»Weil du den Nano-Geist nicht wieder in die Flasche zurückzwingen kannst.«

»Die Erfindung der Atombombe konnte auch niemand rückgängig machen. Trotzdem sind wir noch da.«

»Zumindest bis heute.«

»Keiner von uns hat jemals mehr als den gegenwärtigen Augenblick. Morgen wird heute, heute wird gestern. Für meinen Jungen kann ich nicht mehr tun, als ihm eine Gegenwart zu ermöglichen, aus der er sich selbst eine bedeutungsvolle Vergangenheit erschaffen kann.«

Jane zog den Reißverschluss der Sporttasche zu. Sie kam um den Stahltisch herum, legte eine Hand in Gilbertos Nacken und zog seinen Kopf zu sich heran, bis ihre Stirnen sich berührten. So blieben sie einen langen Augenblick schweigend stehen. Dann küsste sie ihn auf die Wange, ging aus dem Raum und verließ das Gebäude und trat in die Nacht hinaus, die stets die letzte Nacht ihres Lebens sein konnte.

ZWANZIG

Tanuja fuhr schnell und gut, ohne durch ihren Mangel an Vertrautheit mit dem Streifenwagen beeinträchtigt zu sein. Aber die Ereignisse dieses Abends waren so außergewöhnlich, ließen ihre Emotionen so wild schwanken, dass sie beinahe das Gefühl hatte, die Realität sei formbar und entstehe um sie herum neu, so leicht sie sich einen Roman ausdenken konnte, in dem das Land auf beiden Seiten der Straße ein schwarzes, fremdes Meer war und die sanften fernen Hügel gar keine Hügel, sondern die runden Rücken von Ungeheuern aus dem Devon waren, die hier schwammen, wie sie vor vierhundert Millionen Jahren geschwommen waren.

Weil Sanjay für ein paar Kurzgeschichten bei der Polizei recherchiert hatte, wusste er, wie sich Blinklichter und Sirene einschalten ließen. Tanuja benutzte sie nur, wo Überholverbot herrschte, damit langsamere Fahrer rechts heranfuhren und sie vorbeiließen.

Sie durften den Streifenwagen nicht allzu lange benutzen, aber Tanuja wollte möglichst weit in die Gemeinden des West County hineinfahren. Je dichter besiedelt das Gebiet war, desto mehr Optionen würden sie haben, auch wenn sie bisher keine Vorstellung davon hatten, wie diese Optionen aussehen könnten.

»Wir müssen uns für die Nacht verkriechen, die Sache durchdenken«, sagte Sanjay.

»Wo verkriechen, bei wem?«

»Nicht bei Freunden. Wir wissen nicht, was wir ihnen damit einbrocken könnten.«

»Aber wem sollen wir trauen?«, fragte sie. »Wir wissen nicht mal, *warum*.«

Nach kurzem Schweigen sagte Sanjay: »Wir müssen am nächsten Geldautomaten von Wells Fargo halten. Ich habe nur ungefähr hundertachtzig Dollar in der Tasche. Du?«

»Keinen Cent.«

»Sie haben das Navi unseres Wagens geortet. Vielleicht wissen sie dann auch, wenn wir ein Motelzimmer mit einer Karte zahlen.«

»Ist das technisch möglich? Kartenzahlungen in Echtzeit verfolgen?«

»Ich weiß nicht mehr, was möglich ist, Tanny. Anscheinend ist jede verdammte Sache möglich. Also brauchen wir so viel Bargeld, wie wir kriegen können.«

Gegen 22 Uhr, nachdem sie an einem Geldautomaten von Wells Fargo sechshundert Dollar abgehoben hatten, fanden sie in Lake Forest einen Bürokomplex, auf dessen leerem Parkplatz sie den Streifenwagen zurückließen. Soviel sie beurteilen konnten, ließen sie den Wagen dort stehen, ohne jemanden auf sich aufmerksam zu machen.

Durch den Widerschein suburbaner Straßenbeleuchtung schwefelgelb gesprenkelte dunkle Wolkenfetzen jagten über einen Himmel, an dem ein seltsam deformierter Halbmond hing, als stamme der Schatten – so erschien es zumindest Tanuja –, der ihn teilweise verdunkelte, von einer verformten Erde. Die Sterne wirkten falsch arrangiert, bildeten keine vertrauten Konstellationen, und der Beton unter ihren Füßen schien bei jedem Schritt leicht nachzugeben. Wenige Minuten später erreichten sie eine Durchgangsstraße mit lebhaftem Verkehr und einer bunten Mischung aus Schnellrestaurants und sonstigen Betrieben, darunter einen halben Block links vor ihnen ein Motor Inn, der zu einer nationalen Hotelkette im mittleren Preissegment gehörte, und weniger als einen halben Block rechts vor ihnen ein weniger luxuriöses Motel.

Selbst aus der Ferne verlockte weder die bekannte Marke noch die äußere Erscheinung dazu, in einem dieser Refugien die Nacht zu verbringen. Tatsächlich hatten beide etwas an sich, das vielleicht nicht bedrohlich, aber doch unheilvoll wirkte. Tanuja vermutete, die wahrgenommene Bedrohung sei rein imaginär, ein Produkt ihrer Ängstlichkeit und der Desorientierung, die davon herrührte, dass sie aus unerfindlichen Gründen verfolgt wurden, bis Sanjay sagte: »Selbst wenn wir beim Einchecken bar zahlen, gefällt mir diese Sache nicht. Irgendwie kommt sie mir falsch vor. Wir müssen anderswo unterkommen können.«

EINUNDZWANZIG

Von dem Bestattungsunternehmen in Orange aus fuhr Jane Hawk nach Süden zu einem vor Kurzem eingemeindeten Teil von Newport Beach, wo es mehrere umzäunte und bewachte Wohnanlagen mit Villen für mehrere Millionen gab. Eine davon hatte Sara Holdsteck gehört, bis Simon Yegg, ihr Exmann, sie darum gebracht hatte.

Sie parkte vor einem Tag und Nacht geöffneten Supermarkt in einem luxuriösen Einkaufszentrum. Mit ihrer Sporttasche über der Schulter ging sie zu Fuß weiter. Der dichte Verkehr auf dem Parkway links neben ihr wirkte wie ein fahrbarer Showroom für Mercedes, BMW und Ferrari.

Jane ging ungefähr eineinhalb Meilen weit auf dem Gehsteig durch eine künstlich gestaltete Landschaft, ohne Wohnhäuser oder Geschäfte oder andere Fußgänger zu sehen. Hier gab es nur die imposanten bewachten Einfahrten der exklusiven Wohnanlagen und dazwischen Ausblicke auf den im Mondschein liegenden Canyon, über dem diese Luxusvillen erbaut worden waren.

Trotz ihrer stark gesicherten Einfahrten waren diese Anlagen nicht vollständig von einheitlichen Zäunen umgeben. Jeder Hausbesitzer hatte die Einfriedung – Stahlstäbe, Glaspaneele, Mauerwerk – errichten lassen, die am besten zu seinem Haus passte. Wo die Verkehrsflächen einer Anlage auf den Canyon stießen, gab es gusseiserne Zäune oder gar nichts; war der Canyon steil genug, würden Diebe sich kaum die Mühe machen, zu Villen hinaufzuklettern, aus denen sie nur zu Fuß flüchten konnten, falls etwas schiefging.

Nachdem sie den Gehsteig verlassen hatte, um vorsichtig dem grasigen Rand des Canyons zu folgen, wobei sie sich im Mondschein orientierte und notfalls eine kleine Stablampe, die sie mit einer Hand abschirmte, zur Hilfe nahm, fand Jane einen nicht mit einem Zaun gesicherten Übergangspunkt zwischen dem Canyon und einer Verkehrsfläche der Anlage. Keine Minute später war sie wieder auf einem Gehsteig – an einer Straße innerhalb der Wohnanlage.

Dass sie als Eindringling verdächtigt werden würde, war unwahrscheinlich. Zu der Anlage gehörten über hundertfünfzig Villen, sodass kein Wachmann alle Bewohner – von Hausgästen ganz zu schweigen – kennen konnte. Kam zufällig ein Streifenwagen vorbei, würde sie lächeln und winken, was ihr bestimmt ein Lächeln und ein Winken einbringen würde.

Dank Google Earth und Google Maps war sie mit dem Straßennetz der Anlage vertraut. So brauchte sie nur wenige Minuten, um Yeggs Villa zu erreichen.

Das weitläufige Landhaus im mediterranen Stil war mit Kalkstein verkleidet, hatte Bogenfenster mit farblich abgesetzten Steineinfassungen und prunkte mit einem Eingang, der einen dramatischen Portikus aufwies, dessen massive Säulen einen Dreiecksgiebel mit einem detailliert gestalteten Relief trugen.

Jane ging zur Haustür, als gehöre sie hierher. Die Fenster waren dunkel.

Wie Sara Holdsteck erzählt hatte, hatte Simon abends und an Wochenenden kein Personal im Haus haben wollen, als er schon vor der Hochzeit bei ihr eingezogen war. Montags bis freitags arbeiteten hier zwei Dienstmädchen von neun bis siebzehn Uhr. Dass er diesen Zeitplan geändert hatte, war höchst unwahrscheinlich.

Außer im Dezember pokerte Simon an jedem letzten Freitag des Monats mit seinen Freunden. Gespielt wurde nach Absprache im Wechsel zwischen ihren Häusern. Im März fand der Pokerabend anderswo statt.

Petra Quist, das Flittchen, die gegenwärtig mit Simon zusammenlebte, eine 26-jährige Blondine mit blauen Augen, zwanzig Jahre jünger als er, ging an jedem letzten Freitag im Monat mit ihren Girls aus. Die Fotos auf ihrer Facebookseite reichten von kitschig süß bis fast obszön und zeigten fünf weitere langbeinige, aufreizend gekleidete junge Frauen, ihre »Abriss-Crew«, mit denen sie in einer Limousine Shopping und Bar Hopping fuhr. Den Fotos nach dachten sie nicht im Traum daran, sich an ein vernünftiges Limit von drei Drinks zu halten.

Jane betätigte den Abzug ihres elektrischen Dietrichs viermal, damit das Gerät alle Verriegelungsstifte anhob, sodass die Tür sich öffnen ließ. Als sie über die Schwelle trat, schrillte die Alarmanlage los.

Ihr blieben zwei Minuten, um die Alarmanlage mit dem richtigen Code stillzulegen, bevor die Zentrale die Polizei schickte.

Als Sara ihr schuldenfreies Haus Simon übertragen hatte, hatte er ihr höhnisch grinsend erklärt, er werde weder die Türschlösser noch die Codes der Alarmanlage wechseln. *Wenn du willst, kannst du jederzeit zurückkommen, Liebling, und drinnen auf mich warten und mich zehnmal totschießen, wenn ich heimkomme. Glaubst du, dass du das fertigbrächtest, Liebling? Nein, ich glaub's auch nicht. Du schwingst große Reden, spielst den Immobilien-Guru, die Selfmade-Millionärin, aber in Wirklichkeit bist du bloß 'ne angeberische Bitch, 'ne feige Pussy, 'ne blöde Schlampe, die nur mit Dusel etwas Geld gemacht hat. Im Bett warst du mal ganz brauchbar, aber deine beste Zeit liegt hinter dir, weit hinter dir. Gehst du pleite und musst deinen Arsch verkaufen, Liebling, greift keiner zu, wenn du mehr als 'nen Zehner verlangst.*

Sara erinnerte sich fast wörtlich an seine beleidigende Abschiedsrede, und obwohl sie mehrmals mit dem Gedanken gespielt hatte, genau das zu tun, was er ihr nicht zutraute, war ihr bewusst, dass sie ihr Leben ruinieren würde, wenn sie ihn ermordete. Oder seine Aufforderung war eine Falle, was wahrscheinlicher war: Er würde ihr bewaffnet auflauern, und sie würde als Einbrecherin erschossen werden. Trotzdem schmerzten seine Beleidigungen – *feige, blöd, nur mit Dusel* – noch zwei Jahre später, und für Jane war klar, dass Sara diese Kränkungen trotz ihrer Intelligenz und Willensstärke verinnerlicht hatte und nicht von dem befleckten Selbstbildnis tilgen konnte, das Simon in ihr erzeugt hatte.

Auf dem Tastenfeld der Alarmanlage rechts neben der Haustür gab Jane die vier Ziffern ein, die Sara ihr genannt hatte, und drückte die Sternchentaste. Die Alarmanlage verstummte. Yegg, der arrogante Dreckskerl, fürchtete seine Exfrau so wenig, dass er sein Versprechen, ihre Rückkehr nicht zu behindern, tatsächlich gehalten hatte.

Nachdem sie die externen Sensoren, jedoch nicht die internen Bewegungsmelder wieder aktiviert hatte, begann Jane mit ihrem Rundgang durch das große Haus.

Wie Petra Quists Postings auf Facebook schilderten, rockten das Flittchen und seine Crew an solchen Abenden »den Scheiß aus der Clubszene«. Sie kam erst gegen Mitternacht nach Hause gestolpert – und auch das nur widerstrebend. Aber sie verspätete sich nie, weil ihre »nukleare Liebesmaschine«, die sie nur als Mr. Big identifizierte, es nicht mochte, wenn das Haus bei seiner Heimkehr leer war. Nach Saras Auskunft kam Simon von seinen Pokerabenden regelmäßig zwischen null Uhr dreißig und ein Uhr morgens zurück.

Jane rechnete sich aus, dass sie über eine Stunde Zeit hatte, sich zu überlegen, wo und wie sie Petra Quist einsperren würde, um unter vier Augen mit Mr. Big reden zu können, der bei Tagesanbruch vielleicht nicht mehr ganz so groß sein würde.

ZWEIUNDZWANZIG

Kaum einen Block von der Durchgangsstraße mit ihrem lebhaften nächtlichen Verkehr entfernt standen die Bäume eine halbe Stunde nach dem Abzug des Unwetters mit nasser Rinde und trockenem Laub da. In den Rinnsteinen gluckerte nichts mehr. Die bunten Glasfenster der Mission of Light Church leuchteten weit in die Nacht hinaus, und aus ihrem Inneren drangen gedämpfte Lach- und Beifallssalven.

An eine Kirche hatte Sanjay eigentlich nicht gedacht, als er seiner Schwester erklärt hatte, es müsse einen anderen Ort geben als ein Motel, an dem sie die Nacht verbringen könnten. Aber als sie davorstanden, schienen die Wärme ihres Lichts, das Lachen und der gelegentliche Beifall Sicherheit zu versprechen. Sanjay, der düstere Romane schrieb und als Schriftsteller aus Überzeugung nicht anders konnte, als die Welt und das Leben schwarz zu sehen, konnte sich nicht ganz mit dieser Kirche identifizieren. Er wusste jedoch, dass seine Schwester mit ihrer Vorliebe für den magischen Realismus bereitwillig glauben würde, hier gebe es Sicherheit für sie. Also verdrängte er seine Zweifel und stellte das Wohlbefinden seiner Schwester über seine Vorurteile. Außerdem wusste er nicht, wohin sie sonst hätten gehen sollen.

Sie betraten die Kirche durch eines der beiden weit offenen Portale und fanden die Vorhalle menschenleer vor. Auch die Bänke im Kirchenschiff und der Altarraum unter einem von innen beleuchteten riesigen weißen Kunststoffkreuz waren leer.

Im Hintergrund waren Kinderstimmen zu hören, dazu lachende Erwachsene, Klaviermusik und ein Jugendchor.

Sanjay und Tanuja folgten dem Mittelgang bis zur Querung und machten vor der Balustrade des Altarraums halt, wo sie links von sich mehrere offene Türen sahen. Sie traten an eine dieser Türen, hinter der ein großer Versammlungsraum im nördlichen Querschiff in ein provisorisches Theater verwandelt worden war.

Auf dicht aufgereihten Klappstühlen saßen bis zu zweihundert Gemeindemitglieder. Rechts neben der Bühne stand ein Chor aus mehreren Dutzend Jugendlichen in drei Reihen um ein Klavier gruppiert. Die Bühne gehörte zahlreichen Schulkindern bis zu zehn Jahren, von denen drei als weiße Häschen verkleidet waren.

Obwohl Ostern erst in fast zwei Wochen war, ging es bei dieser Aufführung schon ums Osterfest. Zumindest vorübergehend hatte die Kirche ernste Themen wie Kreuzigung und Wiederauferstehung beiseitegeschoben, um leichtere Kost aufzutischen, zu der Häschen, als Stiefmütterchen kostümierte Mädchen und drei kleine Jungen gehörten, die als Eier verkleidet vor etwas standen, das anscheinend ein riesiges Pappmaché-Huhn sein sollte.

Links vor ihnen sah Sanjay den Eingang eines Korridors mit einem Hinweisschild auf Toiletten. Dieser Korridor schien ziemlich lang zu sein, als lägen dort außer Herren- und Damentoiletten noch weitere Räume.

Als die Musik lauter wurde und die Häschen zwischen den Stiefmütterchen umherzuhüpfen begannen, ergriff er Tanujas Hand und zog sie hinter den letzten Stuhlreihen mit sich. Das Publikum war ganz auf die Bühne fixiert, aber falls jemand auf Sanjay und seine Schwester achtete, hatte er keinen Grund zu der Annahme, diese beiden Neuankömmlinge gehörten nicht hierher.

Auf die Toiletten folgten die Unterrichtsräume, in denen vielleicht Sonntagskurse gehalten wurden oder Seminare stattfanden. Ein am Ende des Korridors abzweigender kurzer Gang führte zu den Büros der Kirchenverwaltung und einer Küche. Und zu einem großen Lagerraum, in dem sehr unterschiedliche Dinge lagerten: Putzsachen, darunter Staubsauger und Bohnermaschinen, zwanzig oder mehr Klapptische, die an einer Wand gestapelt waren, und ein vollständiger Satz Krippenfiguren in Lebensgröße, darunter die drei Könige aus dem Morgenland, Kamele, eine Kuh, mehrere Lämmer, ein Esel und weiteres Zubehör.

Sanjay führte seine Schwester hinein und schloss die Tür hinter ihnen. »Wir warten hier. Die Vorstellung muss bald zu Ende sein. Dann gehen sie alle.«

»Wir bleiben hier, meinst du?«

»Wir haben Toiletten. In der Küche gibt es vielleicht Essen – Lunch fürs Personal oder Snacks.«

»Es fühlt sich unheimlich an, hier zu bleiben.«

»Es fühlt sich sicher an, Tanny.«

»Ja, nun … das stimmt«, bestätigte sie.

»Dann haben wir Zeit, über alles nachzudenken, diese Sache zu analysieren.«

»Aber wir könnten uns ein Jahr lang verstecken, ohne etwas rauszukriegen. Und was ist, wenn jemand reinkommt?«

»Wir verstecken uns hinter den Krippenfiguren. Dort sieht uns niemand, der den Raum nicht bis hinten absucht.«

Sie ließen das Licht brennen, um zwischen den vielen Gegenständen hindurchzufinden, und setzten sich hinter schweren Gipsfiguren von Königen und Kamelen versteckt auf den Fußboden.

In der Ferne schwollen das gedämpfte Klavierspiel und der Gesang zu einem Crescendo an, und nach einer Sekunde Pause ließen Lautstärke und Dauer des Beifalls aufs Ende der Vorstellung schließen.

DREIUNDZWANZIG

Auf dem Parkplatz eines Bürokomplexes in Lake Forst lädt Carter Jergen am Steuer des verlassenen Streifenwagens sitzend den Inhalt des Kameraarchivs des Fahrzeugs auf seinen Laptop herunter. Die Überwachung der Vorder- und Rücksitze in Streifenwagen dient zum Schutz der Polizeibeamten, damit das Police Department Beweise in der Hand hat, falls ihnen zu Unrecht Übergriffe oder anderweitiges Fehlverhalten vorgeworfen werden.

Den Beamten, die dieses Fahrzeug zuletzt benutzt haben, sind keine Übergriffe vorzuwerfen. Jergen arbeitet nicht im

Sheriff's Department; offiziell ist er bei der National Security Agency, sodass er gegenüber den Deputies gar keine Disziplinargewalt hat, auch wenn sie ihm und seiner Behörde zur Hilfeleistung verpflichtet sind. *Wäre* er tatsächlich ihr Boss, würde er sie wegen Pflichtverletzung – wegen reiner Dummheit – bestrafen, weil sie zugelassen haben, dass die Geschwister Shukla ihnen den Wagen klauen.

Was ihm am meisten Sorgen macht, ist die Tatsache, dass die beiden Deputies zu den Angepassten gehören, denen Nano-Kontrollmechanismen injiziert worden sind. Aus diesem Grund sind sie zur Unterstützung des Konversionsteams angefordert worden, als es im Haus der Shuklas Schwierigkeiten gegeben hat. Tatsächlich sind sie alle angepasst, obwohl sie's nicht ahnen – auch Lincoln Crossley und seine beiden Begleiter, die zugelassen haben, dass ein zierliches Mädchen, das einen Kopf kleiner und um die Hälfte leichter ist, sie mit Hornissenspray außer Gefecht gesetzt hat.

In letzter Zeit hegt Jergen den Verdacht, dass die angepassten Personen mehr als nur ihren freien Willen verlieren, wenn der netzartige Kontrollmechanismus ihr Gehirn durchdringt. Vielleicht tritt der Verlust nicht sofort ein. Möglicherweise geht er schleichend vor sich. Aber Jergen hat den Eindruck, manche der Angepassten seien nicht mehr so intelligent wie vor der Injektion.

Nein, vielleicht liegt's nicht daran, dass sie weniger intelligent sind. Vielmehr scheint die Qualität ihrer Motivation sich verändert zu haben. Sie tun, was ihnen befohlen wird, aber manchen – sogar vielen – scheint das Interesse daran zu fehlen, aus eigener Initiative mehr als das Verlangte zu tun.

Aber das braucht nicht einmal schlecht zu sein. Seiner Einschätzung nach sind viele Leute zu clever, als gut für sie ist, von den falschen Begierden und Wünschen wie Geld und Status und der Bewunderung durch andere geleitet. Die neue Welt wird von denen gestaltet werden, die wie Carter Jergen am besten dafür geeignet sind, all die Fehler, zu denen die Menschen neigen, zu identifizieren und zu korrigieren. Sehr wahrscheinlich bleibt eine vollständig korrigierte Zivilisation stabiler, wenn ein Großteil ihrer Bevölkerung nur den Willen hat, wie vorgegeben zu funktionieren, und keinen Ehrgeiz besitzt, mehr zu leisten als andere. Schließlich kann aus ungezähmtem Leistungswillen auch eine Neigung zur Rebellion entstehen.

Im blassen Widerschein seines Laptops erreicht Jergen, der sich die Videoaufnahmen der nach vorn gerichteten Kamera ansieht, jetzt den Augenblick, in dem die Geschwister Shukla in die Nacht davongehen – über den beleuchteten Parkplatz, dann auf einem Gehsteig. Sie wenden sich nach Westen und hasten außer Sicht, ohne zu ahnen, dass sie diesen kleinen ersten Beweis zurückgelassen haben, der es ihm ermöglichen wird, sie aufzuspüren.

Jergen fährt seinen Laptop herunter, klappt ihn zu, steigt aus dem Wagen.

Einige Meter entfernt wartet Radley Dubose neben dem Range Rover, mit dem sie Sanjay und Tanuja Shukla auf ihrer Flucht aus dem Canyon vergebens verfolgt haben. Radley wirkt groß und zornig genug, um den Streifenwagen hochheben und fortschleudern zu können. Er hat ein kantiges Dudley-Do-Right-Kinn, und seine Augen glänzen fieberhaft wie die von Yosemite Sam. Obwohl Dubose ein Princeton-Absolvent ist und für ihre Sache kämpft, hält Jergen ihn für eine regelrechte Comicfigur.

»Erzähl mir bloß nicht«, sagt Radley Dubose, »dass die kleinen Scheißer die Kameras demoliert haben und wie zwei Gespenster verschwunden sind. Ich hab die Schnauze voll von ihren Klugscheißertricks. Ich hätte Lust, ihre Köpfe in den Arsch des anderen zu stecken und sie wie einen Reifen die Straße runterzurollen.«

»Vielleicht bekommst du noch Gelegenheit dazu«, antwortet Jergen. »Sie sind zu Fuß nach Westen, in Richtung Boulevard weitergegangen.«

Sie steigen in den mit Schlamm bespritzten Range Rover. Carter Jergen schaltet die Scheinwerfer ein, verlässt den Parkplatz und biegt nach Westen ab.

»Ich meine«, sagt Dubose, »sie sind beschissene Schriftsteller. Ausgerechnet *Schriftsteller*. Du und ich, wir sind knallharte Profis. Wir schlagen Schädel ein, führen unseren Auftrag aus. Wie können ein paar Bücherwürmer sich einbilden, sie wären clever genug, um auf uns pissen und damit durchkommen zu können?«

»Vielleicht weil sie's können«, schlägt Jergen vor.

»Jetzt nicht mehr. Damit ist Schluss! Mir reicht's! Los, wir schnappen sie uns.«

Jergen fährt an den Randstein und parkt verbotenerweise an einer Kreuzung.

Sie steigen aus dem Rover und stehen an der Ecke und begutachten die Lage. Die Restaurants und Bars haben geöffnet, aber die vereinzelten Läden und Geschäfte in den Ladenzeilen sind geschlossen. Durch Ampelkreuzungen zerhackt rast der Verkehr vorbei, bremst ab und rast wieder los – weniger Fahrzeuge als noch vor einer Stunde, aber mehr, als es in einer Stunde sein werden.

Als Erstes fallen Dubose das Motor Inn im Süden und das billige Motel im Norden von ihnen auf. »Wir wissen, dass dieses Arschloch Sanjay Geld abgehoben hat. Statt seine Kreditkarte zu benutzen, will er in einem Motel bar zahlen.«

Was Jergen als Erstes auffällt, sind die hoch auf einem Lampenmast montierten Überwachungskameras, die nach Süden und Norden blicken. »Vielleicht haben sie sich kein Zimmer genommen. Vielleicht sind sie per Anhalter weitergefahren. Bevor wir Detektiv spielen und Motelangestellte ausquetschen, sollten wir uns die Bilder der Verkehrsüberwachung ansehen.«

VIERUNDZWANZIG

Jane, die vor sich Licht anknipste und es hinter sich wieder ausschaltete, machte einen Rundgang durch das Haus und fühlte sich deprimiert durch einen Überfluss an protzigem Stuck, dekorativen Paneelen und Kronleuchtern aus Kristall, an exotischen Seidenportieren, die mit Volants und Quastensäumen geschmückt waren, an französischen Möbeln mit raffiniert gemusterten Einlegearbeiten, an vergoldetem diesem und versilbertem jenem. Wo die Böden nicht aus Naturstein bestanden, waren sie aus breiten Walnussdielen. Die vielen antiken Orientteppiche – Täbris, Mahal, Sultanabad – waren exquisit. Einige Lampen schienen von Tiffany zu sein, andere offenbar von Handel.

In verrücktem Gegensatz zu der überladenen, aber stimmigen Einrichtung standen die großformatigen abstrakten Gemälde – vielleicht sogar von berühmten Künstlern. Das wusste Jane nicht genau. Wie die meiste moderne Kunst interessierte dieses Zeug sie nicht mehr als der vom Wind zusammengetriebene, vom Regen komprimierte, von der Sonne ausgebleichte Müll, der sich im Lauf der Zeit in Massen, die an Erbrochenes erinnerten, an den rissigen, von Schlaglöchern übersäten kalifornischen Highways angesammelt hatte, während der einst goldene Staat auf seinem Weg in den Bankrott in behördlicher Korruption schmorte.

Dieses Haus hatte Sara Holdsteck gebaut, aber Jane vermutete, die überladene Ausstattung gehe ganz auf Simon Yegg zurück, der diese Schätze den vier Ehen verdankte, durch die er sich bereichert hatte.

Was sie brauchte, fand sie in einem unterirdischen Geschoss, das zu protzig war, um als Keller bezeichnet zu werden. In der Garage mit acht Stellplätzen standen gegenwärtig ein Rolls-Royce, ein Mercedes GL 550, ein Cadillac Escalade und ein Lamborghini. Eine Werkbank, reichlich Werkzeug, eines dieser

Rollbretter, auf dem man sich auf dem Rücken liegend unter ein Auto schieben konnte, und ein hydraulischer Wagenheber ließen vermuten, dass Simon nicht nur Autos sammelte, sondern auch gern an ihnen arbeitete. Außerdem gab es hier unten einen großen Weinkeller mit geräumiger Probierstube und ein Heimkino mit fünfzehn Plätzen.

Das luxuriöse Filmtheater hatte eine authentische französische Fassade, einen Empfangsbereich mit Kinokasse, ein Foyer mit Popcorn-Theke und einen zehn mal fünfzehn Meter großen Vorführraum. Unterirdisch, wie er war, fensterlos, wie er war, und wirkungsvoll schallgedämpft, damit selbst lauteste Filmmusik und Soundeffekte die übrigen Hausbewohner nicht störten, bot der Kinosaal ideale – wenn auch unpassend luxuriöse – Voraussetzungen für eine längere, gewaltsame Vernehmung.

FÜNFUNDZWANZIG

An der Straßenecke geparkt befindet der Range Rover sich im Grenzbereich des ungesicherten WiFi-Netzwerks eines benachbarten Bürogebäudes.

Während Radley Dubose draußen an der Ecke steht und grimmig nach Norden, dann nach Süden und zuletzt wieder nach Norden starrt, als beleidige alles, was er sieht, sein Auge, sitzt Carter Jergen mit seinem aufgeklappten Laptop auf dem Fahrersitz. Er greift auf die praktisch unerschöpflichen virtuellen Lagerräume der National Security Agency und ihrer über neunzigtausend Quadratmeter großen Zentrale in Utah zu.

Obwohl Jergen ein NSA-Angestellter mit der höchsten Sicherheitsfreigabe ist, arbeitet er im Augenblick weder für die Agentur noch die jetzige US-Regierung. Er dient der Geheimverschwörung, die aus Amerika ein Utopia machen will, und darf nicht riskieren, dass seine Vorgesetzten mitbekommen, welche Informationen er zu welchem Zweck anfordert. Daher benutzt er eine Hintertür, die mit ihm verbündete Kollegen eingerichtet haben.

Die NSA fängt nicht nur alle Telefongespräche und SMS auf und speichert sie zur späteren Auswertung, sondern koordiniert unter anderem auch sämtliche Überwachungskameras von Polizeien und Sicherheitsdiensten im ganzen Land. Sobald man Zugriff auf dieses Programm hat, kann man jeden Ort innerhalb der Grenzen der Vereinigten Staaten auswählen und sich die dortigen Ereignisse in Echtzeit zeigen lassen.

Diesmal will Jergen allerdings nicht sehen, was die Kameras auf dem Lichtmast an der Kreuzung direkt vor ihm aufzeichnen. Stattdessen greift er auf das Videoarchiv zu, das ihm zeigen soll, was sich wenige Minuten, nachdem die Geschwister Shukla den Streifenwagen abgestellt haben, ereignet hat.

Kameras zur Verkehrsüberwachung haben sich in den vergangenen Jahren seuchenartig vermehrt. Ihre Aufstellung wird mit vielen Notwendigkeiten begründet. Sie sollen Fahrzeugbewegungen registrieren und den Bau effizienterer Kreuzungen ermöglichen. Sie sollen Autofahrer von Rotlichtverstößen abhalten, weil jeder aufgezeichnet wird und verfolgt werden kann. Und sie sollen die Sicherheit aller Bürger in Zeiten des Terrors gewährleisten. *Bla, bla, bla.*

Alle genannten Gründe sind bis zu einem gewissen Grad wahr. Aber aus Jergens Perspektive dient die Videoüberwachung am besten dazu, Leute aufzuspüren, die nicht gefunden werden wollen, um ihnen Dinge anzutun, auf die sie lieber verzichten möchten.

Und da – *Taadadadaa!* – sind die Geschwister Shukla auf seinem Bildschirm: in der Vergangenheit genau an der Straßenecke stehend, an der in der Gegenwart Radley Dubose steht. Die gefährlichen jungen Schriftsteller beobachten die Straße nicht mit Duboses schwelendem Zorn, sondern verwirrt und unschlüssig und ängstlich.

SECHSUNDZWANZIG

Mit seinen Metallregalen, die mit allem, von Putzmitteln bis zu Bibeln, vollgestopft waren, und der hölzernen Krippe mit dem in Windeln liegenden Jesuskind, dessen Heiligenschein aus Draht verbogen war, den Tieren mit fast komischer Verehrung im Blick und den lebensgroßen Gestalten, die einen mit realistischen Glasaugen anstarrten, war der fensterlose Lagerraum schon unter normalen Umständen ein seltsamer Ort, der jetzt geradezu unheimlich war.

Als die letzten Stimmen verstummten, als keine Türen mehr zugeschlagen wurden, als auf dem Parkplatz keine weiteren Motoren mehr ansprangen, als zwei Minuten lang Stille geherrscht hatte, standen Sanjay und Tanuja in ihrem Versteck hinter den Kamelen auf und zwängten sich zwischen den drei Königen hindurch.

Sanjay öffnete die Tür und sah einen stockfinsteren Korridor, der nur durch den Lichtschein hinter ihm erhellt wurde, der seinen Schatten als angeschwollene, verzerrte Silhouette auf dem Fußboden fixierte, als sei dies vielleicht nicht nur ein Schatten, sondern das hier erstmals sichtbar gewordene Abbild irgendeines Dämons, von dem er besessen war. Er beugte sich nach vorn und sah zu der Stelle hinüber, wo die zwei Flure sich kreuzten. Überall nur Dunkelheit und Stille.

»Ich glaube, wir sind allein.«

Tanuja fragte: »Hast du neben der Kirche ein Pfarrhaus gesehen?«

»Nein. Vielleicht. Weiß nicht.«

»Falls es eines gibt, dürfen wir hier kein Licht machen. Der Pastor oder sonst jemand könnte uns sehen.«

Für den Fall eines Erdbebens hing an der Wand neben der Tür eine Taschenlame, die ständig geladen wurde. Weitere Leuchten waren überall in der Kirche verteilt.

»Zu hell«, sagte Tanuja warnend.

»Kerzen«, sagte Sanjay. »In einer Kirche muss es Kerzen geben.«

Sie fanden Regale voller Kerzen in Schachteln: lange, sich nach oben verjüngende für den Altar, andere in verschiedenen Größen. Außerdem Kunststoffboxen, Gläser und Porzellan, das offenbar für Kirchendinner gebraucht wurde. Sie stellten dicke Kerzen in drei Wassergläser.

»In der Sakristei müsste's Zündhölzer geben«, vermutete Sanjay.

»Und in der Küche«, schlug Tanuja vor. »Die ist näher, und wir kommen sowieso daran vorbei.«

Sanjay schaltete die Taschenlampe ein und schirmte sie mit einer Hand ab und führte seine Schwester, die die drei Kerzenhalter an sich gedrückt hielt, den Korridor entlang in die Küche.

Die beiden Küchenfenster hatten Jalousien. Sanjay zog sie ganz herunter. Er suchte alle Schubladen nach Zündhölzern ab. Stattdessen fand er einen kleinen Gasbrenner mit biegsamem Hals.

Tanuja stellte die Gläser nebeneinander auf den Küchentisch, und Sanjay zündete die Kerzen mit dem kleinen Flammenwerfer des Gasbrenners an. Dann schaltete er die Taschenlampe aus. Das bernsteingelbe Kerzenlicht leuchtete viel schwächer und drang bestimmt nicht weit genug nach draußen, um sie zu verraten.

Sie hatten noch nicht zu Abend gegessen, als Linc Crossley und seine Komplizen zu Besuch gekommen waren, und die nachfolgenden Ereignisse hatten sie nicht mal an Hunger denken lassen.

Der erste der beiden Sub-Zero-Kühlschränke war größtenteils leer bis auf Mineralwasser und Diet Pepsi. Der zweite enthielt unter anderem Schinken in Scheiben, Lyoner, verschiedene Käsesorten, Tomaten, Senf, Mayonnaise, Salat und eine halbe Packung Sesambrötchen – Sandwichzubehör für einen oder mehrere Kirchenmitarbeiter.

Im Gemüsefach dieses Kühlschranks lag hinter römischem

Salat versteckt eine gute Flasche Champagner, als sei solcher Luxus in einer Kirchenküche unziemlich. Oder vielleicht war er dort als Geburtstagsüberraschung gebunkert, denn im zweiten Gemüsefach lagen unter jungen Bohnen vier Champagnerflöten versteckt.

Sanjay sagte: »Schnapp dir zwei Gläser. Ich mache die Flasche auf.«

»Sollen wir?«, fragte Tanuja sich.

»Warum nicht?«

»Wir haben's noch nicht geschafft.«

»Betrachte ihn als Erfrischungsgetränk.«

»Wir wissen nicht mal, wer's auf uns abgesehen hat.«

Für den Fall, dass sie beim Öffnen schäumte, nahm er die Flasche zum Ausguss mit. »Wenn ich Lyoner essen muss, spüle ich sie damit runter.«

Tanuja sagte: »Vielleicht gibt es gar keinen Weg aus diesem Wald.«

»Die Waldmetapher ist abgenutzt«, stellte Sanjay fest, während er den Draht, der den Korken festhielt, von der Goldfolie befreite. »Wir sind Hänsel und Gretel, und du weißt, wie das Märchen ausgeht. Sie finden aus dem Wald, haben die Taschen voller Perlen und Edelsteine.«

Tanuja stellte die Champagnerflöten auf den Tisch. »Jetzt tauschen wir wieder die Rollen«, sagte sie dabei. »Ich sehe schwarz, und du bist Mr. Optimist.«

Sanjay entfernte den Sicherungsdraht. »Wer auch hinter uns her ist, ist weniger schlimm als eine böse Hexe. Diese Leute sind nicht *übernatürlich* begabt.«

»Sie sind *irgendetwas*«, sagte sie. »Mehr als gewöhnliche Soziopathen. Sie verbreiten einen unheimlichen Zauber.«

Der Korken zwängte sich quietschend aus der Flasche, und der unter anderen Umständen festliche Knall wirkte eher deprimierend. Aus der Flasche quoll reichlich Schaum, der im Ausguss nur kurz perlte.

Sanjay goss Champagner ein. »Wir haben selbst einen Zauber. Wir locken sie in den Backofen und rösten sie alle.«

»*Chotti bhai*, die Hänsel-und-Gretel-Metapher ist erst recht abgenutzt.«

»Ich bin nur um zwei Minuten dein kleiner Bruder, *bhenji*. Alt genug, um trinken zu dürfen.« Er stellte die Flasche ab, hob sein Glas. »Auf die unbesiegbaren Shukla-Zwillinge. Wir sind Überlebenskünstler.«

Im Kerzenschein wirkten ihre Augen unnatürlich groß. »Ganz im Ernst, Sanjay. Ich hab Angst.«

Es schmerzte ihn, diese drei Wörter zu hören, aber noch mehr betrübte ihn die Tatsache, dass er nichts tun konnte, um sie zu trösten, sie aufzurichten. Er konnte nur mit ihr anstoßen und einen Schluck trinken.

Nach kurzem Zögern nippte auch Tanuja an ihrem Glas. Dann brachte sie einen weiteren Trinkspruch aus: »Auf *Baap* und *Mai*, die immer bei uns sind.«

Er glaubte nicht, dass ihre schon lange toten Eltern stets bei ihnen waren, aber das sagte er seiner geliebten Schwester nie. »Immer bei uns«, bestätigte er, und sie schlürften den eiskalten, köstlichen Champagner.

SIEBENUNDZWANZIG

Nach kurzem Zögern waren die Geschwister Shukla auf dem Boulevard nach Norden und weiter bis zum Ende des langen Straßenblocks gegangen. Die HD-Videokamera an der ersten Kreuzung lässt Carter Jergen bestimmte Objekte auswählen und ohne wesentlichen Verlust an Schärfe vergrößern. Auf seinem Laptop beobachtet er, wie Sanjay und Tanuja nach rechts, nach Osten abbiegen und außer Sicht kommen.

Mit Radley Dubose wieder an Bord – mürrisch auf dem

Beifahrersitz hockend und an einen aus Tolkiens Mordor vertriebenen Ork erinnernd – fährt Jergen zur nächsten Kreuzung und biegt wie vorher die Zwillinge nach Osten ab. Wieder parkt er an einem rot markierten Randstein.

Nachdem er festgestellt hat, wie die Straße heißt, die hier den Boulevard kreuzt, kann er auf die bei der NSA archivierten Aufnahmen der vier Kameras zugreifen, die diese Kreuzung überwachen.

»Was wir hier sehen«, sagt Jergen, »ist der einzige Vogelhorror, den Hitchcock in seinem Film ausgelassen hat.«

Dubose ächzt vernehmlich. »Fliegender Dünnschiss.«

»In Massen«, bestätigt Jergen.

Auf die Kameras setzen sich gern Vögel, und frühe Ausführungen sind nicht mit Stacheln besetzt, um sie abzuhalten. Stehen in der Nähe Bäume, die Beeren tragen, ist der Vogelkot so ätzend, dass er sich in die Kunststoffhülle frisst, die das Objektiv schützen soll. Auch wenn starker Regen das Zeug abwäscht, bleibt die Kamera halb blind. Von den vier Überwachungskameras an dieser Kreuzung liefern die nach Norden und Osten gerichteten nur milchig weiße Schattenbilder.

»Ohne Wartung geht nichts«, sagt Dubose. »So viel zum öffentlichen Sektor. Siehst du irgendwo eine private Kamera?«

»Es gibt bestimmt eine«, sagt Jergen.

Weiter östlich kreuzen sich nur zwei Seitenstraßen, sodass es dort keine Überwachungskameras geben wird. Carter Jergen beklagt die Tatsache, dass ein in Geldnöten steckender Staat so jämmerlich falsche Prioritäten setzt. Er leistet sich den Unterhalt tausend Hektar großer Windparks und finanziert Metastudien über den schädlichen Einfluss lauter Popmusik auf den vorzeitigen Menstruationsbeginn bei jungen Mädchen, ist aber nicht imstande, die vielen Millionen HD-Videokameras zu installieren, die nötig wären, um eine wachsende und zunehmend unruhige Bevölkerung zu überwachen.

In diesem Block ist das Parken auf der Straße nicht erlaubt.

Jergen fährt langsam den Bordstein entlang, begutachtet die Geschäfte auf beiden Straßenseiten und ignoriert das Hupen ungeduldig drängelnder Verkehrsteilnehmer.

»Arschlöcher«, knurrt Dubose. »Hier ist reichlich Platz zum Überholen, aber sie müssen ihre Unzufriedenheit demonstrieren. Schade, dass diese Kiste kein Schiebedach hat.«

»Wozu ein Schiebedach?«

»Wenn ich aufstehen und einen dieser Krachmacher abknallen würde, hätten die anderen was zum Nachdenken.«

»Du magst diese alten Cartoons von Warner Brothers, was?«, fragt Jergen.

Dubose, der mit zusammengekniffenen Augen die Ladenfronten vor ihnen absucht, fragt unwillig: »Von welchem Scheiß redest du?«

»Bugs Bunny. Daffy Duck. Die hab ich als kleiner Junge geliebt.«

»Hab sie mir nie angesehen. Wollte nie ein kleiner Junge sein. Hatte keine Zeit dafür.«

»Eine andere Comicfigur hat Yosemite Sam geheißen. Hat einen großen Cowboyhut getragen und war der Überzeugung, dass man jedes Problem lösen kann, wenn man's erschießt.«

»Vernünftiger Mann«, sagt Dubose. Er beugt sich auf seinem Platz nach vorn, reckt sein Dudley-Do-Right-Kinn der Frontscheibe entgegen und runzelt die Stirn, während er einen Laden begutachtet. »Da haben wir ein nettes kleines paranoides Lebensmittelgeschäft an der Ecke.«

Der letzte Laden auf der Südseite dieses Blocks ist mehr ein Supermarkt als ein Lebensmittelgeschäft. Jergen parkt schräg davor ein. Vom Dach über dem Eingang aus überwachen mehrere Kameras die Straße nach Osten und Westen sowie die Parkplätze direkt vor dem Markt. Im Inneren wird es noch zwei, drei weitere geben.

»Scheiße«, sagt Dubose, »irgendwas ist faul, wenn ein Quickmart die Straße besser überwacht als NSA und Heimatschutzministerium zusammen«, und Jergen muss zugeben, dass er recht hat.

ACHTUNDZWANZIG

Obwohl Jane damit rechnete, dass Petra Quist erst kurz vor Mitternacht zurückkommen würde, beendete sie ihren Rundgang durchs Haus, schaute in der Küche vorbei, um etwas aus ihrer Sporttasche zurückzulassen, machte überall das Licht aus und bezog um 23.10 Uhr ihren Posten im Eingangsbereich an einem der Fenster neben der Haustür. Um 23.16 Uhr, viel früher als erwartet, bog ein superlanger schwarzer Stretch-Cadillac von der Straße auf die kreisförmige Einfahrt ab.

Jane trat einen halben Schritt vom Fenster zurück und beobachtete, wie der Chauffeur vorn um die Limousine herumging. Er öffnete die hintere linke Tür und streckte eine Hand aus, um seinem Fahrgast beim Aussteigen zu helfen.

Petra Quist, die nur ein kurzes ärmelloses Kleid, aber trotz des kalten Wetters weder Jacke noch Mantel trug, stieg aus dem Cadillac. Obwohl sie nur aus langen Beinen und schlanken Armen zu bestehen schien, wirkte sie keineswegs schwanenhaft elegant wie auf einigen ihrer Facebook-Fotos, sondern eher wie eine hölzerne Marionette mit schlecht geölten Gelenken. Auf den Stufen zur Haustür hinauf riss sie sich jedoch zusammen und bewegte sich mit der Reihern und Störchen eigenen Eleganz: ziemlich flüssig, aber zwischendurch für Bruchteile von Sekunden stockend, als seien ihre Gelenke verriegelt. Man merkte ihr an, dass sie erwartete, dass der Fahrer ihr mit schlecht verhehlter Begierde nachstarrte.

Vielleicht war der Chauffeur tatsächlich von ihren langen Beinen und ihrem knackigen Hintern fasziniert. Aber vermutlich beobachtete er sie eher besorgt, weil er fürchtete, sie könnte auf der Treppe stürzen und blaue Flecken oder eine Platzwunde davontragen. In diesem Fall hätte er massiv Ärger mit dem Eigentümer des Limousinen-Verleihs bekommen, der kein anderer als Simon Yegg, »die nukleare Liebesmaschine«, war.

Petra bewältigte die Stufen mit hocherhobenem Kinn, als sei sie dabei, ein Martiniglas an die Lippen zu setzen.

Jane griff sich ihre Sporttasche und trat in die offene Tür des Kaminzimmers, in dem es nach Ledermöbeln und teuren Zigarren in einem Humidor roch. Dort stellte sie die Tasche ab.

Petra schloss die Haustür und sagte: »Anabel, folge mir mit Licht.« Sofort wurde der Kronleuchter über ihr hell.

Sara Holdsteck hatte nichts davon gesagt, dass die Computersysteme des Hauses auf Sprachbefehle an eine Assistentin namens Anabel reagierten. Diese Funktion war offenbar erst eingerichtet worden, nachdem ihr Exmann sie aus ihrem Haus vertrieben hatte. Interessant. Und seltsam.

»Anabel, schalte die Alarmanlage aus. Fünf, sechs, fünf, Sternchen.«

Eine körperlose Frauenstimme bestätigte: *»Alarmanlage ist ausgeschaltet.«*

Als Petra jetzt Rachel Plattens »Fight Song« zu singen und durchs Foyer zu gehen begann, trat Jane mit ihrer auf den Boden zielenden Pistole in der locker herabhängenden Rechten aus dem dunklen Kaminzimmer und sagte: »Petra Quist, ehemals Eudora Mertz aus Albany, Oregon.«

Das Partygirl machte inmitten der prismatischen Lichtflecken halt, die der riesige Kronleuchter auf den Marmorboden warf, und war ebenso gemustert, als sei es aus Glasprismen zusammengesetzt. Eine goldblonde Mähne umrahmte ein schmales Gesicht. Makellos glatter Teint wie die Blütenblätter einer cremeweißen Rose. Große, strahlend blaue Augen, die von innen heraus zu leuchten schienen. In dem kurzen, nach Maß gearbeiteten Kleid, das zu ihren Augen passte, und mit einer Rockstud-Rolling-Tasche von Valentino über der Schulter stand sie mit einem Fuß vor dem anderen wie mitten in der Bewegung erstarrt da.

Jane fuhr fort: »Zum beliebtesten Mädchen der Abschlussklasse gewählt. Freundin von Keith Buchanan, dem Footballstar der High School. Anschließend als Model nach New York. Drei Jahre später nach L. A., Werbeaufnahmen für bekannte Marken, gelegentlich kleine Film- oder Fernsehrollen.«

Falls Petra überrascht oder ängstlich war, ließ sie sich nichts anmerken. Ihr Gesichtsausdruck besagte: *Ich bin gefährlich* und *viel zu cool für Spießer* – ein Look, der in Modezeitschriften schon immer beliebt war.

»Zwei Jahre in L. A.«, sagte Jane, »dann bist du in Nashville, spielst Gitarre und singst in Starter Clubs. Achtzehn Monate später bist du wieder hier, knapp südlich von LA Land, sechsundzwanzig Jahre alt und … tust was?«

Petra ließ einen ungeduldigen Seufzer hören. »Du hast keinen Grund, sauer auf mich zu sein. Heb dir deine Munition für Simon auf, Kleine, wenn er dich sitzen gelassen hat.«

»Das mache ich. Aber ich will dich aus dem Weg haben, wenn er heimkommt. Du und ich gehen jetzt runter ins Kino.«

»Scheiß drauf. Ich brauche einen Drink.«

Jane hob die Pistole. Sie hatte den Schalldämpfer nicht aufgeschraubt, weil sie fürchtete, ein Schuss könnte außerhalb der Villa gehört werden, sondern weil die meisten Leute eine Waffe damit bedrohlicher fanden, weil der Schalldämpfer suggerierte, ihr Träger sei ein Profi, der keinen Widerstand dulden würde.

Weil Petra nach einem feucht-fröhlichen Abend mit den Girls nicht mehr imstande war, eine Bedrohung zu erkennen, oder vielleicht weil ihr Ego auch in nüchternem Zustand größer war als ihr gesunder Menschenverstand, sagte sie: »Wenn du einen Bitch-Wettstreit willst, Schätzchen, solltest du ein Jahr trainieren. Dann komm zurück, und wir legen los.«

Sie kehrte Jane den Rücken zu, ging in Richtung Wohnzimmer davon und bewegte sich dabei so verführerisch wie vorhin auf der Treppe, als der Chauffeur ihr nachgesehen hatte. Zweifellos wusste sie aus Erfahrung, dass manche Mädchen sie nicht weniger begehrten als die meisten Männer. Vielleicht hoffte sie, dass Jane eine dieser Frauen war, deren Begehren sie verwundbar machen würde.

Als Petra das Foyer verließ, flammten vor ihr die Lampen im Wohnzimmer auf.

Weil Simons Rückkehr mit jeder Minute näher rückte, hätte Jane Petra normalerweise überwältigt, sobald sie die Alarmanlage ausgeschaltet hatte. Sie hätte sie mit Chloroform, das sie aus handelsüblichem Aceton und einem Haushaltsbleichmittel hergestellt hatte, aus einer Sprühflasche überfallen. Aber weil sie hoffte, dieser Frau Informationen entlocken zu können, musste Petra bei klarem Verstand bleiben, sofern sie das nach einem Abend in allen möglichen Clubs überhaupt noch war.

Jane folgte ihr durchs Wohnzimmer und sagte: »Ich bin keine von Simons Miezen, und dies hat nichts mit dir zu tun.«

»Oh, gut. Dann verpiss dich, okay?«

»Aber wenn du mich dazu zwingst, tue ich dir weh.«

»Du legst mich um, was? Mit zwei Schüssen in den Hinterkopf? Was soll mich daran erschrecken? Ich würd's ohnehin nicht spüren.«

»Du bist betrunken.«

Petra Quist sagte: »Betrunken bin ich am besten. Glaub ja nicht, dass ich's nicht bin. Hörst du mich undeutlich reden? Nein, das tust du nicht. Wodka macht klar im Kopf. Peter Parker wird gebissen und ist danach Spider Man und alles. Eiskalter Belvedere mit einer Olive – das ist *mein* Spinnenbiss.«

Als Jane der Frau durch eine offene zweiflüglige Tür auf einen Korridor hinaus folgte, flammten nacheinander Kristallleuchter auf. Die Kanten ihrer geschliffenen Pendants funkelten in allen Regenbogenfarben.

»Sei nicht dumm«, verlangte Jane. »Provozier mich nicht noch mehr.«

»Du kannst mich mal. Das würdest du wahrscheinlich noch genießen.«

Während der Ausbildung in Quantico und als FBI-Agentin hatte sie sieben Jahre lang zur Critical Incident Response Group gehört, die vor allem für die Analystengruppen 3 und 4 ermittelte, die für Verhaltensanalysen von Massenmördern und Serienmördern zuständig waren. Dort hatte sie alle möglichen Schwerverbrecher – Männer wie Frauen – kennengelernt und letztlich alle geknackt. Aber Petra Quist hatte etwas anderes an sich, etwas Neues, das verstörend war. Ihre Ruhelosigkeit unter diesen Umständen hing nicht nur davon ab, wie viel sie getrunken hatte, und um erfolgreich mit ihr umgehen zu können, musste man vermutlich hinter den wahren Grund für ihre bockige – und leichtsinnige – Sturheit kommen.

Weiter vor Jane hergehend, fragte Petra: »Warum packst du mich nicht an den Haaren, reißt mich zu Boden, trittst mir in die Rippen, machst mich fertig? Hast wohl 'ne große Klappe und nichts dahinter?«

Die riesige Küche – Massivholzfronten aus Ahorn, Arbeitsplatten aus schwarzem Granit, Edelstahlgeräte –, in der ein halbes Dutzend Köche hätten arbeiten können, empfing Petra mit plötzlich aufflammendem Licht.

»Oder vielleicht willst du meinen hübschen Körper nicht entstellen, bevor du ihn benutzen konntest.«

Jane beobachtete schweigend, wie die junge Frau – nein, das Mädchen, in mancher Beziehung vielleicht noch ein Kind – zwei Martinigläser und einen Cocktailshaker aus einem Schrank nahm. Aus einem anderen Hängeschrank holte sie eine Flasche trockenen Wermut. Dann ein Glas Oliven aus einem der vier Sub-Zero-Kühlschränke. Das alles stellte sie auf eine der beiden großen Kücheninseln.

»Oder vielleicht bist du 'ne Art Tugendbold«, fuhr Petra fort, indem sie Jane von oben bis unten musterte. »Verklemmt und prüde, magst keine Mädchen, magst keine Jungen, magst nicht mal dich selbst. Hoffentlich trinkst du ein Glas mit, Kleine, denn mit einer selbstgerechten Abstinenzlerin *rede* ich nicht mal. Und mich für sie ausziehen kommt erst recht nicht in Frage!«

Sie wandte sich ab, trat an den vierten Kühlschrank, öffnete die Tür und nahm eine große Flasche eisgekühlten Belvedere heraus.

Als die Tür zufiel, kam Petra mit dem Wodka zurück, blieb vor der Kücheninsel stehen und begutachtete Jane perplex und verächtlich zugleich. »Girl, ich versteh dich nicht. Ein Gesicht für den Film, eine tolle Figur und alles. Aber sieh dich bloß an! Kein Make-up, glanzloses Haar, Klamotten aus dem Secondhandladen. Arbeitest du täglich stundenlang daran, unattraktiv auszusehen? Bist du so verklemmt, dass du hässlich sein *willst?* Du hast bestimmt eine verrückte Geschichte zu erzählen. Ich will deine verdammte Geschichte hören. Erzähl mir deine Geschichte.« Dann befahl sie dem Hauscomputer: »Anabel, Licht aus!«

Im letzten hellen Augenblick vor der Ausführung dieses Befehls sah Jane, wie Petra die Wodkaflasche schwang, und als es in der Küche dunkel wurde, hörte sie Glas auf der Granitplatte der Kücheninsel zersplittern. Der gezackte Rand der Flasche mit dem langen Hals war eine Waffe, die entstellen, sogar töten konnte.

NEUNUNDZWANZIG

An diesem späten Freitagabend ist der QuickMart nur mit einem einzigen Verkäufer besetzt. Auf dem Namensschild an der Brusttasche seines weißen Hemds steht Tuong, und er sagt ihnen, dass er mit Nachnamen Phan heißt, folglich ist er ein Amerikaner vietnamesischer Abstammung: ein adretter, gut rasierter junger Mann Anfang zwanzig, der leise und höflich spricht. Carter Jergen vermutet, dass Tuong wie so viele seiner Landsleute zwei Jobs hat und eines Tages einen Laden wie diesen besitzen will. Denkbar ist natürlich auch, dass er sich hier sein Collegestudium verdient, das er mit einem MBA oder einem Master in Informatik abschließen wird.

Tuong mag Fehler haben, aber Dummheit gehört sicher nicht dazu. Trotz seiner Bescheidenheit ist sein scharfer Intellekt so auffällig, dass er ihn fast wie eine Aura umgibt. Er hat auch nichts gegen staatliche Autorität, weil seine Landsleute und er im Allgemeinen studieren, um nützliches Wissen zu erwerben, statt zu lernen, wie man aus Zorn auf irgendwas Barrikaden bemannt. Als Tuong beteuert, nicht zu wissen, wo sich der Videorecorder der Überwachungskameras befindet, glaubt Jergen ihm aufs Wort.

Aber Radley Dubose würde nicht glauben, was der Papst übers Wetter sagt, wenn er mit ihm unter einem wolkenlosen Himmel stünde, den der Pontifex sonnig nennen würde. Vor der Kasse stehend schüttelt er jetzt seinen NSA-Dienstausweis unter Tuongs Nase, wie ein bemalter Schamane im Federkleid seiner abergläubischen Herde mit einem Bündel getrockneter Schlangenköpfe drohen könnte, um Gehorsam einzufordern. Er warnt vor schlimmen Konsequenzen, wenn Tuong sich weiter weigert, ihnen bei der Verfolgung eines gefährlichen Terroristen zu helfen.

Tatsächlich sind die Kabel aller inneren und äußeren Überwachungskameras jedoch unter Putz verlegt. Auch Dubose selbst kann sie nicht zu dem Recorder verfolgen.

Er setzt den Verkäufer unter Druck. »Der steht in einem Hinterzimmer, im Büro oder einem Lagerraum. Auffällig wie eine Kakerlake auf einer Hochzeitstorte.«

»Wir führen keine Hochzeitstorten«, sagt Tuong.

Als begriffe Dubose wirklich nicht, dass die Muttersprache des jungen Mannes Englisch ist, klingt seine Antwort frustriert und verächtlich. »Klar verkauft ihr keine Hochzeitstorten. Dies ist ein verdammter Nachbarschaftsladen. Das war nur eine Metapher.«

»Oder war es eine Analogie?«, fragt Tuong sich.

»War es eine was?«

»Jedenfalls«, sagt Tuong, »gibt's bei uns keine Kakerlaken. Der Gesundheitsinspektor lobt uns jedes Mal.«

Jergen, der diese Konfrontation unterhaltsam findet, nimmt sich einen Schokoriegel von der Theke, reißt das Papier auf und beißt mit so viel Vergnügen hinein, als säße er in einem Sternelokal beim Dinner.

»Hier geht's nicht um Kakerlaken, hier geht's um …«

Tuong, der sich offenbar so gut amüsiert wie Jergen, wagt es, den großen Kerl zu unterbrechen, indem er ernsthaft sagt: »Es geht darum, *keine* Kakerlaken zu haben. Wir sind sehr stolz auf unsere Sauberkeit.«

Dubose schlägt mit der Faust auf die Theke. »Ich gehe jetzt nach hinten und suche den Recorder. Verstanden?« Bevor der Verkäufer antworten kann, fragt Dubose ihn: »Sie haben eine Pistole unter der Theke?«

»Ja, Sir.«

»Sie können damit umgehen?«

»Ja, Sir.«

»Sie sind clever genug, sie einfach liegen zu lassen?«

»Das ist mir immer am liebsten«, sagt Tuong.

»Lassen Sie sich von mir erzählen, Junge, dass Sie in der Scheiße sitzen, wenn Sie einen Federal Agent mit der Waffe bedrohen.«

»Das lasse ich mir gern von Ihnen erzählen.«

»Was erzählen?«

»Das mit der Scheiße.«

Dubose schüttelt angewidert den Kopf. »Damit vergeuden wir nur Zeit. Ich verstehe dieses Gequatsche nicht und kann nicht auf einen Dolmetscher warten. Ich gehe jetzt nach hinten.«

Tuong Phan beobachtet ausdruckslos, wie Dubose das Gitter am Ende der Verkaufstheke öffnet, durch eine Tür geht und auf dem Flur zu den hinteren Räumen verschwindet.

Er sieht zu Carter Jergen hinüber. »Ich rufe Mr. Zabotin an und frage ihn, wo der Recorder steht.«

»Wer ist Zabotin?«

»Ivan Zabotin gehört dieser QuickMart – und noch drei andere.«

»Gratulieren Sie ihm von mir dazu, dass es hier keine Kakerlaken gibt«, sagt Jergen und beißt noch mal von dem Schokoriegel ab.

Tuong Phan lächelt, als er nach dem Telefonhörer greift.

DREISSIG

Scheinbarer Frost von Mondschein auf den Fensterscheiben, die in sanftem Grün leuchtenden Ziffern der Herduhren wie irgendein geheimnisvoller Code, aus dem sich die unmittelbare Zukunft ablesen ließe …

Ansonsten schien dies absolute Finsternis, das äußere Dunkel verlorener Seelen zu sein, in dem es nach Alkohol roch und unter Petras Schuhen zertretene Glassplitter wie mahlende, knirschende Zähne klangen. Die junge Frau ließ mehrmals dünne Schreie hören, während sie blindlings mit der abgebrochenen Wodkaflasche zustieß, wobei sie darauf zählte, dass ihre Vertrautheit mit dem Layout der Küche ihr mit viel Glück eine Chance geben würde, ein Gesicht zu finden und es zu zerstören, ihre Gegnerin vielleicht sogar für immer zu blenden.

Im ersten finsteren Augenblick hatte Jane sich dafür entschieden, nicht zu schießen. Selbst aus kurzer Entfernung war ein Fehltreffer wahrscheinlicher als ein Treffer, und das Mündungsfeuer hätte ihre genaue Position verraten. Außerdem wollte sie dieses betrunkene, verstörte Mädchen nur erschießen, wenn ihr keine andere Wahl blieb.

Stattdessen wich sie zurück und rief dem Hauscomputer, der Petra so willig gehorcht hatte, laut zu: *»Anabel, Licht an!«* – jedoch ohne Erfolg. Sie ertastete rasch die zweite große Kücheninsel und sprang auf die Granitplatte, um das Feld zu räumen, das die andere so gut kannte. In knapp einem Meter Höhe über dem Fußboden ließ Jane sich etwa in der Mitte der zwei mal eineinviertel Meter großen Platte auf ein Knie nieder und legte die linke Hand flach auf den polierten Stein, um Verbindung mit der Realität zu halten. Sie hielt die HK .45 in der rechten Hand und bemühte sich, so angestrengt zu horchen, wie eine Blinde auf Geräusche gehorcht hätte, die der Aufmerksamkeit einer Sehenden vermutlich entgangen wären.

In der Wolke von Wodkadämpfen ließ Petra Quist den letzten Rest Klugheit und Voraussicht fahren. Ihre Wut steigerte sich zu animalischer Raserei. Sie stieß noch wilder mit der abgebrochenen Flasche zu, kreischte und fluchte und bedachte Jane mit allen obszönen Ausdrücken aus dem Schimpfwörterbuch der schlimmsten Frauenhasser. Die Flasche aus dickem Glas klirrte, klang und klimperte, als sie irgendwelche Küchenmöbel traf; dann knackte sie lauter auf Granit, sodass Splitter absprangen, die mit einem Geräusch wie kurz anschwellende Sphärenmusik über den polierten Stein glitten.

Als Jane spürte, dass die Angreiferin vorbei war, wandte sie sich der kreischenden Stimme zu. Sie erinnerte sich an Petras ersten Befehl bei ihrer Rückkehr und stand auf, während sie sagte: *»Anabel, folge mir mit Licht!«* Im nächsten Augenblick vertrieb helles Licht alle Schatten.

An einer Ecke der Kücheninsel stehend sah Petra mit wutverzerrtem Gesicht überrascht auf. Sie blieb weiter schön, aber dies war eine andere Schönheit als die, die in Clubs Aufsehen erregte. Dies war stattdessen eine schreckliche und erschreckende Schönheit, wie Medusa mit ihren Schlangenhaaren ausgesehen haben mochte, wenn allein ihr Anblick Menschen zu Stein erstarren ließ.

Jane trat zu, und die Blondine schrie auf, als ihr rechter Unterarm den Tritt abbekam. Die abgebrochene Flasche flog ihr aus der Hand. Ihre Glaszacken glitzerten im Lampenlicht, als sie in weitem Bogen auf einen Gasbrenner knallte, an dessen gusseisernen Streben sie zersplitterte.

Die Möchtegern-Messerstecherin fiel auf den Rücken, wälzte sich zur Seite und rappelte sich auf, als Jane von der Kochinsel sprang und sie gegen einen der Kühlschränke rammte. Petra verstand nicht zu kämpfen, aber sie konnte sich erbittert wehren: Sie drehte und wand sich wie ein Aal, kratzte wild, aber ineffektiv, bis ihre falschen Fingernägel abbrachen, reckte den Kopf vor und versuchte Jane ins Gesicht zu beißen.

Ein Kniestoß zwischen die Beine lähmte Petra nicht halb, wie es bei einem Mann der Fall gewesen wäre, aber der Schock war schmerzhaft genug, um ihren Widerstandswillen kurzzeitig zu brechen. Janes mit voller Wucht hochgerissener Unterarm traf ihr perfekt geformtes Kinn. Petra verdrehte die Augen wie eine Schlafpuppe und knallte mit dem Hinterkopf an die Kühlschranktür. Jane wich rechtzeitig zurück, um die Frau an der Edelstahlfront entlang zu Boden gleiten zu lassen, wo sie mit dem Kinn auf ihrem üppigen Busen halb bewusstlos sitzen blieb.

EINUNDDREISSIG

Vielleicht schreckt der Anblick von Radley Dubose, der im QuickMart an der Kasse steht, potenzielle Kunden nicht so sehr ab, wie es ein blutverschmierter Clown mit einer Kettensäge täte, aber Carter Jergen vermutet, dass die Zahl der Kunden, die doch lieber umgekehrt sind, nur unwesentlich unter der Zahl liegt, die sich von einem psychotischen Zirkuskünstler hätten abschrecken lassen. Radley ist bullig; er wirkt arrogant und zornig, und auch wenn er nicht telepathisch verbreitet, dass er von der *National Security Agency* kommt, muss jeder, der sich auch nur etwas auf der Straße auskennt, auf den ersten Blick erkennen, dass er nichts lieber tut, als möglichst viele Leute möglichst oft in den Hintern zu treten.

Ivan Zabotin, der Franchise-Nehmer, überlässt den Umgang mit wichtigen Leuten wie Federal Agents lieber nicht seinem Angestellten Tuong Phan. Aber er braucht zwanzig Minuten, um den Markt zu erreichen, und obwohl er sich wortreich entschuldigt, macht er Dubose dadurch nur noch wütender.

Zabotin ist ein kleiner Mann mit großem Kopf und zarten Händen, die ihn seltsam wie ein bärtiges Kind aussehen lassen. Er spricht gutes, aber stark akzentgefärbtes Englisch und stammt aus Russland, wo seine Eltern von den Kommunisten unterdrückt wurden und er als Jugendlicher nach dem Zerfall der Sowjetunion kaum weniger gefährlich lebte. Daher ist ihm staatliche Gewalt immer suspekt, auch wenn er sie fürchtet. Als er um ihre Ausweise bittet, sie genau studiert und die beiden Männer dann nach hinten in sein Büro führt, lächelt er nervös und nickt und wirkt so beflissen, ohne schwach zu sein, dass sein Respekt fast eine spöttische Note zu haben scheint.

»Drüben in Mütterchen Russland waren Sie was?«, fragt Dubose. »Irgend'ne Art Oligarch?«

»›Oligarch‹?«, wiederholt Zabotin überrascht. »Nein, nein, nein. Nein, Sir. Leute wie wir sind von den Oligarchen ausgebeutet worden.«

»Ihnen gehören viele Läden«, stellt Dubose fest. »Wie kommt das, wenn Sie nicht mit einer Hundertmeterjacht mit einer Milliarde Dollar Schwarzgeld angekommen sind?«

Zabotin scheint weiche Knie zu bekommen. Er bleibt an der Bürotür stehen. »Meine Frau und ich hatten anfangs sehr wenig. Wir haben geschuftet, gespart, investiert. Eine Quickmart-Franchise ist keine Milliarde wert.«

»Aber Sie haben vier«, sagt Dubose im anklagenden Tonfall eines Richters, als sei allgemein bekannt, dass man für jede eine Viertelmilliarde hinlegen müsse.

Der Eigentümer wendet sich Jergen zu, von dem er mehr Vernunft erhofft, aber Jergen erwidert seinen Blick ausdruckslos. Weil Dubose und er nicht überzeugend Mitleid heucheln können, spielen sie nie guter Cop, böser Cop. Zabotin kann bestenfalls auf gleichgültigen Cop, bösen Cop hoffen.

Zabotin, der die Besucher möglichst schnell wieder loswerden will, setzt sich an den Schreibtisch und fährt seinen Computer hoch. Dabei erklärt er ihnen, dass der Videorecorder zwar in einem Wandsafe steht, aber die Aufnahmen der sechs Überwachungskameras über diesen Rechner aufgerufen und abgespielt werden können.

Jergen bezeichnet die drei Außenkameras über dem Eingang und nennt Zabotin die genaue Zeit, wann die Geschwister Shukla an diesem Abend vom Boulevard abgebogen sind.

Auf dem Schreibtisch stehen gerahmte Fotos, die den Ladenbesitzer mit seiner Frau, seine Tochter, seine beiden Söhne und den Hund der Familie zeigen. Zwischen den Bilderrahmen stehen auch eine Freiheitsstatue aus Kunststoff und ein Messingständer mit einer zehn mal fünfzehn Zentimeter großen amerikanischen Flagge aus gestärktem Fahnentuch, die immer zu wehen scheint.

Während der Eigentümer von Jergen beobachtet die angeforderten Aufnahmen sucht, nimmt Radley Dubose stirnrunzelnd eines der gerahmten Fotos nach dem anderen in die Hand. Er studiert die Gesichter von Frau und Kindern so intensiv, als wolle er sie sich genau einprägen.

Zabotin ist sich Duboses Interesse an seiner Familie genau bewusst. Seine Aufmerksamkeit wechselt zwischen dem Bildschirm und den großen Händen, die seine Fotos fast zu liebkosen scheinen, hin und her.

Bevor Dubose das gerahmte Foto des Ehepaars Zabotin wieder hinstellt, feuchtet er mit der Zungenspitze seinen rechten Daumen an, reibt damit übers Glas, als wolle er es säubern, um das Gesicht der Frau besser sehen zu können. Dann greift er noch mal nach den Fotos der Tochter und der beiden Söhne, von denen keiner über zwölf zu sein scheint, und wiederholt das verstörende Ritual. Er leckt seinen Daumen an und reibt damit über ein Gesicht nach dem anderen, als bewirke er damit einen unausgesprochenen Zauber, der ihm eine Art okkulter Macht über sie gibt.

Duboses Verhalten irritiert Ivan Zabotin so sehr, dass er sich bei der Eingabe vertippt und zurückgehen muss, um das angeforderte Video aufzurufen.

Obwohl Jergen seinen Partner für eine Comicfigur hält, muss er zugeben, dass der Mann nie langweilig ist. Auch wenn Dubose oft Yosemite Sam gleicht, hat er manchmal Ähnlichkeit mit einer der verrückten Figuren aus der Serie *Tales from the Crypt*.

Und hier, auf dem Monitor, kommt das Geschwisterpaar auf der Flucht aus Westen und aus der jüngeren Vergangenheit ins Bild. Die beiden sind Hand in Hand auf dem Gehsteig unterwegs und sehen sich häufig um, als rechneten sie damit, aus irgendeiner Richtung überfallen zu werden, wozu sie auch allen Grund haben.

Als sie außer Sicht kommen, entdeckt Zabotin sie im Videoarchiv der zweiten Kamera, die den Parkplatz und die Straße dahinter überwacht. Und findet sie erneut in den Aufnahmen der nach Osten gerichteten Überwachungskamera. Sie gehen durch die regenfeuchte Nacht, bleiben an der Ecke stehen, bis die Fußgängerampel auf Grün umspringt, und überqueren die Kreuzung. Drüben an der Südostecke machen sie kurz halt, scheinen die vor ihnen liegende Straße zu beobachten und ihre Optionen abzuwägen.

Fehlende Leuchtreklamen und gehäuft auftretende Schatten in dem Straßenblock vor ihnen suggerieren, dass der Geschäftsbezirk dort in ein gemischtes Wohn- und Gewerbegebiet übergeht.

Die Zwillinge benutzen noch einen Fußgängerübergang, erreichen die Nordostecke der Kreuzung und gehen an zwei stattlichen alten Villen vorbei nach Osten weiter.

Obwohl Zabotin in HD-Kameras investiert hat, sind sie nur für Nahüberwachung gedacht. Als die Geschwister Shukla sich weiter von dem QuickMart entfernen, scheinen sie zu zerfließen, als hätten sie nie wirklich Substanz besessen, sondern seien nur zwei Regengeister, die sich nun nach dem Unwetter auflösten. Die vielen reflektierenden Flächen der frisch gewaschenen Umgebung, die von Autoscheinwerfern angestrahlt szintillierend aufleuchten, bewirken gemeinsam mit den Schatten, die in diesem Licht zitternd an- und abschwellen, dass die Flüchtenden sich aus Fleisch und Blut in körperlose Fata Morganen verwandeln.

Im letzten Augenblick ihrer Sichtbarkeit biegen die Zwillinge offenbar links ab, verlassen den Gehsteig und halten auf eine merkwürdige Ansammlung farbiger Lichter zu, die jedoch keine Leuchtreklame sind.

»Zurück zu den letzten Sekunden«, verlangt Jergen. Zabotin tut wie geheißen, spielt diesen Ausschnitt noch viermal ab und hält das Video dann beim allerletzten Bild an. Jergen tippt mit einem Finger auf den Bildschirm. »Das scheinen Autos zu sein. Aber was sind diese komischen Lichter hinter ihnen?«

»Buntes Glas«, sagt der russische Emigrant. »Kirchenfenster.«

»Welche Kirche?«

»Mission of Light.«

Jergen sieht zu Radley Dubose hinüber, und der große Mann fragt: »Wozu sollten sie sich in einer Kirche verstecken?«

»Flüchtende haben Zuflucht in Kirchen gesucht, seit es Kirchen gibt.«

Dubose schüttelt den Kopf. »Niemand, den ich kenne.«

Ivan Zabotin, der Schluss machen möchte, dreht sich mit seinem Stuhl zu dem NSA-Mann hinüber. »Sir, Mr. Agent Jergen, was kann ich noch für Sie tun?«

»Sie haben uns sehr geholfen, Mr. Zabotin. Jetzt müssen Sie nur noch vergessen, dass wir jemals hier waren. Hier geht's um Fragen der nationalen Sicherheit. Reden Sie mit jemandem darüber, selbst mit Ihrer Frau, begehen Sie ein Verbrechen.« Das ist Bullshit, aber der Russe wird blass. »Eine Straftat, die mit bis zu dreißig Jahren geahndet werden kann.«

»Fünfunddreißig«, stellt Dubose richtig.

»Hier hat sich nichts ereignet, was man weitererzählen könnte«, versichert Zabotin ihnen. Auf seiner Stirn stehen jetzt winzige Schweißperlen.

Jergen und Dubose lassen den QuickMart-Mogul am Schreibtisch sitzen und gehen in den Laden zurück.

Hinter der Kasse sagt Tuong Phan zu Jergen: »Sie müssen den Schokoriegel noch bezahlen.«

»Er hat mir nicht geschmeckt«, antwortet Jergen und nimmt sich noch einen. »Er hat nach Scheiße geschmeckt.«

Draußen wirft er den nicht ausgepackten Schokoriegel in einen Abfallbehälter.

»War er wirklich so schlecht?«, fragt Dubose auf dem Weg zu ihrem Range Rover.

»Nö, er war gut«, sagt Jergen. »Aber ich muss auf meine Linie achten.«

ZWEIUNDDREISSIG

Die Zeit floh, der längere Zeiger hatte schon fast die Hälfte des jetzigen Sechzigminutenzyklus durchmessen, die Geisterstunde war im Anzug, kam rasend schnell heran …

In der Küche bot ein eingebauter kleiner Sekretär Platz für

die Planung von Mahlzeiten. Ein Bürostuhl auf Rollen war daruntergeschoben.

Jane rollte den Stuhl zu der Bewusstlosen, packte sie unter den Armen, hievte sie hinein und fesselte ihre Handgelenke mit zwei stabilen Kabelbindern aus ihrer Sporttasche an die Armlehnen.

Das Fußkreuz ging von einer Mittelsäule aus. Jane fesselte Petras Knöchel an diese Säule.

In dieser Welt aus Verrat und Gewalt war kein Platz für automatische Schwesternschaft, und nur wer sehr oberflächliche Kenntnisse von der menschlichen Natur hatte, konnte etwas anderes annehmen. Trotzdem empfand Jane weder Stolz noch Befriedigung darüber, was sie Petra Quist angetan hatte, obwohl die Mädchenfrau versucht hatte, ihr Schlimmeres anzutun. Ein reißendes Raubtier brauchte nicht viel Mut, um ein Lamm zu unterwerfen, nur Geduld und etwas Glück.

Petra war natürlich kein Lamm, aber andererseits auch nicht die gefährliche Wölfin, die sie gern spielte. Ihr sorgfältig gepflegtes taffes Image war ihre Rüstung. Aber ihre einzigen Waffen waren ihre Attitüde, ihre erstaunliche Furchtlosigkeit in Bezug auf Konsequenzen und ihre unzähmbare Wut, die ihr immer neue Kräfte verlieh.

Wenn Jane mit ihr fertig war, würde Ms. Quist vielleicht keine Rüstung, keine Waffen mehr besitzen. Musste sie sich in einer Welt aus Gier und Verderbtheit ab dieser Nacht ohne ihre gewohnten Abwehrmittel behaupten, würde sie's vermutlich nicht lange machen. Auch wenn Petra ihren Schicksalsfaden größtenteils selbst gesponnen hatte, würde Jane sich in diesem Fall vorwerfen müssen, sie schutzlos in die Wildnis entlassen zu haben.

Letztlich blieb ihr keine andere rationale Wahl, als die Schuld zu akzeptieren, die sie vielleicht auf sich lud, wenn sie im Fall Petra Quist Gewalt anwandte, um Travis und all die Schuldlosen auf der Hamlet-Liste zu retten. Jane machte sich keine

Illusionen darüber, dass jemand unbefleckt durch diese Welt gehen könnte – sie selbst am wenigsten.

In der Villa gab es zwei Aufzüge, einen im Eingangsbereich und einen in der geräumigen Anrichte zwischen Küche und dem erlesen möblierten Speisezimmer. Sie rollte Petra in den Küchenaufzug und fuhr mit ihr in den Keller hinunter.

An Pokerabenden kam der Hausherr gewöhnlich zwischen halb eins und ein Uhr morgens heim. Eine Stunde würde Jane genügen, mit dieser Mädchenfrau fertigzuwerden und für Simon Yegg bereit zu sein.

Aber was war, wenn Petra früher zurückgekommen war, weil sie wusste, dass er heute früher heimkommen wollte? Vielleicht würde Simon schon in einer halben Stunde kommen. Vielleicht in ein paar Minuten.

Als Jane ihre Gefangene aus dem Aufzug schob, machte Anabel, der virtuelle dienstbare Geist, vor ihnen Licht. Die Anzeigetafel war von Hunderten von kleinen Glühbirnen umrahmt, und dazwischen leuchtete der Name des Heimkinos – *Cinema Parisien* – in blauer Kursivschrift.

Obwohl der Bürostuhl auf dem Teppichboden des Empfangsbereichs nicht so gut rollte wie auf dem Steinboden der Küche, bugsierte Jane ihn ohne Schwierigkeiten durch die zweiflüglige Tür. Sie schob ihn an der Kinokasse vorbei durch einen Durchgang und parkte die Bewusstlose neben der Popcorntheke im Foyer.

Die fünf Rollen ließen sich mit kleinen Bremshebeln einzeln feststellen. Jane drückte sie hinunter, damit Petra nirgends hinfahren konnte, wenn sie wieder aufwachte.

An der Tür stehend sagte Jane: »Anabel, Licht aus.«

Absolute Dunkelheit brach über sie herein, aber sie schaltete die Beleuchtung im Foyer manuell ein, bevor sie Petra dort zurückließ.

Diesmal benutzte sie statt des Aufzugs die Treppe ins Erdgeschoss und machte sich Licht, wo sie welches brauchte.

In die Küche ging sie nur, um ihre Sporttasche zu holen. Die Glasscherben und den verschütteten Wodka brauchte sie nicht wegzuputzen. Simon würde nicht durch die Garage ins Haus kommen und sich nicht die Mühe machen, einen Blick in die Küche zu werfen. Deshalb brauchte Jane nicht damit zu rechnen, dass ihn die Kampfspuren beunruhigen würden.

Nach Auskunft von Sara Holdsteck, seiner letzten Frau, benutzte er an Pokerabenden stets eine seiner Limousinen mit Chauffeur, weil er am Spieltisch gern ein paar Gläser guten Scotch von Macallan trank. Der Wagen würde ihn wie zuvor Petra an der Haustür absetzen, und wenn alles wie geplant klappte, würde Jane ihm dort auflauern.

Im Eingangsbereich benutzte sie das Tastenfeld der Alarmanlage, um die Außensensoren zu aktivieren. Dann schaltete sie den Kronleuchter aus und trat an eines der schmalen hohen Fenster neben der Haustür.

Die Straße und der Rasen und die Phönixpalmen teils beleuchtet, teils im Schatten liegend, die kreisförmige Zufahrt von niedrigen Lampen erhellt, deren muschelförmige Lichtflecken sie wie eine leuchtende Perlenkette säumten, die Säulenvorhalle dezent, aber wirkungsvoll angestrahlt, alles stumm und still wie auf einem Gemälde, eine Szene voll gespannter Erwartung …

Mit ihrer Sporttasche in der Hand machte Jane das Licht im Erdgeschoss hinter sich aus, als sie ins Kinofoyer im Keller zurückkehrte.

Petra Quist war aufgewacht. In ihren Fesseln war sie so reizend wie jedes Objekt der Begierde im besten Traum eines Bondage-Fans – jedoch nicht entfernt so süß wie das Angebot am Popcornstand hinter ihr.

Als sei sie ganz unbesorgt wegen ihrer Lage, stellte sie ihre Attitüde zur Schau wie ein Stachelschwein seine Stacheln. »Du bist so gut wie tot, du Stück Scheiße.«

»Klar doch«, sagte Jane. »So gut wie tot sind wir alle. Manche treten nur früher ab als andere.«

Sie zog eine kleine gepolsterte Bank von der Wand weg, stellte sie vor den Bürostuhl und setzte sich Petra gegenüber.

»Auch wenn mir alles wehtut«, sagte Petra, »richtet Simon dich noch zehnmal schlimmer zu.«

»Hab ich dir wehgetan? Wirklich? Wo denn?«

»Fick dich!«

»Das wiederum würde ich dir nicht empfehlen, solange die Schwellung nicht etwas zurückgegangen ist.«

Petra spuckte, ohne Jane jedoch zu treffen. »Du hältst dich für 'ne große Nummer, nicht wahr, aber in Wirklichkeit bist du ein Nichts.«

»Ich bin jemand. Du bist jemand. Wir alle sind jemand. Nur was steht nicht immer genau fest.«

Sie starrten sich ungefähr eine halbe Minute lang schweigend an.

Dann fragte Jane: »Wie sehr hasst du Simon?«

»Du redest lauter Scheiß. Ich hasse ihn nicht.«

»Klar tust du das.«

»Er ist gut zu mir. Und immer großzügig.«

»Wie sehr hasst du ihn also?«

»Warum sollte ich ihn hassen?«

Jane sagte: »Warum nicht?«

DREIUNDDREISSIG

Obwohl sie auf dem QuickMart-Überwachungsvideo bunt beleuchtet war, steht die Kirche jetzt vom Fundament bis zum Dachfirst und dem Glockenturm dunkel da. Auf dem Parkplatz steht kein einziges Auto mehr.

Im benachbarten Pfarrhaus brennt jedoch noch Licht, und LED-Lämpchen beleuchten eine Plakette, die Besucher willkommen heißt.

MISSION OF LIGHT CHURCH
»Ich bin gekommen, dass sie das Leben und volle Genüge haben sollen.« [Joh. 10,10]
PFARRHAUS
REV. GORDON M. GORDON

Als Carter Jergen klingelt, sagt Radley Dubose: »Na, hoffentlich gibt's hier kein gottverdammtes Kirchenasyl. Die Shukla-Bälger haben uns lange genug vorgeführt. Außerdem können sie hier keine Zuflucht finden. Diese Kirche hat nichts mit Hinduismus zu tun.«

»Sie sind keine Hindus«, erinnert Jergen ihn.

»Ihre Eltern waren welche.«

»Deine Eltern waren auch irgendwas.«

»Meine Mutter war eine Zeitlang Adventistin.«

»Merkt man dir nicht an.«

»Ja, aber mit Hinduismus ist's anders. Der bleibt.«

»Er bleibt nicht.«

»Der bleibt«, wiederholte Dubose.

»Ich plädiere dafür, bei diesem Kerl cool zu bleiben«, sagt Jergen. »Geistliche sind auf Nettigkeit getrimmt. Alles kann glatt und schnell gehen.«

Dubose steht schweigend da wie das Standbild eines nordischen Sturmgotts, das plötzlich zum Leben erwachen und die Nacht mit Blitzstrahlen erhellen kann.

»Glatt und schnell«, wiederholt Jergen. »Auf Nettigkeit getrimmt.«

Ein Mann Anfang fünfzig öffnet die Haustür. Er trägt eine Anzughose, ein weißes Oberhemd mit aufgekrempelten Ärmeln und eine gelockerte Krawatte. Sein grau meliertes Haar ist gut geschnitten, und seine Bräune muss um diese Jahreszeit aus dem Sonnenstudio kommen. Sein Lächeln ist das eines Mannes, der schon tausend Deals abgeschlossen hat.

Der Kerl könnte eher ein Immobilienmakler als ein Mann

Gottes sein, aber Jergen fragt trotzdem: »Reverend Gordon?«

»Zu Diensten. Was kann ich für Sie tun?«

Jergen und Dubois rattern ihre Story herunter – eine Frage der nationalen Sicherheit, Flüchtende mit Verbindungen zur Terroristenszene, die Zeit drängt – und zeigen ihre Dienstausweise vor.

Das Lächeln des Reverends weicht einem ernsten Gesichtsausdruck. Er bittet sie in das stille Haus und führt sie durch die Diele in den Salon – alles mit feierlichem Ernst, als habe jemand ihm die Nachricht vom vorzeitigen Ableben eines Gemeindemitglieds überbracht.

Gordon M. Gordon sitzt am vorderen Rand eines Klubsessels aus braunem Leder, während Jergen und Dubose sich auf ihren Plätzen auf dem Sofa nach vorne beugen, als hielten sie sich alle bereit, jederzeit auf die Knie zu sinken.

Auf dem Tischchen neben dem Sessel steht ein Glas, das anscheinend Whisky on the rocks enthält. Auf dem Fußhocker davor liegt ein aufgeschlagenes Buch mit dem Rücken nach oben: kein theologisches Werk, auch kein inspirierender Essayband, sondern ein Thriller von John Grisham.

Reverend Gordon sieht, dass Jergen den Drink und den Roman registriert. »Ich leide seit einiger Zeit an Schlaflosigkeit. Na ja, seit Marjorie vor zwei Jahren gestorben ist. Sie war meine Frau, ein herzensguter Mensch. Wir waren dreißig Jahre verheiratet. Ein alkoholisches Getränk und ein guter Roman sind die einzigen Dinge, die mich so entspannen, dass ich Schlaf finde.«

»Nun, Sir«, sagt Jergen, »weder ein kleiner Scotch noch Grisham in unbegrenzter Menge ist ein Laster. Mein Beileid zum Tod Ihrer Frau. Dreißig Jahre sind allerdings eine lange Segenszeit.«

»In der Tat«, antwortet der Geistliche. »Eine lange Segenszeit.«

»Ich wollte eben fragen, ob Ihre Frau schon im Bett ist, denn was wir hier zu besprechen haben, ist nicht für jedermanns Ohren bestimmt.«

»Keine Sorge, Mr. Jergen. Die Kinder sind längst aus dem Haus. Ich bin allein bis auf Mr. Grisham und einen Schluck von Schottlands Bestem.«

Etwas zu brüsk sagt Dubose: »Die heutige Abendveranstaltung in Ihrer Kirche war gut besucht. Worum ist's dabei gegangen?«

»Das war die erste Aufführung vor Ostern. Kindlich, reiner Spaß, für die Jüngsten. Kurz vor dem Fest führen wir ein echtes Passionsspiel auf.«

Jergen zeigt ihm das auf seinem Smartphone gespeicherte Foto der Geschwister Shukla. »Haben Sie diese beiden zufällig im Saal gesehen, Sir?«

Gordon beugt sich etwas nach vorn, kneift die Augen zusammen. Dann nickt er lächelnd. »Ja, ein gut aussehendes Paar. Sehr gut aussehend. Sie sind mir erst gegen Ende aufgefallen, als sie aufgestanden und auf die Toilette gegangen sind. Ich kannte sie nicht, aber ich dachte, irgendein Gemeindemitglied hätte sie mitgebracht.«

In einer gut eingeübten Szene aus dem Cop-Theater wirft Carter Jergen seinem Partner einen mürrischen, bedeutungsvollen Blick zu, den Dubose erwidert. Als sie sicher sind, dass der Reverend diesen Blick gesehen hat und neugierig und leicht alarmiert ist, wenden sie sich ihm wieder zu, und Jergen sagt: »Reverend, ich möchte Sie bitten, sich Ihre Antwort genau zu überlegen, damit sie wirklich zutreffend ist. Haben Sie gesehen, wie diese beiden die Kirche nach der Vorstellung verlassen haben?«

»Nein. Erst später ist mir klar geworden, dass ich nie erfahren habe, wer sie mitgebracht hatte oder ob sie daran interessiert wären, in unsere Kirche einzutreten.«

»Sie könnten also noch dort drinnen sein?«

Der Geistliche mag den Sinn des Lebens kennen, aber Jergens einfache Frage scheint ihm Rätsel aufzugeben. »In der Kirche? Was würden sie in der Kirche wollen?«

»Zuflucht suchen«, antwortet Dubose.

»Sich verstecken«, stellt Jergen klar.

Als habe Gordon vorübergehend vergessen, was sie ihm an der Haustür erzählt haben, reißt er jetzt die Augen auf und runzelt die Stirn. »Großer Gott. Flüchtlinge mit möglichen Verbindungen zur Terroristenszene?«

Dubose fragt: »Sperren Sie die Kirche nachts ab?«

»Ja. Die Kirche, das angeschlossene Bürogebäude, den Theatersaal. Das ist heutzutage notwendig. In meiner Jugend standen alle Kirchentüren Tag und Nacht offen. Aber heutzutage laden offene Türen zu Diebstahl, sogar zu Vandalismus ein.«

»Wir müssen sie durchsuchen.« Dubois wirkt ungeduldig, aber das ist größtenteils gespielt, weil er wie Jergen der Überzeugung ist, dass alles reibungslos ablaufen kann, wenn sie Gordon eine Chance geben, so nett zu sein, wie die Bibel es von ihm verlangt. »Wir brauchen die Schlüssel.«

»Nur Sie?«, erkundigt Gordon sich. »Sollten wir nicht die hiesige Polizei einschalten?«

»Die hiesige Polizei hat keine Sicherheitsfreigabe«, sagt Jergen. »Sie übrigens auch nicht. Agent Dubose und ich durchsuchen die Kirche allein.«

»Was, ganz allein? Ist das nicht gefährlich?«

Als Dubose und er vom Sofa aufstehen, sagt Jergen: »Das ist unser Beruf. Können wir die Schlüssel haben, Reverend Gordon?«

Der Geistliche sieht den Whisky an, verzichtet darauf, einen Schluck zu nehmen, steht auf und zieht einen Schlüsselbund aus der Tasche. Aber er zögert noch, ihn zu übergeben. »Was ist, wenn sie bewaffnet sind?«

Jergen streckt eine Hand nach den Schlüsseln aus. »Wir glauben nicht, dass sie das sind.«

»Ja, aber wenn sie's doch sind? Wollen Sie nicht ein SWAT-Team anfordern, das die Kirche abriegelt? Wäre das nicht sicherer?«

»Schluss jetzt, Pastor, her mit den Schlüsseln!«, sagt Dubose in dem Tonfall, der ihn immer noch größer wirken lässt, als er tatsächlich ist.

»Wenn jemand erschossen würde«, sagt Gordon M. Gordon, »hätte das schreckliche Folgen für unsere Kirche. Schlechte Publicity, Gerichtsverfahren, Haftungsklagen.«

Dubose greift unter sein Jackett, zieht seine Pistole aus dem Gürtelholster. »Das einzige Hindernis im Augenblick sind Sie«, sagt er und schießt Gordon in den Kopf.

Der Reverend sackt in sich zusammen, als sei er kein Wesen aus Fleisch und Blut, sondern eine aufblasbare Figur wie die, mit denen manche Leute ihre Halloween-Dekoration aufpeppen, um die Kinder zu erschrecken. Er liegt leicht aufgebauscht und mit teils verdecktem Gesicht zwischen Sessel und Hocker und nimmt im Tod weniger Raum ein, als mit seiner Größe als Lebender vereinbar zu sein scheint.

Jergen deutet auf die Pistole. »Ist das eine Glock sechsundzwanzig?«

»Ja. Vollmantel-Hohlspitzengeschosse.«

»Offensichtlich. Aber der Griff sieht anders aus.«

»Eine Griffverlängerung von Pearce. Macht das Ziehen erheblich schneller.«

»Ist das eine Wegwerfwaffe?«, fragt Jergen weiter, um sich zu erkundigen, ob die Pistole keine Geschichte hat und nicht nachverfolgt werden kann.

»Was denkst du? Wir drücken sie dem kleinen Scheißer Sanjay in die Hand, und wenn wir hier fertig sind, ist Pastor Gordon nur ein weiteres Mordopfer unseres Schriftstellerfreundes.« Dubose steckt die kompakte halbautomatische Pistole vorläufig ins Gürtelholster zurück. »Ich hab versucht, dem Schwätzer eine Chance zu geben, nett zu uns zu sein.«

»Ja, ich weiß«, sagt Jergen. »Du hast's echt versucht.«

»Er hatte die Wahl.«

»Die haben sie immer«, sagt Jergen, als er sich bückt, um

die Schlüssel aufzuheben, die dem Toten aus der Hand gefallen sind.

Dubose fragt: »Hast du irgendwas angefasst?«

»Nur die Klingel. Und die hab ich schon abgewischt.«

Mit einem letzten Blick zu dem Toten hinüber erklärt Dubose: »Nach *diesem* Scheiß will ich verdammt hoffen, dass die Shukla-Bälger sich wirklich drüben in der Kirche versteckt haben.«

VIERUNDDREISSIG

Das Kinofoyer war ungefähr vierzig Quadratmeter groß und mit Dekorationselementen überladen. Die konkave Decke war in Kassetten mit Trompe-l'Œeil-Gemälden unterteilt, die Morgenhimmel mit Kobaltblau, Korallenrot und Goldgelb darstellten. Alle Pendants der Kronleuchter waren aus Mattglas und stellten mythische Blumen mit großen Blütenkelchen dar. Applikationen aus feuervergoldeter Bronze und Einlegearbeiten aus Alabaster verzierten schwarze Marmorsäulen, die mit reich verzierten Kapitellen endeten. Die Wände waren mit rubinroter Seide bespannt.

Von diesem Exzess französischer Dekorationskunst umgeben und für schlechte elektronische Tanzmusik in einer Abschlepp-Bar des 21. Jahrhunderts gekleidet, saß Ms. Petra Quist aufrecht auf dem Bürostuhl, als sei er eine unheimliche minimalistische Zeitmaschine, die sie ins Paris des Jahres 1900 zurückversetzt hatte.

»Ich hasse Simon nicht«, wiederholte sie.

Ihrer Gefangenen gegenübersitzend sagte Jane: »Ich verachte ihn, dabei kenne ich ihn gar nicht.«

Petra, die zu überlegen schien, ob sie noch mal spucken sollte, machte stattdessen ein verächtliches Gesicht und sagte: »Vielleicht hast du ein Wutproblem.«

»Stimmt«, gab Jane gelassen zu. »An manchen Tagen finde ich mich weitaus nicht wütend genug.«

»Du bist echt durchgeknallt, weißt du das?«

»Ich respektiere die Ansicht einer Expertin.«

»Was?«

»Komm schon. Simon ist ein Scheißkerl, das weißt du genau.«

»Wo ist dein Problem, wenn du ihn echt nicht kennst?«

Statt zu antworten, sagte Jane: »Sugar Daddy spendiert dir alles, was? Geld, Schmuck, Limousinen mit Fahrer, die übliche Entlohnung.«

»Entlohnung? Was soll das wieder heißen?«

»Was ich meine, was ich denke, spielt keine Rolle. Wichtig ist nur, ob du deine Situation erkennst oder dir Illusionen machst.«

Obwohl Petra erst sechsundzwanzig war, hatte sie über Jahre hinweg ausreichend große Mengen Alkohol getrunken, um so trinkfest zu sein, dass sie mit ihren Freundinnen stundenlang die Clubs rocken und anschließend trotz ihres beträchtlichen Pegels fast nüchtern wirken konnte. Aber für den Promillegehalt ihres Bluts war dieses Gespräch rasch zu komplex, zu intensiv geworden. »Situation?«

Jane lehnte sich mit echtem, wenn auch widerwilligem Mitgefühl nach vorn und fragte: »Bist du so naiv, zu glauben, dass deine Beziehung zu ihm eine lange, rosige Zukunft hat – oder ist dir klar, dass du eine Nutte bist?«

Nach den primitiven Obszönitäten, mit denen sie Jane bedacht hatte, als sie mit einer abgebrochenen Flasche in der Küche Jagd auf sie gemacht hatte, bewies ihre Reaktion auf diese vergleichsweise moderate Beleidigung, dass sie sich tatsächlich Illusionen darüber machte, was sie in Simon Yeggs Augen war. Nicht vergossene Schmerz- und Zornestränen ließen ihre Augen glänzen. Sie versuchte wieder, Jane anzuspucken, und verfehlte sie erneut.

»Wenn du so weitermachst«, sagte Jane, »trocknest du aus. Weißt du nicht, dass Dehydrierung tödlich ist?«

Petra spuckte jetzt Wörter. »Für wen hältst du dich überhaupt, Bitch? Was gibt dir das Recht, über mich zu urteilen? Wenn hier eine ausgeleierte stinkende Schlampe sitzt, dann bist du's!«

»Er heiratet dich nie.«

»Da sieht man, was du weißt! Er kauft mir einen Ring. Er sagt, dass er kein Typ fürs Heiraten ist, aber ich hab ihn rumgekriegt, hab sein Herz gewonnen. Also halt deine dämliche Klappe und verpiss dich!«

»Wenn er sagt, dass er kein Typ fürs Heiraten ist«, sagte Jane, »würden seine vier Ehefrauen sicher zustimmen.«

Unvernünftig viele Martinis zwangen Petra jetzt dazu, wichtige Informationen mit einem Gehirn zu verarbeiten, das mühelos Obszönitäten und Lügen und Selbsttäuschungen produzierte, aber neue Tatsachen so ähnlich erkunden musste, wie eine blind Geborene versuchen konnte, den Zweck eines geheimnisvollen Artefakts allein durch ihren Tastsinn zu entdecken. Sie suchte nach Wörtern und fand nach mehreren Anläufen ein paar. »Was soll der Scheiß, vier Frauen, hältst du mich für blöd?«

»Er heiratet reiche Frauen, nimmt ihnen den größten Teil ihres Vermögens ab, bricht sie, wenn er kann, und wirft sie weg.«

Ohne auf Petras ungläubige Zwischenrufe zu achten, erzählte Jane ihr von Sara Holdsteck, den Eiswasserbädern, der Verachtung der Männer, den Elektroschocks und allem anderen. »Andere Exfrauen sind von seinen Helfern vergewaltigt worden. Um sie zu brechen, sie gefügig zu machen. Dabei brauchte er ihr Geld gar nicht. Er ist selbst reich. Für ihn ist das nur ein perverser Zeitvertreib.«

»Es gibt keine vier Exfrauen«, behauptete Petra. »Keine vier oder vierzig, nicht mal eine. Du lügst, das ist alles.«

»Eine von ihnen leidet an Agoraphobie, fürchtet sich so sehr vor der Welt, dass sie ihr kleines Haus nicht mehr verlassen kann. Zwei andere sind ermordet worden, vielleicht weil sie etwas Selbstachtung zurückgewonnen und daran gedacht haben, ihn zur Rechenschaft zu ziehen.«

Petra schloss die Augen, sackte auf dem Bürostuhl zusammen. »Du bist eine verdammt schlechte Lügnerin! Lügen, nichts als Lügen, mehr fällt dir nicht ein. Ich hab keine Lust, dir noch länger zuzuhören. Ich verschließe einfach die Ohren. Ich bin taub, stocktaub. Verpiss dich!«

»Dein Leben hängt davon ab, dass du mir zuhörst. Ich benutze Simon, um an seinen Halbbruder ranzukommen – einen Schwerverbrecher mit mächtigen Verbündeten.«

»Er hat keinen Bruder, weder halben noch ganzen.«

»Ein Wunder, sie kann wieder hören! Sein Bruder heißt Booth Hendrickson. Sie posaunen es nicht herum, denn Booth und seine Kumpel sorgen dafür, dass Simons Firmen Staatsaufträge erhalten. Auch seine Limousinenvermietung profitiert davon. Er hat einen lukrativen Vertrag für die Beförderung von Spitzenbeamten des Justizministeriums, wenn sie in Südkalifornien sind.«

Schmallippig und mit zusammengekniffenen Augen spielte Petra Quist taub wie eine 26-Jährige, die wieder dreizehn geworden war.

»Du glaubst, dass du mir nicht erzählen wirst, was ich über Simon wissen will, aber du irrst dich. So oder so tust du's doch.«

Petras Schmollen und das leichte Zittern eines Mundwinkels verrieten weniger Angst als Selbstmitleid.

Jane sagte: »Komme ich durch Simon an Booth heran, was ich tun werde, und kriege aus ihm raus, was ich wissen muss, werden diese Leute verzweifelt um Schadensbegrenzung bemüht sein. Simon wird glauben, du hättest mir nicht genug Widerstand geleistet. Und er wird vor allem erkennen, dass du meinetwegen zu viel weißt. Schneidet er dir nicht selbst die Kehle durch, bezahlt er irgendeinen Kerl dafür.«

»Alles war so verdammt gut, ganz große Klasse, bis *du* hier aufgekreuzt bist. Das ist nicht recht. Das ist unfair. Was hast du bloß, dass du so hasserfüllt bist?«

»Mein Mann war ein feiner Kerl. Nick war der Beste. Diese machtgierigen Leute haben ihn ermordet.«

Obwohl Petra sich weiter daran klammerte, alles zu leugnen, schienen die Details von Janes Bericht den Knoten ihrer Ungläubigkeit gelockert zu haben. Sie schüttelte mit weiter geschlossenen Augen den Kopf. »Ich will das nicht hören. Was nützt es mir, das zu wissen?«

»Mein kleiner Junge lebt versteckt. Finden sie ihn, bringen sie ihn um.«

»Es sei denn, du bist so verrückt, wie du klingst, und nichts von alledem ist wahr.«

»Es ist wahr. Mach die Augen auf und sieh mich an. Es ist wahr.«

Petra öffnete die Augen. In ihrem Blick standen nur Selbstmitleid und Hass und Zorn.

»Ganz gleich, wer du bist, du bist eine Lügnerin. Und wärst du keine, was du nicht bist … Scheiße, dann wär's egal, ob ich auspacke oder nicht. Ich wäre auf jeden Fall tot.«

Mit anderen Worten hatte sie eben gesagt: *Zeig mir einen Ausweg, mach mir etwas Hoffnung, dann helfe ich dir vielleicht*.

»Simon hat viel Geld im Haus, das irgendwo im Safe liegt«, sagte Jane. »Das haben solche Kerle immer.«

»Ich weiß nichts von einem Safe voller Geld.«

Jane wartete einen Augenblick, bevor sie freundlicher weitersprach. »Ich bin schon öfter in scheinbar aussichtsloser Lage gewesen. Aber wer sich verlaufen hat, kann auf den rechten Weg zurückfinden. Ich bringe Simon dazu, mir zu sagen, wo das Geld versteckt ist. Ich brauche es nicht. Wenn ich hier fertig bin, holst du dir sein Geld und verschwindest.«

»Aber wohin? Ich wüsste nicht, wohin.«

»Ein paar hunderttausend, vielleicht mehr. Damit kannst du reisen, wohin du willst und wo dich niemand kennt. Hör auf, Petra Quist zu sein. Du hast deinen Namen schon mal gewechselt. Nimm einen anderen an. Und lass dich nicht wieder mit Männern wie ihm ein, kremple dein Leben um.«

»Wie meinst du das?«

Jane beugte sich auf der Polsterbank nach vorn und legte ihre Linke auf eine der gefesselten Hände der Mädchenfrau. »Du brauchst einen anderen Lebensstil. Hättest du so weitergemacht, auch wenn ich nicht aufgekreuzt wäre, wärst du vermutlich mit dreißig tot gewesen. Du sagst, dass Simon gut zu dir ist, dass er dich beschenkt, dass er lieb ist. Aber es hat Augenblicke gegeben – nicht wahr? –, in denen du wirklich Böses, Gewalttätiges in ihm gespürt hast.«

Nach kurzem Zögern brach Petra den Blickkontakt ab. Sie legte den Kopf in den Nacken und betrachtete die Trompe-l'Œil-Wolkenformationen, durch die ständig die Sonne brach.

Selbst bei intensiveren Verhören, selbst wenn körperliche Gewalt oder Schlimmeres im Raum stand, ging es immer darum, die Zielperson zu überreden, statt sie durch Einschüchterung oder rohe Gewalt zu unterwerfen. In fast allen Fällen wurde ein Punkt erreicht, an dem die Zielperson zur Kooperation bereit war, ohne das schon ausgesprochen zu haben, weil die Entscheidung vorerst nur im Unterbewusstsein gefallen war. Der Vernehmer musste diesen Augenblick erkennen und durfte ihn nicht durch Zusatzfragen oder – noch schlimmer – durch Einschüchterungsversuche verderben, denn bevor die Zielperson ganz ins Licht getreten war, konnte sie sich die Sache leicht anders überlegen und im Dunkel bleiben.

Ohne die trügerischen Wolkenbilder aus den Augen zu lassen, sagte Petra: »Manchmal tut er mir weh, aber er meint's nicht böse.«

FÜNFUNDDREISSIG

Die Kerzenflammen flackerten und schwankten und zuckten in den billigen Gläsern, ihr sanftes bernsteingelbes Licht flutete mit ständig schwankender Helligkeit über den Tisch der Kirchenküche, ihr blasser Widerschein zitterte auf dem mattierten Edelstahl der Küchenschranktür wie ein Gespenstertrio, das sich in einer sichtbaren, aber unzugänglichen Dimension wand, die parallel zu Tanujas und Sanjays Realität existierte.

Die Zwillinge saßen über Eck am Tisch, während sie Schinken-Käse-Sandwichs mit reichlich Mayonnaise – für jeden zwei, denn sie waren ausgehungert – und Kartoffelchips aßen. Ihre Flucht vor einer alptraumhaften Posse war bizarr und furchterregend gewesen, als sie aus einem der Canyons im Osten in die dicht besiedelten Städte im Mittelland und an der Küste geflüchtet waren. Aber seit sie jetzt – wenn auch nur vorübergehend – Zuflucht gefunden hatten, erschienen ihre Erlebnisse ihnen weniger furchterregend als märchenhaft gruselig, weniger bizarr als fantastisch, wie irgendein Abenteuer, das heutige Brüder Grimm sich ausgedacht hatten – zumindest war das Tanujas Eindruck. Wie in allen solchen Märchen war nun ein Augenblick der Ruhe eingetreten, in dem die bescheidensten Umstände umso wärmer erschienen, weil sie unprätentiös waren und im Gegensatz zu dem vorausgegangenen großen Drama standen, sodass einfaches Essen das köstlichste Mahl war, das sie je genossen hatten, weil sie es sich durch Klugheit und Tapferkeit verdient hatten.

Beim ersten Sandwich bewirkten ihr Heißhunger und ihr Bestreben, die Behaglichkeit dieses Zufluchtsorts auszukosten, dass sie kaum sprachen. Als sie die zweiten Sandwichs langsamer aßen, konnten sie kaum zu reden aufhören. Sie wärmten auf, was sie durchgemacht hatten. Spekulierten über den Sinn des Ganzen. Erwogen ihre Optionen.

Auf dem Küchentisch lagen während ihres Gesprächs die

zwei Ampullen, die Tanuja aufgehoben hatte, nachdem sie Linc Crossley und seine beiden Schergen mit Insektenspray außer Gefecht gesetzt hatte. Bei Kerzenlicht schimmerte die trübe bernsteingelbe Flüssigkeit in diesen Glasbehältern wie ein Zauberelixier, das ihnen übermenschliche Kräfte verleihen würde.

Die pulsierenden Kerzenflammen erzeugten die Illusion wechselnder Strömungen in diesem Elixier, aber es gab auch reale Bewegungen. Die für die Trübung verantwortlichen winzigen Teilchen fielen aus der Lösung aus und bildeten komplizierte zarte Gebilde, die sich langsam wieder auflösten und zu neuen Kombinationen zusammenschlossen. Hier und da schienen Knoten zu entstehen, die bei näherer Betrachtung fast an Elemente eines Mikrochips erinnerten. Auch diese lösten sich wieder auf, während an anderen Stellen neue ähnliche Gebilde zu entstehen begannen.

Sanjay betrachtete die Ampullen nachdenklich. »Vielleicht wird dieses Zeug mit Trockeneis gekühlt, damit es stabil bleibt. Sobald es warm wird, setzen diese Veränderungen ein.«

Tanuja beugte sich nach vorn in den Kerzenschein. »Ja, aber was tut es genau? Vergammelt es oder was?«

»Ich habe eher den Eindruck, als versuchten all die winzigen Teilchen sich zu irgendetwas zu vereinigen. Aber wie können sie das von selbst?«

»Wozu vereinigen?«

Sanjay runzelte die Stirn. »Sie wollten mir dieses Zeug injizieren.«

»Wozu vereinigen?«, wiederholte Tanuja.

»Zu irgendwas. Keine Ahnung. Zu nichts Gutem.«

Im Vorratsschrank in der Küche hatten sie auch eine Tafel dunkle Schokolade gefunden und gleich beschlossen, sich dafür etwas Champagner aufzuheben.

Als Tanuja ihr Stück Schokolade aufgegessen hatte, als ihr Bruder ihr den letzten Champagner einschenkte, dessen zerplatzende Bläschen zart dufteten, sagte sie: »Ich muss auf die Toilette.«

Er schob seinen Stuhl vom Tisch zurück, um aufzustehen und sie zu begleiten.

»Nein, nein«, wehrte sie ab. »Außer du musst auch auf die Toilette. Lass dir deine Schokolade schmecken, *chotti bhai.*« Sie stand vom Küchentisch auf und griff nach einem der Wassergläser mit den Kerzen. »Wenn ich zurückkomme, müssen wir entscheiden, was wir morgen tun wollen, wie's morgen früh weitergehen soll. Ich tue heute Nacht kein Auge zu, wenn wir keinen Plan haben.«

»Selbst wenn wir die Mutter aller Pläne hätten«, sagte Sanjay, »könnte ich trotzdem nicht schlafen.«

Als sie sich an der Tür zum Korridor nach ihm umsah, stand ihr Bruder über die Ampullen gebeugt, deren Inhalt er intensiv begutachtete. Durch irgendeinen Trick des Kerzenlichts schien das in der bernsteingelben Flüssigkeit schwebende Gewirr aus Fäden sein liebenswürdiges braunes Gesicht mit einem nur ganz schwach sichtbaren Gitternetz aus zitternden Schatten zu überziehen.

SECHSUNDDREISSIG

»Er tut dir weh?«, fragte Jane. »Wie tut er dir weh?«

Den Kopf weiterhin zurückgelegt, ihr Gesicht der Kassettendecke des Kinofoyers zugewandt, schloss Petra Quist die Augen. Unter den geschlossenen Lidern bewegten sich die Augäpfel jedoch, als verfolgten sie die Ereignisse in einem beunruhigenden Traum.

»Er tut's nicht absichtlich. Aber manchmal ist er, na ja, das ist schwer zu beschreiben, ein bisschen zu aufgeregt. Er ist manchmal wie ein Junge, wenn er so aufgeregt ist.«

»Wie tut er dir weh?«, drängte Jane.

»Ich bin ein bisschen betrunken. Ich bin todmüde. Ich möchte schlafen.«

»Wie tut er dir weh?«

»Ach, er tut mir nie richtig weh, weißt du.«

»Vorhin hast du gesagt, dass er's tut. Manchmal.«

»Ja, aber ich meine ... nicht schlimm, nicht so, dass Spuren zurückbleiben.«

»Wie? Komm schon, du willst es mir erzählen!«

Nach angespanntem Schweigen, Petra weiter so starr wie eine Porzellanfigur, sprach sie leise, aber nicht flüsternd. Ihre Stimme klang ruhiger als zuvor und irgendwie distanziert, als habe ihr innerstes Wesen sich aus den äußeren Körperbereichen, aus der Welt unzähliger Empfindungen, die ihre fünf Sinne beanspruchten, zurückgezogen. »Er schlägt mich.«

»Ins Gesicht?«

»Das brennt, ohne Spuren zu hinterlassen. So fest schlägt er nie zu. Das täte er niemals.«

»Was noch?«

»Manchmal ... eine Hand an meinem Hals. Um mich festzuhalten.«

»Er würgt dich?«

»Nein. Nur ein bisschen. Aber ich kriege noch Luft. Das ist gruselig, sonst nichts. Ich kann noch ein bisschen atmen. Er hinterlässt keine Spuren. Das täte er nie. Er ist gut zu mir.«

Bewegtes Schweigen kündete von einem inneren Sturm, und das nach oben gewandte ausdruckslose Gesicht diente als Maske, als Tarnung für tiefen Schmerz. Sie war betrunken, und sie war bestimmt todmüde, aber sie wollte nicht schlafen, auch wenn sie das eben behauptet hatte. Ihr Schweigen war keine abschließende Aussage, sondern eine Pause, um Kräfte zu sammeln.

»Manchmal beschimpft er mich ... benutzt Ausdrücke, die er nicht so meint ... und fasst mich hart an. Aber nur, weil er so erregt ist, weißt du. Er hinterlässt keine Spuren.«

Jane fragte: »Und dies alles – dass er dich würgt, dich schlägt, dich hart anfasst – passiert im Bett?«

»Ja. Nicht jedes Mal. Aber manchmal. Er meint's nicht böse. Hinterher tut's ihm immer leid. Als Wiedergutmachung kauft er mir Schmuck. Er kann so süß sein – wie ein kleiner Junge.«

Dieses verwirrte Kind im Körper einer Frau hatte Jane Material geliefert, das sie gegen Simon verwenden konnte, wenn sie ihn verhörte, aber bisher war nichts dabei gewesen, mit dem sie ihn effektiv würde ruinieren können.

Durch mehr als nur Kabelbinder, durch alte Bande gefesselt, in der Zwickmühle zwischen der Sehnsucht, ein aufregendes Luxusleben zu führen, und der grimmigen Realität, die sie kennengelernt hatte, mit zurückgelegtem Kopf, als biete sie Jane ihre schlanke Kehle dar, verriet Petra jetzt eine Tatsache, die das Schicksal ihres sadistisch veranlagten Liebhabers besiegeln konnte, auch wenn sie ihre Bedeutung nicht erfasste.

Aus der inneren Distanziertheit, in die sie sich geflüchtet hatte, erklang ihre Stimme melancholisch gefärbt. »Es gibt schon komische Sachen. Man glaubt, dass einem keiner mehr was anhaben kann, weil man schon alles durchgemacht hat. Und dann passiert irgendeine Kleinigkeit, die einem zusetzt, obwohl sie kaum der Rede wert ist. Mich schmerzt nicht, dass er mich grob anfasst, weißt du, auch wenn's ein bisschen wehtut. Was mich wirklich schmerzt, ist diese verrückte Sache, dass er manchmal meinen Namen vergisst und mich wie sie nennt, obwohl sie bloß 'ne verdammte Maschine ist!«

SIEBENUNDDREISSIG

Tanuja trug Licht ins Dunkel, das Trinkglas in ihrer Hand warm, von der Kerze geworfene formlose Schattengestalten über die Flurwände pulsierend, vor ihr außerhalb der Reichweite ihrer bescheidenen Leuchte absolute Dunkelheit.

Dieser Anbau hatte etwas von der Stille der Kirche geborgt, zu der er gehörte – von der Ruhe ihrer leeren Bankreihen und des Altars unter dem jetzt dunklen Lichtkreuz. Die einzigen Geräusche waren das Quietschen ihrer Sneakers auf dem gebohnerten Kunststoffboden und gelegentlich ein leises Spucken, wenn die Kerzenflamme auf Unreinheiten im Docht traf.

Die Toilettentüren hatten keine Türschließer. Die der Damentoilette stand halb offen. Tanuja stieß sie weiter auf und schloss sie nicht, als sie über die Schwelle trat.

In dem kleineren Raum mit glänzend weißen Kachelwänden und Spiegeln schien die Kerze mehr Licht abzugeben, sodass die Schatten größtenteils zurückwichen. In Nischen links und rechts der Tür gab es je zwei Waschbecken, und geradeaus standen vier WC-Kabinen an der Rückwand.

Sie betrat die rechte Nische und stellte das Glas mit der Kerze auf die Ablage zwischen den Becken. Außer dem Spiegel über dem Porzellan gab es weitere an den Seitenwänden der Nische, in denen die Spiegelbilder flackernder Kerzen endlos lange Reihen zu bilden schienen.

Tanuja betrat die nächste WC-Kabine. Unter der Tür kam eben genug Licht hindurch, dass sie sich orientieren konnte. Als sie fertig war, betätigte sie die Spülung.

Sie trat wieder ans Waschbecken, drehte den Hahn auf und pumpte Flüssigseife aus der Flasche. Das Wasser war heiß, und von ihren eingeseiften Händen stieg der kräftige Orangenduft der Seife auf.

Als sie das Wasser abdrehte und ein paar Papierhandtücher aus dem Spender zog, betrachtete sie ihr Gesicht im Spiegel und erwartete fast, es nach dem Stress dieser Nacht sichtbar gealtert zu sehen. Essen und Trinken hatten sie jedoch restauriert, sodass sie nicht einmal müde aussah.

Die neben ihr stehende Kerze und ihre unzähligen Spiegelbilder bewirkten, dass ihre Augen weniger gut ans Dunkel gewöhnt waren als draußen auf dem Korridor. Als eine Bewegung im Spiegel über dem Waschbecken eine fremde Gegenwart ahnen ließ, dachte sie zuerst an eine optische Täuschung, ein von dem Rhythmus der lautlos pulsierenden Kerzenflamme hervorgerufenes Wechselspiel aus Licht und Schatten.

Ihre Verwirrung hielt jedoch nur einen Augenblick lang an. Ganz gleich, ob er in einer der anderen WC-Kabinen gewesen oder hereingeschlüpft war, während das fließende Wasser seine Annäherung verschleiert hatte, war er hier und stellte eine reale Gefahr dar. Ein jüngerer Mann. Mit blondem Haar, das im Spektrallicht fast weiß wirkte. Er ragte kaum eine Armlänge entfernt hinter ihr auf, und obwohl sie ihn liebend gern für irgendein harmloses Gemeindemitglied gehalten hätte, das aus irgendeinem Grund nach der Vorstellung dageblieben war, wusste sie nur allzu gut, dass er keineswegs so harmlos war.

Bevor sie sich herumwerfen konnte, spürte sie, wie die beiden Pole eines Elektroschockers sich in ihr Kreuz bohrten. Obwohl die kalten Stahlspitzen nicht durch ihr T-Shirt drangen, isolierte es nicht gut genug, um sie zu schützen, und der Stromstoß brachte die Nervenfunktionen ihres Körpers schlagartig durcheinander.

Der aus ihrer Kehle kommende Laut glich der hilflosen Klage eines kleinen Nachttiers, das in die Krallen einer Eule geraten ist. Sie schien weniger zusammenzubrechen als zitternd zu Boden zu sacken, als seien ihre Knochen plötzlich zu Wachs geworden, sodass sie unkontrollierbar zuckend und mit fast gelähmter Lunge nach Atem ringend vor den Waschbecken lag.

Der Angreifer drückte ihr den Taser an den Unterleib und verpasste ihr den nächsten Stromstoß. Als er das Gerät zum dritten Mal an ihren Hals setzte, wurde sie ohnmächtig.

ACHTUNDDREISSIG

Petra Quist wandte ihr Gesicht Jane zu, öffnete die Augen und sagte: »Anabel. Im Bett nennt er mich manchmal Anabel, genau wie den Hauscomputer. Verrückt, was?«

»Hast du ihn gefragt, warum er das tut?«

»Er weiß es selbst nicht. Er sagt, dass das nebensächlich, unwichtig ist. Aber mir bedeutet es was.«

Jane beugte sich nach vorn und berührte erneut ihre Hand, als sie sagte: »Manchmal verletzen sie uns am meisten, wenn sie gar nicht wissen, dass sie's tun. Tatsächlich schmerzt das umso mehr, weil sie uns nicht mal gut genug kennen, um das zu verstehen.«

»Echt wahr! Wie kann er in meinen Armen – in *mir* – sein und mir einen, du weißt schon, Maschinennamen geben?«

»Im Rahmen seines Programms«, erklärte Jane ihr, »kann der Hausbesitzer den Dienstnamen des Hauscomputers frei wählen, weißt du.«

Die blauen Augen des Partygirls waren klar, sein Blick direkt, aber es betrachtete die Welt noch immer vom Boden eines Martiniglases aus. Ein verständnisloses Stirnrunzeln. »Was soll das heißen?«

»Er hätte jeden Namen zwischen Abby und Zoe wählen können. Also hat er den Namen irgendeiner Frau genommen, die er kennt.«

Unabhängig davon, was sich hier in den kommenden Stunden ereignen mochte, musste Petra wissen, dass es für sie keine Zukunft mit Simon geben würde. Trotzdem reagierte sie wie jemand, der einen Besitz verteidigt. »Welche verdammte Frau? Warum hat er mir nie von dieser Schlampe erzählt?«

»An deiner Stelle würde ich das ihn fragen. Teufel, ich würde ihn dazu *zwingen*, mir zu antworten. Aber hör zu, vielleicht ist diese Sache wichtig. Wann genau nennt er dich Anabel?«

»Nur manchmal im Bett, wie ich schon gesagt hab.«

»Wenn er kommt?«

»Nein. Also, ich bin mir nicht ganz sicher, aber ich glaub's nicht.« Sie konzentrierte sich auf den Kabelbinder, der ihr linkes Handgelenk an der Stuhllehne fixierte. »Wenn er mich schlägt oder mir den Hals zudrückt, wenn er mich grob behandelt …«

Ihre leiser werdende Stimme versagte zuletzt, und sie machte den Eindruck, als habe ihr Verstand sie auf einen Flug durch die dunklen Wälder der Erinnerung entführt.

Nach kurzer Pause fuhr Petra fort: »Ja, wenn er mich Anabel nennt, liegt immer dieser Zorn in der Luft. Das ist ein bisschen unheimlich, aber er ist nicht auf mich zornig. Ich dachte immer, er wäre auf sich selbst zornig. Weil er, du weißt schon, versagt hatte. Die meiste Zeit ist er super, nur manchmal klappt's nicht. Aber wenn ich mir vorstelle, wie seine Stimme klingt, liegt darin vielleicht nicht nur Zorn, sondern vor allem Hass. Er sagt ihren Namen so verbittert, und dann fasst er mich grob an, und wenn er mich grob genug behandelt, kann er zuletzt doch.«

»Eine Erektion bekommen«, stellte Jane klar.

»Armer Simon«, sagte Petra offenbar ehrlich bedauernd. »Wie schlimm für ihn, dass er damit Schwierigkeiten hat.«

NEUNUNDDREISSIG

Im Gefolge irgendeiner namenlosen Katastrophe, die die Lichter der Großstadt und der umliegenden Gemeinden hatte erlöschen lassen, stiegen Feuersäulen aus von Menschenhand geschaffenen Kratern auf, über denen in der Gluthitze Aschewolken waberten, hoch über denen der Vollmond unbeteiligt lächelnd am Nachthimmel stand. Im Allgemeinen herrschten jedoch Dunkelheit und Rauch und ein fettiger Geruch vor, über den man lieber nicht nachdachte. Bahrenträger schleppten die Toten auf müden Schultern heran, und Brahmanen walteten in dem unheimlichen Zwielicht ihres Amtes, während schwitzende Krematoren in Lendenschurzen die Flammen schürten. Hier im *shamshan gat*, in dem die Leichen verbrannt wurden, waren unzählige nur schemenhaft sichtbare Trauernde versammelt – denen Tanuja so undeutlich erscheinen musste wie sie ihr –, aus deren Schattenmündern laute Trauerklagen kamen. Sie war wieder in Mumbai, nicht mehr als Kind, sondern als Erwachsene, aber trotzdem war dies irgendwie die Nacht, in der ihre Eltern bei dem Flugzeugabsturz ums Leben gekommen waren. Und obwohl der Absturz sich weit von Indien entfernt ereignet hatte, wusste sie, dass sie auf unerklärliche Weise hier waren, zu den Opfern dieser namenlosen Katastrophe gehörten. Obwohl sie tot sein mussten, empfand Tanuja den immer verzweifelteren Drang, ihre lieben Eltern zu finden, weil es wichtig war, dass sie noch als Sterbende Sanjay erreichten, den sie im Augenblick nicht erreichen konnte, um ihn vor der großen Gefahr zu warnen, in der er schwebte.

Aus dem Alptraum erwachend brauchte sie einen Augenblick, um zu erkennen, dass sie in der Toilette auf dem Boden lag. Sie roch heißes Kerzenwachs und den künstlichen Orangenduft von Seife.

Der Mann, der ihr die Elektroschocks verpasst hatte, kam in Sicht und stand über ihr und streckte eine Hand aus, um ihr aufstehen zu helfen. Sie wollte ihn nicht berühren, aber als sie vor seiner Hand zurückwich, packte er ihr Handgelenk und riss sie in sitzende Stellung hoch.

»Sieh zu, dass du den Arsch hochkriegst«, sagte er, »sonst schleife ich dich an den Haaren raus.«

Sie rappelte sich mühsam auf, schwankte, gewann das Gleichgewicht zurück und griff mit einer Hand an ihren Hals, um zu ertasten, was sie dort einengte. Ein Halsband, das sich zuzog, als ihr Angreifer an einer Leine ruckte. Während sie bewusstlos dagelegen hatte, hatte er sie wie einen Hund angeleint.

Nach sieben Jahren, in denen ihr Bruder und sie von ihrem Onkel und ihrer Tante, den betrügerischen Chatterjees, wie Gefangene gehalten worden waren, brauchte Tanuja Shukla Freiheit wie die Luft zum Atmen. Sie war stolz darauf, eine Frau zu sein, die jeder Situation gewachsen war, die nicht leicht den Kopf verlor. Trotzdem empfand sie jetzt fast panische Angst. Während ihr Herz jagte, als sei sie meilenweit gerannt, fummelte sie an der Schnalle herum, ohne sie öffnen zu können.

»Lass die Kerze stehen«, sagte der Unbekannte. »Denk nicht mal daran, sie mir ins Gesicht zu werfen. Wir gehen in die Küche. Den Weg kennst du.«

Kurz vor der offenen Korridortür rief sie eine laute Warnung für Sanjay, die ihr Wärter mit einem kräftigen Schlag auf ihren Kopf quittierte. *»Sanjay, lauf! Lauf!«*, rief sie erneut, und der Mann schlug ihr mit dem Ende der Leine ins Gesicht.

»Lass die Dummheiten«, sagte er. »Dafür ist's zu spät.«

Als Tanuja die Toilette verließ, hoffte sie verzweifelt, das bedeute nicht, dass ihr geliebter Bruder gefangen sei, sondern dass Sanjay schon die Flucht gelungen sei, sodass diese Kerle keine Chance mehr hatten, ihn in ihre schmutzigen Pfoten zu bekommen.

Mit den Toiletten hinter ihnen glich der in Dunkel gehüllte erste Korridor dem Übergang zum *jahannan*, in dem Dämonen neue Dämonen zeugten und man alle Hoffnung fahren lassen musste. Dass sie die Kreuzung beider Flure erreicht hatten, wusste Tanuja, als links voraus ein von Kerzenschein schwach definierter Türrahmen sichtbar wurde: die Küche.

Als sie mit ihrem Bewacher hinter sich über diese Schwelle trat, sah sie, dass sie tatsächlich im *jahannan* angelangt war, und weinte still beim Anblick Sanjays, der gefangen am Tisch saß. Sein Hemd war zerrissen, sein Haar zerzaust, als habe er sich nach Kräften gegen den Hünen, der neben seinem Stuhl stand, zur Wehr gesetzt. Im Schein der verbliebenen beiden Kerzen konnte sie sein Lederhalsband und die Hundeleine sehen, die straff gespannt über den Stuhlrücken führte und an der Quersprosse zwischen den hinteren Beinen sicher verknotet war.

VIERZIG

»Tut mir leid, aber es geht nicht anders«, sagte Jane, als sie einen vorbereiteten Knebel aus Mullbinden und eine Rolle silbernes Gewebeband aus ihrer Sporttasche holte. »Obwohl ich nicht glaube, dass Simon dich oben in der Eingangshalle hören könnte, darf ich nicht riskieren, dass du eine Warnung rufst. Sobald ich ihn hier runtergebracht habe, komme ich zurück und befreie dich von dem Knebel, damit du besser atmen kannst.«

»Du kannst mir vertrauen«, sagte Petra. »Ich verstehe meine Situation jetzt.«

»Das ist schnell gegangen, was? ›Ich war blind, doch nun bin ich sehend.‹«

»Das ist mein Ernst. Ich hab's wirklich kapiert. Für mich gibt's nur einen Ausweg – deinen Weg.«

»Ich glaube, dass du zur Vernunft kommen wirst, Kleine. Aber noch bist du Simon hörig.«

»Nein. Das ist vorbei.«

»Er schlägt dich, würgt dich, misshandelt dich auf jede mögliche Weise, aber wenn du hier allein sitzt, ohne dass ich darauf achte, dass du dich auf den einzig möglichen Ausweg konzentrierst, schlägst du deinen gesunden Menschenverstand in den Wind und driftest wieder zu ihm ab.«

Die Mädchenfrau kannte sich gut genug, um nicht energisch zu widersprechen. »Vielleicht nicht«, sagte sie nur.

»›Vielleicht‹ genügt nicht.«

Als ergreife ein Alkoholkater mit glühenden Zangen um Stunden zu früh Besitz von ihrem Gehirn, wurde Petras Gesicht unter dem hellen Make-up blass. Sie hatte den größten Teil ihres Lippenstifts an verschiedenen Martinigläsern zurückgelassen, und das natürliche Rosa ihrer Lippen wirkte jetzt leicht grau wie von der Erinnerung an ihren Streifzug durch die Clubs, an alles, was sie getrunken und gesagt und getan hatte.

»Später«, versprach Jane ihr, »wenn ich seinen Safe geöffnet und das Geld rausgeholt habe, lasse ich dich entscheiden, ob du Simon willst ... oder sein Geld und einen Neustart. Dann kann ich dir vermutlich trauen. Wenn ich mit ihm fertig bin, wirst du lieber das Geld wollen, denke ich.«

»Was hast du mit ihm vor?«

»Das hängt ganz von Simon ab. Er hat's in der Hand, sich das Leben leicht oder schwer zu machen. Lass mich jetzt den Knebel in deinen Mund stecken. Versuchst du mich zu beißen, ohrfeige ich dich kräftiger als Simon – und hinterlasse bestimmt ein paar Spuren.«

Petra öffnete den Mund, drehte dann aber den Kopf zur Seite. »Augenblick! Ich muss aufs Klo. Ich muss pinkeln.«

»Dafür ist keine Zeit mehr. Du musst dich einfach beherrschen.«

»Wie lange?«

»Bis du nicht mehr kannst.«

»Das ist gemein!«

»Richtig. Das ist gemein«, bestätigte Jane. »Aber weil Simon jeden Augenblick zurückkommen kann, muss es so sein.«

»Du bist ’ne totale Bitch.«

»Das hast du schon mehrmals gesagt, und ich habe nie widersprochen, stimmt’s? Jetzt mach den Mund auf.«

Petra ließ sich den Gazeknebel zwischen die Lippen stecken, ohne zu versuchen, zu beißen.

Jane klebte ihr den Mund mit einem rechteckigen Stück Gewebeband zu und sicherte es mit einer doppelten Lage Klebeband um den Kopf herum.

EINUNDVIERZIG

Der Widerling, der Tanuja geschnappt hatte, war erschreckend genug, aber er ängstigte sie weniger als sein Partner. Dieser Zweimetermann wog bestimmt über hundert Kilo, aber es war nicht seine schiere Masse, die sie beunruhigte. Für einen Mann seiner Größe bewegte er sich fast elegant, aber aus jeder seiner Bewegungen sprach Arroganz, als habe er sein Leben lang nie den geringsten Grund gehabt, daran zu zweifeln, dass er allem und jedem auf dieser Welt überlegen sei. Das Potenzial für jähe Gewalt war ihm so deutlich anzumerken wie einem Tiger, der mit hochgestellten Lauschern, geweiteten Nasenlöchern und gefletschten Zähnen eine lahmende Gazelle beobachtet.

Jemand hatte die Teller, ihre Champagnergläser und die Ampullen vom Tisch geräumt; dort lagen jetzt Gummischläuche und mit Alkohol getränkte Wattebäusche in Aufreißpackungen zur Desinfektion von Einstichstellen.

Tanuja, deren Leine ebenfalls an die Stuhlstrebe gebunden war, saß wie zuvor über Eck mit Sanjay am Küchentisch. Ihr lieber *chotti bhai* sagte, er sei *sorry*, als habe allein er einen Fehler gemacht, der ihnen diese beiden auf den Hals gehetzt hatte.

Der Hüne befahl ihnen, den Mund zu halten, wenn sie nicht wollten, dass ihnen die Zunge rausgeschnitten wurde, und obwohl seine Drohung grotesk war, brauchte man keine übersteigerte Fantasie, um sich vorzustellen, wie er sie rasch und geschickt mit einem Skalpell wahrmachte.

Obwohl der kleinere Mann, blond und blauäugig, Mitte dreißig war, wirkte er wie ein Zögling einer teuren Privatschule. Jetzt stellte er etwas auf den Tisch: einen dick isolierten Kühlbehälter, der mit dem identisch war, den Linc Crossleys Kumpel mit den raupenförmigen Augenbrauen früher an diesem Abend in ihr Haus mitgebracht hatte. Nachdem er weiße Baumwollhandschuhe übergestreift hatte, nahm er zwei Injektionsspritzen, mehrere eingeschweißte Gegenstände, die Tanuja nicht identifizieren konnte, und eine quadratische Stahlkassette mit ungefähr zwanzig Zentimetern Kantenlänge heraus. Als er den Deckel aufklappte, stieß Trockeneis eine frostige Atemwolke aus, die sich bei Kerzenschein in der warmen Luft rasch auflöste.

Tanuja hatte das Gefühl, einen Alptraum zu träumen, den sie schon einmal gehabt hatte.

Als Letztes nahm der Blonde sechs Isolierhüllen mit Klettverschlüssen aus der Stahlbox. Dann klappte er den Deckel zu und zog die Baumwollhandschuhe aus.

Sanjay versuchte zurückzuweichen, als der große Mann seinen rechten Oberarm mit einem der Gummischläuche abbinden wollte. Aber sein Widerstand brachte ihm nur einen lässigen Schlag mit dem Handballen des Riesen ein, der Sanjays Kopf nach hinten fliegen ließ, als habe ein gewöhnlicher Mann ihm mit voller Wucht ins Gesicht geboxt.

Tanuja sah einen Blutfaden aus der Nase ihres Bruders laufen. Sie wollte aufspringen, aber die Leine fesselte sie an den Stuhl, sodass sie nicht stehen konnte.

Der Blonde machte Licht, damit sein Partner die Vene in Sanjays Armbeuge besser sehen konnte.

Geschickt wie ein erfahrener Phlebologe benutzte der große Mann die Spritze dazu, eine Kanüle in das Blutgefäß einzuführen. Dann legte er sie weg, brach das Siegel der ersten tiefgekühlten Ampulle und schloss sie ans Ventil der Kanüle an. Er hielt die Ampulle schräg hoch und öffnete das Ventil bis zu der in diesem Fall erforderlichen Marke. So tropfte die trübe bernsteingelbe Flüssigkeit – Zusammensetzung und Wirkung unbekannt – langsam aus dem Glasröhrchen in Sanjays Blutkreislauf.

Tanuja verzehrte sich danach, das *Was* zu erfahren und das *Warum* zu verstehen, aber es wäre zwecklos gewesen, danach zu fragen, denn diese Männer würden es ihr nicht sagen, und es hatte keinen Sinn, zu schreien, weil niemand sie rechtzeitig hören würde, oder zu versuchen, Widerstand zu leisten, der sie nicht lange vor dem Schicksal in diesen Ampullen würde bewahren können. Sie kam sich wieder wie eine Zehnjährige vor, die eben die Nachricht von dem langen Sturz ihrer Eltern vom Himmel erhalten hatte – im Schatten ihrer lächelnden Tante Ashima Chatterjee, für die der Unfalltod ihrer Schwester kein trauriger Anlass, sondern eine goldene Gelegenheit war. Als Kind hatte sie die mit weniger Licht als Schatten durchwobene Welt rätselhaft und bedrohlich empfunden und überall Gefahren gesehen, die vom Dachboden bis zum Dunkel unter ihrem Bett, von lichtem Wald bei Tag bis zum Vorgarten bei Nacht lauerten. Obwohl Sanjay frühzeitig eine düstere Empfindsamkeit an den Tag gelegt hatte, war es Tanuja im Lauf der Zeit mit seiner Hilfe gelungen, ihre unzähligen Ängste hinter sich zu lassen, die Welt als einen Wunderort voller magischer Möglichkeiten zu begreifen und von dieser Auffassung so überzeugt zu sein, dass sie darauf aufbauend Karriere als Schriftstellerin gemacht hatte. Mit seiner Liebe, seiner Fürsorge, seiner geduldigen und klugen Unterweisung war ihr kleiner Bruder, dessen Lebenserfahrung zwei Minuten kürzer war, ihr Therapeut, ihr spiritueller Führer gewesen, der sie die Wahrheit gelehrt und ihr die Zuversicht gegeben hatte, aus dieser Welt mehr machen zu können, als sie zu sein schien, als sie tatsächlich war, um dem Dunkel alles Bedrohliche zu nehmen und es ebenso magisch zu finden wie das Licht. Erst vor ungefähr einem Jahr war ihr bewusst geworden, dass Sanjays düsterer Pessimismus weitgehend der Art entsprach, wie er sein Leben sah: Obwohl er an freien Willen glaubte und nie in so düsterer Stimmung war wie alles, was er schrieb, sah er selbst keine Welt voller Wunder und magischer Möglichkeiten, die er sie beständig zu sehen ermuntert hatte. In einer Familie, in der es zu viel Stoizismus und zu wenig Liebe gab – nach dem Flugzeugabsturz gar keine mehr –, hatte Sanjay seine Schwester ins Herz geschlossen; ihn bekümmerte, dass es so viel gab, was sie ängstigte, und so wenig, das sie bezauberte. Eines Tages beschloss er, sie von ihren Ängsten zu befreien, um sie glücklich aufwachsen zu sehen. Er hatte vorgegeben, die Vision einer Märchenwelt voller Magie und Mirakel sei auch seine, und sie mit solcher Verve vertreten, dass seine Täuschung zuletzt ihre Wahrheit, ihre unerschütterliche Überzeugung wurde. Sanjay und sie waren im selben Augenblick empfangen und gemeinsam geboren worden, und sie konnte sich nicht vorstellen, wie ihr Leben nach dem Augenblick, in dem ihr *chotti bhai* nicht mehr atmete, weitergehen sollte. Während sie beobachtete, wie die dritte Ampulle sich durch die Kanüle in den Arm ihres Bruders entleerte, begrüßte sie die ihr bevorstehende Infusion der übrigen drei Ampullen, denn unabhängig davon, was Sanjay angetan worden war, musste sie ihm ins Unbekannte folgen und – wenn sich die Chance bot – für ihn sein, was er stets für sie gewesen war.

Der abscheuliche *Rakshasa* beendete die erste Phase seines Teufelswerks, indem er die Kanüle aus Sanjays Vene zog. Weil er sich nicht die Mühe machte, die Einstichstelle mit einem Heftpflaster zu bedecken, bildete sich in der Armbeuge ein Pfropfen, aus dem langsam ein scharlachroter Blutfaden wie ein falsch platziertes Stigma floss.

Tanuja leistete keinen Widerstand – und verschaffte ihm auch nicht die Befriedigung, ihre Angst zu sehen –, als der Blonde ihr den rechten Arm abband. Er klopfte leicht auf die sichtbaren Venen, um die beste zu finden, und desinfizierte die Einstichstelle mit einem Wattebausch.

Der große Mann kam mit der zweiten Spritze, einer weiteren Kanüle und drei großen Ampullen um den Tisch herum.

ZWEIUNDVIERZIG

Dreiundzwanzig Minuten nach Mitternacht schwenkten die Xenonscheinwerfer eines schwarzen Cadillacs mit stark getönten Scheiben von der Straße auf die kreisförmige Zufahrt ein. Die lange Limousine fuhr so bedrohlich wie elegant und mit überraschend dezentem Motorengeräusch vor dem Portikus vor. Um diese Zeit und unter diesen Umständen wirkte die schwarze Limousine sogar etwas unheimlich, als habe der als Skelett auftretende Tod seine klassische Kutsche gegen ein moderneres Gefährt vertauscht und werde mit seiner silbernen Sense nicht in einer Mönchskutte mit Kapuze, sondern in einem Anzug von Tom Ford aussteigen.

Jane Hawk trat einen Schritt vom Fenster neben der Haustür zurück und beobachtete, wie der Chauffeur die hintere rechte Tür öffnete und Simon Yegg aussteigen ließ. Er trug keinen Anzug, sondern rot-weiße Sneakers, beige Chinos, ein lebhaft gestreiftes Rugbyhemd, eine offene dünne Lederjacke und ein Baseballcap in Pink mit einer großen Drei: ein 46-jähriger Weißer, der sich einbildete, cool wie ein halb so alter schwarzer Rapper aussehen zu können.

Der Cadillac glitt davon, während Simon seine Haustür aufsperrte. Die Alarmanlage sprach an, als er über die Schwelle trat.

Jane stand hinter der sich öffnenden Tür, wo er sie nicht sehen konnte.

»Anabel, schalte die Alarmanlage aus. Fünf, sechs, fünf, Sternchen.« Die Sirene verstummte, und Anabel meldete, die Anlage sei ausgeschaltet, worauf er verlangte: »Anabel, folge mir mit Licht.«

Als der Kronleuchter aufflammte, schloss Simon Yegg die Haustür und sah Jane mit einer 200-ml-Flasche in der ausgestreckten Hand hinter sich stehen. Sie sprühte ihm Chloroform in Mund und Nase, und er brach mit dem Rascheln von Textilien zusammen, als gleite ein Basketball durchs Netz, aber als Simon aufschlug, prallte er nicht wieder hoch.

Bei Petra hatte sie kein Chloroform verwenden können, weil es darum gegangen war, sie in der zur Verfügung stehenden kurzen Zeit auszuquetschen. Yegg konnte sie sich stundenlang widmen, falls das nötig war.

Chloroform war sehr flüchtig. Um sicherzustellen, dass er bewusstlos blieb, legte sie eine doppelte Lage Papierhandtücher auf sein Gesicht, um die Dämpfe aufzufangen. Atemprobleme hatte er zum Glück keine.

Auf dem Tastenfeld der Alarmanlage gab Jane den *Home*-Modus ein. Nachdem sie die Haustür mit dem massiven Riegel gesichert hatte, sah sie noch mal aus dem Fenster. Die Limousine war längst fort. Im blassen Halbschatten einer Straßenlaterne richtete ein vorbeischnürender Kojote seine gelb aufleuchtenden Augen auf das Haus, als spüre er, dass sie ihn beobachtete.

Muskulös, fast einen Meter achtzig groß stellte Simon ein größeres Logistikproblem dar als zuvor Petra Quist. Es gab immer Methoden, solche schwierigen Aufgaben zu lösen, aber in diesem Fall hatte das Problem rücksichtsvollerweise eine Lösung bereitgestellt. Aus der Garage hatte Jane zuvor das flache Rollbrett für Mechaniker mitgebracht. Nun parkte sie es neben Simon und verriegelte die walzenförmigen Räder.

Mit über achtzig Kilo brachte der leblos schlaffe Yegg ein erhebliches Totgewicht auf die Waage. Um ihn auf das Rollbrett zu wuchten, musste sie ihn behandeln, als bestünde er aus mehreren nur lose zusammenhängenden Kartoffelsäcken. Aber nach vier- bis fünfminütigem Kampf hatte sie's endlich geschafft.

Das Rollbrett war zu kurz, um Simon ganz aufnehmen zu können. Seine Beine schleiften ab der Wadenmitte nach, aber der Reibungswiderstand würde nicht weiter schaden.

Damit seine Arme nicht von dem Brett rutschten, lockerte sie den Gürtel seiner Chinos von Gucci, steckte die Hände in den Hosenbund und fixierte sie dort mit dem Gürtel. Es sah aus, als befriedige er sich selbst.

Um das Rollbrett ziehen zu können, hatte Jane ein Verlängerungskabel aus einem Schrank in der Garage ans vordere Ende geknotet. Nachdem sie die walzenförmigen Räder entriegelt hatte, zog sie Simon Yegg hinter sich zum Aufzug. Sein zu Boden gefallenes Cap ließ sie unbeachtet liegen.

Auf der Fahrt in den Keller hinunter hob sie die Papierhandtücher an, um seine Gesichtsfarbe zu kontrollieren und sich davon zu überzeugen, dass er weiter gleichmäßig atmete. Dann strich sie die Handtücher wieder glatt und besprühte sie leicht mit Chloroform.

Der Teppichboden des Filmtheaters bremste die quietschenden Räder etwas stärker. Als Jane das Rollbrett ins Foyer zog, machte Petra große Augen und setzte sich ruckartig auf. Ihr Unterkiefer bewegte sich, als versuche sie, den mit Speichel getränkten Gazeknebel auszustoßen. Sie gab dringende dumpfe Laute von sich, ohne sich verständlich machen zu können.

Jane zog die Tür zwischen Foyer und Kinosaal auf. Sie bugsierte das Rollbrett in den Hauptraum.

Hier gab es drei Sitzreihen mit jeweils fünf Sesseln, die aber keine herkömmlichen Kinositze waren oder zu dem französischen Motiv des Ganzen passten. Die vielfach verstellbaren Ledersessel erinnerten an Fernsehsessel, in denen man eher schlafen als Filme ansehen konnte.

Auf beiden Seiten der Sitzreihen lag ein breiter Gang. Weil der Fußboden zur Bühne und der Großleinwand – hinter einem burgunderroten Samtvorhang mit riesigen Goldfransen verborgen – hin abfiel, machte die Schwerkraft den Reibungswiderstand des Teppichbodens mehr als wett.

Der Abstand zwischen erster Sitzreihe und Bühne betrug mindestens drei Meter. Jane stellte das Rollbrett dort ab, wo sie zuvor drei weitere Verlängerungskabel, den Arbeitshocker aus der Garage, ein Gasfeuerzeug von Bernzomatic mit Flexihals aus einer Küchenschublade und ein halbes Dutzend großer PET-Flaschen mit Mineralwasser deponiert hatte.

Das erste Verlängerungskabel führte sie unter dem Rollbrett hindurch und benutzte es als Seil, um Simon Yeggs Oberarme an das Brett zu fesseln. Auf gleiche Weise fixierte sie seine Taille und anschließend die Beine. Weil die Gummibeschichtung der Kabel keine festen Knoten zuließ, benutzte Jane das Gasfeuerzeug, um das Gummi zum Schmelzen zu bringen, und löschte es mit Mineralwasser ab, bevor es zu brennen begann.

Sie zog die Papierhandtücher vom Gesicht des Frauenmörders und warf sie achtlos beiseite. Ein letzter Rest Chloroform ließ seine Oberlippe glänzen und verdunstete vor Janes Augen. In zehn Minuten, spätestens einer Viertelstunde, würde Simon wieder zu sich kommen.

DREIUNDVIERZIG

Nachdem Tanuja Shukla ihren Nano-Kontrollmechanismus erhalten hat, sammelt Carter Jergen die leeren Ampullen und das übrige Zeug ein und verstaut alles in dem Kühlbehälter, sodass praktisch keine Spur zurückbleibt.

Dann geht er auf die Damentoilette, um das zurückgelassene Kerzenglas zu holen. Er stellt es zu den beiden anderen auf den

Küchentisch und schaltet die Leuchtstoffröhren an der Decke aus, weil er die Wartezeit lieber in diesem wärmeren, stimmungsvolleren Licht verbringen will.

Dubose steht am Ausguss, raucht einen Joint, nimmt tiefe Züge, hält die Luft an und stößt sie dann nicht seufzend, sondern mit einem dumpfen Bärengrunzen aus, ohne die junge Frau auch nur eine Sekunde aus den Augen zu lassen.

Jergen kann sich denken, wie's weitergehen wird. Die Wartezeit verspricht so langweilig zu werden wie bei anderen Konversionen, die sie in letzter Zeit beaufsichtigt haben.

Er setzt sich mit seinem iPad an den Küchentisch und geht online, um sich Urlaubsziele in der Karibik anzusehen, in die er im September reisen möchte.

Bis auf Duboses Schnaufen und die wenigen Geräusche, die Jergen macht, ist es in der Küche still. Die Zwillinge haben begriffen, dass jede Frage wie jeder Kommentar, jeder Widerspruch einen Schlag, aber keine Antwort einbringt. Sie sind machtlos und sich dieser Tatsache sehr bewusst. Aller Shukla-Schneid ist ihnen abhandengekommen. Sie wissen nicht, was die Injektionen mit ihnen anstellen werden, und die Angst vor dem Unbekannten ist lähmend. Wenn sie nicht verzweifelt sind, nicht längst alle Hoffnung aufgegeben haben, sind sie hoffnungslos deprimiert. Dass sie nicht sprechen, liegt zweifellos auch daran, dass sie fürchten, ihre Stimmen könnten so schwach und verzweifelt klingen, dass ihr Klang nur dazu beitragen würde, sie noch mehr zu entmutigen.

Früher, als Jergen erwartet hat, drückt Dubose seinen Joint aus, steckt ihn in eine Jackentasche und geht zu der jungen Frau hinüber. Er knotet die Leine von der Stuhlstrebe los und fordert Tanuja zum Aufstehen auf. Als sie zögert, ruckt er heftig an der Leine, als sei er ein ungeduldiges Kind und sie ein Spielzeug auf Rädern, das sich verklemmt hat.

Als sie langsam aufsteht, fragt ihr Bruder besorgt: »Was ist los, was machen Sie?«

Jergen beugt sich nach vorn, packt den Jungen am linken Ohr und dreht es so kräftig um, dass er den Knorpel beschädigt, was Drohung genug ist. Sanjay will den Kopf zurückziehen, aber das lässt Jergen nicht zu.

Als Dubose die junge Frau zur Korridortür zerrt, sieht sie sich um und sagt den Namen ihres Bruders – nicht um Hilfe bittend, sondern als wolle sie sich verabschieden. Dann verschwindet Dubose mit ihr.

Als Jergen sein Ohr loslässt, versucht Sanjay aufzuspringen, als gäbe es die geringste Chance, dass die Leine reißen oder das Halsband sich lösen oder der stabile Küchenstuhl in Trümmer gehen könnte, während er wild um sich schlagend wütet. Von Verzagtheit wechselt er direkt in jene energiereiche Form der Hoffnungslosigkeit, die Verzweiflung heißt. Obwohl er nach stoischer Immobilität jetzt vor Wut zu kreischen beginnt, wird sein Zorn ihm nichts nützen, denn er richtet sich weniger gegen Dubose als gegen ihn selbst, gegen die eigene Hilflosigkeit, die er für den Rest seines Lebens wird ertragen müssen.

Jergen schiebt sein iPad beiseite, um Sanjay zu beobachten, der im Augenblick unterhaltsamer ist als jeder Urlaub in der Karibik.

Aber schon nach kaum einer Minute hat Sanjay sich verausgabt und sackt schweißnass auf dem Stuhl zusammen. Er gleicht einem Pferd, das durch eine Schlange in Panik geraten so heftig ausgeschlagen und sich vergeblich aufgebäumt hat, dass seine Kraft nur mehr für das Zittern ausreicht, das den ganzen Leib durchläuft, während sein blindes Entsetzen ansonsten nur in seinen Augen sichtbar ist, die in ihren Höhlen anzuschwellen scheinen, wobei das unnatürlich vergrößerte Weiß der Augäpfel die Iriden wie Doppelkrater eines Doppelmonds erscheinen lässt.

Genauso sehen Sanjays Augen aus, als Carter Jergen sagt: »In gewisser Weise hat sie sich – und dir – das selbst angetan. Ihr habt beide auf der Hamlet-Liste der zu Korrigierenden gestanden, aber nicht ganz oben, bis vor drei Wochen ihr neuester Roman erschienen ist. *Alecto Rising*. Die Reaktion bestimmter Kritiker und allzu vieler aufrichtig betroffener Leser hat den Computer veranlasst, euch den Spitzenplatz zu geben.«

Jergen weiß nicht bestimmt, ob Sanjay versteht, was er hört, so tief steckt er in seinem Elend, während sein Verstand in einer Abwärtsspirale aus Kummer und Reue gefangen ist. Aber Jergen und Dubose sind heute Sieger geblieben, und ein Sieg macht keinen Spaß, wenn man ihn nicht anschließend auskosten kann.

»Ihr Roman könnte die leicht zu beeindruckende jüngere Generation auf die schlimmsten Ideen bringen. Der Computer hat ihn als potenziell gefährlichen Bestseller identifiziert. Deshalb ist's passend – findest du nicht auch –, dass ihr beiden jetzt den Auftrag erhaltet, *Alecto Rising* und alle eure übrigen Romane so zu diskreditieren, dass sichergestellt ist, dass kein Wort, das ihr geschrieben habt, jemals wieder gedruckt wird.«

Sanjays Blick fixiert die nächste Kerze, deren geborgtes Feuer sich in seinen Augen spiegelt, in denen vermutlich nie wieder echtes Feuer brennen wird.

»Früher hat es nach einer Injektion acht bis zehn Stunden gedauert, bis der Kontrollmechanismus im Gehirn vollständig ausgebildet war. Erst seit einigen Tagen verwenden wir eine Weiterentwicklung der Geheimemulsion, die das in nur vier Stunden schafft. Jetzt schwimmen Millionen von gehirnaffinen Molekularmaschinen stromaufwärts zu eineinhalb Kilogramm Gewebe in deinem Schädel. Sanjay Shukla ist nur in zweiter Linie der Körper, der mir hier gegenübersitzt. Die Essenz deines Wesens steckt in diesen eineinhalb Kilogramm. Spürst du, wie diese Millionen von Invasoren durch dich und gleichzeitig *zu dir* schwimmen? Mich fasziniert das alles. Ich frage mich … wenn sie durch die Wände der Gehirnkapillaren dringen, wenn sie anfangen, sich zu verlinken und dein Groß-, Zwischen- und

Kleinhirn mit ihrem Netz zu überziehen, in der letzten Stunde deiner Unabhängigkeit, bevor dort oben alles an seinem Platz ist, wirst du dann das Gefühl haben, unter deiner Schädeldecke kröchen unzählige Spinnen durcheinander?«

Sanjay reißt sich von der Kerzenflamme los und erwidert Jergens Starren. »Sie sind verrückt«, erklärt er heiser flüsternd.

»Red du nur«, wehrt Jergen lässig ab.

»Böse«, sagt Sanjay. »Nicht alle Verrückten sind böse, aber alle Bösen sind verrückt«

Jergen grinst. »Du solltest nicht so verächtlich von jemandem sprechen, der bald dein absoluter Gebieter sein wird.«

VIERUNDVIERZIG

Jane kehrte aus dem Vorführraum ins Foyer zurück und löste die Verriegelung der Rollen des Bürostuhls. Sie schob Petra Quist in den Kinosaal und parkte sie im Schatten hinter der letzten Sitzreihe, wo sie hören und sehen konnte, was sich ereignen würde. Dann verriegelte sie die Rollen wieder.

Nachdem Jane das lange Gewebeband abgewickelt hatte, wartete sie, bis das Partygirl den völlig durchnässten Knebel zwischen den Zähnen hervorgestoßen hatte, sodass er auf ihren Schoß fiel.

Bedachte man, dass Simon Yegg sie misshandelt hatte und sie behauptete, über ihn hinweg zu sein, wirkte Petra übermäßig um sein Wohl besorgt, fast atemlos vor Sorge. »Mein Gott, was hast du ihm angetan, hast du ihn schon umgebracht, sein *Gesicht* war bedeckt, warum war es bedeckt?«

»Jetzt ist's nicht mehr bedeckt«, sagte Jane und lenkte Petras Aufmerksamkeit auf ihre »nukleare Liebesmaschine«, die wie Gulliver im Lande Liliput gefesselt vor der ersten Sitzreihe lag. Sie hatte die Beleuchtung so eingestellt, dass jetzt nur die Bühne und der freie Raum davor erhellt wurden. »Er schläft bloß, erholt sich von einer ordentlichen Dosis Chloroform.«

»Was hast du mit ihm vor?«

»Nicht mal einen Bruchteil dessen, was er verdient hätte.«

»Er ist nicht nur schlecht. Ich meine, er ist manchmal nicht so nett, aber er ist kein hoffnungsloser Scheißkerl.«

»Pass auf«, sagte Jane, »ich habe dich hierher gebracht, damit du ihn hören und vielleicht etwas daraus lernen kannst. Von hier unten aus kann Simon dich nicht sehen, auch wenn er den Kopf zur Seite dreht. Unter anderem wirst du erfahren, was er wirklich von dir hält. Das lohnt sich bestimmt zu hören. Aber wenn du nicht den Mund halten kannst, muss ich dich wieder knebeln.«

»Nein. Bitte nicht! Ich hab gedacht, ich müsste kotzen und daran ersticken, weißt du.«

»Dann halt die Klappe.«

»Okay, versprochen. Aber bitte, bitte, *bitte* lass mich aufs Klo gehen.«

Diese blauen Augen waren so durchsichtig, dass sie wie Fenster zu einer ungekünstelt naiven Seele erschienen, aber es erforderte raffinierte Gerissenheit, den Blickkontakt so lange aufrechtzuerhalten und dabei unschuldig zu wirken. Die Mädchenfrau zuckte zusammen, als Janes Hand ihren Kopf berührte. Aber sie wollte Petra nur eine Haarsträhne aus der Stirn streichen, was sie tat, bevor sie sagte: »Sorry, aber ich traue dir noch nicht. Trotz deines coolen Auftretens hast du so wenig Selbstvertrauen, dass du Simon weiter brauchen wirst, bis du noch weniger Respekt vor ihm hast als vor dir selbst.«

Die blassen Wangen der jungen Frau färbten sich plötzlich rosa, und sie reckte ihr Kinn vor. Sie schien kurz davor zu sein, die Beherrschung zu verlieren. Aber dann riss sie sich doch zusammen und versuchte lieber, bedauernswert verzweifelt zu wirken. »Ich muss echt dringend pinkeln.«

»Nicht mein Stuhl«, sagte Jane. »Also nur zu!«

FÜNFUNDVIERZIG

Sanjay entdeckt keine Hoffnung in der Kerzenflamme, aber einen weiteren Grund zur Verzweiflung in Carter Jergens Blick, deshalb konzentriert er seine Aufmerksamkeit auf die Tür, durch die Radley Dubose mit Tanuja verschwunden ist.

Mit vor Schmerz brechender Stimme fragt er: »Wohin hat er meine Schwester verschleppt?«

»Falls Pastor Gordon hier ein Büro hat«, sagt Jergen, »ist's sicher behaglich eingerichtet. Er ist mir nicht wie einer dieser Geistlichen vorgekommen, die es für sinnvoll halten, sich zu kasteien. Mein Partner wird vor allem ein bequemes großes Sofa wollen.«

Der dünne Verzweiflungslaut aus dem Mund des jüngeren Zwillings ist von einer kummervollen Intensität, die Jergen noch nie gehört hat.

»Du brauchst nicht zu befürchten, ich könnte ähnliche Gelüste haben, Sanjay. Anders als ich ist dieser *good old Boy* im hintersten West Virginia aufgewachsen. Gut, er hat in Princeton studiert und dort einen Abschluss gemacht. Aber die dort gültigen Standards, falls man sie überhaupt so nennen kann, stehen mehrere Größenordnungen unter denen eines Harvard-Absolventen. Ich hätte lieber einen Partner, mit dem ich auf Augenhöhe verkehren könnte, aber ich muss zugeben, dass er immer für Unterhaltung sorgt.«

Der erste Schrei des Mädchens scheint aus größerer Entfernung zu kommen, als es tatsächlich der Fall ist. Er klingt wie der einsame Ruf irgendeines exotischen Nachtvogels, jedoch verlassener und unheimlicher als die Stimme eines Eistauchers und jämmerlicher als die Klage eines Ibis.

Jergens Vater Carlton, konservativ und Patriarch alter Schule, ist seit Langem Mitglied des prominentesten Clubs von Vogelbeobachtern in New England – eines seiner vielen kulturellen Interessen. Sein umfangreiches Wissen über alles, was mit Vögeln zusammenhängt, hat unweigerlich auf seinen Sohn abgefärbt, auch wenn Carter längst andere Interessen hatte als sein alter Herr, als er sein Studium aufnahm.

Tanujas Proteste klingen keineswegs mehr weit weg oder vogelähnlich. Anscheinend setzt sie sich mit aller Kraft zur Wehr, obwohl Widerstand angesichts von Duboses Größe und der Wildheit seiner Triebe zwecklos ist.

Heftig mit den Füßen aufstampfend stößt Sanjay seinen Stuhl vom Tisch zurück und versucht aufzustehen, aber die straffe Fesselung mit Halsband und Leine macht es ihm unmöglich, den Körper zu strecken und auf die Beine zu kommen. Er kann weder die Halsbandschnalle lösen noch den Knoten an der Querstrebe unter ihm erreichen. Der Küchenstuhl kippt auf die Seite, reißt ihn mit sich. Sanjay zerrt an den Armlehnen, als wolle er sie mit bloßem Händen anreißen, aber der Stuhl ist aus Stahlrohr geschweißt. Die minimalistische Fesselung nährt anfangs die Illusion, leicht entkommen zu können, was seine tatsächliche Hilflosigkeit noch frustrierender macht. In seiner Wut und Verzweiflung, in seinem tiefen Schmerz gelingt es ihm, mit dem Stuhl ratternd einen zwecklosen Halbkreis auf dem Küchenboden zu beschreiben. Dabei plärrt oder schreit er wider Erwarten nicht, sondern grunzt und faucht und knurrt und zischt bei seiner dumpf tierischen Anstrengung, die ihn stetig atemloser macht, bis er sich zuletzt laut keuchend seine Ohnmacht eingestehen muss. Er bleibt im Käfig seines Stuhls gefangen auf der Seite liegen: erschöpft und bitterlich schluchzend.

Falls seine Schwester weitere Laute von sich gibt, sind ihre Proteste nicht sehr lautstark und bleiben auf irgendeinen Raum entlang des Korridors beschränkt, in dem das Unvermeidliche seinen Lauf genommen hat.

Carter Jergen steht von seinem Stuhl auf, tritt an Sanjay heran und blickt auf ihn hinunter. »Alles nicht so schlimm, wie du glaubst. Es wird dich nicht für den Rest deines Lebens verfolgen. Du wirst nicht ewig unter Gewissensbissen leiden. Und obwohl deine Schwester jetzt traumatisiert und zutiefst beschämt ist, wird sie sich bis morgen früh vollständig erholen. Kein Trauma, kein Gefühl der Schande. Sobald unsere Kontrollmechanismen sich selbständig installiert und euch verwandelt haben, brauche ich ihr und dir nur zu befehlen, die Ereignisse des heutigen Abends zu vergessen. Damit wird alles aus eurem Gedächtnis gelöscht – auch ich, auch mein Partner und was er getan hat. Eine Sache, an die man sich nicht erinnern kann … nun, dann könnte sie ebenso gut nie passiert sein.«

SECHSUNDVIERZIG

Cinema Parisien. Der Bereich vor der Bühne und die Bühnenfront selbst waren wie für einen Live-Auftritt vor der Filmvorführung beleuchtet. Die erste Sitzreihe war hell, die zweite lag im Halbschatten, die dritte war dunkel … Und im höchsten Bereich des Kinosaals in Dunkel gehüllt die einzige Zuschauerin: Petra Quist, vielleicht eine Kandidatin für die Erlösung, vielleicht nicht mehr zu retten …

Jane stellte den Arbeitshocker neben das Rollbrett und saß dort, während Simon Yegg Unverständliches murmelte und sein rasch wechselnder Gesichtsausdruck die Umstände eines der lebhaften und makabren Alpträume widerspiegelte, die einen Chloroformschlaf oft zur Qual machten.

Er schrak auf, starrte die über ihm Sitzende blinzelnd an, murmelte »Nein« und schloss die Augen, als könne er diese Realität zurückweisen und eine andere einfordern. Er wiederholte diese Übung – »Nein … nein … nein … nein, verdammt noch mal« –, wobei ihm der Ernst seiner Lage mehr und mehr bewusst wurde, als er versuchte, sich von seinen Fesseln zu befreien, bis er endlich einsehen musste, dass es für ihn nur diese eine Realität gab. »Was soll dieser Scheiß? Wer sind Sie? Was wollen Sie? Sie sind so gut wie tot, wissen Sie das? Sie sind so tot, wie man überhaupt sein kann.«

Jane sagte: »Für einen Mann in Ihrer Lage reden Sie erstaunlichen Unsinn. Aber Sie haben vermutlich gute Gründe dafür, den großen Macho zu spielen.«

Ihm gefiel offenbar nicht, was sie sagte, aber er weigerte sich, ihre Andeutung zu kommentieren. »Mir können Sie keine Angst einjagen. Ich bin kein schreckhafter Typ. Sie haben mich in der Hand. Das war clever, wie Sie mich überwältigt haben. Echt clever. Reden wir also über einen Deal. Sie wollen Geld. Jeder will Geld. Okay, ich habe welches. Sie müssen nur aufpassen, dass Sie lange genug leben, um einen einzigen Cent davon ausgeben zu können.«

Nach kurzer Pause sagte Jane lächelnd, als amüsiere er sie: »Vielleicht bin ich nicht hier, weil ich Geld will. Vielleicht geht's um die Hamlet-Liste.«

»Die was?«

»Vielleicht geht's um diese Scheißkerle, die sich Techno-Arkadier nennen – wie dreizehn Jahre alte Nerds, die sich in ihrem Clubhaus auf einem Baum treffen.«

»Wissen Sie bestimmt, dass Sie die richtige Adresse haben, Schätzchen? Vielleicht würde einer der Nachbarn Sie verstehen, aber ich kann nichts damit anfangen.«

Seine Verwirrung erschien glaubhaft. Dass sein Halbbruder Booth als hohes Tier im Justizministerium ihm seit Jahren Staatsaufträge verschafft hatte, bedeutete noch lange nicht, dass er Simon in die Verschwörung eingeweiht hatte, die ihren Nick in den Tod getrieben hatte.

Jane sagte: »Oder vielleicht bin ich wegen Ihrer Exfrauen hier.«

Er brauchte nicht lange zu überlegen, um mit einer Lüge zu antworten: »Die haben mich ausgenommen, eine nach der anderen. Was können sie noch von mir wollen?«

»Ihre Frauen haben Sie ausgenommen? Das hab ich anders gehört.«

»Jede hat ihre Story.« Simon merkte, dass er nicht nur mit Kabeln gefesselt war, sondern dass seine Hände im Hosenbund steckten und mit dem Gürtel straff fixiert waren. »Der Gürtel ist zu eng. Meine Finger sind schon ganz taub.«

»Auf der Straße heißt's, dass es nicht Ihre Finger sind, die taub sind.«

»Was soll das wieder heißen?«, traute Simon sich zu fragen. »Sind Sie ein Crackhead? Koksen Sie oder was? Ich denke, Sie haben ein psychisches Problem, Schätzchen. Aber bleiben Sie mir damit vom Hals. Ich bin kein Psychiater. Kommen Sie, wir wollen über Geld reden.«

Mit unzerreißbaren Kabeln gefesselt, flach auf dem Rücken liegend und zu Jane auf ihrem hohen Hocker aufsehend musste er desorientiert sein. Auf der Angstskala hätten andere Männer jetzt vielleicht die Stufe FURCHT oder sogar ENTSETZEN erreicht. Simon schien jedoch nicht mal auf der Stufe LEICHTE BEUNRUHIGUNG zu stehen. Methoden, Angst zu beherrschen und in positive Energie umzuwandeln, ließen sich erlernen, aber seiner Einstellung und seinen bisherigen Antworten nach hatte er kein derartiges Training mitgemacht. Stattdessen war seine zur Schau gestellte Unbekümmertheit reine Arroganz, und seine Furchtlosigkeit basierte vermutlich auf Ichbezogenheit: seiner Überzeugung, dass auf der ganzen Welt nur er real war – der alleinige Mittelpunkt des Universums, das nur für ihn existierte, während alle anderen Menschen nur Mittel zum Zweck waren, die er nutzen konnte, wie es ihm gefiel. In ihrer Zeit als FBI-Agentin, die gegen Serien- und Massenmörder ermittelt hatte, war sie nicht wenigen Soziopathen wie ihm begegnet. Wegen seiner von Wahnvorstellungen geprägten Sicht der Realität gab es jedoch Möglichkeiten, ihn zu manipulieren; trotzdem musste sie seine fehlgeleitete Genialität und seine Gerissenheit immer ins Kalkül ziehen, denn jemand wie er war immer gefährlich, auch wenn er noch so sicher gefesselt und bewegungsunfähig war.

»›Jede hat ihre Story‹«, zitierte Jane ihn. »Bis auf Marlo, Ihre erste Frau, die heutzutage keine mehr erzählen kann, weil sie in Paris erschlagen wurde.«

»Ich habe diese Frau geliebt! Sie war mein Ein und Alles, wirklich. Sie war ein Engel, aber einer ohne gesunden Menschenverstand. Was zum Teufel hatte meine Marlo dort in einem Viertel voller radikaler Muslime zu suchen? Wollte sie sich einen reichen Scheich angeln?«

»Und Alexis kann auch keine Story mehr erzählen. Sie ist im Yosemite-Nationalpark in eine Schlucht gestoßen worden. Ein Hundertmetersturz dauert lange, wenn man weiß, dass man beim Aufschlag tot sein wird.«

»Gestoßen? Wie kommen Sie darauf? Ihr dämlicher Freund und sie waren auf einem als gefährlich bekannten Weg unterwegs. Sie hatten nicht viel Erfahrung als Bergwanderer. Die Todesnachricht hat mich schwer getroffen, als ich sie gehört habe. Wie ein Leberhaken. Und Herzschmerzen hatte ich auch. Ich war damals auf Hawaii. Hat mir den kompletten Urlaub versaut. Klar, unsere Ehe war gescheitert, was hauptsächlich meine Schuld war. Ich bin manchmal nicht stolz auf mich, wenn ich mit dem Schwanz statt mit dem Kopf denke. Ich bin kein Chorknabe. Aber ich habe diese Frau geliebt, und es schmerzt mich, schmerzt mich sehr, dass sie vor ihrer Zeit gegangen ist.«

Jane musste gegen den Drang ankämpfen, von ihrem Hocker aufzustehen, Simon einen Fuß auf die Kehle zu setzen und zuzutreten, bis sie die Knorpel seiner Luftröhre befriedigend krachend bersten hörte. Das war eine Reaktion, die Männer dieses Typs nur allzu oft provozierten, weil sein Lebenszweck nicht der war, den er sich einbildete – denn er war nicht der sorglose Held in einem Epos aus Macht und Triumph –, sondern schien stattdessen den Zweck zu haben, andere zu schikanieren, sie ihrer Motivation zu berauben, ihnen womöglich den Drang einzuimpfen, auf sein Niveau herabzusteigen, und sie anzuspornen, ähnlich rücksichtlos zu handeln wie er selbst. Sie trat nicht zu, aber der Wunsch danach blieb bestehen.

»Vermutlich schmerzt es Sie auch, zu hören, was Ihrer Ex Dana zugstoßen ist, die jetzt so stark an Platzangst leidet und sich vor der Außenwelt fürchtet, dass sie ihr kleines Haus nicht mehr verlassen kann und isolierter lebt als jede Nonne im Kloster.«

Allein durch seine Art gelang es Simon fast, den Eindruck zu erwecken, *er* befinde sich in der höheren Position und sehe auf *sie* hinab. »Sparen Sie sich Ihren Sarkasmus, Bitch. Der ist lästig. Wenn Sie Dana kennen, wissen Sie, welche Tragödie das ist, nicht nur die Sache mit der Platzangst, sondern auch Dana selbst. Ich meine, sie ist blitzgescheit und hat ein großes Herz. Diese Frau liebt Menschen, alle Menschen, kennt keine Vorurteile. Aber trotz aller ihrer Vorzüge – und sie besitzt noch viele weitere –, trotz ihrer vielen Tugenden war sie schon immer ein bisschen neben der Spur. Verstehen Sie, was ich meine? Ich war sehr in sie verliebt – wer wäre das nicht gewesen? –, deshalb habe ich das Problem zunächst nicht gesehen, aber dann ließ es sich nicht länger ignorieren. Sie ist immer etwas vom Kurs gewichen, meist nur zwei bis drei Grad, aber das ist im Lauf der Zeit schlimmer geworden, bis Leute wie Sie und ich ihrem Weg in die verrückten Gefilde nicht mehr folgen konnten. Sie tut mir aufrichtig leid.«

Er pausierte mit der seltsamen Mischung aus Lobreden und Rechtfertigungsversuchen und betrachtete Jane aus etwas anderem Blickwinkel, als sehe ein auf dem Erdboden sitzender flügellahmer Vogel zum Himmel auf und überlege, ob er mit nur einem Flügel fliegen könnte. Nach kurzem Schweigen fügte er hinzu: »Sie sind nicht wegen Dana oder Alexis oder Marlo hier. Meine Sara hat Sie hergeschickt, nicht wahr?«

»Sara Holdsteck, die Frau Nummer vier? Ich kenne diesen Teil Ihrer Biografie, aber mit Sara habe ich nie gesprochen«, log Jane.

Kurzzeitig – aber nur kurz – verwirrt sagte er: »Hier geht es nicht um meine Exfrau. Steckt also Petra dahinter? Nein, das kann nicht sein. Erzählen Sie mir bloß nicht, dass Petra eine militante Feministin angeheuert hat, um Geld von mir zu erpressen. Nein, das hätte ich ihr nie zugetraut.«

»Warum denn nicht?«

Er zuckte mit den Schultern, soweit seine Fesseln das zuließen. »Sie hat gern Spaß und ist auch ganz clever, aber es ist nicht ihre Art, für sich selbst zu sorgen.«

»Tatsächlich? Nun, erst vorhin ist sie mit einer abgeschlagenen Wodkaflasche auf mich zugekommen und wollte mir das Gesicht zerschneiden.«

»Ohne Scheiß? Das hat sie echt getan?« Seine Vorstellung von dieser Szene, die Jane geschildert hatte, schien ihn zu begeistern. »Wenn sie nach einem Abend mit ihren Girls heimgekommen ist, war sie natürlich betrunken. Und sie kann sich immer gut behaupten, wenn's Frau gegen Frau geht. Aber Sie müssen mir sagen, Darling – womit haben Sie sie gegen sich aufgebracht?«

»*Bitch* hat mir besser gefallen.«

»Was?«

»Nennen Sie mich nicht *Darling*.«

»Klar, Sie sind nicht der Typ dafür. Schon kapiert. Aber was haben Sie getan, um Petra gegen sich aufzubringen?«

»Ich musste sie dazu bringen, mir einiges über Sie zu erzählen, und sie hatte keine Lust, kooperativ zu sein.«

»Wo ist sie jetzt?«

»Tot«, log Jane. »Sie ist auf mich losgestürmt, und ich hab sie erschossen.«

»Sie verarschen mich.«

»Ihre Leiche liegt in der Küche.«

»Verdammt, das ist eine der traurigsten Nachrichten, die ich seit Langem gehört habe! Sie war heiß, echt heiß. Das Wort *heiß* wird ihr nicht mal gerecht. Sie war eine fantastische Gefährtin.«

Er schüttelte seufzend den Kopf. »Sie sind nicht wegen einer meiner Frauen hier, und sie sind nicht wegen Petra hier. Sie sind Ihretwegen hier. Wozu also dieses Herumgerede? Reden wir lieber übers Geschäft.«

»Wie meinen Sie das, dass Petra ›sich behaupten kann, wenn's nur Frau gegen Frau geht‹?«

»Welche Rolle spielt das jetzt noch?«

»Seien Sie so nett. Ich bin von Natur aus neugierig.«

»Ich bin noch nie für ein Schwätzchen gefesselt worden. Okay, meinetwegen. Bei Kerlen, bei jedem Kerl, war sie wie Wachs, hat sofort die Beine breitgemacht. Hat getan, was man von ihr verlangte, ganz gleich, ob sie betrunken oder nüchtern oder irgendwas dazwischen war. Hat getan, was man von ihr verlangte, hat klaglos ertragen, was sie ertragen sollte, und hat es sogar *gemocht*. Hat sich nie über irgendwas beklagt.«

Jane beugte sich auf ihrem Hocker nach vorn und starrte ihn forschend an, als versuche sie seinen Gesichtsausdruck zu deuten. »Ganz gleich, was es war? Sie haben sie also geschlagen?«

»Sie *geschlagen*? Teufel, nein, ich kann die Frauen kriegen, die ich will, ohne sie schlagen zu müssen. Was ist bloß mit Ihnen los, dass Sie solchen Scheiß reden? Wir machen Fortschritte, korrigieren falsche Ideen, gelangen allmählich zu einer Einigung – und jetzt beleidigen Sie mich derartig. *›Haben Sie sie geschlagen?‹* Ich nehme nicht leicht was übel, aber damit haben Sie eine rote Linie überschritten. Sind Sie nur hergekommen, um mich zu beleidigen, oder wollen Sie etwas, das die Risiken wert ist, die Sie eingegangen sind?«

Jane stand von dem Hocker auf. Sie ging einige Schritte von ihm weg, kam wieder zurück, bewegte die Schultern und drehte den Kopf nach links und rechts. »Ich will zwei Dinge. Erstens müssen Sie mir sagen, wo Ihr Geld liegt. Und versuchen Sie keine Spielchen mit mir, denn ich bin nicht Petra. Ich bin kein leichtes Opfer.«

»Vielleicht sehe ich im Augenblick dumm aus, aber das bin ich nicht. Sage ich Ihnen einen falschen Code, kommen Sie zurück und fangen an, mich zu zerstückeln oder mir die Eier mit einer Zange abzuzwicken. Ich bin Ihnen ausgeliefert. Ich will nur, dass wir ins Geschäft kommen, damit Sie endlich abhauen.«

Nachdem er ihr erklärt hatte, wo sich der Safe befand, und die Kombination herausgerückt hatte, sagte sie: »Ich soll so schnell wie möglich verschwinden, aber was ist mit Petra? Hängen Sie mir diesen Mord an?«

»Morgen früh existiert keine Leiche mehr«, sagte er. »Sie endet zu Brei gemahlen in einem Teich einer Kläranlage. Sie gehört zu den Leuten, die niemand vermisst. Sogar die dämlichen Schlampen, mit denen sie durch die Clubs gezogen ist … in vier Wochen haben sie ihren Namen vergessen. Sie ist mit irgendeinem anderen nach Puerto Vallarta oder Vegas oder auf den Mars abgehauen, um sich in ein frühes Grab zu vögeln. Und wenn schon? Wen stört das schon? Niemanden. Sie ist ein Nichts.«

Sie hatte Petra im Hintergrund des Vorführraums abgestellt, weil sie die Wahrheit über Simon aus seinem eigenen Mund hören sollte. Sie hatte gehofft, die Mädchenfrau werde sich fragen, wie sie sich jemals mit solch einem Mann hatte einlassen können. Aber in Petras gegenwärtiger Verfassung konnte Simons herzlos sarkastischer Kommentar ihr mehr schaden als nützen, und ihr tat es leid, dass Petra das alles hatte hören müssen.

Jane fragte: »Wissen Sie bestimmt, dass Sie das mit dem Verschwinden in der Kläranlage hinbekommen können?«

»Haben Sie mir nicht selbst erzählt, wie klasse ich darin bin, Frauen verschwinden zu lassen? Und hatten Sie den Eindruck, dass ich mir Sorgen wegen der Cops mache? Lassen Sie sich von mir sagen, Schätzchen, dass ich so gute Beziehungen habe, dass ich eine Polizeieskorte zur Kläranlage bekommen könnte.«

Jane kniete sich auf den Fußboden neben ihn. Dabei merkte sie, dass er sie lieber aus größerer Entfernung sah. »Etwas interessiert mich noch.«

»Wie kann man bloß so verdammt neugierig sein?«

»Wieso haben Sie Ihrem Hauscomputer den Namen Anabel gegeben?«

»Was hat das mit irgendwas zu tun, verdammt noch mal? Machen Sie keine Mätzchen, holen Sie sich einfach das Geld, Darling.«

» Schon wieder Darling ... Also noch mal: Wie sind Sie ausgerechnet auf den Namen Anabel für den Hauscomputer gekommen? Das ist eine simple Frage. Gibt's darauf keine simple Antwort?«

»An Ihnen ist absolut nichts einfach, stimmt's? Ich wollte nicht *Darling* sagen, das ist mir nur so rausgerutscht. So rede ich eben. Ich kann wieder *Bitch* sagen, wenn uns das beide glücklich macht. Okay, ganz wie Sie wollen. Das System wird ohne Namen ausgeliefert. Man muss ihm einen geben. Ich hätte auch jeden anderen nehmen können.«

»Aber Sie haben es Anabel genannt. Ihre Mutter heißt Anabel, nicht wahr? Befriedigt es Sie, Ihrer Mutter Befehle erteilen zu können, die sie immer gehorsam ausführt?«

Nun wirkte er erstmals nervös. Trotz seiner Ichbezogenheit begann ihm vielleicht der Gedanke Sorgen zu machen, selbst wenn er die einzig real existierende Person sei, auch wenn das Universum einzig und allein dazu erschaffen worden sei, um als Vehikel für die Erzählung seiner Lebensgeschichte zu dienen, könnte sein Schicksal eine unerwartete Wendung zum Schlimmen hin nehmen.

SIEBENUNDVIERZIG

Weiter neben Simon Yegg kniend legte Jane einen Finger in das Grübchen in seinem Kinn. »Genau wie bei dem früheren Westernhelden Kirk Douglas. Hat Ihre Mommy einen Finger auf Ihr Grübchen gelegt, als Sie klein waren, und Sie süß genannt?«

Wie er selbst gesagt hatte, war er nicht dumm. Er wusste genau, worauf sie hinauswollte, und war sich darüber im Klaren, dass dies ein vermintes Gebiet war.

Sein Gesichtsausdruck verriet nichts von seiner Wut, die er erfolgreich vor ihr tarnte, aber seine Augen widerlegten den Eindruck von Unbekümmertheit und Selbstbeherrschung, den er nachdrücklich zu projizieren versuchte. Bisher waren sie undurchsichtig wie die Augen einer Bauchrednerpuppe gewesen, aber jetzt funkelten sie von unmenschlichem Zorn. Wäre er nicht gefesselt gewesen, hätte er versucht, Jane zu ermorden, um sie daran zu hindern, weitere Fragen zu diesem Thema zu stellen.

Sie wischte ihren Finger an seinem Rugbytrikot ab. »Erzählen Sie mir jetzt, wie sehr Sie Ihre Mutter hassen?«

»Sie ticken selbst nicht ganz richtig. Bei Ihnen ist eine Schraube locker. Meine Mutter ist eine großartige Frau.«

»Wie sehr hassen und fürchten Sie Ihre Mutter?«, fasste Jane nach.

»Halten Sie einfach die Klappe! Sie kennen sie nicht.«

»Aber ich weiß viel *über* sie. Vier Ehemänner. Saft- und kraftlose Schwächlinge, die ihr Leben lang nichts auf die Reihe gekriegt haben. Aber jeder hatte Millionen und Abermillionen geerbt.«

»Das geht Sie nichts an! Lassen Sie meine Familie aus dem Spiel!«

»Vier Scheidungen, bei denen sie alles bekommt, was sie nur will. Sogar mehr, als sie will. Die Männer opfern bereitwillig alles. Sie haben panische Angst vor ihr.«

»Sie haben sie alle geliebt«, behauptete Simon. »Keiner von ihnen hat jemals schlecht über sie geredet, mit keinem Wort, niemals.«

Auf dem Rücken liegend konnte er plötzlich nicht mehr so schnell schlucken, wie er Speichel produzierte. Dünne Speichelfäden quollen zwischen seinen Zähnen hervor, liefen ihm übers Kinn.

Jane beobachtete diese aufschlussreiche kurze Episode interessiert.

Die paarweise angeordneten sechs großen Kopfspeicheldrüsen sondern täglich einen bis eineinhalb Liter Speichel ab. Speichel dient dazu, Nahrung vor dem Schlucken zu befeuchten, die Zähne sauber zu halten, komplexe Stärken in Zucker aufzuspalten und den Säuregehalt der Mundhöhle herabzusetzen. Die Produktion dieser Flüssigkeit kann durch den Anblick oder den Geruch köstlicher Speisen angeregt werden, unter anderem jedoch auch durch Übelkeit. Auch wenn es oft heißt, jemands Mund sei vor Angst wie ausgetrocknet, ist es wahrscheinlicher, dass große Angst den Säuregehalt steigert und dadurch starken Speichelfluss auslöst, der ihn neutralisieren soll.

Sie fuhr fort: »In den Jahren nach den Scheidungen hat einer ihrer Ehemänner Selbstmord verübt. In seinem Abschiedsbrief hieß es, er sei dazu gelangt, sich wegen seiner Feigheit und Schwäche selbst zu hassen, und glaube deshalb, leiden zu müssen. Er hat einen besonders schmerzhaften Tod gewählt, indem er sich mit einem Stück Stacheldraht erhängt hat. Ein anderer hat Urlaub auf Jamaika gemacht – wo seine Leiche mit einer Machete in Stücke zerhackt und in Form eines Voodoo-Veves ausgelegt in einer alten Nissenhütte aufgefunden wurde, in der okkulte Zeremonien stattfanden. Wieder ein anderer, Ihr Vater, ist im Haus eines Freundes umgekommen, als ein Raubüberfall schiefging. Sein Freund wurde erschossen, und er selbst kam in den Flammen um, als die beiden Eindringlinge, die nie gefasst wurden, das Haus in Brand setzten, um ihre Spuren zu verwischen. Sie wären überrascht, Simon, wenn Sie wüssten, mit welchen Sicherheitsmaßnahmen ihr einzig verbliebener Exmann sich umgibt, obwohl Ihre liebe Mom inzwischen fünfundsiebzig und er sechsundachtzig ist. Nicht einmal der Präsident der Vereinigten Staaten wird so gut geschützt.«

Simon schluckte laut, fuhr sich mit der Zungenspitze über die feuchten Lippen. »Sie nehmen Tatsachen und verdrehen sie, bis etwas völlig Falsches herauskommt. Das stimmt alles nicht.«

»Wieso haben Sie Ihren Frauen erzählt, Ihre Mutter sei schon lange tot, wenn Sie sie nicht hassen und fürchten? Ich weiß, dass Sie's Dana erzählt haben, weil ich selbst mit ihr gesprochen habe, und vermute, dass es bei den anderen drei ähnlich war.«

Seine Stimme klang tuberkulös, weil sie blubbernd durch den Speichel aufstieg, mit dem sein Mund angefüllt war. »Schluss damit, lassen Sie mich in Ruhe!« Er drehte den Kopf von ihr weg. »Ich höre Ihnen gar nicht mehr zu.«

»Jede Ihrer vier Ehefrauen hat ausgesehen wie Ihre Mutter. Die Ähnlichkeit war fast unheimlich.«

»Jetzt reden Sie Scheiß, nichts als Scheiß.«

»Alle gleich groß und schlank, mit rabenschwarzem Haar und leuchtend blauen Augen – genau wie Ihre Mutter in ihrer Jugend.«

Auf dem Fußboden vor der Bühne begünstigte der Lichteinfall seine auf dem Rücken liegend abgelieferte Vorstellung. Als er ihr wieder den Kopf zuwandte, war sein Gesicht eine Maske aus Abscheu und Erstaunen. Ihm fehlten die Worte, während er die Lippen bewegte, als suche er welche.

Soziopathen waren gute Schauspieler. Obwohl sie außer Eigenliebe keine Gefühle kannten, waren sie imstande, eine Vielzahl von Emotionen vorzutäuschen, die bei anderen Menschen real waren. Dieser Mann war kein halb so guter Schauspieler wie andere, die Jane erlebt hatte. Aber seine erstickte Stimme und sein nuanciert schockierter Gesichtsausdruck überstiegen alles, was sie ihm schauspielerisch zugetraut hätte. Obwohl ihm bestimmt klar war, dass er reichen Frauen antat, was Anabel reichen Männern angetan hatte, konnte Jane sich vorstellen, dass ihm nicht bewusst gewesen war, dass er nur Muttergestalten ausgewählt hatte, um sie zu misshandeln, zu zerbrechen und auszurauben.

Im Meer der Menschheit waren Soziopathen so effizient wie Haie in ihrer Wasserwelt. Sie waren zielstrebig auf Erfüllung ihrer Bedürfnisse ausgerichtet, kannten keine Zweifel an der Rechtmäßigkeit ihrer Sache und besaßen ein so starkes Überlegenheitsgefühl, dass sie Misserfolg nicht ins Kalkül zogen. Sie waren leere Gefäße. Ihr Verstand glich einer aus Gewissheit bestehenden Hohlkugel. Trotzdem glaubte jeder von ihm, er weise so viele Facetten wie ein Schatz kostbar geschliffener Brillanten auf, und war sich sicher, sämtliche Aspekte seiner selbst zu kennen, obwohl er – oder sie – tatsächlich nur wusste, was er wollte und wie er es sich mit brutaler Gewalt verschaffen konnte.

Deshalb war diese erste Bresche in Simons Wall, diese seltene Einsicht, die seine Vorstellung von sich selbst erschütterte, eine Gelegenheit, die Jane nutzen musste, bevor er die Lücke mit dem Mörtel seiner Wahnvorstellungen verschließen konnte.

Sie drängte weiter: »Nach Größe, Gewicht und Figur ist Petra genau der Typ Ihrer Mutter. Und sie hat die blauen Augen Ihrer Mutter. Sie ist blond, aber manchmal trägt sie eine Perücke für Sie, nicht wahr?«

Das mit der Perücke war nur eine Vermutung; davon hatte Petra nichts erzählt. Simons Augen weiteten sich, als stehe er unter Schock, Hass und Sorge verzerrten sein Gesicht, und aus seinem schlaffen Mund lief ein dünner Speichelfaden, der bewies, dass sie richtig geraten hatte.

»Hoch kriegen Sie ihn nur, wenn Sie sie schlagen oder zerbrechen oder bestehlen. Sonst können Sie damit nur pinkeln.

Ihre Hände stecken in der Hose, und Ihre Finger sind nicht taub – tasten Sie also danach, stellen Sie fest, in welchem Zustand er ist, wenn Sie ihn überhaupt finden können.«

Er erstickte fast an starkem Speichelfluss, hustete krampfhaft und fand endlich die Worte, die er gesucht hatte: alle unflätig, rachsüchtig, ein Strom von Beschimpfungen.

Jane stand auf und setzte sich wieder auf den Hocker. Sie blickte nicht mit angewidertem Gesichtsausdruck, sondern mit gleichgültiger Miene auf ihn hinab, die ihn noch mehr treffen würde, als habe sie daran gedacht, ihn zu zertreten, und dann doch darauf verzichtet, weil er's nicht wert war, ihre Schuhsohle zu beschmutzen.

Seine Flüche hörten allmählich auf, und nun lag er stumm und voller Hass vor ihr. Das Rampenlicht sammelte sich in seinen Augen, ließ ihre Farbe verblassen. Trotzdem schien sein Blick schärfer zu werden, je länger er sie betrachtete, als versuche er in seiner Hilflosigkeit die gottähnliche Macht zu aktivieren, auf die jeder Soziopath zurückgreifen zu können glaubte, und sie durch sein Starren zu enthaupten.

»Ich will zwei Dinge von Ihnen«, erinnerte Jane ihn. »Das Geld ist weniger wichtig. Vor allem will ich Ihren Bruder – Ihren Halbbruder – Booth Hendrickson.«

Falls Simon überrascht war, ließ er sich nichts anmerken und schwieg weiter. Vielleicht wusste er, dass seine angebliche Furchtlosigkeit als Maskerade enttarnt war, dass er in ihren Augen an Ansehen verloren hatte und noch mehr einbüßen würde, wenn er wieder die Beherrschung verlor, sobald er den Mund aufmachte.

Obwohl er in Fesseln lag, musste er irgendwie erreichen, dass *sie* Angst vor *ihm* hatte – nicht weil er an einem Plan arbeitete, ihre Angst auszunützen und den Spieß umzudrehen, sondern weil er weiterhin glauben musste, wenn er andere Menschen beunruhigen wollte, könne er sie genügend ängstigen, um ihren Respekt zu verdienen. Imstande zu sein, anderen

Angst einzujagen, gehörte zum Kernbereich des Selbstverständnisses jedes Soziopathen.

Sie sagte: »Ihr Bruder kommt mit einem FBI-Jet aus D.C. herüber. Er landet morgen gegen halb elf Uhr auf dem Orange County Airport und wird am General Aviation Terminal von einer Ihrer Limousinen abgeholt. Die Mühe, das zu leugnen, können Sie sich sparen. Bei den Recherchen zu Ihnen habe ich das Buchungssystem Ihrer Firma gehackt und die Reservierung für ihn gesehen. Ich verlange Folgendes: Sie ziehen den für diese Fahrt eingeteilten Chauffeur ab, und ich ersetze ihn durch meinen eigenen.«

»Nein.«

»Nein? Halten Sie nein wirklich für eine mögliche Antwort??«

»Es wird die Zeit kommen, da stecke ich eine Hand in Ihre Fotze und reiße Ihnen die Gedärme raus.«

»Sie haben Biologie in der Highschool geschwänzt, was?«

Er schloss die Augen, damit sie nicht sah, dass er vor Wut kochte.

»Übrigens«, sagte sie, »stecken Ihre Hände noch in der Hose. Haben Sie schon was Kleines gefunden? Sie sollten sich mal vorstellen, wie Sie Ihre Mutter ins Gesicht schlagen – vielleicht wäre das wirksamer als Viagra.«

Er hasste sie zu sehr, um seine Augen geschlossen halten zu können. Ihr Anblick erfüllte ihn mit Mordfantasien, die zu seinen liebsten Zeitvertreiben gehörten.

Aus der Brusttasche ihres Jacketts zog Jane einen Recorder, der kleiner als eine Zigarettenpackung war. »Was wir gesprochen haben, ist alles hier aufgezeichnet.«

»Das ist mir scheißegal! Ich sage Ihnen doch, durch meine Beziehungen putzen mir die Cops meine Schuhe, wenn ich's verlange.«

»Vielleicht kenne ich Cops, die keine Schuhe putzen. Unabhängig davon übergebe ich Ihrer Mutter eine Kopie dieses

Mitschnitts abspielfertig mit einem anderen Recorder. Unter ihrem Mädchennamen Anabel Claridge verbringt sie jeweils ein halbes Jahr auf ihrem Landsitz in La Jolla und in ihrem Strandhaus am Lake Tahoe in Nevada. Bei der Übergabe rate ich ihr, falls sie zum Muttertag ein Geschenkpäckchen bekommt, soll sie ein Bombenräumkommando anfordern, um es öffnen zu lassen.«

Während ihres gesamten Tête-à-Têtes war Simons Gesicht mehr oder weniger gerötet gewesen. Nun erblasste er sichtbar.

»Ich könnte Sie in diesem Zustand übers Wochenende liegen lassen«, sagte Jane, »und in etwas über einer Stunde in La Jolla sein. Ihre Mommy könnte sich die Aufnahme Dutzende von Malen anhören, bevor Sie eine Chance hätten, ihr alles zu erklären. Glauben Sie, dass Sie mit einer Tracht Prügel davonkämen – oder würden Sie sich vielleicht wünschen, Sie würden nach Art des Präsidenten bewacht wie einer ihrer vier Exmänner, der bisher überlebt hat?«

Er brauchte keine drei Sekunden, um seine Lage zu analysieren. »Was haben Sie mit Booth vor?«

»Ich will ihm nur ein paar Fragen stellen.«

»Wenn Sie ihm irgendwas antun, garantiere ich dafür, dass Ihnen das verdammt Schlimmste zustößt, was Sie sich vorstellen können. Ich kenne seine Welt nicht, weiß nicht, was er macht, und will's auch gar nicht wissen. Aber er gehört in Washington zu den größten Machern, und diese Leute kümmern sich um jeden aus ihrer Gemeinschaft.«

»Ich zittere schon.«

»Ja, aber das ist mein Ernst. Sie werden's bereuen, wenn Sie ihm auch nur ein Haar krümmen.«

Jane stand von ihrem Hocker auf. Während sie ihm erklärte, was sie von ihm erwartete, ging sie zweimal langsam um das Rollbrett herum und begutachtete Simon, als sei er irgendein bizarres Ungeheuer, das sie am Strand entdeckt hatte.

Als Jane mit ihrer Erklärung fertig war, sagte Simon: »Ich muss pinkeln.«

»Dieses Theater«, sagte sie, »ist das luxuriöseste Pissoir in ganz Kalifornien.«

ACHTUNDVIERZIG

In der Garage standen links neben der Werkbank eine fünf Meter lange Reihe aus über zwei Meter hohen Holzschränken: ein Einbauelement mit vier breiten Türen. Hinter den drei ersten Türen befanden sich Regale mit Ersatzteilen und Verbrauchsmaterial für die Wartung und Instandsetzung von Simons Autosammlung. Der Raum hinter der vierten Tür war leer bis auf eine jetzt jedoch leere Kleiderstange für Overalls und andere Arbeitskleidung.

Jane trat an die offene Tür neben dem leeren Schrankelement. In der rechten Hand hielt sie einen daumengroßen elektronischen Schlüssel aus Hartplastik mit dem eingeprägten Firmennamen HID. Den Schlüssel hatte sie in Simons Schreibtisch an genau der angegebenen Stelle gefunden. Sie hielt ihn in der ausgestreckten Hand, zeigte damit auf die Abschlussleiste des Schranks über der offenen Tür und bewegte ihn von links nach rechts, bis ein einzelner Piepston signalisierte, dass ein Sensor den Code des Schlüssels erkannt hatte. Ein halbes Dutzend unsichtbarer Riegel wurden klackend zurückgezogen, bevor die Seitenwände des Schranks durch Druckluft betätigt nach links glitten und die vollen Regale mitnahmen, die den bisher leeren Schrank ausfüllten, als seien sie schon immer darin gewesen.

Als Jane in den jetzt leeren dritten Schrank trat, löste ihr Gewicht eine weitere Entriegelung aus. Die Schrankrückwand – eine mit Holz verkleidete fünfundzwanzig Millimeter starke Stahlplatte – glitt lautlos nach rechts, sodass ein begehbarer

Tresor mit ungefähr sechs Metern Breite und vier Metern Tiefe sichtbar wurde. Als sie den Tresorraum betrat, wurde die Deckenbeleuchtung automatisch heller.

Die drei Wände verschwanden hinter vierzig Zentimeter tiefen Regalen, und in der Mitte des Raums stand eine Arbeitsinsel mit zweieinhalb Metern Seitenlänge und einer Abdeckung aus Edelstahl. Manche Regalfächer waren leer, aber in anderen sah Jane Aktenordner, Handfeuerwaffen, Munition in Schachteln, Archivkartons mit unbekanntem Inhalt und die beiden zehn Zentimeter tiefen sündteuren Aktenkoffer aus einer Titanlegierung, die genau an der von Simon angegebenen Stelle standen.

Sie legte die Aktenkoffer auf die Arbeitsinsel, öffnete die Zahlenschlösser und klappte die Deckel auf. Beide waren voller Geldscheinbündel: jeweils hundert Hundertdollarscheine, die mit einem Folienschweißgerät der Marke Food Saver, das in vielen Haushalten zu finden war, wasserdicht vakuumverpackt waren.

In den letzten Wochen war sie in die Villen einiger selbsternannter Arkadier eingestiegen und hatte immer größere Bargeldbeträge – durchschnittlich zweihunderttausend Dollar pro Haus – erbeutet. In fast allen Fällen hatte sie auch auf verschiedene Namen ausgestellte falsche Reisepässe und die dazugehörigen Kreditkarten gefunden.

Angesichts der Tatsache, dass dies extrem arrogante Leute waren, die sich für die rechtmäßigen Schöpfer und Beherrscher einer schönen neuen Welt hielten, in der sie alle, die ihrer Ansicht nach einen schlechten Einfluss auf die Kultur hatten, ermorden und Hunderttausende, wenn nicht gar Millionen mit Nanomaschinen-Gehirnimplantaten versklaven durften, fand Jane es bezeichnend, dass alle vorsichtig genug waren, Bargeld und falsche Papiere zu bunkern, um im Fall eines Fehlschlags eilig in das ausländische Exil verschwinden zu können, in dem sie schon einen Teil ihres Vermögens angelegt hatten. Unter dem Egoismus, mit dem sie gepanzert waren, unter den

Schichten aus Stolz und Einbildung und Verachtung, mitten in der verfaulenden Frucht, der ihre hassenswerte Überzeugung glich, nistete ein Element des Zweifels.

Simon Yegg gehörte anscheinend nicht zu den Arkadiern. Er griff nicht auf hochtrabende Phrasen über die Rettung der Welt zurück, um die Ausbeutung seiner Mitmenschen zu rechtfertigen. Er nutzte sie nur skrupellos aus. Vielleicht warnte ihn eine Intuition, dass er wegen seines Verhaltens jederzeit in der Lage sein musste, vor der Justiz zu flüchten. Oder vielleicht hatte sein Halbbruder Andeutungen über mögliche Konsequenzen seiner geheimen Arbeit gemacht. Aus irgendeinem Grund hatte Simon in den Aktenkoffern Reisepässe und andere gefälschte Papiere liegen und mehr Fluchtgeld gebunkert als jeder Arkadier: 480 000 Dollar auf die beiden Aktenkoffer verteilt.

NEUNUNDVIERZIG

Carter Jergen packt den auf der Seite liegenden Küchenstuhl, an den Sanjay Shukla noch immer gefesselt ist, und stellt ihn wieder auf die Beine. Die beiden folgenden Stunden verbringt er damit, abwechselnd karibische Urlaubsziele zu erkunden und den jungen Autor zu studieren, der ihm mit nassen Augen schweigend gegenübersitzt, wenn er nicht gerade weint. Die Tränen wirken übertrieben, aber vielleicht muss ein erfolgreicher Romancier empfindsamer sein, als einem Laien vernünftig erscheint. Als die Karibik langweilig zu werden beginnt, denkt Jergen an ein exotischeres Reiseziel im Südpazifik und macht sich daran, Tahiti zu erkunden.

Endlich kommt Radley Dubose mit Tanuja zurück. Nachdem er sich vermutlich tüchtig abgearbeitet hat, müsste der große Mann eigentlich befriedigt aussehen: etwas locker in den Gelenken, die Augenlider schwer, sein Gesicht im Nachklang dieser Tiefenentspannung weicher. Aber Dubose wirkt so aggressiv wie je zuvor und bleibt auf finstere Weise energiegeladen – weiter der Golem aus West Virginia, der er schon immer war, als sei er aus Lehm geformt, durch eine schlimme Zeremonie zum Leben erweckt und auf einen Rachefeldzug entsandt worden.

Die junge Frau wirkt erschöpft, aber nicht gebrochen. Ihr Haar ist zerzaust, ein Ärmel ihres T-Shirts fehlt, und sein Kragen ist entlang des Saums eingerissen. Als Dubose sie zu ihrem Stuhl am Küchentisch führt, reißt er zu heftig an ihrer Hundeleine. Sie dreht sich zornig schweigend nach ihm um, schlägt mit den Fäusten an seine breite Brust und versucht, auch sein Gesicht zu treffen, was ihr jedoch nicht gelingt. Er packt sie im Genick, stößt sie auf den Stuhl und bindet die Leine wieder straff an die Querstrebe.

Was Dubose betrifft, amüsiert ihn Tanujas versuchte Rebellion. Weil er nur selten lacht oder lächelt, vermittelt er Jergen seine Belustigung nur, indem er eine Augenbraue hochzieht und leicht den Kopf schüttelt. An der Arbeitsplatte neben dem Ausguss lehnend zieht er den nur halb gerauchten Joint aus seiner Jackentasche. Er biegt ihn etwas zurecht, zündet ihn an, nimmt einen tiefen Zug und starrt wieder ins Leere, wie er's getan hat, bevor die Idee, das Mädchen zu vögeln, unwiderstehlich wurde.

Weil Tanuja jetzt im Kerzenschein sitzt, sieht Jergen, dass ihre Unterlippe geschwollen ist. Die Platzwunde im rechten Mundwinkel ist mit Blut verkrustet.

Als sie mit ihrem Bruder spricht, redet sie wider Erwarten trotz der Verletzung nicht undeutlich. Sanft und mit ernster Zärtlichkeit fragt sie: »Sanjay? *Chotti bhai …?*«

Er kann sie nicht ansehen. Er sitzt mit hängendem Kopf da, und als sie *chotti bhai* sagt, was immer das heißen mag, wird sein Weinen, das zuletzt etwas abgeklungen war, zu hemmungslosem Schluchzen.

»Chotti bhai«, wiederholt sie, »alles ist gut.«

»Nein«, jammert Sanjay. »O Gott, nein!«

»Sieh mich an. Dich trifft keine Schuld«, sagt sie. Als er's nicht ertragen kann, sie anzusehen, sagt sie etwas, das wie *»peri pauna«* klingt.

Das trifft Sanjay so sehr, dass er keuchend Luft holt und sie ansieht, bevor er sagt: »*Benji*, nein. Ich verdiene keinen Respekt – von niemandem!«

»Peri pauna«, sagt sie nachdrücklich.

Jergen fragt neugierig: »Was heißt *peri pauna?*«

Die junge Frau dreht den Kopf, um ihn anzustarren, und obwohl sie an den Stuhl gefesselt ist, jagen die Wildheit in ihrem Blick und der Hass in ihrer Stimme Jergen einen kalten Schauder über den Rücken, als sie ihn anfaucht: »Fick dich, du widerliches Schwein!«

Das veranlasst Dubose dazu, kurz aufzulachen, und obwohl Jergen der kalte Schauder in den Knochen steckt, nickt er lächelnd und sagt: »Gönn dir meinetwegen eine kleine Rebellion.« Er sieht auf seine Armbanduhr. »Viel Zeit bleibt dir ohnehin nicht mehr.«

FÜNFZIG

Während Simon Yegg sicher gefesselt am Fuß der kleinen Bühne zurückblieb, hatte Jane zuvor Petra Quist aus dem Kinosaal gerollt und ins Foyer zurückgeschoben. Obwohl die junge Frau sich nicht eingenässt hatte, hatte sie nicht mehr darauf bestanden, dringend pinkeln zu müssen. Sie war nicht mehr geschwätzig und aggressiv wie zuvor, sondern still und in sich gekehrt gewesen. Und nüchtern.

Nun kam Jane mit einem schwarz-gelben Rollkoffer von Rimowa zurück, den sie mit Kleidung und den vermutlich wichtigsten Sachen aus Petras Schubladen in dem großen Schlafzimmer vollgepackt hatte. Den Koffer stellte sie neben die Süßwarentheke. Außerdem brachte sie ein Paar Sneakers, Socken, Jeans, einen Pullover, eine Lederjacke und Petras Umhängetasche mit, die sie in die Gästetoilette im Eingangsbereich legte, damit die junge Frau sich für den Rest dieser Nacht praktischer anziehen konnte.

Jane brachte auch einen der Aktenkoffer aus Titan mit, der 240 000 Dollar enthielt. Sie legte ihn auf die gepolsterte Bank vor den Bürostuhl, an den Petra gefesselt blieb.

Den zweiten Aktenkoffer würde sie behalten. Die Suche nach Wahrheit, auf die sie sich begeben hatte, war auch eine Art Krieg, und Kriege waren teuer.

Sie setzte sich neben den Schatz auf die Bank.

In ihrem ärmellosen Minikleid schien Petra nur aus langen Beinen und schlanken Armen zu bestehen, aber sie erinnerte jetzt nicht mehr an Models und Partygirls. Ihre starke Sinnlichkeit – ein Geschenk der Natur, das sie eifrig pflegte und bewahrte – war vorübergehend abgeklungen. Der Zeitfluss schien sie rückwärts transportiert und alle scheußlichen Erfahrungen, alle Verderbnis von ihr abgewaschen zu haben, sodass sie wieder ein schlaksiges, verlegenes Mädchen zu sein schien.

Sie saß nach vorn gebeugt mit offenen Augen da, schien aber irgendeine Erinnerung an einen anderen Ort, eine andere Zeit zu sehen. Der bläuliche Schatten eines Blutergusses zog sich über ihre rechte Gesichtshälfte bis halb zum Kinn hinunter – zweifellos die Spur von Janes Unterarm, als sie in der Küche gegen den Kühlschrank gerammt worden war.

»Manche Leute«, sagte Jane, »würden dir erzählen, dass Simon ein rachsüchtiges Schwein, ein Frauenhasser, ein gemeiner Dieb und ein selbstverliebter Narziss ist – und sie hätten halb recht. Das alles ist er, aber er ist noch viel schlimmer.«

Petra sagte nichts.

»Er gehört zu den gefährlichen Menschen, die wir Soziopathen nennen. Er tut nur so, als sei er ein Mensch, weil ihm alle Emotionen fehlen, die du und ich besitzen. Er kennt nur seinen eigenen Vorteil, und wenn er das Gefühl hätte, damit durchkommen zu können, würde er ohne Skrupel die schlimmsten Gräueltaten verüben, die du dir vorstellen kannst.«

Die junge Frau schien nicht wütend oder darüber verbittert zu sein, wie verächtlich Simon von ihr gesprochen hatte. Stattdessen wirkte sie ehrlich erschrocken über die eigene Naivität. Vielleicht konnte sie sich keine erfreuliche Zukunft für sich vorstellen. Die Ereignisse hatten bewirkt, dass sie sich fühlen musste, als treibe sie steuerlos auf hoher See.

»Manche denken, Soziopathen würden so geboren», sagte Jane, »während andere vermuten, sie seien das Produkt grässlicher Eltern und ihrer Erziehung. Ich glaube, dass beides möglich ist. Manche kommen so auf die Welt, und manche werden dazu erzogen. Bei Simon vermute ich, dass er als Sohn einer Soziopathin als Soziopath geboren und durch ihre Erziehung noch verschlimmert wurde. Jetzt weiß er, dass er mir Dinge erzählt hat, die niemals bekannt werden sollten. Lasse ich ihn frei, wenn ich mit seinem Bruder fertig bin, *ermordet* er dich, Petra, wenn er dich finden kann. Und das wird kein leichter Tod.«

Nach kurzem Schweigen erwiderte die junge Frau Janes Blick. »Glaubst du, dass stimmt, was er über Felicity und Chandra und die anderen gesagt hat?«

»Felicity und Chandra wer?«

»Meine Crew, weißt du, meine Freundinnen. Er hat behauptet, wenn ich verschwunden wäre, würden sie nach einem Monat nicht mal mehr meinen Namen wissen. Aber das ist Scheiß, nicht wahr?«

Jane wählte ihre Worte sorgfältig. »Sich an deinen Namen erinnern? Natürlich würden sie das. An die kostenlose Limousine denken? Ja. Und ich wette, dass du zu mehr Drinks eingeladen hast als sie, also wird ihnen auch das fehlen. Aber bedauern, dass du nicht mehr da bist? Was glaubst du?«

Petra brach den Blickkontakt ab. Sah zum Ausgang hinüber.

»Süße«, sagte Jane, »das liegt nicht daran, dass du keinen Eindruck hinterlässt. Du wärst weiß Gott schwer zu vergessen. Aber sag mir die Wahrheit: Würdest *du* dir was daraus machen, wenn jemand aus deiner Crew einfach wegbliebe?«

Die junge Frau öffnete den Mund, um zu antworten, runzelte die Stirn und sagte nichts.

»Ein Leben voller oberflächlicher Vergnügungen kann aufregend sein, viel Spaß machen, sogar spannend sein. Für gewisse Zeit. Aber tägliche Partys sind bald keine mehr, sondern Zeichen von Verzweiflung. Und ›Freundinnen‹, mit denen man nur feiert, bleiben in Wirklichkeit Fremde.«

Petra schloss die Augen und ließ den Kopf hängen, als denke sie darüber nach, was hätte sein können, was gewesen war und auf welchem Kurs sie sich jetzt mit ihren sechsundzwanzig Jahren befand.

Sie flüsterte: »Wie soll's mit mir weitergehen?«

»Das weiß ich nicht. Und das kann dir niemand sagen. Den Weg musst du allein finden. Aber das hier könnte helfen.«

Als die Schlösser des Aktenkoffers klickend aufsprangen, hob Petra den Kopf und öffnete die Augen.

»Fast eine Viertelmillion Dollar«, sagte Jane.

Die junge Frau betrachtete das Geld mit schwer erklärbarem Ernst, bevor sie fragte: »Was ist, wenn all dies Geld … mir Unglück bringt?«

»Simon wird es nicht als gestohlen melden.«

»Nein, ich meine, was ist, wenn ich's nehme und … wieder in den alten Scheiß verfalle, nicht mit Simon, sondern mit irgendeinem anderen Kerl?«

»Wenn du dich das fragen kannst, droht dir vermutlich kein Rückfall.«

»Aber dafür gibt's keine Garantie.«

»Garantien gibt's im Leben keine.« Jane klappte den Deckel zu.

Aus ihrer Sporttasche holte sie eine Schere und zerschnitt den Kabelbinder, der das rechte Handgelenk der Gefangenen an die Stuhllehne fesselte.

»Ich bin nicht deine Feindin, bin's nie gewesen. Nachdem du wieder nüchtern bist, verlasse ich mich darauf, dass du das weißt.« Sie gab Petra die Schere. »Trotzdem halte ich lieber etwas Abstand, während du dich befreist. Frisch machen und umziehen kannst du dich in der Gästetoilette. Ich warte so lange.«

Während die junge Frau ihr linkes Handgelenk losschnitt und sich dann nach vorn beugte, um unter dem Bürostuhl nach den Kabelbindern an ihren Knöcheln zu tasten, sagte sie: »Von dem Zeug über seine Mutter ist mir fast schlecht geworden, weißt du? Ich fühle mich beschmutzt, weil er mich als Ersatz für sie benutzt hat. Ist der Bruder auch so irre?«

»Über seinen Bruder willst du lieber nichts wissen«, sagte Jane.

Petra stand wegen ihrer verkrampften Muskeln leicht schwankend vom Stuhl auf und legte die Schere auf die Bank neben den Aktenkoffer. »Vermutlich will ich auch nicht wissen, wie du heißt, richtig?«

»Stimmt genau.«

EINUNDFÜNFZIG

In der Kirchenküche das Schweigen der Trauer und die Stille der Angst, die Schuld des Bruders und die Vergebung der Schwester nicht länger ausgesprochen, aber spürbar, zwei der drei herunterbrennenden Kerzen in ihren Gläsern flackernd, sodass ihre Flamme sich dreht und windet, als wollte sie sich vom Docht lösen und in einen Schmetterling verwandeln.

Flammende Lichter und geriffelte Schatten, die ständig wechselnde Muster auf die Gesichter der Zwillinge projizieren, die so spektral wie bei einer Séance wirken …

Wie eine düstere, bedrohliche Verkörperung des Jüngsten Gerichts tritt Radley Dubose an den Tisch und wendet sich an Carter Jergen. »Vielleicht ist's inzwischen so weit. Komm, wir versuchen's mit dem Trigger und schaffen sie uns möglichst vom Hals.«

Angepasste, denen frühere Versionen des Kontrollmechanismus injiziert worden waren, wurden durch den Satz »Spiel *Manchurian* mit mir« – aus Richard Condons berühmtem Thriller *Botschafter der Angst* von 1959, in dem es um Gehirnwäsche geht – angesteuert und unter Kontrolle gebracht. Damit hatte Dr. Berthold Shenneck, der vor Kurzem gestorbene geniale Entwickler dieser nanotechnologischen Anwendung, sich einen kleinen Scherz erlaubt.

Jane Hawk hat Kenntnis von diesem Auslösesatz erhalten. Daher werden alle Angepassten, die so kontrolliert werden, beschleunigt umprogrammiert. Bei neuen Umwandlungen gehört zur neuesten Generation des Kontrollmechanismus automatisch ein veränderter Trigger. Carter Jergen beobachtet die Zwillinge über den Küchentisch hinweg, als er jetzt sagt: »Onkel Ira ist nicht Onkel Ira.«

Jergen weiß nicht, wer diesen neuen Auslösesatz festgelegt hat. Der Satz stammt aus *Invasion of the Body Snatchers* von Jack Finney, einem zweimal gut verfilmten Roman aus dem Jahr 1955, in dem eine außerirdische Lebensform einzelne Menschen perfekt imitiert, ihren Platz einnimmt und sie beseitigt. Die Analogie ist weniger treffend als das Zitat aus Condons Roman, aber nicht jeder Arkadier ist so geistreich wie der verstorbene Dr. Shenneck.

Sanjay reagiert eine Zehntelsekunde früher als seine Schwester, aber beide sagen: »Alles klar«, was die korrekte programmierte Antwort ist.

Das Gehirnimplantat hat sich selbst zusammengesetzt, sodass die Zwillinge nur noch die *Illusion* eines freien Willens besitzen.

»Wunderbar«, sagt Jergen befriedigt, weil die Konversion der Zwillinge Shukla in Angepasste nach langer Verfolgungsjagd und vielen Mühen endlich doch so gut geklappt hat.

Die Geschwister wirken so hellwach wie zuvor, aber sie befinden sich in einer Art Trance, in der sie bleiben werden, bis Jergen oder Dubose sie mit den Worten »Auf Wiedersehen« daraus entlässt.

Jergen sagt: »Ihr müsst alles, was euch aufgetragen wird, gewissenhaft tun. Ist das klar?«

»Ja«, antworten die Zwillinge wie aus einem Mund.

Dubose nimmt ihnen die Halsbänder und Leinen ab.

Auf Jergens Anweisung waschen die Geschwister Shukla ihre Gläser und das von ihnen benutzte Geschirr ab und räumen alles auf. Sie reden dabei nicht miteinander, wechseln auch keine Blicke, sondern arbeiten so effizient wie zwei Ameisen, die ihre genetisch vorgegebenen Rollen ausfüllen.

»Wir fahren euch jetzt nach Hause«, erklärt Jergen ihnen.

»Alles klar«, antworten sie im Chor.

Eine der Kerzen erlischt leise zischend. Jergen bläst die beiden anderen aus, und die Geschwister nehmen die warmen Gläser aus dem Gebäude mit, damit hier morgens nichts allzu Ungewöhnliches herumsteht, sodass die Polizei sich vor allem aufs Pfarrhaus konzentrieren wird, in dem die irdische Hülle des Reverend Gordon M. Gordon nun ohne dessen Seele liegt.

Schlichter in Jeans und Pullover gekleidet war Petra Quist wieder anmutig elegant, hatte ihren kurzen Rückfall in kindliche Unbeholfenheit hinter sich gelassen.

Sie zog den Rimowa-Koffer mit der rechten Hand und trug den Aktenkoffer in der Linken, als sie vor Jane her in die Garage und zu dem Cadillac Escalade ging – dem unauffälligsten Wagen in Simons Autosammlung. Sie lud den Koffer durch die Hecktür ein, aber das Geld kam auf den Beifahrersitz.

»Fahr den Cadillac nur ein paar Stunden lang«, riet Jane ihr, »bis du irgendwo ein Auto mieten kannst. Dann dürftest du in Sicherheit sein. Ich sorge dafür, dass Simon nicht mal daran denkt, dich zu suchen. Sein Bruder und die Leute, mit denen *er* umgeht … die haben keinen Grund, sich für Simons Exfreundin zu interessieren. Dich sehen sie nicht als Gefahr.«

Petra betrachtete Jane einige Sekunden lang mit der Miene eines Menschen, der einen Satz in einer fremden Sprache zu enträtseln versucht. »Ich wollte dir das Gesicht mit einer abgebrochenen Flasche zerschneiden.«

»Du warst betrunken.«

»Aber ich hätte's getan …«

»Ich habe mich reichlich dafür revanchiert. Wie geht's deinem Unterkiefer?

Petra berührte die geschwollene Stelle vorsichtig mit einer Fingerspitze. «Nicht allzu schlecht. Aber mir geht's um was anderes: Ich weiß nicht, wie ich dir danken kann.«

Jane lächelte. »Doch, das kannst du. Verfall nicht wieder in dein altes Leben. Such dein Glück woanders. An deiner Stelle würde ich Luxus und Glamour meiden. Die sind nicht das wirkliche Leben, sondern nur eine Imitation davon. Such dir einen Ort, der real ist, irgendeine altmodische Kleinstadt wie aus den fünfziger Jahren mit Leuten, die vielleicht sogar das sind, was sie zu sein scheinen.«

»Nie in meinem Leben hat jemand etwas für mich getan, ohne dafür eine größere Gegenleistung zu erwarten.«

Jane blieb an ihrer Seite, als Petra vorn um den Wagen herumging und die Fahrertür öffnete. »›Nie in meinem Leben‹ ist nicht dein Ernst.«

»Doch, das ist mein Ernst, weil es stimmt!«

Ihr leicht melancholischer Tonfall veranlasste Jane dazu, zu sagen: »Eigentlich geht mich das nichts an, aber weißt du noch … wann bei dir alles angefangen hat, schlechter zu werden?«

»Oh, ja. Ich weiß das Jahr. Ich weiß den Tag, die Stunde. Aber das liegt lange, lange zurück.«

»Vielleicht ist's gut, dass du das weißt. Wäre es ein Rätsel, wäre es in Vergessenheit geraten … nun, man kann keinen Dämon austreiben, dessen Namen man nicht kennt.«

»Und auch dann lässt er sich vielleicht nicht austreiben.«

»Vielleicht nicht. Aber das weiß man erst, wenn man's versucht hat.«

Petra nickte. Sie wollte etwas sagen, brachte aber kein Wort heraus. Dann sagte sie mit von unterdrückten Gefühlen heiserer Stimme: »Klasse Schuhe.«

»Nichts Besonderes. Nur Rockports.«

»Ich weiß. Aber sie sind stabil, sie sind haltbar, sie lassen einen nicht im Stich.«

Jane sagte: »Mehr kann man von einem Schuh nicht verlangen.«

Petra sah auf. »Dies vergesse ich nie«, murmelte sie. »Das hier, diesen Augenblick.«

»Ich auch nicht«, sagte Jane.

Petra stieg in den Escalade, knallte die Tür zu, ließ den Motor an. Sie benutzte die Fernbedienung, um das Sektionaltor zu öffnen.

Während das Motorengeräusch von den Wänden und der niedrigen Betondecke widerhallte, beobachtete Jane, wie der SUV in die Nacht hinausrollte.

DREIUNDFÜNFZIG

In ihrem Trancezustand werden die Zwillinge von Radley Dubose angewiesen, zu schlafen, bis sie geweckt werden, weil jemand laut ihre Namen sagt. Mit geschlossenen Augen sitzen sie mit angelegten Sicherheitsgurten hinten in dem Range Rover. Ihr Kopf ist leicht nach rechts geneigt. Sein Kinn ruht auf seiner Brust. Obwohl sie nach einer so langen, stressreichen Nacht erschöpft sein müssen, ist dies ein ihnen aufgezwungener höchst unnatürlicher Schlaf, und ihre Träume, falls sie welche haben, sind vielleicht von der Art, die nur Angepasste erleben können.

Um die Geschwister Shukla heimzubringen, fährt Jergen nach Osten, weg von den dicht besiedelten Städten des West County, zu den ländlichen Hügeln und Canyons im Osten.

Ihr Hyundai Santa Fe Sport, den sie bei der ausgebrannten Ruine der Honeydale Stables zurückgelassen haben, ist längst in die Garage ihres Hauses zurückgebracht worden. Ein Team hat alle Spuren der Ereignisse in ihrer Küche beseitigt – auch die großen Mengen Hornissenkiller, mit dem die junge Frau ihren Bruder aus den Händen von Lincoln Crossley und den beiden anderen befreit hatte.

Für die Zwillinge wird bald das letzte Kapitel ihres Lebens beginnen: ein mörderischer Amoklauf, der fette Schlagzeilen machen und ihre Namen der Öffentlichkeit als die Namen von Ungeheuern einprägen wird. Tanujas vor Kurzem erschienener Roman, der noch kein Bestseller ist, aber einiges Aufsehen erregt hat und – laut Hamlet-Liste – das Potenzial besitzt, den moralischen Kompass einer ganzen Generation entscheidend zu beeinflussen, wird für immer verfemt, verhasst und ungelesen bleiben.

Jergen sieht zu Dubose hinüber. »Kann ich dich mal was fragen?«

»Die Kleine war gut. Volle Lubrikation, wie ihr in Harvard sagen würdet.«

»Ich habe angenommen, dass sie gut war.«

»Warum fragst du dann?«

»Wieso hast du nicht gewartet, bis ihr Kontrollmechanismus aktiviert war?«

»Erspar mir die heuchlerische New-England-Vornehmheit.«

»Ich weiß nicht, was du damit meinst.«

»Der Sohn eines Bostoner Brahmanen, so vornehm, dass ihm die Primitivität des Hinterwäldlers Rätsel aufgibt.«

»Sowie sie angepasst war, hätte sie alle deine Befehle ausgeführt. Du hättest dir den ganzen Kampf sparen können.«

Dubose wendet sich Jergen halb zu, neigt sein Bärenhaupt und betrachtet ihn unter starken Augenwülsten hervor mit so sarkastischem Gesichtsausdruck, dass Worte überflüssig sind.

»Das soll vermutlich heißen«, sagt Jergen, »dass ihre Gegenwehr das Ganze für dich besser gemacht hat.«

»Erraten!«

»Wenn du meinst …«

»Du hast's noch nie so gemacht? Erzähl mir keinen Scheiß.«

»Niemals«, sagt Jergen. »Ich mag's lieber soft.«

»Aber wie sie jetzt ist, wär's doch, als würde man einen Roboter bumsen.«

»Einen sehr attraktiven Roboter.«

»Dann nimm sie dir, wenn wir wieder in ihrem Haus sind.«

»Nichts für ungut, Radley, aber lieber nicht gleich nach dir.«

Das entlockt Dubose ein seltenes Lachen, rau und halblaut. »Ist's nicht ein bisschen seltsam, nach allem, was wir heute Nacht getan haben, so pingelig zu sein?«

»Nun, ich passe trotzdem. Außerdem haben wir nur unseren Auftrag ausgeführt.«

Dubose sagt: »Die Welt zu einem besseren Ort zu machen.«

VIERUNDFÜNFZIG

Zur Vorbereitung auf alles, was sie in den letzten zwölf Stunden getan hatte, hatte Jane Hawk am Freitagmorgen ausgeschlafen und nachmittags ein Nickerchen gemacht. Am Samstagmorgen um halb fünf Uhr, nachdem sie Petra Quist verabschiedet hatte, wollte sie einige Stunden schlafen, um für Booth Hendrickson bereit zu sein, wenn er in sechs Stunden aus Washington kommend im Orange County eintreffen würde. Aber sie war zu aufgedreht, nicht im Geringsten schläfrig.

Simon Yegg, der sich unmöglich befreien konnte, schmorte im Kinosaal im eigenen Saft. Ihn brauchte sie nicht ständig zu bewachen.

In der Küche, in der sie auf Glassplitter achten musste, fand sie eine weitere Flasche Belvedere, Coca-Cola und einen Eisbereiter voller Eiswürfel in Form von Halbmonden. Sie mixte sich einen Drink und nahm ihn mit ins Arbeitszimmer, in dem sie die Schreibtischlampe anknipste.

Neben der Lampe stand ein iPod. Sie überlegte, ob sie sich die Playlist anzeigen lassen sollte, aber Musik konnte Geräusche übertönen, die sie unbedingt hören musste.

Sie war eine ausgezeichnete Pianistin, wie es ihre ermordete Mutter gewesen und ihr Vater, der sie ermordet hatte, noch immer war. Erst vor Kurzem war er von Verehrern umjubelt auf Tournee gewesen, obwohl er von Rechts wegen seit neunzehn Jahren hinter Gittern hätte verrotten müssen. Für Jane war Musik schon immer fast so wichtig wie Essen gewesen – sie zu hören oder auf einem Steinway selbst hervorzubringen. Vielleicht hätte sie versuchen können, als Konzertpianistin Karriere zu machen, aber ein geöffneter Flügel mit abgestütztem Deckel erinnerte sie allzu oft an einen Sarg, an den Sarg ihrer Mutter: eine schlimme Assoziation, die Auftritten in Konzertqualität nicht zuträglich war.

Sie brauchte keine Psychoanalyse mit Freud'schem Fachjargon, um zu verstehen, weshalb sie sich stattdessen für eine Karriere beim FBI entschieden hatte.

Während sie mit kleinen Schlucken Wodka und Coke trank, zog sie aus einer Tasche ihrer Jeans eine Hälfte eines zerbrochenen Kameen-Medaillons: ein Frauengesicht im Profil, aus Speckstein geschnitten, in ein Oval aus Silber eingepasst. Travis, ihr süßer kleiner Junge, hatte es zwischen den runden Steinen des Bachbetts hinter dem Haus gefunden, in dem er bei zuverlässigen Freunden versteckt lebte.

Travis hatte sich eingeredet, die Frau in dem Medaillon sehe seiner Mutter täuschend ähnlich. Für ihn war dies ein Omen, das ihren endlichen Sieg und die Rückkehr zu ihm versprach, aber er betrachtete das Medaillon auch als Talisman, durch den Jane gegen alle Gefahren gefeit war, solange sie ihn bei sich hatte.

Für Jane war das halbe Medaillon mit dem halben Scharnier unendlich kostbar – nicht etwa, weil sie ihm wirklich Zauberkräfte zuschrieb, sondern weil sie es von ihrem Jungen, Nicks Sohn, geschenkt bekommen hatte, den sie in Liebe empfangen und in der Hoffnung geboren hatte, er würde darin das Staunen, die Freuden und die Wahrheiten finden, die ein Leben lebenswert machen. Hielt sie das Medaillon in der Hand und schloss die Augen, sah sie Travis so deutlich vor sich, als sei er im selben Raum wie sie: ein schüchterner kleiner Junge, der die blauen Augen seines Vaters geerbt hatte, mit zerzaustem Haar, einem lieben Lächeln und hellwachem Verstand, der ihn manchmal wie einen kleinen Mann wirken ließ, der geduldig darauf wartete, dass seine Kindheit endlich vorüber war.

Vielleicht lag es am Wodka, vielleicht an dem Medaillon, dass sie bald zur Ruhe kam. Als sie ihr Glas geleert hatte, steckte sie die Kamee wieder ein und stellte den Wecker ihrer Armbanduhr. Sie stand vom Schreibtisch auf, knipste die Lampe aus und streckte sich auf dem Sofa aus.

Jane wünschte sich, ihre Träume – falls sie welche hatte – sollten leuchtende Visionen ihres Jungen sein. Aber seit sie als

Neunjährige den blutigen Leichnam ihrer Mutter in der Badewanne entdeckt und fast neunzehn Jahre später ihren Mann in ähnlichem Zustand aufgefunden hatte, waren ihre Träume eher düster als leuchtend.

FÜNFUNDFÜNFZIG

Mehr als zwölftausend Meter über dem Erdboden, mit der Sonne hinter dem Flugzeug, im Westen eine ferne, zurückweichende Dunkelheit jenseits der Erdkrümmung … Das beruhigende Summen der beiden Strahltriebwerke von Rolls-Royce, über vierzig Tonnen Metall, Glasfaser und Treibstoff, im Reiseflug weit über achthundert Stundenkilometer schnell: ein großartiger Sieg über die Schwerkraft …

Tief unterhalb der Maschine schufteten die hart arbeitenden Menschenmassen, mühten sich fieberhaft mit ihrem zwecklosen und oft irregeleiteten Streben ab, ohne etwas von der rasch aufziehenden Veränderung ihrer Welt zu ahnen.

Es ist spannend, in dieser Zeit zu leben, vor allem wenn man Booth Hendrickson ist, der einzige Fluggast einer für vierzehn Passagiere plus Besatzung ausgelegten Gulfstream V. Er genießt es, dass die Washingtoner Granden und ihre Unterlinge ihn nicht nur als Juristen mit hoher Stellung im Justizministerium, sondern auch als Mann für Sonderaufgaben kennen, der diskrete, nicht protokollierte Treffs zwischen hohen Beamten des Sicherheitsapparats und ausgewählten Gesprächspartnern aus anderen Sektoren des bürokratischen Labyrinths arrangieren kann. Noch befriedigender ist es, zum inneren Zirkel der Techno-Arkadier zu gehören, von dem achtundneunzig Prozent dieser Granden, Unterlinge und Bürokraten nichts ahnen, sodass seine Macht in Wirklichkeit viel größer ist, als sie jemals wissen werden.

Ein Großteil dieser Befriedigung kommt von Vorteilen, wie dieses luxuriöse Flugzeug, die er sich selbst zuschanzen kann. Die Gulfstream gehört dem FBI und wurde eigentlich als schnelles Transportmittel für Special Agents angeschafft, die wegen Terroranschlägen ermitteln. Hendricksons Autorität ist so groß, dass er nur zu behaupten braucht – ohne Details anzugeben oder Beweise vorzulegen –, er sei in dringenden Angelegenheiten unterwegs, die schurkische Anschlagspläne inländischer Neonazis oder islamischer Radikaler betreffen, um sich den Jet zu sichern.

Er hat gerade ein spätes Frühstück zu sich genommen, das der Steward zubereitet und serviert hat. Ein Krabbenomelette aus Enteneiern. Dazu in Kokosöl gebratene Pommes frites und mit Thymian gewürzte Minikarotten in Butter. Dazu Brioche-Toast.

Das Essen ist köstlich, aber der Wein missfällt ihm etwas. Bei der Reservierung des Flugs gestern Nachmittag hatte er fürs Frühstück ausdrücklich einen Chardonnay Far Niente bestellt. Stattdessen wird ihm ein eher zweitklassiger Pinot Grigio serviert, der etwas zu süß ist, um zu dem Omelette zu passen.

Obwohl der Stewart sich vielmals entschuldigt, hat er keine Erklärung dafür, wie das passiert sein kann. Da kein Chardonnay an Bord ist, muss sich Hendrickson mit dem Pinot Grigio begnügen. Statt der zwei Gläser, die er sich sonst vielleicht genehmigt hätte, trinkt er nur eines.

Er ist weiß Gott nicht abergläubisch. Er achtet nicht auf schlimme Vorzeichen, auf Omina, die Gutes oder Böses ankündigen können. Er glaubt nicht an die Existenz von Göttern oder Glück oder Fügungen des Schicksals. Er glaubt einzig an sich selbst, die Wirksamkeit brutaler Macht und die Formbarkeit der materiellen Welt, die sich durch die Willenskraft eines starken Mannes gestalten lässt.

Trotzdem wächst seine durch den falschen Wein verursachte Unruhe noch, als er sein Frühstück mit Mandarinenscheiben unter geraspelter Bitterschokolade beendet. Er horcht auf die Rolls-Royce-Triebwerke und versucht, eine Veränderung ihres Arbeitsgeräuschs zu erkennen, die auf irgendein mechanisches Problem im Frühstadium hindeuten könnte.

Als er nach dem Frühstück auf seinem iPad zu arbeiten versucht, kann er der Versuchung nicht widerstehen, alle möglichen Wetterseiten aufzurufen, die vielleicht Turbulenzen vor ihnen ankündigen werden. Stunde um Stunde, auf dem gesamten Flug zur Westküste, versichert er sich wiederholt, seine bösen Vorahnungen seien unbegründet, ohne sie dauerhaft verbannen zu können.

Hendrickson ertappt sich dabei, wie er mehrfach Meldungen über den nicht lange zurückliegenden bizarren Tod eines Milliardärs aufruft, der Mitbegründer der Arkadier war. Er ruft erneut archivierte Videobeweise für die Anwesenheit von Jane Hawk in dem Gebäude in San Francisco auf, in dem David James Michael trotz schärfster Sicherheitsmaßnahmen zu Tode gekommen war. Wegen dieser Beweise, die er schon früher studiert hat, sodass unmöglich neue Erkenntnisse zu erwarten sind, muss er sich eingestehen, dass sie ihm nicht mehr aus dem Kopf geht.

Als Hendrickson in Kalifornien landet, als er auf dem Orange County Airport vor dem Terminal für Privatflüge aus dem Jet steigt und seine Limousine mit Fahrer auf dem Vorfeld warten sieht, wie es seinem Status entspricht, wird seine Unruhe zu Besorgnis. Sein Halbbruder Simon scheint ihm eine subtile Botschaft geschickt zu haben, dass nicht alles so ist, wie es zu sein scheint.

Tatsächlich ist sie so subtil, dass kein Außenstehender sie als Warnung erkennen würde: ein clever ausgedachter, leise anklingender Alarm, den nur Brüder hören konnten. Und vielleicht nur Brüder, die eine Mutter wie ihre überlebt hatten, was sie zusammengeschweißt hatte.

Plötzlich erfordert die Situation Wachsamkeit, taktische Eleganz und Finesse. Hendrickson gesteht sich etwas Angst ein, aber die Möglichkeit, Jane Hawk könnte einen schweren Fehler gemacht haben, elektrisiert ihn förmlich. Falls jemand versucht, über Simon an ihn heranzukommen, ist das bestimmt Jane Hawk, die seit Kurzem weiß, dass Hendrickson als Techno-Arkadier eine der Speerspitzen der Revolution ist.

Spielt er sein Blatt richtig aus, bleibt ruhig, bleibt cool, kann er vielleicht der Mann sein, der sie liquidiert.

TEIL ZWEI

MIGRÄNE-JANE

EINS

Um 8.45 Uhr an diesem Samstagmorgen hatte Gilberto Mendez – ehemaliger Soldat des Marine Corps, Bestattungsunternehmer und in Begriff, einen Chauffeur zu spielen – seinen Chevy Suburban im einer ruhigen Wohngegend, in der es garantiert keine Überwachungskameras gab, unter einem mit rosa Beeren behangenen kleinblättrigen Pfefferbaum geparkt.

Er trug blankgeputzte schwarze Schuhe, einen schwarzen Anzug, dazu weißes Oberhemd und schwarze Krawatte, und eine schwarze Schirmmütze mit kurzem Schirm. Seine Hose gehörte zu einem erst vor Kurzem gekauften Anzug, aber das schwarze Jackett stammte aus einer Zeit vor zwei Jahren, als er nicht nur acht, sondern achtzehn Kilo Übergewicht gehabt hatte. So hatte das Schulterholster mit der Heckler & Koch .45 Compact, die Jane ihm gegeben hatte, reichlich Platz.

Als er zu Fuß zu einem fünf Straßenblocks entfernten Park unterwegs war, kam er sich etwas deplatziert vor, obwohl ihn keiner der Leute, denen er begegnete – schwitzende Jogger, freundliche Hundebesitzer, Kinder auf Skateboards –, eines zweiten Blickes würdigte.

Der Himmel hatte exakt das Blau der Babydecke, die seine im siebten Monat schwangere Frau Camilla in Erwartung ihres vierten Kindes gekauft hatte. Der letzte Nacht gefallene Regen ließ die Bäume grüner, die Blumenrabatten farbiger leuchten, und die Rasenflächen wirkten fast so unwirklich wie Kunstrasen.

Dies war ein herrlicher Tag, um am Leben zu sein – ein Gedanke, den Bestattungsunternehmer vielleicht häufiger hatten als Leute mit anderen Berufen. In einem bestimmten Drecksloch im Nahen Osten hatte er einen Tag erlebt, dessen Wert selbst ein frommer Militärgeistlicher bezweifelt hatte. Gilberto, der weniger fromm war als jener gute Mann, sah auch in den schlimmsten Stunden die Schönheit dieser Welt, die keine menschlichen Verbrechen schmälern konnten – das bezaubernde Spiel von Licht und Schatten auf dem Pflaster eines alten Innenhofs, ein weißer Vogel im Flug vor einem rosigen Morgenhimmel –, und solche Momente gaben ihm die Gewissheit, dass es Tage geben würde, an denen alles Dunkle, nicht nur das der Nacht, zurückgedrängt werden würde. Obwohl er an einem strahlend schönen Morgen eine Schusswaffe trug, war dies ein herrlicher Tag, um zu leben, zum Teil auch, weil er seinem heiligen Kriegerschwur *Semper fidelis* – nicht nur dem Land, sondern auch der Freiheit und allen Waffenbrüdern gegenüber – erneut Geltung verschaffen würde.

In dem Park lag ein Sportplatz, auf dem zwei Gruppen Schulmädchen bereits Fußball spielten. Majestätisch große Eichen mit weit ausladenden Kronen spendeten Schatten für die Tische und Bänke des Picknickgeländes. Auf einem Parkplatz in der Nähe eines Sees, dessen Wasserspiegel wie Quecksilber schimmerte, stand wie von Jane versprochen ein weißer Cadillac. Mit irgendeiner Begründung hatte der Besitzer der Mietwagenfirma einen Angestellten angewiesen, den Wagen hier abzustellen.

Die Limousine war nicht abgeschlossen. Nachdem Gilberto dünne Lederhandschuhe übergestreift hatte, um keine Fingerabdrücke zu hinterlassen, öffnete er die Tür, hob die Fußmatte hoch und fand darunter einen elektronischen Schlüssel. Als er dann am Steuer saß, zögerte er, seine Tür zu schließen – scheinbar weil eine aufkommende Brise den Jasmin am Spalier des Geräteschuppens der Parkverwaltung bewegte und seinen Duft herübertrug, den es zu genießen galt. In Wirklichkeit zögerte er, weil er das Gefühl hatte, sobald er diese Tür schließe, sperre er sich von allem ab: von seiner Zukunft, von Frau und Töchtern, von seinem ungeborenen Sohn, den er vielleicht nie sehen würde.

Der Jasminduft war jedoch das olfaktorische Gegenstück zu einem weißen Vogel im Flug vor einem rosa Morgenhimmel.

Gilberto sagte: »*Semper fidelis!*«, schloss die Autotür und ließ den Motor an.

ZWEI

Um 8.30 Uhr an diesem Morgen war Jane Hawk von dem Wecker ihrer Armbanduhr geweckt worden. Sie stand vom Sofa auf und trat ans Fenster von Simon Yeggs Arbeitszimmer. Sie stand eine Zeitlang im Morgenlicht, das an anderen Orten auf ihr Kind und das Grab ihres Ehemanns fiel und für sie das Licht einer Liebe war, das sie mit ihnen verband: unabhängig von Raum und Zeit, von Leben und Tod. Sie war ausgeschlafen und spürte keinerlei Müdigkeit mehr.

In dem kleinen Bad neben dem Arbeitszimmer wusch sie sich das Gesicht und rückte ihre rabenschwarze Perücke zurecht. Sie nahm die dunklen Kontaktlinsen heraus und legte sie in ihr mit Linsenreiniger gefülltes Etui zurück. Jetzt waren ihre Augen wieder blauer als Ozeane, als sie sich im Spiegel über dem Waschbecken betrachtete.

Sie ging in den Kinosaal hinunter, in dem Simon gefesselt und nach Urin stinkend lag. Als habe die Entleerung seiner Blase seinen Körper dazu angeregt, einen Überschuss an Galle zu produzieren, war sein Gesicht vor Wut angeschwollen und wies blasse und rote Flecken auf, die an die gefleckten Schuppen irgendeiner exotischen Schlange erinnerten. In seinen blutunterlaufenen Augen stand solch schwelende und virulente Bösartigkeit, dass sie nicht fremdartiger hätten wirken können, wenn sie die senkrechte Iris von Schlangenaugen aufgewiesen hätten.

Als er Jane kommen hörte, stieß er bittere Verwünschungen und Drohungen aus. Sobald sie in sein Blickfeld gelangte, zerrte er so gewaltig an den Fesseln, von denen er sich nachts nicht hatte befreien können, dass das Rollbrett unter ihm schepperte.

Als sie über ihm stand, schilderte er ihr, welche Teile ihrer Anatomie er ihr bei lebendigem Leib abschneiden und in welche Körperöffnungen er stopfen würde, was er abgetrennt hatte.

Seltsamerweise hatten die nächtlichen Qualen ihn nur in der soziopathischen Überzeugung bestärkt, er sei die Achse, um die sich das Universum drehte. Und er könne nicht sterben, weil der Tod nicht nur sein Ende, sondern auch das Ende des Universums bedeuten würde. Seiner Ansicht nach waren seine jetzigen Leiden vielleicht eine Prüfung seiner Standhaftigkeit durch die unbekannten Meister des Spiels des Lebens, die er mit fliegenden Fahnen bestehen würde, um sich dann grausam an Jane rächen zu können.

Seine Wut schien dämonisch und daher unerschöpflich zu sein; sie brannte unvermindert weiter, als er die entscheidende Veränderung in ihrem Aussehen bemerkte, die ihn allerdings sprachlos machte. Ihre Größe, die sportlich schlanke Figur und ihr rabenschwarzes Haar waren unverändert, aber ihre Ähnlichkeit mit seiner Mutter hatte er anscheinend erst bemerkt, seit sie auch Anabels Augen hatte.

»Blau«, sagte er, als sei er Zeuge eines alchemistischen Wunders geworden, durch das gewöhnliche Materie in etwas wie Gold verwandelt worden war. Und obwohl Wut sein Gesicht mit den deutlich hervortretenden Kiefermuskeln weiter verzerrte, obwohl sein Puls an der Schläfe sichtbar war, ließen seine psychotischen Überlegungen ihn weiter schweigen.

»Ich bin gekommen, um Ihnen zu sagen«, begann Jane, »dass es Folgen haben wird, wenn diese Sache schiefgeht, wenn Sie Ihren Bruder mit irgendeinem Trick gewarnt haben. Mindestens komme ich mit einem Hammer zurück und zertrümmere Ihnen die Kniescheiben. Sollte meinem Freund, der mir hilft, etwas zustoßen oder Booth dieses Haus stürmen lassen, nehme ich mir noch die Zeit, Ihnen den Pimmel abzuschießen. Dann lache ich, wenn ich auf meiner Flucht aus dem Haus höre, wie Sie schreiend zur Hölle fahren.«

So viele widersprüchliche Emotionen konkurrierten mit seiner Wut, dass sein unaufhörlich wechselndes subtiles Mienenspiel einem Kaleidoskop glich. Die zusammengekniffenen Augen waren glasig, wichen ihrem Blick jetzt aus und nahmen ständig neue Objekte ins Visier, ohne sie länger als einige Sekunden im Fokus zu behalten.

Jane konnte seine Reaktionen nicht mehr deuten. Als habe Simon einen Mond im Schädel, hatte sein Verstand ihr seine kalte, mit Kratern übersäte dunkle Seite zugekehrt, die kein Licht reflektierte.

So lag er in gequältem Schweigen da, bis sie fast wieder den Ausgang erreicht hatte. Dann rief er ihren Namen in einem Ton, als sei er ein ordinäres Wort für *Vagina*. Er drohte ihr obszöne körperliche Gewalt an, aber das ließ sie kalt, denn sie hatte solche Drohungen schon von anderen wie ihm gehört, die es nicht geschafft hatten, ihren Worten Taten folgen zu lassen.

DREI

Als Booth Hendrickson aus der Gulfstream V steigt und den weißen Cadillac in der südkalifornischen Sonne warten sieht, empfindet er die Limousine als Zumutung und Warnsignal zugleich.

Seiner Einschätzung nach ist eine weiße Limousine etwas für Hochzeiten, Abschlussbälle, Junggesellinnen-Abschiede und Bar-Mitzwa-Boys, die darin mit ihren Freunden auf der Fahrt von der Synagoge zu dem Empfang herumalbern.

Wichtige Leute, die mit wichtigen Aufträgen unterwegs waren, sollten von einer schwarzen Limousine abgeholt werden, deren Fenster dunkler eingefärbt sind als gesetzlich erlaubt – in seinem Fall immer mit einem schwarzen Stretch-Mercedes. Simons Vertrag mit dem Justizministerium verpflichtet ihn dazu, für hochrangige Persönlichkeiten, die zwischen San Diego und Los Angeles zu tun haben, ständig zwei Mercedes-Limousinen vorzuhalten.

Hendrickson weiß bestimmt, dass Simon ihn niemals auf diese Weise kränken würde. Folglich ist der Wagen mehr als nur irgendein Transportmittel. Er überbringt die Botschaft, dass dieser Morgen sich nicht wie erwartet entwickeln wird.

Neben der Hochzeitskutsche steht ein Chauffeur, aber keiner der beiden, die ihn sonst immer abholen … und die beide inoffiziell Männer fürs Grobe sind. Genau wie alle Fahrer Simons trägt dieser Kerl einen schwarzen Anzug. Aber dazu hat er eine Schirmmütze mit kurzem glänzenden Schirm auf, während seine Vorgänger mützenlos waren. Außerdem trägt er eine Wraparound-Sonnenbrille, die ein Chauffeur normalerweise – falls überhaupt – erst am Steuer aufsetzen würde.

Hendrickson drängt sich der Schluss auf, dass die Mütze den Haaransatz des Mannes verdecken soll, der ein nützliches Mittel zur Identifizierung sein kann, wenn jemand später aufgefordert wird, Verbrecheralben durchzublättern. Auch seine Sonnenbrille dient zur Tarnung, weil sie nicht nur die Augenfarbe unsichtbar macht, sondern es auch erschwert, sich Augenstellung und Nasenform einzuprägen, um sie notfalls beschreiben zu können.

»Mr. Hendrickson?«, fragt der Chauffeur.

Hendrickson widersteht dem Drang, über die Limousine zu meckern, und sagt nur: »Ja.«

»Mein Name ist Charles. Ich hoffe, Sie hatten einen erholsamen Flug, Sir.«

»Gutes Wetter auf der ganzen Strecke.«

Charles öffnet die hintere Tür der Limousine. »Wenn Sie schon mal Platz nehmen wollen, Sir, lasse ich mir vom Steward Ihr Gepäck geben.«

»Ich habe nur einen Laptop und zwei Taschen. Ich habe quer über den ganzen Kontinent gesessen. Jetzt stehe ich lieber ein paar Minuten und genieße die frische Luft.«

»Ja, Sir, gewiss«, sagt Charles und geht zu der Gulfstream hinüber, deren Steward jetzt oben an der heruntergeklappten Fluggasttreppe steht.

Soviel Hendrickson durch die offene Autotür erkennen kann, wartet im Wageninneren niemand auf ihn. Er sucht die nähere Umgebung des Terminals misstrauisch ab – die abgestellten Flugzeuge, die verschiedenen Vorfeldfahrzeuge mit Elektroantrieb, das Bodenpersonal und die ein- oder aussteigenden Fluggäste – und bemüht sich, potenzielle Entführer zu entdecken, die Komplizen des Chauffeurs sein könnten. Aber er sieht niemanden, der besonders verdächtig wirkt, weil ihm *alle* verdächtig erscheinen.

Ein paar Leute starren ihn an, was bedeutet, dass er sich ihretwegen *keine* Sorgen zu machen braucht. Jeder Agent, der ihn überwacht, wird sich größte Mühe geben, ihn nicht anzusehen. Zweifelllos hat er ihr Interesse geweckt, weil er groß ist und mit seiner sorgfältig gestylten grau melierten Mähne blendend aussieht: geradezu ein Symbol für Bildung, Erfolg, Autorität und Lebensart.

Unweigerlich muss er wieder an den bestellten Chardonnay und den unpassenden Pinot Grigio denken. Könnte es sein, dass ihm mit diesem Wein irgendeine Droge eingeflößt worden ist? Zu welchem Zweck? Vielleicht handelt es sich um irgendein neues Betäubungsmittel, das erst in fünf bis sechs Stunden wirken und ihn schlagartig in Tiefschlaf versetzen wird, wenn er mit der Limousine unterwegs und dem Chauffeur ausgeliefert ist. Oder vielleicht bleibt das verdammte Zeug ungewöhnlich lange in seinem Körper, und wenn er Stunden später ein weiteres präpariertes Getränk zu sich nimmt, vereinigen die beiden sich in seinem Blut zu einem einschläfernden Wahrheitsserum, das ihn dazu zwingt, alle seine Geheimnisse zu offenbaren, während er betäubt schläft.

Für einen Laien, der nichts von den technologischen Fortschritten weiß, die es im letzten Jahrzehnt auf Feldern wie Spionage und nationale Sicherheit gegeben hat, mag das unwahrscheinlich, vielleicht sogar absurd klingen. Aber Booth Hendrickson ist sehr wohl bewusst, dass das Unwahrscheinliche mit jeder Woche zur Tatsache wird und das Unmögliche sich zum Wahrscheinlichen wandelt.

Er bedauert es, keine Bodyguards mitgebracht zu haben.

Aus drei Gründen reist er ohne Personenschützer. Erstens ist sein Gesicht trotz seiner Machtfülle praktisch unbekannt. Er braucht nicht zu befürchten, von einem geistesgestörten Anhänger begrenzter Regierungsgewalt, einem ernsthaften, aber gestörten Vorkämpfer für das Wahlrecht von Tieren oder sonstigem menschlichen Treibgut, das einen wachsenden Prozentsatz der Bevölkerung ausmacht, angegangen zu werden. Zweitens könnten Bodyguards vor Gericht aussagen, wohin Booth reist und mit wem er spricht, aber ein Mann in seiner Position darf nicht riskieren, ständig Zeugen um sich zu haben. Drittens trägt er eine Pistole, weiß damit umzugehen und vertraut auf sein angeborenes – wenn auch unerprobtes – Talent für Verwegenheit und körperliche Gewalt.

Jedenfalls kann die andauernde Beschäftigung mit dem Pinot Grigio der erste Schritt auf dem Weg in die Paranoia-Zone sein. So clever Jane Hawk auch ist, kann sie den Sicherheitskordon um die FBI-Flugzeuge, deren Standort nur sehr wenige Agenten kennen, nicht durchbrochen haben. Außerdem macht man nur auf den Austausch aufmerksam, wenn man den Chardonnay durch Pinot Grigio ersetzt; hätte Hawk oder sonst jemand ihn betäuben wollen, hätte sie dazu den Chardonnay benutzt.

Es sei denn … es sei denn, Chardonnay sei wegen des unterschiedlichen Säuregehalts der beiden Weine ein ungeeignetes Medium für die Droge.

Chauffeur und Steward tragen das Gepäck aus der Gulfstream in den Kofferraum der Limousine – bis auf den Laptop, den Hendrickson sich geben lässt.

Er beobachtet die Männer scharf, wartet auf einen Hinweis, dass sie sich schon vor dieser Begegnung gekannt haben, auf das kleinste Anzeichen von Vertrautheit, das auf Zusammenarbeit schließen lässt. Er sieht nichts dergleichen, aber das beweist vielleicht nur, wie exzellent sie sich darauf verstehen, andere zu täuschen.

Dies ist eine Welt voller Betrüger und Hochstapler, und Hendricksons Auftrag erfordert, dass er in einem Meer aus Falschheit und Täuschung schwimmt. Paranoia ist nicht nur gerechtfertigt, sondern sogar unerlässlich, wenn er überleben will. Der Trick besteht darin, nicht zuzulassen, dass eine gesunde Paranoia sich zu Panik auswächst.

Der Steward wünscht ihm alles Gute, bevor er geht, und der Chauffeur stellt sich an die hintere Tür der Limousine, um sie zu schließen, sobald Hendrickson eingestiegen ist.

»Charles«, sagt er, »Sie wissen, wohin Sie mich fahren müssen, nicht wahr?«

»Ja, Sir. Erst zu Mr. Yeggs Haus zum Lunch. Dann zum Pelican Hill Resort zum Einchecken um fünfzehn Uhr.«

Ihm fällt keine Ausrede ein, mit der er sich weigern könnte, in die Limousine zu steigen. Und falls hier tatsächlich Jane Hawk am Werk ist, muss er bis zu einem gewissen Grad mitmachen, weil er sich sonst um die Chance bringt, sie gefangen zu nehmen oder liquidieren zu können.

Als er auf den weich gepolsterten Rücksitz sinkt, schließt die Autotür sich mit einem soliden dumpfen Knall.

VIER

Jane Hawk, in Yeggs Arbeitszimmer an dessen Computer, benützte eine Hintertür, um das Netzwerk der Telefonfirma zu hacken.

Dabei klingelte ihr Wegwerfhandy.

Sie nahm es vom Schreibtisch. »Ja?«

Sie erkannte Gilbertos Stimme, als er sagte: »Er ist gelandet. Seine Maschine rollt jetzt zum Terminal.«

»Du hast die Fernbedienung?«

»Sie liegt im Becherhalter, wie du gesagt hast.«

»Dann also los!«

Der Bestattungsunternehmer legte auf, und Jane konzentrierte sich wieder auf den Bildschirm mit der exquisiten Architektur der integrierten Systeme des Festnetz- und Mobilfunkanbieters.

Bevor sie nach Nicks Tod Urlaub vom FBI genommen hatte, hatte sie einen liebenswürdigen, amüsanten, auf der Seite des Rechts stehenden Hacker im Dienst des Bureaus gekannt: Vikram Rangnekar. Auf Anweisung des FBI-Direktors oder der Spitze des Justizministeriums unternahm Vikram gelegentlich Ausflüge ins Dark Net. Obwohl Jane verheiratet war, war Vikram einseitig in sie verknallt und hatte sich ein Vergnügen daraus gemacht, ihr zu zeigen, was er mit Erlaubnis seiner Vorgesetzten geschaffen hatte – »meine bösen kleinen Babys«, wie er sagte.

Obwohl Jane sich als FBI-Agentin strikt an Recht und Gesetz gehalten und nie zu illegalen Methoden gegriffen hatte, hatte sie der Versuchung nicht widerstehen können, zu erfahren, wer drüben im Justizministerium korrupt war und was diese Leute vorhatten. Sie ließ sich von Vikram auf Besichtigungstouren zu seinen schwarzen Installationen mitnehmen, was im Prinzip nichts anderes war, als wenn ein Pfauenhahn ein Rad schlug, um mit seinen irisierenden Federn zu prunken. Zu Vikrams bösen kleinen Babys gehörten Hintertüren, durch die er mühelos ungesehen in die Computersysteme aller großen Telekommunikationsunternehmen eindringen konnte. Dazu hatte er in allen diesen Netzwerken einen Rootkit, ein effektives Malware-Programm, installiert. Das Rootkit funktionierte auf so niedriger Ebene, dass Vikram in den Netzwerken navigieren konnte, ohne Spuren zu hinterlassen. Nicht einmal die besten IT-Fachleute konnten seine Aktivitäten entdecken, während er wie ein Pirat durch ihre Systeme segelte.

Er hatte Jane gezeigt, wie man diese Hintereingänge benützte, und war für sein Radschlagen mit einem Kuss auf die Wange belohnt worden – was anscheinend mehr war, als er erwartet hatte.

Weil jeder Computer einen Identifizierungscode in sich trug und sich von Aufspürprogrammen in Echtzeit lokalisieren ließ, besaß Jane keinen PC und kein Notebook, nicht mehr seit sie auf der Flucht war. Aus demselben Grund nutzte sie nur noch Wegwerfhandys.

Vor zwei Tagen hatte sie bei kurzen Sitzungen an den öffentlichen Computern mehrerer Bibliotheken Vikrams Hintertüren geöffnet und die Netzwerke nach Booth Hendricksons Telekommunikationskonten abgesucht. Das Justizministerium stellte ihm ein Diensthandy, und er besaß ein weiteres Mobiltelefon, für das er selbst zahlte.

Von Simons Computer aus nahm sie sich jetzt diese Konten vor und löschte Hendricksons Privatnummer. Ihr energisches Vorgehen löste eine Kaskade von Änderungen in allen Schichten des Computersystems aus, die dazu führte, dass der Dienst eingestellt und die Rufnummer sofort deaktiviert wurde. Als Nächstes konzentrierte sie sich auf den vom Justizministerium für ihn eingerichteten Account.

FÜNF

Als die weiße Stretch-Limousine vom Terminal wegfährt, weist Booth Hendrickson den Chauffeur an, die Trennwand zwischen ihnen hochzufahren. Er muss dringend telefonieren und möchte dabei ungestört sein.

Auch wenn der Chauffeur vielleicht ein Hochstapler ist und

den Verdacht hat, Booth könnte ihn enttarnt haben, gehorcht er wortlos.

Booth und Simon haben verschiedene wertlose Väter und daher unterschiedliche Familiennamen. Dass sie Halbbrüder sind, haben sie immer sorgfältig geheim gehalten, damit nicht irgendein diensteifriger Rechnungsprüfer im Justizministerium – oder in anderen Ministerien, in denen Booth ebenfalls etwas zu sagen hat – eines Tages entdeckt, dass ein Verwandter veranlasst hat, dass Dutzende von Millionen Dollar an Steuergeldern durch Verträge auf Simons Konten geflossen sind – ein klarer Verstoß gegen mehrere Bundesgesetze.

Simon und er haben sich angewöhnt, alles persönlich zu besprechen. Telefonieren sie einmal miteinander, was selten vorkommt, setzen sie auf Wegwerfhandys. Oder Booth benutzt sein eigenes Handy, niemals sein vom Justizministerium gestelltes Diensthandy.

Jetzt muss er feststellen, dass sein bevorzugtes Mobiltelefon nicht funktioniert. Das Display leuchtet, aber es bleibt leer: kein Jingle, kein Logo des Providers.

Weil ihm keine andere Wahl bleibt, versucht er's mit seinem Diensthandy. Das Ergebnis bleibt gleich.

Ein Wegwerfhandy hat er nicht dabei.

Die Zeiten, in denen man auf dem Rücksitz von Limousinen ein eingebautes Autotelefon nutzen konnte, sind längst vorüber.

Als der Cadillac an einer Verkehrsampel halten muss, versucht Hendrickson seine Tür zu öffnen. Sie ist natürlich verriegelt. Sicherheitsvorschriften und Versicherungsklauseln schreiben dem Chauffeur vor, die hinteren Türen während der Fahrt zu verriegeln und erst wieder zu öffnen, wenn der Wagen geparkt ist, damit es nicht passieren kann, dass irgendein betrunkener Idiot oder ein achtloses Kind unterwegs eine Tür öffnet und auf die Straße stürzt.

Obwohl Booth seinen Laptop hat, gibt er sich nicht der Illusion hin, er könnte eine Textnachricht senden, während sie zufällig durch den Empfangsbereich eines ungesicherten WLAN-Netzwerks fahren. Und selbst wenn er eine Nachricht senden könnte, würde niemand sie rechtzeitig genug lesen, um ihm zur Hilfe kommen zu können, denn Simons Haus ist nur eine Viertelstunde vom Flughafen entfernt.

Er zieht seine Pistole aus dem Schulterholster unter seinem Jackett.

SECHS

Wie Jane aus Simon herausbekommen hat, brachte der Chauffeur Booth im Allgemeinen direkt in die Tiefgarage, statt ihn vor der Haustür abzusetzen. Die Brüder waren diskret, was ihre Verwandtschaft betraf, und wollten nicht, dass Booth von den Nachbarn gesehen wurde.

Jane nahm ihre Sporttasche in die Garage mit. Sie machte kein Licht, sondern fand den Weg zu der Werkbank mit ihrer kleinen LED-Stablampe. Sie stellte ihre Tasche ab, nahm die Sprühflasche mit Chloroform heraus und steckte sie in eine Jackentasche.

An der Wand hing eine Trittleiter. Jane nahm sie herunter und stellte sie unter der Deckenlampe auf, die automatisch aufflammen würde, wenn das Sektionaltor sich nach oben zu öffnen begann. Die Lampe war ein versiegeltes Sicherheitsmodell, das sich nicht aufschrauben ließ. Jane holte sich einen Hammer von der Werkbank, stieg wieder die Leiter hinauf und zertrümmerte die Abdeckung aus Hartplastik und die LED-Glühbirne darunter. Nachdem sie Hammer und Leiter aufgeräumt hatte, benützte sie einen Besen, um die Splitter in eine Ecke zu kehren.

Sie öffnete die Tür des leeren Schranks, in dem sie zuvor den Safe geöffnet hatte und die beiden Aktenkoffer voller Geld herausgeholt hatte. Sie trat jedoch nicht gleich in den Schrank, sondern knipste ihre Stablampe aus und wartete im Dunkel auf das Geräusch der vorfahrenden Limousine.

Hendrickson hatte wahrscheinlich eine Pistole. Auch Jane und Gilberto waren bewaffnet, aber was sie unbedingt vermeiden wollten, war ein Feuergefecht in Nahkampfentfernung.

Deshalb hatte sie einen Plan. Pläne waren beruhigend. Man musste nur immer daran denken, dass selbst die besten Pläne selten klappten wie vorgesehen.

Sobald Gilberto in der Garage war, würde sie das große Tor mit einer Fernbedienung schließen, während er ausstieg und die Lüftung bei laufendem Motor eingeschaltet ließ. Wenn das Sektionaltor herunterkam, nahm das einfallende Tageslicht ab, während Gilberto nach vorn ging, die Motorhaube öffnete und seine eigene kleine Stablampe anknipste.

Weil die hinteren Türen der Limousine verriegelt blieben, würde Hendrickson nicht aussteigen können.

Sobald das Garagentor ganz geschlossen war, würde es in der Tiefgarage stockfinster sein. Daraufhin würde Jane aus dem Schrank treten und zu Gilberto gehen.

Wegen der Trennwand zwischen Rücksitz und Fahrersitz würde Hendrickson nicht sehen können, was sich vor dem Cadillac ereignete. Spätestens in diesem Augenblick würde er wissen, dass er in eine Falle geraten war, aber durch die Seitenfenster und die Heckscheibe würde er niemanden sehen, auf den er schießen konnte.

Er würde vielleicht anfangen, wild um sich zu schießen, sodass die Scheiben zersplitterten, aber das war eher unwahrscheinlich. Er würde sich seine Munition für den Augenblick aufheben wollen, in dem er endlich ein Ziel sah.

Bis Jane den Wagen erreichte, würde Gilberto den Lufteinlass der Klimaanlage identifiziert haben. Und sie würde den größten Teil des ihr verbliebenen Chloroforms in diese Öffnung sprühen. Vermutlich würde die Konzentration in der Fahrgastzelle nicht hoch genug sein, um Hendrickson bewusstlos werden zu lassen, aber er würde zumindest desorientiert und leicht zu entwaffnen sein.

Aber jetzt fiel nicht der kleinste Lichtstrahl in das Dunkel, das Jane in der Tiefgarage umgab. Ähnlich finster sah es in ihrem Inneren aus, wo das Dunkel aus ihren bisherigen Taten und ihrem tödlichen Potenzial zusammengesetzt war. Und über allem hing die andere Finsternis, mit der ihr Verstand sich fast zwanghaft beschäftigte: die Dunkelheit jenseits des Alltags, die ihr ihre Mutter und ihren Mann genommen hatte, die nun vielleicht auf sie wartete, in die sie böse und brutale Männer geschickt hatte, die nun ebenfalls dort auf sie warteten.

SIEBEN

Südlich des Flughafens beschleunigt die Limousine auf dem MacArthur Boulevard an Gewerbeparks vorbei, in denen einige der erfolgreichsten US-Unternehmen Niederlassungen haben. Die Parks sind von Landschaftsarchitekten gestaltet. Aber wegen der stark getönten Glasfassaden fehlt den Bäumen Farbe, und die Rasenflächen nehmen einen Bronzeton an. Schlanke Glastürme ragen düster in den Himmel und wirken leicht verdreht, als schicke eine noch unbekannte kosmische Kraft Störungswellen durch die Welt und erzeuge so eine grimmige neue Realität.

Booth Hendrickson ist es gewöhnt, Untergebene zu befehligen: bewaffnete Männer, die auch vor extremer Gewalt nicht zurückschrecken, Horden von Anwälten, die das Recht als Keule benutzen, und ganze Bürokratien, die sich darauf verstehen, seine Gegner durch zehntausend Papierschnitte zu vernichten.

Im Koitus oder noch öfter im Traum sieht Booth sich manchmal als listiger Wolf in Menschengestalt. Obwohl für ihn außer Zweifel steht, dass er stets der Anführer seines Rudels sein wird, ist er kein Einzelgänger, sondern am besten in einem Rudel, dessen Kraft aus der schieren Anzahl der Mitglieder und dem Vorhandensein eines gemeinsamen Ziels entspringt.

Die 9-mm-Pistole in seiner Hand, eine Kimber Ultra CDP II, wiegt selbst mit acht Patronen im Magazin und einer im Lauf weniger als ein Kilogramm. Sie ist alles, worauf Hendrickson in Abwesenheit seines Rudels zählen kann.

Wenn er vier Schüsse durch die Trennwand auf den Hinterkopf des Chauffeurs abgibt, sobald die Limousine an einer Ampel halten muss …

Nein. Erschießt er den Fahrer, bleibt er selbst in der Fahrgastzelle eingesperrt. Ohne Fuß auf der Bremse und mit einem am Steuer zusammengesackten Toten rollt der Wagen auf die Kreuzung oder in den Gegenverkehr.

Vielleicht kann er aus der Mitte der Trennwand ein Stück herausbrechen und dem Chauffeur seine Pistole an die Schläfe halten. Ihn dazu zwingen, anzuhalten und die Türen zu entriegeln.

Aber was ist, wenn die Trennwand nicht leicht nachgibt? Wenn sie überhaupt nicht nachgibt? Oder wenn der Fahrer ihn in dem Augenblick, in dem er hindurchgreift, mit einem Taser lähmt, sodass ihm die Pistole aus der Hand fällt? Oder ihm ein Messer ins Handgelenk stößt?

Er legt die Kimber auf den Sitz neben sich.

Er probiert seine beiden Handys nochmals aus. Keines funktioniert.

Die Limousine fährt fünfzig, vielleicht mehr. Binnen Minuten werden sie Simons Haus erreichen.

Falls Jane Hawk dort ist – und das ist sie bestimmt; davon ist er jetzt überzeugt –, wird sie ihn verhören. Sie hat schon mehrere Arkadier gefangen genommen und durch die Mangel gedreht: gerissene Kerle, die zu clever erschienen, um sich gefangen nehmen zu lassen, und zu taff, um vor ihr einzuknicken. Trotzdem hat sie jeden dazu gebracht, auszupacken.

Sie ist sogar an David James Michael – den Milliardär, der zu den Mitbegründern der Techno-Arkadier gehörte – rangekommen, obwohl er sich mit mehreren Sicherheitsperimetern umgeben hatte. Und wenn sie DJM trotz aller seiner Ressourcen umlegen konnte, ist niemand vor ihr sicher.

Bis heute hat sich Hendrickson in seinem Erwachsenenleben nie mehr als nur vorübergehend unsicher gefühlt, nicht seit seine Mutter ihn in seiner Kindheit rücksichtslos geformt hat. Dadurch ist er einem der Herrenmenschen Nietzsches so ähnlich geworden, wie das einem Sterblichen überhaupt möglich ist. Den armen Simon hat Anabel deformiert, verbogen, fast zerbrochen. Booth, der aus weit härterem Stoff besteht als sein Halbbruder, war das ideale Ausgangsmaterial, das sie brauchte, um einen Sohn aus Stahl zu formen.

Außerdem hat er sich bisher unverwundbar gefühlt, weil er sich nie vorgestellt hatte, Jane Hawk könnte von seiner Rolle als Verschwörer wissen. Jetzt wird ihm klar, auf welchem Weg sie auf seine Beteiligung geschlossen haben könnte. Aber damit wird er sich später beschäftigen.

Nimmt sie ihn gefangen, wird sie ihn nicht brechen können. Nicht ihn. Er ist eine unwiderstehliche Gewalt; sie wird merken, dass er ein unbewegliches Objekt ist.

Trotzdem würde er ihr lieber nicht in die Hände fallen, um die Unannehmlichkeiten zu vermeiden, die andere Arkadier in ihrer Gewalt hatten erdulden müssen. Sich in ihre Hände zu begeben, wäre nur lohnend, wenn er eine Chance hätte, sie zu liquidieren. Aber die dürfte er nicht bekommen, weil Jane seine Entführung orchestriert hat und in jeder Beziehung im Vorteil ist.

Als er die nutzlosen Handys einsteckt und nach seiner Pistole greift, kommt die Sonne hinter einer Wolke hervor und schickt einen warmen Lichtstrahl durch den Ausschnitt im

Dach der Limousine. Dieses Rechteck aus Glas – oder Plexiglas – mit einem Scharnier auf einer Seite und einer umlaufenden Gummidichtung ist kein Sonnendach, sondern ein Notausstieg.

Vor ein paar Jahren waren sechs oder acht Frauen, die einen Geburtstag feiern wollten, stattdessen in den Tod gefahren worden – nicht mit einer von Simons Limousinen, sondern der einer anderen Firma. Auf der Unterseite des Wagens war Feuer ausgebrochen, das rasend schnell die Fahrgastzelle erfasst hatte. Aus irgendeinem Grund hatte der Chauffeur auf die Schreie der Frauen hin nicht sofort gehalten, hatte die Türen nicht schnell genug entriegelt. In weniger als einer Minute standen alle Frauen in Flammen; keine von ihnen überlebte. Seit damals mussten in Kalifornien zugelassene neue Limousinen einen Notausstieg haben.

Den Cadillac auf diesem Weg zu verlassen, ist natürlich mit Risiken behaftet. Außerdem bedauert Booth, dass er zu Anzug, Oberhemd und Krawatte von Dior Homme auch heute Schuhe von Paul Malone trägt – ein Ensemble, das ihn fünfeinhalbtausend Dollar gekostet hat. Mindestens eines, wenn nicht sogar alle dieser Kleidungsstücke dürften unbrauchbar werden.

Er steckt die Pistole wieder weg.

Die Limousine wird erneut langsamer, vielleicht wegen einer Verkehrsampel.

Hendrickson steht erwartungsvoll auf, bleibt in der Hocke, schwankt leicht, als der Wagen bremst, und hat eine Hand am Entriegelungsgriff des Notausstiegs.

Die Limousine kommt zum Stehen.

Booth dreht den Griff. Die Luke springt auf.

Als er sich ganz aufrichtet, ragt er mit Kopf und Schultern aus dem Cadillac. Mit einem Fuß auf dem Sitz und dem anderen auf der Bar, in der Gläser splittern und Eiswürfel klirren, macht er sich größer. Legt die Arme aufs Dach. Stemmt sich hoch. Zieht sich aufs Wagendach hinauf.

ACHT

Bevor die Wörter AUSSTIEG ENTRIEGELT auf seinem Display erschienen, während ein dreimaliges warnendes Piepsen zu hören war, ahnte Gilberto Mendez nicht, dass sein Fahrgast den Verdacht hatte, er werde entführt. Gilberto fuhr die Trennwand herunter, sah sich um und bekam gerade noch mit, wie strampelnde Füße durch die Luke verschwanden. Dann hörte er Hendrickson auf dem Dach, hörte ihn die rechte Wagenseite hinunterrutschen.

Obwohl er – als fünfter Wagen in der mittleren von drei Spuren – an einer roten Ampel hielt, öffnete Gilberto die Fahrertür, stieg aus und griff unter seinem Jackett nach der Heckler & Koch. Obwohl das verrückt gewesen wäre, rechnete er mit einem Worst-case-Szenario: Hendrickson, der mit einer Waffe in der Hand um den Cadillac herumkam, eine Schießerei in der Öffentlichkeit.

Aber dann sah er den Mann auf der anderen Seite des Wagens zwischen zwei Autos hindurchschlüpfen und die erste Spur erreichen. Hendrickson rannte zwischen stehenden Fahrzeugen hindurch weiter in Richtung Gehsteig.

NEUN

Booth Hendrickson ist in einem Anzug von Dior Homme und Schuhen von Paul Malone auf der Flucht, keucht bereits, fühlt sich in seiner Würde verletzt und leidet unter der Vorstellung, gefangen genommen, gefoltert und verspottet zu werden.

Nachdem die rachsüchtige Hawk-Schlampe sie erwischt hat, sind einflussreiche und gut beschützte Arkadier wie Booth Hendrickson tot aufgefunden worden: in einer von Ratten verseuchten ehemaligen Fabrik, in ihrer eigenen schwer bewachten

Villa oder nach einem Sturz aus dem achten Stock auf der Straße zerschmettert. Dabei hat sie nichts Übernatürliches an sich; sie ist nur eine Plebejerin wie Milliarden andere, nur eine gut aussehende Schlampe, die sich einbildet, von Geburt an mehr Rechte zu besitzen, als Leute, die besser sind als sie, ihr gnädig zubilligen, und die Welt mit jedem Atemzug verpestet. Dass sie so viele Arkadier liquidieren konnte, liegt nur daran, dass sie vor Rachsucht verrückt geworden ist. Ihre Geistesgestörtheit macht sie wagemutig, furchtlos, unberechenbar. So lautet Hendricksons Analyse, obwohl er sich eingestehen muss, dass ihre Art Verrücktheit womöglich so beängstigend wie jede übernatürliche Fähigkeit ist.

Booth rennt die leichte Steigung hinauf, vorbei an Autos, die zum Rechtsabbiegen eine Schlange bilden. Er rüttelt an der Beifahrertür eines Tesla, erschreckt den Fahrer. Abgesperrt. Weiter zu einem silbernen SUV von Lexus. Reißt die Tür auf. Ein kleines Mädchen mit einer Plüsch-Schildkröte in den Händen sieht mit großen Augen zu ihm auf. Unbrauchbar. Er knallt die Tür zu und sieht über die Fahrspuren hinweg zu dem Cadillac hinüber, dessen Chauffeur noch neben dem Wagen steht, ihn noch nicht verfolgt.

Er hastet zu einem Auto weiter, dessen Marke er nicht kennt – vielleicht ein Honda oder ein Toyota; Booth interessiert sich nicht für Marken, die in den Hochglanzmagazinen, die er liest, nicht inserieren –, und reißt die Beifahrertür auf. Die Fahrerin ist eine Mittzwanzigerin in Jeans, dekorativ besticktem Cowboyhemd, rotem Halstuch und einem Stetson in halber Größe – ein Cowboyhut *im Auto!* –, und sie wirkt erschrocken.

Booth zeigt seinen Dienstausweis vor und sagt: »FBI«, weil die Buchstaben *DOJ* niemanden beeindrucken. Außerdem untersteht das FBI dem Justizministerium. »Ich brauche Ihre Hilfe … ich brauche Ihren Wagen«, erklärt er ihr, während er einsteigt und die Tür zuknallt.

Ihre Angst erweist sich stattdessen als gerechte Empörung,

als sie eine Figur mit Wackelkopf – irgendeine Comicfigur, die Booth nicht kennt – von der Abdeckung des Instrumentenbretts reißt und anfängt, ihn damit zu bearbeiten. *»He, raus mit Ihnen, verdammt noch mal!«*

Wütend darüber, dass sie einen Mann in seiner Dienststellung ignoriert, reißt er ihr die Wackelpuppe aus der Hand und wirft sie auf den Rücksitz, während er mit der rechten Hand seine Pistole zieht. Die Verkehrsampel springt auf Grün um, und die ersten Autofahrer hupen. Er weist sie an: »Rechts abbiegen, los, Tempo, *Tempo!*«

Der Chauffeur erscheint an der Fahrertür, und Booth gibt einen Schuss ab, der die linke Seitenscheibe zersplittern lässt.

Weil sie den Chauffeur nicht gesehen hat, glaubt das Cowgirl, der Unbekannte habe einen Warnschuss abgegeben, um sie einzuschüchtern. Sie ruft: *»Scheiße!«*, tritt aufs Gas und biegt weit ausholend rechts ab.

ZEHN

Von den Leuten in den zahlreichen Autos, die auf drei Spuren warteten, mussten viele gesehen haben, wie Hendrickson aus der Limousine kletterte und einen Wagen zu entführen versuchte – außergewöhnlich lebhaftes Straßentheater –, aber außer Gilberto versuchte niemand, zu intervenieren. Ein Versuch, der ihn fast das Leben kostete.

Mit Glassplittern übersät und Autos ausweichend, deren ungeduldige Fahrer ihn umkurvten, hastete er zu der Limousine zurück, stieg ein und knallte seine Tür zu. Dann machte er sich daran, den von Hendrickson entführten gelben Subaru zu verfolgen.

Als er vom MacArthur Boulevard auf die Bison Street abbog,

sah er den Subaru vor sich: näher als erwartet und erratisch von Fahrspur zu Fahrspur wechselnd.

Das Wegwerfhandy, das er von Jane bekommen hatte, lag auf dem Beifahrersitz. Er lenkte mit einer Hand, während er ihre Rufnummer eintippte.

Sie meldete sich sofort. »Ja?«

»Irgendwie hat er was gemerkt. Er ist durch den Notausstieg im Dach rausgeklettert.«

»Wo bist du?«

»Er hat den gelben Subaru einer Frau entführt. Ich bin dran. Auf der Bison, in Richtung Jamboree.«

»Sie hat bestimmt ein Handy«, sagte Jane.

»Ja. Hau lieber ab.«

»Bin schon weg«, sagte sie. »Melde mich in ein paar Minuten wieder.«

ELF

Das Cowgirl ist erschüttert, was verständlich ist, und ängstlich, was sie auch sein sollte, aber vor allem ist sie zornig und starrt Booth so erbittert an, dass er die Hitze ihres Blicks fast spüren kann.

»Hier wenden«, fordert er sie auf. »Hier, gleich *hier!*«

Sie lenkt den Wagen durch eine Lücke in dem Fahrbahnteiler, sodass sie jetzt auf der Bison wieder in Richtung MacArthur Boulevard unterwegs sind. Die Verkehrsampel vor ihnen steht auf Rot.

»Sie haben meine Scheibe rausgeschossen. Das wird mich was kosten.«

Ihre Umhängetasche liegt zwischen ihrem Oberschenkel und der Mittelkonsole. Als Hendrickson sie an sich nimmt, versucht sie, sich die Tasche zurückzuholen.

Er schlägt ihr mit dem Pistolenlauf kräftig auf die Fingerknöchel. »Verdammt, Sie sollen bloß fahren!«

»Das ist mein Geld, das können Sie nicht haben.«

»Ich will Ihr Geld nicht. Ich bin vom FBI.«

»Her mit meinem Geld!«

»Ich will nur Ihr Handy. *Ich bin vom FBI.*«

»Kaufen Sie sich selbst ein Scheißhandy.«

»Lassen Sie die Hände am Lenkrad.«

Sie grapscht nach dem iPhone.

Er drückt ihr die Pistole an den Hals. »Sind Sie blöd?«

»Wer fährt, wenn Sie abdrücken?«

»Ich – in Ihrem Blut sitzend.«

»Sie sind kein FBI-Agent.«

»Warum halten Sie?«

»Na, vielleicht wegen *der roten Ampel?*«

»Scheiß auf die Ampel. *Weiterfahren!*« Als sie nicht gleich wieder Gas gibt, drückt er ihr seine Pistole an die Schläfe. *»Sofort, Schlampe!«*

Auf dem MacArthur Boulevard rollt der Autoverkehr auf sechs Fahrbahnen, drei nach Westen, drei nach Osten. Sie hupt verzweifelt, als sie sich hineinstürzt, als ob jemand sie rechtzeitig hören könnte, um anzuhalten. Obwohl Booth ihr das befohlen hat, bedauert er seine Unvorsichtigkeit sofort, weil er diesen Amazonas des Verkehrs nicht mit dem Wagemut eines Forschers, sondern aus plötzlicher Angst durchquert. Seine Besorgnis ist so primitiv, dass ein heranbrausender Sattelschlepper ihm wie ein Leviathan erscheint, der sie einsaugen und verschlingen wird. Hupen gellen, Bremsen kreischen, aber sie erreichen das andere Ufer mit nur zwei Beinahe-Zusammenstößen, was vielleicht bedeutet, dass er wieder eine Glückssträhne hat.

»Auf dem 73er nach Süden«, verlangt er.

»Wieso? Wohin?«

Er schlägt ihr mit dem Pistolenlauf fest genug an die rechte Kopfseite, um ihr etwas Vernunft einzubläuen. »Sie brauchen nicht zu wissen, wohin. Schneller, verdammt noch mal, *geben Sie Gas!*«

Während sie die Rampe zum State Highway 73 hinunterfahren, telefoniert er rasch mit ihrem iPhone, indem er die Notrufnummer einer von verschiedenen Diensten gebildeten Task Force mit dem Namen J-Spotter wählt, die die Fahndung nach Jane Hawk koordiniert. Sie ist ein seltenes Beispiel für eine Kooperation von fünf Behörden, die ihr Revier sonst eifersüchtig verteidigen: FBI, Heimatschutzministerium, NSA, CIA und Umweltschutzbehörde. In Zusammenarbeit mit örtlichen Polizeidienststellen geben ihre gewaltigen kombinierten Ressourcen – Geld, Personal, Satelliten, Flugzeuge, Fahrzeuge, Waffen – ihr die Möglichkeit, im ganzen Land binnen einer halben Stunde ein Team vor Ort zu haben, wenn die Hawk irgendwo gesichtet wird – an manchen Orten vielleicht sogar binnen zehn Minuten.

»SCHNELLER!«, brüllt Hendrickson.

»Ich fahre schon schneller als erlaubt.«

»Unwichtig. Ich bin beim FBI.«

»Das ist dampfender Bullshit«, sagt sie, ist aber so eingeschüchtert, dass sie den Wagen auf achtzig bringt.

Die Chefs der fünf kooperierenden Dienste ahnen nicht, dass der Impuls zur Bildung von J-Spotter von Techno-Arkadiern in ihren Reihen ausgegangen ist – und dass Mitglieder der Verschwörung die Task Force völlig unter Kontrolle haben. Während es offiziell darum geht, Jane Hawk zu verhaften und wegen Mordes, Hochverrats und weiterer gefälschter Anklagepunkte vor Gericht zu stellen, wollen die Arkadier ihr einen Kontrollmechanismus injizieren, um zu erfahren, ob sie Unterstützer gehabt hat, und sie danach auf eine Weise erledigen, die wie ein natürlicher Tod aussieht.

Als Hendricksons Anruf nach dem zweiten Klingeln angenommen wird, nennt er nicht seinen Namen, sondern identifiziert sich durch eine siebenstellige Zahl. Er benennt die bewachte Wohnsiedlung, in der Simon lebt, gibt die Adresse des

Hauses an und fügt hinzu: »Blackbird ist jetzt dort, aber bestimmt nicht mehr lange.«

Blackbird ist ihr Deckname für Jane Hawk.

»Ich bin in fünf Minuten dort. Schicken Sie mir Verstärkung.«

Booth Hendrickson genießt die Macht und die Privilegien seiner Position, die ihn florieren lassen. Mindestens genauso begeistert ihn jedoch das Drum und Dran der Geheimdienstarbeit: die Decknamen und Kennwörter, das Verschwörerische, die Geheimnisse innerhalb von Geheimnissen, die Codes und Signale und Zeichen. Das Ganze hat etwas *Spielerisches* an sich, was für jemanden, der in seiner traurigen Kindheit nie viel spielen durfte, sehr verlockend ist.

Nachdem er das Gespräch beendet hat, steckt er das iPhone in seine Jackentasche, was das Cowgirl weiter gegen ihn aufbringt. »Das ist *mein* Handy! Ich hab's selbst gekauft.«

»Keine Sorge, Sie kriegen vom Staat ein neues.«

»Ich will aber dieses. Her damit!«

»Nehmen Sie die nächste Ausfahrt.«

»He, Arschloch, wir sind hier in Amerika.«

»Amerika ist erledigt«, behauptet er und setzt ihr wieder die Pistole an die Schläfe.

»Reden Sie keinen Scheiß.«

»Die nächste Ausfahrt!«

ZWÖLF

Als Gilberto angerufen hatte, war Jane in der verdunkelten Tiefgarage gewesen. Weil Hendrickson ein Auto samt Fahrerin gekapert hatte, würde er jetzt das Handy der Entführten haben, womit Janes gesamter Plan hinfällig war.

Kaum eine Minute später holte sie sich oben in der Küche

den kühlboxgroßen Transportbehälter von Medexpress, den sie bei ihrem ersten Rundgang durchs Haus dort abgestellt hatte, und hastete wieder in die Garage hinunter, in der sie dieses Mal Licht machte.

Obwohl sie zu Fuß hergekommen war, blieb ihr nicht genug Zeit, um die Wohnanlage wieder zu Fuß zu verlassen und den weiten Weg zu ihrem Explorer Sport zurückzulegen, den sie auf dem Parkplatz eines auch nachts geöffneten Supermarkts abgestellt hatte.

Rolls-Royce, Lamborghini, Mercedes GL 550.

In einer Schublade der Werkbank fand sie die Schlüssel des Mercedes-SUV.

Aus Werkzeughalterungen in dem Lochbrett an der Wand nahm sie zwei Schraubendreher mit: einen für einfache Schrauben, einen für Kreuzschlitzschrauben.

DREIZEHN

Mit dem State Highway 73 hinter ihnen, in hohem Tempo auf dem Newport Coast Drive unterwegs, häufig die Fahrspur wechselnd, umklammert das Cowgirl das Lenkrad und beißt die Zähne wie bei Tetanus zusammen. So streitlustig sie anfangs war, so still ist sie jetzt geworden.

Ihr Schweigen ist anfangs willkommen, aber dann verdächtig. Booth Hendrickson kann sie noch weniger leiden als die meisten Leute, und er führt ihr Schweigen auf das fieberhafte Planen eines nicht besonders hellen Verstands zurück.

»Keine Dummheiten«, sagt er warnend.

»Faschistischer Hundesohn.«

»Konzentrieren Sie sich aufs Fahren. Überholen Sie diese Autos. Hupen Sie kräftig.«

Sie hupt, sagt aber dabei: »Nazi-Scheißkerl.«

Hendrickson lassen solche Beleidigungen nicht kalt. Bisher hat ihn noch niemand einen Faschisten oder Nazi genannt; das sind Ausdrücke, mit denen *er* andere belegt. »Schätzchen, wer sich wie 'ne Rodeobitch kleidet, sollte andere Leute nicht mit Schimpfnamen belegen.«

»Kommunistischer Blutsauger.«

»Was ist mit dem lächerlichen Mini-Stetson?«, fragt er, um sich zu revanchieren. »Können Sie sich keinen erwachsenen Cowgirl-Look leisten?«

»Das ist eine Uniform, Arschloch. Ich arbeite in einem Themenrestaurant. Und ich kenne Ihren Typ!«

»Meinen *Typ?*«

»Kommie-Nazi-Arsch mit großer Klappe, der kaum Trinkgeld gibt.«

Booth täte nichts lieber, als ihr mit der Pistole ein paar Zähne auszuschlagen, aber stattdessen hält er ihr nur wütend seinen Dienstausweis aus dem Justizministerium unter die Nase und sagt: »Nächste Abzweigung rechts.«

»Haben Sie in Ihrem Leben jemals einen Tag ehrlich gearbeitet?«, fragt sie.

»Rechts abbiegen!«

Sie bremst scharf, biegt mit ausbrechendem Wagenheck ab und rast wie eine Stuntfahrerin auf der neuen Straße weiter. »Sie haben an der Brust Ihrer Mama getrunken, bis Sie eine staatliche Brust gefunden haben.«

Wären sie nicht nur eine Minute von der bewachten Wohnanlage entfernt, in der Simon lebt, nur eine Minute davon entfernt, Jane Hawk zu erledigen, würde er diese vorlaute Schlampe erschießen. Stattdessen knurrt er mit einer Stimme, die nicht so beherrscht klingt, wie er es sich wünschen würde: »Fahren Sie, als ob's um Ihr Leben ginge.«

VIERZEHN

Dreißig Sekunden vor dem Tor der Wohnanlage wurde Jane in dem gestohlenen Mercedes GL 550 von einem Muldenkipper aufgehalten, der mit Aushubmaterial von einer Baustelle auf die Straße hinausfuhr. Jede seiner beiden Mulden enthielt einige Tonnen Erde, die sie unwillkürlich an frische, noch nicht mit Gras bewachsene Gräber erinnerte. Der Fahrer des riesigen Kippers musste mehrmals rangieren, bevor er bergauf davonfuhr. Erst dann hatte Jane genügend Platz, um das Ungetüm zu überholen.

Sie überquerte den Hügelkamm, raste auf abschüssiger Straße auf die Ausfahrt zu. Der elektronische Sensor, der sich nähernde Fahrzeuge registrierte, war so langsam, dass sie ganz anhalten musste, bevor das Tor zur Seite zu rollen begann. Nach einem kürzlichen Baumschnitt war ein gelb vertrockneter Palmwedel in die Führungsschiene gefallen, sodass die Räder unter dem Tor stotterten, bis sie ihn zermahlen hatten.

Nach Janes Überzeugung ließ sich mit Energie und freiem Willen alles erreichen, was die Naturgesetze zuließen. Sie glaubte *nicht* an Glück oder Pech. Aber in Augenblicken wie diesem, wenn es bei wichtigen Unternehmungen wiederholt in den unpassendsten Augenblicken zu Störungen kam, durchlief sie ein leichter Schauder des Erkennens, denn sie ahnte die Absicht hinter diesen Behinderungen, konnte jenseits des Sichtbaren das Geheimnis der dunklen Herrschaft über die Welt spüren.

Sie fuhr an dem Wachhäuschen vorbei durchs offene Tor hinaus, zwischen zwei Reihen turmhoher Palmen hindurch, in raschem Tempo die breite Zufahrt entlang, die die Wohnanlage mit der öffentlichen Straße verband. Das Stoppschild erreichte sie in dem Augenblick, in dem links von ihr ein gelber Subaru auftauchte, der in halsbrecherischem Tempo den Hügel hinabraste.

FÜNFZEHN

Weil der Subaru einige Schlenker machte, vermutete Gilberto, in dem Wagen finde trotz Hendricksons Pistole ein fortgesetztes mentales, vielleicht sogar physisches Kräftemessen statt. Anfangs hatte er noch sehen können, wie die Frau und ihr Entführer anscheinend handgreiflich argumentierten. Aber dann hatte der knallgelbe Wagen überraschend auf der Bison gewendet und war in den Querverkehr auf dem MacArthur Boulevard hinausgeschossen. Bis er ihm mit einem Minimum an Vorsicht mit dem Cadillac auf den State Highway 73 folgen konnte, hatten die beiden schon einen ziemlichen Vorsprung. Obwohl der Subaru jetzt nicht mehr die Spur wechselte, geriet er manchmal auf den Standstreifen, bevor er wieder auf die Fahrbahn zurückkehrte.

Statt zu versuchen, die zwischen ihm und dem gelben Wagen entstandene Lücke zu schließen, hielt Gilberto möglichst viel Abstand, weil er hoffte, Hendrickson werde nicht merken, dass er beschattet wurde. Er hatte allen Grund zu der Annahme, dass ein Mann, der auf so dramatische Weise entkommen war, glauben würde, seine Flucht sei hundertprozentig geglückt. Vor allem dann, wenn er zu sehr mit seiner widerspenstigen Geisel beschäftigt war, um sich vom Gegenteil zu überzeugen.

Gilberto spielte mit dem Gedanken, mit seinem Wegwerfhandy die 911 zu wählen und die Entführung des Subaru zu melden. Aber damit hätte er die Cops auf einen Entführer gehetzt, den er zuvor selbst entführt hatte. Das konnte aus tausend Gründen ins Auge gehen.

Außerdem wurde ihm rasch klar, dass Hendrickson zum Südende von Newport Beach unterwegs war, wo sein Halbbruder Simon in dem Wohngebiet Newport Coast in einer bewachten Wohnanlage lebte. Er versuchte offenbar, Jane zu stoppen, bevor sie wie ein Gespenst aus Simon Yeggs Villa verschwand.

Gilberto überlegte, ob er sie anrufen sollte, ließ es dann aber doch bleiben. Sie würde es eilig haben, hatte bestimmt alle Hände voll zu tun. Außerdem brauchte sie keine Warnung. Sie rechnete bereits damit, dass Hendrickson das Smartphone seiner Geisel benutzt haben würde, um die nach ihr fahndenden Bataillone zu alarmieren.

Als der Subaru den State Highway 73 am Newport Coast Drive verließ, ohne sein Tempo wesentlich zu verringern, sondern im Gegenteil laut hupend wieder beschleunigte, verringerte Gilberto den Abstand zwischen ihnen.

SECHZEHN

Während seines Anrufes bei Jane hatte Gilberto weder Marke noch Farbe des Autos erwähnt, das Hendrickson gekapert hatte. Aber als sie an dem Stoppschild hielt und den knallgelben Subaru die in leichter Kurve verlaufende Gefällestrecke von links wie eine zornige Hornisse herabrasen sah, umgab ihn eine bedrohliche Aura des Bösen, von offensichtlicher Gefahr, die sofort ihre Intuition ansprach. Und hinter dem kleinen Wagen, etwas weiter bergauf, kam gleich die Bestätigung in Form eines weißen Cadillacs.

Hendrickson mochte vorgehabt haben, seine Geisel scharf rechts auf die Zufahrt abbiegen zu lassen, aber dann erkannte er anscheinend den Mercedes GL 550 aus der Sammlung seines Bruders. Der Subaru bremste, um die Kurve zu nehmen, aber dann wurde der Lenkeinschlag korrigiert, sodass er auf den Mercedes zukam.

Jane reagierte mit knapper Not rechtzeitig genug, indem sie den Rückwärtsgang einlegte. Dann kreischten beide Fahrzeuge kurz wie Dämonen auf, als der Mercedes mit qualmenden Reifen zurückschoss, während der Subaru schwarze Gummispuren auf dem Asphalt zurückließ, bevor er mitten in der Einfahrt zum Stehen kam.

Hendrickson sprang mit der Pistole in beiden Händen aus dem Subaru, wollte offenbar das Feuer auf Jane eröffnen und wurde erst dann auf die Limousine aufmerksam: ein Ungetüm im Kielwasser des Subaru. Er gab zwei Schüsse auf den Caddy ab. Zwei Treffer ließen sternförmige Löcher in der riesigen Frontscheibe zurück. Ein dritter Treffer ließ das Glas völlig zersplittern.

Jane stellte den Wählhebel auf P, stieg rasch und geduckt aus, benutzte die Fahrertür als Schutzschild und zog ihre Heckler & Koch.

Hendrickson stolperte unbeholfen zur Seite, um sich vor dem Cadillac in Sicherheit zu bringen.

Die Bremsgeräusche und quietschende Reifen, die schwarze Gummispuren auf dem Asphalt zeichneten, ließen einen heftigen Aufprall erwarten. Aber der Zusammenstoß beider Fahrzeuge geschah fast zaghaft: sekundenlang knackte verformtes Blech, splitterten Kunststoffteile und klirrten geborstene Scheinwerfergläser über die Zufahrt.

Als Jane hinter der offenen Tür des Mercedes hervorkam, sah sie zu ihrer Erleichterung Gilberto mit seiner Pistole in der Hand aus dem Caddy springen. Damit waren sie zu zweit gegen Hendrickson, konnten ihn ins Kreuzfeuer nehmen. Der Scheißkerl würde sich ergeben müssen.

Gut. Erschießen wollte sie ihn auf keinen Fall. Sie hatte andere Pläne für ihn.

Als Hendrickson von der Unfallstelle wegstolperte und sein Gleichgewicht wiederfand, wollte Jane ihn eben anweisen, die Waffe fallen zu lassen, als die Subarufahrerin – in Cowboystiefeln, Jeans und einem mit Strass bestickten Cowboyhemd – eingriff. Etwas, das wie ein verkleinerter Stetson aussah, fiel ihr vom Kopf, als sie sich auf Hendrickson stürzte und ihm auf den Rücken sprang. Ihre langen Beine umklammerten seine Taille, als sei dies ein Rodeo-Ring und er der Stier, der geritten werden musste. Der Zusammenprall ließ ihn stolpern, fast in die Knie gehen, und die Pistole flog ihm aus der Hand. Das Cowgirl riss mit der Linken kräftig an seiner gepflegten Mähne und bearbeitete eine Hälfte seines Gesichts mit ihrer Rechten.

Gilberto hob die Pistole vom Asphalt auf, bevor Hendrickson sie sich zurückholen konnte.

Jane steckte ihre Heckler & Koch weg und zog die Sprühflasche mit Chloroform aus einer Jackentasche.

Falls Hendrickson jemals eine Nahkampfausbildung erhalten hatte, hatte er alles vergessen, was er damals gelernt hatte. Unter dem Gewicht seiner Angreiferin gebeugt drehte er sich schwankend im Kreis und versuchte nach hinten zu greifen, um sie wegzureißen wie eine tollwütige Schildkröte, die sich von ihrem eigenen Panzer befreien will. Seine Kräfte ließen rasch nach, und er fiel zur Seite, riss das Cowgirl mit sich.

Als Hendrickson zu Boden ging, ließ Jane sich sofort neben ihm auf die Knie sinken. Er drehte den Kopf zur Seite und funkelte sie an. Seine patrizierhaften Züge waren so von Wut verzerrt, dass er einem gotischen Wasserspeier glich, der von einer hohen Brustwehr gefallen ist. Er fletschte wütend die Zähne, aber bevor er auch nur zu einer Beschimpfung ansetzen konnte, sprühte sie ihm Chloroform ins Gesicht, und er verlor das Bewusstsein.

SIEBZEHN

Als habe er Janes Gedanken gelesen, hastete Gilberto zu dem GL 550, stieg ein, wendete und fuhr rückwärts zu Jane, die weiter neben Hendrickson kniete.

Nachdem der Mann in dem ungefähr zwanzig Meter entfernten Wachhäuschen Zeuge eines Verkehrsunfalls, einer Schießerei und eines Überfalls geworden war, telefonierte er bestimmt schon mit der Polizei. Und falls Hendrickson mit dem Handy seiner Geisel Informationen über Janes Aufenthaltsort weitergegeben hatte, waren erheblich gefährlichere Kerle als die Cops hierher unterwegs.

Hendrickson, dessen Nase und Mund von Chloroform feucht waren, hatte eben erst das Bewusstsein verloren, als die unerschrockene Frau in Westernkleidung sich über ihn beugte und ihm ein iPhone aus der Jackentasche zog.

»Ich brauche dieses Smartphone«, sagte Jane, als der GL 550 hinter ihr bremste.

Das Cowgirl sagte: »Ich hab schwer dafür gearbeitet. Arbeiten Sie jemals schwer – oder erschießen Sie einfach nur Leute, um zu kriegen, was Sie wollen?«

»Ich kauf's Ihnen ab«, sagte Jane und öffnete die Hecktür des Mercedes.

»Kaufen? Wie meinen Sie das?««

Die Frau trat zur Seite, als Jane Hendrickson auf den Rücken wälzte, während Gilberto ihn an den Knöcheln packte.

»Zehntausend Dollar.« Jane und Gilberto hievten den Bewusstlosen in den Laderaum des SUVs. »Legen Sie den roten Schal drauf, dann zahle ich bar.«

»Das ist kein Schal, sondern ein Halstuch. Was haben Sie mit dem Scheißkerl vor?«

»Das wollen Sie lieber nicht wissen.« Jane bat Gilberto, ihr drei Bündel Geldscheine aus dem Aktenkoffer auf dem Beifahrersitz zu bringen.

Das Cowgirl starrte Hendrickson im Laderaum des GL 550 aufgebracht an. »Für das, was er mir angetan hat, gehört er eingesperrt.«

Gilberto erschien mit drei vakuumverpackten Bündeln Geldscheinen, von denen er eines auf Janes Anweisung dem Cowgirl gab.

»Zehntausend fürs Handy und das Halstuch«, bot Jane.

Die junge Frau kniff misstrauisch die Augen zusammen.

»Das Geld ist echt und nicht heiß. Sie müssen mir vertrauen.«

»Wer vertraut heute noch jemand?« Trotzdem gab sie Jane ihr Smartphone. Dann nahm sie ihr Halstuch ab und übergab es ebenfalls.

»Die anderen zwanzigtausend«, sagte Jane, während sie das Halstuch über Hendricksons Gesicht breitete und leicht mit Chloroform einsprühte, »sind dafür, dass Sie nicht sagen, dass mein Freund ein Hispanic war. Er war ein großer blonder Weißer. Und dies war ein silberner, kein weißer GL 550. Und wir haben diesen Kerl nicht mit Chloroform betäubt, sondern mit vorgehaltener Waffe entführt.«

Obwohl die junge Frau die zwanzigtausend nahm, die Gilberto ihr anbot, wirkte sie unruhig. »Wie nennt man das – für Geld lügen?«

»Das nennt man Politik«, sagte Jane. »Verstecken Sie das Geld lieber.«

Während Gilberto zur Fahrertür rannte und Jane die Hecktür schloss, schob das Cowgirl zwei Bündel Scheine in ihren BH und das dritte vorn in ihre Jeans, in ihren Slip. »Geben Sie diesem Kommie-Nazi-Scheißkerl einen von mir mit, wenn Sie ihn in die Mangel nehmen.«

»Abgemacht.«

»Wer sind Sie überhaupt?«

»Dorothy«, log Jane.

Die junge Frau sagte: »Ich bin Jane.«

»Klar doch«, sagte Jane, stieg in den Mercedes und schloss die Tür.

ACHTZEHN

Auf dem Pacific Coast Highway, dessen sandiges linkes Bankett spärlich mit Gras und niedrigen Büschen bewachsen war, ging die Fahrt nach Norden. Jenseits dieses unebenen, dornigen Küstenstreifens ging ein Strand mit hellem Sand ins Meer über, das von unzähligen Sonnenreflexen glitzerte, die sein unaufhörlicher Wellengang jedoch teilweise wieder verdeckte.

In Corona del Mar, wo der Pazifik außer Sichtweite war, hörten sie die erste Sirene, sahen die ersten eingeschalteten Warnleuchten eines nach Süden rasenden Streifenwagens aus Newport Beach. Andere Autofahrer machten Platz, und die Sirene verklang.

Das Wohngebiet westlich des Coast Highway war als The Village bekannt: Malerische Straßen mit hübschen Häusern führten zu einem Steilufer hinunter, auf dem Parks mit Meeresblick angelegt waren. Gilberto parkte in einer ruhigen Wohnstraße, und während er bei laufendem Motor am Steuer blieb, stieg Jane mit den beiden Schraubendrehern aus, die sie aus Simon Yeggs Tiefgarage mitgenommen hatte.

Von einer Küste zur anderen, von einem glitzernden Meer zum anderen waren Streifenwagen und andere Behördenfahrzeuge seit Langem mit 360-Grad-Scannern zur automatischen Erfassung von stehenden oder fahrenden Autos ausgerüstet, die ihre Aufnahmen Tag und Nacht an regionale Archive sendeten, die sie wiederum mit den riesigen Datenbeständen der National Security Agency in ihrem neunzigtausend Quadratmeter großen Utah Data Center abglichen.

Polizeien konnten einen Flüchtigen anhand seines Autokennzeichens verfolgen, wenn es auf der Fahrt von A nach Z oft genug gescannt wurde. Weil Janes Plan durch die Ereignisse Makulatur geworden war, mussten Gilberto und sie als Erstes Booth Hendrickson aus dem Mercedes in Gilbertos Chevrolet Suburban umladen und anschließend den superheißen GL 550 loswerden. Aber das durften sie nicht riskieren, wenn die Gefahr bestand, dass eine Serie von Scans den Arkadiern später gestattete, eine Verbindung zwischen den beiden Wagen herzustellen und die gesamte Familie Mendez auf eine Liste von Leuten zu setzen, die konvertiert oder liquidiert werden sollten.

Natürlich war es riskant, den SUV ohne Kennzeichen zu fahren, aber die Alternative konnte noch sicherer ins Verderben führen.

Die Kennzeichen des GL 550 ließen sich mit dem gewöhnlichen Schraubendreher abschrauben. Jane nahm sie ab, ohne sich verstohlen umzusehen, als habe sie einen völlig legitimen Grund dafür.

In der Ferne waren weitere Sirenen zu hören. Das Knattern von Hubschrauberrotoren erfüllte die Luft. Als Jane den Kopf hob, sah sie im Westen einen Helikopter, einen normalen Polizeihubschrauber, der die Küste entlangflog, und einen weit größeren Hubschrauber – mit militärischem Profil –, der aus Nordosten kam und anscheinend ebenfalls nach Newport Coast wollte.

Jane stieg in den Mercedes. Kennzeichen und Schraubendreher schob sie unter ihren Sitz. »Los, wir hauen ab.«

Dieses Fahrzeug war weiter lebensgefährlich. Sie mussten es möglichst bald loswerden. Schon bald würde die Polizei wissen, dass sie mit Simon Yeggs GL 550 auf der Flucht waren. Zehn Minuten später würde sie seine vom Navi gesendete Position via Satellit in Echtzeit verfolgen können.

NEUNZEHN

Wie eine Vision aus Edgar Allan Poes unheimlichsten Fieberfantasien ragte das zweistöckige Gebäude vor dem Himmel auf, als sei das Haus Usher aus dem Tümpel aufgetaucht, in dem es einst versunken war: eine nächtliche Szene, die mit dem hellen Tageslicht der Umgebung konkurrierte, aber gegen die Leuchtkraft der Sonne immun war. Massiv, voller Schatten und Schatten werfend, rußfleckig und rissig, mit dunklen Höhlen hinter eingeworfenen Fenstern, teilweise eingestürzt, aber trotzdem weiter bedrohlich aufragend, glich es einem Spukpalast, durch den unaufhörlich eine stumme, schreckliche Horde stürmt.

An einem Samstagabend hatte in der Highschool eine Friedenskundgebung stattgefunden, obwohl das Land sich nicht im Krieg befand, sondern nur gegen einige staatenlose Terroristenbanden kämpfte. In den acht Monaten seit dieser Veranstaltung war nie zufriedenstellend aufgeklärt worden, wieso eine Friedenskundgebung in Gewalttätigkeit hatte umschlagen können. Vielleicht hatte ein Redner, der zwar die Friedensbewegtheit der Versammlung teilte, nicht hundertprozentig mit ihrer Einschätzung der Gruppen und Einzelpersonen übereingestimmt, die als Kriegstreiber zu verachten waren. In dieser Zeit verzweifelter und gedankenloser Leidenschaften konnte selbst ein wohlmeinender Redner eine Menge durch ein paar schlecht gewählte Worte in Rage bringen, ohne es eigentlich zu wollen. Manche sagten, der Zündpunkt habe etwas mit Israel zu tun gehabt. Andere meinten, abfällige Äußerungen über den Anführer irgendeiner südamerikanischen Revolution seien der Auslöser gewesen. Wieder andere behaupteten, die Ursache sei keineswegs politisch gewesen, sondern eine Gruppe von Rassisten habe die Versammlung unterwandert und die Lautsprecheranlage gekapert, um ihre hasserfüllten Parolen zu verbreiten, auch wenn manche Überlebenden keine Erinnerung daran hatten. Bisher gab es keine befriedigenden Antworten in Bezug auf die Identität derer, die zu einer Friedenskundgebung Molotow-Cocktails und Flammöl mitgebracht hatten, oder weshalb so viele Besucher zu einer Veranstaltung, die Brüderlichkeit und Verständigung fördern sollte, bewaffnet gekommen waren. Wäre die Aula mit zwölfhundert Sitzplätzen nicht hoffnungslos überfüllt gewesen, sodass einige Ausgänge blockiert waren, hätte es vielleicht nicht dreihundert Tote gegeben. Hätten die Feuermelder funktioniert, wäre die Feuerwehr vielleicht rechtzeitig gekommen, um den größten Teil des Gebäudes zu retten. Trotz umfangreicher staatlicher Ermittlungen waren die vielen Rätsel der *Independence Day Rally for Peace* im Lauf der Zeit tiefer und komplexer geworden.

Auch Jane wusste nicht, was hier wirklich passiert war, aber sie hatte den Verdacht, mehrere Angepasste, vielleicht von der Hamlet-Liste, deren Gehirne mit Kontrollmechanismen durchwebt waren, seien hingeschickt worden, um Selbstmord zu verüben und möglichst viele Menschen mit sich in den Tod zu reißen. Zur Strategie der Techno-Arkadier gehörte es, ihre Unternehmen als Anschläge von Terroristen und Verrückten zu tarnen, um soziale Unruhen auszulösen, damit die Öffentlichkeit nach Recht und Ordnung rief. So konnten Sicherheitsmaßnahmen stetig verschärft und Bürgerrechte beschnitten werden, bis der Tag kam, an dem Angepasste mit Gehirnimplantaten die strenge, aber aufgeklärte Herrschaft der Arkadier-Elite feiern würden.

Das Schulgebäude und seine nähere Umgebung waren mit Bauzäunen abgeriegelt, aber die als Sichtschutz angebrachten Planen waren an vielen Stellen von Neugierigen aufgeschlitzt worden. Warnschilder, die vor giftigen Chemikalien und dem Betreten der Ruine warnten, waren mit obszönen Vorschlägen beschmiert worden.

Das Schulgebäude hätte abgerissen werden müssen. Aber obwohl die Ruinen mehrmals gründlich nach Spuren abgesucht worden waren, verlangten die noch nicht abgeschlossenen FBI-

Ermittlungen, dass der Tatort unverändert blieb, um zu verhindern, dass mögliche Beweise vernichtet wurden.

Hinter der Schule lag ein Footballplatz mit einer von der Straße aus nicht einsehbaren Sitztribüne. Gilberto fuhr mit dem Mercedes quer über das mit Unkraut überwucherte Spielfeld, beschleunigte stark, rammte das in den Zaun eingelassene Tor, riss die billigen Angeln heraus und schoss durch die wackelige Barriere. Der GL 550 kam mit zersplitterten Scheinwerfern und eingedrückter Motorhaube auf dem ehemaligen Lehrerparkplatz zum Stehen, dessen welliger Asphalt durch die Hitze des brennenden Schulgebäudes verformt und mit farnähnlichen Gebilden überzogen war.

Hier waren sie ungefähr eine halbe Meile von der Wohnstraße entfernt, auf der Gilberto an diesem Morgen seinen Suburban geparkt hatte.

»Ich weiß eine Abkürzung«, sagte er. »Dauert nur zehn Minuten, vielleicht sogar weniger.«

Gemeinsam richteten Jane und er das niedergewalzte Tor wieder auf. Für den unwahrscheinlichen Fall, dass zufällig jemand vorbeikam, wirkte es halbwegs intakt.

Jane ging zu dem Mercedes zurück, öffnete die Hecktür und tastete nach Hendricksons Puls, der gleichmäßig, aber etwas langsam war. Sie hob das rote Halstuch hoch und beobachtete, wie seine Augen sich unter den Lidern bewegten. Er murmelte etwas Unverständliches, dann gähnte er. Sie legte das Tuch wieder über sein Gesicht und sprühte es leicht mit Chloroform ein.

Die Sonne stand noch vierzig Minuten unter ihrem Zenit, aber der Schatten, den das Schulgebäude warf, wirkte länger, als er so kurz vor Mittag hätte sein sollen. In der Ferne war Verkehrslärm zu hören, doch in der Nähe gab es keine Geräusche, kein Vogelgezwitscher, kein Knacken nachgebender Trümmer. Selbst der beschädigte Mercedes und sein abkühlender Motor gaben kein Geräusch von sich, als hätten dreihundert Tote in einer einzigen feurigen Stunde dieses Gebiet auf ewig in eine Todeszone verwandelt.

In Newport Coast würde Simon Yegg inzwischen längst aufgefunden und befreit worden sein. Seine Befreier mussten jetzt wissen, dass aus seiner Sammlung zwei Wagen fehlten. Sie würden festgestellt haben, dass Jane Hawk und ein noch unbekannter Komplize mit Simons Mercedes weggefahren waren. Danach konnte es nur wenige Minuten gedauert haben, die Seriennummer des GL 550 mit den Unterlagen des Herstellers abzugleichen, um zu erfahren, welches charakteristische Transpondersignal sein Navi sendete.

Jane und Gilberto konnten nicht hoffen, der relativ geringe Blechschaden, den das Aufsprengen des Tors im Bauzaun verursacht hatte, könnte den GPS-Empfänger so stark beschädigt haben, dass der Transponder, durch den der SUV sich aufspüren ließ, verstummt war. Bald würden die Wölfe kommen.

ZWANZIG

Tanuja Shukla erwachte, öffnete die Augen, ohne den Kopf vom Kissen zu heben, und sah, dass es 11.19 Uhr am Sonntagmorgen war. Der Radiowecker musste falsch gehen. So lange schlief sie nie. Außerdem war sie noch immer todmüde, als habe sie nach einem sehr anstrengenden Tag nur zwei bis drei Stunden geschlafen.

Sie trug ihre Armbanduhr. Im Bett trug sie die Uhr nie, aber jetzt war sie an ihrem Handgelenk. Wecker und Uhr stimmten überein.

Sie schlug die Decke zurück und setzte sich auf die Bettkante. Ihr Schlafanzug war durchgeschwitzt, klebte ihr am Leib.

Im rechten Mundwinkel hatte sie eine schmerzhafte Stelle.

Sie hob eine Hand an die Lippen. Ihre Fingerspitzen rieben getrocknetes Blut ab.

Das war ihr einen Augenblick lang rätselhaft, aber dann erinnerte sie sich an den Sturz.

Vergangene Nacht. Bei Regen im Dunkeln stehend. Durchnässt und frierend und einsam und überglücklich. Alle Details des Unwetters und ihre körperlichen und emotionalen Reaktionen darauf katalogisierend, um die Erlebnisse der Hauptfigur ihres neuen Romans umso farbiger schildern zu können. Das Gewitter sprach durch das Medium einer in der Nähe stehenden uralten Eiche: jedes Blatt eine durch Regentropfen belebte Zunge, während der Baum die Story des Unwetters in einem Chor aus sanften Klick- und Zischgeräuschen erzählte.

Bei ihrer Rückkehr ins Haus war sie auf den vom Regen nassen lackierten Dielen der hinteren Terrasse ausgerutscht. Ausgeglitten und mit dem Gesicht voraus gegen … gegen einen der Schaukelstühle gefallen. Gegen die Armlehne eines Stuhls. Dumm von ihr. Unbeholfen. Nun würde sie ein paar Tage lang beim Essen und Trinken vorsichtig sein müssen.

Als sie jetzt vom Bett aufstand, fühlte sie sich klebrig, schmutzig und an Stellen wund, für die ihr Sturz keine rechte Erklärung war. Außer dem faden Geruch ihres Nachtschweißes haftete ihr ein anderer Geruch an, ein übler Geruch, der ihr vertraut, verstörend vertraut war … aber ihre Erfahrung damit – wo? wann? – blieb ungewiss.

Als sie in ihr Bad ging, wurde der Geruch übler, wurde ein Gestank, und sie spürte aufsteigende Übelkeit. Hatte sie sich zuvor schmutzig gefühlt, fühlte sie sich jetzt *beschmutzt*. Sie hatte das dringende Bedürfnis, lange und heiß zu duschen, einen quälenden Drang, sauber zu sein.

Dieses Bedürfnis war eigenartig. Aber es hatte nichts zu sagen. Überhaupt nichts.

Als sie unter der voll aufgedrehten Dusche stand, so heiß wie eben noch erträglich, und sich mit einem Waschlappen einseifte, zuckte sie zusammen, als sie ihre Brüste berührte, und stellte fest, dass sie blaue Flecken aufwiesen. Ihr Sturz gegen den Schaukelstuhl musste schlimmer gewesen sein, als sie ihn in Erinnerung hatte.

Auch als sie sich endlich sauber fühlte und die aufsteigende Übelkeit abgeklungen war, blieb sie mit geschlossenen Augen unter der Dusche stehen, drehte sich langsam um sich selbst und ließ das heiße Wasser einen Teil ihrer Steifheit fortschwemmen. Das Rauschen des Wassers erinnerte sie wieder an das Unwetter von letzter Nacht: der Himmel schwarz; der Regen sintflutartig; die alte Eiche eine verästelte schwarze Silhouette vor dem noch schwärzeren Hintergrund der Nacht; dann plötzlich Bewegung, ebenfalls schwarz auf schwarz, *drei Gestalten, die in Mönchskutten mit Kapuzen durch den Regen hasteten – wie in einer Filmszene, in der mittelalterliche Mönche in einer apokalyptischen Zeit mit dringendem Auftrag unterwegs sind.*

Tanuja stockte der Atem. Als sie die Augen öffnete, erwartete sie fast, diese Mönche um ihre auf drei Seiten verglaste Duschkabine stehen zu sehen. Aber natürlich waren dort keine Gestalten in Mönchskutten versammelt.

Ein eigenartiger Moment. Aber er bedeutete nichts. Überhaupt nichts.

Nachdem sie ihr Haar geföhnt und sich angezogen hatte, machte sie sich auf die Suche nach Sanjay. Sie fand ihn in seinem Arbeitszimmer, dessen Tür zum Flur offen stand. Er saß mit dem Rücken zu ihr über die Tastatur seines Computers gebeugt und tippte schneller, als sie ihn jemals tippen gesehen hatte, als ströme eine Szene des neuen Romans, an dem er arbeitete, in einer Inspirationsflut aus ihm hervor.

Für gute Romane waren lange Perioden höchster Konzentration fast so wichtig wie schriftstellerisches Talent. Aus Respekt vor dem Schöpfungsprozess störten ihr Bruder und sie einander während der Arbeitszeit nur, wenn es sich um dringende und wichtige Fragen handelte.

Sie ging in die Küche. Als sie einen Papierfilter in die Kaffeemaschine einsetzte, fiel ihr ein scharfer chemischer Geruch auf, dessen Ursache sich nicht gleich feststellen ließ. Als sie gemahlenen Kaffee und einen halben Löffel Zimt einfüllte, war ihr dieser Geruch so lästig, dass sie einen Rundgang durch die Küche machte, um festzustellen, woher er kam.

Die Küche war blitzsauber, fast sauberer, als Tanuja sie vom Vorabend in Erinnerung hatte. Der störende Geruch war nicht stark, aber er wurde stärker und schwächer und wieder stärker. Tatsächlich war er nicht ganz schlecht. Er hatte Ähnlichkeit mit dem Zitronenduft des Desinfektionssprays, das sie für die Arbeitsplatten benutzte, aber darunter lauerte eine scharfe chemische Note.

Tanuja trat an den Küchentisch mit halb durchsichtiger Glasplatte, auf dem rote Rosen – kurz abgeschnitten, niedrig arrangiert – eine Vase aus Kristallglas füllten. Obwohl keiner der beiden Düfte von den Rosen kam, fand sie die Blüten faszinierend.

Sie starrte die Ansammlung von blutroten Blütenblättern einige Sekunden lang an … bis ihr Blick auf einen neben der Vase liegenden Gegenstand fiel, der nicht hierher passte. Eine Injektionsspritze, deren Zylinder mit einer wolkigen bernsteingelben Flüssigkeit gefüllt war.

Ein ausgefallenes Objekt, das ihr jedoch merkwürdig vertraut erschien. Dann setzte ein Déjà-vu-Effekt ein, der mit dem Gefühl verbunden war, irgendein Moment eines vergessenen Traums habe sich hier im realen Leben manifestiert.

Als sie nach der Spritze griff, lag sie plötzlich nicht mehr auf dem Tisch, und ihre Finger berührten einander.

Im selben Augenblick erkannte sie, dass der scharfe chemische Geruch von einem Insektenspray stammte, genauer gesagt von dem Hornissenspray Spectracide.

Damit war das Rätsel gelöst. Nur hatten Hornissen jetzt keine Saison. Richtig, aber Sanjay und sie benutzten das Spray manchmal auch gegen Ameisen.

Was die Injektionsspritze betraf … wie merkwürdig. Aber das bedeutete nichts. Überhaupt nichts.

Tanuja ging zu der Kaffeemaschine zurück. Sie füllte die Pyrex-Karaffe bis zur Marke für zehn Tassen, denn sobald Sanjay Kaffee roch, würde er auch welchen wollen.

Binnen weniger Minuten duftete es in der Küche nach gutem Kaffee aus Jamaika, und Tanuja atmete das herrliche Aroma tief ein, während sie Eier für ein Omelett aufschlug. Sie wollte auch Bratkartoffeln und Schinken und Toast. Sie war heißhungrig.

EINUNDZWANZIG

Früher hatte es hier Überwachungskameras gegeben, denn in den letzten Jahrzehnten waren allzu viele Schulen nicht nur Bildungszentren, sondern auch Schwerpunkte von Drogenhandel und Gewalt gewesen. Nach dem Großbrand gab es jedoch keine funktionierenden Kameras mehr – und keinen Strom, um sie zu betreiben.

Trotzdem fühlte Jane sich beobachtet und suchte eine leere Fensterhöhle nach der anderen ab, um vielleicht irgendwo eine schemenhafte Gestalt vor brandgeschwärzten Mauern zu entdecken. Ihre Intuition, auf die sie blind vertraute, versicherte ihr, in dem Gebäude lauere niemand, aber sie suchte die Fenster trotzdem ab. Monate auf der Flucht vor Feinden, denen unzählige Überwachungsplattformen von einfachen Verkehrskameras bis hin zu Satelliten zur Verfügung standen, hatten bewirkt, dass eine gesunde Paranoia im ersten Stadium sich zu einem krebsartig wuchernden Verfolgungswahn im vierten Stadium auswachsen konnte, der sie lähmen oder zu fatalen Fehlern verleiten konnte.

Als Gilberto nach acht Minuten zurückkam, zog Jane das demolierte Tor im Bauzaun auf, um ihn einzulassen. Er fuhr mit dem Suburban rückwärts an den Mercedes GL 550 heran. Gemeinsam verfrachteten sie Hendrickson von einem Laderaum in den anderen. Auch Janes Sporttasche, der Aktenkoffer mit Bargeld und der Medexpress-Behälter, der in einem von Simon Yeggs Kühlschränken zwischengelagert gewesen war, wurden in den Suburban geladen.

Als Jane die Heckklappe schloss, zerriss Sirenengeheul den Morgen, ganz in der Nähe und lauter werdend, bestimmt keinen Block von der Schule entfernt, viel zu nahe, als dass sie ungesehen hätten flüchten können. Sobald der Suburban gesichtet wurde, würde er später unweigerlich identifiziert werden, weil Beauftragte der Arkadier ihn beim Wegfahren von der Schule auf archivierten Aufnahmen von Überwachungskameras verfolgen konnten. Wurde der Wagen mit Booth Hendricksons Entführung durch Jane in Verbindung gebracht, würde er Gilberto schwer belasten und eine Katastrophe über ihn und seine Familie hereinbrechen lassen.

Die beiden starrten sich an und waren wie gelähmt, als stünden sie mit einer Schlinge um den Hals unter dem Galgen und warteten darauf, dass die Falltür sich öffnete. Durch den Dopplereffekt wurde das Sirenengeheul tiefer, als die Cops, ein Notarzt oder sonst jemand auf der Fahrt zu irgendeinem Tat- oder Unfallort an der Schule vorbeirasten.

Gilberto fuhr, und Jane saß auf dem Rücksitz, um ihren Gefangenen, der bewusstlos im Laderaum lag, besser überwachen zu können.

»Ich habe Carmella angerufen«, sagte Gilberto. »Sie fährt mit den Kindern ihre Schwester in Dana Point besuchen. Sie bleiben übers Wochenende.«

»Das tut mir leid. Genau das wollte ich immer vermeiden – deine Familie in diese Sache hineinzuziehen.«

»Nicht deine Schuld. Was passiert ist, lässt sich nicht mehr ändern. Dies war die einzig vernünftige Option.«

»Ich versuche noch immer, eine weitere zu finden.«

Sie überquerten das unebene, verunkrautete Spielfeld, bogen hinter der Tribüne auf eine Zufahrt ab und fuhren durch ein Neubaugebiet davon. Vorerst waren sie den Agenten Utopias entkommen, die sie im Namen des gesellschaftlichen Fortschritts ohne Zögern oder Bedauern umgelegt hätten.

Jane fiel keine andere brauchbare Option als die ein, die Gilberto ihr anbot. Irgendwie war es seltsam passend, auf ein Leichenhaus angewiesen zu sein, Zuflucht bei den Toten zu suchen, während sie das Leben dieses Mannes Hendrickson, der zahllose Morde befohlen oder an ihnen mitgewirkt hatte, in ihren Händen hielt.

ZWEIUNDZWANZIG

Sanjay Shukla saß in einem noch nie erlebten Zustand an seinem Computer: nicht nur zum Schreiben inspiriert, sondern zum Schreiben *gezwungen*, als habe ihn irgendein exotischer Moskito gestochen, der jedoch keine todbringende Krankheit, sondern stattdessen ein ansteckendes Bedürfnis zu schreiben übertrug. Nein, nicht nur ein Bedürfnis. Das Wort *Bedürfnis* implizierte ein Fehlen, einen Mangel, den er nach Belieben abstellen konnte – oder eben nicht. Die extreme Dringlichkeit, mit der er sich veranlasst fühlte, aus Wörtern Sätze zu bilden, ließ ihm keine Wahl, sondern spornte ihn dazu an, zu schreiben, als hinge sein Leben von der Qualität dessen ab, was er schuf. Sanjay hatte nicht so sehr das Bedürfnis, zu schreiben, sondern empfand die *Notwendigkeit*, als gäbe es keine Alternative zum Schreiben. Er hämmerte wie im Fieber auf die Tasten ein und ließ ein tropisches Wortgewitter auf dem Bildschirm niedergehen, ohne wie sonst sorgsam abwägend zu formulieren.

Aus einem nur halb erinnerten Traum war er voller kaleidoskopischer Bilder von Bedrohung und Schrecken aufgewacht.

Er war sofort von der Idee besessen gewesen, eine Story über einen Mann zu schreiben, der ein unschuldiges Kind zu beschützen hatte, aber bei dieser Aufgabe versagte, sodass das Kind starb. Er wusste nur, dass mit dem Tod dieses Kindes auch *alle* Unschuld der Welt verschwinden würde, sodass die Zivilisation in eine Nacht stürzen musste, die keinen Morgen kennen würde.

Die Erzählung strömte ohne herkömmliche Struktur aus ihm heraus: ein tosender Bewusstseinsstrom in der Stimme des Vaters, der seinem Kind gegenüber versagt hatte. Obwohl Sanjay sich bemühte, seinen Erzählfluss zu ordnen, wurde die englische Sprache für ihn zu einem Gewimmel aus lästigen Schlangen, die er nicht zu einer befriedigenden Darstellung zusammenfügen konnte. Trotzdem schrieb er in hektischem Tempo eine, zwei, drei Stunden lang weiter, bis seine Fingerspitzen wund waren. Sein Nacken schmerzte, und in seiner Brust schien ein Klumpen zu sitzen, als sei sein Herz durch angestautes Blut unnatürlich vergrößert.

Er hörte zu tippen auf und saß unbestimmbar lange verwirrt da, bis ihm der Duft von frischem Kaffee und gebratenem Bacon in die Nase stieg. Diese Gerüche weckten ihn wie aus einem Traum, als sei er nie richtig wach gewesen, seit er sich sofort nach dem Aufstehen an seinen PC gesetzt hatte. Er speicherte, was er geschrieben hatte, stand auf und ging in die Küche.

Am Kochfeld stand Tanuja, die Bacon in der Pfanne wendete. Sie sah zu ihm auf und lächelte. »Das Omelett steht im Warmhaltefach. Ich habe zwei Portionen gemacht. Der Toast müsste gleich fertig sein. Streichst du ihn schon mal? Für mich bitte reichlich Butter.«

Sanjay wollte sagen, er sei ausgehungert, aber stattdessen sagte er: »Ich bin so leer.«

Falls sie seine Bemerkung merkwürdig fand, äußerte sie sich nicht dazu, sondern antwortete nur: »Wir müssen essen, das ist alles, einfach essen und weitermachen«, was Sanjay fast so merkwürdig erschien wie seine eigene Bemerkung von vorhin.

Der Toast sprang hoch.

Er bestrich ihn dick mit Butter.

DREIUNDZWANZIG

Die Kosmetikerin des Bestattungsunternehmens war im Keller bei der Arbeit. Gilberto Mendez' Stellvertreter und sein Assistent hatten den am Vorabend aufgebahrten Toten auf den Friedhof überführt, wo bald der Trauergottesdienst für ihn stattfinden würde. Die nächste Aufbahrung war erst für 18 Uhr angesetzt. In dem großen Gebäude war es still wie in einem Leichenhaus.

Nachdem sie Hendrickson das Jackett ausgezogen und sein Schulterholster abgenommen hatten, schnallten sie ihn auf eine sonst für Leichen benutzte Fahrtrage und schoben ihn durch den Hintereingang ins Foyer. Mit Jane am Kopfende und Gilberto am Fußende wuchteten sie ihn die Treppen hinauf in die Wohnung der Familie Mendez.

Die schlichte Eleganz der modernen Einrichtung stand in auffälligem Gegensatz zu dem prunkvollen Stuck, den schweren Samtportieren und dem neugotischen Mobiliar unten im Erdgeschoss.

Als sie Hendrickson auf dem Gang am Wohnzimmer vorbeischoben, fragte Jane: »Wie fühlt es sich an, mit Toten zusammenzuleben?«

»Nicht anders als mit anderen Leuten«, antwortete Gilberto. »Nur *wissen* wir, dass wir mit ihnen zusammenleben – wir sind alle zukünftige Tote, aber das verdrängen die meisten Menschen.«

»Die Kids haben niemals Alpträume?«

»Doch, aber nicht wegen der Toten.«

Sie ließ ihn mit Hendrickson in der Küche zurück und ging noch mal zu dem Suburban hinunter, um ihre Sporttasche, den Aktenkoffer und den Medexpress-Behälter zu holen.

Als sie in die Küche zurückkam, hatte Gilberto die Fahrtrage so verstellt, dass Hendrickson jetzt – weiter an Armen und Beinen festgeschnallt – nicht mehr ausgestreckt lag, sondern halb saß.

»Bestatter brauchen keine Verstellbarkeit«, sagte Gilberto, »aber weil Fahrtragen vor allem für Kranke bestimmt sind, werden sie heute alle so hergestellt. Zweckmäßig für dich, denke ich.«

Jane kontrollierte Hendricksons Puls, ließ das rote Halstuch aber noch auf seinem Gesicht.

Gilberto kochte Kaffee, stark und schwarz, den Jane und er ohne Zucker tranken.

Carmella hatte eine Ricotta-Tarte zum Abkühlen auf einen Untersetzer gestellt. Jane aß ein Viertel davon als verspätetes Frühstück, während Gilberto nach nebenan ging, um mit seiner Frau zu telefonieren.

Als Jane aufgegessen hatte, begann Hendrickson, etwas Unverständliches zu murmeln. Sie wusch Besteck und Teller ab, räumte sie weg, schenkte sich Kaffee nach und zog das Halstuch von seinem Gesicht.

Als er seine blassgrünen Augen öffnete, schwebte er noch auf einer Chloroformwolke, merkte nicht, dass er festgeschnallt war, konnte ihre Identität nicht enträtseln, wusste wohl kaum, wer er selbst war. Er sah verträumt lächelnd zu ihr auf. Mit der trägen Zufriedenheit eines Lotusessers sagte er: »Hey, Sexy.«

»Hey«, sagte sie.

»Ich hätte Verwendung für diesen hübschen Mund.«

»Das glaub ich, Großer.«

»Hier unten, mein ich.«

Sie fuhr sich provokant mit der Zungenspitze über die Lippen.

Er sagte: »Onkel Ira ist nicht Onkel Ira.«

»Wer ist er sonst?«

Hendrickson lächelte gönnerhaft. »Nein, das ist nicht, was du sagen musst.«

»Was soll ich denn sagen, Großer?«

»Einfach nur ›Alles klar‹.«

»Alles klar«, sagte Jane.

»Mach's mir mit dem Mund, mein Engel.«

Sie spuckte ihm ins Gesicht.

»Sehr witzig«, sagte er und lachte leise und driftete wieder in Benommenheit ab.

Als er nach einer halben Minute wieder die Augen öffnete, war sein Blick klarer, aber er lächelte weiter und war sich keiner Gefahr bewusst. »Von irgendwoher kenne ich Sie.«

»Soll ich Ihnen auf die Sprünge helfen?«

»Ich bin ganz Ohr.«

»Ihr Leute habt meinen Mann ermordet, damit gedroht, meinen kleinen Jungen zu vergewaltigen und umzubringen, und seit Monaten versucht ihr mich zu töten.«

Langsam schwand das Lächeln.

VIERUNDZWANZIG

Während Sanjay und Tanuja ihr spätes Frühstück am Küchentisch einnahmen, sprachen sie wie immer über alle möglichen Themen, auch über den Kurzroman, an dem Tanuja gerade arbeitete. Als sie am Abend zuvor von Recherchen im Unwetter hereingekommen war, war sie ausgerutscht und gestürzt, und nun kaute sie vorsichtig nur mit der linken Seite ihres Mundes, damit nichts an ihre verletzte Lippe kam. Sanjay fragte, wie sie sich fühle. Sie sagte, sie fühle sich gut, denn wenigstens habe sie sich keinen Zahn ausgeschlagen. Dann fragte sie, was mit seinem rechten Ohr passiert sei. Das machte ihn darauf aufmerksam, dass damit etwas nicht stimmte. Als existiere die Verletzung erst, seit Tanuja davon gesprochen hatte, spürte er Schmerzen, die Hitze entzündeten Gewebes. Als er den äußeren Ohrenrand berührte, rieben sich unter der Haut gebrochene Knorpelteile wie Glassplitter aneinander. Er zuckte zusammen, als seine Berührung das Ohr pochen ließ, und hatte einen Augenblick lang das Gefühl, nicht seine eigene Hand foltere sein Ohr, sondern die Hand eines neben ihm sitzenden Mannes, obwohl außer Tanuja und ihm niemand anwesend war. Vor seinem inneren Auge erschien *eine unbekannte Küche, dunkel bis auf das flackernde Licht dreier langer Kerzenflammen. An diesem fremden Ort stand Tanuja an der Tür, sah sich kummervoll nach ihm um, als sie weggeführt wurde … mit Halsband und Leine wie eine Hündin weggeführt*. Dieses Bild stand Sanjay überdeutlich vor Augen, aber dann erlosch es wie eine Illusion aus Kerzenschein und Schatten. Eine leise kleine Stimme erklärte ihm, es bedeute nichts, überhaupt nichts. Als er versuchte, sich diese andere Küche noch mal ins Gedächtnis zu rufen, konnte er's nicht. Er musste etwas gesagt oder das Gesicht zu einer grotesken Grimasse verzogen haben, denn seine Schwester fragte besorgt, was los sei. Er versicherte ihr, nichts sei los, gar nichts, außer dass seine Ohrverletzung ihm Rätsel aufgebe, als sei er schlafwandelnd gestürzt und habe sich verletzt, ohne davon aufzuwachen. Daraus entstand eine längere Diskussion übers Schlafwandeln, das Tanuja in einem ihrer Romane eingesetzt hatte, um die Spannung zu erhöhen. Als sie dann erneut das Thema wechselten, spielte die Ursache seiner Ohrverletzung für beide keine Rolle mehr, weil sie nichts bedeutete, überhaupt nichts.

Nach dem Frühstück zog Tanuja sich in ihr Arbeitszimmer zurück, um an ihrem Roman zu schreiben, und Sanjay setzte sich wieder an seinen Computer. Ein von lebhaften

Diskussionen begleitetes entspanntes Mahl mit seiner Schwester inspirierte ihn immer, wenn er an den PC zurückkehrte, aber nicht heute. Diesmal war ihr Zwiegespräch anders verlaufen. Er war nicht recht bei der Sache gewesen, und auch Tanuja hatte etwas abgelenkt gewirkt. Er hatte fast den Eindruck gehabt, es gebe etwas, das sie ihm erzählen müsse, aber sie habe sich nicht dazu überwinden können, obwohl sie sonst stets einfühlsam offen miteinander umgegangen waren, als seien sie mitschwingende Resonanzböden.

Niedergeschlagen rief er die Seiten auf, die er zuvor mit seinem Bewusstseinsstrom gefüllt hatte, und begann sie zu lesen. Der Text war so fieberhaft, ungegliedert und bizarr, dass er sich nicht vorstellen konnte, dass eine Zeitschrift sich dafür interessieren würde – und für ein Buchmanuskript dieser Art gab es erst recht keinen Markt. Auch wenn er sich bemühte, mit jedem Roman ein Kunstwerk zu schaffen, schrieb er, um zu unterhalten, und schrieb *nichts*, was sich nicht verkaufen würde. Aber genau das hatte er an diesem Morgen getan, nicht nur als Fingerübung, sondern voller Leidenschaft. Und als er jetzt den Text durchlas, schien diese Story von einem Mann, der es nicht schaffte, ein Kind zu retten, und dessen Versagen irgendwie das Ende aller Unschuld – und Freiheit – bewirkte, eine Art Allegorie zu sein, eine symbolische Erzählung, in der nichts so war, wie es zu sein schien, in einem komplizierten Code geschrieben, den selbst er, der Autor, nicht entschlüsseln konnte. Spiritualisten glaubten an sogenanntes automatisches Schreiben, wenn ein Medium seinen Verstand jedem Geist öffnete, der durch ihn kommunizieren wollte, und was dann auf Papier oder einem Bildschirm erschien, war nicht das Werk des Mediums, sondern das eines unbekannten Wesens, das durch den Schleier zwischen dem Totenreich und der Welt der Lebenden sprach. Aber Sanjay war kein Spiritualist und glaubte nicht an automatisches Schreiben; er konnte sich seinen Text nicht auf diese Weise erklären.

Je mehr er las, desto mehr zog ihn das Geschriebene in seinen Bann, und er fühlte den immer stärkeren Drang, dieses … dieses Testament weiterzuschreiben, bis er zu einer Stelle in seiner Erzählung gelangte, an die er keine Erinnerung hatte und die stärker auf ihn wirkte, als sich allein durch die Worte oder die Handlung erklären ließ. Die beiden Personen der Handlung, Mann und Kind, stammten von indischen Einwanderern ab. Als der kleine Junge im Sterben lag, sagte er zu dem Mann, der in Bezug auf ihn so jämmerlich versagt hatte: *»Peri pauna«*, ich berühre deine Füße, was man zu jemandem sagte – und bei jemandem tat –, den man verehrte, der höchsten Respekt verdiente, den man so sehr liebte, dass man sich vor ihm demütigte. In Sanjays Augen brannten Tränen, die den Bildschirm vor ihm verschwimmen ließen. Eine Zeitlang weinte er leise schluchzend, während er zu begreifen versuchte, was diese unvollständige Geschichte, diese Wörterflut bedeuten könnte.

Für seine Tränen oder seinen verzweifelten Wunsch nach Erleuchtung schien es kein Ende zu geben. Irgendwann versiegten die Tränen jedoch, und seine geröteten Augen blieben trocken und brennend zurück. Sein Bedürfnis, das von ihm Geschriebene zu verstehen, war abgeklungen. Er saß da und starrte die Zeilen auf dem Bildschirm an, die ihm noch vor Kurzem als wahnhafte Poesie erschienen waren – voller mysteriöser Inhalte, die in komplizierten Wortfolgen ausgedrückt waren. Jetzt standen dort nur Wörter, ein geistloser Wortschwall, der vielleicht auf einen leichten Fieberanfall als Folge einer Infektion zurückzuführen war oder womöglich auf eine vorübergehende ischämische Attacke, einen dieser Mini-Schlaganfälle durch Unterbrechung der Blutversorgung eines Teils des Gehirns – in seinem Alter sehr selten, aber durchaus nicht undenkbar.

Nichts. Die Wörter bedeuteten nichts. Überhaupt nichts.

Sanjay löschte, was er geschrieben hatte.

Er öffnete ein anderes Dokument. Das Manuskript, an dem er seit einem Vierteljahr arbeitete.

Um sich in die Stimmung des Romans und den Tonfall des Erzählers einzufühlen, las er das zuletzt geschriebene Kapitel durch. Bald hatte er die Stimmung erfasst. Er schrieb einen neuen Satz. Und noch einen. Wenig später hatte er einen Absatz, der gut klang, und tat, was er am meisten liebte: die Arbeit, für die er sich geboren fühlte.

Auch wenn dieser Morgen voll unerklärlicher Brüche gewesen war, trimmte seine Erinnerung sie auf die Beliebigkeit alltäglicher Erlebnisse hin.

Den nächsten Absatz begann er mit einer eleganten Metapher, die ihn überraschte und erfreute, weil sie bewies, dass er in den Erzählfluss zurückgefunden hatte …

Sein Smartphone klingelte. Er nahm den Anruf entgegen.

Ein Mann sagte: »Onkel Ira ist nicht Onkel Ira.«

»Alles klar«, antwortete Sanjay.

»Ich werde dir erzählen, was heute Abend passieren muss, und du wirst diese Anweisungen gelassen aufnehmen. Du wirst weder ängstlich noch verzweifelt sein. Du wirst mir gelassen zuhören und niemals an der Richtigkeit der Ereignisse zweifeln. Hast du verstanden?«

»Ja.«

»Wenn ich dieses Gespräch beende, hast du keinerlei Erinnerung daran, dass es stattgefunden hat. Du machst mit dem weiter, was du vorher getan hast. Aber du befolgst die Anweisungen, die ich dir erteilt habe. Hast du verstanden?«

»Ja.«

Der Mann sprach mehrere Minuten lang. Er schloss mit den Worten: »Auf Wiedersehen, Sanjay.«

»Goodbye«, antwortete er.

Den nächsten Absatz begann er mit einer eleganten Metapher, die ihn überraschte und erfreute, weil sie bewies, dass er in den Erzählfluss zurückgefunden hatte. Nun war Sanjay wieder er selbst, wieder in großer Form, und tanzte mit seiner liebsten Partnerin – der englischen Sprache.

Die schwarze Perücke ist ihre einzige Verkleidung, und ihre blauen Augen sind so ausdrucksvoll, wie Booth Hendrickson von anderen gehört hat, die mit ihr zusammengetroffen sind und überlebt haben.

Ein ernsthaft wirkender stämmiger Mann, der Chauffeur ohne Mütze und Sonnenbrille, in seinem schlecht sitzenden Anzug von der Stange, sitzt auf einem Küchenstuhl. Sein Haar ist ebenso schwarz wie seine Augen, und der Kaffee in seinem Becher ist so dunkel, als sei er Wasser aus dem Fluss Styx. Er soll offenbar einschüchternd wirken: ein Muskelmann von der primitivsten Sorte, ein Schulabbrecher, dessen IQ kaum dafür ausreicht, ein Auto zu fahren und einen Abzug zu betätigen. Booth Hendrickson ist weit davon entfernt, sich von einem Mann dieses Typs einschüchtern zu lassen. Er hat schon Dutzende von solchen Schlägern für seine Zwecke eingesetzt und notfalls beseitigt, damit man ihm keine Verbindung zu den ihnen befohlenen Taten nachweisen konnte. Geist und Intelligenz werden immer über brutale Kraft triumphieren; Geist, Intelligenz und ausgezeichnete Beziehungen, die Booth reichlich hat.

Er sieht Jane Hawk erneut in die Augen und hält ihrem stählern blauen Blick diesmal stand, ohne wegzusehen. »Ich habe Ihre Position in Simons Haus telefonisch gemeldet. Anscheinend sind Sie im letzten Augenblick entwischt, aber meine Leute verfolgen Sie mit tausend verschiedenen Methoden und kommen rasch näher.«

»Tausend, was? Ist das nicht eine Hyperbel?«

Er lächelt. »Mir gefällt's, wenn schöne Frauen sich gewählt ausdrücken. Welchen Vergrößern-Sie-Ihren-Wortschatz-in-dreißig-Tagen-Kurs haben Sie belegt? Ist darin der Ausdruck *lèse-majesté* vorgekommen? Falls nicht, wären Sie gut beraten, ihn nachzuschlagen.«

»Majestätsbeleidigung, auch Hochverrat an einem souveränen Staat«, sagt sie gelassen. »Aber in diesem Fall unzutreffend. Ihr Techno-Arkadier seid kein souveräner Staat. Ihr seid machtgierige Aufständische mit Totalitätsanspruch. *Sie* sind der Verräter.«

Dass sie weiß, dass sie sich Techno-Arkadier nennen, beunruhigt ihn, aber andererseits ist es nicht überraschend, dass sie das aus einem der Leute, die sie entführt und verhört hat, rausbekommen hat.

Ein bisschen theatralisch zieht sie ein iPhone aus einer Jackentasche und legt es behutsam wie ein Fabergé-Ei auf den Tisch.

Sie will offenbar, dass Booth danach fragt, aber diesen Gefallen tut er ihr nicht. Hier geht's darum, wer den stärkeren Willen hat, und mit solchen Spielchen kennt er sich aus.

Er sagt: »Wer wegen Hochverrats angeklagt und hingerichtet wird, hängt davon ab, wer die Medien und die Gerichte kontrolliert. *Sie* jedenfalls nicht. Außerdem ist Verrat, um eine perfekte Gesellschaft aufzubauen, heroisch.«

Ihre gespielte Verwirrung ist spöttisch übertrieben. »Eine perfekte Gesellschaft, die Menschen durch Gehirnimplantate versklavt?«

Auf der Fahrtrage liegend schüttelt Booth lächelnd den Kopf. »Nicht versklavt. Sie erhalten Frieden, werden von ihren Sorgen befreit und erhalten Orientierung, die ihnen sonst im Leben fehlt.«

Während sie den Reißverschluss der auf dem Tisch stehenden Sporttasche aufzieht, sieht er flüchtig zu dem iPhone hinüber und überlegt, was er vermutlich fragen soll, damit er etwas völlig anderes fragen kann, falls er's überhaupt erwähnt.

Das Smartphone wird schlagartig weniger wichtig, als Jane eine große Schere aus der Sporttasche holt und sie lächelnd auf- und zuschnappen lässt.

Sie fragt: »Orientierung, was? Gibt's denn viele Leute, die nicht wissen, wie sie ihr Leben sollen, weil sie ziellos dahintreiben?«

»Spielen Sie hier nicht die Advokatin des Teufels, Jane. Sie wissen so gut wie ich, dass Millionen ihr Leben mit Drogen, im Suff vertun. Sie finden sich nicht zurecht. Sie sind faul und dumm und *unglücklich*. Indem wir sie anpassen, geben wir ihnen eine Chance, glücklich zu werden.«

»Wirklich? Ist das alles, was Sie tun, Boo? Ihnen eine Chance geben, glücklich zu werden? Ach, ich weiß nicht recht ... Für mich sieht das weiter wie Sklaverei aus.«

Er gibt vor, sich nicht für die klappernde Schere zu interessieren. Er seufzt. »Kandidaten für eine Anpassung werden nicht nach Rasse, Religion, Geschlecht oder sexuellen Vorlieben ausgesucht. Wir nehmen keine bestimmte Gruppe ins Visier. Es kann nicht Sklaverei sein, wenn es der Zweck jeder Anpassung ist, den Menschen mehr Zufriedenheit und Glück zu bringen.«

»Sie sind ein richtiger Wohltäter der Menschheit, Boo. Vielleicht bekommen Sie sogar mal den Friedensnobelpreis.«

Booth hasst nichts mehr, als Boo genannt zu werden. Das ist ein Spitzname, mit dem er in seiner Jugend verspottet wurde, Sie kann ihn entdeckt oder erraten haben. Sie glaubt, ihn nervös machen zu können, indem sie gegen ihn stichelt, ihn lächerlich macht, genau wie sie versuchen wird, ihn mit der Schere und vielleicht mit weiteren scharfen Gegenständen einzuschüchtern. Aber er hat als Kind so viel Spott ertragen müssen, dass er dagegen immun ist. Und wenn sie beginnt, ihn zu schneiden oder zu foltern, wird sie feststellen, dass er ungeahnt viel Mut und das Durchhaltevermögen eines Steins besitzt. Außerdem weiß er, dass sie stolz darauf ist, möglichst innerhalb der Grenzen traditioneller Moral zu operieren, und sich nicht selbst durch körperliche Folter beschmutzen will.

»Nicht alle ›Angepassten‹ stehen auf Ihrer Hamlet-Liste«, sagt sie. »Aber die Leute, die darauf stehen – wie werden sie dadurch glücklicher gemacht, dass man sie in den Selbstmord treibt?«

»Ich suche sie nicht aus. Das macht der Computer.«

»Das Computermodell.«

»Ganz recht. Es hat Ihren Mann ausgesucht, weil anzunehmen war, dass er nach seinem Ausscheiden aus dem Marine Corps eine schädliche Politikerlaufbahn einschlagen würde.«

»Wer hat das Computermodell entwickelt?«

»Ein paar extrem kluge Leute.«

»Wie Bertold Shenneck und David James Michael.«

»Klüger als Sie und ich, Janey«, versichert er ihr, obwohl er ebenso intelligent wie diese Männer und *ihr* geistig bestimmt überlegen ist.

Sie sagt: »Shenneck, Michael – beide tot. Wie clever können sie gewesen sein?«

Booth lässt sich nicht dazu herab, diesen abfälligen Fehlschluss zu kommentieren.

Erst jetzt merkt er, dass sie ihm das Jackett ausgezogen haben. Es liegt nachlässig wie ein Putzlumpen hingeworfen auf einer Arbeitsplatte. Sie hätten so viel Anstand haben sollen, ein Jackett von Dior auf einem Bügel in einen Kleiderschrank zu hängen. Und der straffe Gurt quer über seine Beine wird die Bügelfalten seiner Hose ruinieren.

Jane Hawk benutzt die Schere, um auf das iPhone zu zeigen, und fragt: »Sind Sie nicht neugierig wegen des Handys?«

»Wieso sollte ich neugierig sein? Das ist bloß ein Smartphone, Janey.«

»Dies ist das iPhone der Frau, deren Wagen Sie entführt haben.«

Booth zuckt unter seinen Fesseln mit den Schultern. Er weiß, dass er die Aufregung, die ihn plötzlich erfasst hat, verbergen muss.

»Sie haben es benützt, um Ihre Leute anzurufen und auf

mich zu hetzen«, sagt sie. »Jetzt habe ich die Nummer, die Sie gewählt haben.«

»Die Ihnen aber nichts nützt.«

»Wirklich? Nichts? Denken Sie mal darüber nach, Boo.«

Das tut er bereits. Als er die J-Spotter angerufen hat, hat das Team automatisch die Nummer dieses Smartphones gespeichert. Nachdem er jetzt als vermisst gilt, können seine Leute mithilfe der Nummer rasch das unverwechselbare Ortungssignal dieses Handys herausbekommen. Im Prinzip ist es ein GPS-Transponder, der sie eher früher als später zu diesem Haus führen wird.

Sie sieht mit der Schere klappernd zu dem Chauffeur hinüber, und er grinst, als wisse er schon, was kommen wird.

Sie tritt näher an die Fahrtrage heran und klappert wieder mit der Schere, damit Booth endlich fragt, was sie damit vorhat, was er natürlich nicht tut.

Als sie in sein volles Haar greift und eine fünf bis sechs Zentimeter lange Strähne herausschneidet, ist Booth überrascht und verärgert. »Was zum Teufel soll das?«

»Zur Erinnerung«, sagt sie, aber dann lässt sie die Strähne achtlos auf den Boden fallen. »Tut mir leid, dass ich Ihre perfekte … Wie nennen Sie sie?«

»Wie nenne ich was?«

»Ihre Frisur. Ihre gestylte Mähne. Wie nennt man die?«

»Seien Sie nicht lächerlich!«

»Nennen Sie sie Haarschnitt?«

»Ich nenne sie überhaupt nichts.«

»Nein, Sie würden sie nicht als Haarschnitt bezeichnen. Zu gewöhnlich. Vermutlich sagen Sie *Coiffure* dazu. Ein Mann in Ihrer Position geht in einen Salon zu einer *Coiffeuse.*«

Der Muskelmann in dem schwarzen Anzug lacht kurz auf. Ob sein Lachen echt ist oder zu ihrer eingeübten Inszenierung gehört, ist schwer zu beurteilen.

»Was zahlen Sie, wenn Sie zu Ihrer Coiffeuse gehen, Boo?«

»Mit Spott kommen Sie bei mir nicht weiter««, versichert er ihr.

»Zahlen Sie hundert Dollar?«

Booth antwortet nicht.

»Ich habe ihn beleidigt«, erklärt sie ihrem Komplizen. »Bestimmt sind's mindestens zweihundert, vielleicht sogar dreihundert.«

Booth merkt, dass er das auf dem Tisch liegende iPhone anstarrt. Er sieht weg, bevor sie merkt, dass er sich dafür interessiert.

Jane wendet sich wieder ihm zu. »Also, wie viel zahlen Sie Ihrer Coiffeuse für einen Haarschnitt?«

Sie versucht, ihn als oberflächlichen Angehörigen einer Elite hinzustellen, und er weigert sich, diese Person zu sein, denn er ist nicht diese Person, gehört nicht dieser Klasse an, auch nicht ihrer Klasse, sondern gar keiner, weil er über allen Begriffen wie Klasse, Gesellschaftsschicht oder Kaste steht. Er sagt nichts.

Dann wechselt sie mit wutverzerrtem Gesicht blitzschnell von Eis zu Feuer, faucht ihn hasserfüllt an: »Was zahlen Sie für einen Haarschnitt, Arschloch?« Gleichzeitig beschreibt ihre rechte Hand einen weiten Bogen, zuckt dann herab und sticht die Schere so dicht neben seinem Gesicht in die fünf Zentimeter dicke Matratze, dass er unwillkürlich zusammenfährt. Kunststoffbezug und Schaumfüllung platzen wie Fleisch auf, und die Scherenspitze scharrt gegen die Stahlunterlage wie an Knochen.

Booth soll glauben, der Tod ihres Mannes, die Gefahr, in der ihr Kind lebt, und die langen Monate auf der Flucht hätten sie an den Rand des Wahnsinns getrieben, sodass sie durchdrehen und ihn abschlachten könnte, bevor sie richtig mitbekommt, was sie tut. Aber er kennt sie zu gut, um sich von diesem gespielten Ausbruch täuschen zu lassen. Er hat die Fälle studiert, die sie als FBI-Agentin gelöst hat – eine Serie brillanter Schlussfolgerungen, kluger Strategien und cleverer Techniken. Obwohl alle Geheimdienste und Polizeien des Landes seit Monaten nach ihr fahnden, befindet sie sich nach wie vor auf freiem Fuß. Ihr gesunder Menschenverstand ist ihr größtes Kapital.

Trotzdem sieht er zu dem iPhone hinüber, als die Schere sich dicht neben seinem Gesicht in die Matratze bohrt, und versucht durch reine *Willenskraft* das SWAT-Team herbeizurufen, das bestimmt schon unterwegs ist.

Ihre Wut schwindet so abrupt, wie sie aufgeflammt ist. Jane beugt sich über ihn, ihr makellos glattes Gesicht heiter und in seiner Ruhe exquisit erotisch. Ihre Lippen sind nur zwei Handbreit von seinen entfernt, als sie die Spitze der geschlossenen Schere ans untere Lid seines linken Auges setzt. Der Stahl ist kalt, die Spitze stumpf.

Beinahe flüsternd sagt sie: »Wissen Sie, warum ich das Handy auf den Tisch gelegt habe, Boo? Hmmm? Um Ihnen Hoffnung zu machen. Sie sollten hoffen, damit ich Ihnen die Hoffnung nehmen kann. Wie Sie unzähligen Menschen alle Hoffnung geraubt haben. Ich habe einen Schraubendreher in den Ladeteil dieses iPhones getrieben, Boo. Die Batterie zerstört. Kein Saft mehr. Kein Transpondersignal. Niemand kann es mehr orten. Niemand kommt, um Sie zu befreien.«

Ihre Augen weisen mindestens drei Blautöne auf, die der fächerförmig an der Hinterseite der Iris verlaufende Dilatormuskel erzeugt, während die unterschiedliche Pigmentdicke das Licht der Leuchtstoffröhren an der Decke verschieden reflektiert, sodass die Augen von innen heraus zu strahlen scheinen. Die Pupillen gleichen schwarzen Löchern, deren Ernst alarmierend ist.

Sie spricht weiterhin sehr leise, jetzt aber fast zärtlich wie eine Geliebte. »Sagen Sie mir, Booth, was muss ich Ihnen noch nehmen, um Sie zum Reden zu bringen? Ihre Augen – damit Sie nichts Böses mehr sehen können? Was für ein schlimmer, schlimmer Verlust, wo Sie das Böse, das Sie tun, doch so gern beobachten!«

Jane setzt die Schere an seine Lippen.

»Ihre lügnerische Zunge? Dann müssten Sie alle meine Fragen schriftlich beantworten, während Sie das viele Blut zu schlucken versuchen.«

Sie nimmt die Schere von seinen Lippen, drückt sie aber gegen keinen anderen Körperteil. Stattdessen erschreckt sie ihn, indem sie mit der linken Hand nach hinten in seinen Schritt greift und sein Geschlecht unter der Anzughose streichelt.

»Gehen Sie ins Aspasia, Booth?«

Die eleganten, streng geheimen Freudenhäuser für die reichsten Förderer der Techno-Arkadier heißen Aspasia nach der Geliebten des Perikles, im fünften Jahrhundert vor Christus der führende Staatsmann Athens. Booth findet es beunruhigend, dass sie eines der bestgehüteten Geheimnisse der Arkadier kennt.

»Es gibt vier davon«, flüstert sie. »Los Angeles, San Francisco, New York, Washington. Haben Sie sie alle ausprobiert, Booth? Ich selbst habe mich in dem Aspasia in Los Angeles umgesehen.«

Die Enthüllung, dass sie in einem dieser streng bewachten Paläste des Eros war, alarmiert Booth, der sich einzureden versucht, dass sie lügt.

»Die beiden Reihen prachtvoller Phönixpalmen, von denen die lange Einfahrt gesäumt ist«, sagt sie. »Der Innenhof mit dem Pool von der Größe eines Sees. Kunst und Antiquitäten für Millionen Dollar. So viel Marmor und Granit und Vergoldung. Alles so stilvoll, dass schmutzige kleine Männer, die nie erwachsen geworden sind, hingehen und sich groß und wichtig fühlen können.«

Sie lügt nicht. Sie war in einem Aspasia gewesen. Was sie wirklich empfindet, liegt nicht in der Sanftheit, mit der sie spricht, oder in der Zärtlichkeit, mit der sie ihn durch die Hose streichelt, sondern in ihren jetzt vor Zorn funkelnden Augen. Was Jane im Aspasia gesehen hat, hat sie nicht nur empört; sie hat es offenbar als Gräuel empfunden, das ihren

Hass geweckt hat, und das Licht in ihren Augen ist das Licht des Abscheus.

»Eine der jungen Frauen im Aspasia ist eine bildschöne Eurasierin von achtzehn, neunzehn Jahren. Sie heißt LuLing. Na ja, das ist ihr Hurenname, den man ihr gegeben hat. Sie kann sich nicht an ihren richtigen Namen erinnern, weiß nicht mehr, was sie früher war, kennt weder ihre Angehörigen noch ihre Vergangenheit. Sie hat nicht mal einen *Begriff* von Vergangenheit oder Zukunft. Alles das und noch viel mehr ist aus ihrem Gedächtnis getilgt worden. Sie lebt nur für den Augenblick, Boo. Lächelnd und aufmerksam, ohne die geringsten Hemmungen. Man könnte sie als Freigeist bezeichnen, wenn ihr noch etwas Geist geblieben wäre. Sie lebt nur dafür, sich denen zu unterwerfen, die sie benützen, und ihnen jeden Wunsch zu erfüllen. Cool, was? Allein der Gedanke daran sollte Sie erregen, Boo.«

Er wagt nicht zu sprechen. Ihm wird jetzt klar, dass er ihre Fähigkeit zu … Grausamkeit unterschätzt hat.

Ihre sanfte Stimme wird zu einem atemlosen Flüstern. »Haben Sie extreme Begierden, Booth? Mögen Sie harten Sex? Härter als hart? Gefällt's Ihnen, wenn sie weinen?«

Gespielte Tapferkeit und demonstrative Überlegenheit haben Booth bisher immer geholfen, Krisen zu meistern. Sein Verstand arbeitet auf Hochtouren, während er überlegt, was er sagen und tun soll.

Ihr Gesicht nur eine Spanne von seinem entfernt. Ihre Hand streichelt weiter sein Geschlecht. Ihr Atem warm auf seiner Haut. »Mamas Junge hat Angst vor mir, nicht wahr? Hätte er keine, müsste sein kleiner Mann wenigstens ein bisschen steif werden, aber das tut er nicht. Angst ist gut, wenn sie einem hilft, die Wahrheit zu erkennen. Versprechen Sie, mir alles zu erzählen, was ich über die Arkadier wissen will. Tun Sie's nicht, kann sich nicht mal *Ihre* Fantasie ausmalen, was ich Ihnen antun werde.«

Gibt er die Geheimnisse der Arkadier preis, foltern und erschießen sie ihn als Verräter. Seine Mitverschwörer sind weit blutrünstiger als diese Schlampe, die im Kern ihres Wesens anständig geblieben ist. In den vergangenen Monaten hat sie ihm oft Kopfschmerzen gemacht, von denen manche schon fast Migränen waren. Vielleicht ist sie zu größeren Grausamkeiten fähig, als er bisher dachte, aber sie würde ihm – anders als manche seiner Mitstreiter – nie die Zunge herausschneiden oder ihn kastrieren. Sie macht ihm Angst, gewiss, aber gespielte Tapferkeit und Vertrauen auf seine Überlegenheit sind jetzt wie immer seine beste Hoffnung.

Angst hat seinen Mund mit reichlich Speichel gefüllt, den er nun zweckmäßig einsetzt, indem er ihr aus nächster Nähe ins Gesicht spuckt.

Er erwartet einen Wutausbruch und rechnet damit, gekratzt oder geohrfeigt zu werden, aber ihr Gesichtsausdruck bleibt heiter, und sie fasst ihn nicht an.

Sie bleibt noch einen Augenblick lang über ihn gebeugt, dann richtet sie sich langsam auf. Sie bleibt schweigend stehen, blickt ausdruckslos auf ihn hinab.

Ungefähr eine Minute vergeht, in der sie ihr Gesicht nicht abwischt. Speichelperlen glänzen auf ihren Wangen, an ihrem Kinn, und ein schleimiger Silberfaden hängt an der Spitze ihrer perfekten Nase.

Jane wendet sich von ihm ab und tritt an den Ausguss, aber sie reißt kein Papierhandtuch von dem Spender, um ihr Gesicht abzutupfen, dreht auch das Wasser nicht auf. Sie starrt aus dem Fenster.

Ihre Reaktion ist so unerwartet, dass Booth umso ängstlicher wird, je länger das Schweigen andauert. Es widerstrebt ihm, von ihr wegzusehen, aber dann dreht er auf der Fahrtrage liegend den Kopf nach rechts und betrachtet den Schläger im schwarzen Anzug, der seinen Blick aus Augen erwidert, die so dunkel sind wie die Löcher im Wüstenboden, aus denen Taranteln hervorbrechen.

Jane Hawk wendet sich vom Ausguss ab und sagt zu ihrem Komplizen: »Ich gehe ins Bad. Tu mir den Gefallen und stell ihn inzwischen ruhig.«

»Chloroform?«, fragt er.

»Nein. Kneble ihn. Kleb ihm den Mund zu.«

Sie sieht Booth nicht mehr an, sondern verlässt die Küche, ihr Gesicht noch immer nass von seinem Speichel.

Booth muss wieder daran denken, was sie vorhin gesagt hat. *Nicht einmal Ihre Fantasie kann sich ausmalen, was ich Ihnen antun werde.*

SECHSUNDZWANZIG

Tanuja Shukla saß in ihrem Arbeitszimmer am Computer und bewegte ihre einsame Heldin Subhadra auf einer ominösen und geheimnisvollen, aber letztlich magischen Reise durch eine stürmische Regennacht. Die Sätze wollten sich nicht mit der gewohnten Wortgewandtheit bilden, aber dieses Ringen war befriedigend.

Der Klingelton ihres Smartphones waren ein paar Takte aus »What a Wonderful World«. Sie lächelte und ließ ihn sich wiederholen, wie sie's meistens tat, während sie mitsang: »I see skies of blue and clouds of white.« Dann nahm sie das Gespräch an.

Eine vage bekannte Männerstimme sagte: »Onkel Ira ist nicht Onkel Ira.«

»Alles klar«, sagte Tanuja.

Sie hörte sich an, was an diesem Abend getan werden musste, und sagte, sie habe verstanden und werde ihren Anweisungen entsprechend handeln.

Als sie fertig war, sagte der Anrufer: »Auf Wiedersehen, Sex Toy.«

»Goodbye«, sagte sie, legte das Handy weg und wandte sich wieder ihrem Kurzroman zu.

Im nächsten Augenblick sang sie: »I see trees of green and red roses too«, als sie nach ihrem Handy griff. Aber die Musik wiederholte sich nicht. Der erwartete Anruf blieb aus. Der Anrufer musste nach dem ersten Klingeln aufgelegt haben – oder Tanuja hatte sich den Klingelton eingebildet.

Sie starrte das Smartphone einen Augenblick lang verwirrt an. Dann zuckte sie mit den Schultern und kehrte zu ihrer Erzählung von Subhadra im Sturm zurück.

Ab und zu berührte sie geistesabwesend den rechten Mundwinkel, der eine kleine Wunde aufwies, aber die Verletzung blutete schon seit Stunden nicht mehr, und ihre Finger blieben jedes Mal trocken.

SIEBENUNDZWANZIG

In dem kleinen Bad neben dem Gästezimmer wusch Jane sich das Gesicht mit Seife, spülte mit Wasser nach und trocknete es mit einem Gästehandtuch ab.

Am Waschbecken lehnend starrte sie in den Spiegel, in ihre Augen, die ihr in letzter Zeit fremd erschienen, und fragte sich, ob sie tatsächlich schaffen würde, was sie sich zu tun vorgenommen hatte.

Selbst als junges Mädchen hatte sie nie viel Zeit darauf verwandt, sich in Spiegeln zu betrachten. Sie sah ihrer Mutter zu ähnlich, sodass jedes Spiegelbild eine Erinnerung an diesen traurigen Verlust war. Kaum weniger bedeutsam war, dass ihr Bild im Spiegel sie an die Verwirrung, die Selbstzweifel, die Angst und die Feigheit erinnerte, die sie gelähmt hatten, als sie als Neunjährige außerstande gewesen war, ihren Vater zu beschuldigen, er habe ihre Mutter ermordet, obwohl sie guten

Grund zu der Annahme gehabt … nein, obwohl sie *gewusst* hatte, dass er sie ermordet und die Tat als Selbstmord getarnt hatte. Wir wachsen, wir verändern uns, wir werden endlich reifer, vielleicht ein bisschen weiser, aber jeder Blick in den Spiegel zeigt uns auch, wer wir waren, ein schwaches Echo aus der Vergangenheit und wieder einmal eine stille Abrechnung.

Diesmal war das Problem nicht Feigheit. Booth Hendrickson anzutun, was sie plante, erforderte keinen Mut. Stattdessen war Skrupellosigkeit angesagt. Sie brauchte ein gepanzertes Herz, nicht gegenüber aller Welt, aber gegenüber denen, die ihr eigenes Menschentum nicht mehr in anderen sehen konnten, die andere ausbeuteten, die kein Lebensrecht anerkannten außer ihrem eigenen, für die Macht so lebenswichtig war wie Luft und Wasser. Solche Reptilien hatte es auf der Welt immer in lästiger Zahl gegeben, aber heutzutage gediehen sie wie nie zuvor, weil Jahrhunderte voller technischer Fortschritte ihnen mehr Macht gaben, als die Könige von einst sich hätten erträumen können: Macht, die nur gütigen Göttern hätte anvertraut werden dürfen.

Hendrickson konnte sie nicht mit den Techniken verhören, die sie bei anderen nützlich gefunden hatte. Seine Arroganz war für ihn Rüstung und Festung zugleich. Wie bei seinem Halbbruder waren die tiefsten Wurzeln seiner Psychologie zu einem Gordischen Knoten verschlungen, der in seiner frühesten Kindheit geknüpft worden war und seither weitere Windungen dazubekommen hatte. Dieser Mann in den Vierzigern glich einer mächtigen Eiche, aber er war im Kern verfault, seine Äste und Zweige deformiert – und unbelaubt, wenn Blätter ein Zeichen von Gesundheit waren. Er war ein Labyrinth aus Täuschung, ein Urwald an Falschheit, und sie durfte den Antworten, die er gab, nur äußerst skeptisch trauen.

Bei solch einem Mann blieb ihr nichts anderes übrig, als außergewöhnlich grausam zu sein. Andererseits beriefen sich unzählige Psychopathen auf genau diese Rechtfertigung.

Sie schloss die Augen und versuchte, sich an ihren Sohn zu erinnern, wie sie ihn zuletzt gesehen hatte: auf dem von einem Plankenzaun umgebenen Reitplatz neben dem Stall auf Gavin und Jessica Washingtons Ranch, auf der er sicher versteckt war: mit Sonnenlicht und Blätterschatten auf dem Gesicht; auf einem niedrigen Hocker stehend, um das Exmoor-Pony Hannah, das die Washingtons vor Kurzem für ihn gekauft hatten, striegeln zu können; sein von der leichten Brise bewegtes dunkles Haar lockig wie das seines Vaters; seine Augen blau und klar wie ihre, aber von einer Unschuld erfüllt, die sie längst verloren hatte.

Früher war er nach jedem ihrer seltenen Besuche mit ihr zu ihrem Wagen gegangen und hatte ihr nachgesehen, wenn sie wegfuhr. Aber solche Abschiede konnte er nicht mehr ertragen. Bei ihrem letzten Besuch hatte er sie bald nach ihrer Ankunft durch Jessica bitten lassen, wenn sie fahren müsse, solle sie einfach so tun, als gehe sie auf die Veranda oder nach nebenan, um zu lesen, und wegfahren, ohne ausdrücklich *Goodbye* zu sagen.

Und so hatte sie eine Zeitlang dagestanden und zugesehen, wie er das Pony striegelte und dabei erzählte, wie schnell er unter Gavins Anleitung reiten gelernt habe, wie clever Hannah sei und wie gut sie sich mit den Schäferhunden Duke und Queenie angefreundet habe. Dann kam wie immer der Augenblick, in dem ihr Kummer, ihn verlassen zu müssen, sich mit jeder Minute zu verdoppeln schien, sodass sie nie mehr gehen würde, wenn sie nicht sofort ging. Aber sie hatte zu viele Geheimnisse erfahren und zu vielen Leuten geschadet, deren Reichtum und Macht nur durch ihre Arroganz und ihre genüsslich zelebrierte unerbittliche Bösartigkeit übertroffen wurden. Stieg sie aus diesem grimmigen Kampf aus, würden ihre Feinde niemals aufhören, nach ihr zu fahnden, und sie irgendwann aufspüren. Damit würden sie zugleich ihn finden. Kein fremdes Land war weit genug entfernt, kein Lebensstil zu bescheiden, keine Identitäten geschickt genug gefälscht, um sie in die Irre zu führen – nicht wenn sie unzählige Augen am Himmel, ungefähr hundert Millionen Kameras auf der Erde und das wachsende Internet der Dinge hatten, das ihnen eines Tages Zutritt zu jedem Raum weltweit gewähren würde. Und so … und so küsste sie Travis auf die Wange, während er Hannah striegelte, und sagte, sie wolle einen Spaziergang machen, und ging durch die Hintertür ins Haus, vorn wieder hinaus und zu ihrem Wagen. Als sie davonfuhr, war die Straße vor ihr dunkel und verschwommen wie bei einem Unwetter, obwohl der Tag hell und blau war.

Jetzt, im Gästebad der Familie Mendez, betrachtete sie ihr Spiegelbild und wusste ohne den geringsten Zweifel, dass sie die schreckliche Tat, die sie geplant hatte, würde ausführen können. Als Verteidigerin der Unschuldigen – nicht nur ihres Sohns, sondern auch der vielen Menschen, deren Seelen die Arkadier geraubt hatten oder noch rauben würden – würde sie keine moralische Schuld auf sich laden, sich nicht vor dem Gericht der Ewigkeit verantworten müssen.

Aber es wäre töricht gewesen, zu glauben, die bevorstehende Tat werde sie nicht für den Rest ihres Lebens belasten. Und töricht war Jane eben nicht.

ACHTUNDZWANZIG

In dieser Jahreszeit gehörten die kühlen Morgenstunden den Pferden, und wie jeder Morgen mit Pferden brachte dieser letzte Samstag im März idyllische Stunden mit friedlichen Rhythmen, schlichten Naturbildern und wohltuender Entspannung ohne störende Note oder beunruhigende Anzeichen, bis sie im Schatten von Schwarzpappeln an einem Bach haltmachten, um zu Mittag zu essen.

Am Samstagmorgen, wenig mehr als eine Stunde nach Tagesanbruch, hatte Gavin Washington den Hengst Samson gesattelt, und der junge Travis hatte in guter Haltung auf seinem Pony Hannah gesessen. Dann waren sie gemeinsam in die östlichen Hügel des Orange County geritten, wo der Chaparral nach dem kürzlichen Starkregen grün war. Von dem nächtlichen Unwetter waren noch einige Wolken übrig, die sich jedoch rasch auflösten, als sei der Himmel ein blau gewölbtes Wunder, das aus ihnen hervorgegangen war.

Im Sattel sprachen die beiden nicht viel miteinander, weil Reiten eine Art Meditation war, die Gavin schon lange genoss und der Junge zu lernen begann. Eine Zeitlang ließen sie die Pferde langsam im Schritt gehen, sodass nur ihr Hufschlag, das Rattern losgetretener Steine, das Knarren ihrer Ledersättel und das gelegentliche Rascheln einer Brise durch Salbei und Federgras, wilden Hafer und langstieligen Buchweizen zu hören waren. Aufgescheuchte Kaninchen flüchteten vom Trail in den Busch, und Eidechsen beobachteten sie mit starrem Blick von sonnenwarmen Felsen aus.

Als sie nach Norden abbogen, um die Sonne rechts von sich zu haben, ließen sie ihre Pferde etwas schneller gehen, aber Gavin war noch nicht bereit, den Jungen außerhalb des Reitplatzes traben zu lassen.

Hoch über ihnen segelten Rotschwanzbussarde in der Thermik und jagten Mäuse und anderes Kleingetier, das zum harten Leben auf dem Erdboden verdammt war. Das Luftballett dieser Raubvögel konnte hypnotisierend sein, und Gavin ermahnte Travis, ebenso auf den Trail vor ihnen zu achten. Obwohl die nach Westen ausgreifenden Schatten von Buschwerk und Felsen noch auf den Reitweg fielen, war der Tag schon warm genug für Klapperschlangen.

Sie bogen in einen nach Osten führenden Canyon ab, dessen Steilwände zu einem Bach abfielen, der nach dem letzten Regen zu viel Wasser führte, als dass Travis erstmals hätte versuchen können, ihn zu durchqueren. Aber der leicht ansteigende Boden der Schlucht war gut zu bewältigen, und links von ihnen erfreute das in der Sonne glitzernde und rauschende Wasser Auge und Ohr.

Kurz nach elf Uhr erreichten sie ein lichtes Wäldchen aus Schwarzpappeln. Dort stiegen sie ab, führten die Pferde an den Bach und hielten die Zügel, während Samson und Hannah tranken. Das Wasser war so klar, dass Gavin keine Bedenken hatte, weil frühere Unwetter alle Sedimente fortgeschwemmt hatten.

Sie ließen die Pferde in dem üppigen Gras weiden, das hier den Boden der Schlucht bedeckte – vielleicht nicht nur wegen der reichlichen Regenfälle, sondern auch wegen eines Grundwassersees unter dem Canyon. Sie breiteten eine Decke aus und setzten sich in den Schatten, um Hühnchensandwichs zu essen und Eistee aus Thermosflaschen zu trinken.

»Tante Jessie macht gute Sandwichs«, sagte der Junge.

»Geheiratet hab ich sie nur«, behauptete Gavin, »wegen ihrer Sandwichs, ihrer selbst gemachten Ravioli und ihres Pfirsichkuchens.«

Travis kicherte. »Das ist Unsinn.«

»Ach, wirklich? Seit wann bist du Experte für Unsinn?«

»Du hast sie geheiratet, weil du sie liebst.«

Gavin verdrehte die Augen. »Welcher Mann würde eine Frau mit solchen Sandwichs nicht lieben?«

Irgendwo in der Ferne erklang ein merkwürdiges Summen wie von einem elektrischen Werkzeug, aber als er sich darauf zu konzentrieren versuchte, wurde das Geräusch leiser und hörte ganz auf.

»Wie steht's mit deinem Sonnenschutz, Travis?«

»Ich bin nirgends rot oder sonst was.«

»Trotzdem erneuern wir ihn lieber, bevor wir heimreiten.«

Gavin war Afro-Amerikaner, aber der Junge hatte keltisches Blut in den Adern und musste im Frühjahr erst langsam braun werden.

»Ich wollte, ich wäre schwarz wie du.«

»Pass auf, wir machen heute nach dem Abendessen einen Bruder ehrenhalber aus dir.«

»Wie geht das?«

»Wir legen eine CD von Sam Cooke auf und schminken dich mit Schuhcreme und sagen den Zauberspruch.«

»Du machst Quatsch.«

»Ich kann dir was erzählen, das noch alberner klingt.«

»Was denn?«

»Früher sind in dieser Gegend Wale rumgeschwommen.«

»Noch mehr Quatsch, Onkel Gavin.«

»Dieses trockene Land hat bis weit nach Osten in die Wüste hinein tief unter einem Meer gelegen.«

»Wann?«

»Na ja, nicht letzten Monat. Aber vor vier Millionen Jahren, das steht fest. Hier sind Knochen von Bartenwalen gefunden worden. Hättest du vor vier Millionen Jahren hier draußen Hühnersandwichs gegessen, hättest du wie Jona im Bauch von Leviathan enden können.«

Das Summen war wieder zu hören. Diesmal wurde es stetig lauter.

»Was ist das?«, fragte Travis.

»Komm, wir sehen mal nach.«

Gavin stand auf und ging vom Bach weg durch das Wäldchen bis zum Waldrand. Das Summen schien von über ihnen zu kommen. Er hielt eine Hand schützend über seine Augen, aber er brauchte den Himmel nicht nach dem Geräusch abzusuchen.

Mit ungefähr fünfundzwanzig Stundenkilometern kam die Quadrokopter-Drohne unterhalb des Canyonrands wie ein fünf Kilo schweres Insekt mit einer kardanisch aufgehängten Kamera unter dem Bauch aus Osten herangesurrt.

Obwohl diese Hügel und Canyons einsam waren, lagen sie nicht allzu weit von der Zivilisation entfernt. Im Orange County gab es Dutzende von Städten, deren Ausläufer sich bis in die Wildnis erstreckten. Andererseits waren Travis und er nicht in der Nähe irgendeiner Wohnsiedlung mit tausend Häusern. Hier draußen hatten sie noch nie eine Drohne gesehen.

Die lästigen Dinger konnten für zahlreiche legitime Zwecke eingesetzt werden. Immobilienmakler filmten zum Verkauf stehende Objekte mit ihnen, und Landvermesser hatten sie als nützliches Werkzeug entdeckt. Aber dieses Gebiet stand unter Naturschutz, würde niemals mit Wohn- oder Geschäftshäusern oder Einkaufszentren bebaut werden.

»Was macht die hier?«, fragte Travis, als die Drohne näher kam.

Sie standen im Schatten am Waldrand. »Komm«, sagte Gavin und zog den Jungen tiefer unter die Bäume, wo sie die summende Drohne nicht mehr sehen konnten – und selbst unsichtbar waren.

»Was macht die hier?«, fragte Travis noch mal.

»Vermutlich gehört sie einem Technikfreak, der sein neuestes Spielzeug ausprobiert.«

»Wieso hier draußen?«

»Lieber hier, wo er keinen Sachschaden riskiert, falls was schiefgeht. Los, wir essen weiter, bevor die Ameisen sich über unsere Sandwichs hermachen.«

Sie gingen zu ihrer Decke im kühlen Schatten zurück.

Die Bäume des Wäldchens standen teilweise weit auseinander. Hätte die Drohne sie direkt überflogen, wären die Pferde vielleicht nicht ganz unsichtbar gewesen.

Gavin konnte das Summen der Drohne noch immer in der Ferne hören. Er verschlang den Rest seines Sandwichs mit zwei Bissen, dann holte er die Pferde zu ihnen. Er band sie an die unteren Äste eines Baums, unter dem sie in tiefem Schatten standen.

»Müssen aufpassen, dass sie's kühl genug haben«, erklärte er dem Jungen. »Übrigens gibt es Brownies als Nachtisch, falls du welche magst.«

»Ich hätte Tante Jessie allein wegen ihrer Brownies geheiratet.«

»Keine Chance, Cowboy. Ich hab sie zuerst gesehen.«

Gavin konnte jetzt zwei Drohnen hören, eine in größerer Entfernung als die andere. Eine flog vermutlich von Süden nach Norden, die andere in Ost-West-Richtung. Vielleicht waren es sogar drei.

»Ich höre mehr als eine«, sagte Travis.

»Ein ganzer verdammter Club von Freaks, die vielleicht ein Wettfliegen veranstalten«, sagte Gavin. Er lehnte sich mit dem Rücken an einen Baumstamm, versuchte unbekümmert zu wirken.

Er fragte sich, weshalb er das Bedürfnis hatte, dem Jungen etwas vorzuspielen. Seine Erklärung war vermutlich zutreffend. Jessies und seine Freundschaft mit Nick und Jane war relativ kurz und diskret gewesen. Seit sie Travis vor zweieinhalb Monaten zu sich genommen hatten, hatten die Verfolger der Mutter des Jungen keine Verbindung zwischen ihr und ihnen hergestellt.

Falls die Leute, die Jagd auf Jane machten, plötzlich eine Verbindung zu Gavin und Jessica hergestellt *hatten*, würden sie Travis und ihn nicht mit Drohnen verfolgen. Sie würden im Haus sein, Jessie als Geisel genommen haben und darauf warten, dass Mann und Junge ihnen bei ihrer Rückkehr in die Fänge gerieten.

NEUNUNDZWANZIG

Als Jane in die Küche kam, war Gilberto Mendez nicht auf den Stuhl und zu seinem Kaffee zurückgekehrt. Er stand kerzengerade, mit zurückgenommenen Schultern und ernster Miene am Ausguss wie sonst vielleicht, wenn er am Eingang eines seiner Aufbahrungsräume Trauernde begrüßte, die Abschied von einem Angehörigen nehmen wollten.

Booth Hendrickson war weiter in halb sitzender Stellung auf der Fahrtrage festgeschnallt. Gilberto hatte ihm eine Mullbinde in den Mund gestopft und ein breites Stück Gewebeband darübergeklebt.

Sogar geknebelt gelang es dem Granden aus dem Justizministerium, seine Verachtung auszudrücken, indem er sein Kinn erhoben ließ, die Augen leicht zusammenkniff und Sorgenfalten vermied. Jane spürte, dass sein Mund unter dem Klebeband zu einem geringschätzigen Schmollen verzogen war.

Sie stand neben der Fahrtrage, blickte auf ihn hinunter, stellte ihre Überzeugung auf die Probe und gab sich eine letzte Chance, einen anderen Kurs als den zu steuern, für den sie sich früher entschieden hatte. Aber sie stieß ihren Entschluss nicht um.

»Ich habe Shenneck und D.J. Michael für die beiden Köpfe der Schlange gehalten, aber nun sind sie tot, und die Schlange lebt noch immer. Ich muss wissen, wer die wahre Macht hinter Ihren Arkadiern ist, wer bei Ihnen auf dem Thron sitzt. Und ich muss noch viel mehr wissen.«

Hendrickson schüttelte den Kopf, nein, spielte den harten Hund, der selbst in einer extremen Notsituation unnachgiebig blieb.

»Ich könnte Sie verhören wie die anderen, aber Sie lügen so gut wie der Teufel persönlich. Ich kann's mir nicht leisten, mich auf eine falsche Fährte oder in eine Falle locken zu lassen.«

Falls das mit zugeklebtem Mund möglich war, grinste Hendrickson hämisch.

»Es gibt nur ein Mittel, das mir garantiert, dass Sie die Wahrheit sagen.«

Er zog eine Augenbraue hoch.

»Im Januar, zwei Monate nach Nicks Tod, haben wir noch in unserem Haus in Virginia gelebt. Dort ist etwas Unheimliches passiert. Ich sitze am Computer, recherchiere wegen unwahrscheinlicher Suizide. Travis ist in seinem Zimmer, spielt mit Lego. Ich merkte nicht, dass irgendein Dreckskerl sich mit einem elektrischen Dietrich Zugang verschafft hat und jetzt im Zimmer meines Jungen ist.«

Hendricksons Stirn war nicht mehr so glatt wie zuvor.

»Dieser Kerl unterhält Travis mit lustigen Storys. Schickt ihn zu mir, um fragen zu lassen, was ›Natsat‹ und ›Milch plus‹ bedeuten. Ich denke zunächst an ein Spiel, aber das sind Ausdrücke aus *A Clockwork Orange* von Anthony Burgess. Dieser Roman hat mich im College stark beeinflusst, hat mich dazu bewogen, zum FBI zu gehen. Als Travis wieder reinkommt und sagt, dass Mr. Droog in seinem Zimmer ist, kapiere ich endlich. ›Droogs‹ nennen sich die durchgeknallten, ultrabrutalen Ganoven in dem Roman. Travis sagt, dass Mr. Droog mit ihm ein echt lustiges Spiel spielen will, das Vergewaltigung heißt.«

Hendricksons Augen waren blassgrüne Gifttümpel.

»Also behalte ich Travis bei mir, nehme meine Pistole mit, durchsuche das Haus und finde niemanden, nur die offene Hintertür«, fuhr Jane fort. »Dann klingelt das Telefon. Der Anrufer ist Mr. Droog. Wenn ich weiter wegen Nicks Tod und all der anderen Selbstmorde ermittle, droht er mir, entführen sie meinen Jungen und schicken ihn als Sexsklaven zum IS oder den Boko Haram, bis sie seiner überdrüssig sind. Und er droht mir, auch mich zu den Boko-Boys zu schicken, wenn ich meine Ermittlungen nicht einstelle.«

Sie schloss die Augen und atmete tief durch, denn speziell mit diesem Mann über dieses Thema zu sprechen, weckte in ihr eine Lust auf Gewalt, der sie nicht nachgeben durfte.

Sie sah wieder auf Hendrickson hinab. »Dieser Mr. Droog hatte einen markanten Bariton mit bestimmten Sprechmustern, die ich nie vergessen werde. Niemals. Und ich habe *Sie* nicht vergessen, Mr. Droog. Als Sie aufgewacht sind und mir erklärt haben, dass es Ihnen gefällt, wenn schöne Frauen große Wörter wie *Hyperbel* gebrauchen, habe ich Sie erkannt. Eindeutig erkannt.«

Sie trat an den Kühlschrank, nahm den Medexpress-Behälter heraus und stellte ihn auf den Küchentisch. Das Thermometer im Deckel zeigte eine Innentemperatur von 3,9 °C an – im unteren Bereich der Frischhaltezone für seinen Inhalt.

Aus ihrer Sporttasche holte sie einen dünnen Gummischlauch zum Abbinden, ein eingeschweißtes Feuchttuch zum Desinfizieren und eine steril verpackte Injektionsspritze.

Durch Mull und Klebeband hindurch stieß Hendrickson dumpfe Laute aus, die vielleicht eine dringende Frage waren.

Jane öffnete den Medexpress-Behälter. Die modularen Cryo-Max-Kühlpackungen waren noch weitgehend gefroren.

Aus dem Behälter nahm sie drei große Ampullen mit einer wolkigen bernsteingelben Flüssigkeit, die in Isolierhüllen steckten und alle die gleiche Chargennummer trugen, weil sie dafür bestimmt waren, zur selben Zeit injiziert zu werden. Dies waren einige der Muster, die sie Anfang des Monats aus Bertold Shennecks Landhaus im Napa Valley mitgenommen hatte, als sie gemeinsam mit einem Verbündeten das Wochenendhaus des Erfinders des Nanomaschinen-Kontrollmechanismus gestürmt hatte.

Diese Muster hatte sie als Beweismittel aufbewahren wollen. Nun waren sie mehr als nur Beweise. Sie waren ein wertvolles Werkzeug schrecklicher Gerechtigkeit.

Die Laute, die Hendrickson von sich gab, klangen nicht mehr fragend, sondern nachdrücklich, ein gedämpfter, aber energischer Protest.

»Tut mir leid, aber im Umgang mit Ihnen gibt es keine andere Möglichkeit«, sagte sie. »Kein anderes Mittel, die Wahrheit zu erfahren, und ich brauche die Wahrheit wirklich dringend, Mr. Droog. Zum Glück habe ich von Shenneck bekommen, was ich brauche, um Ihnen die Wahrheit zu entlocken.«

Er versuchte zu strampeln und um sich zu schlagen, sodass die Fahrtrage schwankte, aber er konnte sich nicht von den Gurten befreien.

Sie wartete, bis seine Kräfte erschöpft waren, dann benutzte sie die Schere, um den rechten Ärmel seines weißen Oberhemds abzuschneiden.

Er versuchte, Widerstand zu leisten, konnte sie aber nicht daran hindern.

Der abgeschnittene Ärmel wurde abgezogen, flatterte zu Boden.

Auf seinem nackten Arm hatte er eine Gänsehaut. Seine blasse Stirn glitzerte von unzähligen Schweißperlen.

DREISSIG

Dies darf auf keinen Fall geschehen. Dies ist empörend. Er ist, wer er ist, und *kein* Kandidat für eine Anpassung.

Kein Mensch hat ihm gesagt, dass sie im Besitz von Ampullen mit Kontrollmechanismen sein könnte. Das heißt, dass niemand davon weiß.

Bekannt ist so weit, dass die verrückte Schlampe Geld aus Shennecks Safe in seinem Landhaus mitgenommen hat. Vermutlich hat sie auch seine Forschungsunterlagen auf Datenträgern an sich gebracht, weil er im Napa Valley wie in seinem Labor in Menlo Park gearbeitet hat. Aber keiner weiß, dass ihr Ampullen mit Kontrollmechanismen in die Hände gefallen sind.

Shenneck hätte sie niemals an einem so schlecht bewachten Ort aufbewahren dürfen. Sie hätten in Menlo Park gelagert sein müssen. Was zum *Teufel* hatte das dämliche Arschloch sich dabei gedacht? Solche Fahrlässigkeit, solche Arroganz, solche unglaubliche *Dummheit!* Wahrscheinlich hatte der syphilitische Idiot damit seine Frau Inga behandeln wollen – auch ohne Besen eine dominante Hexe. Vielleicht hatte er sie in seine persönliche Version eines Aspasia-Girls verwandeln wollen.

Dies ist nicht hinnehmbar. Undenkbar. Dies darf nicht zugelassen werden. Er ist, wer er ist. Er ist, wer er ist, und sie ist eine gewöhnliche Plebejerin, die sich anmaßt, in seiner Liga zu spielen. Dass sie so weit gekommen ist, verdankt sie nur ihrem Glück, nichts anderem.

Als sie die Injektionsspritze auspackt, kommt Booth der Verdacht, dass vielleicht einige Arkadier wissen, dass sie im Besitz von Kontrollmechanismen ist, aber ihm nichts davon gesagt haben. Je nachdem, welcher Zelle man angehört, welche Position man bekleidet, erfährt man nur, was man unbedingt wissen muss. Aber er hat immer geglaubt, alles zu wissen, der ultimative Insider zu sein. Wenn jemand entschieden hat, solches Wissen müsse für Höherstehende reserviert bleiben ... Es gibt keine Ehre mehr. Keine Integrität. Überall nur Verrat. Intrigen, Oberflächlichkeit, Verrat und ruinöse Unordnung! *Dies darf auf keinen Fall geschehen.*

EINUNDDREISSIG

Jane packte die Injektionsspritze aus und überzeugte sich davon, dass die Kanüle fest auf dem Glaszylinder saß.

Sie schlang den dünnen Gummischlauch um seinen Bizeps und zog ihn straff an. Mit einem Zeigefinger palpierte sie die Venen in seiner Ellbogenbeuge, bis sie eine fand, die genügend hervortrat.

Sie riss die sterile Verpackung auf und benutzte das feuchte Tuch dazu, die Einstichstelle zu desinfizieren.

Von Booth Hendrickson kamen jetzt ganz andere Laute als zuvor: ein jämmerlich bittendes Flehen.

Die Finger seiner geöffneten Hand waren zitternd gespreizt, griffen aus, soweit es der Gurt erlaubte, und glichen denen eines ängstlichen Bettlers, der um Almosen bittet.

Als sie seinen brennenden Blick erwiderte, flehten seine Augen sie an, nicht weiterzumachen, baten um die Barmherzigkeit, die er anderen nie gewährt hatte.

Die gedämpften Schreie, die er jetzt ausstieß, waren so erbärmlich wie das Wimmern eines schwer verletzten Tiers.

Gilberto erschien an Janes Seite. »Lass mich das machen. Ich habe die Ausbildung dafür.«

»Nein, nicht du. Nicht ausgerechnet das hier«, murmelte sie. »Dies ist meine Sache, ausschließlich meine.«

Als Jane den Inhalt der ersten Ampulle für eine intravenöse Injektion aufzog, begann Hendrickson wie ein ängstliches Kind zu weinen, das sich in einem dunklen Wald verirrt hat. Der Wald war das Leben, das er für sich selbst geschaffen hatte, und das Dunkel war die Dunkelheit einer Seele, die er so lange vernachlässigt hatte, dass ihr Docht so klein geworden war, dass sie sich nicht mehr entzünden ließ, um wenigstens einen Hoffnungsschimmer zu verbreiten.

Jane zögerte, ihm den Inhalt der ersten Ampulle zu injizieren. Sie zitterte heftig, als habe eine eisige unsichtbare Gestalt einen Augenblick lang ihren Platz eingenommen, bevor sie auf ihrem Weg in irgendeine namenlose Leere durch sie hindurch weitergezogen war.

Das menschliche Herz war vor allem trügerisch, ihres nicht weniger als jedes andere. Auf dieser gefährlichen Mission, in der sie unterwegs war, waren die Tage hart und die Nächte einsam, und es gab nur zwei Beweggründe, die sie antrieben: erstens ihre Liebe zu ihrem Sohn und ihrem verstorbenen Mann; zweitens die Überzeugung, in dem ewigen Kampf zwischen Gut und Böse müsse man unbedingt auf der Seite des Guten stehen. Aber es gab die Versuchung, das Böse mit den eigenen Waffen zu schlagen und so zu riskieren, genau das zu werden, was man zu bekämpfen geschworen hatte. Sie konnte nicht überzeugt behaupten, ihr Herz brenne mehr für Gerechtigkeit als für Rache, und mit dieser Selbsttäuschung in Bezug auf ihr

Motiv begann der lange Niedergang der Seele. Letztlich konnte sie nur auf die Gewissheit – und die Überzeugung ihres Herzens – vertrauen, dass ihre Liebe zu Nick und Travis größer war als ihr Hass auf Hendrickson und seine Mitverschwörer, weil nur Liebe, allein Liebe sie gegen das Böse immun machte.

In ihrer Erinnerung hörte sie Mr. Droog an jenem Januartag am Telefon: *Nur so zum Spaß könnten wir den kleinen Scheißer in einen Höllenpfuhl in der Dritten Welt bringen, ihn einer Terrorgruppe wie dem IS oder der Boko Haram überlassen, die bedenkenlos Sexsklaven halten. Manche dieser harten Typen sind so schrecklich scharf auf kleine Jungen wie auf kleine Mädchen … Sie wären mehr nach meinem Geschmack als Ihr Sohn, aber ich würde nicht zögern, Sie mit ihm zu den Boko-Boys zu schicken. Kümmern Sie sich um Ihren eigenen Kram statt um unseren, dann wird alles gut.*

Jetzt sah sie erneut in Hendricksons blassgrüne Augen und sagte: »Und wenn ich dafür zur Hölle fahre, gehen Sie nur *mich* an.«

Es war keine Kleinigkeit, einen Mann seines freien Willens zu berauben, auch wenn er stets der Überzeugung gewesen war, anderen die Autonomie über Körper und Verstand zu rauben, sei sein gutes Recht sowie die Straße nach Utopia.

Sie injizierte ihm den Inhalt der ersten Ampulle, dann den der zweiten.

Weil Schreie ihm keinerlei Hoffnung auf Rettung mehr geben konnten und weil sie sich verpflichtet fühlte, sein Gesicht ganz zu sehen, seine bitteren Verwünschungen zu ertragen, während sie aus einem Mann eine Marionette machte, riss sie ihm das Gewebeband vom Mund und ließ ihn den durchnässten Knebel ausstoßen.

Aber er verwünschte sie nicht, sprach kein Wort und weinte nicht einmal.

Als sie den Inhalt der dritten Ampulle aufzog, begegneten ihre Blicke sich erneut. Er wirkte verzweifelt, wie gelähmt.

Aber dann erfasste ihn ein subtiler Wandel, und in seinen Augen schien etwas wie Ehrfurcht aufzusteigen, als sehe er nicht zu einer mutterlosen Witwe auf, die darum kämpfte, das Leben ihres Kindes zu retten, sondern zu irgendeiner wilden heidnischen Göttin, die Verkörperung unbegrenzter Macht, eine geheimnisvolle Wundergestalt. Und er wirkte wie erlöst, als lasse seine Machtgier, die nun niemals mehr befriedigt werden würde, sich auch dadurch befriedigen, dass er sich fremder Macht *hingab*, als sei sein brennender Wunsch, alle vor sich knien zu sehen, nur das Spiegelbild eines ebenso starken Herzenswunsches, auf den Knien liegend zu leben und den Ring der Herrscherin zu küssen.

Ein neuerlicher kalter Schauder durchlief Jane, aber statt sie nur zittern zu lassen, nistete er sich vorerst in ihren Knochen ein.

TEIL DREI

ALEKTO IM AUFSTIEG

EINS

Gavin und Travis, an beiden Enden der Decke mit dem Rücken an einem Baumstamm lehnend, aßen die Brownies auf und horchten auf das deutliche Pfeifen von Zaunkönigen, das durch die Schatten unter den Schwarzpappeln hallte. Mann und Junge fühlten sich im Gespräch ebenso wohl wie jetzt in geselligem Schweigen.

In weniger als drei Monaten hatte Gavin nicht nur einen Beschützerinstinkt, sondern geradezu väterliche Gefühle für den Jungen entwickelt. Und Jessica liebte ihn, als hätte sie ihn empfangen und selbst zur Welt gebracht. Jede Wunde, die Travis erlitt, würde ihre Wunde sein. Sollte ihm in ihrer Obhut etwas zustoßen, würde die ihnen noch verbleibende Lebenszeit kummervolle Jahre sein, in denen selbst lichte Momente stets von Trauer überschattet waren.

Der Junge sagte: »Ich bin ein bisschen müde.«

»Mach ein Nickerchen, Kiddo. Wir müssen nirgends hin.«

»Bist du nicht müde?«

»Nö. Ich kann nur schlafen, wenn ich mit den Zehen an einem Dachbalken in der Scheune hänge.«

»Batman«, sagte Travis grinsend, denn sie spielten manchmal ein Spiel, in dem Gavin lächerliche Behauptungen über sich aufstellte und der Junge erraten musste, welche Identität er angenommen hatte.

»Das war zu leicht. Während du ein Nickerchen machst, denke ich mir eine aus, die du nie errätst.«

Travis rollte sich auf seiner Hälfte der Decke zusammen und ließ müde einen zufriedenen Seufzer hören.

Gavin hörte gelegentlich das Summen der Drohnen, meistens in der Ferne. Obwohl sie bestimmt nichts mit Travis oder ihm zu tun hatten, wollte er erst unter den Bäumen hervorkommen, wenn er zwanzig Minuten oder eine halbe Stunde lang keine mehr gehört hatte.

Vermutlich wusste das auch der Junge und stellte sich schlafend, um Gavin die Verlegenheit zu ersparen, Ausreden dafür erfinden zu müssen, dass sie noch nicht aufbrachen. Travis hatte das gute Aussehen seiner Eltern geerbt; später würde er ein Herzensbrecher sein, aber keine Herzen brechen, weil er auch ihre Intelligenz geerbt hatte und schon als Kind begriffen hatte, dass falsche Handlungen eines Menschen anderen Menschen Schmerz zufügten. Er war bereits durch ein Stahlbad aus Trauer gegangen und verdankte ihm ein Gefühl für die Empfindungen anderer, das nur wenige Kinder seines Alters besaßen und manche Leute niemals erwarben. Falls er beschloss, in die Fußstapfen seines Vaters zu treten, würde er einen verdammt guten Marine abgeben.

Gavin Washington war in der Army gewesen. Jessica und er hatten Nick und Jane vor eineinviertel Jahren bei einer Wohltätigkeitsveranstaltung zugunsten des Wounded Soldier Project in Virginia kennengelernt. Ihre Freundschaft war rasch und mühelos gewachsen, denn sie hatten bei den jeweils anderen gemeinsame Ansichten und Überzeugungen entdeckt, ohne sie dezidiert aussprechen zu müssen.

Manchmal hatte Gavin das Gefühl, das Schicksal habe sie als Vorbereitung auf all den Scheiß, der Jane bevorstand, zusammengebracht. Weil Nick und er für Special Operations ausgebildet waren, war ihnen das Bedürfnis für Diskretion fast angeboren. Weder die Hawks noch die Washingtons interessierten sich für soziale Medien; es gab keine Facebook-Posts von ihnen, keine Accounts bei Instagram oder Snapchat. Sie korrespondierten gelegentlich per Brief, was keine untilgbaren digitalen Spuren hinterließ, und telefonierten miteinander, ebenfalls selten. Ihre Freundschaft florierte bei Wochenendtreffen für die Sache der Veteranen, für die Jessie sich seit dem Ende ihrer eigenen Laufbahn in der Army einsetzte. Als Jane jemanden gebraucht hatte, bei dem sie Travis verstecken konnte, hatten ihre Angehörigen keinen sicheren, geheimen Zufluchtsort bereitstellen können. Sie hatte auf Gavin und Jessica setzen müssen – einen Kontinent entfernt, aber bereit, Travis bei sich aufzunehmen.

Was Gavin an den Drohnen am meisten störte, war ihre ungewöhnlich lange Flugdauer. Eine Drohne dieser Größe konnte vermutlich eine Viertelstunde lang fliegen – mit Batteriewechsel eine halbe Stunde. Aber er hatte die erste Drohne schon vor einer Stunde gehört, und das Summen kam und ging noch immer. Aber falls hier wirklich ein Wettfliegen von Freaks stattfand, würden sie zahlreiche Reserve-Akkus mitgebracht haben.

Die beiden Arten von Zaunkönigen sangen unermüdlich. Die gelegentlich zu hörenden rauen, scharfen Triumphschreie von Rotschwanzbussarden bestätigten, dass sie heute erfolgreich jagten.

Einen auffälligen Gegensatz dazu bildete ein großer Schwarm Schmetterlinge: Aurorafalter, weiß mit schwarzen und orangeroten Markierungen an den Flügelenden, Frühlingsboten, die durch die Luft gaukelten wie in das Flattern von Lepidoptera verwandelte Musiknoten. In den Schatten machte ihr phosphoreszierendes Weiß sie zu Gespenstern, aber ihre wahre Schönheit flammte auf, wenn sie durch Sonnenstrahlen flatterten.

Ungefähr zwanzig Minuten nachdem die letzte Drohne verstummt war, setzte Travis sich inmitten dieses Schwarms auf. Er gähnte umständlich, um zu beweisen, dass er geschlafen hatte, und streckte die Hände aus. Einige Schmetterlinge setzten sich darauf, bewegten ihre Flügel und kosteten von seiner Haut, bevor sie weiterflatterten.

In früherer Zeit hatten verschiedene Indianerstämme, die dieses Gebiet durchstreiften, die Aurorafalter für Geister gehalten, die aus einer anderen Welt in ihre kamen, um den Frühling zu feiern. Die meisten Stämme hatten sie für Omina gehalten, die Glück und gesunde Kinder brachten, aber für wenigstens einen Stamm waren sie Todesboten gewesen.

Travis stand von der Decke auf und fragte: »Reiten wir jetzt heim?«

Vor ihnen lag ein gut zweieinhalbstündiger Ritt.

Gavin kam widerstrebend ebenfalls auf die Beine. »Ja, wir sollten los, denke ich.«

Die Aurorafalter folgten ihnen nicht, als sie unter den Pappeln hervorkamen und nach Westen den Canyon hinunterritten.

ZWEI

Eine der Leuchtstoffröhren der Deckenleuchte in der Küche summte hell, der Ventilator der Luftheizung, deren Düsen in den Fußleisten saßen, brummte leise, der Kühlschrankmotor vibrierte schwach: ein mechanisch, aber verlassen klingender Chor.

Schneller, als ein Eiswürfel in der Sonne schmilzt, verwandelte Booth Hendrickson sich aus einem hochmütigen Herrn des Universums in einen willigen und gehorsamen Gefangenen. Mit der Injektion des Inhalts der dritten Ampulle schwanden seine Angst und sein Entsetzen in einem Tempo, das Jane unbegreiflich fand. Die Endgültigkeit seiner bevorstehenden Umwandlung in eine »angepasste Person«, wie er solche Leute früher so arrogant bezeichnet hatte, schien seinen Zorn vollständig gedämpft, seine Rachsucht weggeblasen zu haben. Noch überraschender war, dass das Bewusstsein, dass seine Konversion nun unausweichlich war, ihn anscheinend nicht deprimierte, sondern stattdessen in einen ruhigen Hafen zu tragen schien. Er entspannte sich unter den Gurten, schloss die Augen und sprach leise – weniger mit Jane als mit sich selbst. Seine Worte hätten Verzweiflung ausdrücken können, aber die spezielle Betonung verlieh ihnen eine zufriedene Note: »Da bin ich also ... eigentlich wunderschön, nicht wahr? ... nach so vielen Jahren ausgerechnet wieder hier, wieder allein im Dunkel.«

Jane sah zu Gilberto hinüber, der wie sie die Stirn runzelte.

Hendrickson sagte: »Ich denke für mich selbst, ich spiele allein, und niemand weiß, was ich zu mir selbst sage.«

Die Hunderttausenden – oder Millionen – von Nanoteilchen in seinem Blutkreislauf würden acht bis zehn Stunden brauchen, um ihren Bestimmungsort zu erreichen, durch die Kapillarwände ins Gehirn zu gelangen und sich mit Hilfe der Brownschen Molekularbewegung selbst zu einem Kontrollmechanismus zusammenzusetzen. Ihre Anwesenheit in seinem Kreislauf konnte sich noch auf keine Weise auf Hendrickson ausgewirkt haben. Seine unerklärliche Zufriedenheit wenige Stunden vor dem gänzlichen Verlust seines freien Willens deutete auf eine so verdrehte, so verwirrte Psyche hin, dass es vielleicht unmöglich sein würde, den Grund für diese zufriedene Akzeptanz zu enträtseln.

Andererseits war er ein Meister der Täuschung. Jane musste davon ausgehen, dass Hendrickson die letzten Stunden, die ihm noch bei wachem Verstand blieben, bevor er in Ketten geriet, die kein Sterblicher ihm mehr abnehmen konnte, dazu verwenden würde, auf ihren Tod hinzuarbeiten, auch wenn er selbst nicht mehr davon profitieren konnte.

Er öffnete die Augen und sah ohne erkennbare Feindseligkeit zu ihr auf. »Wieso wollen Sie warten, bis der Kontrollmechanismus sich installiert hat? Befragen Sie mich jetzt. Ich sage Ihnen alles, was Sie wissen wollen.«

»Die Lügen, die ich Ihnen glauben soll.«

»Nein, hören Sie mir zu. Wenn ich später ganz unter Ihrer Kontrolle stehe, können Sie mir dieselben Fragen noch mal stellen und die Antworten vergleichen. Damit sparen Sie eine Menge Zeit.«

»Welches Interesse haben Sie daran, dass ich Zeit spare?«

»Gar keines. Aber ich möchte die kommenden acht Stunden nicht nur … warten müssen. Die neueste Version des Mechanismus installiert sich in vier Stunden. Ich wusste nicht, dass Sie aus Shennecks Landhaus Ampullen mitgenommen haben. Das Haus ist eilig niedergebrannt worden, um alle Spuren zu verwischen. Aber was Sie im Napa Valley erbeutet und mir gespritzt haben, ist eine ältere Version. Braucht acht bis zehn Stunden. Ich könnte ein bisschen durchdrehen – finden Sie nicht auch? –, wenn ich nur dasitze und drauf warte, dass in meinem Kopf eine Veränderung vorgeht.«

Jane konnte sich vorstellen, wie sehr er darunter leiden würde, und spürte die moralische Last ihres Tuns auf ihren Schultern. Sie empfand keine Schuld, aber die Verpflichtung, seine Angstzustände in der Umwandlungsperiode zu lindern. Mitgefühl mit dem Teufel. Immer gefährlich.

Als Hendrickson aus dem Chloroformschlaf aufgewacht war, hatte er noch unter dem Einfluss des Narkosemittels etwas preisgegeben, an das er sich vermutlich nicht erinnern würde. Jetzt stellte sie ihn auf die Probe. »Letzte Woche habe ich den Satz erfahren, der eine angepasste Person unter meine Kontrolle bringt. Seither müssen Ihre Leute fieberhaft arbeiten, um alle umzuprogrammieren.«

»Spiel Manchurian mit mir«, sagte er sofort. »Das ist der Satz, den Sie kennen. Damit lassen sie viele Plebs kontrollieren.«

»Plebs?«

»Plebejer, Arbeitstiere, Proles. Alles Bezeichnungen für die Angepassten.«

Seine Verachtung für sie schien unvermindert zu sein, obwohl er im Begriff war, einer von ihnen zu werden.

»Wie viele gibt es überhaupt?«, fragte sie.

»Plebs? Gegenwärtig über sechzehntausend.«

»Großer Gott«, sagte Gilberto und setzte sich an den Küchentisch.

»Und wie lautet der neue Zugangssatz?«

Hendrickson zögerte keine Sekunde lang. »›Onkel Ira ist nicht Onkel Ira.‹«

Sie erinnerte sich deutlich an ihr Gespräch, als er gerade erst aus der Narkose aufgewacht, noch nicht völlig bei Bewusstsein gewesen war.

Hey, Sexy.

Hey.

Ich hätte Verwendung für diesen schönen Mund.

Das glaub ich, Großer.

Hier unten, mein ich. Onkel Ira ist nicht Onkel Ira.

Wer ist er sonst?

Nein, das ist nicht, was Sie sagen müssen.

Was soll ich denn sagen, Großer?

Einfach nur ›Alles klar‹.

Ein paar Sätze später war er noch mal eingeschlafen.

Nachdem er ihren Test bestanden hatte, konnte sie ihm vielleicht ein klein wenig vertrauen. Aber zuvor befragte sie ihn nach seinen vorigen kryptischen Äußerungen. »Sie haben gesagt: ›Da bin ich also … eigentlich wunderschön, nicht wahr? … nach so vielen Jahren ausgerechnet wieder hier, wieder allein im Dunkel.‹« Auch den Rest zitierte sie aus dem Gedächtnis. »›Ich denke für mich selbst, ich spiele allein, und niemand weiß, was ich zu mir selbst sage.‹ Was war das alles? Was bedeutet es?«

Weder die sanfte Stimme, mit der er antwortete, noch sein kindliches Bitten waren charakteristisch für ihn. »Was ich gesagt habe … das alles hat keine Bedeutung für Sie, nur für mich. Zwingen Sie mich jetzt nicht, darüber zu reden. Lassen Sie mir einen Rest Würde. Warten Sie, bis Sie mich ganz kontrollieren, bevor Sie mich das fragen. Und weisen Sie mich bitte an, jegliche Erinnerung daran zu vergessen.«

Hendrickson befand sich in einer seltsam zwiespältigen Stimmung, die Jane nicht ganz deuten konnte. Eine Melancholie, die sich durch seine Umstände erklären ließ. Aber auch ein sentimentales Rückbesinnen. Wehmütiges Bedauern. Und eine merkwürdige Sehnsucht.

Seine Augen glänzten nicht mehr selbstbewusst, und sein Stolz war etwas gewichen, das die Demut eines Bettlers zu sein schien.

»Alles klar«, sagte sie. »Mal sehen, ob sich diese Stunden nicht für Sie ausfüllen lassen – solange Sie mir die Wahrheit liefern.«

DREI

Gavin Washington ließ Travis auf dem Heimweg auf dem Exmoor-Pony vorausreiten, um ihn besser im Blick zu haben. Der Junge trug seinen Reiterhelm, den er nicht mochte. Aber den begehrten Cowboyhut würde er erst bekommen, wenn er einige Wochen länger im Sattel gesessen hatte.

Samson war wegen des langsamen Tempos etwas unruhig und wäre am liebsten wenigstens getrabt. Aber der Hengst registrierte die von seinem Reiter über die Zügel und Schenkeldruck kommenden Signale stets aufmerksam.

Nach der behaglichen Wärme der Mittagszeit hatte die Abkühlung des Spätnachmittags eingesetzt. Hohe Wolkenschleier schienen nicht mehr über den Himmel zu ziehen, sondern sich an ihm zu bilden wie eine dünne Eisschicht auf einem Tümpel, sodass Eisflecken sich zusammenschlossen, um das Himmelsblau zu verdecken. Die unregelmäßige Brise war zu einem stetigen Wind geworden, der den noch nicht blühenden Salbei und die winterharten Hamamelisblüten zerzauste.

Gavin achtete weiter auf Drohnen. Einige Male glaubte er, in der Ferne eine zu hören, aber die Richtungsbestimmung, bevor sie wieder verstummte, wurde durchs Klappern der Hufschläge auf dem steinigen Trail und das Knarren ihres Sattelzeugs erschwert.

Als sie gegen 16 Uhr aus der Wildnis kommend das rückwärtige Tor ihres Anwesens erreichten, machten Gavin die Drohnen, die offenbar von Hobbypiloten geflogen wurden, keine Sorgen mehr. Er konnte hören, dass ein Flugzeug in großer Höhe über dem Tal kreiste, aber das relativ schrille Motorengeräusch einer Drohne war seit gut einer Stunde nicht mehr zu hören gewesen.

Sie tränkten ihre Pferde am Trog, führten sie in den Stall und nahmen ihnen die Sättel ab. In den Boxen hängten sie ihnen Futtersäcke um.

Als Gavin später, nachdem die Pferde gefüttert waren und das Sattelzeug mit Lederfett eingerieben war, mit dem Jungen aus dem Stall kam, veranlasste das Brummen eines über dem Tal kreisenden Flugzeugs ihn dazu, den Himmel nach einer dunklen Silhouette vor den Wolkenschleiern abzusuchen. Die Maschine war nicht in Sicht, flog anscheinend nördlicher, und er kam zu dem Schluss, dies sei nicht das Flugzeug, das er zuvor gehört hatte.

VIER

Nachdem Jane mit Kabelbindern Hendricksons Knöchel gefesselt hatte, sodass er nur kleine schlurfende Schritte machen konnte, löste sie die Gurte und ließ ihn von der Fahrtrage aufstehen. Gilberto begleitete den Gefangenen mit schussbereiter Pistole auf die Toilette und brachte ihn wenige Minuten später in die Küche zurück. Mit zwei weiteren Kabelbindern verband Jane die Knöchelfesseln mit der hinteren Querstrebe des Stuhls, auf dem Hendrickson saß.

Sie stellte ihren Minirekorder vor ihm auf. Mit einer umgehängten Bodycam der Marke PatrolEyes, einem Notizbuch mit Spiralbindung und einem Filzschreiber setzte sie sich ihm direkt gegenüber.

Ihr ging es nur zum Teil um Informationen, die sie brauchen würde, um die Befehlsstruktur der Arkadier zu zerschlagen. Außerdem konnte die Zeugenaussage eines Insiders bei der späteren Verfolgung der Verschwörer nützlich sein und ihr vielleicht helfen, die unbegründeten Schuldvorwürfe gegen sie zu entkräften.

Gilberto saß als Zeuge daneben. Für den Fall, dass ihr Gefangener noch Tricks in petto hatte, lag seine Pistole auf dem Tisch – weit außer Hendricksons Reichweite.

Eine Kanne mit frischem Kaffee, Teller mit Carmellas Ricotta-Tarte und Hendricksons neue Bescheidenheit erzeugten eine fast gemütliche Atmosphäre, die sich surreal anfühlte. Der Dialog zwischen Jane und Hendrickson klang mehrmals geradezu unheimlich, weil er sie offenbar für sich einnehmen wollte – nicht wie ein Angeklagter einen Staatsanwalt oder Richter, sondern mit der verstörenden Unterwürfigkeit, mit der ein Kind, das von der Wiege an eingeschüchtert wurde, sich einem tyrannischen Elternteil gegenüber verhalten würde.

Als das Verhör in die zweite Stunde ging, schien er sich mit seltsamen kleinen Schritten vom Erwachsensein zu entfernen. Er bat um ein zweites Stück Kuchen, verzichtete diesmal jedoch auf die Kuchengabel und brach Stücke ab, um sie mit den Fingern zu essen. Zuvor hatte er seinen Kaffee schwarz getrunken; jetzt wollte er viel Sahne und vier gehäufte Löffel Zucker, die daraus eine weitere Nachspeise machten. In der dritten und vierten Stunde war er oft unaufmerksam: zehn Sekunden, fünfzehn, eine halbe Minute lang, in der er schwieg und in irgendeinen privaten Abgrund blickte. Jane schaffte es jedes Mal, ihn in die Gegenwart zurückzuholen, aber sie hatte den Eindruck, Hendrickson entferne sich langsam von der Realität und ergebe sich einem Leben in Unterwürfigkeit, in das er jetzt abglitt.

Sie fragte sich, ob beim Entstehen der Nanomaschine irgendetwas gewaltig schiefging. Konnte ihre Fertigstellung subtile Schäden verursachen, die sich wie ein kleiner Gehirnschlag auswirkten?

Aber er sprach nicht undeutlich oder schleppend. Er ließ auch keine Anzeichen von Schwäche oder Lähmungen erkennen. Er klagte nicht über Taubheit, Kribbeln, Schwindel oder Sehstörungen.

Vermutlich erlebte er eher einen psychischen als einen physischen Zerfall.

Falls er die Wahrheit gesagt hatte, verdankte sie ihm bereits einen Schatz an Informationen, obwohl der Wert seiner Enthüllungen wegen der speziellen Struktur der Verschwörung der Arkadier beschränkt war. Nach dem klassischen Muster von Spionageringen und Widerstandsbewegungen war sie in viele Zellen mit begrenzter Mitgliederzahl unterteilt, und die Angehörigen einer Zelle wussten nichts über die Identität der Leute in den anderen. Unbehinderter Zugang zu sämtlichen Zellen blieb ein Privileg einiger weniger an der Spitze der Pyramide. Obwohl Hendrickson weiß Gott mächtig und in hoher Position gewesen war, wusste er nicht, wie hoch er innerhalb der Hierarchie der Arkadier gestanden hatte. Berücksichtigte man seine hohe Meinung von sich selbst, bevor ihm der Kontrollmechanismus injiziert worden war, hatte er seine Stellung vermutlich höher eingeschätzt, als sie tatsächlich gewesen war.

Trotzdem bekam Jane von ihm Werkzeuge, die sie gebrauchen konnte, und die Namen neuer Leute, die sie sich vorknöpfen musste. Sie hatte geglaubt, der vor Kurzem verstorbene Milliardär David James Michael habe die Arkadier geführt, und ungeheuer viel riskiert, um an ihn heranzukommen. Erstmals seit den schockierenden Erlebnissen in D.J. Michaels Penthouse in San Francisco hatte sie nun vielleicht eine Chance, ins Nest der Arkadier hineinzustoßen und ein Knäuel von Vipern ans Tageslicht zu zerren, um sie dem Sonnenlicht der Aufklärung auszusetzen, das sie wie Vampire scheuten.

Ein Verhör konnte ein anstrengender Prozess sein, vor allem für jemanden, der sämtliche Komplizen verriet, die bei seinen Verbrechen mit ihm zusammengearbeitet hatten. Für die verhörende Person war es kaum weniger anstrengend. Kurz vor 17 Uhr ordnete Jane eine Pause an. Sie hatte in den letzten vierundzwanzig Stunden kaum etwas gegessen und brauchte neue Energie, um sich wieder konzentrieren zu können.

»Ich hole uns etwas zu essen«, sagte Gilberto. »Hier in der Straße gibt's ein gutes Lokal.«

»Proteine«, verlangte Jane. »Lieber sparsam mit Kohlehydraten.«

»Das Lokal ist ein Chinese.«

Er schlug verschiedene Gerichte vor, und Jane nickte zustimmend.

»Sie?«, fragte er Hendrickson.

Der Gefangene gab keine Antwort. Er betrachtete seine mit den Handflächen nach oben auf dem Tisch liegenden Hände. Ein ganz schwaches Lächeln ließ ahnen, dass er nicht seine Zukunft zu lesen versuchte, sondern sich vielleicht daran erinnerte, was seine Hände zu seiner Zufriedenheit berührt und getan hatten.

»Bring ihm mit, was wir haben«, entschied Jane. »In seiner Lage kann er nicht wählerisch sein.«

FÜNF

Subhadra kämpfte sich durch ein scheinbar ewiges Unwetter, denn der Kurzroman kam nur äußerst zäh voran. Tanuja setzte all ihre kreative Energie ein, als sei die Erzählung ein Felsblock und sie Sisyphos, der zur Strafe für seine Verschlagenheit einen großen Stein auf einen Berggipfel rollen musste, den er jedoch nie erreichte, weil der Felsblock jedes Mal dicht unter dem Gipfel wieder zu Tal rollte.

Punkt 16.45 Uhr wusste sie plötzlich definitiv, dass sie bei ihrer Erzählung vor einem Durchbruch stand. Aber sie musste Abstand gewinnen, eine Zeitlang etwas anderes tun, das Spaß machte, während ihr Unterbewusstsein weiter mit dem Stoff kämpfte. Sie speicherte das Dokument und schaltete den Computer aus.

Sie arbeitete stets intuitiv. Bei Romanen und erst recht bei kürzeren Werken arbeitete sie keinen Plot aus, legte auch den Charakter der Hauptpersonen nicht vorher fest. Sie begann einfach zu schreiben und ließ sich von der ruhigen, zarten Stimme ihrer Intuition leiten, was nicht anders war, als stünde sie in ständigem Telefonkontakt mit einem höheren Wesen, das weit kreativer war, als sie selbst jemals zu sein hoffen konnte.

Wie in ständigem Telefonkontakt, ja, aber das höhere Wesen sprach nicht in ganzen Sätzen zu ihr, sondern durch isolierte Bilder und Traumszenen, emotionale Hieroglyphen und rätselhafte schwarze Poesie, die sie dann in verständliches Englisch, in aussagekräftige Literatur übersetzen musste. Aber diesmal war die ruhige, zarte Stimme ihrer Intuition tatsächlich eine Stimme, die fortlaufend sprach: *Am Samstagabend will man Spaß haben, zieh los und amüsier dich, vergiss Subhadra und das Unwetter, zieh dich nett an, geh aus, hab einfach Spaß, tu alles, was dich glücklich macht, und morgen wirst du dein bisher bestes Werk schreiben.*

Deutlichkeit und Bestimmtheit dieser inneren Stimme waren anfangs ungewohnt verstörend, dann nicht mehr so sehr und zuletzt gar nicht mehr.

Tanuja schob ihren Stuhl vom Schreibtisch zurück und stand auf. Sie verließ ihr Arbeitszimmer, ohne sich die Mühe zu machen, das Licht auszumachen.

Die Zeit war reif. Es gab Dinge zu tun. Was diese Dinge waren, spielte keine Rolle. Darüber brauchte sie sich nicht den Kopf zu zerbrechen. Sie würde sie rechtzeitig erkennen. Intuitiv.

Sie ging nach oben in ihr Schlafzimmer. Auf einem Regal in ihrem begehbaren Kleiderschrank stand ein schwarzes Lackkästchen mit Silberscharnieren. Sie hatte es noch nie gesehen, aber gewusst, dass es hier stehen würde.

Das erschien ihr nicht merkwürdig. Es gab Dinge zu tun. Welche, würde ihr klar werden, wenn sie sie tat.

Sie stellte das Kästchen auf ihren Toilettentisch und öffnete es.

Als Erstes nahm sie eine Halskette aus kleinen Totenschädeln heraus, die aus Knochen geschnitzt waren. Glänzend schwarzer Onyx füllte die Augenhöhlen aus. Die kunstvoll gearbeiteten Schädel waren eher schön als erschreckend. In dem Kästchen lagen auch vier elegante goldene Armreifen, die Kobras nachgebildet waren.

Durga, die Allmutter im hinduistischen Pantheon, war mütterlich und gütig und der Quell vielen Lebens, aber sie hatte auch eine dunkle Seite. Die wildeste war ihre Inkarnation als Kali, die oft als wollüstig dargestellt wurde: nackt bis auf das Dunkel, in das sie sich hüllte, ihr einziger Schmuck goldene Armreifen und eine Kette aus Menschenschädeln.

In dieser Religion gab es keinen Unterschied zwischen dem Heiligen und dem Profanen. Alle Dinge auf Erden waren Aspekte des Göttlichen. Kali, ein Aspekt Durgas, hatte selbst mehrere Aspekte, darunter Chandi, die Schreckliche. Als Aspekt Kalis wurde Chandi oft mit vier – statt mit acht – erhobenen Armen dargestellt, in denen sie ein Schwert, eine Henkerschlinge, einen Stab mit einem Totenkopf und einen abgeschlagenen Menschenschädel hielt. Von allen Gottheiten hatte nur Kali die Zeit besiegt und war unter anderem eine Dämonentöterin.

Tanuja Shukla teilte den hinduistischen Glauben ihrer verunglückten Eltern nicht, aber sie hatte ihn auch nicht vergessen. Manchmal setzte sie Mythologie des Hinduismus in ihren Storys ein – als Metapher, als farbigen Akzent, um ein mysteriöses

Element einzuführen, aber niemals, um sie zu propagieren. Hätte sie an eine Göttin glauben können, wäre das die gütige Durga gewesen, nicht einer ihrer weniger barmherzigen Aspekte, sicher nicht Kali.

Aber die Halskette war wirklich schön. Sie legte sie um und griff mit beiden Händen hinter ihren Kopf, um den Verschluss einrasten zu lassen.

SECHS

Hendrickson – an den Knöcheln gefesselt, an seinen Stuhl gebunden, beide Hände mit den Handflächen nach oben auf dem Tisch – saß anfangs schweigend da, als Jane in der Küche auf und ab tigerte. Sie massierte ihre Trapezmuskeln und rollte den Kopf, um ihren hartnäckig steifen Hals wieder beweglich zu machen.

Vor den Fenstern würde es noch eineinhalb Stunden lang hell bleiben, aber die Wolkendecke würde den goldenen Sonnenuntergang und die scharlachrote Dämmerung verhindern, die das Tagesende in Kalifornien so bezaubernd machen konnten. Aber nach den Ereignissen dieses Tages und mit Blick auf die noch vor ihr liegenden Aufgaben hätte auch die spektakulärste Pyrotechnik der Natur Jane nicht bezaubern können. Ihre Stimmung war grau wie der Himmel.

Am Tisch murmelte Hendrickson etwas vor sich hin. Als sie nachfragte, lächelte er nur seine offenen Hände an. Sein Gesichtsausdruck war nicht etwa bedrohlich, sondern wehmütig, nachdenklich. Sie vermutete, er habe sie nicht gehört, so tief war er in Gedanken versunken.

Jane tigerte weiter auf und ab und betrachtete nicht zum ersten Mal ihr Spiegelbild in der Edelstahlfront des Kühlschranks. Ihre Gestalt war verzerrt und verschwommen, ihr Gesicht eine blasse Maske ohne erkennbare Züge, als sei sie gestorben und als Wiedergängerin zurückgekehrt.

Am Tisch sagte Hendrickson: »Jetzt ist's wahr, nicht wahr, dass was welches und welches was ist?«

Sie trat an den Tisch und starrte auf ihn hinab.

Sein sanftes Lächeln stammte aus einem Märchenbuch: das Lächeln einer Katze, die gelernt hat, mit einer Maus befreundet zu sein, das Lächeln einer Maus, die den begehrten Käse bekommen hat, das Lächeln eines Jungen, der ein gefährliches Abenteuer bestanden hat und nun wieder sicher am heimischen Kamin sitzt. Es ließ Jane erschauern.

An den Stuhl gefesselt konnte er nichts gegen sie unternehmen. Auch wenn er frei gewesen wäre, hätte sie ihn nicht zu fürchten brauchen, wäre mühelos mit ihm fertiggeworden.

Trotzdem wünschte sie sich, Gilberto käme bald mit dem Essen zurück.

SIEBEN

Punkt 17.15 Uhr tippte Sanjay das Wort FINIS in kleinen Versalien, obwohl der Roman, an dem er seit einem Vierteljahr arbeitete, keineswegs abgeschlossen war. Er war auch nicht am Ende eines Kapitels oder auch nur unten auf einer Seite angelangt. Er wunderte sich über das Wort, hätte es beinahe gelöscht, ließ es dann aber schwarz auf weiß stehen und speicherte das Dokument.

Die Zeit war reif. Dinge mussten getan werden. Welche das waren, spielte keine Rolle. Er brauchte nicht über sie nachzudenken. Sie würden ihm von selbst einfallen. Wie seine Schwester war Sanjay ein intuitiver Künstler, dessen beste Romane nicht zuerst geplant und nach Blaupausen konstruiert wurden. Schreiben war immer Arbeit, aber wenn er sich den Strömen von kreativer Energie aus den geheimnisvollen Quellen der Inspiration – unbekannt und unerforschlich – überließ, leistete er sein Bestes. Deshalb war die Zeit reif. Es ging nicht mehr nur darum, intuitiv zu schreiben, sondern intuitiv zu *leben*. Es wurde Zeit, zu tun, was immer ihm einfiel, ohne erst über die Folgen nachzudenken.

Er verließ den Raum, ohne das Licht auszumachen.

In seinem Schlafzimmer zog er schwarze Jeans und ein schwarzes T-Shirt an. Schwarze Socken und schwarze Schuhe mit Gummisohlen. Er holte eine schwarze Sportjacke aus dem Kleiderschrank, zog sie aber noch nicht an.

Ohne das Licht auszumachen, ging er den Flur entlang und in Tanujas Schlafzimmer hinüber.

Wie er gewusst hatte, wartete sie neben der Sitzbank ihres Toilettentischs stehend auf ihn. Sie war sehr schön, ganz in Schwarz gekleidet, mit einer Halskette aus Totenschädeln und goldenen Armreifen in Form von Kobras. Sie trug schwarzen Lidschatten und schwarzen Lippenstift und schwarzen Nagellack.

Keiner von ihnen sprach. Es gab keinen Grund, zu reden. Die Zeit war gekommen. Dinge mussten getan werden.

Sanjay nahm auf der Sitzbank Platz. Tanuja kniete vor ihm nieder und machte sich daran, seine Fingernägel schwarz zu lackieren.

Er hatte noch nie lackierte Fingernägel gehabt. Merkwürdig, dass sie das tat, und noch merkwürdiger, dass er's geschehen ließ. Seine Unsicherheit – Zweifel wäre ein zu starkes Wort gewesen – hielt nur an, bis sie Daumen- und Zeigefingernagel der rechten Hand lackiert hatte. Dann erschien ihm das als die natürlichste Sache der Welt.

Während er darauf wartete, dass seine schwarz glänzenden Nägel trockneten, schminkte seine Schwester ihm die Augen schwarz. Sie malte ihm auch die Lippen schwarz an, was ebenfalls angemessen war, sodass keiner von ihnen etwas darüber sagte.

Auf dem Küchentisch standen zahlreiche weiße Schachteln aus dem Chinarestaurant. *Foo yung loong har*, Hummer-Omelett mit kleingehackten Zwiebeln. Subgum chow goong yue chu, gebratene Kammmuscheln mit verschiedenen Gemüsen. Frittierte Garnelen. Shrimp-Bällchen. Huhn mit Mandeln. Schweinefleisch süß-sauer.

Dazu gab es Nudeln und Reis. Jane aß nur wenig von den Beilagen, aber dafür alle Arten Protein.

Anfangs sah es so aus, als hätte Gilberto zu viel bestellt, aber sein Appetit war ebenso herzhaft wie der Janes. Zwischendurch fragte sie sich, ob sie sich um die letzte weiße Schachtel streiten würden.

Hendrickson mochte nichts von dem, was er kostete, außer den Nudeln, die ihn aber auch nicht begeisterten. Er legte die Stäbchen weg, mit denen er ziemlich gekämpft hatte, und sagte: »Ich will nur ein paar Plätzchen.«

»Plätzchen gibt's keine«, sagte Jane.

»Wieso gibt's keine Plätzchen?«

»Essen Sie, was Sie haben.«

»Das ist lauter komisches Zeug.«

»Sie haben noch nie chinesisch gegessen?«

»Doch, aber ich mag das Zeug nicht.«

Jane, die Huhn mit Mandeln in köstlicher Soja-Kirschen-Sauce kaute, musterte ihn forschend und fragte sich, was er auf seinem Weg zu einer angepassten Person noch alles werden würde.

Er schrak vor der Intensität ihres Blicks zurück und spielte mit den weggelegten Stäbchen.

Gilberto sagte: »Ich habe verschiedene Kekse da. Zitronen- und Schokoladenkekse. Carmella hat sie gebacken.«

»Die will ich!«, sagte Hendrickson.

»Darf er?«, fragte Gilberto Jane.

Hendrickson war dem Untergang geweiht, nur noch wenige Stunden von dem Augenblick entfernt, in dem die Brownsche Molekularbewegung den Nanomechanismus vervollständigen würde. Dann würde ein Netz aus hauchdünnen Fäden, das sein Gehirn umschloss, aber auch in seine Tiefen vordrang, in Betrieb gehen, und er würde schlagartig vergessen, was man ihm angetan hatte, und wieder ganz er selbst sein – nur in dem einen entscheidenden Punkt nicht. Aber welches Selbst würde sich durchsetzen? Der arrogante, rachsüchtige Arkadier oder eine frühere Version von Mama Hendricksons Jungen, dessen Psyche auf einen so frühen Stand zurückgefallen war, dass kein Kontrollmechanismus wieder den gefürchteten Mann aus ihm machen konnte, der im Justizministerium ein hohes Amt bekleidete? Und wäre das gewissermaßen ein zweiter Tod, lange vor dem Tod von Fleisch und Knochen, wann immer dieser bevorstehen mochte?

Jedenfalls durfte ein zum Tode Verurteilter seine Henkersmahlzeit immer selbst wählen.

»Gib ihm die Plätzchen«, sagte sie.

»Und bitte ein Coke«, sagte Hendrickson mit leicht ängstlichem Blick zu ihr hinüber, bevor er Gilberto schüchtern anlächelte. »Plätzchen und ein Coke wären nett.«

Jane brachte auf einmal keinen Bissen mehr herunter. Sie schob die Schale mit Huhn mit Mandeln von sich weg. Leichte Übelkeit ging in Wellen durch ihren Körper, ebbte dann aber wieder ab.

Während Gilberto die Plätzchen holte, nahm Jane zwei Dosen Coca-Cola aus dem Kühlschrank, eine für Hendrickson, eine für sich selbst. Sie füllte zwei Gläser, gab etwas Eis dazu und stellte sie auf den Tisch.

»Gilberto, sag mir bitte, dass du etwas Wodka hast, mit dem ich mein Glas auffüllen kann.«

Gott sei Dank sagte er Ja.

Sanjay und Tanuja ließen im ersten Stock und unten in der Diele das Licht brennen, als sie in die Küche gingen. Er trug jetzt seine schwarze Sportjacke, sie hatte ihre schwarze Schultertasche umgehängt.

In seiner Vorstellung glänzte der Schlüssel des Hyundai Santa Fe Sport wie übernatürlich mächtig, als sei er das in Stein fixierte Schwert des Schicksals, das nur der gute König Arthur aus seiner steinernen Scheide hatte ziehen können. Er baumelte an einem Haken neben der Tür zur Garage wie der Dreh- und Angelpunkt der gesamten Küche – der Küche, des Hauses, ihres bisherigen Lebens –, als würde alles wie welkes Laub weggeblasen werden, sobald er den Schlüssel in Besitz nahm, und die Wahrheit der Welt hinter allen menschlichen Illusionen offenbar werden.

Gemeinsam gingen Tanuja und er in die Garage hinaus.

Der SUV war makellos, glänzte wie im Salon des Autohändlers, als sie ihn gekauft hatten. Aus irgendeinem Grund hatte er erwartet, ihn mit Schlamm bedeckt und an den Speichen seiner hochwertigen Alufelgen Pflanzenreste zu sehen.

Vor seinem inneren Auge stand der Hyundai sekundenlang in genau diesem Zustand – aber auch mit einem zersplitterten Scheinwerfer und vorn rechts beschädigter Stoßstange.

Er starrte den Wagen verwirrt an. Eine ruhige, leise Stimme tief in seinem Inneren sagte ihm, das habe nichts zu bedeuten. Überhaupt nichts. Seine Verwirrung schwand rasch.

Tanuja begleitete ihn zur Heckklappe des Hyundai. Er öffnete sie, damit sie in den Laderaum sehen konnten.

Sanjay hatte nicht damit gerechnet, dort zwei 9-mm-Pistolen von Smith & Wesson liegen zu sehen. Aber als er sie sah, war er nicht im Geringsten überrascht. Er wusste sogar, dass jede dieser Waffen nur 740 Gramm wog, einen neun Zentimeter langen Lauf hatte und ein Korn mit weißem Punkt mit einer Zweipunkt-Kimme Novak Lo-Mount Carry kombinierte. Schlitten aus Edelstahl. Brünierte Außenflächen. Der Rückstoß würde gut beherrschbar sein.

Neben den Pistolen lag ein Schulterholster, in das Sanjay schlüpfte. Er stellte die Gurte ein und zog seine Sportjacke darüber.

Tanuja steckte ihre Pistole in ihre Umhängetasche.

Zu jeder Waffe gehörten zwei Magazine mit zehn Schuss. Sie steckte je eines in die Taschen ihrer Sportjacke, und ihr Bruder folgte ihrem Beispiel.

Im Laderaum lagen auch ein orangerotes Verlängerungskabel und eine elektrische Kettensäge mit fünfunddreißig Zentimeter langem Schwert. Diese Gegenstände würden sie unberührt lassen, bis sie ihren Bestimmungsort erreichten.

Sanjay schloss die Hecktür. Er fuhr. Beim Wegfahren ließen sie das Licht in der Garage brennen und das große Tor offen.

ZEHN

Mit ihrem Cherokee-Teint, rabenschwarzem Haar und kleegrünen Mandelaugen war Jessica Washington, die von amerikanischen Ureinwohnern, Iren und Hawaiianern abstammte, deren Vorfahren wiederum aus dem Südpazifik und Asien kamen, eine Frau mit vielen Facetten – und mit zwei Paar Beinen.

Wenn sie joggte oder bei Wettkämpfen die zehntausend Meter lief, benutzte sie die Beine mit schmalen elastischen Schaufeln als Füße. Als sie jetzt das Abendessen zubereitete und auf den Tisch brachte, wobei ihr Mann und der Junge halfen, trug sie herkömmliche Prothesen.

Vor neun Jahren hatte sie als 23-Jährige in Afghanistan beide Beine unterhalb der Knie verloren. Sie war wie Gavin in der Army gewesen, hatte aber nicht zur kämpfenden Truppe gehört.

Sprengfallen an Straßen waren jedoch große Gleichmacher, die sich nicht um Geschlecht, Rasse, Religion und Nationalität scherten. Gavin hatte sie als Rekonvaleszentin kennengelernt, und sie waren seit acht Jahren verheiratet. Über Jessicas Behinderung sprachen die beiden eigentlich nur, wenn eine ihrer Prothesen repariert oder ersetzt werden musste.

Nach seiner Dienstzeit war Gavin als Autor militärischer Sachbücher erfolgreich gewesen und hatte in letzter Zeit einige Romane veröffentlicht, die im Special-Forces-Milieu spielten. Er hatte noch keinen Bestseller gehabt – und würde vielleicht nie einen schreiben –, aber er kam ganz gut zurecht. Jessica hatte bei ihrer Arbeit für verwundete Veteranen beträchtliches Organisationstalent bewiesen. Die beiden führten ein glückliches, erfülltes Leben und waren voll ausgelastet, seit sie Travis bei sich aufgenommen hatten.

An diesem Abend war der Junge an der Reihe, das Tischgebet zu sprechen. Der Fünfjährige machte aus dieser Pflicht eine detaillierte Aufzählung, über die Jessica immer lächeln musste. Er dankte Gott nicht nur für Rinderbrust und Kartoffelgratin und Zuckererbsen und Maiskolben und Baguette und Eistee und Karottenkuchen, sondern auch für Exmoor-Ponys und Aurorafalter, für Bella, Samson und Hannah, für Rotschwanzbussarde und Zaunkönige und Bartenwale, Jessica und Gavin und natürlich auch für Jane, wobei seine Stimme plötzlich fordernd klang: »Und ich danke dir für meine Mom, die beste Mom der Welt, die du beschützen und echt bald zu uns zurückbringen musst, nicht erst in einem Jahr, sondern echt ganz bald. Amen.«

Sie hörten Musik, während sie das Abendessen machten – Sam-Cooke-Klassiker –, und leises Piano beim Essen. Während die Männer abdeckten und den Geschirrspüler einräumten, ging Jessica auf die rückwärtige Terrasse, um die frische Nachtluft zu genießen, die nach Jasmin und Eicheln roch. Duke und Queenie, die beiden Schäferhunde, folgten ihr hinaus. Erst jetzt, wo keine Musik das Geräusch übertönte, hörte sie ein Flugzeug in großer Höhe.

Während Gavin und Travis ausgeritten waren, hatte Jessica, die häufig im Freien zu tun gehabt hatte, tagsüber mehrmals ein Flugzeug gehört – bestimmt nicht immer dasselbe. In diesem weitläufigen County mit drei Millionen Einwohnern gehörte ihr Tal zu den einsamsten. In seiner Nähe gab es keinen Flughafen. Es wurde nicht von An- und Abflugrouten durchschnitten. Verkehrsflugzeuge überflogen es in solchen Höhen, dass sie kaum zu hören waren. Manchmal waren Sport- oder Geschäftsflugzeuge zu sehen: Ausflügler, Manager auf dem Weg zu Konferenzen oder Immobilienentwickler auf der Suche nach Neubaugebieten. Aber sie konnte sich an keinen Tag wie heute erinnern, an dem anscheinend ständig Flugzeuge zu hören gewesen waren.

Natürlich war denkbar, dass das tatsächlich so gewesen war. Sie hatte auch tagsüber Musik gehört, war durch Arbeit abgelenkt oder hatte wegen lauter Arbeitsgeräusche kein Flugzeug hören können.

Die Hunde hatten sich nicht nur getrollt, um pinkeln zu gehen, sondern auch, um auf dem Hof, im Stall und um die freistehende Garage herum zu patrouillieren. Ihrem Wesen entsprechend waren die Schäferhunde vor allem nachts gewissenhafte Beschützer ihrer Familie.

Mit Sonnenuntergang war der leichte Wind eingeschlafen. In der Stille waren nur ein paar Tierstimmen zu hören – Baumkröten, die zu Saisonbeginn versuchten, groß wie Frösche zu klingen, und ein Virginia-Uhu, dessen klagender Ruf wie eine Warnung vor irgendeinem schwarzen Nachtzauber klang – und das Flugzeug, an dessen Motorengeräusch sich verfolgen ließ, wie es von Ost nach West brummte und dann auf Südkurs ging. Als ehemalige Soldatin konnte Jessica bestimmte Tatsachen feststellen: Dies war eine zweimotorige Maschine, größer als die Sportflugzeuge von Cessna und Piper, die in ungefähr tausend

Metern Höhe flog, vielleicht um die Talbewohner nicht unnötig zu stören – oder um Leute, die Grund zur Wachsamkeit hatten, möglichst nicht zu alarmieren. Das Motorengeräusch entfernte sich nach Süden und veränderte sich dann, kurz bevor es unhörbar wurde. Jessica horchte aufmerksam, bis sie bestimmt wusste, dass das Flugzeug nach Osten abgebogen war. Ging es in ein paar Minuten auf Nordkurs, stand ziemlich sicher fest, dass es das Tal umkreiste.

Sie öffnete die Tür zur Küche. Travis war dabei, den Küchentisch mit einem feuchten Tuch abzuwischen, um ihn anschließend mit einem Geschirrtuch trockenzureiben. Der Junge erledigte die ihm übertragene Aufgabe gewissenhaft mit ernster Miene und zwischen den Zähnen sichtbarer Zungenspitze. Gavin, der mit dem Geschirrspüler fertig war, wandte sich ab und sah Jessica in der Tür stehen. Sie machte ihm ein Zeichen, zu ihr auf die Terrasse zu kommen.

ELF

Hendrickson tunkte seine Zitronenplätzchen in seine Coke. Die Schokoplätzchen aß er dagegen trocken, indem er sie zweimal rundum abknabberte, bis nur noch ein kleines Plätzchen übrig war, das er auf einmal in den Mund stecken konnte. Er aß mehr Plätzchen, als selbst ein hyperaktives Kind oder ein Fettsüchtiger mit Riesenappetit hätte verschlingen können, und sah dabei weder Jane noch Gilberto an, sprach kein einziges Wort.

Jane trank kleine Schlucke von ihrer Coke mit Wodka, beobachtete Hendrickson aufmerksam und fragte sich, ob sein Rückfall ins Kindliche echt oder nur gespielt war. Welchen Gewinn versprach er sich davon, wenn alles Show war? Sie konnte sich keinen vorstellen. Falls er beschlossen hatte, nichts mehr über die Arkadier oder seine Arbeit für sie zu erzählen, brauchte er keine psychische Implosion vorzutäuschen, sondern konnte einfach den Mund halten. Er wusste, dass sie nicht imstande war, ihn körperlich zu foltern. Aber sobald der Kontrollmechanismus zu funktionieren begann, konnte sie ihm einfach befehlen, ihr alles zu erzählen, und er würde nicht widerstehen können. Das ließ darauf schließen, dass diese Veränderung real war; ausgelöst hatten sie anscheinend Entsetzen und Verzweiflung über seine bevorstehende Versklavung, oder sie kam daher, dass die Nanostrukturen sich dieses Mal nicht wie vorgesehen ausbildeten, ohne Gehirnschäden zu verursachen.

Jane hatte Sorge, sein geistiger Kollaps könnte ihn zu einem schlechten Subjekt für Verhöre machen, selbst nachdem der Kontrollmechanismus vollständig und richtig installiert war. Was nutzte erzwungene Offenheit, wenn er sich zu einem kleinen Jungen zurückentwickelte, dessen Erinnerung nur bis zu seinem zehnten Lebensjahr reichte?

Sie beschloss, ihn gleich jetzt weiter auszufragen. »Sie haben mir die Namen aller Angehörigen Ihrer Zelle gesagt. Aber jemand, der so gut vernetzt ist wie Sie, muss Leute kennen, die er verdächtigt, Arkadier zu sein.«

»Sie haben gesagt, dass ich Plätzchen haben kann.«

»Und die haben Sie.«

»Aber ich brauche noch eine Coke.«

»Ich hole ihm eine«, sagte Gilberto.

Jane forderte Hendrickson auf: »Reden Sie mit mir, während Sie essen.«

»Okay. Wenn Sie darauf bestehen. Aber was ist mit Simon passiert?«

»Mit Ihrem Bruder? Der ist längst wieder befreit.«

»Aber was ist mit ihm passiert? Was haben Sie ihm getan?«

»Was geht Sie das an?«

Er sprach fast flüsternd und hörbar verzweifelt: *»Ich muss es wissen.«*

Als Gilberto mit einer kalten Dose Cola zurückkam, die er auf den Tisch stellte, betrachtete er den zusammengesunkenen Hendrickson nachdenklich. Dann sah er kurz zu Jane hinüber, um sich zu vergewissern, dass sie erkannte, wie sehr sich der Zustand ihres Gefangenen verschlechtert hatte. Sie versicherte ihm mit einem Nicken, dass sie sich darüber im Klaren war.

War sie für Hendrickson zu einem Symbol äußerster Macht geworden, war er ein Mann, wie sie zuvor vermutet hatte, der nach größerer Macht strebte, während er sich zugleich danach sehnte, sich ihr zu unterwerfen, tat Jane gut daran, seine Angst vor ihr weiter zu schüren.

»Ich habe Simon gebrochen. Habe ihn dazu gezwungen, bei Ihrer Entführung mitzumachen. Ich habe ihn in seinem Kino zurückgelassen: gefesselt in der eigenen Pisse liegend.«

Er sagte nichts, legte ein angebissenes Plätzchen weg.

»Was halten Sie davon?«, wollte Jane wissen.

Hendrickson murmelte etwas.

»Ich verstehe Sie nicht.«

Er flüsterte: »Simon war immer der Starke.«

»Ihr Simon hat mir nicht sehr imponiert.« Sie trank einen Schluck Coke mit Wodka. »Kommen Sie jetzt, sagen Sie mir, wen Sie *verdächtigen*, Techno-Arkadier zu sein.«

Nach kurzer Pause sagte er: »Nun, vor allem *weiß* ich das noch von jemandem.«

Jane runzelte die Stirn. »Sie haben gesagt, Sie hätten mir alle genannt.«

»Alle aus meiner Zelle.«

»Wer ist dieser andere?«

Hendrickson fuhr sich mit der Zungenspitze über die Lippen. Er sah Jane an und rasch wieder weg. »Anabel. Meine Mutter. Sie ist eine Arkadierin. Eine von ihnen. Sie hat als Erste in Bertold Shenneck investiert. Noch vor D. J. Michael. Sie ist eine. Anabel.«

ZWÖLF

Als Gavin auf die Terrasse kam, stand Jessica schon auf dem Rasen und sah zu dem sternenlosen Himmel auf, an dem der aufgehende Mond sich nur durch ein formloses Leuchten vor der Craquelé-Glasur des Himmels abzeichnete wie ein Gespenst an einer mit Eisblumen bedeckten Fensterscheibe. Er ging zu ihr hinüber.

»Hörst du das?«, fragte sie. »Es fliegt nach Osten, aber ich glaube, dass es hier gekreist hat.«

Mit ihren Prothesen stand sie etwas breitbeiniger da, um das Gleichgewicht halten zu können. Die zu Fäusten geballten Hände hatte sie in die Hüften gestemmt. Während sie zu dem bedeckten Himmel aufsah, wirkten ihre Haltung und ihr Gesichtsausdruck herausfordernd, als habe sie eine Ungerechtigkeit entdeckt, sie einer höheren Macht angezeigt und warte nun auf eine Korrektur aus dem Kosmos. Jessie stellte hohe Ansprüche an jeden, auch an die Vorhersehung und sich selbst, und das gehörte zu den Dingen, die er am meisten an ihr liebte.

Er horchte, bis er sicher wusste, dass das Flugzeug seinen Kurs geändert hatte. »Jetzt fliegt es anscheinend nach Norden.«

»Aber in ein paar Minuten nach Westen. Wenn ich's mir überlege, habe ich eigentlich schon den ganzen Tag ein Flugzeug gehört.«

»Es würde nachtanken müssen. Die Besatzung wechseln.«

»Dann sind's vielleicht zwei, die sich abwechseln.«

Immer wenn der Uhu aus der großen Eiche rief, gurrten die Carolinatauben unter dem überstehenden Stalldach nervös, obwohl sie in ihren lockeren, aber tiefen Nestern vor dem größeren Raubvogel sicher waren.

Als Gavin auf das Flugzeug horchte, steckte die Nervosität der Tauben ihn an, auch wenn seine schlimme Vorahnung sich auf eine Gefahr bezog, die weit schwerer wog als ein Virginia-Uhu.

»Ich glaube, ich weiß, was du denkst«, sagte Jessie.

»Das glaube ich auch.«

Wie sie von Jane wussten, hatte die National Security Agency in der Nähe aller Großstädte, die durch einen Terroranschlag gefährdet sein konnten, Überwachungsflugzeuge stationiert, die Tag und Nacht startbereit waren. Sie waren dafür ausgerüstet, im Umkreis von fünfzig Meilen aus einem Meer von Telekomsignalen nur die Trägerwellen auszusieben, die Mobiltelefonen, sogar einzelnen Wegwerfhandys, zugeordnet werden konnten. Sie waren Fischer, die Daten aus dem Äther fischten, ein Analyseprogramm benutzten, um Hinweise auf einen bevorstehenden Anschlag zu erhalten – die Namen bekannter Terroristen, Schlüsselwörter auf Englisch, Arabisch, Russisch, Chinesisch –, und dann hochentwickelte Ortungstechnik einsetzten, um das betreffende Handy aufzuspüren.

Jessie fragte: »Was wäre, wenn …«

»Ja?«

»Wenn das Analyseprogramm darauf zugeschnitten wäre, nach Namen wie *Jane, Travis, Nick* zu suchen … nach Wörtern wie *Mom* und *Liebe* und *Dad* und dergleichen, die zu uns führen könnten, wenn sie unser Wegwerfhandy anruft?«

»Zu uns *und* zu ihr. Aber erst müssten sie den Jungen in diesem Gebiet vermuten. Wie sollten sie das können?«

Jessie und Gavin nahmen Travis selten irgendwohin mit. Nach offizieller Lesart war er ihr Neffe Tommy, den sie zu sich genommen hatten, während seine überforderten Eltern um das Leben seiner krebskranken achtjährigen Schwester kämpften. Zum Glück existierten nur zwei Fotos von dem Jungen, die gelegentlich im Fernsehen gezeigt wurden. Auf einem war er erst drei Jahre alt gewesen. Das zweite war in den letzten paar Monaten gemacht worden, zeigte ihn aber ziemlich undeutlich und verschwommen.

»Hätte jemand geglaubt, ihn erkannt zu haben, und seine

Beobachtung gemeldet«, sagte Jessie, »würde's hier längst von Feds wimmeln.«

»Nicht wenn sie die Story mit unserem Neffen überprüft und als Schwindel enttarnt haben. Und wenn sie eine Verbindung zwischen Jane und uns entdeckt haben. Dann würden sie darauf warten, dass sie uns anruft.«

»Es wäre verdammt teuer, nur für diesen Zweck ein paar Überwachungsflugzeuge aus San Diego oder L. A. abzuziehen.«

»Deine Steuerdollar am Werk. Nehmen wir mal an, sie könnten ihr Wegwerfhandy orten.«

»Was dann?«

»Und nehmen wir weiterhin an, dass sie das nicht merkt. Also wirft sie's nicht weg, nachdem sie uns angerufen hat.«

»Damit sind sie ihr auf der Spur.«

»Bedenkt man, was auf dem Spiel steht, würden sie alle Ressourcen darauf konzentrieren, sie zu fassen.« Er legte den Kopf schief und sah zu seiner Frau hinüber. »Es wird lauter. Ich denke, dass es eben auf Westkurs gegangen ist.«

Der gut einen halben Meter große Virginia-Uhu segelte mit eineinviertel Metern Spannweite von seinem Eichenast und stieß in die Dunkelheit hinab: schön und bleich und erschreckend. Er kam direkt auf Jessie und Gavin zu, flog dicht über sie hinweg und ging noch tiefer. Aus dem Teppich aus hartem Eichenlaub griff der Raubvogel sich eine weiche, warme Wühl- oder Feldmaus oder irgendein anderes auf der Erde lebendes kleines Tier, das dazu geboren war, sein kurzes Leben als leichte Beute zu führen.

Der Uhu verschwand in seinen Horst hoch in der Eiche, um seine Beute lautlos zu verzehren, aber am Nachthimmel wurde das Flugzeug lauter, als es auf seiner ständigen Patrouille näher kam.

Gavin fragte sich, ob die Drohnen, die Travis und er tagsüber gesehen hatten, sie vielleicht nicht gesucht hatten – weil ihre

Position längst bekannt war –, sondern nur den Zweck gehabt hatten, sie so zu beunruhigen, dass sie Janes Wegwerfhandy anriefen, um sie um Rat zu fragen.

»Falls sie anruft«, sagte Jessie, »warnen wir sie und legen gleich wieder auf. Aber wenn dieses Flugzeug das ist, was wir denken …«

»Dann ist klar, dass wir wissen, dass wir beobachtet werden«, sagte Gavin, »und binnen zehn Minuten sind sie in Massen hier.«

Er steckte zwei Finger in den Mund und pfiff gellend laut. Die Hunde kamen aus der Dunkelheit gerannt.

»Wir gehen also?«, fragte Jessica.

»Wir gehen. Und war's ein Fehlalarm, kommen wir zurück.«

Sie ergriff seine Hand. »Ich glaube nicht, dass wir bald zurückkommen.«

DREIZEHN

Eine imposante Villa am Ende einer Sackgasse. Elegante zeitgenössische Architektur. Schwarzes Schieferdach, Glattputz, geschliffene Natursteinplatten, riesige Glasflächen im Wohnbereich. Palmen und Farne. Rabatten mit Flamingoblumen mit herzförmigen roten Blütenscheiden wie Blutflecken im Licht der Gartenbeleuchtung.

Tanuja lebte in ihrem letzten Roman oder recherchierte vielleicht für eine Fortsetzung, wie sie's getan hatte, als sie nachts im Regen stehend die Gefühle ihrer Heldin Subhadra für den Kurzroman katalogisiert hatte, den sie noch nicht abgeschlossen hatte.

Alekto im Aufstieg, ihr vor Kurzem erschienener Roman, der magischen Realismus mit komischen Elementen vereinigte, hatte wohlmeinende Kritiken bekommen. Er handelte von einer jungen Frau namens Emma Dodge, in der sich Alekto – eine der Erinnyen – manifestierte. In der klassischen Mythologie rächten Tisiphone, Megaira und Alekto, Töchter der Erdgöttin Gaia, Verbrechen im Namen der Opfer. In Tanujas Erzählung stieg Alekto auf die Erde hinab, weil die gegenwärtigen Verbrechen so abscheulich waren, dass die Menschheit auszusterben drohte, wenn Verbrecher nicht wieder Gottesfurcht lernten. Als heidnische Göttin bevorzugte Alekto rasche und brutale, oft blutige Vergeltung, aber Emma Dodge, 28, Personal Shopper, die anfangs verwirrt war, als sie ihren Körper mit einer gewaltbereiten Gottheit teilen musste, hatte eigene Ideen. In dem Roman lehrte Alekto Emma den Wert eines Moralkodex und Respekt vor höheren Mächten, während Emma aufklärerisch wirkte, bis die beiden dann belehrende Strafen austüftelten, die ebenso wirksam wie Zerstückelung, aber weniger tödlich waren. In gewohnt spöttischer Art hatte Sanjay es als *Ein Mann sieht rot* trifft *Das Glücksprinzip* charakterisiert.

Vor der Villa des Ehepaars Chatterjee parkten eine BMW-Limousine und ein Mercedes. Am letzten Samstag jedes Monats luden Tante Ashima und Onkel Burt dieselben vier Gäste zum Dinner und einem Abend am Spieltisch ein. Der Anwalt Justin Vogt, der sie bei der Verwaltung der nach dem Unfalltod von *Baap* und *Mai* eingerichteten Familienstiftung beraten und ihnen geholfen hatte, die unterschlagenen Vermögenswerte zu behalten, würde mit seiner Frau Eleanor da sein. Außerdem Mohammed Waziri, ihr Vermögensverwalter, mit seiner schönen Frau Iffat.

Als Tanuja aus dem SUV stieg, klickten die Totenschädel ihrer Halskette leise gegeneinander.

Die Villa stand an einem zum Meer abfallenden Canyon, der mit Nebel vom Pazifik herauf angefüllt war: eine farblose, amorphe Masse, die jetzt überquoll und mit Geisterfingern zwischen den Häusern ausgriff.

Tanuja atmete die angenehm kühle Nachtluft tief ein und blickte die Straße entlang, die vor ihr um eine mit Zierquitten und drei größeren Korallenbäumen bepflanzte ovale Insel führte, bevor sie den Bogen wieder zurück schlug.

Von den sechs Häusern an dieser Sackgasse waren vier unbeleuchtet, auch die direkten Nachbarn östlich und westlich der Villa Chatterjee.

Einen Augenblick lang vergaß Tanuja ihr Vorhaben und wusste nicht recht, was sie hier tat. *Alekto im Aufstieg* war geschrieben und veröffentlicht, sodass sie nicht mehr dafür recherchieren musste. Und wie sollte man überhaupt recherchieren können, wie es war, sich seinen Körper mit einer heidnischen Gottheit zu teilen? Das konnte man nicht recherchieren, sondern sich nur vorstellen.

Aus dem Canyon in der Nähe wehte das Heulen von Kojoten auf nächtlicher Jagd herüber. Tanuja hatte diese Laute schon oft gehört. Obwohl sie ihr stets einen kalten Schauder über den Rücken jagten, hatte er diesmal nichts mit Mitleid für das bedauernswerte Tier zu tun, das vor den Kojoten flüchtete. Dieses Mal kam die Kälte in ihrem Knochenmark von der plötzlichen Fähigkeit, sich lebhaft vorzustellen, wie es war, vom Blutrausch gepackt zu werden, Jäger statt Gejagter zu sein und streng reglementiert in einem Rudel zu leben, in dem der Rausch eines Tiers zum Rausch aller wurde.

Ruhig, ganz ruhig, forderte sie sich selbst auf. *Am Samstagabend will man Spaß haben. Spaß gibt's reichlich. Tu, was dich glücklich macht, und morgen wirst du dein bisher bestes Werk schreiben.*

Sanjay kam um den Wagen herum auf ihre Seite, und ihre Besorgnis schwand, als er neben ihr stand. Sie wusste nicht, wohin ihre Recherchen führen würden, sobald sie an der Haustür klingelten, aber das gehörte schließlich zum Wesen einer Recherche – abzuwarten, wohin sie einen führte.

Er hatte die Heckklappe geöffnet, um die Kettensäge und

das orangerote Verlängerungskabel mitzunehmen. Diese Dinge hatte sie ganz vergessen. Sie konnte sich nicht vorstellen, welchen Zweck sie erfüllen sollten.

Nun, sie waren Werkzeug. Für Arbeiten jeglicher Art brauchte man Werkzeug.

»Nein. Noch nicht«, sagte er und schloss die Heckklappe.

Im Licht der Straßenlampen glänzte der Asphalt schon feucht vom Nebel, und Kondensationsfeuchtigkeit machte den Gehsteig fleckig, und an Grashalmen glitzerten Wassertropfen wie Diamanten, und die leuchtend roten Blütenscheiden der Flamingoblumen tropften.

VIERZEHN

Bis auf seine Dienstzeit im Marine Corps und noch zwei Jahre danach hatte Gilberto Mendez über dem Bestattungsunternehmen gewohnt, seit seine Mutter ihn in einem Korbwagen aus dem Krankenhaus heimgebracht hatte. In den meisten Nächten hatte er gewusst, dass unten mindestens ein Toter lag – oft zwei, manchmal auch drei –, und zu seinen frühesten Erinnerungen gehörte, wie er sich in die Aufbahrungsräume geschlichen hatte, wenn niemand da war, um auf Zehenspitzen stehend die frisch einbalsamierten Leichen zu betrachten. Als er elf war, beobachtete er seinen Vater bei der Arbeit, ging ihm gelegentlich zur Hand. Er hatte Menschen gesehen, die mit neunzig an Altersschwäche gestorben waren, die mit fünfzig einem Krebsleiden erlegen waren, die mit dreißig bei einer Schießerei in einer Bar umgekommen waren, die mit sechzehn tödlich verunglückt waren, die mit sechs an Misshandlungen durch ihre Eltern gestorben waren, sie alle und viele andere. Er hatte sie gesehen und später ihre armen Körper mit dem Respekt und der Zärtlichkeit vorbereitet, die sein Vater ihn gelehrt hatte. In all seinen Jahren mit den Toten hatte Gilberto sich niemals vor einem Leichnam gefürchtet. Er hatte nur gute Erinnerungen an diese Wohnung über den Aufbahrungsräumen, Erinnerungen an Liebe und Geselligkeit.

Aber an diesem ersten Samstag im März hatte er hier Angst gehabt – und das gleich mehrmals. Als Jane ihm am Abend zuvor von den Nanomaschinen und der Verschwörung der Arkadier erzählt hatte, hatte er ihr geglaubt und dabei existenzielle Angst empfunden wie seit dem Krieg nicht mehr. Aber als er jetzt erlebte, wie sie Booth Hendrickson vor und nach der Injektion verhörte, während sie auf die Konversion des Mannes warteten, waren ihm mehrfach eisige Schauder über den Rücken gelaufen.

Für Gilberto hatten Janes Vernehmungstechnik, Hartnäckigkeit und Beherrschtheit das Verhör zu einer spannenden Erfahrung gemacht, aber obwohl sie unerbittlich – sogar unbarmherzig – nach Wahrheit forschte, hatte ihn nichts erschreckt, was sie tat. Tatsächlich war er froh, dass sie auf der richtigen Seite stand, denn als eine von *ihnen* wäre sie eine verdammt gefährliche Gegnerin gewesen.

Mit Hendrickson sah es anders aus. Die Arroganz des Mannes aus dem Justizministerium, seine Verachtung für die Rechte und das Leben anderer, sein Utopia, das die meisten Menschen in tiefstes Elend stürzen würde … Der Kerl hatte Gilberto mehr als einmal erschaudern lassen.

Und als seine Persönlichkeit jetzt zu verfallen schien – durch den extremen Stress, den seine unaufhaltsame Konversion in einen Angepassten mit sich brachte, oder weil mit der Installation des Kontrollmechanismus etwas schiefging –, bewirkten Hendricksons Stimme und seine Enthüllungen über seine Mutter, dass sich Gilberto immer wieder die Nackenhaare sträubten. Weil das Gehirn des Mannes noch nicht ganz von dem Kontrollmechanismus durchwoben war, konnte sein Zusammenbruch nur gespielt sein, weil er irgendeinen Trick in petto hatte, obwohl schwer zu erkennen war, was er damit zu erreichen hoffte. Außerdem hatte sein emotionaler Verfall etwas unheimlich Reales an sich.

Jane wollte sehr viel über den Landsitz in La Jolla wissen, in dem Anabel Claridge gegenwärtig residierte, und dann über das Anwesen am Lake Tahoe, das sie von Anfang Mai bis Ende Oktober beziehen würde.

»Sie mag den Tahoe nicht als Wintersportgebiet, sondern wegen seiner Schönheit im Sommer«, sagte Hendrickson mit gepresster Stimme und ließ ein bitteres Lachen hören, das er sich zu erklären weigerte. Er bestritt sogar, gelacht zu haben, und sein Leugnen klang aufrichtig.

Hendrickson sprach bereitwillig über den Landsitz in La Jolla, aber seine Stimmung änderte sich, als er Fragen nach der Sommerresidenz am Lake Tahoe, die er »die Schmiede« nannte, beantworten sollte. In Anabels Abwesenheit wurde sie von Loyal Garvin, dem im Haus lebenden Verwalter, und seiner Frau Lilith, der Haushälterin, betreut. In jüngeren Jahren hatte Anabel oft drei Viertel des Jahres in der Schmiede verbracht, und die Jungen waren manchmal das ganze Jahr dort draußen gewesen.

»Wieso nennen Sie das Haus ›die Schmiede‹?«, fragte Jane.

»Weil sie's so genannt hat.« Hendrickson starrte in sein Colaglas, als seien die schmelzenden Eiswürfel der Kaffeesatz einer Wahrsagerin.

»War es früher eine Schmiede?«

»Es war *ihre* Schmiede.«

»Was meinen Sie mit ›Schmiede‹?«

Er sah von dem Glas auf, begegnete ihrem Blick und sah rasch wieder weg. »Was verstehen *Sie* darunter?«

»Die Werkstatt eines Hufschmieds. Mit Esse und Amboss zur Verarbeitung von Eisen. Zu Hufeisen und Schwertern und allem möglichen Zeug.«

Wieder die spöttisch-bittere Lache. »In diesem Fall – alles Mögliche.«

»Wie meinen Sie das?«

Nach kurzem Zögern sagte er: »Vor allem Jungen. Sie hat dort Söhne geschmiedet.«

»Simon und Sie?«

»Hab ich das nicht gerade gesagt?«

»Wozu geschmiedet?«

»Zu der Art Mann, die sie wollte.« Er sog prüfend die Luft ein, schnüffelte mehrmals. »Riechen Sie das?«

»Was denn?«, fragte Jane.

»Verwesungsgeruch.«

»Ich rieche nichts.«

Hendrickson hatte keine Mühe, zu Gilberto hinüberzusehen; er fand nur Janes Blick einschüchternd. »Riechen Sie verwesendes Fleisch, Charles?«

»Nein«, sagte Gilberto.

»Manchmal«, sagte Hendrickson, »treten schlechte Gerüche auf, die sonst niemand wahrnimmt ... das ist ein Symptom dafür, dass der Kontrollmechanismus sich durchs Gehirn ausbreitet.«

Nach kurzem Schweigen fragte Jane: »Wie hat Ihre Mutter Sie geschmiedet? Was meinen Sie damit?«

»Sie hatte ihre Methoden. Sehr effektive Methoden. Darüber dürfen wir nicht reden.«

»Ich erlaub's Ihnen.«

»Das können Sie nicht. Wir dürfen nicht darüber reden. Niemals! Wir dürfen nie darüber reden.«

FÜNFZEHN

Falls bekannt war, dass Jessie und Gavin Travis bei sich aufgenommen hatten, mussten sie annehmen, ihr Festnetztelefon und ihre Smartphones seien gehackt worden und fungierten nun als Infinity Transmitter. Jedes im Haus gesprochene Wort würde Janes Feinden in Echtzeit übermittelt werden.

Als sie aus dem Freien in die Küche zurückkamen, wischte Travis den Fußboden mit einem Swiffer. Duke und Queenie hielten den flauschigen Swiffer für ein Spielzeug. Eine Minute lang herrschte ein Chaos aus Hunden, die vor Aufregung winselten, Hundeschwänzen, die an Schränke und Stuhlbeine schlugen, und einem Jungen, der sich kichernd bemühte, das Gerät vor Zähnen und Krallen zu retten, bis er es schließlich in den Besenschrank sperren konnte.

Als Travis sich ihnen zuwandte, machte Gavin mit Zeige- und Mittelfinger ein V, das er erst auf seine Augen, dann auf die des Jungen richtete. Das war ein vereinbartes Signal: *Kritische Lage, achte auf mich.*

Travis war augenblicklich hellwach.

»He, Kiddo, willst du Karten spielen, Old Maid?«, fragte Jessie.

»Ja, ich mag diese alten Spiele. Die sind cool.«

Gavin hob einen Zeigefinger, beschrieb einen Kreis, der den gesamten Raum umfasste, und zupfte sich am rechten Ohrläppchen. Damit wusste der Junge: *Sie sind ringsum, belauschen uns.*

»Ich hole uns was zu trinken«, sagte Jessie.

»Ich nehme ein Bier«, sagte Gavin.

»Ich auch«, sagte Travis.

»Das würde dir so passen!«, wehrte Jessie ab und trat an den iPod, der mit zwei Bose-Lautsprechern auf der Arbeitsplatte stand. »Heineken für den großen Kerl, Malzbier für den Klugscheißer.«

»Muss aufs Klo«, sagte Travis.

»Ich auch«, sagte Jessie, »aber als Erstes brauche ich Musik.«

Gavin sagte: »Eine Tragödie, dass ich zu spät für Doo-wop geboren bin. Lass mich Hank Ballard und die Platters und die Del-Vikings hören!«

Als Travis und er die Küche verließen, schwoll hinter ihnen Musik an.

Der einzige PC mit Internetzugang stand in Gavins Arbeits-

Zimmer. Er hatte eine Kamera, deren Objektiv Gavin mit Malerkrepp zugeklebt hatte. Trotzdem gab es immer wieder Gerüchte, neuere Computer wie seiner enthielten eine versteckte zweite Kamera – das sogenannte Orwell-Auge –, die irgendwo im Bildschirm saß.

Heute hatte er noch nicht gearbeitet. Der Computer war ausgeschaltet. Aber er war ans Stromnetz angeschlossen, und so bekam sein ID Package eine Erhaltungsladung, wodurch sein Locator ständig ein Identifizierungssignal sendete. War es technisch möglich, dass die anderen seinen PC kaperten, ihn mit dem Internet verbanden und sein Orwell-Auge aktivierten, wie sie jedes Telefon in ein Abhörgerät verwandeln konnten?

Das wusste er nicht. Jedenfalls durfte er nicht riskieren, sein Arbeitszimmer zu betreten.

Im Haus gab es drei Fernseher. Neue Modelle wären vielleicht problematisch gewesen, aber sie hatten keine. Der kleine in der Küche war mindestens fünfzehn Jahre alt; er hatte Jessicas Mutter gehört. Die im Wohnzimmer und im Elternschlafzimmer waren acht Jahre alt, gleich nach ihrer Hochzeit gekauft. In diesen Geräten gab es keine Kameras; internetfähig waren sie auch nicht.

Duke und Queenie jagten vor ihnen die Treppe hinauf. Ihre gespitzten Ohren zeigten, dass sie spürten, dass eine Krise in der Luft lag.

Gavins Smartphone lag auf dem Toilettentisch. Er würde es hier zurücklassen müssen. Auch Jessie durfte ihres nicht mitnehmen.

Das einzige Telefon, das sie mitnehmen würden, war Janes Wegwerfhandy. Sie durften es nicht benutzen, solange der Himmelsfischer über dem Tal kreiste, aber irgendwann würden sie außer Reichweite sein.

Duke und Queenie, die Action erwartet, aber keine vorgefunden hatten, machten kehrt und polterten die Treppe hinunter, vielleicht auf der Suche nach Travis.

Für Notfälle standen hinten im Kleiderschrank zwei gepackte Koffer bereit. Er stellte sie neben das Bett.

Aus der untersten der drei Schubladen seines Nachttischs holte er ein Galco-Schultersystem. Das Holster hatte eine kleeblattförmige Rückenplatte aus Flexalon, damit die vier Wildledergurte sich einzeln bewegen konnten und straff, aber bequem saßen, als er es jetzt anlegte. Aus derselben Schublade nahm er eine Springfield Armory TRP-Pro .45 ACP. Magazin mit sieben Schuss. Lauflänge zwölfeinhalb Zentimeter. Mit Magazin tausendzwanzig Gramm schwer. Mit dieser Pistole war das SWAT-Team des FBI zur Geiselbefreiung ausgerüstet gewesen, war es vielleicht noch heute.

Gavin schlüpfte in ein weit geschnittenes Sportsakko, das die Waffe verdeckte, schnappte sich die Koffer und ging in die Küche hinunter, wo Travis bereits mit einem kleineren Koffer am Hinterausgang stand. Der Junge hatte die Schäferhunde bei sich: mit Halsband und Leine, aufmerksam angespannt neben ihm sitzend.

Jessie trällerte »Little Darlin'« mit den Diamonds aus dem iPod. Das klang sorglos entspannt. Sie trug ein für Frauen besser geeignetes Gürtelholster mit einer Colt Pony Pocketlite .380 SCP, die bequem tief an ihrer Hüfte hing, um sich leicht ziehen zu lassen.

Auf dem Tisch stand ein Aktenkoffer, den sie aus seinem Versteck in der Speisekammer geholt hatte. Er enthielt neunzigtausend Dollar in bar, die Jane in den letzten Monaten von bösen Kerlen erbeutet und bei ihnen gebunkert hatte, sowie zwanzigtausend Dollar eigenes Geld, die sie für einen Notfall wie diesen in kleinen Beträgen von ihrem Bankkonto abgehoben hatten, um kein Misstrauen zu wecken.

Die Diamonds beendeten ihren Song, und in der Pause bis zum nächsten Titel fragte Gavin auf dem Weg zum Hinterausgang: »Hast du auch die Marcels gespeichert?«

»Klar doch, Mr. Romance. ›Blue Moon‹ haben wir in den Flitterwochen gehört, falls du dich erinnerst.«

»Oh, ich erinnere mich. Lebhaft, sehr lebhaft», sagte er, als Joe Bennett und die Sparkletones »Black Slacks« anstimmten.

Er zog die Tür auf und trug die beiden Koffer hinaus. Travis blieb bei Jessie und den Hunden, während Gavin zu der freistehenden Garage hinüberhastete.

SECHZEHN

Obwohl Sanjay wusste, dass er wach war, fühlte er sich wie im Traum oder in einer Szene eines *Film noir*, die einen traumähnlichen Zustand schildern sollte. Mit Michael Curtiz oder Fritz Lang als Regisseur. Oder vielleicht John Huston. Lichtkreise unter Straßenlaternen erinnerten an das grelle Licht, mit dem Verdächtige bei scharfen Verhören in abgedunkelten Vernehmungsräumen angestrahlt wurden. Wabernde Nebelschwaden suggerierten, die Realität sei fließend, nichts sei, wie es scheine, weil seine Motive sogar vor ihm selbst verborgen waren. Und die Nacht, immer die Nacht jenseits des Lampenlichts, jenseits des Nebels. Die Nacht korrespondierte mit irgendeiner Finsternis in ihm selbst, die ihn mit Absichten hergeführt hatte, die ihm seltsamerweise nur Zug um Zug enthüllt wurden, als sei er lediglich eine Schachfigur ohne eigenen Willen: eine nur der Strategie eines unbekannten Spielers folgende Figur.

Als Tanuja und er die Haustür erreichten, hätte er beinahe geklingelt, bevor ihm einfiel, dass sie ihr Kommen nicht anzukündigen brauchten. Aus einer Jackentasche zog er einen Schlüssel, den er im weichen Licht der Lampe über dem Eingang verwirrt anstarrte. Der Schlüssel lag wie herbeigezaubert auf seiner Handfläche. Dann murmelte er: »Der Vergewaltiger hat ihn mir letzte Nacht gegeben«, obwohl das seine Verwirrung nicht auflöste.

Er wandte sich Tanuja zu, deren Blick von dem Schlüssel zu seinen Augen hinaufwanderte. »Was hast du gesagt, *chotti bhai?*«, fragte sie und hob eine Hand an ihren rechten Mundwinkel.

»Weiß nicht mehr. Vielleicht … nichts«, sagte er. »Nichts von Bedeutung.«

»Nichts«, bestätigte sie.

Der nächste Spielzug: Er steckte den Messingschlüssel in das Sicherheitsschloss, das sich leise klickend öffnete. Und danach der nächste: Er stieß die Haustür auf.

Tanuja trat über die Schwelle, und Sanjay folgte ihr in die Eingangshalle mit weißem Marmorboden, pfirsichfarbenen Wänden und einem modernen Kronleuchter mit Lichterkaskaden wie Rastalocken.

Er schloss lautlos die Haustür hinter sich und steckte den Schlüssel ein und sah nach links und rechts, wo je ein chinesischer Lackschrank mit einer Kristallschale mit frischen weißen Rosen stand.

»*Mausi* Ashimas Geschmack war schon immer exquisit«, stellte Tanuja fest.

SIEBZEHN

Sollte das über dem Tal kreisende Flugzeug sie überwachen, wurde bestimmt auch ihre Zufahrt draußen an der Straße beobachtet. Gavin bezweifelte jedoch, dass jemand näher am Haus postiert sein würde. Die von alten Steineichen flankierte Zufahrt hinter dem Tor war fast zweihundert Meter lang und schützte das Haupthaus und die Nebengebäude vor neugierigen Blicken. Viel näher herankommen konnten die Beobachter nur, wenn sie riskierten entdeckt zu werden. Andererseits wollten sie sich bestimmt nicht zu erkennen geben, bevor sie Janes nächsten Anruf abfangen und zu ihr zurückverfolgen konnten. Dann würden sie die Ranch stürmen, um sich den Jungen zu holen.

Die Garage war eine umgebaute ehemalige Scheune ohne Fenster. Gavin konnte unbesorgt Licht machen, nachdem er eingetreten war und die Tür hinter sich geschlossen hatte.

Das Gebäude enthielt eine komplette Autowerkstatt und bot Platz für vier Fahrzeuge, darunter seinen geliebten Street Rod, ein apfelgrüner 1948er Ford Pick-up, den er komplett zerlegt und neu aufgebaut hatte. Der Truck war schnell, aber für ihre bevorstehende Flucht nicht geeignet. Das 1940er Mercury-Coupé, an dem er seit Kurzem arbeitete, war ohne Motor und Räder aufgebockt. Jessies Explorer wäre gut geeignet gewesen, wenn Ford den Explorer nicht schon vor Jahren verkleinert hätte. Folglich blieb nur der zweite Geländewagen, ein robuster 1987er Land Rover, den Gavin selbst neu aufgebaut hatte und der kein Navi besaß, das geortet werden konnte.

Auf einer Trittleiter stehend, zurrte er die Koffer auf dem Gepäckträger fest und vergewisserte sich, dass sie unbedingt an Ort und Stelle bleiben würden – außer vielleicht bei einem doppelten Überschlag.

Als er in die Küche zurückkam, tobten die Coasters ausgelassen durch »Yakety-Yak«, während Jessie und Travis übers Kartenspielen redeten, als spielten sie tatsächlich Old Maid. Zur Unterhaltung der Lauscher sang Gavin ein paar Takte mit, während er nach dem Koffer des Jungen und Jessies Blade-Runner-Prothesen griff, die er in die Garage trug und zwischen den Sitzen auf den Wagenboden legte.

Als er zum letzten Mal ins Haus kam, waren die Monotones in der Mitte von »The Book of Love«.

Travis sagte: »Ich muss mal.«

»Du warst doch gerade erst«, sagte Jessie.

»Ja, nun, aber eben nicht genug.«

»Okay, und wir versprechen dir, nicht in deine Karten zu gucken.«

Jessie trug den Aktenkoffer mit 110 000 Dollar, und der Junge blieb auf dem Weg zur Garage dicht neben ihr.

Gavin folgte ihnen mit Duke und Queenie. Die Hunde sprangen durch die offene Heckklappe in den Laderaum des Rovers.

Die Pferde waren für die Nacht versorgt. Morgens würde er telefonisch veranlassen, dass der Hengst, die Stute und das Pony für einen Monat in eine Pferdepension kamen. Er musste glauben, dass dieser Scheiß in einem Monat vorbei sein würde. So oder so würde er vorbei sein.

ACHTZEHN

Tanuja war sie selbst, Tanuja Shukla, geboren in Mumbai, wiedergeboren in Amerika, zur Waise geworden, als ihre geliebten Eltern vom Himmel gestürzt waren, aber sie war auch Emma Dodge, geboren in Long Beach, jetzt Personal Shopper für reiche Frauen in Bel Air und Beverly Hills, wie in ihrem vor Kurzem erschienenen Roman nachzulesen war. Und sie war auch Alekto, eine Tochter Gaias, eine der Erinnyen, die den langen Weg vom Himmel anders als *Baap* und *Mai* sicher zurückgelegt hatte, um mit in Tanujas Körper zu wohnen und sich die Seiten des Romans mit Emma Dodge zu teilen. Tanuja-Emma-Alekto, eine Dreieinigkeit, stand in dem großartigen Foyer der Villa Chatterjee und wusste im Augenblick nicht recht, zu welchem Zweck sie hergekommen war. Als Autorin gebrauchte Tanuja ihren freien Willen, um ganze Welten zu erschaffen; in einer davon hatte sie Emma geformt, die keinen freien Willen besaß, und Alekto von unbekannten Autoren entlehnt, die sie vor Jahrtausenden geschaffen hatten. Trotz ihres Rufs als Gottheit besaß Alekto nicht mehr freien Willen als Emma, weil beide nur fiktiv waren, aber als die vorübergehende Unentschlossenheit an diesem toten Punkt zwischen Vergangenheit und Gegenwart beendet werden musste, war es Alekto, die sich der Situation gewachsen zeigte.

Als Tanuja ihr Bild in einem der Spiegel betrachtete, die über den chinesischen Lackschränken im Foyer hingen, sah sie nicht die Autorin von *Alekto im Aufstieg*, sondern Alekto selbst: dunkle Augen von dunklerem Lidschatten umrahmt, die Lippen schwarz, und als sie eine Hand an diese Lippen hob, waren die Fingernägel ebenfalls schwarz lackiert. In der wilden Erinnye entdeckte sie den Schatten einer anderen Gottheit aus einem ganz anderen Pantheon: Kali in ihrem schrecklichen Chandi-Aspekt mit einer Halskette aus Menschenschädeln. Tatsächlich existierten in Kali weitere Schatten, die Schemen unzähliger rachsüchtiger Götter aus allen heidnischen Kulturen, die jetzt in Tanuja versammelt waren, die sie als ihren Avatar hierhergebracht hatten, damit sie in dieser Nacht *ihren* Willen statt des eigenen ausführte, und so wandte sie sich nun von dem Spiegel ab, als sie anderswo im Haus Stimmen und Lachen hörte.

NEUNZEHN

Gavin fuhr aus der Garage in die dunkle Nacht hinein, ohne die Scheinwerfer einzuschalten, aber er benutzte nicht die Ausfahrt in Richtung County Road, sondern rollte durch das Tor im rückwärtigen Teil des Anwesens in die Wildnis hinaus, durch die Travis und er vormittags geritten waren.

Travis saß angeschnallt auf dem Rücksitz. Jessica saß auf dem Beifahrersitz und hatte eine Schrotflinte Kaliber 12 in einer Halterung senkrecht vor sich stehen.

Unter der geschlossenen Wolkendecke, die keine Sterne sehen und den Mond nur als Lichtfleck ahnen ließ, lag das zerklüftete Gelände klar und deutlich vor Gavin – allerdings durch die Nachtsichtbrille, die er unter dem Fahrersitz hervorgeholt und aufgesetzt hatte, in ein unnatürliches Grün getaucht.

Dies war kein gewöhnliches Nachtsichtgerät wie ein Bushnell Equinox Z oder ein ATN Viper X-1. Seine Nachtsichtbrille war eine ATNP SV57-3 MILSPEC der Generation 4, mit der alle Teilstreitkräfte des US-Militärs ausgerüstet waren. Diese Ausführung war jetzt auch im freien Handel erhältlich, aber sie hatte einen stolzen Preis: über 60 000 Dollar. Jane hatte sie ihnen für genau diesen Zweck zur Verfügung gestellt. Gavin, der nicht glaubte, dass sie das Gerät gekauft hatte, hatte diskret nicht gefragt, woher es stammte.

Das Gerät nahm alles verfügbare Licht auf – sogar infrarotes Licht, das fürs menschliche Auge unsichtbar war –, verstärkte es 80 000-fach und ermöglichte mit verbesserter Bilddarstellung ein Gesichtsfeld von 120 Grad. Der fast unheimliche grüne Farbton wurde gewählt, weil das menschliche Auge für Wellenlängen um 555 Nanometer – im grünen Bereich des Spektrums – am empfindlichsten ist, sodass die Darstellung dunkler sein kann, ohne deshalb unscharf zu werden, was den Akku schont.

Bei ihrer nächtlichen Geländefahrt hätten sie nicht riskieren dürfen, die Scheinwerfer zu benutzen, weil das in diesem unbewohnten und unbefahrenen Gebiet Reklame für ihre Flucht gemacht hätte – vor allem für fliegende Beobachter. Obwohl die roten Bremsleuchten, deren Licht von Geröllhalden zurückgeworfen und in hohem Gras fast verschluckt wurde, nicht so auffällig waren, bemühte Gavin sich, möglichst wenig zu bremsen.

Das Motorengeräusch konnte sie bei der Abfahrt verraten, aber nach der ersten Meile war diese Gefahr gebannt. Jeder Verfolger hätte Mühe gehabt, die Position des Rovers in dem stark segmentierten Gelände mit kreuz und quer verlaufenden Hügeln und Schluchten, die weniger durch Erosion als durch zahlreiche Erdbeben entstanden waren, genau zu bestimmen.

Sie bildeten ein Labyrinth aus harten Oberflächen, das Schallwellen mehrfach reflektierte, bis sie aus allen Richtungen zu kommen schienen.

»Wir fahren blind«, sagte Travis vom Rücksitz aus.

»Du und ich«, sagte Jessie, »aber nicht mein Mann hier.«

»Sehe alles taghell«, bestätigte Gavin, auch wenn der Blick durch die Nachtsichtbrille gewöhnungsbedürftig war.

Das eigenartige grüne Licht raubte allen Dingen ihre wahre Farbe, als liege vor ihm ein fremder Planet in einem Universum, in dem völlig andere elektromagnetische Gesetze galten. Diese Helligkeit schien alles zu ertränken, was sie beleuchtete, sodass die Eigenschaften von Licht und Wasser sich verbanden und das halb wüstenähnliche Land unter einem Meer zu liegen schien, das der Land Rover wie ein U-Boot in großer Tiefe, unter hohem Druck durchpflügte.

Sie waren noch keine Viertelstunde unterwegs, als er die Ursache für seine wachsende Beunruhigung erkannte. Im Museum seiner Erinnerung gab es keine Flure und Säle, die er mied, aber welche, die er bevorzugte. Ungern erinnerte er sich an nächtliche Einsätze mithilfe dieser Technik in Afghanistan. Primitive Dörfer mit niedrigen Häusern aus Lehmziegeln, isolierte Lager mit hässlichen Betonbauten. Überall Sprengfallen, manche mit Stolperdrähten. Jede dunkelgrüne Tür- oder Fensteröffnung ein potenzielles Versteck eines Angreifers. Dann plötzlich Action: eine rennende schwarz-grüne Gestalt vor einer blassgrünen Betonmauer. Leuchtend grünes Mündungsfeuer. Man erwidert sein Feuer, zielt genauer und sieht das Gewand des Angreifers hochfliegen, als setze er zu einem Tanz an, der aber nur einen Augenblick lang dauert. Dann bricht er zusammen, und ein grüner Blutstrahl hebt sich vor dem Hintergrund aus Beton ab …

Gavin verstand, in welcher Gefahr Jane schwebte, das hydraköpfige furchterregende Wesen ihrer Feinde und das Risiko, das Jessie und er durch ihr Eintreten für sie eingegangen waren.

Aber erst jetzt, als er die Welt durch eine Nachtsichtbrille betrachtete, wurde ihm ganz bewusst, dass dies ein *Krieg* war – mit allen Schrecken des Krieges, aber in der Heimat, Amerikaner gegen Amerikaner.

ZWANZIG

Und so führte sie Sanjay durch die elegant möblierte Villa, vorbei an bodentiefen Fenstern, die tagsüber vielleicht dramatische Ausblicke auf den zum Pazifik abfallenden Canyon ermöglicht hätten, aber jetzt durch träge ziehende Nebelschwaden blind waren. Sie durchquerten ein geschmackvoll beleuchtetes Wohnzimmer und gelangten durch ein etwas dunkleres Speisezimmer in die Küche.

Jenseits der offenen Küche lag ein Familienraum, in dem ein sechseckiger Tisch für Kartenspiele stand. Auf dem Tisch standen einige Teller mit Kanapees, und auf den Stühlen saßen drei Männer und drei Frauen. Sie spielten vor dem Dinner eine Runde Karten, unterhielten sich dabei angeregt und hatten nur Augen für ihr Blatt und die Karten, die ihr Gegenüber ablegte.

Ashima erkannte als Erste, dass Götter in Richtergewändern eingetroffen waren, und starrte sie mit offenem Mund an – zu schockiert, um schreien zu können. Tatsächlich kamen in den wenigen Sekunden, bevor das Feuer begann, keine Schreie von den sechs Kartenspielern, nur überraschtes Luftholen und erstickte Bitten. In der kurzen Zeit, die ihnen noch blieb, schafften es lediglich drei der sechs, von ihren Stühlen aufzuspringen, auch wenn sie keine Chance hatten, zu flüchten oder sich zu wehren.

Für Alekto war Ashima nicht die Schwester ihrer Mutter, denn ihre Mutter war Gaea, und es gehörte nicht zum Wesen einer Erinnye, Barmherzigkeit zu üben. Es gab auch keine Worte, kein Bedürfnis für Worte, sondern nur das Aufbrüllen von Pistolen aus nächster Entfernung. Ein mehrfarbiges Seidenkleid entfaltete sich wie die Flügel eines exotischen Papageis, bevor der Flugversuch misslang und bunte Seide die zusammengesackte Gestalt der Möchtegern-Fliegerin bedeckte. Menschen in verzweifelten Posen, jeder nur an sich selbst denkend. Grotesk verzerrte Gesichter wie auf den unterirdischen Gassen des Pandämoniums. Die Stehenden fielen sofort auf die noch Sitzenden oder sanken auf ihre Stühle zurück. Der sechskantige Tisch erzitterte, und die Spielkarten glitten zu Boden, wo sie Arrangements aus Figuren und Zahlen bildeten, aus denen eine Wahrsagerin vielleicht das letztliche Ziel der Gastgeber und ihrer vier Gäste hätte herauslesen können.

Von Anfang bis zum Ende dauerte das Gericht weniger als eine Minute. Und als es vorbei war, blieb keine Zeit, das Ergebnis zu betrachten oder gar über seine Bedeutung nachzudenken. Außerdem bedeutete es nichts, gar nichts. Überdies gab es noch mehr zu tun – und das so rasch wie möglich.

EINUNDZWANZIG

Dunkelheit steigt entlang der Küchenwände auf, nicht weil die Beleuchtung versagt, sondern weil sich dort Gestalten versammeln, die Booth Hendrickson an große Vögel erinnern, obwohl er sie nicht deutlich sehen kann. Es gibt Schatten, wo nichts existiert, das sie werfen könnte.

Die Stimme der Fragestellerin kommt und geht. Manchmal antwortet er ihr, manchmal nicht. Als die Schatten sich an den Rändern seines Blickfelds sammeln, weicht die Hoffnung ins Labyrinth seiner Gedanken zurück und macht schrittweise Verzweiflung Platz.

Es hat einmal eine Zeit gegeben, in der er im Dunkel allein

war, aber sich nicht fürchtete, in der Dunkelheit allein, ohne jemanden zu sehen, aber damals hatte er wie der Junge in den Büchern laut gesagt: *Ich denke für mich selbst, ich spiele allein, und niemand weiß, was ich zu mir sage.*

Aber das ist nicht die Dunkelheit, in die er jetzt zurückkehrt, während der Kontrollmechanismus sein Gehirn durchdringt. In der jetzt aufziehenden Dunkelheit wird es keine Spiele, keine Freuden geben, und er wird keinen Gedanken vor denen verbergen können, die ihn in seiner Knechtschaft befehligen.

Die bevorstehende Nacht ist das Dunkel tiefer Orte, drunten am Ende der krummen Treppe mit ausgetretenen Stufen, ein Nautilus von einer Treppe, ein Labyrinth aus Höhlen, durch die man sich tastend bewegen muss, weil man sich kein Licht, das man mitnehmen könnte, verdient hat.

Dort war er vor langer Zeit, gedemütigt und in kaum besserer Verfassung als ein geprügelter Hund. Er kennt das Elend der Knechtschaft, das Gefühl absoluter Ohnmacht. Er würde lieber sterben, als in die Sklaverei zurückkehren. Aber er ist an diesen Küchentisch gefesselt, kann sich also nicht selbst umbringen. Und sobald die Speichen und Spiralen des Netzes die Konturen seines Gehirns nachzeichnen, kann er sich nur noch das Leben nehmen, wenn es ihm befohlen wird.

Er kennt die Wahrheit der Welt. Er hat sie mühsam lernen müssen. Vor der kalten Wahrheit der Welt gibt es kein Entrinnen.

Herrsche oder gehorche. Benutze oder werde benutzt. Zerbreche andere oder lass dich von ihnen zerbrechen. In allen Fällen ist seine einzig verbliebene Option das *oder*.

Die aufsteigende Dunkelheit steigt höher, erreicht den Gipfel der Wände, breitet sich über die Decke aus, von der Schemen wie schwarze Kokons bis fast zu dem Tisch herabhängen, an dem er sitzt. Das einzige Licht der Welt ist jenes, das den Tisch umgibt, und seine Quelle ist *sie*, die ihn beherrscht. Sie ist in

Licht gewandet, und ihr Gesicht leuchtet, und ihre Augen sind feurig blau, als sie ihre Fragen stellt.

Wo bist du, Booth? Bist du noch hier bei mir? Kannst du mich hören, Booth Hendrickson? Kannst du mich hören? Wo bist du, Booth?

Er ist in Hoffnungslosigkeit verfallen, aber davon weiß sie nichts. Seine Hoffnungslosigkeit ist so tief, dass sie nie in Verzweiflung umschlagen wird, die kraftvoll und skrupellos sein kann, denn er ist kraftlos, ausgepumpt.

Wo bist du, Booth?

Aus Angst, sie könnte ihr kostbares Licht mitnehmen und ihn in Dunkelheit eingehüllt zurücklassen, antwortet er ihr. Zur eigenen Überraschung spricht Booth über das, worüber er nie hätte sprechen dürfen. Er erzählt ihr, wo er ist … oder vielmehr, wo er war und sich in Zukunft wieder sieht. Sein Thema ist »Die krumme Treppe«. Sobald diese Worte ausgesprochen sind, ist das Schweigegebot gebrochen, und was auszusprechen verboten war, lässt sich plötzlich ausdrücken.

ZWEIUNDZWANZIG

Was sich ereignet hatte, war nichts. Es bedeutete nichts. Überhaupt nichts. Das versicherte ihr die ruhige, leise Stimme in ihrem Inneren. Die scheinbaren Menschen in diesem Haus waren in Wirklichkeit keine. Die Erde war eine Bühne, auf der sich nur Gestalten bewegten, die vorgegebene Rollen spielten. Die Story dieser Leute war nicht wichtiger als jede andere, also überhaupt nicht wichtig, sondern bloß Unterhaltung für die Götter.

Was darauf folgte, war nicht mehr als eine Inszenierung. Wie im alten Griechenland war Alekto im alten Rom nur eine kleine Göttin gewesen, aber ihr niedriger Rang bedeutete nicht, dass sie farblos war. Ihrem Wesen nach waren die Furien farbig, Werkzeuge der Vergeltung, die mit Kühnheit und Fanfare, mit Stil und Glanz prunkten, und jede Frau, die über Alekto schreiben, die ein Gefäß für Alekto, den Chandi-Aspekt von Kali und ähnlich finstere Göttinnen werden konnte, war sozusagen verpflichtet, die heilige Tradition schriller Großspurigkeit hochzuhalten.

Tanuja wartete auf den Stufen vor der Haustür. Die Tür hinter ihr stand weit offen.

Die Sackgasse lag bei Nacht und dichtem Nebel still vor ihr. Die hellen Fenster des einzigen anderen Hauses, in dem Licht brannte, schienen zu keinem Gebäude zu gehören, sondern im Nebel zu schweben wie große Fernsehschirme, die leichter als Luft waren. Keiner von ihnen zeigte ein Programm, brachte ein Drama, als könne keiner mit den Ereignissen in der Villa Chatterjee konkurrieren.

An diesen Fenstern waren keine schemenhaften Gestalten aufgeschreckter Bewohner zu sehen, aus der Ferne heulten keine Sirenen heran. Vermutlich waren die Schüsse nicht durch die Mauern, durch die Nacht, durch den Nebel und durch andere Mauern gedrungen. Aber selbst, wenn sie zu hören gewesen waren, war es nicht unwahrscheinlich, dass die potenziellen Zeugen in einem Videospiel gefangen waren, den Fernseher laut aufgedreht hatten oder den Samstagabend mit einem guten Joint begingen, sodass sie die Realität gegen eine virtuelle Realität vertauscht hatten. Die Drehbücher ihrer Storys verlangten nicht, dass andere etwas hörten.

Bei Lampenlicht und Dunkelheit und dichter werdendem Nebel kam Sanjay mit der Kettensäge und dem orangeroten Verlängerungskabel zurück. Er war groß, schlank, ganz in Schwarz gekleidet. Sekundenlang durchzuckte Tanuja eine scharfe Angst, ein Entsetzen vor Sanjay, aber dies war nur ihr kleiner Bruder, ihr Zwillingsbruder, Blut von ihrem Blute, und ihre Angst verflüchtigte sich sofort wieder.

Sie wechselten kein Wort, als er die wenigen Stufen heraufkam und ihr ins Haus folgte, denn es gab nichts, was gesagt werden musste. Hier ging es lediglich um eine Inszenierung. Um ein Bühnenbild. Schritte mussten unternommen werden. Ein Schritt nach dem anderen. Immer nur einzelne Schritte. Niemals wissend, was als Nächstes kommen würde, bis es so weit war. Dem Skript entsprechend, nach dem sie lebten.

Während sie arbeiteten, dachte Tanuja eine Zeitlang an Subhadra im Sturm der unvollendeten Novelle, an die Schönheit silbriger Regenschleier, die gleißend helle Pracht von Blitzen, die aus Kumuluswolken herabzuckten, und die Majestät des Donners wie das Rumpeln kolossaler Räder, auf denen die Schöpfung auf mysteriösen Gleisen vorwärtsrollte …

Als die sechs abgetrennten Köpfe in gleichmäßigen Abständen entlang des kurzen Fußwegs zur Haustür aufgestellt waren, traten Bruder und Schwester aus der Nacht ins Foyer zurück, in dem sie mit dem Rücken zu einem Spiegel und er mit dem Rücken zum anderen stand. So standen sie einander auf Armeslänge gegenüber. Die Wärme des Hauses bewirkte, dass durch die offene Tür kühler Nebel hereinglitt.

Sanjay weinte stumme Tränen. Sie fragte ihn, weshalb, aber er wusste's nicht.

Sie sagte zärtlich: »*Chotti bai*, kleiner Bruder.«

Er antwortete: *»Benji«*, und seine Tränen flossen noch heftiger.

Sie sagte: *»Peri Pauna«*, was »Ich berühre deine Füße« bedeutete – aber sie bückte sich nicht, um es wirklich zu tun, denn er wusste längst, wie innig sie ihn liebte.

Seine Antwort *»Peri pauna«* ließ Tränen in ihre Augen steigen.

Ohne recht zu wissen, weshalb, sagte sie: »Jede Story muss ein Ende haben. Das liegt in der Natur von Storys.«

Weil das Skript ihn anwies, das zu sagen, erwiderte Sanjay: »Ich zähle jetzt bis drei.«

Er zählte völlig gleichmäßig, machte exakt zwei Sekunden Pause zwischen den Zahlen, ohne wegen Zweifeln oder Verwirrung oder Emotionen zu zögern, weil sie in ihrem letzten Moment auf der Bühne perfekt simultan handeln mussten.

Sein Blick auf sie gerichtet, ihr Blick auf ihn, seine Pistole an ihre Schläfe gedrückt, ihre an seine …

… hörten sie die gleich ewigen Schüsse, die ihr Leben beendeten, nicht mehr, aber der überlaute Knall dieses Doppelschusses drang durch die offene Haustür ins Freie, hallte über die nächtliche Sackgasse und weckte die Aufmerksamkeit eines Nachbarn, der eben mit seinem Hund unterwegs war, dann die der Polizei, dann der Medien und zuletzt der Welt in all ihrer Unwissenheit.

DREIUNDZWANZIG

In der grünen Nacht gab es von Wind und Wasser geschaffene natürliche Straßen durch den dichten Busch. Befahrbare abfallende Geröllfelder. Kahle Hügelkämme, auf denen man eine Zeitlang bleiben konnte. Selbst in diesem Trockengebiet gab es dicht unter der Sohle mancher Canyons genügend Wasser, um Eukalyptusbäume und Esskastanien wachsen zu lassen. An manchen Orten standen auch riesige Virginia-Eichen mit qualvoll verzerrten Silhouetten – wegen saurer Böden und Insektenplagen, die keine natürlichen Formen zuließen. Sie bildeten niemals richtige Wälder, sondern nur bizarre lichte Wäldchen, durch die der Land Rover fuhr, als sei er in irgendeiner postapokalyptischen Landschaft unterwegs.

Obwohl Gavin dieses Gebiet, in dem er jahrelang zu Pferd unterwegs gewesen war, recht gut kannte, konnte er unmöglich mit allen Einzelheiten von Hunderten von Quadratkilometern vertraut sein. Und bei dieser eigenartigen Beleuchtung hatte er sogar Mühe, vertraute Orientierungspunkte wiederzuerkennen.

Außer auf Erfahrung und Instinkt vertraute er jedoch auch auf einen großen, elektrisch beleuchteten Kompass auf der Mittelkonsole zwischen Jessie und sich.

Obwohl er nicht damit gerechnet hatte, unter diesen Bedingungen schnell voranzukommen, war er besorgt, weil sie nicht genügend Strecke machten. Über acht Jahre nach seinem letzten Einsatz auf dem Gefechtsfeld begann er ein vertrautes Kribbeln zwischen den Schulterblättern, ein flaues Gefühl im Magen und eine Straffung des Hodensacks zu spüren, als sein Instinkt ihn vor kommenden Gefahren warnte.

Im Laderaum hinter dem Rücksitz hatten die Schäferhunde bisher gelegen, wie sie's in allen Fahrzeugen außer dem apfelgrünen 1948er Ford taten, auf dessen Ladefläche sie am liebsten, durch ihr Gurtzeug gesichert, saßen oder sogar standen und sich den Fahrtwind durchs Fell wehen ließen.

Als der Land Rover eine Lichtung mit schütterem Gras und vereinzelten höheren Salbeibüschen überquerte, kamen Duke und Queenie auf die Beine und begannen tief zu knurren.

Vom Rücksitz aus sagte Travis: »Auf deiner Seite des Rovers gefällt ihnen etwas nicht, Onkel Gavin.«

Obwohl Gavin nur fünf Meilen schnell war, um auf plötzliche Veränderungen im Gelände reagieren zu können, fuhr er noch langsamer, während er die Nacht links von sich absuchte. Anfangs sah er nichts. Dann kam das Rudel in Sicht.

»Kojoten«, sagte er.

Sechs davon, ein großes Rudel für Tiere, die oft allein jagten. Schlanke, schemenhaft grüne Gestalten mit leuchtend grünen Augen. Ihr gezacktes Grinsen war das blasseste Grün in diesem makabren Bild.

»Ich kann sie nur ahnen«, sagte Travis. »Sie haben feurige Augen.«

Gavin wurde noch langsamer, um die Tiere vorauslaufen zu lassen, aber die Kojoten verringerten ihr Tempo ebenfalls, blieben bei dem Rover.

»Für sie«, meinte Travis, »sind wir bloß eine Art Büchsenfleisch.«

Jessie lachte. »Wie Pizza frei Haus geliefert.«

In das tiefe Knurren der Hunde mischte sich ein Giemen, das fast ein Winseln war. Sie waren kampfbereit. Aber zugleich erkannten sie die größere Wildheit dieser Räuber, die zwar genetisch mit Hunden verwandt waren, aber ihnen so grimmig an die Kehle gehen würden, als seien Duke und Queenie nur Kaninchen.

Wie die Schäferhunde sah Gavin nichts Amüsantes darin, von sechs zähnefletschenden Präriewölfen verfolgt zu werden. In dieser Büchse auf Rädern waren sie sicher, das stand fest, aber sie konnten nicht ewig im Auto bleiben, wenn es einen Platten hatte.

VIERUNDZWANZIG

Auf seinem Weg in ein angepasstes Dasein verfiel Booth Hendrickson zusehends. Sobald das Nanonetz seine endgültige Form angenommen hatte, würde es eine menschliche Gestalt kontrollieren, die wie der einst gefürchtete Mann aus dem Justizministerium aussah und dessen funktionierendes Gehirn den für seinen Betrieb nötigen Strom lieferte. Aber dieser Mann würde nur noch ein Schatten seiner selbst sein – und sein Gehirn nur mehr eine Hülle für einen Verstand, in dem vor langer Zeit geknüpfte Knoten sich gelöst und einen allgemeinen Zerfall eingeleitet hatten.

Als er Jane und Gilberto von dem Landhaus am Lake Tahoe und der krummen Treppe erzählte, verfiel er in einen weitschweifigen Monolog, der ab und zu ans Unverständliche grenzte. Es war unmöglich, ihn durch ein Verhör auf die wichtigsten Tatsachen zu fokussieren, denn er reagierte wie eine

Flipperkugel, die von Fragen in unerwartete Richtungen abprallte. Je mehr Fragen man ihm stellte, desto fragmentierter wurde seine Erzählung, sodass den beiden nichts anderes übrig blieb, als ihn reden zu lassen, zuzuhören und das große Puzzle allmählich zusammenzusetzen.

Was er über Kindesmissbrauch erzählte, war so extrem, ging so weit über alles hinaus, was Jane jemals gehört hatte, dass sie erwartete, er werde emotional werden, vor Selbstmitleid weinen, vor Wut zittern. Seine Fähigkeit, Emotionen zu empfinden, schien jedoch schon vor Langem abgestumpft zu sein. Als Jugendlicher und Erwachsener hatten seine Gefühle anscheinend nur um seine Überlegenheit gekreist, weil ihm gründlich eingeimpft worden war, er stehe in einer eigenen Klasse haushoch über allen anderen. Er empfand Verachtung für die breite Masse im Allgemeinen und die meisten einzelnen Menschen im Besonderen; er verachtete ihre Unwissenheit, die er für allgemein hielt, verabscheute ihre widerliche Gleichmacherei und hasste sie wegen ihrer angeblichen Gefühlsregungen wie Liebe, Glauben, Treue, Mitleid und Sympathie, von denen er *wusste*, dass sie Fiktionen waren, unter denen sie sich vor den harten Tatsachen dieser Welt verbargen.

Aber er hatte auch Angst gekannt: Angst vor den Milliarden, die unter ihm standen und durch ihre Dummheit und Unwissenheit und Fahrlässigkeit imstande waren, nicht nur ihre eigene Welt, sondern auch die seiner Elite zu zerstören. Edlere Gefühle schien er schon lange nicht mehr empfinden zu können. Als er jetzt seine Erfahrungen mit der krummen Treppe schilderte, schien er nichts als Angst empfinden zu können – tatsächlich nur eine einzige Angst. Er ratterte seine Story eintönig herunter, erinnerte sich mit der Gefühlskälte eines Mathematikers, der vom Blatt vorträgt, wie er ein Problem gelöst hat, an die grässlichsten Details. Aber zwischendurch starrte er plötzlich verängstigt Jane an und sagte flehend: »Versprich mir, das Licht dazulassen. Bitte, bitte, lass das Licht da!«

Als seine Story zu ihrem verworrenen Ende gelangt war, saß er mit den Händen im Schoß und gesenktem Kopf schweigend da: Form ohne Gehalt, ein hohler Mensch, sein Schädel mit Stroh ausgestopft.

Vor einer Stunde hatte Jane noch geglaubt, sie könnte niemals Mitleid mit diesem skrupellosen Machtmenschen haben. Jetzt bemitleidete sie ihn, aber sie ging nicht so weit, Sympathie für ihn zu empfinden, denn das hätte ihm unverdiente Würde verliehen.

Als er sie ansah und um Licht flehte, sprach aus seinem Gesichtsausdruck demütige Unterwerfung, in die sich Verehrung mischte, als halte er sie in höchsten Ehren, ohne sie jedoch zu fürchten, weil sich seine Angst für den Verlust von Licht aufsparte – für die Zeit in lichtloser Dunkelheit, die er als Kind an dem Ort zugebracht hatte, den er »die krumme Treppe« nannte. Seine schmachtende Bewunderung ließ Jane kalte Schauder über den Rücken laufen. Nachdem er so lange nach absoluter Macht gestrebt hatte, fand er sich nun völlig machtlos wieder – und war erleichtert, sich ihr unterwerfen zu können, war vielleicht ebenso damit zufrieden, das Gesicht unter dem Stiefel zu sein, als wenn er der Stiefel gewesen wäre, solange er nur in der *Nähe* der Macht blieb.

Sie wollte seine Verehrung nicht.

Und es war nicht Barmherzigkeit, die sie daran hindern würde, das Licht auszumachen. Selbst in seinem beeinträchtigten Zustand wollte sie auf keinen Fall im Dunkel mit ihm allein sein.

FÜNFUNDZWANZIG

Im Gegensatz zu Jane, die nur vier Stunden geschlafen hatte, hatte Gilberto letzte Nacht acht Stunden Schlaf bekommen. Aber als er sich jetzt auf seinem Küchenstuhl zurücklehnte und sich das Genick massierte, sah er so müde und lebensüberdrüssig aus, wie sie sich fühlte. Sie hatte ihn gebeten, einen Chauffeur zu spielen; jetzt bedauerte sie, ihn noch tiefer in diese Sache hineingezogen zu haben. Vor allem tat ihr leid, dass er unfreiwillig Zeuge der Versklavung eines Mitmenschen geworden war, auch wenn dieser so wenig Menschliches an sich gehabt hatte wie Booth Hendrickson.

Um 20.45 Uhr und eine Viertelstunde später nochmals hatte Jane zu Hendrickson gesagt: »Spiel Manchurian mit mir«, was der Schlüsselsatz für die ersten Generationen des Kontrollmechanismus war. Zweimal hatte er schweigend und mit hängendem Kopf dagesessen – in Gedanken verloren oder einem kataleptischen Trauma, das vielleicht das Endstadium seines psychischen Zusammenbruchs war.

Beim dritten Mal, um 21.20 Uhr, hob er den Kopf, sagte: »Alles klar« und sah sie erwartungsvoll an.

Natürlich hatte er den Schlüsselsatz und die richtige Antwort darauf schon vor der Injektion gekannt. Vielleicht verstellte er sich nur.

Sie hatte sich einen Test überlegt, der ein steriles Skalpell aus Gilbertos Instrumentenschrank und den Befehl an Hendrickson erforderte, sich tief in einen Daumen zu schneiden.

Als es so weit war, wusste sie jedoch zu viel über seine Vergangenheit, um ihm weitere Schmerzen zufügen zu wollen.

Sie fragte: »Bist du müde, Booth?«

»Oh ja.«

Sein aschfahles Gesicht, die blutunterlaufenen Augen, seine blassen Lippen waren die eines Mannes am Ende seiner körperlichen Belastbarkeit.

»Bist du sehr müde?«, fragte sie weiter.

»Sehr. So müde wie noch nie.«

»War alles wahr, was du mir erzählt hast, während der Kontrollmechanismus sich installiert hat?«

»Ja.«

»Hundertprozentig wahr? Auch über … Tahoe?«

»Ja. Wahr.«

»Und nun bist du sehr müde. Also werde ich dir jetzt befehlen, zu schlafen, bis ich dich wecke, indem ich dir eine Hand auf die Schulter lege und deinen Namen sage. Hast du verstanden?«

»Ja.«

»Schlaf«, sagte sie.

Er schloss die Augen, sackte auf seinem Stuhl zusammen und schien zu schlafen.

SECHSUNDZWANZIG

Ob dies ihre zweite oder dritte Coke mit Wodka in den letzten Stunden war, wusste sie nicht. Es war ihr auch egal. Sie wollte nur aufhören können, an die krumme Treppe und die vor ihr liegende schreckliche Aufgabe zu denken, und vier bis fünf Stunden Schlaf bekommen.

Im sanften Licht einer Stehlampe mit Seidenschirm saßen Gilberto und sie sich in zwei Wohnzimmersesseln gegenüber. Er hatte sich eine großzügige Portion Scotch eingeschenkt, die nur durch einen einzelnen Eiswürfel verwässert wurde.

Hendrickson war schlafend und an seinen Stuhl gefesselt in der Küche zurückgeblieben. Bei ihm ließen sie helleres Licht brennen, als sie für sich selbst wollten.

Auf einen Anruf Gilbertos hin waren hier vor einigen Minuten sein älterer Bruder Hector und dessen 17-jähriger Sohn Manuel aufgekreuzt. Gilberto war nach unten gegangen und hatte ihnen den Schlüssel gegeben, damit sie Janes SUV herbringen konnten. Die beiden wussten nur, dass ein Freund den Wagen am Vortag auf dem Parkplatz eines Supermarkts abgestellt hatte und ihn jetzt hier brauchte.

Gilberto schwenkte seinen Scotch gerade genug, damit der schmelzende Eiswürfel leise am Glas klirrte. »Ich dachte, mein Krieg sei seit Jahren zu Ende.«

»Dies ist alles ein einziger Krieg«, sagte sie, »und er ist nie zu Ende. Aber du hast hier einen Hafen. Weiter keinen Grund, vor den Toten Angst zu haben.«

»Nur vor den Lebenden.« Er nahm einen Schluck. »Ziemlich weit bis zum Lake Tahoe.«

»Wenn ich ein paar Stunden schlafe und um vier Uhr losfahre, bin ich mittags dort. Bei miserablem Wetter spätestens um eins.«

»Mit ihm auf dem Beifahrersitz.«

»Ich brauche ihn.«

»Aber kannst du ihm wirklich trauen?«

»Dass er mich nicht anfällt, ja. Aber verschlimmert sein psychischer Zusammenbruch sich noch mehr, ist er vielleicht weniger nützlich, als ich hoffe.«

»Sie wissen, dass du ihn hast.«

»Aber du hast gehört, was er gesagt hat – sie wissen nicht, dass ich im Napa Valley Proben des Kontrollmechanismus erbeutet habe.«

»*Er* wusste's nicht. Das muss nicht für alle gelten.«

»Ich setze darauf, dass niemand etwas weiß. Und weil jeder nur erfährt, was er wissen muss, werden sie das Paar, das die Villa in Schuss hält, wenn Anabel nicht dort ist, nicht benachrichtigen. Teufel, sie sind bloß alte Leute, Plebejer, Arbeitstiere, zweibeiniges Vieh.«

Gilberto erschauderte. »Was er gesagt hat, warum sie manche in den Selbstmord treiben und andere nur versklaven …«

Hendricksons Erklärung hatte sich in Janes Gedächtnis eingegraben. *Wir hassen alle, die die Gesellschaft in die falsche Richtung lenken könnten, und glauben, dass sie den Tod verdient haben. Manche der Versklavten dienen nur unserem Vergnügen wie die Aspasia Girls. Andere kontrollieren die Welt in unserem Auftrag, während wir im Hintergrund verborgen bleiben, und sie alle sind Dummköpfe, die es verdienen, versklavt zu werden.*

Nachdem sie in ihren Drinks Trost gesucht hatten, sagte Gilberto: »Die dort oben … zu Lebzeiten meines Vaters haben sie uns kleine Leute nicht so verachtet.«

»Macht korrumpiert.«

»Dahinter muss mehr stecken. Macht hat schon immer korrumpiert.«

»Schuld daran sind die verdammten Experten«, sagte sie. »Wir haben aufgehört, uns selbst zu regieren, haben alles den Experten übertragen.«

Er runzelte die Stirn. »Die Welt ist komplex geworden. Wer sie lenkt, muss wissen, was er tut.«

»Glaub mir, diese Experten haben *keine* Erfahrung mit der realen Welt. Sie gehören einer abgehobenen Elite an. Theoretiker ohne praktische Erfahrung. Selbsternannte Intellektuelle.«

»Na ja, dieser Typ kommt mir sehr bekannt vor. Man braucht nur den Fernseher einzuschalten.«

»Der britische Historiker Paul Johnson hat ein klasse Buch über sie geschrieben«, sagte Jane. »Es würde dir den Atem verschlagen.«

»Danke, ich bin schon ziemlich außer Atem.«

»Sie sind Überkonformisten, die mit Gleichgesinnten in einer Blase leben. Verachten gesunden Menschenverstand und einfache Leute.«

»Plebejer, Arbeitstiere, die große ungewaschene Menge wie uns.«

»Aber Menschen sind wichtiger als Ideen. Nick war mehr wert als jede idiotische Theorie. Mein Junge, deine Kids … alle wichtiger.«

»Siehst du eine Veränderung?«

Das war eine Frage, die Jane sich schon selbst gestellt hatte. Die ehrliche Antwort war nicht tröstlich. »In den letzten Jahrhunderten ist's schlimmer geworden.«

»Trotzdem müssen wir weiter hoffen.«

»Hoffen«, stimmte sie zu. »Und Widerstand leisten.«

SIEBENUNDZWANZIG

Carter Jergen sagt erfreut: »Manchmal wird eine gute Tat mit einem Tritt in die Zähne belohnt.«

Auf der Suche nach dem versteckten Jungen haben Agenten wochenlang alle Angehörigen von Nick und Jane aufgespürt, sogar den Exmann einer Cousine zweiten Grades. Jeden ehemaligen Soldaten, mit dem Nick im Marine Corps zusammen war. Die Familien der Opfer der Serienmörder, die Jane aufgespürt und liquidiert hat, weil denkbar war, dass eine dieser Familien ihre Dankbarkeit beweisen wollte. Ihre alten Studienfreunde aus dem College. Jeden, dem sie das Kind hätte anvertrauen können. Alles vergebens.

Weil weder Nick noch Jane extrovertiert waren, wurden die Ermittler erst auf ihre Unterstützung für Veteranenverbände aufmerksam, als viele andere, scheinbar aussichtsreichere Ermittlungsrichtungen sich als Sackgassen erwiesen hatten. Und plötzlich waren sie auf Fotos von Wohltätigkeitsveranstaltungen solcher Organisationen bei diesem Marathon, bei jenem Rollstuhlwettbewerb, bei dieser Gala … oft in Gesellschaft von Gavin und Jessica Washington: lächelnd, glücklich, offenbar unter *Freunden*.

Als Carter Jergen den Range Rover zwischen den Kolonnaden aus Virginia-Eichen hindurchlenkt, sagt er: »Keine Rast für die Müden.«

»Das ist der Preis des Erfolgs«, antwortet Radley Dubose. »Wir haben den Shukla-Job glänzend hingekriegt, also halsen sie uns einen Tag danach diese Sache auf. Mich stört das nicht. Ich mag gemocht werden. Hast du dir mal überlegt, was passiert, wenn wir Scheiße bauen?«

»Kein Weihnachtsbonus?«

»Dann kriegen du und ich eine Spritze in den Arm, genau wie diese begabten Hindu-Kids.«

»Nicht in einer Million Jahren!«, sagt Jergen, der darüber staunt, dass sogar ein primitiver Kerl wie Dubose so zynisch sein kann. »Wir sind keine Kannibalen.«

Diese Aussage bringt ihm ein gönnerhaftes Lächeln ein. »Kein Kannibalismus unter den Brahmanen, was? Ich war auch auf einer Ivy-League-Universität. Ich weiß, was ich gesehen habe. Ich weiß, was ich weiß.«

Überdimensioniert und selbstgefällig … so erinnert Dubose Jergen jetzt an eine andere Comicfigur – Popeye. *Ich weiß, was ich gesehen habe, ich weiß, was ich weiß, ich bin, wer ich bin.*

»Nicht jeder Ivy Leaguer ist ein Arkadier oder kann einer sein. Oder sollte einer sein«, sagt Jergen.

»An der University of Pennsylvania gibt's bestimmt nicht viele. Mich bedrückt, dass Penn überhaupt zur Ivy League zählt.«

Carter Jergen, der stolz darauf ist, ein Harvard-Mann zu sein, weiß ziemlich sicher, dass dieser Kommentar spöttisch gemeint war, aber jetzt sind sie vor dem Haus der Washingtons. Zeit, zur Sache zu kommen.

Das Haus ist ein behaglich wirkendes Ranchhaus mit großer vorgelagerter Veranda. Drinnen brennt überall Licht. Links davon eine Scheune, dahinter der Stall, beide dunkel.

Was Carter Jergen mehr interessiert, ist der Truck, mit dem der Bereitschaftstrupp gekommen ist und den sie an der Treppe zur Veranda geparkt haben. Dort steht ein Hennessey VelociRaptor 6x6, eine maßgeschneiderte Version des viertürigen Ford F-159 Raptor mit neuen Achsen, zwei zusätzlichen Rädern, supertaff aussehenden Geländereifen und Unmengen weiterer Upgrades. Er ist schwarz, er ist erstaunlich, er ist ein *fabelhafter* Truck.

In letzter Zeit haben einige Arkadier in der NSA, beim Heimatschutz und anderswo klasse Fahrzeuge bekommen, überwiegend Range Rover, die von Overfinch North America ein Motorentuning, eine Styling Package aus Kohlefaser, einen Doppelauspuff aus Titan und weiteres cooles Zeug bekommen haben, und Jergen hat diese Leute glühend beneidet.

Aber *dies*. Der VelociRaptor verkörpert eine ganz andere Ebene dienstlicher Anreize.

Auf der Veranda warten zwei Männer. Sie tragen schlank geschnittene Ring-Jacket-Anzüge, die trotz erstklassiger neapolitanischer Schneiderarbeit leger wirken, und ihre siebenfach gefalteten Krawatten von Cesare Attolini mit pastellfarbenen Punkten wirken verspielt.

In schwarzem T-Shirt, Black-Gold-Denimjacke von Diesel mit aufgestickten Skorpionen und schwarzen Jeans von Dior Homme kommt Jergen sich underdressed vor, aber er ist schließlich kein Bürohengst, sondern ein Mann im Außendienst.

Duboses Outfit ist wie immer unsäglich, fürs Herumlungern in einer Kleinstadt in West Virginia geeignet, aber für nicht viel anderes.

Die Hintertür des Hauses ist geschlossen, aber Jergen kann einen alten Schlager hören, den Song »Get a Job«.

Die Männer auf der Veranda stellen sich nicht vor. Ihr Auftreten ist forsch, fast brüsk. Sie beschreiben die Lage mit kurzen Worten.

Am Freitag um 16.15 Uhr wurde bekannt, dass Gavin und Jessica Washington den fünfjährigen Sohn von Jane Hawk bei sich aufgenommen hatten. Daraufhin wurde entschieden, die Einfahrt zu ihrem Anwesen zu beobachten und das Haus zu überwachen, indem die Mikrofone ihrer Handys, Computer und Fernseher sowie die Kameras in ihren PCs und Fernsehern fernbedient aktiviert wurden. Weil die Fernseher keine Internetverbindung hatten, erwiesen sie sich als nutzlos.

Ab 3.00 Uhr am Samstagmorgen wechselten aus Los Angeles auf den Orange County Airport verlegte NSA-Überwachungsflugzeuge sich damit ab, das Tal zu überwachen und speziell auf Gespräche mit Wegwerfhandys zu achten, weil man hoffte, Jane Hawk werde die Washingtons anrufen und so eine Zurückverfolgung des Gesprächs bis zu ihrem Handy ermöglichen.

Um 19.20 Uhr, nach dem Abendessen, beschlossen die Washingtons und der Junge, Old Maid zu spielen. Im Hintergrund lief dabei klassische Doo-Wop-Musik. Ihre Unterhaltung war wenig bemerkenswert, teilweise durch Musik übertönt. Als sie die nach einiger Zeit noch mehr aufdrehten, waren ihre Stimmen gar nicht mehr zu hören. Vermutlich sprachen sie sehr leise, sodass die Musik sie übertönte, oder hatten einander gerade nichts mehr zu sagen.

Nach einigen ruhigeren Songs – »Sincerely« von den Moonglows, »Earth Angel« von den Penguins und »Only You« von den Platters – erhärtete sich der Verdacht, die Washingtons und der Junge seien nicht mehr im Haus. Ein Agent wurde zu einer Erkundung zu Fuß von der County Road aus in Marsch gesetzt. Er machte einen Rundgang ums Haus, sah durch alle Fenster, ging schließlich hinein und meldete, das Haus sei leer. Die Spielkarten auf dem Tisch waren nicht mal aus der Klarsichtbox genommen worden.

Auf Gavin und Jessica Washington sind vier Fahrzeuge zugelassen. Drei davon stehen noch in der Garage. Der fehlende neu aufgebaute 1987er Land Rover hat anscheinend kein Navi an Bord. Das rückwärtige Tor der Ranch steht offen und lässt darauf schließen, dass die drei die Überwachung bemerkt haben und in die Wildnis geflüchtet sind.

Ein Team aus Spezialisten ist hierher unterwegs. Nach seiner Ankunft wird es das Haus und die Nebengebäude auf der

Suche nach Hinweisen auf Jane Hawks Aktivitäten oder ihren Aufenthaltsort zerlegen. Unterdessen haben Jergen und Dubose den Auftrag, die Washingtons und den Jungen über Land zu verfolgen, wobei sie ein Hubschrauber mit Nachtsichtgeräten, der schon im Anflug ist, unterstützen wird.

Tatsächlich ist der Heli kaum erwähnt worden, als er bereits heranröhrt, die langen Äste der Virginia-Eichen schüttelt und Wolken von trockenen Blättern aufwirbelt, die wie eine Heuschreckenplage zwitschern, bevor er zu dem offenen Ranchtor weiterfliegt.

Einer der Agenten hält Autoschlüssel hoch, und Carter Jergen läuft ein Schauder über den Rücken, als er die wuchtige schwarze Masse des Hennessey VelociRaptor 6x6 betrachtet.

Der zweite Agent hat ein Klemmbrett, und Dubose und Jergen müssen einen Vordruck unterschreiben, mit dem sie ihren Range Rover abgeben, und auf einem zweiten quittieren, dass sie den VelociRaptor als neuen Dienstwagen übernommen haben.

»Auf den Vordersitzen des Trucks«, sagt der Agent, »liegen Nachtsichtgeräte. Um die Suche zu koordinieren, haben Sie Sprechfunkverbindung zu den Helipiloten.«

Jergen macht den Fehler, Dubose die Vordrucke als Ersten unterschreiben zu lassen. Bis Jergen sie dann unterschreibt, hat der Hinterwäldler die Schlüssel. »Ich fahre«, sagt er grinsend.

ACHTUNDZWANZIG

Gilberto bestand darauf, Hendrickson zu bewachen, obwohl der Mann jetzt unter Kontrolle war und auf einem Küchenstuhl schlief, an den seine Knöchel mit Kabelbindern gefesselt waren.

»Ich schlafe, wenn du weggefahren bist. Ich könnte sowieso kein Auge zutun, solange er im Haus ist. Schon bevor du ihm ... die Spritzen geben musstest, war der Kerl irgendwie seltsam, wie falsch gepolt. Jetzt ist er ein richtiger Zombie. Echt gruselig!«

Hector und sein Sohn hatten Janes Ford Explorer Sport aus Newport Coast geholt und unten vor dem Haus geparkt. Gilberto trug ihren Koffer ins Gästezimmer.

Eigentlich war Jane zu müde, um unter die Dusche zu gehen, aber sie duschte trotzdem, weil sie nach dem Aufwachen möglichst rasch losfahren wollte. Sie stellte ihren Wecker auf drei Uhr.

Sie knipste die Nachttischlampe aus, rollte sich unter der Decke zusammen.

Das Zimmer lag auf der Vorderseite des Hauses, blickte auf die Straße hinaus. Das einzelne Fenster hatte Vorhänge, aber Jane hatte vergessen, sie zu schließen. Jetzt hatte sie nicht mehr die Energie, aufzustehen, das Zimmer zu durchqueren und sie zuzuziehen.

Der schwache Lichtschein einer Straßenlaterne tauchte einen Teil der Zimmerdecke in angelaufenes Silber. In den Scheinwerferkegeln vorbeifahrender Autos flitzte der skelettartige Schatten einer Platane, um diese Jahreszeit noch unbelaubt, über Decke und Wände. Die Bewegungsrichtung hing davon ab, ob der Wagen nach Osten oder Westen unterwegs war, aber in beiden Fällen kippte er zuletzt lautlos ins Dunkel.

In den letzten Monaten hatte Jane unabhängig davon, ob sie fest oder unruhig schlief, nachts immer geträumt, als sei jeder einzelne Tag so mit Ereignissen vollgestopft, dass sie vierundzwanzig Stunden brauchte, um sie richtig einzuordnen, damit ihr Unterbewusstsein sie analysieren und anschließend Entwarnung geben oder Alarm schlagen konnte.

Jetzt träumte sie davon, unterwegs zu sein, am Steuer zu sitzen, ein imaginäres Land mit unlogischer Geographie zu durchqueren, in dem verschneite Nadelwälder in Wüsten mit roten Felsen, Großstadtsilhouetten in einsame Strände übergingen. Nick saß neben ihr, Travis auf dem Rücksitz, manchmal lebte auch ihre Mutter wieder und saß neben dem Jungen. Alles war gut, bis Nick sagte: *Ich denke für mich selbst, ich spiele allein, und niemand weiß, was ich zu mir selbst sage.* Als sie zu ihm hinübersah, war er nicht mehr Nick, sondern Booth Hendrickson, der mit geschlossenen Augen schlief, wie sie ihn angewiesen hatte, bis er sich ihr zuwandte und die Augen öffnete, die reinweiß wie hartgekochte Eier waren. *Niemand weiß, was ich zu mir selbst sage*, wiederholte er, und er hielt eine Injektionsspritze in der Hand, die er ihr in den Hals stach.

TEIL VIER

TRAVIS AUFSPÜREN

EINS

Ohne Scheinwerfer und mit ausgeschalteter Instrumentenbeleuchtung lenkt Radley Dubose den riesigen, 800 PS starken VelociRaptor in die grün leuchtende Nacht hinein.

Carter Jergen neben ihm, der ebenfalls eine Nachtsichtbrille trägt, ist als Beobachter eingeteilt und täuscht eine Begeisterung dafür vor, die er nicht empfindet. Aber ließe er sich seine Frustration anmerken, würde das den Bauernlümmel aus West Virginia nur freuen.

Auch wenn die Suche bei Tageslicht einfacher wäre, können sie Fahrspuren des Land Rover entdecken: Reifenabdrücke auf längerer Strecke in weicher Erde, eine Schneise im Buschwerk von der Breite eines Fahrzeugs, parallele Spuren in niedergewalztem Gras oder weggeschleuderte Erdbrocken, wo ein Rad kurz durchgedreht hat.

Das Problem ist jedoch, dass keine durchgehende Fährte existiert. Die Spuren sind entlang der Fahrtroute der Washingtons verteilt, aber dazwischen gibt es lange felsig-kahle Strecken, wo vielleicht nur ein legendärer indianischer Fährtensucher aus einem anderen Jahrhundert imstande wäre, Hinweise auf ihre Vorbeifahrt zu entdecken. Sehr leicht kann man eine Spur missdeuten, in eine falsche Richtung abbiegen und vergeblich neue Reifenspuren suchen.

Hier bewährt sich der Hubschrauber mit Nachtsichtgeräten als praktischer Helfer. Mit seinen Nachtsichtkameras für Schräg- und Senkrechtaufnahmen, die vor den Piloten als Head-up-Display dargestellt werden, kann der Kopilot Spuren des Land Rover suchen, sie heranzoomen, was gewöhnliche Nachtsichtbrillen nicht können, und selbst schwache Hinweise identifizieren.

Der Hubschrauber setzt nicht nur auf Restlichtverstärker, sondern kann das Gelände unter sich auch auf Infrarotquellen absuchen, die ebenfalls auf die Cockpitverglasung projiziert werden. Weil der Tag nur warm war, der Himmel nachmittags bewölkt war und die Sonne schon lange untergegangen ist, hat das Gelände den größten Teil der gespeicherten Hitze wieder abgegeben und zeigt sich dem Kopiloten nicht mehr gleichmäßig hell. Die Wärmesignaturen von Kojoten sind leicht von denen von Rotwild zu unterscheiden – oder von Menschen zu Fuß. Kommt der Hubschrauber nahe genug heran, um den Land Rover zu erfassen, wird die Wärmesignatur des Fahrzeugs wie ein Leuchtfeuer aus dieser ansonsten unbefahrenen Wildnis ragen.

Der Heli und der VelociRaptor sind mit Funkgeräten für ein Frequenzband unterhalb der normalen Sprechfunkfrequenzen ausgestattet. Carter Jergen trägt nicht nur seine Nachtsichtbrille, sondern auch einen Ohrhörer, durch den er Anweisungen der Piloten erhält, die er an Dubose weitergibt. Obwohl seine Rolle wichtig ist, kann sie nicht wettmachen, dass er's nicht auf den Fahrersitz geschafft hat.

Er tröstet sich mit dem Wissen, dass sie auf ewig Helden der arkadischen Revolution sein werden, wenn sie diese Sache richtig hinkriegen. Sie werden innerhalb der Organisation in Positionen mit größeren Privilegien aufsteigen – auch wenn nur einer von ihnen diese Belohnung wirklich verdient.

Dubose und er müssen die Washingtons möglichst lebend fangen, damit das Ehepaar injiziert, kontrolliert und nach allem befragt werden kann, was es über die verdammte Hawk und etwaige weitere Helfer weiß. Ihr Junges, Travis, wird ihre Geisel, und Mama Bär bekommt verdammt wenig Zeit, sich zu stellen, wenn sie nicht für seine Qualen verantwortlich sein will.

Hundert Meter vor ihnen schwebt der Hubschrauber: mit ausgeschalteten Positionsleuchten, was illegal ist, aber an drei kleinen grünen Lichtpunkten am Heck und dem pulsierenden Abgasstrahl seiner Gasturbine gut erkennbar. Allerdings lässt seine wahre Form sich nicht erahnen, sodass er in der Fantasie des Beobachters eine schwebende Kugel oder sogar eine fliegende Untertasse sein könnte.

Wüsste Jergen nicht, was er vor sich hat, könnte er den Heli für ein Schiff aus einer anderen Welt halten.

Über Funk meldet der Kopilot: »Veränderungen in einem ansonsten gleichförmigen Geröllfeld. Könnten von einem Fahrzeug stammen.«

»Wir sehen sie uns mal an«, antwortet Jergen.

Als er sich Dubose zuwendet und die Meldung wiederholt, erscheint ihm das grüne Gesicht des großen Mannes brutal wie das eines Neandertalers, und er muss an eine andere Comicfigur denken: the Hulk.

»Komisch, was dieses Licht mit einem macht«, sagt Dubose. »Ich komme mir vor wie in der virtuellen Realität eines Videospiels – aus der Anfangszeit, als VR noch weniger realistisch als heute war. Unheimlich, nicht wahr? ›Auf Pfaden, dunkel, voller Grausen, wo nur böse Engel hausen.‹«

Jergen erkennt das Zitat: Edgar Allan Poe. Duboses kleine Rede beunruhigt ihn, denn sie scheint nicht zu diesem rustikalen Typ zu passen, auch wenn er eine Erziehung in Princeton genossen hat – falls *Erziehung* das richtige Wort für das ist, was Princeton seinen Absolventen mitgibt.

Sie fahren in flottem Tempo über spärlich bewachsenen steinigen Untergrund mit vereinzelten Grasbüscheln, die von stürmischen Winden so zerrupft und zerzaust sind, dass sogar der VelociRaptor in dieser Flora keine eindeutigen Spuren hinterlässt. Sie erreichen das leicht abfallende breite Geröllfeld, hinter dem ein langer Anstieg beginnt. Während der Heli dreißig Meter über ihnen schwebt, fährt Dubose bergab und hält in der flachen Mulde.

Durch die Frontscheibe kann Jergen mit etwas Mühe erkennen, wo das grünlich leuchtende Geröll verschoben ist, ohne dass deutliche Reifenspuren zu sehen wären.

Er ist dankbar dafür, einen Grund zu haben, die Nachtsichtbrille abzunehmen und aus dem VelociRaptor zu steigen, bevor Dubose einen weiteren Dichter zitieren und damit eine völlige Neubewertung seines Wesens und seines Intellekts erzwingen kann. Der Abwind des Hubschrauberrotors zerzaust Jergens Haar und lässt die Kragenspitzen seiner Black-Gold-Denimjacke gegen seine Kehle flattern, als seien die gestickten Skorpione lebendig geworden und von seiner Brust nach oben gekrochen.

Jergen hält eine LED-Stablampe in der Hand, mit der er das ansteigende Gelände vor sich absucht. Zeit und Wetter haben das tiefe Geröll zu einer gleichförmigen Masse verdichtet, die jedoch auf einer Länge von drei bis vier Metern verändert aussieht. Ein winziger Erdstoß hätte das ganze Geröllfeld erfasst, deshalb können diese Spuren tatsächlich von dem Land Rover stammen.

Nach vorn gebeugt, um die Masse aus kleinen Steinen genauer betrachten zu können, arbeitet er sich in dem rutschigen Geröll mit einiger Mühe bergauf, während das rhythmische Knattern des Helis über ihm wie eine Verstärkung seines Herzschlags klingt. Ungefähr auf halber Strecke glitzert etwas im Licht der Stablampe. Ein bräunlich-schwarzer haselnussgroßer Klumpen. Er nimmt etwas davon auf seinen Zeigefinger. Begutachtet die Masse. Riecht daran. Schmierfett.

ZWEI

Die Kojoten verloren das Interesse an dem Land Rover, bogen auf der Fährte irgendeiner unwiderstehlichen Witterung ins mondlose Dunkel ab.

In diesem Teil Kaliforniens war es möglich, auf einer Zickzackroute, die durch zusammenhängendes staatliches Buschland, Naturschutzgebiete, Nationalwälder und Nationalmonumente führte, selbst die kleinsten Siedlungen umging und unter wenig befahrenen County und State Roads über Canyons hindurchführte, bis zur mexikanischen Grenze zu gelangen, die man bei Tecate oder Calexico-Mexicali unauffällig überschreiten konnte. Weil in den Land Rover ein Zusatztank eingebaut war, konnten sie alternativ auch den Süden Arizonas ansteuern.

Gavin hatte jedoch nicht die Absicht, die ganze Nacht durchs Gelände zu fahren oder Kalifornien zu verlassen. Zusammen mit Jane hatten Jessica und er einen Plan für den Tag ausgearbeitet, an dem sie vielleicht für gewisse Zeit würden flüchten müssen, bis diese Kabale der Arkadier aufflog, was unweigerlich irgendwann passieren würde, weil es passieren *musste*.

Bedachte man, dass sie auf der Flucht vor einer mörderischen Verschwörung waren und ihr behagliches Leben vielleicht für immer hinter sich ließen, fühlte er sich überraschend zuversichtlich. Nicht unbeschwert. Nicht lärmend gutgelaunt. Ihn trug eine nüchterne Hochstimmung, die Soldaten nach einem erfolgreichen Unternehmen kannten: eine durch enge Bekanntschaft mit dem Tod gemäßigte Heiterkeit.

Er hatte in Afghanistan unzählige lebensbedrohliche Situationen überlebt, Jessie zwei Hubschrauberabstürze und die Detonation eines Sprengsatzes direkt unter ihrem Jeep. Überstand man auf wundersame Weise oft genug Lebensgefahren, dachte man allmählich anders. Vor allem begann man, an Wunder zu glauben, auch wenn es besser war, sie nicht routinemäßig zu *erwarten*.

Außerdem begann man sich zu fragen, ob das Leben vielleicht doch nach einem großen Plan verlief – und ob man selbst für einen speziellen Zweck aufgespart worden war. Als Jane bei ihnen erschienen war, weil sie ein Versteck für Travis brauchte, hatte Gavin sofort gedacht: *Das ist's, der wirkliche Grund dafür, dass dein trauriger Arsch noch auf dieser Erde ist.* Er hatte zu Jessica hinübergesehen, und ihr Lächeln hatte bestätigt, dass sie zu demselben Schluss gelangt war. Sie hatte dann zugestimmt, indem Jane erklärt hatte: *Solange der Junge hier bei uns ist, passiert ihm nicht mehr, als dass er sich vielleicht mal das Knie aufschlägt.*

Damit forderte sie das Schicksal heraus, aber ihre trotzige Prahlerei hatte Jane gutgetan.

Jetzt war die Zeit gekommen, ihr Versprechen zu halten oder bei diesem Versuch zu sterben.

Auf der ersten Etappe ihrer Fahrt mussten sie weit jenseits des Gebiets, in dem sie vormittags geritten waren, vom Orange County ins San Diego County wechseln, um östlich von Pala den State Highway 76 zu erreichen. In der Luftlinie betrug die Entfernung nur fünfundzwanzig Meilen, aber wegen des stark segmentierten Geländes konnten daraus fünfzig werden. Und es gab Abschnitte, die kaum mehr als Kriechtempo zuließen, was vor allem daran lag, dass sie ohne Scheinwerfer fahren mussten. Gavin hoffte, den Highway 76 bis Mitternacht – etwas über vier Stunden nach ihrer Abfahrt – erreichen zu können.

Er rechnete damit, verfolgt zu werden. Die einzige Frage war nur, wie viel Vorsprung sie sich sichern konnten. Jessie war davon überzeugt, dass die Suchmannschaft Luftunterstützung bekommen würde, und er musste ihr darin zustimmen. Das bedeutete, dass die Verfolger schneller sein würden als die Verfolgten.

Deshalb hielt er von Zeit zu Zeit an, stellte den Motor ab, stieg aus dem Land Rover und suchte das Gelände mit seiner Nachtsichtbrille ab. Er musste sicherstellen, dass die Posse nicht plötzlich überraschend auf sie herabstieß.

Als er beim dritten Mal am Rand eines langen Geröllfelds stand, hörte er erst nur das vertraute Summen und Zirpen von Insekten. Und ein Bellen, als seien irgendwo in der Nähe Rotfüchse auf der Jagd. Und in der Ferne … das typische Knattern eines Hubschraubers.

Er suchte die Nacht in Richtung Nordwesten ab, wo sie hergekommen waren. Anfangs war nichts zu sehen. Nur grünliches Dunkel. Dann entdeckte er unter dem bewölkten Himmel eine Konstellation aus drei Sternen, heller als gewöhnliche Sterne, jeder heller als die Venus. Die Konstellation drehte sich. Also keine Sterne. Eine minimalistische Flugzeugbeleuchtung.

Sie waren näher als erwartet. Er musste sofort eine tiefere Route wählen, die durch Täler und Canyons führte und möglichst weit unter den Hügelrücken blieb, damit die Motorwärme nicht von der Bugkamera des Hubschraubers erfasst wurde.

Als er wieder am Steuer saß und den Motor anließ, fragte Jessie: »Ist die Kacke am Dampfen?«

»Noch nicht, aber bald ist's so weit.«

Jessie sah sich über die linke Schulter um. »Bist du angeschnallt, Cowboy?«

»Angeschnallt«, bestätigte Travis. »Und die Hunde liegen beide flach.«

Wegen des Krachs, den der Hubschrauber machte, würde das Fahrzeug hinter ihnen den Land Rover nicht hören können. Gavin gab Gas, und sie rasten den langen Hang hinunter, sodass Steine gegen Kotflügel und Wagenboden ratterten, während sie eine Staubfahne, die sich rasch wieder setzte, hinter sich herzogen.

Er musste möglichst auf Sandstein, festem Lehm und Geröllfeldern bleiben und weichen Boden sowie alle Vegetation meiden, bis er einen geeigneten Unterschlupf fand. Den State Highway konnten sie nicht mehr erreichen, bevor die Verfolger sie einholten. Am besten versteckten sie den Rover irgendwo, verhielten sich ruhig und hofften, dass der Heli über sie hinwegfliegen und die Wildnis vergebens nach dem menschlichen Wild absuchen würde.

Aber wo ließ sich ein Wagen mit heißem Motor in einer nachts abgekühlten Landschaft, die so kahl war wie diese, vor einem Infrarotsensor verstecken?

DREI

In der Küche brauchte Gilberto weder schwarzen Kaffee noch Koffeintabletten noch lebhafte Musik, um wach zu bleiben. Booth Hendrickson auf dem Küchenstuhl ihm gegenüber war das beste Mittel gegen Schläfrigkeit.

Jane hatte den Mann angewiesen, zu schlafen, und das tat er auch, aber sein Schlaf war durch Träume beeinträchtigt und nie erholsam. Hinter den blassen Lidern bewegten seine Augen sich unaufhörlich, schienen Bilder in irgendeinem dunklen Alptraumreich zu fixieren. Sein Gesicht war nicht schlaff, sondern wurde durch Ausdrücke belebt, die von Verwirrung über Entsetzen bis zu Abscheu reichten.

Wenn er nicht mit den Zähnen knirschte oder sich auf die Unterlippe biss, machte er Mitleid erregende leise Geräusche oder redete im Schlaf – mit einer Stimme, die Gilberto einen kalten Schauder über den Rücken jagte, weil sie wie aus einer anderen Dimension klang.

»Hände und Hände und noch mehr Hände, tausend Hände …«

Weil seine Füße mit Kabelbindern an die hintere Querstrebe seines Stuhls gefesselt waren, blieben seine Hände frei. Während er sprach, krochen sie über die Tischplatte: nervös, unsicher, mal hierhin, mal dorthin, als suchten sie etwas, das er zu finden fürchtete.

»Zwing mich nicht dazu, zwing mich nicht dazu, zwing mich nicht dazu«, bettelte er flüsternd.

Seine Atmung wurde hektisch, als er keuchend ein- und ausatmete und schwache Verzweiflungslaute von sich gab, als werde er von irgendeinem Höllenungeheuer verfolgt. Er schien kurz davor zu sein, sich selbst zu wecken, aber dann klang seine Panik wieder ab, sodass er weniger ängstlich weiterschlief.

Von Zeit zu Zeit kam er auf das Thema Augen zurück. *»Ihre Augen … ihre Augen …«* Und später: *»Was ist in ihren*

Augen? Siehst du's? Siehst du, was in ihren Augen ist?«

Gilberto brauchte kein Koffein, aber er wollte etwas, das seinen Magen beruhigte. Der Scotch, den er getrunken hatte, verursachte nur Sodbrennen. Er holte sich ein Glas kalte Milch und spülte damit eine Tablette Pepcid AC hinunter, bevor er sich wieder an den Tisch setzte.

»Lass mich nicht im Dunkel«, bat Hendrickson drängend und verzweifelnd flüsternd. »Kein Weg ist so, wie du denkst, und es gibt keinen hinaus, nur hinein.«

Dann schwieg er einige Minuten lang, obwohl sein Gesichtsausdruck nicht entspannter wirkte.

Er öffnete plötzlich die Augen, setzte sich auf und schien Gilberto anzustarren, als er flüsterte: *»Hände in Händen, Augen in Augen, sie kommen jetzt, ich weiß, dass sie kommen, kann sie nicht aus meinen Augen, aus meinem Kopf raushalten. Sie kommen!«*

»Was kann ich für Sie tun?«, fragte Gilberto. »Kann ich Ihnen irgendwie helfen?«

Aber Hendrickson sah ihn vielleicht doch nicht, hatte nicht mit ihm gesprochen und schlief, auch wenn seine Augen offen waren. Er schloss sie, sank auf seinem Stuhl zusammen, wurde wieder still.

Gilberto bezweifelte, dass die Milch und der Säureblocker wirken würden.

VIER

Radley Duboses Erregung wächst, als vierzig Minuten vergehen, ohne dass eine weitere Spur der Flüchtenden entdeckt wird. Er verflucht die Washingtons, die Nacht, die Wüste, den Hubschrauber, seinen Piloten und den Kopiloten. Obwohl er einen VelociRaptor mit allen Extras, die Hennesseys Veredler sich ausdenken konnten, fahren darf, *einen Truck, der über dreihunderttausend Dollar kostet*, ist er nicht froh. Stattdessen empfindet er das primitive Bedürfnis, blindlings um sich zu schlagen.

Auch Carter Jergen ist frustriert, aber das wäre er weit weniger, wenn er am Steuer ihres SUVs statt auf dem Beifahrersitz säße und Meldungen des Kopiloten weitergeben müsste, von dem seit vierzig Minuten keine brauchbare Meldung mehr gekommen ist. Man könnte fast glauben, der Land Rover sei davongeflogen.

In der grünlichen Dunkelheit sucht der Heli von West nach Ost, von Ost nach West und fliegt dabei weiter nach Süden. Findet er auch in der kommenden Viertelstunde nichts, müssen sie nach Norden in das schon abgesuchte Gebiet zurückgehen, um sicherzustellen, dass sie nichts übersehen haben.

Diese mit niedrigem Buschwerk bestandene Wüste ist nicht ganzjährig trocken, nicht in allen Bereichen, nicht jetzt am Ende der Regenzeit. Sie erreichen den Rand eines Canyons, der tiefer als alle bisher abgesuchten ist. Ungefähr sechzig Meter unter ihnen fließt ein breiter Bach mit starker Strömung, der wegen der Schneeschmelze in den Bergen fast Hochwasser führt, in einem so glatt ausgewaschenen Bett, dass sich keine Wirbel oder Stromschnellen bilden. Über dem dunkelgrünen Wasser ragen in hellerem Grün die Umrisse großer Bäume auf, zwischen denen der Bach stellenweise verschwindet, und diesseits der Bäume erstreckt sich in noch hellerem Grün die felsige Sohle des Canyons.

Jergen und Dubose warten in dem VelociRaptor, während der Hubschrauber langsam ein Gebiet über eine Meile östlich von ihnen absucht. Dann kommt er wieder auf sie zu, fliegt an ihnen vorbei und geht eine halbe Meile westlich von ihnen in den Schwebeflug über.

Der Kopilot meldet: »Wir haben eine Wärmequelle unter den Bäumen. Kein deutliches Profil. Diffuse Wärme. Vielleicht sind sie's nicht.«

Als Jergen die Meldung wiederholt, sagt Dubose sofort: »Verdammt, das sind sie! Mit abgestelltem Motor in fließendem Wasser geparkt, weil sie hoffen, dass der Rover so weit abkühlt, dass die Bäume ihn vollständig tarnen können.«

Die kahle Wand des Canyons ist gefährlich steil, an manchen Stellen noch steiler.

»Warte, warte«, sagt Jergen, als Dubose anscheinend über den Rand fahren will. »Hier ist's zu steil. Wir müssen etwas nach Westen ausholen.«

»Hier ist's nicht zu steil«, behauptet Dubose.

»Doch!«, widerspricht Jergen nachdrücklich.

»Spiel bloß nicht den Feigling!«

Die Grobheit des Bauernlümmels kränkt Jergen. »Ich war noch nie im Leben feige.«

»Schon möglich, aber du tendierst dazu«, sagt Dubose und fährt über den Rand des Steilhangs, den sie in solch gefährlichem Tempo hinunterrollen, dass die an sich schon fremdartigen Nachtsichtbilder zu einem unverständlichen Gewirr aus wirbelnden Grüntönen werden, als seien sie hilflose Gestalten, die in einem SF-Film durch einen Meteoritensturm rasen.

Um zu beweisen, dass er Mumm hat, schreit Jergen auf dieser rasenden Fahrt kein einziges Mal auf, klammert sich nicht an den Haltegriff über der Tür und stemmt sich auch nicht mit den Füßen ein. Er verlässt sich ganz auf seinen Hosenträgergurt – selbst in den Augenblicken, in denen der Truck die Bodenhaftung verloren zu haben scheint, sodass Jergen eine Handbreit über seinem Sitz schwebt.

FÜNF

Der VelociRaptor hockt wie eine Riesenkröte mit offenen Seitenfenstern auf dem Boden des tiefen Canyons. Links von ihm Baumsilhouetten, dann der Bach wie Magma, das aus einer Wunde der Erde fließt: eine Szenerie, die ein Schlafender sich nach einem zu üppigen Abendessen ausdenken könnte … kühle Nachtluft weht herein, rasch strömendes Wasser rauscht und plätschert, schwacher Lakritzenduft scheint von irgendeiner Pflanze am Ufer zu kommen, dazu der noch schwächere Geruch nasser Steine, alle Dinge in Grüntönen zwischen intensiveren Schatten …

Dubose steht ungefähr dreihundert Meter von der Stelle entfernt, über die der Hubschrauber schwebt, und hat den Motor abgestellt.

Er sagt: »Sie wissen, dass sie entdeckt sind, und wären längst rausgekommen, wenn sie sich ergeben wollten. Wir müssen den Jungen lebend in die Hände bekommen. Aber bei den beiden anderen reicht's, wenn wir uns Mühe geben.«

»Wir sollen alle drei lebend gefangen nehmen. Den Washingtons Spritzen geben und sie verhören.«

»Danke, dass du mich daran erinnerst«, antwortet Dubose sarkastisch. »Aber diese beiden sind garantiert besser bewaffnet als Leute in einem Film von Quentin Tarantino.«

»Schon möglich. Aber vielleicht auch nicht, weil sie an den Jungen denken müssen.«

»Beide sind ehemalige Soldaten. Sie haben ein verdammtes Arsenal und sind mit ihrer Ausbildung keine leichten Gegner.«

»Wir haben auch eine Ausbildung«, sagt Jergen.

»Polizeiausbildung und Special-Forces-Ausbildung sind zwei Paar Stiefel. Hast du die Personalakte dieses Rambos gelesen? Und die Schlampe hat zwei Prothesen unterhalb der Knie, aber sie läuft weiter Marathons.«

»Zehntausend Meter«, verbessert Jergen ihn. »Keine Marathons mehr.«

Wieder unnötig sarkastisch sagt Dubose: »Oh, das ändert natürlich alles! Was für eine Pussy, wenn sie ohne Beine nur zehntausend Meter schafft?«

»Sagen wir einfach, dass sie schwer bewaffnet sind.«

»Das brauchen wir nicht zu sagen. Das *sind* sie.«

»Wie vermeiden wir, den Jungen als Kollateralschaden umzulegen, wenn die Sache in eine Schießerei ausartet?«

»Damit dem Jungen nichts passiert, wollen *sie* keine Schießerei«, sagt Dubose. »Also werden sie versuchen, uns zu überrumpeln und uns zu entwaffnen oder anderen Scheiß abzuziehen. Damit meine ich, dass sie zögern werden – aber wir nicht! Sobald sie sich zeigen, knallen wir sie ab.«

»Und wenn sie den Jungen als Schutzschild benutzen?«

»Mann, muss man in Harvard Zynismus als Nebenfach belegen? Dies sind keine Leute, die kleine Jungen als Schutzschild benutzen.«

»Leute sind immer anders, als man sie sich vorstellt.«

»Umso mehr Grund, sie abzuknallen, sobald sie sich zeigen.«

Sie steigen aus dem VelociRaptor, schließen die Türen.

Der Hubschrauber schwebt hoch genug über den Bäumen, um kein leichtes Ziel zu sein, bleibt aber über der Wärmequelle stationär, um das Bodenteam einzuweisen und die Washingtons durch Krach zu zermürben.

Jergen und Dubose sind mit 9-mm-Pistolen von Sig Sauer in Gürtelholstern bewaffnet, aber nicht mit Gewehren, denn falls es überhaupt zu einem Kampf kommt, wird's ein Nahkampf sein.

Hüfthohes Schilf und verschiedene Bäume, die Jergen nachts nicht identifizieren kann, sind ihre einzige Deckung. Der Hubschrauber, eine zweckentfremdete zweisitzige Zivilausführung mit hohem Haupt- und Heckrotor, macht genug Lärm, um ihre Annäherung zu tarnen.

Der Bach ist ungefähr vier Meter breit. Das Wasser von den umliegenden Hügeln muss reichlich Kalziumkarbonat enthalten, denn im Lauf der Jahrtausende hat es das Bachbett glattgeschliffen, sodass das Wasser glatt und rasch abfließt. Als Dubose ans andere Ufer watet, erweist es sich als ungefähr knietief.

Weil der sternenlose Nachthimmel durch den verschleierten Mond nur schwach erhellt wird, erwartet Jergen nicht, dass es unter den Bäumen erheblich dunkler sein könnte, aber das ist es. Ohne ihre Nachtsichtbrillen wären sie praktisch blind.

Wegen Gavin Washingtons Hintergrund ist anzunehmen, dass er ebenfalls eine Nachtsichtbrille hat, aber vermutlich kein MIL-SPEC-Gerät der Generation 4 mit achtzigtausendfacher Verstärkung, sondern eines der Generation 1 plus. Mit einem Modell für Jäger und Naturfreunde, das ein paar Tausender gekostet hat, wird Washington bei Weitem nicht so gut sehen können wie sie mit ihren sündteuren Geräten.

Jergen und Dubose gehen parallel zueinander vor, bewegen sich von Baum zu Baum und halten ihre Pistolen beidhändig schussbereit. Sie achten scharf auf das hohe Gras und die Bäume vor ihnen, die den Washingtons Deckung bieten würden, falls sie aus dem Land Rover gestiegen sind und eine vorgeschobene Stellung bezogen haben, um zu versuchen, ihnen eine Falle zu stellen.

Das ist jedoch unwahrscheinlich. In diesem Fall müssten sie annehmen, dass ihre Körperwärme sie verraten wird. Viel wahrscheinlicher ist, dass sie bei dem Jungen bleiben. Sie haben gehofft, das kalte Wasser und die dichten Bäume würden die Wärmesignatur des Rovers tarnen. Wenn sie nun erkennen, dass das nicht klappt, ist's zu spät für einen Plan B.

Nachträglich erscheint Duboses Idee, die Washingtons sofort zu erschießen und nur den Jungen gefangen zu nehmen, doch nicht so unüberlegt, wie Jergen anfangs gedacht hat. Er will heute Nacht nicht hier sterben – weder hier noch in irgendeiner anderen Nacht. Da ist's besser, rasch und entschlossen zu handeln. Und sie brauchen wirklich nur den Jungen. Haben sie ihn, ist Jane Hawk ihnen ausgeliefert.

Vor ihnen kommt der Land Rover in Sicht: mitten im Bach stehend, dessen kaltes Wasser über die vordere Stoßstange strömt und an den Flanken vorbeirauscht, sodass er oberhalb der Wasserlinie überirdisch leuchtet wie ein Phantomwagen, der die Seelen der Gestorbenen ins Totenreich bringt.

Jergen und Dubose sind jetzt im Bereich des Rotorabwinds des Helis. Über ihnen peitscht er die Bäume und reißt Blätter los, die wie riesige Schmetterlinge durch das grünliche Dunkel schwirren, das hohe Gras biegt sich, und die turbulente Luft erzeugt Wirbel auf der Wasseroberfläche, die eben noch spiegelglatt war.

Sie sind noch dreißig Meter von dem Land Rover entfernt … jetzt zwanzig … fünfzehn. Die Frontscheibe ist ein dunkleres Rechteck im hell leuchtenden Grün des Fahrzeugs. Hinter dem Glas sind keine warmen Umrisse von Menschen zu erkennen, als stehe der Rover verlassen da.

Sind die Washingtons mit dem Jungen in diesem kahlen Gelände törichterweise zu Fuß unterwegs, werden sie nicht weit kommen. Die Bäume können ihre kleinere Wärmesignatur vor dem Hubschrauber tarnen, aber sobald der Baumbestand lichter wird, werden sie irgendwann entdeckt, und in einiger Entfernung stehen dann gar keine Bäume mehr.

Zehn Meter, und nun befinden Jergen und Dubose sich im Zentrum des Abwinds, in dem die Luft ruhiger ist, obwohl das Röhren des Triebwerks und das Knattern der Rotorblätter lauter als je zuvor sind.

Vielleicht liegt es nur am Brandungsrauschen dieses rhythmischen Geräuschs, das in Jergens Knochenmark widerhallt, aber plötzlich durchläuft ihn der schlimme Verdacht, dass sie trotz allem in eine Falle geraten sind.

Gavin hockte tief zusammengesunken auf dem Fahrersitz. Das Okular seiner Nachtsichtbrille ATN PVS7-3, das beiden Augen ein Bild vermittelte, zielte durch die dicken Speichen des Lenkrads gesteckt knapp übers Instrumentenbrett hinweg, sodass sein Wärmeprofil sich wenig oder gar nicht von dem des Rovers unterschied. In dieser unbequemen Stellung sah er zwei Männer aus der Dunkelheit kommen, je einer auf beiden Ufern des Bachs, mit schussbereiten Pistolen, und beobachtete, wie sie inmitten der stürmisch bewegten Vegetation näher kamen.

Travis hatte den Aktenkoffer voll Geld und Jessies Bladerunner-Prothesen auf den Rücksitz gelegt und sich im Fußraum zwischen den Sitzen verkrochen, wo die Hunde ihm Gesellschaft leisteten. Jessie war im Laderaum, in dem zuvor die Schäferhunde gelegen hatten; dort saß sie unterhalb der Fenster an die Rücksitzlehne gelehnt.

Gavin hatte den Motor abgestellt, sobald sie im Bach standen, weil er hoffte, das kalte fließende Wasser und der dichte Baumbestand würden sie vor dem Hubschrauber tarnen. Als das nicht funktioniert hatte, hatte er den Motor wieder angelassen und sich darauf vorbereitet, im richtigen Augenblick loszubrausen.

Wegen des Triebwerkslärms würden die Männer, die sich auf beiden Bachufern anschlichen, den Land Rover nicht hören. Vielleicht würden sie annehmen, der Motor laufe nicht, oder das Fahrzeug sei verlassen.

Als die Bewaffneten so nahe heran waren, wie Gavin riskieren durfte, bevor er aktiv werden musste, legte er den ersten Gang ein. Der Druck des fließenden Wassers verhinderte, dass der Rover vorwärtskroch, sodass die Angreifer nicht gewarnt wurden, bevor er sich hinter dem Steuer aufrichtete und das Gaspedal durchtrat. Einen Augenblick lang drehten die grobstolligen Reifen in dem glatten Bachbett durch, aber dann schoss der Land Rover vorwärts.

Die überraschten Angreifer zögerten nur wenige Augenblicke, aber so war der Rover schon fast heran, als sie das Feuer eröffneten. Dreimaliges Mündungsfeuer, zweimal von rechts. Ein Geschoss prallte vom Fensterrahmen über der Frontscheibe ab, surrte als Querschläger davon. Ein anderes ließ einen der Außenspiegel zersplittern. Das dritte traf nicht einmal den Rover. Noch während die beiden schossen, hupte Gavin anhaltend laut, was sie vielleicht zusätzlich erschreckte, aber vor allem als Signal für Jessie gemeint war.

SIEBEN

Jessie, die mit dem Rücken an der Rücksitzlehne im Laderaum saß, spähte mit schussbereiter Schrotflinte durch die offene Heckklappe nach draußen. Als die Hupe fast gleichzeitig mit dem Knallen der Pistolenschüsse ertönte und die Fahrt weiterging, konnte sie nur annehmen, Gavin sei Gott sei Dank nicht getroffen worden. Und dass sie bereits an den Schützen vorbei waren.

Während die Hupe erklang, spritzten von den Hinterreifen und dem Rotorabwind aufgewirbelte eiskalte Wasserfontänen in den Laderaum, in dem Jessie den ersten von vier Schüssen abgab. Sie konnte kein Ziel erkennen, sondern wollte nur dafür sorgen, dass die Angreifer in Deckung gingen, statt auf den flüchtenden Land Rover zu schießen. Das Mündungsfeuer ließ viele tausend Wassertröpfchen glitzern, während der Rückstoß Jessie an die Sitzlehne drückte. Nur wenige Geräusche wirkten so einschüchternd wie der Knall einer Schrotflinte Kaliber 12, der jeden vernünftigen Menschen in Deckung gehen ließ, und bis Jessie zum zweiten, dritten und vierten Mal abdrückte, war der Land Rover so weit stromaufwärts, dass sie keinen Pistolenschuss mehr zu fürchten brauchte.

Jessie, die von ihren Schüssen vorübergehend halb taub war, griff in die offene Schachtel zwischen ihren Beinen und steckte eine Patrone in den Verschluss und drei weitere ins Magazin.

ACHT

Duke und Queenie waren gute Hunde, aber jetzt jaulten sie auf dem Rücksitz, um gegen die in dem beengten Raum schmerzhaft lauten Schüsse zu protestieren. Dafür hatte Gavin Verständnis, denn auch in seinem Kopf dröhnte es wie von zwei kräftigen Ohrfeigen. Als er jetzt Travis etwas zurief, klang seine Stimme dumpf wie aus einem Kanalrohr. Der Junge antwortete ebenso laut – ihm fehlte nichts –, und Jessie meldete sich ebenfalls.

Die schwärzlichen Bäume außerhalb des Abwindbereichs des Helis wirkten weiter wie in einem früheren Jahrtausend versteinert. Als Gavin links vor sich eine Lücke in ihrer Palisade sah, verließ er das Bachbett, überwand die kleine Steigung am Ufer mühelos und fuhr auf der Sohle des Canyons weiter. Fünfzig, sechzig Meter vor ihm stand ein riesiger schwarzer Truck, den er noch nie gesehen hatte, auch wenn er beim Näherkommen die Marke FORD in großen Lettern auf dem Kühlergrill lesen konnte.

Falls der Truck mit drei Mann besetzt gewesen war, von denen einer bei dem Fahrzeug zurückgeblieben war, konnte es ein Fehler sein, hier haltzumachen, aber das glaubte er nicht. Er bremste neben dem Ford, stieß die Fahrertür auf und zog seine Springfield Kaliber .45. Er schoss das Magazin auf die beiden linken Hinterreifen leer, brachte sie zum Platzen, hörte Querschläger von den Alufelgen davonsurren und sah verzerrte

Spiegelbilder des hellgrünen Mündungsfeuers wie Nordlichter einer bösen Unterwelt über den glänzend schwarzen Lack zucken. Er zog das leere Magazin heraus, rammte ein volles in den Griff, knallte seine Tür zu, steckte die warme Pistole ins Holster und raste nach Osten davon.

Jetzt waren die beiden Kerle zu Fuß und stellten keine unmittelbare Gefahr dar, aber der Hubschrauber nahm die Verfolgung auf.

Gavin erreichte eine Stelle, wo die Bäume auf beiden Ufern vom Bach zurückwichen. Jenseits des rasch fließenden Wassers war die Südwand des Canyons niedriger und weniger steil als die Nordwand; dort schien es sogar eine leichte Route bis zum Rand hinauf zu geben. Er durchquerte den Wasserlauf und fuhr den mit Gras bewachsenen Hang hinauf. Der Boden war von den Regenfällen in letzter Zeit noch so feucht, dass der Land Rover zwei tiefe Schlammspuren hinterließ, bis er oben angelangt war.

Im höheren Gelände kam der Hubschrauber von Westen auf sie zu. Der Heli war eine Zivilausführung für zwei Piloten plus sechs bis acht Passagiere, wenn er nicht für andere Zwecke umgebaut worden war. Im grünlichen Licht der Nachtsichtbrille war seine Kennung nicht auszumachen.

Der Pilot konnte ein ehemaliger Militärflieger sein, aber vielleicht war er auch nur ein Chopper-Jockey ohne Kampferfahrung. Letzteres schien der Fall zu sein, weil er bis auf weniger als zehn Meter Höhe auf den Land Rover herabstieß, als versuche er, den Fahrer zu erschrecken, was natürlich aussichtslos war.

Aber auch wenn Pilot und Kopilot keine ehemaligen Soldaten waren, konnten sie mehr als nur Suchspezialisten sein, die mit einer hartgesottenen Bodenmannschaft zusammenarbeiteten. Falls der Kopilot eine Ausbildung als Scharfschütze hatte – oder falls ein Scharfschütze an Bord war –, konnte ein tiefer Anflug zweckmäßig sein, um den Geländewagen zu stoppen, ohne dass jemand dabei umkam. Die Leute, die es auf Jane abgesehen hatten, würden Gavin und Jessie lieber vernehmen als liquidieren und wollten Travis unbedingt lebend in die Hände bekommen. Oder vielleicht wollten sie ihn mit gefährlichen Manövern ablenken, indem sie den Heli einsetzten wie ein Torero beim Stierkampf seine *Muleta*, um Gavin abzulenken und aufzuhalten, bis die beiden anderen Kerle zu Fuß aus dem Canyon heraufkamen und wieder angreifen konnten.

Der Hubschrauber röhrte durch die Nacht nach Osten, holte weit nach Süden aus und flog erneut an.

Gavin bremste scharf, als er merkte, dass der Heli diesmal noch tiefer flog, als wolle er mit seinen Landekufen das Dach des Land Rover berühren. Er sah sich um und beobachtete, wie Jessie nach draußen verschwand. Sie schloss die Hecktür und ging hinter dem SUV in die Hocke.

Geisterhafte Feiernde schienen sich aus ihren Gräbern zu erheben, als der Heli im Tiefflug herankam: Säulen aus Staub und Spreu nahmen die Form von Tänzern an, die ins Dunkel davonwirbelten. Die Rotorblätter schaufelten Luftmassen nach unten und ließen den Land Rover schwanken.

Als der Hubschrauber sie gefährlich tief überflog, gab Jessie rasch nacheinander drei Schüsse ab und zielte mit dem vierten Schrotschuss auf den Heckrotor.

Weil dies kein Film war, fing der Heli nicht sofort Feuer, wozu auch kein Grund bestand. Aber ein Klopfgeräusch und das Kreischen von Metallteilen, die sich aneinander rieben, ließ vermuten, dass ein größerer Schaden entstanden war.

Der Pilot steuerte nach Südwesten, um von dem Canyon wegzukommen, und der Heli gewann schwankend etwas Höhe.

Jessie riss die Beifahrertür auf und stieg ein. Während sie die Tür schloss, nahm Gavin die Verfolgung des Hubschraubers auf. Das tat er lediglich, um den Heli im Auge zu behalten, bis sie wussten, wie schwer beschädigt er war.

Die mechanischen Probleme, die drei, vier Ladungen Schrot verursacht haben konnten, weiteten sich rasch zu einer Katastrophe aus. Der Pilot ging in den Schwebeflug über und begann mit stotterndem Rotor zu sinken. In zehn bis zwölf Metern über Grund stand der Rotor plötzlich. Ohne Auftrieb krachte der Heli zu Boden, wobei eine Landekufe abbrach, kippte zur Seite und blieb auf zwei Rotorblätter gestützt auf der Steuerbordseite liegen.

Gavin streifte seine Nachtsichtbrille ab und gab sie Jessie. Er schaltete die Scheinwerfer ein. Das bleiche Land mit dem dunklen Buschwerk schien aus dem Nichts zu springen, die grüne Welt war verschwunden, diese vertrautere Welt stabilisierte sich unter ihnen.

Travis kam zwischen den Sitzen hervor und schnallte sich an, als Jessie ihn dazu aufforderte. Er hatte Mühe damit, weil die Hunde von beiden Seiten herandrängten und ihm aufgeregt Gesicht und Hände leckten.

Um nicht zu riskieren, dass auf sie geschossen wurde, hielt Gavin weiten Abstand zu dem abgeschossenen Hubschrauber. Im Scheinwerferlicht des Rovers war jedoch ein Mann zu sehen, der neben dem Heli kniete, während der andere von der offenen Cockpittür herabkletterte.

Im Scheinwerferlicht waren die Konturen der Hügel deutlicher zu erkennen als zuvor im grünlichen Licht der Nachtsichtbrille. Gavin orientierte sich so gut wie möglich, während Jessie ihm den Kompasskurs laut vorlas, und fuhr dann schneller nach Südsüdost durch die Wildnis, als er in einer grünen Welt gewagt hatte.

Dann setzte das Zittern ein. Aber nicht lange, nicht heftig genug, um seine Zähne klappern zu lassen. Falls ihm schon vorher kalter Schweiß auf der Stirn gestanden hatte und den Rücken hinuntergelaufen war, merkte er's erst jetzt.

Obwohl Jessie sich zweimal kaltblütig bewährt hatte, wusste Gavin, dass auch sie mitgenommen war, als sie sagte:

»Afghanistan war immer eine halbe Welt weit entfernt. Dort hat es mir besser gefallen.«

NEUN

Jane Hawk gestattete sich weit weniger Aberglauben als die meisten Leute, aber dazu gehörte die Überzeugung, lange Abschiede seien eher endgültig als kurze. Lieber knapp »bis bald« oder »man sieht sich« sagen als zu einem langen Lebewohl ausholen.

Ihrer Überzeugung nach, die kein Aberglaube war, basierte diese Zivilisation auf Liebe – auf der Liebe von Menschen füreinander und auf Liebe, die rational nicht mehr zu verstehen war. In diesem Zeitalter von Schmähkritik und Zynismus wurden echte Gefühle verspottet, Liebe als sentimental abgetan. In dieser Welt der raschen Veränderungen gab es nur wenige Dinge, an denen man sich festhalten konnte. Durch jahrhundertelange Erfahrungen angesammelte Weisheit, alte Traditionen und lieb gewonnene Wohnviertel erodierten und wurden fortgespült, und mit ihnen verschwanden die Menschen, die in diesen Dingen, die einen früher vielleicht ein Leben lang begleitet hätten, Trost und Sinn gefunden hätten. Eine entwurzelte Bevölkerung, die an nichts als Stil und Mode des Augenblicks glaubte, produzierte jetzt eine Kultur oberflächlicher Konformität, unter der die Realität als ein liebloses Reich lag, in dem bald jeder als Fremder in einem fremden Land leben würde. Liebte man genügend wichtige Eigenschaften eines Menschen, liebte man sie oder ihn – und tat gut daran, das zu sagen, solange noch Zeit dafür war.

Sie liebte Gilbertos Treue zu Carmella, seine Fürsorge für seine Kinder, seinen Respekt vor der Würde der Toten und ihren unsterblichen Seelen, seine Freiheitsliebe und sein Festhalten an der Devise *Semper fidelis* des Marine Corps. Deshalb bestand ihr Abschiedsgruß nur aus acht von Herzen kommenden Worten: »Bis demnächst. Danke für alles. Ich liebe dich.« Sie umarmte ihn, küsste ihn auf beide Wangen.

Um 3.31 Uhr war sie mit ihrem in Mexiko getunten SUV unterwegs, wieder mit der zerzausten schwarzen Punker-Perücke aus *Vogue*, dem blauen Lippenstift und dem Nasenring, die zu dem Foto auf Elizabeth Bennets Führerschein passten.

Booth Hendrickson auf dem Beifahrersitz stand weiter unter ihrer Kontrolle, weil sie ihn mit dem Befehl »Spiel Manchurian mit mir« gefügig gemacht und nicht mit »Auf Wiedersehen« freigesetzt hatte. Von der Wirksamkeit des Kontrollmechanismus war sie selbst in seinem Fall überzeugt. Trotzdem waren seine Handgelenke auf dieser ersten Etappe ihrer Fahrt mit einem Kabelbinder gefesselt, der auch durch seinen Hosengürtel führte, sodass er die Hände nicht heben konnte.

Er trug seinen Anzug, aber sein Maßhemd, von dem Jane einen Ärmel abgeschnitten hatte, um ihn für die Injektion vorzubereiten, war durch ein etwas zu weites Hemd von Gilberto ersetzt worden. Er trug keine Krawatte. Bevor sie ihm die Hände gefesselt hatte, hatte er nervös nach seinem Hemdkragen getastet, als störe ihn, dass seine Garderobe unvollständig blieb.

Auf der Fahrt nach Osten in Richtung San Bernardino sprach sie nicht mit ihm, er nicht mit ihr. In der ersten halben Stunde begrüßte sie das Schweigen, war dankbar dafür, Zeit zu haben, über das Bevorstehende nachzudenken und zu überlegen, wie es sich bewältigen ließ. Aber sein serviler Gehorsam, wenn sie Schweigen wünschte, sein gelassener Gesichtsausdruck, der Meile für Meile unverändert blieb, und sein starr auf die Fahrbahn gerichteter Blick ... alles das war ihr zu unheimlich, um noch länger ertragen werden zu können.

Da sie ihm weiterhin nichts zu sagen hatte, entschied sie sich für Musik. Sie wollte in keinem ihrer Wagen ein Navi, das ihre Position verraten konnte, aber sie brauchte immer viel Musik, die sie nicht unangenehm daran erinnerte, wie ihr Leben hätte verlaufen können, wenn ihr Vater nicht damals vor vielen Jahren ihre Mutter ermordet hätte.

In letzter Zeit hatte sie sich immer häufiger Mozarts Klavierkonzert Nr. 23 in A-Dur, KV 488 angehört, zum Teil auch, weil der erste Satz heiteren Optimismus verströmte, den sie unter den gegenwärtigen Umständen dringend brauchen konnte.

Der Mittelsatz dieses außergewöhnlichen Konzerts in der bei Mozart seltenen Tonart fis-Moll war so anrührend traurig, dass sie ihn nie hören konnte, ohne an Nick und ihre Mutter zu denken. Und an Nathan Silverman, ihren ehemaligen Boss beim FBI, den sie durch eine liebevolle Gewalttat vor einem Leben als Sklave der Arkadier bewahrt hatte – eine Tat, die ihr Leben lang auf ihrem Gewissen lasten würde. Der zweite Satz von KV 488 deprimierte sie nicht, sondern bildete ein notwendiges Gegengewicht zum Optimismus des Kopfsatzes und bewirkte, dass Jane sich im Herzen vollständig und im Kopf klar fühlte.

Als dieser Satz zu Ende ging, verstieß Hendrickson gegen das Schweigegebot, aber nur, um zu sagen: »Das ist so schön.«

»Ja.«

»Was ist es?«

Sie sagte es ihm.

»Musik durfte ich nie hören.«

Jane dachte einen Augenblick über diese Aussage nach, bevor sie sagte: »Jetzt bekommst du welche, auf der ganzen Fahrt zum Lake Tahoe, eine CD nach der anderen.«

»Danke«, sagte er nur und starrte die Fahrbahn wieder mit dem schwer zu deutenden Gesichtsausdruck einer Sphinx an, deren Blick in die Ewigkeit gerichtet ist.

Als der langsame Satz von KV 488 endete, war Jane froh, aus dem Allegro assai des Finalsatzes wieder unerschütterlichen Optimismus herauszuhören.

ZEHN

Nach Norden auf dem U.S. Highway 395 durch den Westteil der Mojave-Wüste, ringsum nur schwarze Leere, die Wolken in Küstennähe längst durch Sterne ersetzt, der Mond schon tief stehend … Später der erste rosa Schimmer des heraufziehenden Tages: erst ein zartrosa Streifen am Horizont, darüber ein blasseres Rosa und ein Streifen Buttercreme. Bevor der gesamte Himmel für diesen Tag blau wird … Später einsame Salzebenen und Schlammebenen und Sandebenen, bedrohlich dunkle Berge in der Ferne …

Aus den Lautsprechern kam wieder Mozart, Serenade Nr. 13 für Streicher in G-Dur, KV 525, Eine kleine Nachtmusik, als Jane endlich das Thema ansprach, über das Hendrickson nicht hatte reden wollen, bevor er unter ihrer Kontrolle stand. Weil er diese Sache offenbar beschämend fand, hatte er sie gebeten, ihm anschließend zu befehlen, seine Aussage zu vergessen. »›Ich denke für mich selbst, ich spiele allein, und niemand weiß, was ich zu mir selbst sage.‹ Was hast du damit gemeint, Booth?«

Sein Lächeln wirkte gequält, aber immerhin reagierte er mit einem Lächeln. In seiner Stimme schwang nostalgische Zärtlichkeit mit, die nichts an der Melancholie änderte, mit der er auf den Highway hinausstarrte, aber vielleicht etwas damit zu tun hatte, dass er in die Vergangenheit zurückblickte. »›Also – hier bin ich in der Dunkelheit allein, in der mich keiner sehen kann. Ich denke für mich selbst, ich spiele für mich selbst, und niemand weiß, was ich zu mir sage.‹ Das ist aus einem Buch. Gedichte. Aus einem kleinen Gedichtband.«

»Wie heißt er?«

»*Now We Are Six* von A. A. Milne. Aber ich war damals erst fünf.«

Jane überlegte kurz, dann sagte sie: »Von dem Verfasser von *Pu der Bär*. Was bedeutet das für dich?«

»Die Bücher? Sie sind alles. Sie bedeuten mir alles.«

»Du konntest mit fünf lesen?«

»Sie drängt mich immer dazu, zu lesen. Sie drängt, drängt, *drängt*.«

»Deine Mutter.«

»Den ganzen Tag Unterricht, jeden Tag.« Booth runzelte die Stirn und kniff die Augen zusammen, während seine Stimme hart wurde. »Konzentrier dich, Junge. Konzentrier dich, wenn du weißt, was gut für dich ist, Junge. Konzentrier dich, du fauler kleiner Hundesohn.«

Sie wartete, bis seine hastige Atmung sich wieder beruhigt hatte. »Du hast diesen Gedichtband also gelesen, als du fünf warst.«

»Ich hatte den kompletten Satz. Alle vier Bücher von Milne. Um mich anzuspornen.«

»Dich zum Lesen anzuspornen?«

»Mehr, schneller, besser zu lesen. Und zu verstehen, was falsch ist.«

»Woran falsch?«

»An der ganzen Geschichte. Zum Beispiel an dem Bären. Er ist dumm und faul. Er ist nicht konzentriert, und er ist freundlich.«

»Ist's denn falsch, freundlich zu sein?«

»Er ist sanft und freundlich. Freundlichkeit ist Schwäche. Den Starken gehört die Welt. Die Starken nutzen die Schwachen aus. Sie pissen auf die Schwachen. Sie *sollten* auf sie pissen. Die Schwachen haben nichts anderes verdient.« Sein Gesichtsausdruck wurde verächtlich, seine Stimme klang wieder scharf. *»Willst du das, Junge? Willst du dein ganzes miserables Leben lang benutzt und angepisst werden?«*

Draußen im Ödland der Deadmans Dry Lake, der Lost Dry Lake und der Owl Dry Lake, die Lava Mountains voraus, das Tal des Todes weit im Osten …

Auf ihrer Fahrt durch die Wüste hatte Jane das Gefühl, ein

Teil der Wüste gehe in sie über. »Aber was bedeutet dieses Gedicht für dich? Speziell diese Zeilen?«

»Mutter sagt, dass nur ein strukturiertes Leben lebenswert ist. Man muss einen Zeitplan haben. Sich genau daran halten. Wer das nicht kann, ist ein schlimmer Junge. Ein unstrukturierter Tag ist ein verlorener Tag.«

Jane wartete. Als er nicht weitersprach, fragte sie: »Und daher?«

»Und daher eine Viertelstunde fürs Frühstück. Eine Viertelstunde fürs Mittagessen. Eine halbe Stunde fürs Abendessen. Um acht ins Bett. Aufstehen um fünf. Licht aus um acht. Aus, aus, *aus*. Nur zwei Lampen im Zimmer. Sie schraubt die Glühbirnen heraus. Nimmt sie mit. Nimmt sie mit, wenn ich im Bett bin.«

»›Also hier bin ich in der Dunkelheit allein …‹«

Er nickte. »›In der mich keiner sehen kann.‹ Das Gedicht heißt ›In der Dunkelheit‹. Manchmal scheint der Mond. Oder die Gartenbeleuchtung ist eingeschaltet. Ich kann die Seite sehen, wenn ich sie genau richtig halte. Ein, zwei Stunden lang, bis ich schläfrig werde, kann ich denken, was ich will. Spielen, was ich will. Meine Zeit. Nur diese Zeit des Tages gehört mir.«

Jane fragte: »Was ist passiert, wenn sie zurückgekommen ist und dich bei Mondschein lesend vorgefunden hat?«

»Dann … dann kommt tiefere Dunkelheit.«

»Woraus besteht die?«

»Als Erstes muss ich mich nackt ausziehen. Und werde mit dem Rohrstock geschlagen. Auch auf mein … Jungenglied. So fest, dass es beim Pinkeln wehtut. *Du wirst nicht wie dein Vater, Junge, nicht wie dieses wertlose Stück Scheiße*. Also bekomme ich Prügel und werde für den Rest der Nacht in die Kiste gesteckt.«

»In welche Kiste?«

»Eine Holzkiste. Sie hat einen verschließbaren Deckel. Eine Kiste von der Größe eines Jungen. Mit einer Wolldecke als

Matratze. Mit Lüftungsöffnungen. Aber ohne Licht, weil die Kiste in einer fensterlosen Kammer steht.«

»Großer Gott«, murmelte Jane.

»Du brauchst keinen Gott. Mutter liebt dich. Mutter ist alles, was du brauchst. Mutter bestraft aus Liebe. Um dich zu lehren, was wahr und richtig ist.«

In der Wüstenlandschaft geologische Formationen wie primitive verfallende Tempel von Göttern, die besser nicht verehrt würden, und riesige Felsen mit Piktogrammen von bekannten Stämmen, aber auch von solchen, die zu alt sind, um andere Namen als die zu haben, die heutige Anthropologen ihnen beigelegt haben …

»Wie oft wirst du in die Kiste gesperrt?«

»Zwei bis drei Nächte pro Woche. Also gewöhne ich mir an, früh zu schlafen und gegen zwei Uhr morgens aufzustehen. Wenn *sie* schläft.«

»Dann konntest du im Mondschein lesen.«

»Ja. Und nicht erwischt werden.«

»Anfangs musstest du dich ausziehen und wurdest geschlagen und in die Kiste gesperrt. Und später kam …?«

»Später war's schlimmer, viel schlimmer. Später kam die krumme Treppe.«

Zuvor hat er Gilberto und ihr alles über die krumme Treppe erzählt. Bald werden Jane und er sie gemeinsam hinabsteigen.

ELF

Kurz vor Tagesanbruch hatte Gavin auf einem mit Salbei bewachsenen Hügel kurz vor dem Highway 76 angehalten. Während Travis und die Hunde auf dem Rücksitz weiterschliefen, während Jessie ihm mit einer Stablampe leuchtete, während unsichtbare Zaunkönige in Erwartung des Tages sangen, schraubte er die Kennzeichen des Land Rover ab und ersetzte sie durch andere, die Jane ihm vor einigen Wochen mitgebracht hatte.

Sie hatte auch einen Fahrzeugschein und einen auf den Namen Orlando Gibbons ausgestellten Führerschein dagelassen. Und einen auf den Namen Elizabeth Haffner ausgestellten Führerschein für Jessica – alles von ihrer Quelle für Fälschungen in Reseda. Die Fälschungen waren so gut, dass sie keinem Cop auffallen würden, der zur Überprüfung bei der Zulassungsbehörde anfragte.

Sie würden den Rover neu lackieren müssen, weil er laut Zulassung blau war. Aber das musste warten, bis sie ihr Ziel erreicht hatten.

Außerdem würden Gavin und Jessie einiges an sich selbst verändern müssen, damit sie ihren mit Photoshop bearbeiteten Führerscheinfotos ähnlich sahen.

Im Augenblick war es jedoch vordringlich, die Kennzeichen des Rovers – die vermutlich schon auf der Webseite des National Crime Information Center standen – zu ersetzen, bevor sie auf öffentlichen Straßen weiterfuhren. Sie durften nicht riskieren, dass ihre alten Kennzeichen von irgendeinem Behördenwagen gescannt wurden, denn der Scan würde bei der NSA auffallen und dazu führen, dass ihre Position in der Nähe ihres einzigen Zufluchtsorts bekannt wurde.

Mit einem Klappspaten aus der Werkzeugkiste in dem Rover hob Gavin eine flache Grube aus, in die er die originalen Kennzeichen legte. Er bedeckte sie mit Erde, trat sie fest und scharrte mit der Stiefelsohle mehrmals darüber.

Er begutachtete sein Werk im Licht von Jessies Stablampe. Es sah gut aus. Kein Mensch würde sich zufällig an genau diese Stelle in der Wildnis verirren. Falls ihre Verfolger hier vorbeikamen, würde ihnen die kleine Grube nicht auffallen, und selbst wenn sie darauf aufmerksam wurden und die Kennzeichen ausgruben, konnte diese Entdeckung ihre Fahndung nach Travis nicht im Geringsten beschleunigen.

Trotzdem brach Gavin einige Salbeizweige ab und verwischte damit alles, was auch nur entfernt wie ein Stiefelabdruck aussah.

Jessie lächelte im Widerschein der Stablampe. »Du liebst ihn wirklich, nicht wahr?«

»Weib, ich liebe dich, ich liebe ihn, ich liebe die Hunde, ich liebe mich, ich liebe das Leben, und ich hasse die Leute, die uns nur für ungewaschenen Pöbel halten, dem Manieren beigebracht werden müssen.«

»Küss mich«, sagte sie.

»Was, hier?«

»Wenn's dir zu öffentlich ist, mache ich das Licht aus.« Das tat sie prompt.

Er küsste sie, und sie erwiderte seinen Kuss, und er sagte: »Ich hab mich gefragt, wie Elizabeth Haffner küsst. Ziemlich umwerfend.«

»Mmmm. Orlando Gibbons aber auch.«

Bei Tagesanbruch, als der Junge schnarchte und die Hunde leise winselten, als träumten sie von Hasenjagden, fuhr Gavin über den letzten felsigen Hügel und eine natürliche Rampe zu dem leeren U.S. Highway 76 hinauf. Er schaltete wieder die Scheinwerfer ein und fuhr nach Südosten in Richtung Lake Henshaw und Borrego Valley, das vom Anza-Borrego Desert State Park umgeben war, um dort Zuflucht bei einem Mann zu suchen, der sich selbst als »totalen Spinner« bezeichnete.

ZWÖLF

Und in diesem Ödland lagen Knochen von Wildeseln und Kojoten, die sich zu weit in die Wüste hineingewagt hatten und deren Knochen in der unbarmherzigen Sonne ausbleichten und Löcher bekamen. Auch die jahrhundertealten Knochen von Männern und Frauen in ungekennzeichneten alten Gräbern oder in noch nicht entdeckten Höhlen zusammengedrängt, in denen sich barbarische Exzesse abgespielt hatten, sodass dort auch Kinderskelette mit eingeschlagenen Schädeln lagen.

Am Steuer des Ford Explorer Sport sitzend sagte Jane: »Mir fällt gerade etwas anderes ein, das du gesagt hast. ›Jetzt ist's wahr, nicht wahr ...‹«

Hendrickson ergänzte: »›... dass was welches und welches was ist?‹«

»Ist das auch von Milne?«

»Aus dem ersten *Winnie*-Buch. Aus dem Gedicht ›Zeilen eines Bären von sehr geringem Verstand‹.«

»Hat das Zitat eine spezielle Bedeutung für dich?«

Er starrte das Asphaltband des Highways an, das sie mit sich zu ziehen schien, während es auf eine in der Ferne unsichtbare Spule aufgewickelt wurde.

Nach einer Minute sagte er: »Was ist welches, aber welches ist was. Jene sind diese, aber diese sind jene. Wer ist was, aber was ist wer. *Das ist der Lauf der Welt, du schwacher, dummer Junge. Die Leute sind nie, was sie zu sein scheinen, und was sie sagen, bedeutet nie, was es zu bedeuten scheint. Nichts ist nur, was es ist. Willst du überleben, du erbärmlicher kleiner Scheißer, musst du das begreifen, verdammt noch mal, und lernen, stark wie ich zu sein und jeden zu pulverisieren, der sich dir in den Weg stellt. Werd' bloß kein Schlappschwanz wie dein wertloser Vater! Runter ins Loch mit dir, Junge, damit du in Ruhe lernen kannst. Runter mit dir! Runter ins Loch.*«

Er saß zitternd und mit kleinen Schweißperlen auf der Stirn neben ihr.

Im Osten die Naval Weapons Station am China Lake und im Westen die Ausläufer des Inyo National Forest mit seinen hoch aufragenden Pinyon-Kiefern ...

Hoch über ihnen segelte ein ungewöhnlich großer Schwarm von Raben mit Spannweiten bis zu eineinviertel Metern, ohne einen einzigen Flügelschlag tun zu müssen. Jane musste an die

Indianersage denken, nach der Raben das erste Licht der Welt mit ihren Schnäbeln zum Himmel hinaufgezogen hatten. Und eines Tages würden sie lange vor Sonnenuntergang in großer Zahl erscheinen und die Welt in ein endgültiges, ewiges Dunkel hinabziehen. Heute hätte dieser Tag sein können, aber das einzig Schwarze am Himmel war der Rabenschwarm selbst: jeder Vogel ein unentschlüsselbarer Kryptograph, den eine Schöpfung fliegen ließ, die mit Andeutungen lockte, aber ihre Geheimnisse eifersüchtig wahrte.

Sie sagte: »Booth, wenn ich mit den Fingern schnalze, vergisst du, dass wir jemals über Milne und die Pu-Bücher gesprochen haben. Du vergisst meine Fragen und was du darauf geantwortet hast. Zuletzt haben wir über Mozart gesprochen. Hast du verstanden?«

»Ja.«

Sie nahm die rechte Hand vom Lenkrad und schnalzte mit den Fingern.

Obwohl es einige Zeit dauern würde, bis sein Schweiß trocknete, hörte er sofort zu zittern auf. Sein Gesichtsausdruck war nicht mehr ängstlich besorgt. Er entspannte sich auf dem Beifahrersitz und starrte wieder nach vorn, als sei er in Gedanken auf den Nebenpfaden eines Wachtraums unterwegs. Jane hatte keine Ahnung, aus welchen Erfindungen und Phantasmen dieser Traum bestand, aber sie vermutete, die Raben der immerwährenden Nacht könnten dazugehören – und dass es in den Schatten seiner verwinkelten Gassen eine Muttergestalt geben würde, die ihren Sohn programmiert hatte, lange bevor der Nanomaschinen-Kontrollmechanismus erfunden worden war.

DREIZEHN

Die Kleinstadt Borrego Springs im San Diego County, im Borrego Valley von dem 25 000 Hektar großen Anza-Borrego Desert State Park umgeben, gehörte nicht zu den zwanzig wichtigsten Touristenzielen Kaliforniens. Die meisten dortigen Urlauber waren Camper, und auch die Aktivitäten der Gäste in den Motels und Motor Inns der Stadt hingen vor allem mit der Wüste zusammen.

In einer Woche, vielleicht schon etwas früher, würden die größten Touristenmassen des Jahres zusammenströmen, um die Frühlingsblüte in der Wüste zu bewundern, wenn auf vielen tausend Hektar Land Millionen und Abermillionen einjähriger Blumen blühten: roter Klatschmohn, Zinnien in vielen Farben, blau-violette Enziane und eine Vielzahl weiterer Wildblumen, die eintönige Wiesen verwandelten und sich in die Ferne erstreckten wie ein immenser willkürlich gemusterter Orientteppich, den Kunsthandwerker in einem Zustand der Euphorie gewebt hatten.

Gavins und Jessies Ziel lag nicht innerhalb der Stadtgrenze, sondern etwas talabwärts an der County Road S22. Zwei unbefestigte Fahrspuren mit Unkraut in der Mitte dienten als Zufahrt zu einem zwei Hektar großen Anwesen. Das blassblaue kleine Haus, das einen Anstrich brauchte, stand unter schäbigen Kokospalmen, hatte ein weißes Blechdach und war von Feinkies mit einzelnen Kakteen umgeben. Hohlblocksteine als Treppenstufen führten zu einer unmöblierten Veranda vor der Haustür hinauf.

Cornell Jasperson, Besitzer der Immobilie, wohnte nicht in dem ebenerdigen Haus. Dort wohnte niemand, obwohl es vollständig eingerichtet war.

Cornells Wohnsitz lag hundert Meter hinter dem Haus, in einem unterirdischen Bunker mit dicken Stahlbetonwänden, den er selbst entworfen und gebaut hatte, ohne Baugenehmigungen einzuholen – vielleicht durch Bestechung, aber das sagte er nicht –, und indem er seine Beziehungen dazu genutzt hatte, philippinische Arbeiter kommen zu lassen, die in Trailern auf dem Grundstück gewohnt hatten, nie in die Stadt gefahren waren und nur Tagalog gesprochen hatten.

Der Bunker lag vor Entdeckung sicher zwei Meter unter der Erde und war nur Cornell, Gavin und zwölf neureichen philippinischen Arbeitern bekannt, die vor Jahren heimgekehrt waren und ihnen eingebläute Geschichten erzählt hatten, wie es gewesen war, ein Jahr lang zwölf Stunden täglich zu schuften, um in Utah eine Villa für einen reichen Exzentriker namens John Beresford Tipton zu bauen.

Am wenigsten wichtig von Cornells vielen Beziehungen war die zu seinem Cousin Gavin Washington, dem Sohn der Schwester seiner Mutter. Als uneheliches Kind hatte Cornell seinen Vater nie gekannt. Seine Mutter Shamira war eine drogenabhängige Gelegenheitsprostituierte gewesen, die ihn nach dem Mann genannt hatte, der ihrer Ansicht nach am ehesten als sein Erzeuger in Frage kam. Shamira und ihre Familie hatten sich entzweit, als sie sechzehn war; sie war zwanzig Jahre später an einer Überdosis gestorben, als Cornell eben achtzehn war. Die Familie wusste nicht einmal von seiner Existenz. Mit vierundzwanzig Jahren war er dann als Entwickler zehn erfolgreicher Apps über dreihundert Millionen Dollar schwer gewesen.

Sein explosiv wachsender Reichtum hatte ihm »höllisch Angst eingejagt«, wie er selbst sagte. Seiner Ansicht nach stimmte irgendwas nicht, wenn »ein Verrückter wie ich sein Vermögen binnen vier Jahren von zehn Dollar auf dreihundert Millionen steigern kann«. Sein Erfolg hatte seine Überzeugung bestätigt, die jetzige Zivilisation sei eine »Kartenmaus«, und er müsse »das bevorstehende Apokageddon in einem Bunker abwettern«.

Dass Cornell sich selbst als Verrückten bezeichnete, war weit übertrieben. Nach ärztlichen Untersuchungen sollte er unter anderem am Asperger-Syndrom oder sonstigen Formen des

Autismus leiden, und manche Leute, die ihre Bildung Filmen verdankten, bezeichneten ihn als *Idiot savant*, obwohl sein IQ sensationell hoch war. Sicher ließ sich nur sagen, dass Cornell exzentrisch, aber überwiegend harmlos war.

Gavin fuhr um das kleine Haus herum, folgte den Fahrspuren an den Feinkiesflächen vorbei und hielt auf der Wendeplatte vor einer Scheune zwischen dem Haus und dem unter zwei Metern Erde unsichtbaren Bunker.

Die Scheune sah aus, als könnte ein Niesen sie zum Einsturz bringen. Sonne, Wind und Regen hatten ihr unbehandeltes Holz Grautöne in verschiedenen Schattierungen annehmen lassen. Die Nord- und Südwände waren nach innen gewölbt, und der ganze Bau war unter seinem rostigen Blechdach deutlich nach Westen geneigt.

»Hat er Pferde?«, fragte Travis vom Rücksitz aus.

»Nein«, sagte Gavin. »Er wüsste gar nicht, was er mit einem anfangen sollte.«

»Hat er Hunde?«

»Nein. Er würde sich nicht zutrauen, einen vernünftig zu versorgen.«

»Hat er Hühner?«, fragte Jessie schelmisch wie eine neugierige Fünfjährige. »Hat er Schweine und Schafe?«

Gavin zog sie sanft an einem Ohrläppchen und sagte zu Travis: »Er lebt hier ganz allein. Keine Tiere, keine anderen Leute.«

»Das ist traurig«, sagte der Junge.

»Nicht aus Cornells Sicht. Er wünscht sich gar nichts anderes.«

Obwohl Cornell nach dem Tod seiner Mutter niemanden mehr hatte, hatte er nie versucht, wieder in die Familie aufgenommen zu werden. Stattdessen hatte er als Millionär seine Verwandten recherchiert und beschlossen, mit einem von ihnen – Gavin – Verbindung aufzunehmen.

Obwohl die beiden nur wenige Stunden voneinander entfernt lebten und Cornell einmal angedeutet hatte, er sei aus ebendiesem Grund hierhergezogen, war Gavin ihm höchstens einmal im Monat willkommen.

Er wusste nicht, warum Cornell ihn allen übrigen Verwandten vorzog. Hätte er ihn das gefragt, hätte er keine Antwort bekommen. Unter Umständen wäre er wegen seiner Kühnheit sogar auf die Liste nicht willkommener Personen gesetzt worden. Über persönliche Angelegenheiten sprach Cornell nur indirekt und wenn es ihm gerade passte.

Gavin fuhr die Scheiben herunter, stellte den Motor ab und sagte: »Ich gehe allein rein und rede ein bisschen mit ihm, um zu sehen, ob er Hallo sagen will.«

»Hat er Kühe?«, fragte Jessie.

Vom Rücksitz aus sagte Travis: »Kühe wären cool.«

Gavin seufzte. »Ich staune, wie geduldig ich bin.«

Er stieg aus dem Land Rover und ging zu der Tür neben dem Scheunentor, das groß genug für einen Traktor mit einer Fuhre Heu war, wenn es sich noch hätte öffnen lassen. Er machte sich nicht die Mühe, anzuklopfen oder zu versuchen, die Türklinke hinunterzudrücken. Cornell wurde automatisch alarmiert, sobald ein Fahrzeug die Zufahrt benutzte. Und ins verwitterte Holz der Scheune waren versteckte Kameras eingebaut, durch die er jetzt den Besucher studierte, falls er hier und nicht in seinem Bunker war.

Obwohl die Tür mit rostigen Angeln und einem einfachen Fallriegel wenig solide aussah, bestand sie aus Stahl und hatte ein Sicherheitsschloss, das Cornell von einem Kontrollpult im Hauptraum aus verriegeln oder öffnen konnte. Nach einem Klicken öffnete die Tür sich summend.

Gavin trat in einen unmöblierten Vorraum mit eineinhalb Metern Seitenlänge. Vor sich hatte er eine weitere Stahltür. Darüber eine Kamera.

Die äußere Tür fiel ins Schloss. Die innere Tür ging auf. Als er in den Hauptraum trat, schloss die innere Tür sich hinter ihm.

In Wirklichkeit war dieses Gebäude mehr als die Scheune, die es wie eine verfallende Hülle umgab. Der einzige Raum – außer dem Vorraum und einer kleinen Toilette – war ein zwölf mal zwölf Meter großer Saal mit seiner dreieinhalb Meter hohen Decke. Die Scheune war an diesem massiven Gebäude verankert.

Hier verbrachte Cornell den größten Teil seiner Zeit. Nur nachts zog er sich in seinen Bunker zurück, den Gavin noch nie gesehen hatte und der mit der Scheune durch einen unterirdischen Geheimgang verbunden war.

Drei Wände und ein Teil der vierten verschwanden hinter Bücherregalen mit fast vierhundert laufenden Metern Regallänge. In die Regale schien kein einziges neues Buch mehr zu passen.

In die freie Hälfte der vierten Wand waren die Tür nach draußen und die zur Toilette eingelassen. Dort befand sich auch eine kleine Einbauküche mit Schrank, Arbeitsplatte, Ausguss, zwei großen Kühl-Gefrier-Schränken und zwei Mikrowellen.

Den Betonboden bedeckten vier riesige Orientteppiche, auf denen eine erstaunliche Vielfalt von Sesseln und Liegesesseln, von denen keine zwei identisch waren, in einer Anordnung standen, die nur Cornell verstand. Zu jeder Sitzoption gehörten ein Fußhocker und eine Stehlampe oder ein Beistelltisch mit Lampe. Ihr Licht fiel durch farbiges oder mundgeblasenes Glas oder farbige Kristalle, plissierte Seide oder beschichtetes Pergament. Alle Lampen brannten, sodass Cornell jederzeit seinen Platz wechseln und sofort weiterlesen konnte. Die meisten Lampen warfen rosa oder bernsteingelbe Lichtkreise, aber in dem ansonsten dunklen großen Raum gab es auch zwei blaue und zwei grüne.

Obwohl dieser fensterlose Raum nichts enthielt, das Gavin nicht schon häufig anderswo gesehen hatte, war die Gesamtwirkung überirdisch, als sei dies kein Gebäude, sondern eine durch die Zeit treibende Raumkapsel aus einer anderen Welt, in der die Leser Hobbits oder ähnlich seltsame Wesen waren. Trotz seiner Fremdartigkeit wirkte der große Raum behaglich, einladend, obwohl er im Lampenschein zugleich magisch glänzte.

Der einzige Leser, der jemals ein Lesezeichen zwischen zwei dieser Millionen von Buchseiten legte, sah völlig menschlich aus, auch wenn sein Aussehen sich seit Gavins letztem Besuch verändert hatte. Cornell Jasperson – über zwei Meter groß, zwanzig Zentimeter größer als sein Cousin – stand neben dem Ohrenbackensessel einer gemischten Vierergruppe.

Cornell war eher milchkaffeebraun als schwarz, eine grobknochige Vogelscheuche mit riesigen Händen, deren Erscheinung von Gefahr und Brutalität kündete, die ihn für eine Rolle in Horrorfilmen mit nächtlichen Kettensägemassakern qualifiziert hätte. Nur das Gesicht passte nicht zu diesem Körper: Es war rund und glatt und freundlich, mit dunklen Augen, aus denen Klugheit und Neugier leuchteten – ein Gesicht, mit dem er in einem Passionsspiel den Jesus hätte spielen dürfen. Alles das war Cornell, wie Gavin ihn schon immer kannte, aber sein Schädel war noch nie glatt wie eine Billardkugel gewesen.

Gavin machte einen Meter vor seinem Verwandten halt, versuchte aber nicht, ihn zu umarmen oder ihm die Hand zu schütteln. Cornell konnte es ertragen, berührt zu werden, aber es strengte ihn jedes Mal sehr an.

Um nicht ein Leben lang zu Zahnärzten gehen und sich anfassen lassen zu müssen, hatte Cornell zwei lange Termine bei einem verständnisvollen Paradontologen absolviert. Beim ersten hatte er sich unter Narkose alle Zähne ziehen und Titanstifte einsetzen lassen. Als einige Monate später alles verheilt war, waren seine neuen Zähne auf die Stifte gesetzt worden. Goodbye Karies, goodbye Paradontose, goodbye regelmäßiges Zähneputzen.

»Was ist aus den Rastalocken geworden?«, fragte Gavin jetzt.

Cornells Stimme passte zu seinem Gesicht, nicht zu seinem Körper. »In einem Buch, das ich gelesen habe, wurde erwähnt, Mr. Bob Marley sei tot.«

»Er ist schon lange tot.«

»Das wusste ich nicht. Übermittle den Angehörigen mein Beileid, bitte und danke dir. Ich bin nachts aufgewacht, habe an Mr. Bob Marley in seinem Sarg gedacht und hatte das Gefühl, das Haar eines Toten zu tragen. Also hab ich's abrasiert. Kommt dir das seltsam vor?«

»Allerdings«, sagte Gavin.

Cornell nickte. »Das hab ich mir gedacht.«

»Du hast dir deine Rastalocken nicht wegen Bob Marley wachsen lassen.«

»Ja, das stimmt.«

»Also hättest du sie behalten können.«

»Nein, nicht mehr, als ich wusste, dass er tot ist.«

Cornell hatte nur einen einzigen Song von Bob Marley gehört, der ihn jedoch schrecklich mitgenommen hatte. Bei Reggae spürte er am ganzen Körper ein Ameisenkribbeln. Er mochte Orchesterstücke mit vielen Streichern, aber am liebsten hörte er »Mr. Paul Simon, dessen Stimme wie die eines alten Freundes klingt«.

»Erinnerst du dich, dass ich dir mal erzählt habe, dass es passieren könnte, dass Jessie und ich eine Zeitlang in dem kleinen blauen Haus dort draußen wohnen müssten?«

»Und ich habe gesagt: Okay, klar, bricht mir keinen Backen aus der Krone.«

»Richtig, und dafür bin ich dir dankbar.«

Gavin wusste nie, ob die gelegentlichen Versprecher seines Cousins unbeabsichtigt waren oder ihn aus irgendeinem Grund amüsierten. Vielleicht hatte er *Zacken* sagen wollen, woraus *Backen* geworden war. Allerdings schien ein Glitzern in seinem Blick zu zeigen, dass dies irgendein raffiniertes Spiel war. Jedenfalls korrigierte Gavin ihn nie.

»Nun, jetzt ist's so weit, Cornell, und ich muss dir einiges erklären, damit du weißt, worauf du dich einlässt.«

»Können wir uns dazu hinsetzen, bitte und danke dir?«

»Natürlich.«

Cornell tätschelte eine Armlehne des Sessels, neben dem er stand. »Dies ist jetzt mein Sessel.« Er zeigte auf die drei anderen. »Such dir einen aus, und wenn du dich nicht entscheiden kannst, übernehme ich das für dich.«

»Ich nehme den ledernen Clubsessel.«

»Der ist klasse. Das ist ein guter Sessel.«

Als Cornell in den Ohrenbackensessel sank, schien er zusätzliche Ellbogen und Kniegelenke zu haben. Er faltete die Hände, legte sie auf seinen Bauch und fragte: »Ist also das Ende aller Dinge gekommen, wie ich's immer vorhergesagt habe?«

»Nicht ganz«, sagte Gavin.

VIERZEHN

Weil sie mit einem Auftrag nach dem anderen in Kalifornien, Nevada und Arizona unterwegs sind, leben Carter Jergen und Radley Dubose meist in Hotels. Von ihren vorgesetzten Arkadiern werden sie hoch geschätzt. Theoretisch, wenn auch nicht tatsächlich sind sie Agenten der National Security Agency, des Heimatschutzministeriums, des Federal Bureau of Investigation, der Central Intelligence Agency und der Umweltschutzbehörde, sodass sie fünf Gehälter beziehen, fünf Pensionsansprüche erwerben und in jedem ihrer Dienstausweise den Stempel SPECIAL STATUS haben. Wegen dieses Sonderstatus und der Tatsache, dass ihre Spesen auf fünf Behörden aufgeteilt werden – und weil ein clever gehacktes Buchhaltungsprogramm dreißig Prozent ihrer Ausgaben unter dem Titel BÜROMATERIAL den Ministerien für Erziehung und Energie aufbürdet –, können sie sicher sein, dass der Staat für ihre Reisen, Unterkünfte, Mahlzeiten und Sonstiges in bester Qualität aufkommt.

Während des Shukla-Unternehmens, bei dem davor und seit ihnen jetzt der Fall Washington übertragen wurde, haben sie zwei Zimmer mit Meeresblick im Ritz-Carlton Laguna Miguel, das nicht in Laguna Miguel steht, wie sein Name vermuten lässt, sondern in Dana Point. Laguna Miguel klingt einfach nobler.

Nach dem Fiasko in der Wildnis waren Jergen und Dubose mit einem Hubschrauber nach Capristrano Beach geflogen und von dort in ihr Hotel gefahren worden. Ins Bett gekommen waren sie erst um halb vier Uhr morgens.

Jergen ist erschöpft und will bis Mittag ausschlafen. Aber das Zimmertelefon klingelt um Viertel nach sieben. Als er sich nicht meldet, klingelt sein Smartphone in dem Ladegerät auf dem Nachttisch. Als er sich wieder nicht meldet, klingelt das Zimmertelefon erneut – und er ignoriert es.

Er träumt schon fast wieder, als die Deckenbeleuchtung aufflammt und Radley Dubose sagt: »Ich weiß, dass ihr Bostoner Brahmanen euren Schönheitsschlaf braucht, aber du bist schon hübsch genug. Sieh zu, dass du den Arsch hochkriegst.«

Jergen setzt sich im Bett auf. »Verdammt, wie bist du hier reingekommen?«

»Ist das dein Ernst? Hast du vergessen, wer wir sind und was wir machen? Komm schon, Partner. Die Fährte wird mit jeder Stunde kälter.«

»Es gibt keine Fährte.«

»Es gibt immer eine. Wir spüren die Washingtons und den Jungen auf, sonst werden unsere Namen im großen Buch der Revolution schwarz markiert.«

»Ich hab noch nicht geduscht.«

»Ich gebe dir fünf Minuten.«

»Ich kann nicht in fünf Minuten duschen.«

»Dann schleppe ich dich ins Bad, drehe das Wasser auf und seife dich persönlich ein.«

Jergen schlägt die Bettdecke zurück, steht auf und sagt: »Du bist echt Arschloch genug, um das zu machen.«

»Ich bin mehr als Arschloch genug. Hey, klasse Pyjama.«

»Ach, halt die Klappe.«

»Vier Minuten«, sagt Dubose.

FÜNFZEHN

Bei rosa Licht in dem Clubsessel sitzend fiel Gavins Blick auf ein Exemplar von *Schwarze Orchideen* von Rex Stout. Auf jedem der im Kreis stehenden vier Beistelltische schien irgendein Nero-Wolfe-Roman mit eingelegtem Lesezeichen zu liegen.

Cornell sah, wofür sein Cousin sich interessierte, und sagte: »In letzter Zeit habe ich die Werke des Philosophen Immanuel Kant gelesen. Ich brauchte Abwechslung. Kennst du die Nero-Wolfe-Krimis?«

»Bisher leider nicht«, antwortete Gavin.

»Ich hatte schon alle Nero Wolfes gelesen«, sagte Cornell, »aber sie lassen sich gut noch mal lesen. Kant … nicht so sehr.«

Nachdem er beängstigend leicht zu einem Vermögen gekommen war, dessen Größe ihn erschreckte, hatte Cornell – dem der Alltag der meisten Menschen ohnehin fremd war – beschlossen, seine ihm bis zum Weltuntergang verbleibenden Jahre damit zuzubringen, vom richtigen Leben zu lesen, wie andere es geschildert hatten.

»Meidest du weiter die Nachrichten?«, fragte Gavin.

»Keine Zeitungen, keine Zeitschriften, kein Radio. Den Fernseher schalte ich täglich nur eine Minute ein, um zu sehen, ob es noch Sendungen gibt. In diesem Fall ist die Endzeit noch nicht angebrochen – obwohl das wenige, was ich von heutigen

Programmen sehe, mich darin bestärkt, dass der von mir prophezeite Zusammenbruch der Gesellschaft bevorsteht. Ich bin bereit, die dreißig Monate Barbarei zwischen zwei Zivilisationen abzuwettern.«

Wie das kleine blaue Haus an der Zufahrt waren der große Raum in der Scheune und der unterirdische Bunker ans öffentliche Stromnetz angeschlossen. Brach die Zivilisation zusammen, wie Cornell erwartete, konnte er auf ein Notstromaggregat umschalten, das mit Propangas aus einem riesigen in der Nähe vergrabenen Tank betrieben wurde. Seinen Berechnungen nach reichte das Propan aus, um Scheune und Bunker vierzehn Monate lang zu betreiben, weil beide so gut isoliert waren, dass sie wenig Heizung oder Kühlung brauchten; zog er sich ganz in den Bunker zurück, konnte er eine dreißig Monate andauernde Krise überstehen.

»Meiner Schätzung nach«, sagte er wie schon mehrmals, »besteht eine 46-prozentige Chance, dass aus dem Zerfall der alten eine neue Gesellschaft entstehen wird. Aber wenn die öffentlichen Versorgungseinrichtungen nach dreißig Monaten nicht wieder funktionieren, schaffen sie's zu meinen Lebzeiten nicht mehr – falls überhaupt jemals.«

»Was dann?«, fragte Gavin wie zuvor.

»Dann das Unvermeidliche«, sagte Cornell wie jedes Mal. Er lächelte. »Du willst also in mein kleines blaues Haus ziehen?«

»Du musst wissen, welches Risiko du eingehst, indem du uns aufnimmst.«

»Das größte Risiko ist der bevorstehende Zusammenbruch.«

»Trotzdem musst du ein paar Tatsachen wissen. Jessie und ich haben einer Freundin, nach der das FBI fahndet, einen Gefallen erwiesen.«

»Einer Verbrecherin?«

»Einer unschuldig Verfolgten. Sie hat …«

Cornell hob abwehrend eine Hand. »Erzähl mir die Kurzfassung, bitte und danke dir. Nach Nero Wolfe möchte ich alles lesen, was Mr. Henry James geschrieben hat. *Die Drehung der Schraube* hat mir gefallen – sehr verdreht, sehr verschroben –, und er war ein sehr produktiver Autor. Er hat über hundertzwanzig Bücher veröffentlicht, weit mehr als du.«

»Gut, also die Kurzfassung«, sagte Gavin. »Nach unserer Freundin fahnden das FBI und ein paar wirklich schlimme Leute. Sie ist Witwe …«

»Richte ihr mein Beileid aus, bitte und danke dir.«

»Wird gemacht«, versprach Gavin. »Sie befürchtet, dass die Leute, die's auf sie abgesehen haben, auch ihren Sohn ermorden würden. Daher hat sie ihn bei uns versteckt.«

»Von dir versteckt würde ich mich sicher fühlen«, sagte Cornell, »aber noch sicherer fühle ich mich in meinem Bunker, nimm's mir nicht übel.«

»Das tue ich nicht. Jedenfalls ist der schlimmste Fall eingetreten, ein paar Leute wollten uns hochnehmen, und wir sind gestern gerade noch rechtzeitig aus dem Haus geflüchtet und haben sie abgeschüttelt. Jetzt müssen wir eine Zeitlang untertauchen.«

»Ich weiß, was du meinst. In Nero-Wolfe-Storys müssen manche Leute untertauchen, auch in Romanen von Mr. Dashiell Hammett und sogar in denen von Mr. Charles Dickens. Ich denke vor allem an den geflüchteten Sträfling Magwitch am Beginn von *Große Erwartungen*.«

Gavin beugte sich in seinem Sessel nach vorn. »Hier geht's ums richtige Leben, Cornell. Echt schlimme Leute, wirkliche Gefahren, keine Story von Dickens oder Hammett.«

»Da gibt's keinen großen Unterschied, Cousin. Plato würde mir zustimmen, glaube ich. Nur ist er schon tot. Mein Beileid. Wenn ich weiter Romane lese, was ich in ein paar Minuten zu tun hoffe – bitte und danke dir –, ist *das* mein richtiges Leben. Bleib also in meinem kleinen blauen Haus untergetaucht und mach dir keine Sorgen um mich.«

Er entfaltete seine langen Gliedmaßen, stemmte sich aus dem Sessel hoch und holte dabei tief Luft, als habe er viel zu sagen.

Aber dann stellte er nur seufzend fest: »Den Schlüssel hast du ja schon.«

»Ja. Ich danke dir, Cornell.«

»Sag nicht mehr. Sag nicht mehr.« Er hielt sich mit seinen Pranken die Ohren zu. »Sag nicht mehr.«

SECHZEHN

Sie frühstücken im Coffeeshop des Hotels, der hell und luftig und elegant möbliert ist. Die U-förmige Nische bietet Platz für sechs, und Dubose sitzt ganz hinten mit dem Rücken zur Wand, damit niemand – nicht einmal die Bedienung – den Bildschirm seines Laptops sehen kann.

Der Computer *auf dem Tisch* stört Carter Jergen, aber er äußert sich nicht dazu. Sagt er jedes Mal was, wenn Dubose etwas Ungehobeltes oder Vulgäres tut, hat er bis Mittag eine Kehlkopfentzündung.

Während Jergen eine Schale gemischte Beeren mit Sahne und Rohrzucker auslöffelt, fragt er sich nicht zum ersten Mal, weshalb seine Partnerschaft mit Dubose so erfolgreich ist. Ein Debakel wie das von vergangener Nacht erleben sie sehr selten. Unabhängig von Dauer oder Intensität seiner Überlegungen gelangt Jergen stets zu demselben Schluss – wie heute auch. Die Tatsache, dass Dubose und er so wenig gemeinsam haben, ist ein beträchtlicher Vorteil. Genau wie Gegensätze sich bei Ehepartnern anziehen, können gegensätzliche Agenten mit einer Lizenz zum Töten oder zu Schlimmerem in jedem Fall neuartige Ermittlungsansätze einführen.

Das Problem bei dieser Erklärung ist nur, dass daraus folgt, dass sie einzeln in gewisser Weise unvollständig oder zumindest unfertig sein müssen. Carter Jergen hält sich für vollständig, fertig, perfekt gerundet wie ein Wassertropfen in der

Schwerelosigkeit. Tatsächlich *weiß* er, dass er komplett und komplex zugleich ist. Trotzdem will ihm keine andere Erklärung einfallen …

Durch die von der NSA in den Computersystemen der Banken, bei denen Gavin und Jessica Washington Konten haben, eingerichteten Hintertüren überprüft Dubose, ob sie nach der unglücklichen Episode von letzter Nacht irgendetwas mit einer Kreditkarte bezahlt haben. Sie sind vermutlich zu intelligent, um diesen Fehler zu machen, aber manchmal machen auch clevere Leute Dummheiten.

Während Radley Dubose an seinem Laptop arbeitet, isst er Bacon mit den Fingern. Dabei schmatzt er, als erfordere voller Genuss entsprechend laute Geräusche. Zwischen einzelnen Bissen macht er Pausen, um sich das kleinste bisschen Fett von Daumen und Zeigefinger abzulecken.

Jergen findet es immerhin tröstlich, dass Dubose die Gabel benutzt, um seine Käseomelette zu essen, statt wieder seine Finger zur Hilfe zu nehmen oder sie gleich vom Teller aufzuschlabbern.

»Kreditkarte haben sie keine benutzt«, sagt Dubose. »Mal sehen, ob das Kennzeichen des Rovers letzte Nacht irgendwo erfasst worden ist.«

Duboses Essmanieren sind nicht weniger peinlich als die Tatsache, dass er zu dem Bacon, der zu seiner Omelette gehört, vier weitere Portionen – zwölf Streifen – bestellt, die als obszöner Berg auf einem eigenen Teller serviert werden. Als die Bedienung ihm den Berg Schweinefett hinstellt, meint sie im Scherz, er sei wohl hungrig, worauf der unnachahmliche Westvirginier ihr lüstern zuzwinkert und sagt: »Darlin', ich bin immer heißhungrig und unersättlich.«

Als sei das Ritz-Carlton der natürlichste Ort der Welt, um einer attraktiven Frau eine anzügliche Antwort zu geben. *Das Ritz-Carlton!*

Dubose ruft das NSA-Archiv mit gescannten Kennzeichen auf, legt einen Zeitraum fest und gibt das Kennzeichen des

Land Rover ein. Leider hat kein Streifenwagen oder sonstiger für Kennzeichenerfassung ausgerüsteter staatlicher Dienstwagen dieses Kennzeichen in den letzten zwölf Stunden erfasst und gemeldet.

Vorübergehend ratlos lehnt der große Mann sich stirnrunzelnd zurück, während er über den nächsten Schritt nachdenkt. Und er muss dabei natürlich einen weiteren Streifen Bacon essen, um das Räderwerk in seinem Kopf zu schmieren.

Als Jergen ihn so schmatzen hört, überlegt er, ob er das Geräusch mit der Bemerkung kommentieren soll, er habe nie geahnt, dass Dubose ein Kannibale sei.

Aber es hat keinen Zweck, sarkastisch zu werden. Dubose ist außerstande, sich zu genieren. Stattdessen kontert er nur mit einer Bemerkung über Bostoner Brahmanen oder Privatschulen oder Harvard oder den Hasty Pudding Club, die er witzig findet.

Dubose sagt: »Von dem Wagen, den die Hawk in Texas zurücklassen musste, wissen wir, dass sie eine Bezugsquelle für erstklassige gefälschte Kennzeichen hat. Die sind so gut, dass sie in den Registern der jeweiligen Bundesstaaten als echt erscheinen.«

Carter Jergen, der mit seinen Beeren fertig ist, tupft sich die Lippen mit der befriedigend voluminösen Tuchserviette ab. Bevor er nach seiner Teetasse greift, sagt er: »Vielleicht hat sie den Washingtons neue Kennzeichen und Papiere dagelassen, damit sie welche zum Wechseln haben, falls sie flüchten müssen.«

»Zwei Seelen, ein Gedanke«, sagt Dubose grinsend.

»Aber wenn wir weder das Kennzeichen noch den falschen Namen wissen, unter dem sie den Land Rover registriert hat, kommen wir trotzdem nicht weiter.«

Der große Mann legt zwei Streifen Bacon zusammen, stopft sie sich in den Mund und mahlt mit brutalen Kiefern auf dem Kloß herum, als genieße er ein Stück Kautabak.

Nachdem er geschluckt hat, sagt er: »Vielleicht habe ich eine Idee.«

SIEBZEHN

In der Nähe von Coso Junction fuhr Jane vom U.S. Highway 395 auf einen Rastplatz mit Toiletten ab. Dort stand ihr Wagen ganz allein.

Der zu Fahrbeginn wolkenlose Himmel war leicht verschleiert, je weiter sie nach Norden kamen. Jetzt war er in allen Richtungen mit tiefen mönchsgrauen Wolken bedeckt, als sei der Winter noch einmal zurückgekehrt.

Als habe der Schwarm, den sie zuvor gesehen hatte, sich ihre Route ausgerechnet und sei vorausgeflogen, um hier auf sie zu warten, saßen neun Raben in gleichmäßigen Abständen auf einer Stromleitung.

Sie zerschnitt die Kabelbinder, mit denen Booth Hendrickson gefesselt war, und ließ ihn die Herrentoilette benutzen. Sie ging mit hinein, wartete, während er sich die Hände wusch, und begleitete ihn zu dem Explorer zurück. Danach fesselte sie ihn wie zuvor: Handgelenk an Handgelenk und durch seinen Gürtel.

Weil sie darauf vertraute, ihn unter Kontrolle zu haben, ließ sie ihn allein im Auto sitzen. Als sie zur Damentoilette ging, saßen die neun Raben unheilverkündend ernst auf der Leitung, sahen auf sie hinab und öffneten und schlossen ihre langen grauen Schnäbel in einem stummen Chor.

Als sie zurückkam, saß Hendrickson genauso da, wie sie ihn verlassen hatte: gehorsam wie ein guter Hund, aber weniger lebhaft. Er sprach nur, wenn er angesprochen wurde, und schien in eine innere Sphäre abzudriften, aus der er irgendwann nicht mehr zurückfinden würde. Jane war davon überzeugt, sein Zustand habe weniger mit einem schlecht funktionierenden Kontrollmechanismus als mit einem psychischen Rückzug oder einem kognitiven Abbau zu tun.

Sie fuhren durch die Nordwestecke der Mojave weiter, verließen sie bei Owens Lake. Als sie Lone Pine erreichten, wo sie anhielt, um zu tanken und Essen zu kaufen, befanden sie sich in über elfhundert Metern Höhe und waren in eine andere Welt unterwegs – mit der Sierra Nevada im Westen und dem Inyo National Forest auf beiden Seiten.

In einem Diner kaufte sie Essen zum Mitnehmen: vier Cheeseburger und zwei Dosen Diet Coke. Hendrickson wollte nichts essen, aber sie zerschnitt die Kabelbinder und befahl ihm, zu essen, also tat er's.

Draußen war es kälter geworden. Um Wärme und Musik zu haben, ließ sie den Motor laufen, während sie aßen. Arthur Rubinstein spielte Beethovens Klaviersonate Nr. 21 in C-Dur, Opus 53, »Waldstein«.

Diesmal fesselte sie seine Hände nicht mehr. Er hatte alles Potenzial für selbständiges Handeln eingebüßt und schien nur noch die leere Hülle eines Mannes zu sein.

Auf den Highway zurück fuhren sie mit Beethovens Klaviersonate Nr. 18 in Es-Dur, Opus 31/3, »Die Jagd«, und als sie nach Norden weiterfuhren, merkte sie, dass sie nur Rubinstein hören wollte, nach Meinung vieler der größte Pianist, der je gelebt hatte. Der Komponist Franz Liszt war vielleicht noch größer gewesen, aber zu seiner Zeit hatte es noch keine Tonaufnahmen gegeben.

Jane verstand, warum sie jetzt nur bei Rubinstein Trost finden konnte. Ihr Ziel war ein so höllischer Ort, dass sie – wenn sie überhaupt mit dem Leben davonkam – verwandelt, von dieser Erfahrung irgendwie beeinträchtigt zurückkehren würde. Obwohl sie als Pianistin weit weniger begabt war als Rubinstein, hörte sie seine Spielfreude, *fühlte* seine Lebensfreude und wollte in den letzten Stunden vor dem Lake Tahoe möglichst viel von seiner Musik hören, solange sie sich noch so tief von ihr rühren lassen konnte.

Als der Highway in ständig größere Höhen führte, schien die Wolkendecke abzusinken und wurde zugleich so dicht, dass die Position der Sonne sich nicht mehr bestimmen ließ. Wind kam auf, trieb Staubwolken über die Fahrbahn und ließ trockene Tannennadeln gegen den Explorer prasseln.

Kurz vor Bishop, eine Stunde nach Lone Pine, warnte eine elektronische Anzeigetafel, auf Anweisung der California Highway Patrol herrsche Schneekettenpflicht für alle Fahrzeuge, die nach Mammoth Lakes und nördlicher gelegenen Orten unterwegs waren.

Sie hielt an einer Tankstelle, kaufte Kunststoff-Schneeketten und war als Dritte an der Reihe, um sie montieren zu lassen.

Hendrickson hatte die Augen geschlossen. Er schien zu schlafen. Seine Lippen bewegten sich, als bildeten sie Wörter, aber er blieb stumm.

Als die Schneeketten montiert waren, fuhr sie nicht gleich wieder auf den Highway, sondern auf den Parkplatz. Bevor sie die letzte lange Etappe ihrer Fahrt begann, wollte sie rasch mit Gavin und Jessica telefonieren. Dabei zeigte sich, dass ihr Wegwerfhandy nicht genug geladen war.

In fast drei Monaten hatten die Ereignisse sie nur zweimal so überwältigt, dass sie vergessen hatte, ihr Mobiltelefon zu laden. Das war fahrlässig, gewiss, aber die jähe Sorge, die sie deswegen befiel, war exzessiv: eine abergläubische Reaktion auf ein einfaches Versehen. Travis würde ihr nicht weggenommen werden, nur weil sie ihr Handy nicht geladen hatte. Er war bei Gavin und Jessie sicher. Er war glücklich und sicher bei seinem Pony und den Schäferhunden.

Die Ladestation im Becherhalter der Mittelkonsole war schon eingesteckt. Jane stellte ihr Handy hinein. Je nach Wetter würde sie in Mammoth Lakes oder etwas später in dem winzigen Städtchen Lee Vining halten, um zu telefonieren.

Vom Minneapolis Symphony Orchestra unter Dimitri Mitropoulos begleitet, spielte Rubinstein Tschaikowskys 1. Klavierkonzert Opus 23 in b-Moll.

Weiter mit geschlossenen Augen flüsterte Hendrickson: *»Köpfe in Köpfen, Augen in Augen …«*

ACHTZEHN

Aus dem Restaurant kehren sie in Duboses Zimmer zurück, in dem er sich an den kleinen Schreibtisch vor einem Fenster mit Meeresblick setzt, um am Laptop zu arbeiten, während Jergen ihm gegenübersitzend darauf wartet, zu hören, welche Idee es geschafft hat, in diesem von Bacon umnebelten Gehirn von Synapse zu Synapse überzuspringen.

»In welche Richtung ist der Land Rover nach Aussage der beiden Chopper-Jockeys weggefahren?«

»Südwesten«, sagt Jergen.

»Südwesten«, stimmt Dubose zu. »Sehen wir uns das mal auf Google Maps an.«

Jergen hat keine Lust, auf der anderen Seite des Tischs dicht an Dubose heranzurücken, um auf den Bildschirm sehen zu können. Dann käme er sich wie ein kleiner Junge vor, der zusieht, wie Daddy wichtige Dinge macht. Also sieht er auf den glitzernden Pazifik hinaus und lässt sich von seinem Partner schildern, wie alles abgelaufen sein könnte.

Folgendes ist passiert: Gavin Washington muss wissen, über welche ungeheuren Ressourcen seine Verfolger verfügen, und wird vermuten, dass ihm nur wenig Zeit bleibt, sich irgendwo zu verkriechen, bevor alle kalifornischen Streifenwagen Ausschau nach einem alten Land Rover mit seinem Kennzeichen halten. Nehmen wir also an, er hat gefälschte Kennzeichen, die er auch benutzt. Aber der Land Rover bleibt weiter auffällig, weiter ein Risikofaktor. Sehen wir uns also Google Maps an. Speziell diese Karte hier. Okay, wenn Washington nicht abrupt die Richtung ändert, sobald der Heli ihn nicht mehr sehen kann, powert er in Richtung County-Grenze durch den Cleveland National Forest. Irgendwo zwischen De Luz und Fallbrook dürfte er das San Diego County erreichen, nicht mehr im National Forest, sondern auf Farmland. Die erste Asphaltstraße, die er erreicht, ist der zweispurige County Highway S13. Eine Abzweigung des S13 führt zur Interstate 15, aber er wird sich hüten, selbst in den stillen Morgenstunden eine wichtige Autobahn mit starker Polizeipräsenz zu befahren. Stattdessen bleibt er möglichst lange auf kleinen Nebenstraßen, auf denen das Risiko, einem Cop zu begegnen, geringer ist. Auf dem S13 kann er an Camp Pendleton, dem großen Stützpunkt des Marine Corps an der Küste, vorbeifahren und weiter auf Nebenstraßen bleibend den Grenzübergang Tecate im Südosten ansteuern.

»Er wird nicht versuchen, die Grenze nach Tijuana zu überqueren«, sagt Dubose. »Dafür ist er zu heiß.«

»Ganz Mexiko ist zu heiß für ihn«, stellt Jergen fest. »Die Schlampe ohne Beine und er haben Waffen, stimmt's? Sie riskieren bestimmt nicht, mit Waffen nach Mexiko einzureisen und von korrupten Federales in Geiselhaft genommen zu werden.«

»Exakt«, bestätigt Dubose, als habe er die Waffenproblematik schon bedacht.

Also bleiben dem Flüchtenden nur noch wenige Optionen: Vor allem muss er Großstädte meiden, bis er Gelegenheit hat, den Land Rover umzuspritzen, damit er die in den falschen Papieren angegebene Farbe hat, die ihn gleichzeitig unauffälliger macht. Das bedeutet, dass er einen relativ abgelegenen Ort braucht, wo sich das machen lässt. Also fährt er vermutlich landeinwärts in den am dünnsten besiedelten Teil des San Diego County. Er könnte auf dem S13 nach Süden fahren und bei erster Gelegenheit auf den State Highway 76 abbiegen, der wichtiger als der S13, aber trotzdem noch eine Nebenstraße ist.

Weil der S13 an Camp Pendleton vorbeiführt, muss es an einigen Punkten entlang dieses Highways militärische Überwachungskameras geben. Jergen holt seinen Laptop aus seinem Zimmer, fährt ihn hoch. Durch eine Hintertür, die Arkadier bei der NSA eingerichtet haben, hat er Zugang zu den Datenschätzen der Agency. Er ruft archivierte Videoaufnahmen von Pendletons S13-Kameras in den frühen Stunden dieses Morgens auf.

Mit schnellem Vorlauf hält er Ausschau nach einem alten weißen Land Rover, der nach Süden unterwegs ist.

Dubose befasst sich inzwischen mit dem State Highway 76, der durch dünn besiedelte Landstriche nach Osten führt. Entlang dieser Route findet er bald zwei interessante Orte.

NEUNZEHN

Innen war das kleine blaue Haus so bescheiden wie außen. Während sein Bunker und die dazugehörigen Einrichtungen gebaut wurden, hatte Cornell hier gewohnt und die Philippiner beaufsichtigt, deren Sprache er gelernt hatte. Außer seiner Begabung, ungeheuer erfolgreiche Apps zu entwickeln, hatte er Talent für Sprachen: Er sprach sechs fließend. Wohnzimmer, Arbeitszimmer, Küche und eines der beiden Schlafzimmer waren mit Möbeln vom Discounter eingerichtet, die schlecht zusammenpassten, aber funktional waren.

»Ziemlich staubig hier«, sagte Travis, als er mit Gavin und Jessie einen Rundgang durch das Haus machte, das die Hunde bereits neugierig erkundet hatten.

»Er kommt überhaupt nicht mehr her«, sagte Gavin. »Bei jedem Besuch sehe ich mich hier kurz um, wisst ihr, kontrolliere Ausgüsse, Wasserhähne und Haushaltsgeräte. Aber ich habe nie Zeit dazu, gründlich zu putzen.«

»Oder Lust dazu«, sagte Jessie. Sie fuhr mit dem Zeigefinger über eine Arbeitsplatte und hielt ihn hoch, damit sie die Staubschicht sehen konnten.

»Das Putzen geht schnell«, sagte Gavin. »Wir binden den Hunden Staubtücher an die Schwänze. Und dieser Junge hier … den lassen wir arbeiten, bis er umfällt, während wir auf der Veranda sitzen und Eistee trinken.«

»Du redest Quatsch«, sagte Travis.

ZWANZIG

Im Sonnenglanz, wie mit Pailletten besetzt, schäumt das Meer in rhythmischen Wellen ans Land und bricht sich auf dem Alabasterstrand in Boas aus glitzerndem Schaum, während Carter Jergen *hinter* dem Fenster mit schnellem Vorlauf Videoaufnahmen der County Road am Ostrand von Camp Pendleton abgespielt, bis er ein Bild vom frühen Morgen anhält. »Hab ihn! Da ist er in seinem beschissenen Land Rover! Verdammt, er ist's tatsächlich!«

»Natürlich ist er's«, sagt Dubose.

Er sieht nicht mal hin, als Jergen seinen Laptop zu ihm hindreht – als könne seine Theorie über Gavin Washingtons Aktionen unmöglich widerlegt werden, als habe Jergen einen kleinen Auftrag bekommen, damit er beschäftigt ist, während Dubose die großen Probleme löst.

»Inzwischen«, sagt Dubose, »hab ich mir den State Highway 76 angesehen. Ist er zu einem Schlupfwinkel, irgendeinem Versteck auf dem Land unterwegs, ist das die wahrscheinlichste Route. Wo sich der 76er und der County Highway 16 kreuzen, findest du in der Kleinstadt Pala zwei Kameras.«

»Pala? Nie gehört.«

»Ein unbedeutendes Nest. Aber dort steht eine der frühesten Missionsstationen, die renoviert worden ist. Um bei einem Terroranschlag nachträglich Beweismaterial zu haben, wird die Kreuzung überwacht. Keine Ahnung, warum.«

»Die Missionen sind historisch wertvoll«, sagt Jergen.

»Versteinerte Dinosaurierkacke ist historisch wertvoll, aber wir stellen trotzdem nicht überall eine Kamera hin.«

Jergen ist entsetzt, aber dies ist nicht die erste Äußerung Duboses, die ihn entsetzt. »Nun, der IS und diese Kopf-ab-Typen zerstören liebend gern historische Stätten und radieren die Vergangenheit aus.«

»Für mich zählt das Jetzt«, wehrt Dubose ab. »Ich lebe im Hier und *Jetzt*. Also, sieh dir diese Kameras in Pala an. Die müssen auch im NSA-Archiv zu finden sein. Sieh nach, ob der Rover dort ungefähr eine halbe Stunde nach dem Abbiegen vom S13 vorbeigekommen ist.«

Jergen braucht zehn Minuten, um ein Bild aufzurufen, auf dem der weiße Land Rover über die Kreuzung von State Highway 76 und County Highway S16 fährt. Solche Treffer begeistern immer wieder. »Hab ihn!«, ruft er aus.

»Klar doch«, sagt Dubose. Er ignoriert Jergens Laptop wieder und konzentriert sich ganz auf seinen. »Ungefähr vierzehn Meilen nach Pala zweigt der County Highway 6 vom Highway 76 nach Norden ab und führt zu dem noch kleineren Nest Palomar Mountain. An der Kreuzung stehen zwei einfache Kameras. Wegen dem Palomar-Observatorium. Frag mich nicht, warum.«

»Dort haben sie das Hale-Teleskop, ein Fünf-Meter-Spiegelteleskop«, sagt Jergen. »Ein wichtiges nationales Kulturgut. Sie studieren die Sterne, das Universum.«

»Die Sterne haben sich seit ein paar Millionen Jahrhunderten nicht mehr verändert. Hier steht, dass das Palomar in den dreißiger Jahren eröffnet wurde. Wenn sie so viele Jahre brauchen, um zu studieren, was sich nie verändert, dann hocken einige der Kerle dort oben herum, rauchen Gras und wichsen.«

Manchmal könnte man fast glauben, dass der Kerl Sachen sagt, die er nicht wirklich glaubt, nur um zu sehen, ob er seinen Partner damit auf die Palme bringen kann. Aber Jergen tut sein Bestes, um darauf nicht auf eine Art einzugehen, die dem Hinterwäldler Befriedigung verschaffen könnte.

Ohne zu antworten, sucht er die archivierten Videoaufnahmen der beiden Kameras an der Straßenkreuzung südlich von Palomar heraus.

EINUNDZWANZIG

Die Putzmittel unter dem Ausguss in der Küche waren einige Jahre alt, aber noch verwendbar. Während Jessie und Travis sich daranmachten, als Erstes die Küche zu putzen, ging Gavin durch die Verbindungstür in die Einzelgarage hinaus und machte Licht.

Cornell hatte seinen Honda vor vier Jahren hier zurückgelassen, als er in seine geheime Unterkunft umgezogen war, um das Ende der Welt lesend zu erwarten. Seit damals kam er nur einmal in der Woche heraus, um sich seine Post zu holen; besuchte Gavin ihn, gab sein Cousin ihm Rechnungen und Geld mit, damit er sie überwies. Cornell fuhr nirgends mehr hin. Trotz seiner Millionen hatte er den Honda gebraucht gekauft, aber der zwölf Jahre alte Wagen hatte erst 47 566 Meilen auf dem Tacho. Nach Cornells Auskunft war er weniger als zweitausend Meilen gefahren – vor allem nach Borrego Springs, wo er während des Baus seines Weltuntergangsbunkers im Center Market und der Desert Pantry eingekauft hatte. Er fuhr nicht gern. Die Geschwindigkeit, die Autos erreichen konnten, erschien ihm zutiefst unnatürlich.

Bei seinen monatlichen Besuchen hatte Gavin sich auch um den Honda gekümmert und ihn für den Tag, an dem sein Cousin vielleicht einsehen würde, dass die Zivilisation doch nicht vor dem Untergang stand, in Schuss gehalten. Seit Jessie und er Travis aufgenommen hatten, hatte er einen weiteren Grund gehabt, sich um den Viertürer zu kümmern: damit sie ihn notfalls benutzen konnten.

Nachdem er den Honda aus der Garage gefahren und neben dem Haus abgestellt hatte, traf ihn die Erkenntnis, was ihnen zugestoßen war, mit voller Wucht. Er musste eine Zeitlang im Schatten später gepflanzter Palmen auf dem Stumpf einer schon vor vielen Jahren gefällten Lorbeerfeige sitzen. War ihr behagliches Leben nicht für immer zu Ende, pausierte es, solange

Janes Kreuzzug andauerte, vielleicht auch länger. Unterlag sie, würde Jessies und sein Leben nicht nur weniger komfortabel sein, sondern tagtäglich in einer von Nervosität oder sogar Angst geprägten Atmosphäre ablaufen.

Unterlag Jane, würden natürlich nicht nur Jessie und er, sondern der größte Teil des Landes – und später der größte Teil der Welt – in einer ausweglosen Düsternis versinken. Noch vor drei Monaten hätte er eine Zukunft, in der eine ungeheuer mächtige Elite eine eingeschüchterte Bevölkerung beherrschte – teils durch Nanoimplantate versklavt, teils durch die Millionen, die entsprechend programmiert waren, zum Gehorsam gezwungen –, nicht für möglich gehalten. Diese Millionen konnten sich minutenschnell aus freundlichen Nachbarn in skrupellose Killer verwandeln, die jeden angeblichen Rebellen, selbst ihre eigenen Eltern, selbst die eigenen Kinder abschlachteten. Jetzt fiel es ihm schwer, zu glauben, diese Zukunft werde *nicht* eintreten. Im Vergleich zu Millionen Angepassten wäre ein Heer aus wandelnden Toten eine schwache Streitmacht gewesen.

Jessie und er waren von der Notwendigkeit, die Freiheit zu verteidigen, so überzeugt gewesen, dass sie dafür Jahre ihres Lebens – und Jessie ihre Beine – geopfert hatten. Sie waren dankbar füreinander, für ihr Leben nach dem Krieg. Es jetzt entwurzelt zu sehen, war fast unerträglich. Aber sie würden es bestimmt ertragen. Sie waren gut darin, Schwierigkeiten zu bewältigen; Widrigkeiten waren der Prüfstein, mit dem sie sich selbst ihren Wert bewiesen.

Er wusste, was Jessie sagen würde, weil sie's schon zuvor gesagt hatte: *Niemand hat mir versprochen, dass das Leben eine Party sein würde; solange ich mit dir lachen und hoffen kann, bleibe ich unbesiegbar*.

Genau so fühlte er auch.

Trotzdem drehte er sich nach dem Aufstehen einmal langsam um sich selbst, begutachtete den Tag und wusste, dass alles, was solide und ewig haltbar erschien, in Wirklichkeit zerbrechlich war. Der jeansblaue Himmel über der Wüste, die Kokospalmen mit ihren gefiederten Wedeln, die weite Ebene, die bald bis zu den fernen Bergen in voller Blüte stehen würde. Alles das mochte profan erscheinen, war aber in Wirklichkeit erstaunlich, wenn man sich die Zeit nahm, darüber nachzudenken: über alle Maßen kostbar, jeder Ort der Welt ein fantastischer Traum, der Realität geworden war. Aber man konnte daraus aufschrecken, indem man in den Tod erwachte – oder jetzt in ein Sklavenleben durch Nanoimplantate.

Er fuhr den Land Rover in die Garage und schloss das große Kipptor. In ein paar Tagen würde er aus Kanthölzern und viel Plastikfolie eine Lackierkabine improvisieren und den Rover blau umspritzen.

Dann ging er ins Haus zurück, um sich den Kopf zu rasieren.

ZWEIUNDZWANZIG

Obwohl Carter Jergen scharf darauf ist, Travis Hawk in die Hände zu bekommen und den Jungen dazu zu benutzen, seine Mutter in die Knie zu zwingen, wünscht er sich fast, Dubose möge sich geirrt haben, sodass die Kameras an der Abzweigung zum Palomar-Observatorium keinen Land Rover zeigen werden. Was für ein Vergnügen es wäre, den Yeti aus West Virginia mit offenem Mund und verwirrt dasitzen zu sehen, wenn die Washingtons irgendwo zwischen Pala und Palomar abgetaucht wären! Aber nein, da ist er wieder, der an Palomar vorbeifahrende weiße Rover.

»Ungefähr zwölf Meilen weiter«, verkündet Dubose, »mündet der Highway 76 in den Highway 79. Vielleicht sind sie auf dem 79er nach Süden weitergefahren. In Santa Ysabel gibt's wegen der dortigen Missionsstation Santa Ysabel Asistencia wieder zwei Kameras. Sieh mal nach.«

»Das hättest du tun können, während ich mir die Palomar-Videos angesehen habe«, sagt Jergen in so neutralem Tonfall wie nur möglich.

»Ich denke nach. Ich sehe mir die Landkarte an und denke nach. Irgendwer muss fürs Nachdenken zuständig sein«, sagt sein Partner.

Nach einiger Zeit erstattet Jergen Bericht. »Sie hätten nach ungefähr einer halben Stunde durch Santa Ysabel kommen müssen. Ich habe die Beobachtungszeit auf eineinhalb Stunden ausgedehnt. Kein Land Rover. Ist dir was eingefallen? Wir müssen mehr nachdenken.«

»Ich höre nie damit auf«, sagt Dubose. »Ich wollte, wir hätten dort noch ein paar dieser blöden Missionsstationen, aber die haben wir nicht. Macht aber nichts. Ich bin weiter dran. Halt dich bereit.«

»Bereit?«

»Ich fühle eine Idee kommen«, sagt Dubose.

Der große Mann sitzt vor seinem Laptop: Schultern zurückgenommen, Kopf erhoben, Kinn vorgestreckt, sein Gesichtsausdruck fast eine Parodie eines Mannes, der für eine gerechte Sache brennt. Jergen hat das Gefühl, Dubose versucht geradezu, wie Dudley Do-Right auszusehen.

DREIUNDZWANZIG

Die Brise schlief ganz ein, kurz bevor aus den Wolken große weiche Schneeflocken fielen, die in Spiralen herabsegelten, über die Motorhaube des Explorer glitten und vom Fahrtwind über die Frontscheibe getragen wurden, ohne das Glas zu berühren. Wie kalter Rauch zog der Schnee anfangs in kleinen Wirbeln über den Asphalt, aber dann begann er liegen zu bleiben.

Schon bevor sie die Kleinstadt Lee Vining erreichten, musste Jane ihr Tempo verringern, worauf sie die Scheibenwischer brauchte. Das metronomartige Pochen der Wischerblätter und das monotone Surren der Schneeketten zerhackten Rubinstein, daher stellte sie die Musik ab.

Sie verließ den Highway und hielt auf dem Parkplatz eines kleinen Kaufmannsladens. Als sie nach dem inzwischen geladenen Wegwerfhandy griff, wachte Hendrickson aus seinem selbst induzierten Halbschlaf auf und betrachtete das Gerät mit Interesse. Er begegnete ihrem Blick, als sie im Begriff war, die Nummer des Wegwerfhandys zu wählen, das sie bei Gavin und Jessie zurückgelassen hatte. Dann senkte er den Kopf und starrte die Tastatur mit den zwölf Knöpfen an.

Hendricksons Augen waren nicht wie in ihrem Traum glattweiß wie hartgekochte Eier. Aber in seinem Blick schien eine ungesunde Neugier zu liegen, als sei ihm auf irgendeiner Ebene noch bewusst, dass er ihr Feind bleiben sollte, auch wenn er nichts gegen sie unternehmen konnte.

»Sieh weg«, wies sie ihn an, damit er nicht mitbekam, welche Nummer sie wählte.

Stattdessen sah er ihr erneut in die Augen.

»Sieh weg!«, wiederholte sie.

Er drehte den Kopf nach rechts, sah aus dem Fenster.

Vielleicht weil dieses Gebiet so abgelegen war oder wegen des Schneesturms kam keine Verbindung zustande. Sie würde es später nochmals versuchen müssen, obwohl sie in ein noch einsameres Gebiet mit noch schlechterem Wetter unterwegs war. Vielleicht würde sie mit ihrem Anruf warten müssen, bis sie die Grenze zu Nevada überquert hatte und Carson City erreichte.

Sie fuhr auf den 395er zurück und blieb im Kielwasser eines Lastwagens der Straßenmeisterei, dessen riesiger Schneepflug die Fahrbahn freiräumte. Seine gelben Blinkleuchten schickten pulsierendes Licht ins Grau und verwandelten den fallenden Schnee nach Alchemistenart in Gold.

Weiter aus dem Beifahrerfenster blickend sagte Hendrickson: »Sie finden ihn.«

»Wen finden?«

In seinem Tonfall lag weder Triumph noch Feindseligkeit; er stellte lediglich nüchtern fest, was er für eine Tatsache hielt. »Sie finden deinen Sohn.«

Als sei sie ein Saiteninstrument, das vom Schicksal für eine Aufführung gestimmt wurde, spürte Jane, wie sich etwas in ihrer Brust anspannte. »Was weißt du darüber?«

»Nicht sehr viel. Der Junge hat nicht zu meinen Prioritäten gehört. Aber in letzter Zeit ...«

»Was war in letzter Zeit?«

»Die Zahl der Leute, die ihn sucht, ist verdoppelt worden.«

»Was noch? Du weißt mehr. Erzähl's mir.«

»Nein. Nur das. Doppelt so viele Leute verfolgen alle möglichen Spuren.«

»Sie finden ihn nie«, sagte Jane.

»Doch, das ist unvermeidbar.«

Völlig irrational hätte sie ihm am liebsten den Lauf ihrer Pistole übers Gesicht gezogen, aber sie hätte durch diese Unbeherrschtheit nichts zu gewinnen – und viel zu verlieren – gehabt. Ohnehin konnte sie ihm nichts Schlimmeres mehr antun, als sie ihm schon angetan hatte.

Als er wieder nach vorn sah, fragte sie: »Worauf hat *dein* Schwerpunkt gelegen?«

»Dich zu finden.«

»Wie ist das ausgegangen?«

Nach kurzer Pause sagte er: »Weiß ich noch nicht.«

VIERUNDZWANZIG

Radley Duboses Logik lautet: Sind die Washingtons auf dem Highway 79 nicht nach Süden gefahren, was die archivierten Videoaufnahmen aus Santa Ysabel bestätigen, müssen sie nach Norden gefahren sein.

Jergen verkneift es sich, seinem Partner zu dieser brillanten Schlussfolgerung bei einem Entweder/Oder-Szenario zu gratulieren.

»Aber sie sind auf dem 79er garantiert nicht weit nach Norden gefahren«, sagt Dubose und starrt auf seinen Monitor wie in eine Kristallkugel, »weil sie sonst auf einem Umweg ins Orange County zurückkämen. Schließlich machen sie nicht bloß einen kleinen Ausflug.«

»Ja, das ist mir auch klar.«

»Aber die einzige Straße, die vom Nordteil abzweigt, ist der County Highway 2.«

»Folglich …?«

»Also sind sie auf den Highway 2 abgebogen. Aber der führt nach Süden an die mexikanische Grenze – und ich hab mir schon überlegt, dass sie nicht versuchen werden, die Grenze bewaffnet zu überschreiten.«

»Du hast dir das überlegt, was?«, fragt Jergen.

Dubose hört nicht aufmerksam genug zu, um den leichten Sarkasmus im Tonfall seines Partners zu hören. »Aber der Highway 2 führt nicht nur nach Süden. Unterwegs gibt's eine Abzweigung.«

»Noch ein Entweder/Oder-Test für den cleveren Schnüffler.«

»Wo der Highway 2 scharf nach Süden abbiegt, kreuzt ihn der County Highway 22. Also liegt's auf der Hand, dass sie den 22er nach Osten genommen haben, der durch die Anza-Borrego-Wüste bis nach Salton City an der Salton Sea führt.«

»Salton City an der Salton Sea. Klingt wie ein Songtitel«, sagt Jergen.

»Aber hätten sie zur Salton Sea gewollt, wären sie auf dem

79er nach Süden zum 78er und 86er gefahren, weil das viel bessere Straßen als der 22er sind.«

»Mir brummt schon der Schädel von all den Zahlen«, sagt Jergen. »Deine Schlussfolgerung?«

»Die 22er führt nur zu zwei Orten. Salton City liegt am Ende, und davor kommt Borrego Springs.«

»Vielleicht sollten wir nach Borrego Springs fahren und uns dort ein bisschen umsehen.«

Dubose sieht vom Laptop auf. »Hab ich das nicht eben gesagt? Auf der Straße sind's hundertdreizehn Meilen. In zwei Stunden können wir dort sein.«

Jergen nimmt seinen Laptop mit, Dubose lässt seinen im Zimmer, und sie fahren zum Haupteingang des Hotels hinunter. Der Tag ist warm, die Palmen ragen majestätisch auf, und Möwen segeln lautlos durchs hohe, klare Himmelsblau.

Der Portier bestätigt, dass vor einer Stunde ein Gentleman namens Harry Lime ein Fahrzeug für sie angeliefert hat. Es wurde auf einem Tieflader transportiert. Das halbe Hotel ist zusammengelaufen, um es zu bewundern.

NSA-Personal hat die beiden zerschossenen Reifen gewechselt und den VelociRaptor gewaschen und poliert. Der Truck sieht fabelhaft aus. Dubose fährt wieder.

FÜNFUNDZWANZIG

Rasiert war Gavins Schädel nicht entfernt so glatt wie der seines Cousins, sondern wies Topographie auf. Er kam aus dem Bad in die Küche zurück und runzelte die Stirn, als er sich mit einer Hand über den Kopf fuhr. »Ich hab einen unebenen Schädel.«

»Von den vielen Kopfnüssen, mit denen ich dich zur Vernunft bringen musste«, meinte Jessie.

Travis sagte: »Onkel Gavin, du siehst wie Vin Diesel aus.«

»Der Kerl aus *Fast and Furious*? Du meinst das als Kompliment, denke ich. Aber ich weiß nicht, ob ich mir den Schädel rasiert hätte, wenn ich gewusst hätte, wie uneben er ist.«

»Einen unebenen Kopf hat jeder«, versicherte Jessie ihm. »Nur so haben die Phrenologen etwas zu lesen, wenn sie deinen Schädel untersuchen.«

»Cornells Schädel ist glatt wie eine Billardkugel.«

»Nun, das ist nicht der einzige Punkt, in dem Cornell anders ist.«

»Ich wollte, ich wüsste, wie ich mit einem Bart aussehen werde.«

»Hey, Tante Jessie, die Hunde haaren gerade ziemlich stark«, sagte Travis. »Wir könnten Hundehaare sammeln und an Onkel Gavins Kinn kleben.«

»Geniale Idee, Trav! Saugen wir Duke und Queenie mit dem Handstaubsauger ab, haben wir mehr als genug Haar. Wir können es heute Abend ankleben und wissen dann, wie mein Mann in ein paar Wochen aussehen wird.«

Die Schäferhunde interessierten sich besonders für Gavin. Sie schnüffelten an seinen Füßen und Beinen, als versuchten sie festzustellen, ob er wie Samson nach Delila mehr als nur sein Haar verloren hatte.

Zu Jessie sagte er: »Wir müssen in die Stadt fahren, um Lebensmittel zu kaufen. Willst du nicht schon mal mit deiner Verwandlung anfangen, damit ich mich mit ein bisschen Spott revanchieren kann?«

»Spotte nicht zu viel, sonst bekommst du zum Abendessen das Gleiche wie die Hunde.«

Nachdem Jessie ins Schlafzimmer gegangen war, in dem ihr Gepäck stand, sagte Travis: »Wir haben die ganze Küche geputzt, Onkel Gavin. Jetzt müssen wir die Schränke innen auswischen. Das hier ist Lysolwasser. Es stinkt.«

»Aber es stinkt gut«, sagte Gavin. »Fang schon mal an, ich komme in fünf Minuten und helfe dir.«

»Wohin gehst du?«

»Ich verstecke mich, wo du mich nie findest.«

Der Junge grinste. »Ich finde dich auf jeden Fall. Mit ihren Nasen erschnüffeln Duke und Queenie dich auf dem ganzen Weg bis zum Mars.«

Als Gavin ins Wohnzimmer hinüberging, sah er, dass Jessie ihm zuvorgekommen war. Sie gab ihm das Wegwerfhandy, das Jane bei ihnen zurückgelassen hatte. »Das wird sie verdammt schwer treffen, Baby.«

»Wem sagst du das?«

Er ging mit dem Handy auf die Veranda hinaus und schloss die Tür hinter sich. Ihm widerstrebte es, Jane diese Hiobsbotschaft mitteilen und so die Schwierigkeiten, mit denen sie kämpfte, vermehren zu müssen, aber er wollte die Sache möglichst rasch hinter sich bringen.

Aber offenbar befand sie sich im Augenblick in einem Funkloch, in einem Gebiet ohne Handyempfang. Gavin konnte sie nicht erreichen.

SECHSUNDZWANZIG

In Oceanside verlässt Dubose die Interstate 5, um auf dem Highway 76 nach Osten weiterzufahren. Nach etwa dreiundzwanzig Meilen sagt er plötzlich: »Da hast du's!«

»Was denn?«, fragt Jergen.

Dubose zeigt durch die Frontscheibe nach vorn. »Das ist der County Highway 16 links vor uns. Die Abzweigung nach Pala. Der Ort mit der restaurierten Missionsstation, den du nicht kanntest. Siehst du den Masten? Die Kameras sind dort oben montiert, wie ich's gesagt habe. Unauffällige Kameras, kaum zu sehen, wenn man nichts von ihnen weiß.« Er fährt mit dem VelociRaptor langsamer. »Alles genau wie ich's gesagt habe, und dann hast du im Videoarchiv nachgesehen, und der Rover war vorbeigekommen, wie ich's gesagt hatte. Das war der Anfang vom Ende von Jane Hawks Amoklauf, als die von ihr ausgehende Gefahr gestoppt wurde.«

Das klingt, als übe er schon mal für seine Rolle in einem Dokumentarfilm, den die Techno-Arkadier zur Feier ihrer totalen Machtergreifung drehen lassen werden.

Dubose gibt wieder Gas. »Ungefähr vierzehn Meilen vor uns zweigt links der County Highway 6 zum Mount Palomar ab. Ein weiterer wichtiger Meilenstein auf dem Weg zu der historischen Gefangennahme von Travis Hawk und der Kapitulation seiner Mutter.«

Carter Jergen geht Duboses geführte Tour dieser historischen Reise zunehmend auf die Nerven. »Ja, aber vorerst ist noch niemand gefangen genommen worden.«

»Wir kriegen den kleinen Scheißer«, versichert Dubose ihm. »Ich wittere ihn.«

»Fee! Fie! Foe! Fum!«, sagt Jergen und fragt sich, ob diese literarische Anspielung für einen Princeton-Mann vielleicht zu hoch ist.

Kurze Zeit später sagt Radley Dubose: »Und dort vorn zweigt die Straße zum Mount Palomar ab. Zwei weitere unauffällige Kameras auf diesem Masten nehmen uns in dem Augenblick auf, in dem ich zur Schlussphase dieser hässlichen Geschichte rase.«

»Verdammt noch mal«, beschwert Jergen sich. »Ich sollte fahren.«

»Im Palomar-Observatorium«, sagt Dubose, »steht das Hale-Teleskop, ein Fünf-Meter-Spiegelteleskop. Ein wichtiges nationales Kulturgut.««

Das ist zu viel. Jergen erinnert ihn daran, was er früher behauptet hat: »In dem die Astronomen rumhocken, Gras rauchen und wichsen.«

»Könnte sehr gut sein, mein Freund, aber ich rate dir, das

nicht öffentlich zu sagen. Das brächte dir nur Hohn und Spott ein, und die da oben würden glauben, du seist ernstlich unernst.«

SIEBENUNDZWANZIG

Als Jane ihr die Sachen für eine Verwandlung dagelassen hatte, hatte Jessie insgeheim bezweifelt, dass irgendjemand sich durch ihre neue Aufmachung täuschen lassen würde. Aber als sie jetzt im Bad ihr Spiegelbild betrachtete, musste sie sich eingestehen, dass Mrs. Hawk wie gewöhnlich recht gehabt hatte.

Als sie in die Küche zurückkam, war ihr glattes schwarzes Haar unter einer modifizierten Afro-Perücke festgesteckt, die ihr stand, weil sie ihrer multi-ethnischen Herkunft einen Milchkaffeeteint verdankte, der vielleicht auf etwas afrikanisches Blut in ihren Adern zurückzuführen war. Ihre irischen grünen Augen verschwanden hinter braunen Kontaktlinsen.

Travis sagte: »Tante Jessie, du siehst auch so klasse aus!«

»Allerdings«, bestätigte Gavin. »Mir kommt's vor, als wäre meine Frau verreist … und plötzlich ist dieser heiße Feger da.«

»Oh, Baby, das ist nur was, das ein Blödmann sagt, weil er glaubt, damit Punkte machen zu können.«

Gavin verzog das Gesicht. »Kaum zu glauben, dass ich *das* gesagt habe. Sekundenlang muss ein wirklich dummer Kerl von mir Besitz ergriffen haben, denke ich.«

Nun war der Augenblick gekommen, vor dem es Jessie graute, aber sie sah keine Möglichkeit, ihn zu vermeiden. Sie würden Travis eineinhalb, vielleicht zwei Stunden lang allein zurücklassen müssen.

Travis hatte zwei Dosen mit Pfefferspray Sabre 5.0, das auch Polizeien benutzten, und sie hatten ihn daran ausgebildet, als er zu ihnen gekommen war. Er würde die Hunde haben, die ihn liebten und durch Charakter und Ausbildung wachsam und beschützend waren. Obwohl der Junge noch keine sechs Jahre alt war, war er mindestens so vernünftig wie ein Zehnjähriger. Das Haus würde sicher abgesperrt sein. Draußen war heller Tag. Im Borrego Valley gab es buchstäblich keine Kriminalität, was auch damit zusammenhing, dass ein gutes Drittel der Einwohner über fünfundsechzig war. In den Jahren, in denen das Haus nun schon leer stand – wenn man von Gavins monatlichen Besuchen absah –, hatte es nie einen Einbruch oder Vandalismus gegeben.

Vermutlich war Travis hier sicherer, als wenn er mitgekommen wäre, aber Jessie machte sich trotzdem Sorgen.

Ihr Plan sah vor, Lebensmittel und andere Dinge des täglichen Bedarfs für mindestens einen Monat zu kaufen. Auch mit ihrem veränderten Aussehen wollten Gavin und sie es nicht riskieren, regelmäßig in Borrego Springs aufzukreuzen. In einer so kleinen Stadt mit weniger als viertausend Einwohnern fielen neue Leute rasch auf – vor allem neue Schwarze, weil es hier nur etwa ein Prozent Afro-Amerikaner gab. Je weniger sie sich sehen ließen, desto besser. Und wenn niemand sie mit Travis sah, konnten sie nicht zwei Flüchtende mit einem Kind sein. Sie waren normale Leute, vermutlich Camper, Wohnmobil-Typen, die für ein paar Wochen in Borrego Springs Urlaub machten.

Sie hatten allen Grund zu der Annahme, niemand habe sie zu diesem relativ abgelegenen Ort verfolgen können. Die in Groß- und Kleinstädten und ihren Vororten, auf Interstate Highways und großen State Freeways allgegenwärtigen Überwachungskameras gab es auf Nebenstraßen und in Nestern wie Borrego Springs noch nicht.

Falls Gavin allein einkaufen fuhr, würde es trotzdem Augenblicke geben, in denen er abgelenkt war oder beide Hände voll hatte. Er würde verwundbar sein, und in ihrer gegenwärtigen Situation forderte jeder verwundbare Augenblick den Tod heraus.

Also musste immer einer von ihnen die Hand an einer Waffe haben. Das konnte Jessie sein, die den Einkaufswagen schob, den Gavin füllte, und ihre Pistole in ihrer offenen Umhängetasche hatte.

Auch wenn es unwahrscheinlich war, dass er beim ersten Besuch in der Stadt entdeckt und verfolgt wurde, musste Jessie rein aus Vorsicht mitfahren und ihr Umfeld im Auge behalten. Sie befanden sich jetzt im Krieg, und niemand konnte einen Krieg allein führen.

Natürlich gab es Cornell in seiner Bibliothek. Aber der arme Cornell, den Gavins Besuch gestresst hatte, hatte ihn hinauskomplimentiert und würde sich noch nicht so weit erholt haben, dass er den Jungen aufnehmen konnte.

»Zwei Stunden kannst du schon mal allein sein«, versicherte sie Travis, obwohl ihre Magennerven beim Gedanken daran rebellierten.

»Ich weiß«, sagte der Junge. »Keine Sorge, ich komme zurecht.«

»Mach nicht auf, wenn jemand an die Haustür klopft.«

»Das tue ich nicht.«

»Halt dich von den Fenstern fern.«

»Wird gemacht, Tante Jessie.«

»Hier bricht niemand ein, Sweetie.«

»Okay, ich weiß.«

»Sollte jemand einbrechen, was niemand tut, überlässt du's den Hunden, mit ihnen fertigzuwerden.«

»Wird gemacht.«

»Werden die Hunde nicht mit ihnen fertig – was unwahrscheinlich ist, weil sie sie in Stücke reißen würden –, aber falls das nicht klappt, solltest du erst dann das Pfefferspray benutzen.«

»Ich weiß, wie.«

»Wenn du's ihnen ins Gesicht gesprüht hast, rennst du wie der Teufel aus dem Haus. Lauf zur Scheunentür, Sweetie.

Cornell weiß, was passiert ist, und lässt dich rein.« Sie sah zu Gavin hinüber. »Er lässt Travis doch rein?«

»Natürlich tut er das.«

Sein Gesichtsausdruck zeigte ihr, dass er sich nicht hundertprozentig sicher war, wie Cornell reagieren würde.

»Du wirst kaum merken, dass wir fort waren, Schätzchen. Ehe du's dich versiehst, sind wir wieder da.«

Travis seufzte. »Ich bin kein Baby mehr, Tante Jessie.«

Sie kniete sich hin, umarmte ihn und sagte: »Ich liebe dich, Travis.«

»Ich liebe dich auch, Tante Jessie.«

Sie hätte dem Jungen vermutlich weitere zehn Minuten lang Mut gemacht, wenn Gavin nicht gesagt hätte: »Das weißt du vielleicht nicht, Jess, aber Bigfoot ist in dieser Gegend noch nie gesichtet worden, und Godzilla ist weiter in Japan.«

Jessie stand auf. »Dir passiert nichts, Sweetie.«

Der Junge sagte: »Euch auch nicht.«

Gavin grüßte militärisch. »Halten Sie das Fort, Lieutenant. Wir sind um vierzehn Uhr mit dem Bier zurück.«

»Halte das Fort, Sir«, antwortete Travis und grüßte ebenfalls.

Als sie auf die Veranda hinter dem Haus traten, sperrte Travis ab und hängte die Sicherungskette ein und winkte ihnen durch den staubigen Glaseinsatz in der Tür zu: eine schemenhafte Gestalt hinter trübem Glas, als schwinde er bereits aus ihrem Leben.

ACHTUNDZWANZIG

Dies war bestimmt der letzte Schneesturm der Saison – der noch dazu recht spät kam –, aber die Natur gab sich Mühe damit, als habe sie keine Lust auf Frühling und wolle den Winter nach Kräften verlängern. Bei nahezu Windstille fielen die Schneeflocken in dichten Schleiern, die das Gesicht des Tages verhüllten. Wälle aus Nadelbäumen, im stundenlangen Zwielicht des Sturms schwarz aufragend, engten den Highway auf beiden Seiten ein und wirkten so verfremdet, dass sie nicht wie Bäume, sondern wie die Mauern und Bastionen alter Burgen aussahen.

Jane war bewusst, dass Hendrickson sie von Zeit zu Zeit anstarrte. Drehte sie den Kopf zur Seite, um seinen Blick zu erwidern, sah er sofort – und fast verschlagen – weg.

Was sein Potenzial für Gewalt betraf, war ihre Einschätzung korrekt gewesen. Er hatte bisher keinen Fluchtversuch unternommen und machte auch nicht den Eindruck, als plane er einen. Er blieb gehorsam wie die Maschine, zu der sie ihn gemacht hatte.

Damit der Highway passierbar blieb, waren jetzt auch Grader mit angebauten Räumschilden unterwegs. Sie bewegten sich wie grobknochige prähistorische Geschöpfe mit glühenden Augen durch den trübweißen Tag. Hinter den Schneepflügen folgten Lastwagen, die Salz auf die Fahrbahnen streuten.

Trotz Schneeketten – oder weil es keine hatte – rutschte gelegentlich ein Auto in den Straßengraben oder eine Schneewehe und wurde dort stehen gelassen, bis ein Abschleppwagen vorbeikam, der es wieder flottmachen konnte.

Hendrickson flüsterte: »›Je mehr es schneit, so geht's noch weit, je mehr es weiterschneit‹«, und obwohl er wehmütig lächelte, liefen ihm dabei Tränen übers Gesicht.

Jane vermutete, das sei ein Zitat aus einem weiteren Gedicht, das er als Kind gelernt hatte, aber sie fragte nicht danach. Abgesehen von der Tatsache, dass er nun zu den Angepassten gehörte, war sein Zustand so grotesk und sein Benehmen so verstörend, dass sie nicht mehr mit ihm zu tun haben wollte als unbedingt nötig.

Sie sehnte sich nach der Gesellschaft ihres Sohns. Stattdessen fand sie sich mit diesem seltsamen Manneskind zusammengespannt, das einst selbst gequält und misshandelt worden war, bevor es andere grausam misshandelt hatte. Und sein dämonisches Potenzial war weiter in seinem Inneren vorhanden, konnte weiterhin von jedem abgerufen werden, der entdeckte, dass ihm ein Nanokontrollmechanismus injiziert worden war, und wusste, wie er ihm befehlen konnte.

Um 13.10 Uhr, fast eineinhalb Stunden später als erwartet, erreichte sie einige Meilen südlich von Carson City den U.S. Highway 50 und bog in Richtung Lake Tahoe nach Westen ab. Vor ihr bildeten Räumfahrzeuge eine Schlange, um auf dem Gelände einer Straßenmeisterei betankt zu werden. Jane hielt auf dem Standstreifen, ließ den Motor laufen und versuchte erneut, die Washingtons anzurufen.

Als sie nach ihrem Wegwerfhandy griff, drehte Hendrickson unaufgefordert den Kopf zur Seite. Er bedeckte seine Augen mit den Händen wie ein kleines Kind, das gelobt werden möchte, weil es mehr tut, als es eigentlich müsste.

Diesmal kam die Verbindung zustande. Drunten im Orange County klingelte das andere Telefon. Ein Schneeschauer prasselte an die Frontscheibe, das mittägliche Zwielicht wurde vorübergehend dunkler, und das Telefon klingelte, klingelte, klingelte.

Es konnte gute Gründe dafür geben, dass weder Gavin noch Jessie sich meldeten. Das bedeutete nicht unbedingt, dass etwas Schlimmes passiert war. Es konnte *viele* gute Gründe geben.

Trotzdem waren Janes Handflächen schweißnass, als sie den Anruf beendete und das Wegwerfhandy in den Becherhalter zurückstellte.

NEUNUNDZWANZIG

Travis hatte keine Angst vor dem Alleinsein. Echt nicht. Sein Dad war beim Marine Corps gewesen, und seine Mom war beim FBI. Er war ein Marine-FBI-Kid.

Die Hunde waren bei ihm. Sie hatten Zähne wie Säbelzahntiger. Sie konnten jeden zerreißen. *Ihn* würden sie nicht zerreißen, aber garantiert jeden anderen, der zerrissen werden *sollte*.

Und er hatte das Pfefferspray. Damit konnte er den Hunden notfalls zur Hilfe kommen.

Er war nicht so klein, wie er aussah. Er hatte ein Exmoor-Pony, auf dem er ritt, und würde vielleicht schon bald ein richtiges Pferd bekommen

Obwohl er nachts ein paar Stunden auf dem Rücksitz des Land Rovers geschlafen hatte, brauchte er ein Nickerchen. Aber vielleicht war es keine gute Idee, jetzt zu schlafen.

Also aß er noch einen PowerBar, um wach zu bleiben, und gab beiden Hunden je einen Hundekeks. Damit war er fünf Minuten lang beschäftigt.

Zwei Stunden waren eine lange Zeit – aber nicht, wenn man eine Beschäftigung hatte. Hier gab es eine Menge zu tun. Das ganze Haus war voller Staub und Spinnweben, und in einigen Ecken lagen tote Asseln.

Er nahm eine Rolle Küchenpapier und eine Sprühflasche Windex ins Bad mit. Mit Windex hatten sie schon in der Küche geputzt.

Travis stieg auf die Ablagefläche neben dem Waschbecken, um den Spiegel über dem Becken mit Windex und Küchenpapier zu putzen.

Wollte man etwas richtig machen, was *überall* die einzig richtige Methode war, half es, einen nützlichen Trick zu kennen. Seine Mom hatte ihn ihm gezeigt. Der Trick bestand daraus, dass man Ehrgeiz hatte, gut zu arbeiten, und sich beeilte, um die Sache schnell hinter sich zu bringen.

Queenie erschien mehrmals an der Badezimmertür, um nach ihm zu sehen. Aber sie kam nicht ins Bad, weil sie von Windex niesen musste.

Duke patrouillierte von Zimmer zu Zimmer durchs ganze Haus. Manchmal kam er leise grummelnd am Bad vorbei.

Travis machte sich über das echt versiffte Waschbecken her und versuchte, nicht daran zu denken, wer hier schon alles hineingespuckt haben mochte, als irgendwo im Haus ein Telefon klingelte.

Tante Jessie und Onkel Gavin hatten ihn ermahnt, niemandem aufzumachen und von den Fenstern wegzubleiben. Aber sie hatten nicht gesagt, was er tun sollte, wenn das Telefon klingelte.

Er verließ das Bad mit Duke an seiner Seite und Queenie hinter sich. Er ging dem Klingeln nach und fand das Telefon in der Küche. Es lag auf einer kleinen Arbeitsplatte neben dem Kühlschrank.

Es sah wie das spezielle Handy aus, das seine Mom manchmal anrief. Sie telefonierte nicht allzu oft, kündigte immer nur ihre Besuche an. Und sie rief immer nachts an, wenn er schon schlief. Deshalb hatte er das Telefon nie klingeln gehört. Aber er war sich ziemlich sicher, dass dies das spezielle Handy war.

Er hatte noch nie mit diesem Handy mit seiner Mom gesprochen. Es war nicht für lange Gespräche bestimmt. Nur für Kurznachrichten und Notfälle.

Wenn dies seine Mom war, wollte er mit ihr reden.

War dies jedoch nicht seine Mom, sondern einer der bösen Kerle, würden sie vielleicht wissen, wo er zu finden war, wenn er sich jetzt meldete.

Die Hunde standen links und rechts von Travis, und alle drei starrten das Handy an.

Travis beschloss ranzugehen, aber nur das Gespräch anzunehmen und kein Wort zu sagen, bevor er die Stimme seiner Mom hörte.

Aber als er danach griff, hörte das Handy zu klingeln auf.

DREISSIG

Für Carter Jergen ist die Kleinstadt Borrego Springs so fremdartig wie irgendein Ort auf dem Mond. Würde er an die Hölle glauben, könnte er dieses Nest als Vorschau auf das satanische Königreich bezeichnen.

Auf dem Instrumentenbrett des VelociRaptors wurde als Außentemperatur 32 Grad angezeigt. Aber als Dubose und er durch die sogenannte Innenstadt gehen, scheint der Tag viel heißer zu sein. Im Sommer steigen die Temperaturen vermutlich an den meisten Tagen auf bis zu 50 Grad. Die Luft ist so trocken, dass er sich immer wieder mit der Zungenspitze über die Lippen fährt, damit sie nicht rissig werden, und seine Stirnhöhlen scheinen zu schrumpfen.

Wo in Borrego Springs nicht weitläufige betonierte oder asphaltierte Flächen liegen, gibt es noch größere Flächen mit kahler, sandiger Erde. Auf drei Seiten ragen in der Ferne Gebirge auf, und auf der vierten rücken die Berge näher heran: kahle Felszinnen so abweisend wie die Klippen, an die Zeus den Prometheus fesselte und ihm zur Strafe dafür, dass er den Menschen das Feuer gebracht hatte, jeden Tag einen Adler schickte, der seine Leber fraß. Die Wüste umgibt die Kleinstadt und dringt von allen Seiten in sie ein – mit dürren Büschen gespickt, unter denen es bestimmt von Klapperschlangen, giftigen Echsen und riesigen Taranteln wimmelt. Die Ladenzeilen und einzelnen Geschäfte stehen auf von Landschaftsgärtnern angelegten Grundstücken mit Schmuckkies, Kakteen und seltsamen Felsformationen, die anscheinend irgendeine mystische Botschaft transportieren sollen.

Kleine Gruppen staubiger Bäume stehen dicht bei den Häusern, um Schatten zu spenden. Im Geschäftsbezirk gibt es jedoch nur weit voneinander entfernte Palmen, die in kleinen Aussparungen im Beton oder Asphalt wachsen und nur wenig Schatten werfen. Sie wirken mitleiderregend. Verzweifelt, als sehnten sie sich danach, mit ihren Wurzeln ausgegraben und per Lastwagen nach Florida transportiert zu werden.

Die Sonne brennt auf kahle Erde, versiegelten Boden, Gebäude und Fenster herab, die ihre Hitze speichern und zurückwerfen. Die Kleinstadt gleicht einem riesigen Pizzaofen.

Gras scheint nur im Herzen von Borrego Springs zu wachsen: im sogenannten Christmas Circle, einem Park mit relativ vielen Bäumen, vor allem Palmen und Nadelhölzer, im Mittelpunkt eines Verkehrskreisels, von dem sieben Straßen wie Speichen eines Rades abzweigen.

Jergen fühlt sich fremd, fehl am Platz, schiffbrüchig an einer unbekannten Küste. Ein Pizza-und-Bier-Restaurant. Taco Shop. Mexikanischer Grill & Bar. Coffee Shop. Nirgends ein französisches oder italienisches Restaurant, keine Spur von gehobener mediterraner Küche. Nicht mal Sushi. Vermutlich sind in jedem Restaurant der Stadt Gäste in T-Shirt, Shorts und Sandalen willkommen. Ein Blick ins Schaufenster einer Galerie zeigt ihm keinen einzigen Gegenstand, der auch nur entfernt seinem Verständnis von Kunst entspricht. Überall stehen Pick-ups, Jeeps, SUVs. Obwohl der Sommer noch einige Monate entfernt ist, sind alle Einwohner sonnengebräunt, als hätten sie noch nie von Hautkrebs gehört, und fast unheimlich kontaktfreudig. Die meisten Leute, denen sie begegnen – Wildfremde! – sprechen sie an: »Herrliches Wetter heute« oder »Schönen Tag noch« oder wenigstens »Guten Tag!«. Das ist mit das Seltsamste an diesem Ort, allerdings nicht für Dubose, der die Grüße lächelnd erwidert.

»Wieso redest du mit Wildfremden wie mit alten Bekannten?«, fragt Carter schließlich. »Wir sollten keine Aufmerksamkeit auf uns lenken.«

»Das tut man erst recht, indem man *nicht* redet, wenn man angesprochen wird.«

»Diese Leute sind Fremde. Was kümmert's mich, ob sie das Wetter herrlich finden oder mir einen schönen Tag wünschen?

Was ist überhaupt mit ihnen los? Wieso liegt ihnen daran, dass ich keinen Scheißtag habe?«

»Entspann dich, Carter Northrup Jergen der Dritte, und halt Ausschau nach irgendwas Ungewöhnlichem.«

»Hier ist alles ungewöhnlich. Und ich bin der Vierte, nicht der Dritte.«

»Das erklärt vieles.«

»Wie meinst du das?«

»Die Qualität des Genpools«, sagt Dubose, »ist umgekehrt proportional zur Zahl der Generationen, in denen leider nur wenige Blutlinien hinzugekommen sind.«

Jergen überlegt, ob er anmerken soll, dass es im Gegensatz zu manchen Familien in den Stammbäumen der Familien Northrup und Jergen nur wenige verheiratete Cousins und Cousinen gibt. Aber er leidet zu sehr unter der Hitze und von der Wüste hervorgerufenem Ennui, um sich auf ein »Wie du mir, so ich dir«-Spielchen einzulassen.

EINUNDDREISSIG

Der Stress, ihr gewohntes Leben hinter sich lassen zu müssen, die Verfolgungsjagd durch die Wildnis und eine Nacht ohne Schlaf bewirkten, dass Gavin blutunterlaufene Augen, einen steifen Hals und mehrere verkrampfte Muskeln hatte. Außerdem litt er unter allgemeiner Müdigkeit, gegen die er ankämpfen musste, um wachsam zu bleiben. Zum Frühstück hatten sie PowerBars gegessen, aber das Mittagessen war ausgefallen, sodass nun jeder essbare Artikel, den Jessie in den Einkaufswagen legte, seinen Magen hörbar knurren ließ.

Ein Monatsvorrat für drei Personen und zwei Hunde würde zwei hoch mit Einkäufen beladene Wagen erfordern, was bedeutet hätte, dass Gavin und Jessie zu beschäftigt sein würden, um ständig so wachsam sein zu können, wie es nötig war. Die Lösung bestand daraus, ihre Einkäufe auf die beiden Supermärkte der Kleinstadt zu verteilen: im ersten nur Konserven und abgepackte Lebensmittel kaufen, im zweiten Konserven und leicht verderbliche Waren, jeweils einen großen Einkaufswagen voll.

Im ersten Supermarkt schob Jessie den Einkaufswagen, und Gavin ging neben ihr her, kommentierte die Preise, gab vor, über Marken zu diskutieren, und beobachtete unauffällig die anderen Kunden, um sicherzugehen, dass niemand sich über Gebühr für sie interessierte.

Dass ihre Fotos im Fernsehen gezeigt wurden, glaubte er nicht. Die Arkadier würden nicht wollen, dass die Medien erfuhren, dass die Personen, die Jane Hawks Sohn bei sich aufgenommen hatten, identifiziert waren. Die Dreckskerle wollten Travis nicht retten, sondern ihn gefangen nehmen. Gingen die Behörden erst mal an die Öffentlichkeit, würden sie sich an die Vorschriften halten und Travis vom Jugendamt betreuen lassen, woraufhin Janes Schwiegereltern – Clare und Ancel Hawk – das Sorgerecht beantragen würden. Der Fall des hübschen Fünfjährigen, der vor Kurzem seinen Vater verloren hatte und dessen Mutter die meistgesuchte Verbrecherin Amerikas war, würde die Medien ausflippen lassen. Jeder Richter, der gegen die Großeltern entschied, würde als Schurke verteufelt werden, Mitgefühl für Jane erzeugen und Zweifel an der sorgfältig ausgedachten Story erwecken, das »schöne Ungeheuer« habe wichtige, wenn auch ungenannte Geheimnisse an eine ausländische Macht verraten und zahlreiche Morde auf dem Gewissen. Also würden die Großeltern das Sorgerecht erhalten. Um an den Jungen heranzukommen, würden die korrupten Behörden Clare und Ancel früher oder später Gehirnimplantate injizieren – das für Jane schlimmste Resultat. Nein, die bösen Kerle durften nicht riskieren, die Kontrolle über das Narrativ der Medien zu verlieren; sie würden die Jagd auf Gavin und Jessie aus den Nachrichten heraushalten.

Im ersten Markt ging alles glatt. Auf dem Parkplatz luden sie die Sachen aus dem Einkaufswagen in den Kofferraum des Honda um. Dann fuhren sie das kurze Stück zu dem zweiten Supermarkt.

ZWEIUNDDREISSIG

Als sie einen Rundgang durch ein kleines Einkaufszentrum machen, fühlt Jergen sich plötzlich revitalisiert, als er tatsächlich etwas Ungewöhnliches sieht. Ungefähr fünfzig Meter vor ihnen überquert ein schwarzes Paar in den Dreißigern den Parkplatz auf dem Weg zum Eingang eines Supermarkts. Jergen kann das Gesicht des Mannes nicht deutlich sehen, aber Größe und Körperbau passen zu Gavin Washington; der Kerl ist kahlköpfig, aber er kann sich den Schädel rasiert haben. Die Frau scheint eine Schwarze zu sein, was Jessica Washington nicht ist; sie könnte jedoch eine Perücke tragen. Ungewöhnlich an den beiden ist, was auch Jergen und Dubose von allen Leuten unterscheidet, die sie hier in Borrego Springs gesehen haben: An diesem heißen Nachmittag tragen der Mann und die Frau Jacketts, die so weit geschnitten sind, dass sie Schusswaffen verbergen können.

Als die beiden im Markt verschwinden, sagt Dubose: »Aber sie hat eigene Beine.«

»Sie trägt eine lange Khakihose. Woher weißt du, was darunter ist?«

»Sie geht, wie Leute mit echten Beinen gehen.«

»Weil sie Ottobocks hat.«

»Was hat sie?«

»Ihre Blade Runners benutzt sie nur bei Wettbewerben. Normalerweise hat sie Ottobock X-3.« Jergen buchstabiert *O-t-t-o-b-o-c-k*. »Du hast den Hintergrundbericht über sie anscheinend nicht gründlich gelesen.«

Dubose zeigt keine Reue. »Hintergrundberichte werden von Schmierern verfasst, die glauben, dass sie eines Tages einen Roman schreiben und den Pulitzer-Preis kriegen werden. Ihren blumigen Scheiß überfliege ich nur.«

»Der blumige Scheiß enthält folgende Informationen«, sagt Jergen. »Das Knie dieser Prothese enthält zahlreiche Sensoren, einen Kreisel, eine aufwändige Hydraulik, einen Mikroprozessor, Software, Stoßdämpfer und eine Batterie. Damit kann sie ziemlich gut rennen, rückwärtsgehen, Stufen steigen und dabei natürlich wirken.«

»Du denkst also, dass sie's sind?«

»Was denkst du?«, fragt Jergen.

Dubose runzelt die Stirn. »Ich denke, wir sollten sie uns genauer ansehen.«

DREIUNDDREISSIG

Jessie sah immer wieder auf ihre Armbanduhr und dachte an Travis, der mit den Hunden und dem Pfefferspray allein in dem Haus war. Sie fürchtete nicht, die Leute, die Jagd auf ihn machten, könnten ihn aufspüren. Aber irgendwo konnte immer Feuer ausbrechen. Oder es konnte ein Erdbeben geben. Oder er konnte sich an irgendwas verletzen und stark blutend daliegen …

Die Ursache ihrer Ängste waren weniger die realen Gefahren, die dem Jungen vielleicht drohten, sondern Übermüdung und ihre Verzweiflung darüber, wie abrupt ihr Leben auf den Kopf gestellt worden war. Sie hatte letzte Nacht kein Auge zugetan, und die Verantwortung, die sie für den Jungen empfand, zerrte an ihren Nerven, bis ihre Besorgnis stärker war als jemals seit dem Afghanistankrieg.

Während des Einkaufs in dem ersten Markt hatte sie kein

Vertrauen zu ihrer Fähigkeit gehabt, entspannt zu wirken und trotzdem schnell zu reagieren, falls Gefahr drohte. Ihr Verstand war benommen. Ihre Reflexe waren nicht so, wie sie hätten sein sollen. Musste sie plötzlich nach der Pistole greifen, war es denkbar, dass sie sich an ihrem Jackett verhedderte.

Auf der Fahrt zu dem zweiten Supermarkt hatte sie daher die Colt Pony .380 aus dem Holster an ihrer Hüfte gezogen und in ihre Schultertasche gesteckt.

Die Tasche stand jetzt in dem herunterklappbaren kleinen Metallkorb über ihren Einkäufen. Der Reißverschluss war aufgezogen, der Pistolengriff wartete zwischen ihrer Geldbörse und einer Packung Papiertaschentücher auf ihre Hand.

Obwohl ihre Waffe sich nun schneller ziehen ließ und bisher alles wunderbar geklappt hatte, machte Jessie sich weiter Sorgen um Travis. Sie waren schon eineinhalb Stunden unterwegs, hatten ihre Tour durch den zweiten Markt aber kaum erst begonnen. Sie würden frühestens in einer Stunde zurück sein – eine halbe Stunde später als versprochen.

VIERUNDDREISSIG

Sofort nach der Entdeckung der Verdächtigen hasten Jergen und Dubose zur Rückseite des Supermarkts, wo Waren angeliefert werden. Die Tür ist nicht abgesperrt. Sie treten ein und bleiben einige Sekunden lang in der kühlen Luft stehen, bis ihre Augen sich an das hier herrschende Halbdunkel gewöhnt haben.

Dieses Lager hinter dem Verkaufsraum ist weniger weitläufig, als Jergen erwartet hat. Man kann den Markt nicht als kleinen Familienbetrieb bezeichnen, aber er verdient auch den Vorsatz *Super* nicht.

Hier arbeiten drei Männer in schwarzen Hosen und weißen Hemden, von denen zwei weiße Schürzen mit dem Logo des Markts auf der Brust tragen. Der Kerl ohne Schürze schneidet die Schrumpffolie von drei kürzlich angelieferten Paletten auf. Die beiden anderen stapeln Fünfpfundtüten Zucker von einer anderen Palette in ein Metallregal.

Der Kerl, der die Schrumpffolie aufschneidet, richtet sich von der Arbeit auf. Er hat kurz geschnittenes Haar, wirkt frisch gewaschen, hat weder Piercings noch Tätowierungen und trägt zu seiner frisch gebügelten Hose glänzend geputzte Schuhe. Seine adrette Erscheinung lässt vermuten, dass er ein Mormone ist, was ein Plus wäre, weil Mormonen zur Hilfsbereitschaft erzogen werden. »Was kann ich für Sie tun, Gentlemen?«

»Wir müssen den Marktleiter sprechen«, sagt Dubose.

»Der bin ich, Oren Luckman. Was kann ich für Sie tun?«

Jergen sagt: »Steuerfahndung.« Er sieht zu den beiden anderen Männern hinüber, die allzu neugierig verfolgen, was sich hier abspielt. »Wir würden Sie gern privat sprechen.«

Oren Luckmans Büro befindet sich in einer Ecke des Lagerraums. Die Rechnungsstapel auf seinem Schreibtisch sind mit verschiedenen polierten Steinen beschwert.

Dubose zeigt auf einen schwarz geäderten roten Stein und sagt: »Das ist ein schöner Rhodonit.« Er deutet auf einen anderen. »Und dies ist ein Chrysokoll mit außergewöhnlichem Cabochonschliff.«

»Sie kennen sich mit Steinen aus.« Luckman strahlt mit der Begeisterung eines Sammlers, der jemandem begegnet, der nicht findet, dass seine Leidenschaft ihn zu einem erstklassigen Nerd macht.

»Steine waren schon immer mein Hobby«, gesteht Dubose. »Oh, und das hier ist ein in Quarz eingeschlossener spektakulärer Rhodochrosit. Ein Prachtexemplar!«

»Der kommt aus der Sweet Home Mine in Colorado«, sagt Luckman mit irritierendem Stolz in der Stimme.

Dies ist das erste Mal, dass Jergen von Duboses Hobby gehört hat. Um sich nicht übertreffen zu lassen, zeigt er auf einen anderen Stein. »Prächtiger Türkis.«

Luckman und Dubose betrachten ihn beinahe mitleidig, und der Marktleiter sagt: »Das ist ein marmorierter Howlith.«

»Leute, die's nicht besser wissen«, sagt Dubose, »kaufen Howlith-Schmuck und zahlen für Türkise.« Er beendet ihre Fachsimpelei, indem er aus der Innentasche seiner Jacke ein Lederetui zieht und seinen NSA-Dienstausweis vorzeigt.

Als Jergen sich ebenfalls ausweist, ist Luckman verwirrt.

»Sie haben gesagt, Sie kämen von der Steuerfahndung …«

»Das war für die Ohren Ihrer Angestellten bestimmt«, erklärt Jergen ihm. »Wir wollen nicht, dass sie mit Kollegen im Verkaufsraum über NSA-Agenten reden.«

»Wir haben gesehen, dass zwei Verdächtige Ihren Markt betreten haben«, sagt Dubose. »Sind sie diejenigen, die wir glauben, müssen wir sie verhaften.«

»Du liebe Güte«, sagt Luckman. »So was passiert hier nie.«

Jergen zeigt auf einen großen Wandbildschirm, auf dem der Eingangsbereich im Inneren des Markts zu sehen ist. »Wie viele Überwachungskameras können Sie uns zeigen?«

Fast so stolz, wie er vorhin auf Duboses Lob des in Quarz eingeschlossenen Irgendwas reagiert hat, sagt Luckman: »Einzeln oder vier auf einem Bildschirm.«

»Und wie viele Kameras insgesamt?«

»Acht.«

»Nur acht?«, fragt Jergen.

»Zwei Außenkameras, sechs im Markt.«

»Nur sechs?«, fragt Dubose enttäuscht. »Sie bräuchten mindestens vierundzwanzig.«

»Bestimmt nicht für einen Laden dieser Größe«, sagt Luckman. »Nicht in dieser Gegend.«

Mit Hilfe Luckmans, der eine Fernbedienung benutzt, brauchen sie ungefähr zwei Minuten, um das schwarze Paar zu finden. Mit der Zoomfunktion kann der Marktleiter die beiden auch befriedigend nahe heranholen.

Direkt vor dem Monitor stehend studieren Jergen und Dubose die Gesichter, den Körperbau, die Art und Weise, wie die Frau sich bewegt.

»Sie sind's«, sagt Dubose, und Jergen nickt zustimmend.

Sie könnten warten, bis die Washingtons mit ihrem vollen Einkaufswagen den Markt verlassen, und sie draußen stellen. Aber die beiden werden vorsichtig ins Freie treten, genau auf Verdächtiges achten. Auf dem Hinausweg wird der Ehemann eine Hand in der Jacke, an seiner Pistole haben.

Auf dem Parkplatz, auf dem Weg zu ihrem Auto werden sie etwas entspannter sein. Aber der Parkplatz ist ziemlich groß, und an diesem Sonntagnachmittag stehen dort nicht viele Wagen. Sobald die Washingtons Jergen und Dubose auf sich zukommen sehen, wissen sie, was die Stunde geschlagen hat, und es könnte zu einer Schießerei kommen.

Eine Schießerei zu riskieren, lohnt sich nicht, wenn die Umstände es Jergen und Dubose erlauben, ein Element der Überraschung zu nutzen.

Unter Steinliebhabern setzt Dubose dem Marktleiter auseinander, was sie tun müssen und welche Unterstützung sie dabei von ihm erwarten. Luckman wird blass, aber während er Jergen seine Mithilfe bestimmt zögerlicher zugesagt hätte, lässt er sich von Duboses jovialer Art einwickeln und ist mit ihrer Strategie einverstanden.

FÜNFUNDDREISSIG

Als die Washingtons ihren Einkaufswagen vollgeladen hatten und fast fertig waren, begann eines der Wagenräder quietschend zu rattern und zog in eine andere Richtung als die übrigen drei.

»Lass mich damit kämpfen«, schlug Gavin vor.

»Nein, wir sind gleich fertig«, sagte Jessie und tätschelte ihre Schultertasche in dem Körbchen. »Komm, wir ziehen die Sache durch.«

Als sie sich ungefähr drei Minuten später dem Kassenbereich näherten, fiel einem Mann, der an einer Pyramide aus Coke, Diet Coke und Coke Zero arbeitete, ihr hoch beladener Einkaufswagen auf. Auf seinem Namensschild stand, dass er OREN LUCKMAN hieß und der Marktleiter war. »Am besten geht ihr zur Kasse drei, Leute. Eddie ist unser schnellster Kassierer. Bei ihm seid ihr gleich draußen.«

Eddie war ein Kerl Anfang dreißig mit blondem Haar und blauen Augen. Er sah wie ein etwas kleinerer Robert Redford in der Zeit aus, in der er Filme wie *Butch Cassidy und Sundance Kid* gemacht hatte. Er hatte ein schmieriges Lächeln, das Gavin nicht gefiel – das Lächeln eines Bigotten, der vorgab, Schwarze zu mögen.

Gavin trat vor den Wagen, um ihn zu entladen, während Jessie ihn in den Kassengang schob. Dabei spürte er, dass an Eddie mehr falsch war als nur sein Lächeln. Sein Hemd! Unter seiner Marktschürze trug Eddie ein gemustertes Sporthemd mit Kurzarm. Hatten nicht alle anderen Angestellten weiße Oberhemden getragen?

Und sein Namensschild, auf dem EDUARDO stand. Nicht Eddie. Eduardo war ein Hispanic. Dieser Kerl war ungefähr so hispanisch wie die englische Königin.

Gavin spürte, wie seine Rechte intuitiv nach der Springfield Armory in seinem Schulterholster greifen wollte. Er sah sich nach dem Marktleiter um, der von den Coladosen zurückgetreten war und um die Ecke in einen Gang zwischen Regalen verschwand. Auf seinem Gesicht schien ein besorgter Ausdruck zu stehen.

Er sah zu Jessie hinüber, deren hochgezogene Brauen *Was?* fragten.

Gavin nahm eine Großpackung Corn Chips vom Wagen, stellte sich ungeschickt an und ließ sie fallen. »Ups!«

Wenn dies eine Falle war, gab es nur einen Ausweg. Die Leute, die es auf sie abgesehen hatten, würden sich nicht an Recht und Gesetz halten. Sie waren Arkadier, und für Jessie und ihn würde es keine Zukunft ohne Kontrollmechanismen geben. Sklaverei.

Er bückte sich, als wolle er den Beutel aufheben, aber in Wirklichkeit, um die .45 zu ziehen, bevor Eddie das mitbekam. Als er unter die Jacke griff und seine Pistole zog, sah er noch mal zu Jessie hinüber und dachte: *Gott, wie sehr ich dich liebe!* Das dachte er so intensiv, dass er hoffte, sie werde es telepathisch hören.

SECHSUNDDREISSIG

Ungefähr zehn Sekunden bevor Washington und seine Frau genau dort sind, wo sie sein sollen, zehn Sekunden bevor Jergen und Dubose ihre Friedensstifter gezogen und *Polizei!* gerufen hätten, scheint der Mann den Einkaufswagen blockieren zu wollen, indem er einen Beutel Chips fallen lässt. Jergen gefällt nicht, wie der Kerl die Corn Chips fallen lässt.

Seine Pistole liegt in dem Fach unter der Registrierkasse. Als er nach ihr greift, kommt Washington wieder hoch und … *Scheiße*, er hat seine Kanone in der Hand.

In diesem Augenblick kommt Dubose, der hinter dem Zeitungsständer gekauert hat, aus der Deckung und spart sich die Mühe, *Polizei!* zu rufen, was ohnehin nichts ändern würde, sondern tritt vor und gibt zwei Schüsse ab, von denen einer Washington in den Kopf trifft. In einem Todesreflex drückt der Mann einmal ab. Sein Schuss verfehlt Jergen, gibt aber der Registrierkasse den Rest. Während die Kasse verzweifelt elektronisch piepst, ist die Frau so schnell, dass sie eine verdeckt getragene kleine Pistole zieht und damit das Feuer eröffnet – nicht auf Jergen, der viel näher ist, sondern auf Dubose, der sich zu Boden werfen und wegkriechen muss. Der Gesichtsausdruck der Frau ist das Erschreckendste, was Jergen je gesehen hat: so viel Entsetzen und Hass und Wut und eiserne Entschlossenheit, dass sie übernatürlich wirkt wie irgendein Geschöpf, das aus infernalisch bodenlosen Tiefen aufgestiegen ist, um Seelen zu ernten und sie noch zappelnd an seinen Gürtel zu binden. Sein erster Schuss trifft ihre Schulter, sodass sie taumelt, und sein zweiter Schuss lässt sie zusammenbrechen.

Kunden und Angestellte rennen kreischend zum Ausgang, und Dubose brüllt: »Polizei! Polizei! Polizei!«, um zu verhindern, dass irgendein Augenzeuge, der eine verdeckte Waffe tragen darf, die Situation bedauerlicherweise missversteht und das Feuer auf die Gesetzeshüter eröffnet. Nach all den Schüssen klingt dieser Lärm hohl in Jergens Ohren, als käme er aus einem tiefen Brunnen.

Jergen öffnet die hüfthohe Absperrung, verlässt den Platz an der Kasse drei und tritt in den an Kasse zwei vorbeiführenden Gang. Er bleibt geduckt, hält seine Pistole mit beiden Händen umklammert und spürt sein Herz bis zum Hals schlagen, als er sich an dem Ständer mit Schokoriegeln, Kaugummi und dem *National Enquirer* vorbeischiebt. Hinter dem vollen Einkaufswagen liegt die Frau auf dem Boden: auf dem Rücken, den Kopf ihm zugewandt, noch lebend. Sie kann anscheinend nicht aufstehen, ist vielleicht gelähmt, aber ihre Linke tastet nach der Pistole, die ihr aus der Hand gefallen ist.

Er bewegt sich auf sie zu und befördert die Waffe mit einem Tritt außer Reichweite und sieht auf die Frau hinunter, die Blutbläschen auf den Lippen hat. Ihre Augen funkeln, eines braun, das andere leuchtend grün, und wenn Blicke töten könnten, wäre er so tot wie ihr Mann. Jergen ist wegen der Schussknalle vorübergehend fast taub, aber obwohl die Stimme der Verletzten schwach sein muss, hört er sie durchdringend klar. *»Ich bin noch nicht fertig mit dir«*, sagt sie, und dann stirbt sie.

Ihr Blick bleibt auf Jergen gerichtet, als könnte sie ihn von irgendeinem fernen Ufer aus weiterhin sehen.

Zunächst weicht er einen Schritt von der Toten zurück. Aber dann fragt er sich trotz aller gegenteiligen Beweise plötzlich, ob sie etwa einen Fehler gemacht haben, ob diese Leute vielleicht nicht die Washingtons, sondern irgendein unbeteiligtes Paar sind, das ihnen nur ähnlich sieht und legitim bewaffnet war. Diese Sache wird verdammt schwierig zu erklären sein, aber wenn die beiden nicht die Washingtons sind, ist sie eine Katastrophe, das sichere Ende ihrer Karriere. Agenten der Revolution bringt solch episches Versagen keinen vorzeitigen Ruhestand ein; Karrieren wie ihre werden mit Genickschüssen oder einer Nanonetz-Versklavung beendet.

Er tritt an die Leiche heran, geht neben ihr in die Hocke und zieht nach kurzem Zögern ein Hosenbein hoch, unter dem die Ottobock-Prothese sichtbar wird. Erleichterung durchflutet ihn, als er in ihre toten Augen sieht und sagt: »Versuch jetzt mal, zehntausend Meter zu laufen, Schlampe.«

TEIL FÜNF

VERLORENE JUNGS

EINS

Der gefrorene Himmel spannte sich unsichtbar über den unzähligen fallenden Schneeflocken, die lautlos weiß herabschwebend die Luft kristallisierten.

Um 14 Uhr waren sie auf dem U.S. Highway 89 nach Westen und dann nach Süden gefahren. An einer Ausfahrt wechselten sie auf eine County Road, auf der sie zu einer unbefestigten Zufahrt gelangten, die nach Booth Hendricksons Aussage von der Forstverwaltung angelegt worden war und von ihr unterhalten wurde. Die einspurige Zufahrt mit Ausweichstellen in regelmäßigen Abständen war während des Schneesturms geräumt worden – aber vielleicht nicht innerhalb der letzten Stunde. Mit Allradantrieb und Schneeketten traute Jane sich zu, die Strecke zu bewältigen.

Der sagenumwobene See lag im Westen, eine Viertelmeile von dieser Zufahrt entfernt, erheblich tiefer und nicht nur wegen des starken Schneefalls, sondern auch wegen des dichten Waldes unsichtbar. Drehkiefern, Douglasien, Weißtannen, Wacholder und Hemlocktannen standen dick verschneit. Obwohl Jane in dringender Mission unterwegs war, hatte diese Szenerie etwas Zeitloses an sich und vermittelte den Eindruck, alle Werke der Menschheit und alle Dramen in Janes Leben seien nur ein Traum, aus dem sie erwacht war, um sich hier wiederzufinden.

Booth war nun seit gut über vierundzwanzig Stunden ihr Gefangener. Je länger er verschwunden blieb, desto intensiver würde nach ihm gesucht werden, desto weiter würden die Arkadier ihre Netze auswerfen.

Die für die Suche nach ihm Verantwortlichen wussten nichts von der krummen Treppe, die einen so entscheidenden Einfluss auf sein Leben gehabt hatte, und welches wertvolle Objekt am Fuß dieses beängstigenden Abstiegs auf Jane wartete. Außer Booth und dem Paar, das während der Abwesenheit der Besitzerin das Haus versorgte, wussten nur seine Mutter Anabel und sein Bruder, dass die Treppe existierte. Weil Simon nicht in die Reihen der Arkadier aufgenommen worden war, wusste er nichts von den Gehirnimplantaten. Und Anabel würde vielleicht nicht glauben, dass ihr älterer Sohn von diesem Ort erzählen würde, an dem er zutiefst gedemütigt und geformt worden war – außer sie wusste, dass Jane Ampullen mit dem Kontrollmechanismus besaß, den sie Mamas Liebling injiziert haben konnte.

Booth hatte jedoch nichts von den Ampullen gewusst, folglich wusste vielleicht auch sonst niemand davon. Und falls die Elite der Verschwörer davon wusste, kannte nur Anabel die krumme Treppe, sodass vielleicht nur Anabel irgendwann erraten würde, wieso Jane dorthin fahren würde, sobald sie davon hörte.

Eine zweite Zufahrt zweigte von der ersten ab: ebenfalls verschneit, aber vor Kurzem geräumt, sodass sie passierbar war, als Jane auf Hendricks Anweisung auf sie abbog. Die Forststraße wurde steiler. Auf beiden Seiten drängten die Bäume näher heran. Sie war nur noch wenige Minuten von ihrem Ziel entfernt.

Jahrhunderte-, jahrtausendelang war der Lake Tahoe mit den Wäldern und Almwiesen, die ihn umgaben, ein magischer Ort für alle gewesen, die ihn aufsuchten. Für einige war der Effekt stärker als eine Verzauberung; dieser Ort besaß eine mystische Aura und rief das Gefühl hervor, Wahrheit und Wirklichkeit der Welt lägen hier hinter weniger Schleiern als anderswo.

Nur die Großen Seen waren größer als der Tahoe, der dafür viel tiefer war: vor einer Million Jahren von Gletschern bis zu 501 Meter tief ausgeschürft. Sein klares Wasser war bis in erstaunliche Tiefen durchsichtig und glitzerte im Sommer in der Sonne, als bestünde es ganz aus Smaragden und Saphiren.

Der Lake Tahoe fror nie zu, aber sein eiskaltes Wasser verlangsamte alle Zersetzungsvorgänge in der Tiefe. Einmal war ein ertrunkener Taucher siebzehn Jahre nach seinem Tod in hundert Metern Tiefe praktisch vollständig erhalten entdeckt worden.

»Dort halten«, sagte Booth und zeigte nach vorn.

Sie fuhr in eine Ausweichstelle und drückte den Wählhebel ganz nach vorn in Stellung P.

»Ab hier gehen wir zu Fuß«, sagte er.

Jane wünschte sich, sie hätten unterwegs haltgemacht, um Stiefel und Daunenjacken zu kaufen. Aber der Wetterbericht hatte viel weniger Schnee angekündigt, als tatsächlich gefallen war, und eine Einkaufstour mit diesem Mann, in diesem Zustand, war ihr zu riskant erschienen.

Als habe er ihre Gedanken gelesen, sagte er: »Es ist nicht weit.«

ZWEI

Das Sheriff's Department im San Diego County unterhält in Borrego Springs eine größere Außenstelle, was bedeutet, dass Deputies am Tatort im Supermarkt aufkreuzen, kaum dass die letzten Schüsse verhallt sind. Sie sind gut ausgebildet, professionell, effizient – und nach Carter Jergens Ansicht verdammt lästig.

Dubose und er sind unter anderem NSA-Agenten, und diese Kerle sind nichts als einfache Bullen, gewöhnliche Cops. Trotzdem wollen sie bei den Ermittlungen wegen der Schießerei eine Rolle spielen, denn dies ist ihr Revier, ihre Stadt; dies sind ihre Nachbarn.

Aber es gibt keine verdammte Rolle für sie. Diese Sache betrifft eindeutig die nationale Sicherheit, liegt weit oberhalb ihrer Besoldungsgruppe. Keiner von ihnen besitzt die für Ermittlungen nötige Sicherheitsfreigabe. Kein einziger ihrer kostbaren Nachbarn hat bei der Schießerei auch nur einen Kratzer davongetragen. Der einzige größere Sachschaden ist die durchlöcherte Registrierkasse. Ansonsten sind nur ein paar Schokoriegel, Kaugummis und Zeitungen mit Blut und Gehirnmasse bespritzt; keine große Sache.

Trotzdem frustrieren die Deputies Jergen und Dubose, indem sie den sogenannten Tatort fotografieren und sich eifrig die Namen der nicht geflüchteten Zeugen aufschreiben.

Dubose fordert telefonisch Verstärkung an. Weitere Agenten sollen mit Hubschraubern eingeflogen werden. In größerer Zahl können sie mithelfen, die einheimischen Boys aus dem Bild zu drängen.

Aber dann kreuzt der hiesige Captain vom Dienst auf, ein Kerl namens Foursquare, so unwahrscheinlich das auch klingen mag. Er hat ein Bulldoggenkinn und den stählernen Blick eines Bankhalters in Vegas, der die eigene Mutter als Falschspielerin aus dem Saal weisen würde, wenn sie beim Blackjack mehr als vierzig Dollar gewinnen würde. Er verlangt zu wissen, wer die Verstorbenen sind, und gibt sich nicht mit der Auskunft zufrieden, sie seien ausländische Agenten. Er will ihre Ausweise kontrollieren, aber Jergen besteht darauf, dass die Position der Leichen nicht verändert werden darf. Das tut er, obwohl keine Ausweise zu finden wären, weil Dubose und er die Geldbörsen der Toten schon vor Ankunft der hiesigen Cops sichergestellt haben. In einer von Washingtons Jackentaschen haben sie auch den Zündschlüssel eines Honda gefunden.

Während Jergen mit Foursquare über Zuständigkeiten diskutiert, geht Dubose auf den Parkplatz, angeblich um eine Liste der Autos aufzustellen, die den Toten gehören könnten, und ihre Kennzeichen zu notieren. In Wirklichkeit probiert er Washingtons Schlüssel an allen Hondas aus.

Captain Foursquare hat eben erst aufgehört, sich darüber zu beschweren, dass er nicht weiß, wer die Toten sind, als er den Marktleiter Oren Luckman beiseitenimmt, um seine Aussage aufzunehmen. Einer der Deputies sucht nach ausgeworfenen

Patronenhülsen, und ein anderer bringt einen großen, ernst dreinblickenden Mann zu Jergen und stellt ihn als den hiesigen Bestatter vor, der zugleich als Coroner fungiert.

Dubose kommt zurück, zieht Jergen zur Seite und teilt ihm mit, dass der Schlüssel zu einer grünen Limousine passt. Ihr Kofferraum ist voller Lebensmittel in Papiertüten aus dem anderen Supermarkt der Stadt. Offenbar wollten die beiden groß einkaufen, um sich mehrere Wochen lang verkriechen zu können. In dem Honda war kein Hinweis auf den Eigentümer zu finden – kein Zulassungsschein und keine Versicherungskarte im Handschuhfach, wie's eigentlich Vorschrift ist.

Während der Captain Luckmans erregte Schilderung der Schießerei aufnimmt, geht Dubose ins Büro des Marktleiters. Er will Luckmans PC dazu benutzen, heimlich auf die kalifornische DMV-Datenbank zuzugreifen, um den Eigentümer des Honda ausfindig zu machen.

Jergen bleibt mit der Horde uniformierter Wichtigtuer zurück. Wenn er eines an lokalen Cops hasst, egal woher sie stammen, ist's ihre fast allgemeine Überzeugung, Recht und Gesetz durchsetzen zu müssen, als sei das Recht nicht etwas, das geldgierige, machtgeile Politiker zusammengeschustert haben, sondern von Gott auf Steintafeln präsentiert worden. Und hier in Borrego Springs scheint es ein Nest von diesen Kerlen zu geben.

Er nimmt sich vor, Geduld mit den Freunden-und-Helfern zu haben. Alles wird gut. Kann Dubose den Eigentümer des Honda identifizieren, haben sie vermutlich die Adresse, wo die Washingtons Zuflucht gefunden haben.

Dort ist dann der Junge.

DREI

Die eng stehenden Bäume fingen den größten Teil des fallenden Schnees ab und ließen nur einen kleinen Teil davon auf den Erdboden gelangen. Bisher war noch kein Wind aufgekommen. Die Schneeflocken segelten still herab, sammelten sich nur unter winterkahlen Laubbäumen zu höheren Schichten. Das Unterholz war spärlich. Mit ihrer ledernen Sporttasche in der Hand hatte Jane keine Mühe, Hendrickson zu folgen, obwohl es hier so kalt war, dass ihre Augen tränten. Ihr Atem bildete weiße Wolken.

Woher Booth den Weg kannte, war nicht klar, denn der Wald wirkte zu gleichförmig, um leicht erkennbare Landmarken zu enthalten. Trotzdem sah er sich eben nach ihr um und sagte: »Gerade haben wir das Anwesen betreten. Jetzt ist's nicht mehr weit.«

Anabel besaß hier draußen über dreieinhalb Hektar, die sie Booth' Vater bei ihrer Scheidung abgerungen hatte. Nur das tiefer gelegene Drittel, auf dem das Haus stand, war von einer Mauer umgeben, während das übrige Land für spätere Verwendungen reserviert blieb.

Das Gebäude mit der Treppe stand unter Tannen, deren untere Äste gekappt worden waren, um für den Bau Platz zu schaffen, der auf diese Weise fast ganz unter Bäumen verschwand. Der Rundbau – fensterlos, aus Naturstein erbaut, gut dreieinhalb Meter im Durchmesser – hatte ein gewölbtes Steindach, sodass er an einen übergroßen alten Kohlenmeiler erinnerte. Seine massive Stahltür saß in einem Stahlrahmen.

Sie stellte die Sporttasche ab und begutachtete das Sicherheitsschloss. Der Schließzylinder war randlos, damit er sich nicht herausziehen ließ. Die vier Schrauben der Schlossplatte waren angeschweißt, damit sie sich nicht entfernen ließen. Wäre jemand neugierig genug gewesen, um hier einbrechen zu wollen, hätte er stundenlang arbeiten und dabei solchen

Lärm machen müssen, dass das Hausverwalterpaar in dem etwa hundertfünfzig Meter entfernten Landsitz darauf aufmerksam geworden wäre.

Als Jane den elektrischen Dietrich aus der Sporttasche holte, stieß Hendrickson einen leisen Verzweiflungsschrei aus, wandte sich von dem Rundbau ab und zitterte heftiger, als sich durch die Kälte erklären ließ.

»Doch, du kannst es«, erklärte sie ihm. Dann fiel ihr ein, welche Gewalt sie über ihn hatte. »Du *schaffst* es.«

Er horchte in seine Kindheit zurück, wie er's schon einige Male getan hatte: mit gerunzelter Stirn, die Augen zusammengekniffen, die Stimme plötzlich hart. Dann brach die Tirade aus ihm hervor: *»Sich mit Licht zurechtzufinden, ist nichts, Junge. Aber wenn du sie von oben bis unten in tiefstem Dunkel bewältigst, blind wie irgendein Mistkäfer, der in einer Höhle von Fledermausscheiße lebt, dann bist du jemand. Diese Treppe ist das Leben, Junge, die Wahrheit dieses Lebens, dieser finsteren Welt, das Wahre der Menschheit in all seiner Bösartigkeit und Grausamkeit. Willst du überleben, du jämmerlicher kleiner Scheißer, musst du lernen, stark wie ich zu sein. Geh runter ins Loch und lerne, Junge. Runter mit dir ins Loch!«*

Seine Wiedergabe der Tirade seiner Mutter endete mit einem Erschaudern und hastig keuchenden Atemzügen, als sei er dem Ertrinken nahe, obwohl er große Atemwolken ausstieß.

Im nächsten Augenblick schien der durch Schneefall düstere Tag noch trüber zu werden, weil die Wintersonne mehr eine Idee als Realität war. Die freie Fläche unter den Bäumen wirkte wie ein Grenzland zwischen der materiellen Welt und einem Geisterreich. Eine aufkommende Brise ließ etwas Schnee von den Ästen stieben, sodass vage Schneewolken wie halb ausgebildete Gestalten von Verirrten und Suchenden an den beiden vorbeizogen.

»Zwing mich nicht dazu, ins Dunkel hinabzusteigen«, bat Hendrickson sie inständig.

Jane holte eine Stablampe aus ihrer Sporttasche und gab sie ihm.

Sie selbst hatte auch eine.

»Wir müssen nicht ins Dunkel hinunter. Wir haben unsere Lampen. Du zeigst mir den Weg. Hast du verstanden, Booth?«

»Ja.«

»Keine Sorge, dir passiert nichts.«

»Ja, ich weiß«, bestätigte er, aber das klang keineswegs überzeugt.

War seine Mutter pervertiert, musste sein Vater auf seine Weise ebenfalls pervertiert gewesen sein. Schließlich hatte er die krumme Treppe entdeckt, aber statt sie der zuständigen Behörde oder Archäologen und Anthropologen einer Universität zu melden, die sie für einen unermesslich kostbaren Schatz gehalten hätten, hatte er sie zu seinem Privatvergnügen als Kuriosität für sich behalten. Und er hatte seine Leute diesen Rundbau über der Treppe errichten lassen.

Jane trat leicht gegen die Mauer, um ihre Schuhe von Schnee zu befreien. Sie waren durchnässt, sodass sie eiskalte Füße hatte.

Sie öffnete die Tür mit dem elektrischen Dietrich, griff in den Raum dahinter, betätigte einen Schalter. In dem Rundbau flammte Licht auf. Sie schob Hendrickson vor sich her, trat nach ihm über die Schwelle.

Bevor sie die Tür hinter sich zufallen ließ, überzeugte sie sich davon, dass es auch innen ein Schlüsselloch gab. Falls jemand die Tür von außen absperrte, würde sie sich mit ihrem elektrischen Dietrich befreien können.

Direkt vor ihr fiel der Fußboden durch eine Öffnung ab, die Booth sichtbar ängstlich betrachtete.

Jane trat darauf zu, leuchtete hinein und sah eine steile Treppe, die mit primitiven Werkzeugen aus natürlichem Fels herausgehauen war. Die Treppe war schmal, ihre Decke niedrig und die Wände von Wasser geglättet, das viele Jahrtausende lang über sie hinabgerieselt war.

»Heute hast du keine Angst«, befahl sie Hendrickson. »Du zeigst mir den Weg und hast keine Angst.«

Obwohl seine blassen Lippen noch kleine Atemwolken entließen, wirkte er so tot wie der Leichnam auf dem Stahltisch im Keller von Gilbertos Bestattungsunternehmen.

Nach kurzem Zögern schaltete er seine Stablampe ein und ging auf der krummen Treppe voraus.

VIER

Zwei erkaltende Tote auf dem Fußboden des Markts, ein Behälter mit schmelzender Eiscreme, die durch den Inhalt eines Einkaufswagens tropft, Blut hier, Gehirnmasse dort, Marktleiter Oren Luckman knapp außerhalb des Tatorts sorgenvoll von einem Bein aufs andere tretend, das hässliche Licht der Neonröhren an der Decke, die Langeweile …

Die Sache mit Captain Foursquare und seinen übereifrigen Deputies wird so unerträglich, dass Carter Jergen sein Smartphone benutzt, um einen Arkadier anzurufen, der stellvertretender NSA-Direktor ist. Der Mann ist auch ein ehemaliger U.-S.-Senator, der es als Politiker glänzend verstanden hat, überproportional oft ins Fernsehen zu kommen. Weil er sich stets als Freund des Öffentlichen Diensts geriert hat, ist ziemlich sicher anzunehmen, dass Foursquare seinen Namen kennen wird.

Die sonore Stimme des Senators ist unverwechselbar, und als Jergen sein Handy an Foursquare übergibt, ist der Captain erst beeindruckt, dann bezaubert und zuletzt bereit, alles zu tun, was der große Mann verlangt. Ihr Gespräch dauert höchstens vier Minuten, aber Foursquare lächelt, als er Jergen das Smartphone zurückgibt.

»Sie hätten mir sagen müssen, dass Sie unter ihm arbeiten«, schilt er Jergen.

»Nun, Sir, mir widerstrebt es immer, seinen Namen zu erwähnen, wenn's nicht unbedingt sein muss. Ich glaube nicht, dass ich schon genug für unser Land getan habe, um einen Vorteil aus seinen Leistungen ziehen zu dürfen.«

»Das spricht für Sie«, meint Foursquare. »Wir können uns nicht ganz zurückziehen, aber wir treten beiseite, bis die von Ihnen angeforderten Leute eintreffen und wir uns alle darüber einig sind, dass wir nichts mehr beitragen können. Er sagt, dass sie im Anflug sind und in einer halben Stunde eintreffen müssten.«

»Danke, Captain. Ich bin Ihnen sehr dankbar«, sagt Jergen mit so viel geheuchelter Aufrichtigkeit wie nur möglich. In Wirklichkeit ist er ihm nicht dankbarer als einem Moskito, der Krankheiten übertragen kann und ständig versucht, ihn zu stechen.

Und hier kommt Dubose, der aber nicht wie ein Mann aussieht, der ein Rätsel gelöst hat, sondern wie einer, der frustriert ist und jemanden sucht, an dem er seine Wut auslassen kann.

FÜNF

Jahrzehnte nach seiner grausamen Erziehung stieg Hendrickson wieder in das Loch hinunter, und Jane folgte ihm – aber nicht so dicht, dass er sich in einem Moment unwahrscheinlicher Rebellion herumwerfen und sie angreifen könnte.

Die in die Tiefe führende Passage schien erst zu entstehen, wenn sie angestrahlt wurde, als müsse solch bizarre Architektur ein Fantasieprodukt, ein Realität gewordener Traum sein. Glatte helle Felswände fielen von Spalten durchzogen ab, die in ungezählten Jahrtausenden durch fließendes Wasser entstanden waren, zu dem bestimmt auch Schmelzwasser von der meilenhohen Eisschicht nach der letzten Eiszeit gehört hatte.

Vor Millionen von Jahren, lange bevor es auf der Erde Menschen gab, hatte die Natur begonnen, die krumme Treppe zu formen, vielleicht als die Sierra Nevada im Westen und die Carson Range im Osten des Tahoe-Beckens durch gewaltige Hebungen entstanden waren.

Tatsächlich bestand die »Treppe« aus einer Kette kleiner Höhlen, die ineinander übergehend eine Kette von Galerien bildeten und wie die Kammern eines Bienenstocks mehr als hundertfünfzig Meter tief durch gewachsenen Fels bis aufs Niveau des Sees hinabführten. Es gab auch enge Korridore, die seitwärts zu anderen Höhlen führten; nach Hendricksons Darstellung schlängelten manche dieser Passagen sich zu der Treppe zurück, sodass ein Labyrinth entstand, während andere Sackgassen waren: einige nach wenigen Dutzend Metern zu Ende, andere dagegen bis zu einer halben Meile lang, bevor sie stetig kleiner werdend so weit schrumpften, dass nicht mal mehr ein Kind hindurchgepasst hätte.

Jane trug ihre Sporttasche über der linken Schulter; in der linken Hand hielt sie eine Sprühdose mit roter Farbe, die Gilberto ihr mitgegeben hatte. An jeder verwirrenden Abzweigung bezeichnete sie den zum Ausstieg hinaufführenden Gang mit einem roten Pfeil.

Nachdem die Natur in ständigem Werden und Vergehen hier in Millionen von Jahren die Vorarbeit geleistet hatte, hatten Menschen auf dieser Grundlage weitergearbeitet und die natürlichen Gegebenheiten für ihre Zwecke ausgebaut. Wo der Boden in begehbarem Winkel abfiel, war er so belassen worden, aber wo das Gefälle zu stark wurde, vor allem wenn es zu einer Spalte führte, in die man stürzen konnte, waren primitive Stufen in den Fels gehauen worden. Über alle Spalten – von einem halben bis zu zwei Metern Breite – waren Planken gelegt, die durch Aussparungen in den Rändern der Spalten fixiert waren. Als Booth' Vater die Treppe entdeckt hatte, waren die Planken längst verrottet gewesen und in die Spalten gefallen, die sie einst überbrückt hatten. Auch Nebengänge, von denen manche anstiegen, während andere in bodenlose Tiefen führten, wiesen Stufen und Brückenplanken auf, wo es nötig war.

Schon bald nach Beginn des Abstiegs erreichten sie eine größere Kammer, vor der Hendrickson haltmachte. Er stand nach vorn gebeugt da und hielt sich mit beiden Händen den Unterleib, als habe er heftige Bauchschmerzen. Aber er sah sich nicht nach Jane um und versuchte auch nicht, sie zum Umkehren zu bewegen.

Nach ungefähr einer Minute richtete er sich wieder zu voller Größe auf und betrat die Kammer, deren Decke durch eine Verwerfungslinie, die sich auf dem Boden wiederholte, zweigeteilt wurde. Die mittelalterlich düstere Atmosphäre war bedrückend, und in der Luft lag der schwache Pilzgeruch von Organismen, die nur im Dunkel gedeihen. Die rechte Hälfte der Kammer war zwei Handbreit höher als die linke. Während der Fels dort hell und trocken war, war die Decke der linken Hälfte mit einer Reihe riesiger Felszinnen besetzt, die den Durchgang zu verwehren schienen und von denen braunes Wasser auf den Boden tropfte. Der nasse Stein war dunkel, glänzte wie lackiert. Auf beiden Seiten des Raums, auf jedem Felsband und auf dem Boden standen abgeschlagene Hände, die im Lauf der Jahrtausende versteinert waren.

Hunderte von Knochenhänden schienen in den über sie hinweghuschenden Lichtstrahlen zu zucken; sie streckten skelettierte Finger wie flehend aus oder ballten sie zu wütenden Fäusten. Die in der trockenen Hälfte waren fast alle weiß und gut erhalten, während die anderen eher gelblich oder braun gesprenkelt waren, wenn sie nicht wie manche mit grauem Schimmel wie Mäusepelz überwuchert waren.

Jane war darauf vorbereitet, beim Abstieg dies – und Schlimmeres – anzutreffen, weil Hendrickson davon gesprochen hatte, aber das Tableau war grausiger, als sie erwartet hatte. Sie wusste nicht, was sie davon halten sollte, aber dies war jedenfalls keine geweihte Katakombe, in die ein friedliches Volk seine verehrten Toten gebettet hatte. Für sie als erfahrene Morder-mittlerin waren das Trophäen. Die Handgelenkknochen waren zerquetscht und zersplittert, wo die Hände abgehackt worden waren – vielleicht sogar von noch Lebenden. Die Höhle erzählte eine Geschichte von Gewalt und Brutalität, von alten Kriegen und Unterwerfung. In die Wände waren seltsame Runen gemeißelt: jedes scharfkantige Zeichen wie ein hasserfüllter Ausruf.

»Sieh sie dir an, du kleiner Feigling. Sieh hin!«, flüsterte Hendrickson. *»Will dir jemand schaden, haust du ihm die Hände ab, bevor er's tun kann.«*

Wer die Stufen in den Fels gehauen und diese Höhle für seine Zwecke eingerichtet hatte, musste auch diese Hundertschaften ermordet und die krumme Treppe in ein Beinhaus verwandelt haben.

Grabungsfunde zeigten, dass in diesem Gebiet vor über vierzehntausend Jahren altsteinzeitliche Indianerstämme gelebt hatten, von denen jedoch wenig bekannt war, außer dass sie Großwild wie Mastodonten gejagt hatten. Als Werkzeuge sollten sie Speerspitzen und Hammerköpfe aus Feuerstein oder Obsidian besessen haben: primitiv und für die Steinmetzarbeiten hier unten unzureichend. Sie sollten überwiegend friedlich gewesen sein, hatten aber so wenig hinterlassen, dass sie Gespenstern im Nebel der Vorgeschichte glichen.

Nur mit Hilfe der C-14-Methode und anderer Tests würde sich feststellen lassen, wann diese Höhle mit abgehackten Händen geschmückt worden war. Vielleicht hatten manche der alten Stämme modernere Werkzeuge besessen, als bisher angenommen wurde. Oder wie Hendrickson bei seiner Vernehmung in Gilbertos Haus angedeutet hatte: Jahrtausende später hatten die Nördlichen Paiute den Stamm der Washoe brutal unterdrückt; vielleicht hatte ein noch militanterer Teil dieses Stammes diese Trophäen aufgestellt.

Bekannt war auch, dass die Martis zweieinhalbtausend Jahre lang in diesem Gebiet gelebt hatten, bevor sie um 500 v. Chr. spurlos verschwunden waren – etwa zur selben Zeit, als andere Stämme Pfeil und Bogen erfunden hatten. Vielleicht enthielten diese Höhlen die sterblichen Überreste der vor langer Zeit verschollenen Martis.

Hendrickson sprach wieder wie seine Mutter, und sein Flüstern glich dem Geräusch von über die Wände kriechenden Tausendfüßlern. *»Sieh nur, Junge, sieh's dir an! Haben sie ihre Feinde gegessen, nachdem sie sie ermordet hatten? Wir sind nicht weit vom Donner-Pass entfernt, wo gestrandete Pioniere ihre Toten gegessen haben, um zu überleben. Hund frisst Hund, heißt es immer. Mensch isst Mensch ist wahrer.«*

Jane dachte an Hendrickson, fünf Jahre oder jünger, der in einer abgesperrten sargartigen Kiste schlief, zur Strafe in Dunkelheit verbannt und als Sechsjähriger allein in dieses Labyrinth geschickt – durch den Eingang, den sie heute benützt hatten, und mit dem Wissen, dass er nur unten hinausgelassen werden würde. Bei den ersten Malen hatte er eine Stablampe mitbekommen, aber später war er noch unzählige Male ohne Licht losgeschickt worden und hatte sich durch feuchte Steinkorridore getastet, über nicht zusammenhängende Zickzacktreppen hinunter, über Planken, die Spalten überbrückten, und durch Krypten voller Trophäen von Massenmorden – wie ein verirrtes Gespenst, das in dem unheimlichen Dunkel spukte, wobei er Geräusche hörte, die nicht von ihm stammten, und sich Sorgen wegen ihrer Ursachen machte, Anwesenheiten spürte, wo es keine geben durfte, ohne Essen, ohne Getränke außer dem kalten Wasser, das in manchen Höhlen flache Tümpel bildete und manchmal nach Eisen, manchmal nach etwas schmeckte, das er nicht benennen wollte, schlimmstenfalls zwei oder drei Tage lang verirrt.

Trotz seiner Unbarmherzigkeit verdiente er gewisse Bewunderung dafür, dass er das alles ausgehalten hatte, ohne komplett durchzudrehen. Aber obwohl er weiterhin funktioniert hatte, war er mental deformiert, verdreht und zu einem Wesen verknotet worden, das zwar bemitleidenswert war, aber nicht das geringste Mitleid für andere kannte. Auf seinen Leidenswegen durchs Dunkel hatte er irgendwann aufgehört, nur ein Junge zu sein, und war ein Ungeheuer geworden, der Minotaur dieses Labyrinths. Er fraß kein Menschenfleisch wie der kretische Minotaur, aber andere Menschen besaßen für ihn keinen Wert, außer er konnte sie auf irgendeine Weise ausnutzen, die ihn befriedigte.

Trotz ihres Mitleids behielt Jane Höhle für Höhle, Stufe für Stufe im Kopf, dass sie hier ein Ungeheuer in Menschengestalt an der Leine hatte. Und in der langen Geschichte von Monstern rissen sie sich früher oder später von der Leine los.

SECHS

Einige der Sheriff's Deputies fahren bereits wieder Streife. Foursquare und zwei seiner Leute stehen in der Obstabteilung beisammen, bewundern das Obst und warten ab, ob sie vielleicht doch noch gebraucht werden – was nicht der Fall sein wird –, als das zusätzliche NSA-Kontingent eintrifft.

Bei seiner Rückkehr ins Büro des Marktleiters zieht Dubose Jergen mit sich hinter einige Paletten mit Holzkohlesäcken, die als Sonderangebot zum Start der Grillsaison vorgesehen sind. »Mann, mir kommt's vor, als wär dies wieder 'ne verdammte Bananenschale, auf der wir ausrutschen müssen, bevor wir den kleinen Scheißer in die Finger kriegen. Das Kennzeichen dieses Honda ist vor vier Jahren abgelaufen und nicht erneuert worden. Die Kiste dürfte gar nicht auf der Straße sein.«

»Hast du Namen und Adresse des letzten Besitzers?«

»Irgendein Kerl namens Fennel Martin.«

»Fennel? Was ist das für ein Vorname?«

»Keine Ahnung. Aber er steht weiter unter seiner damaligen Adresse im Telefonbuch.«

Das rhythmische Knattern von Hubschrauberrotoren lenkt ihre Aufmerksamkeit aufs Fenster. Als das Glas vibrierend zu summen beginnt, treten sie auf den Parkplatz hinaus, legen schützend eine Hand über die Augen und sehen nach Westen, wo der Hubschrauber im Sinkflug aus der Sonne kommt.

SIEBEN

Jane benutzte die Sprühdose so oft, dass sie fürchtete, sie könnte leer sein, bevor sie das Haus am Fuß der ineinander übergehenden Höhlen erreichten, sodass wichtige Abzweigungen ohne Markierung bleiben würden. Ab sofort sprühte sie kleinere Pfeile an die Wände.

Die meisten Kammern, durch die ihr Weg führte, wiesen Runeninschriften auf, aber nur einige der größeren enthielten Knochen. Am wenigsten verstörend waren drei dramatisch arrangierte Ausstellungsstücke in einem Raum, der mit Piktogrammen geschmückt war, die vielleicht älter als die Runen waren. Hier war vielleicht alles älter, was darauf schließen ließ, dass mehr als eine alte Zivilisation diese Höhlen dazu benützt hatte, ihre Erfolge als Jäger zu feiern. Hoch über Jane standen die Schädel dreier Mastodonten auf Steinpyramiden, riesig und im Licht der Stablampen kalkweiß, während Schatten in ihren Augenhöhlen den Eindruck erweckten, als blickten die Augen irgendeines immateriellen Wesens aus den leeren Höhlen über Jahrtausende hinweg auf sie herab. Ihre gewaltigen Stoßzähne, die offenbar herausgebrochen worden waren, um die Schädel hierherbringen zu können, waren irgendwie wieder befestigt worden und dräuten majestätisch gekrümmt.

In zwei Kammern untereinander standen Hunderte von Menschenschädeln auf Felsbändern wie eine Sammlung von grotesken Bierkrügen. Die meisten trugen die Spur eines Ritualmords in Form von Spitzkeilen aus Feuerstein oder Obsidian wie ein Horn mitten in der Stirn, die vielleicht mit einem primitiven Steinhammer eingeschlagen worden waren. Bei den Schädeln, aus denen keine Steinspitzen ragten, waren die Augen durch Klapperschlangenköpfe mit weit aufgerissenen Kiefern ersetzt worden. So waren bizarr dämonische Visagen entstanden, deren Bedeutung sich unmöglich erraten ließ.

Hendrickson war vom Anblick dieser bedrohlichen Totems wie hypnotisiert. In den gesichtslosen Schädeln schienen die papierdünnen Knochen der vor Langem abgetrennten Schlangenköpfe lautlos zu zischen.

»Los, weiter, weiter«, drängte Jane, die fror und geistig und körperlich erschöpft war. »Wir müssen dieser Sache auf den Grund gehen.«

Er reagierte nicht darauf, sondern sprach mit sich selbst, wie Anabel ihn vor vierzig Jahren belehrt hatte. Seine ruhige Stimme hallte durch den höhlenartigen Sarkophag. *»Dies ist die Wahrheit, Junge, die einzige Wahrheit. Nimm oder lass dir nehmen, benutze oder werde benutzt, herrsche oder werde beherrscht, töte oder werde getötet.«*

»Booth, hörst du mich?«

Er sagte nichts.

»Spiel Manchurian mit mir.«

»Sprich mir nach, du dämlicher kleiner Scheißer! Sprich mir nach, Junge, sprich mir nach. Sag laut und deutlich: Tue anderen etwas an, bevor sie dir etwas antun können. Sag's mit voller Überzeugung. Sag's, bis du heiser bist, bis dir die Stimme versagt.«

Jane befahl ihm nachdrücklicher: »Booth, spiel Manchurian mit mir. Sofort!«

Nach kurzem Zögern murmelte er: »Alles klar. Alles klar. Ja.«

»Tu gefälligst, was ich dir sage.«

»Ja, Mutter.«

»Was hast du gesagt?«

»Ja, Mutter. Alles klar.«

»Sieh mich an, Booth, sieh mich *sofort* an!«

Hendrickson wandte sich mit ausdrucksloser Miene von den aufgereihten Totenschädeln ab. Als sähe er Dolche in ihrem Blick, senkte er den Kopf, schlug die Augen nieder. »Ja, natürlich. Hier geht's weiter. Es ist nicht mehr weit.«

»Wer bin ich, Booth?«

»Wer bist du?«

»Das habe ich dich gefragt.«

»Du bist Jane Hawk.«

»Warum hast du mich Mutter genannt?«

»Habe ich das?«

»Ja.«

»Das weiß ich nicht. Du bist nicht sie. Du bist du. Ich weiß es nicht.«

Sie musterte ihn prüfend, dann verlangte sie: »Führ mich ganz nach unten.«

Eine Planke, die einen breiten Spalt überbrückte, ein Korridor mit tropfnassen Felswänden, Nabelschnüre aus Licht, die sich zitternd über den mit Pfützen übersäten Boden weiterschlängeln …

In der vorletzten Kammer machten Berge von achtlos durcheinandergeworfenen kleinen Skeletten betroffen, denn dies waren nicht die sterblichen Überreste irgendeiner Elfenrasse aus einem Roman von Tolkien, sondern die Knochen von Kindern, die vielleicht als die Nachkommen von Feinden ausgerottet worden waren.

Eine halbe Stunde nachdem sie den Rundbau betreten hatten, erreichten sie am Fuß der krummen Treppe eine Höhle, die aufs Seeufer hinausgeführt und den Zugang zu diesem unterirdischen Komplex ermöglicht haben musste. Jetzt war sie durch eine Ziegelmauer verschlossen, in die wie oben eine massive Stahltür eingelassen war.

Jane stellte die Sprühdose auf den Boden und legte ihre Stablampe daneben.

Hendrickson richtete den Strahl seiner Lampe aufs Schlüsselloch, während sie das Sicherheitsschloss mit ihrem elektrischen Dietrich öffnete.

Dahinter lag der versprochene Raum.

ACHT

Zwei Agenten treffen mit dem Hubschrauber ein. Zwei weitere sind mit dem Auto nach Borrego Springs unterwegs.

Jergen und Dubose überlassen es dem eingeflogenen Paar, mit den jetzt kooperativen hiesigen Cops zusammenzuarbeiten, den Tatort zu reinigen und die Toten in Leichensäcke zu packen. Der wartende Hubschrauber, der in einer Ecke des Parkplatzes steht, wird die Leichen abtransportieren.

Hätten nicht ein paar Einheimische den Vorfall beobachtet, könnte man glauben, hier sei nie etwas Dramatisches passiert. Weder Zeitungen noch Fernsehen werden über die Schießerei in dem Provinznest Borrego Springs berichten. Die Medien werden nicht erwähnen, dass Gavin und Jessica Washington hier erschossen wurden. Es wird keine Autopsie, auch keinen Bericht eines Coroners in *irgendeinem* Gerichtsbezirk geben. Jemand wird eine plausible Story zur Erklärung ihres Todes erfinden, der als tragischer Unfall hingestellt werden wird.

Dubose und Jergen, die im Lauf der Jahre ziemlich viele tragische Unfälle verursacht haben, sind jetzt mit dem Veloci-

Raptor zu der Adresse unterwegs, an der sie Fennel Martin anzutreffen hoffen: den Besitzer des Honda mit dem längst abgelaufenen Kennzeichen. Dubose fährt wieder.

Martins Heim gleich hinter der Stadtgrenze ist ein unter zwei mächtigen Lorbeerbäumen, deren Schatten nach Osten ausgreifen, auf Hohlblocksteinen aufgebockter geräumiger Wohnwagen. Im Schatten stehen ein weißer Metallklapptisch und vier nicht zueinander passende Campingstühle. Ein schmaler Rasenstreifen ist längst verdorrt, und die wenigen noch stehenden Halme sind verfilzt wie eine Tatami-Matte.

Stufen aus Hohlblocksteinen führen zur Tür hinauf. Jergen und Dubose suchen ihre FBI-Ausweise heraus, denn der durchschnittliche Bürger weiß nicht, was die NSA ist, hat aber noch etwas Respekt vor dem FBI. Dubose klopft an.

Der Mann, der ihnen die Tür öffnet, muss sie kommen gesehen haben. Er sieht an ihnen vorbei, begutachtet den Veloci-Raptor an und fragt erstaunt: »Mann, was ist das? Ist das ein Ford F-150?«

»Das war mal einer«, sagt Dubose und hält seinen FBI-Ausweis hoch. »Sind Sie Fennel Martin?«

Der Kerl starrt den Dienstausweis mit großen Augen an, dann sieht er zu Jergen hinüber, der seinen ebenfalls hochhält, und sagt: »Echt vom FBI? Wow! Worum geht's denn?«

»Sind Sie Fennel Martin?«, fragt Dubose noch mal.

Der Mann ist Mitte dreißig, schlank und braungebrannt mit schulterlangen Haaren und Dreitagebart. Er trägt Flip-Flops und Jeans und ein T-Shirt von den Smashing Pumpkins. Kerle, die am Rande des Gesetzes oder einen Schritt außerhalb leben, sind im Allgemeinen arrogant und eigensinnig, machen keinen Hehl aus ihrer Verachtung oder knicken bei Polizeibesuch sofort ein und stellen sich schwach und gefügig, um als vorbildliche Bürger zu erscheinen. Dieser Kerl reagiert ganz anders. Er scheint echt darüber zu staunen, dass FBI-Agenten bei ihm aufkreuzen, und ist leicht verwirrt, aber auch ein bisschen aufgeregt, als sei ein langweiliger Sonntag plötzlich interessant geworden.

»Yeah, der bin ich. Ich bin Fennel.«

Dubose sagt: »Wir möchten Ihnen ein paar Fragen wegen eines Autos stellen, Mr. Martin.«

»Zu einem Auto? Klar. Mann, Autos sind mein Ding. Um welches geht's denn?«

»Dürfen wir reinkommen, Mr. Martin? Unser Gespräch dauert vielleicht länger.«

»Nun, bei mir sieht's nicht sehr ordentlich aus«, sagt Martin. Er zeigt auf den Klapptisch und die vier Stühle im Schatten der Bäume. »Setzen wir uns dorthin. Kann ich euch ein Bier anbieten, Leute?«

»Sehr freundlich von Ihnen, Mr. Martin, aber im Dienst dürfen wir nichts trinken.« Dubose steckt seinen Ausweis ein. »Und wir würden lieber reinkommen.«

Zu Fennels Überraschung packt Dubose ihn grob im Schritt und am Hals, hebt ihn eine Handbreit hoch und trägt ihn vor sich her in den Trailer.

NEUN

Hinter der Stahltür in der letzten der untereinander angeordneten Höhlen lag ein großer quadratischer Raum mit zehn Metern Seitenlänge. Er war mit eleganten, modernen Möbeln als Arbeitszimmer eingerichtet. Riesiger U-förmiger Schreibtisch und Schrankwand im selben hellen Holz. Ledersessel mit Fußhocker und Leselampe. Sofa mit Beistelltischen. An der Wand gegenüber ein Entertainment Center mit Stereoanlage und großem Flachbildfernseher.

Nach Hendricksons Auskunft führte eine der inneren Türen in ein voll eingerichtetes Bad, die andere in einen begehbaren

Kleiderschrank. Gegenüber der Tür, durch die sie hereingekommen waren, führte eine weitere Stahltür in den Park hinter dem Haupthaus mit Blick auf den See hinaus.

Von außen hätte das kleine Nebengebäude aus Naturstein, das sich dem Haupthaus anpasste, ein bescheidenes Kutscher- oder Pförtnerhaus sein können. Hier drinnen gab es jedoch Hinweise auf seinen eigentlichen Zweck. Die Fenster waren mit abschließbaren Läden aus Stahl gesichert, die kein Einbrecher hätte überwinden können. Und im Gegensatz zu den bisherigen Stahltüren wies die Tür zum Park eine Besonderheit auf: drei breite Querriegel aus Stahl, die sich beim Abschließen von außen als zusätzliche Sicherung vor die Tür legten. Die Tür selbst hatte kein sichtbares Schloss; sie wurde von innen und außen durch einen Code geöffnet, der auf einem Tastenfeld neben dem Türrahmen eingegeben werden musste.

Alles dies hatte Hendrickson ihr erzählt, nachdem sie ihm in Gilbertos Küche den Nanomaschinen-Kontrollmechanismus injiziert hatte. Und er hatte es bestätigt, als er schließlich komplett unter Janes Kontrolle stand.

»Los, wir wollen keine Zeit verlieren«, sagte sie. »Zeig mir, wo die DVDs versteckt sind.«

Hendrickson hatte gesagt, im Gegensatz zum Haupthaus gebe es hier keine Alarmanlage. Das hatte er damit erklärt, dass Anabel nicht wollen würde, dass die Polizei auf einen versuchten Einbruch in dieses Gebäude reagierte.

Trotzdem wollte Jane sich hier nicht länger als fünf Minuten aufhalten.

Ursprünglich hatte sie geplant, Hendrickson mitzunehmen, ihn als Demonstrationsobjekt für Nanonetzkontrolle zu benutzen, um irgendeine nicht korrumpierte Behörde – falls sie eine finden konnte – von der Realität dieser Technologie zu überzeugen. Aber sein psychischer Verfall, der fortzuschreiten schien, machte dieses Vorhaben unmöglich. Sie würde ihn hier zurücklassen müssen.

Jane folgte ihm in das große Bad, das ganz mit honigfarbenem Marmor verkleidet war: Decke, Wände, Boden, Duschkabine. Badewanne, Waschtisch und WC waren aus massiven Marmorblöcken herausgeschnitten, alle Armaturen waren vergoldet. Anabel wohnte natürlich im Haupthaus, aber wenn sie hier ein Bad mit Toilette brauchte, musste es exquisit ausgestattet sein. Honigfarben. Für die Bienenkönigin.

Hendrickson drückte auf den reich verzierten Goldrahmen des Spiegels über dem Waschtisch, öffnete ein Magnetschloss und konnte ihn so wie eine Tür aufziehen. Dahinter befand sich ein Regal mit vier Fächern mit Medikamenten und Toilettenartikeln. Als er die Fächer drei und vier herauszog, öffnete sich eine auf Schienen laufende flache Schublade. Aus diesem Geheimfach nahm er eine quadratische Kunststoffbox, die er Jane übergab.

Während Hendrickson die Schublade hineinschob und die Spiegeltür wieder schloss, öffnete Jane die Kunststoffbox. Sie enthielt sechzehn DVDs in Kartonhüllen. Jede Hülle war mit schwarzem Filzschreiber mit einem Namen in Druckschrift beschriftet.

Sie fragte: »Der Name deines Vaters war …«

»Stafford. Stafford Eugene Hendrickson.«

Draußen im Arbeitszimmer suchte sie die mit STAFFORD beschriftete DVD heraus. Sie stellte die Box auf den Schreibtisch, zögerte aber, die DVD Hendrickson zu geben. »Du hast sie wirklich schon gesehen?«

Sein Gesicht war schlaff, seine Stimme ausdruckslos, als sei er in irgendein graues Königreich der Seele abgedriftet, in dem es keine starken Gefühle mehr gab. »Natürlich. Viele Male. Wir haben sie uns oft miteinander angesehen, Mutter. Damals noch als Video. Weil es keine DVDs gab, nicht wahr? Sie hat die Bänder auf DVDs überspielen lassen.«

Jane musste sich davon überzeugen, dass die DVDs enthielten, was er gesagt hatte. Also gab sie ihm die DVD seines Vaters. »Spiel sie mir vor.«

»Ja. Alles klar.«

Er ging damit zum Entertainment Center hinüber.

In den Jahren, in denen Jane beim FBI für die Analystengruppen 3 und 4 ermittelt hatte, die für Verhaltensanalysen zuständig waren, war sie auf Massen- und Serienmörder spezialisiert gewesen. Hatte sie diese Reptilien in die Löcher verfolgt, die sie ihr Heim nannten, was ihr stets gelungen war, hatte sie Dinge gesehen, die sich nie mehr aus ihrem Gedächtnis löschen ließen, die sie in schlaflosen Nächten heimsuchten. Man brauchte einen festen Glauben an die Richtigkeit der von Menschen geschaffenen Welt und die Verheißung des menschlichen Herzens, um den Anblick dieser scheußlichen Verbrechen zu ertragen, ohne die Hoffnung für die Menschheit als Ganzes zu verlieren. Dieser Glaube war manchmal erschüttert, aber nie widerlegt worden.

Trotzdem wappnete sie sich gegen das, was sie auf dem Großbildschirm zu sehen bekommen würde. Sie nahm sich vor, nur so viel anzusehen, bis sie wusste, dass Hendrickson den Inhalt richtig beschrieben hatte.

ZEHN

Als Jergen Dubose und dem keuchenden Fennel Martin in den geräumigen Trailer folgt, entdeckt er, warum ihr Gastgeber ihre Fragen lieber im Freien sitzend beantworten wollte. Die Frau ist Anfang dreißig, aschblond und attraktiv.

Das explosive Eindringen der drei Männer überrascht sie. Sie stemmt sich vom Sofa hoch und knöpft hastig ihre Bluse zu – aber nicht so hastig, dass Jergen keine Chance hat, ihre üppigen Formen zu bewundern.

Jergen tritt freundlich lächelnd vor sie hin und fragt: »Wie heißen Sie, Schätzchen?«

»Wer sind Sie? Was machen Sie mit ihm? Sie tun ihm weh!«

Er zeigt seinen FBI-Ausweis vor, der die Frau aber nicht zu beruhigen scheint.

Noch immer lächelnd sagt er: »Ihm fehlt weiter nichts. So was kommt vor. Hat nichts zu bedeuten. Sagen Sie mir Ihren Namen, Schätzchen.«

»Ginger.«

»Ginger, können Sie mir bitte die Toilette zeigen?«

»Wozu?«

»Ich möchte, dass Sie auf der Toilette bleiben, während wir uns mit Mr. Martin unterhalten. Aber ich muss mich davon überzeugen, dass sie kein Fenster hat, durch das Sie hinausklettern könnten.«

»Sie hat keines.«

»Es ist nicht so, dass ich Ihnen nicht glaube, Ginger. Ich glaube Ihnen. Aber ich muss mich selbst davon überzeugen. So bin ich ausgebildet worden. Beim FBI werden wir gründlich ausgebildet. Ich halte mich nur an unsere Vorschriften. Das verstehen Sie doch?«

»Nein. Vielleicht. Ja.«

»Sehen wir uns also die Toilette an.«

Das sehr kleine Fenster ist dicht unter der Decke. Er klappt den Klodeckel herunter und bedeutet ihr, sich draufzusetzen.

»Wo ist Ihr Handy, Ginger?«

»In meiner Umhängetasche. Auf dem Couchtisch.«

»Gut. Sie würden niemanden anrufen wollen. Warten Sie einfach hier, dann sind wir bald wieder fort.«

Sie zittert sichtbar. »Gut, ich warte. Ich habe nichts dagegen, zu warten.«

Jergen tritt auf den Gang hinaus, sieht sich nach ihr um. »Fennel wird keine Lust mehr auf Sex haben. Aber wenn wir fort sind, könnt ihr Karten spielen oder sonst was.«

Jergen schließt die Tür und kehrt in den Wohnraum zurück, wo der Fan der Smashing Pumpkins in einem Sessel sitzt.

Fennels Sonnenbräune ist jetzt grau unterlegt. Schweißperlen stehen auf seiner Stirn, benetzen die Augenbrauen. Mit seiner gewölbten rechten Hand fasst er sich vorsichtig in den Schritt.

Dubose hat sich einen Stuhl herangerückt, sitzt ihrem Gastgeber gegenüber.

Jergen hockt sich auf die Sofakante.

Dubose sagt: »Fennel, wir brauchen ehrliche Antworten, und wir brauchen sie rasch.«

Fennel klingt wie dreizehn, als er sagt: »Sie sind nicht vom FBI.«

»Was wir nicht brauchen«, erklärt Dubose ihm, »sind Ihre dämlichen Ansichten und Kommentare. Ich stelle Fragen, Sie beantworten sie, und wir fahren wieder. Vorhin haben Sie gesagt: ›Autos sind mein Ding.‹ Das bedeutet?«

»Ich bin Automechaniker. Ich habe eine Werkstatt in der Stadt. Nicht besonders groß, aber ich habe zu tun.«

»Sie nehmen Cash, um Abgasuntersuchungen zu fälschen, damit Dreckschleudern durchkommen?«

»Was? Scheiße, nein! Das könnte mich meine Gewerbeerlaubnis kosten.«

»Sie bauen Geheimfächer in Karosserien ein, damit irgendein Arschloch fünfzig Kilo Heroin aus Mexiko ins Land schmuggeln kann?«

Fennel sieht zu Jergen hinüber. »Ich glaube, ich brauche einen Anwalt.«

»Wenn Sie meine Fragen nicht beantworten«, sagt Dubose drohend, »brauchen Sie neue Testikel. Bevor Sie Bullshit erzählen, sollten Sie bedenken, dass ich die Wahrheit vielleicht schon weiß.«

Der Mechaniker ist zu verängstigt, um zu lügen, befürchtet aber auch, dass Ehrlichkeit ihm nichts nützen wird. »Mein Geschäft ist clean, Mann, ich schwör's!«

Dubose runzelt die Stirn und beißt sich auf die Unterlippe,

als sei er von Fennel enttäuscht. »Ihnen hat mal ein grüner Honda gehört. Was ist aus dem geworden?«

Fennel ist von diesem Themenwechsel überrascht. Vielleicht sogar alarmiert. »Den hab ich verkauft. Er war billig, ist gut gelaufen, war aber das Gegenteil von sexy.«

»Wann war das?«

»Weiß ich nicht mehr genau. Vor fünf, sechs Jahren, schätze ich.«

»Wem haben sie ihn verkauft?«

»Einem Kerl, irgendeinem Kerl.«

»Seinen Namen wissen Sie nicht mehr?«

»Nein. Nicht nach so langer Zeit.«

»Wie hat er ausgesehen?«

»Er war ein Asiate.«

»Woher aus Asien – China, Japan, Korea?«

»Keine Ahnung. Woher soll ich das wissen?«

»Sie haben eine Anzeige in der Zeitung, auf irgendeiner Internetseite aufgegeben?«

»Nein. Bloß eine Notiz an meiner Werkstatt.«

»Wie heißt Ihre Bank?«

»Bank? Wells Fargo. Was wollen Sie von meiner Bank?«

»Ich brauche Ihre Kontonummer. Und den Scheckbetrag.«

Fennel schwitzt erneut. »Seine Bank war nicht dieselbe wie meine.«

»*Das* wissen Sie noch, was? Spielt keine Rolle. Wir können die Einlösung von Bank zu Bank verfolgen. Wie hoch war der Scheckbetrag?«

Fennel sieht sich um, als habe er sich verlaufen, als kenne er sein eigenes Wohnzimmer nicht mehr. »Nach sechs Jahren fällt mir diese Sache auf die Füße? *Nach sechs Jahren?* Echt Scheiße, Mann!«

ELF

Sie standen vor dem großen LED-Fernseher. Hendrickson drückte PLAY und gab Jane die Fernbedienung.

Die Kamera fuhr ohne Ton an großen Fackeln vorbei, die in mit Sand gefüllten Ölfässern steckten, von denen sich dunkle Rauchsäulen zu Lüftungsöffnungen im Dach schlängelten. Vorbei an der Wellblechwand einer Nissenhütte, deren Form den Feuerschein wellte, der glotzäugige Echsen beleuchtete, die in der Vertikalen Jagd auf Kakerlaken machten, die ihren vorschnellenden Zungen nicht entkommen konnten. Lange Reihen von Kerzen, Hunderte von dicken Kerzen, vor allem schwarz und rot, aber mit kanariengelben Inseln, deren flackernde Flammen alles ringsum mit falschen Schmetterlingen anfüllten und die Luft wie in einem Hochofen glühen ließen. Auf dem Betonboden Voodoo-Veves: mit Weizenmehl und Maismehl und Asche und Ziegelstaub gezeichnete komplizierte Symbole, die hier anwesende Astralkräfte repräsentierten.

Die Szene wirkte künstlich, als solle eine echte Voodoo-Zeremonie imitiert werden, um ein Narrativ zu schaffen, das den bevorstehenden Mord erklärte. Dieser Verdacht erhärtete sich, als vier Männer eintraten, die nicht die Gewänder von Voodoo-Priestern trugen, sondern schwarz gekleidet waren und Kapuzen trugen, um unerkannt zu bleiben. Im Mittelpunkt von allem lag ein blasser nackter Mann auf einem Opferaltar angekettet, der aus drei konzentrischen Kreisen aus stufenförmig angeordneten Steinen bestand, in deren Zentrum sich eine Steinsäule aus zwei miteinander verschlungenen Schlangen erhob.

Hendrickson sprach wieder zu sich selbst, wie Anabel mit ihm gesprochen hatte: *»Da liegt er, der feige Schwächling, der wertlose Scheißkerl, der dich gezeugt hat. Du wirst ihn bitten hören. Du wirst hören, wie er mich anfleht. Hör dir an, wie er bettelt, Junge, und lerne, niemals jemanden um etwas zu bitten. Sieh dir an, was man fürs Betteln bekommt.«*

Die Kamera schwenkte über ein Bataillon aus konischen blauen und grünen Trommeln hinweg, und als sie zu dem Nackten zurückkehrte, wich die Stille rhythmischem Trommeln, obwohl die Instrumente und ihre Spieler nicht wieder gezeigt wurden. Stafford Hendrickson bettelte und flehte Anabel tatsächlich an, und seine anfangs verzweifelten Bitten wurden hysterisch, als die vier schwarz gekleideten Scharfrichter sich daranmachten, ihn zu ermorden, indem sie ihn systematisch zerstückelten. Schlauchbinden, um Körperteile abzubinden, damit das Opfer nicht rasch verblutete. Eine rasiermesserscharfe Machete. Sie begannen mit seiner rechten Hand.

Jane benutzte die Fernbedienung, und der Bildschirm wurde dunkel.

Booth Henrickson sagte: »*Dein Daddy war ein schmalbrüstiger Geschichtsfreak. Er hat die Vergangenheit in all ihrer barbarischen Pracht geliebt. Er hat seine krumme Treppe, seinen privaten archäologischen Schatz geliebt. Ich wollte ihm nicht die Befriedigung verschaffen, irgendeinen Teil seines Körpers in diese Sammlung einzureihen. Sie haben ihn den jamaikanischen Echsen und Kakerlaken überlassen, bis die Polizei den wertlosen Hurensohn entdeckt hat.*«

ZWÖLF

Obwohl Carter Jergen auch mal den VelociRaptor fahren möchte und obwohl sein Partner ihn oft anwidert, muss er zugeben, dass es manchmal echt Spaß macht, Radley Dubose wie jetzt bei der Arbeit zu beobachten. Auf subtile Weise baut der große Mann eine vielfältige Drohkulisse auf, wie ein Gewitter seine elektrische Ladung sammelt, bis jäh der erste Blitz herabzuckt. Fennel Martin kann einem leidtun. Der Mechaniker ist völlig eingeschüchtert.

Dubose steht von seinem Stuhl auf, geht in dem kleinen Wohnraum auf und ab und wirkt in dieser bescheidenen Umgebung noch größer, während der Fußboden unter ihm knarrt. »Wer in Kalifornien ein Auto verkauft, ist gesetzlich dazu verpflichtet, der Zulassungsbehörde den Transfer und den Haftungsübergang zu melden, wobei unter anderem der Name des neuen Besitzers anzugeben ist. Das haben Sie nie getan, Mr. Martin.«

»Er wollte, dass ich's nicht tue. Zu dem Deal hat gehört, dass ich den Besitzerwechsel nicht melde.«

»Sie reden jetzt von dem mysteriösen asiatischen Käufer – der ebenfalls kein neues Kennzeichen beantragt hat.«

»Er *war* ein Asiate. Das hab ich nicht erfunden.«

»Und sein Name, Mr. Martin?«

»Den hat er mir nie gesagt. Er konnte nicht mal Englisch.«

Dubose bleibt stehen und dreht sich um und starrt auf Fennel hinab.

»Das ist wahr«, beteuert der Mechaniker. »Er hatte alles mit der Maschine geschrieben dabei.«

»Was hatte er mit der Maschine geschrieben dabei?«

»Das Angebot für den Honda, seine Bedingungen.«

»Er konnte kein Englisch sprechen, aber sein Angebot tippen?«

»Jemand hat es für ihn getippt. Der wirkliche Käufer des Wagens. Wer das war, weiß ich nicht. Ehrlich nicht.«

»Also wollte jemand ein Auto, das sich nicht zu ihm zurückverfolgen ließ. Hat Ihnen die Haftungsfrage keine Sorge gemacht, Mr. Martin? Was wäre, wenn der Wagen für einen Bankraub benützt worden wäre?«

»So was hätte er nicht getan. Er war ein sehr netter Mann, sehr respektvoll.«

»Wer denn?«

»Der asiatische Kerl.«

»Aber er war nicht der wirkliche Käufer. Der hätte ein gottverdammter Terrorist sein können, der aus Ihrem Honda eine Autobombe machen wollte.«

Der Mechaniker beugt sich in seinem Sessel nach vorn, legt die Hände auf die Schenkel und lässt den Kopf zwischen den Knien hängen, als sei ihm schlecht, als müsse er sich gleich übergeben.

»Er ist nicht als Autobombe verwendet worden«, sagt Dubose. Fennel durchläuft ein Schauder der Erleichterung. »Aber wir müssen verdammt schnell rauskriegen, wer ihn gekauft hat. Was verschweigen Sie uns, Mr. Martin? In Ihrer Story fehlt noch ein Baustein, wenn sie einen Sinn ergeben soll.«

In seinem elenden Zustand redet Fennel Martin mit dem Boden zwischen seinen Füßen. »Sie wissen, was er ist.«

»Ich weiß, was er sein muss, aber ich muss es von Ihnen hören.«

»Der Kerl kreuzt bei mir auf und hat sein mit der Maschine geschriebenes Angebot und eine Art Aktentasche voller Cash dabei. Der Honda ist damals sechs Jahre alt, hat aber ziemlich viele Meilen auf dem Tacho. Im besten Fall ist er noch sechstausend wert. In der Tasche sind sechzigtausend.«

»Steuerfrei«, sagt Dubose.

»Na ja, Scheiße, jetzt wohl nicht mehr.«

Nach kurzem Schweigen sagt Dubose über Fennel aufragend: »Wäre der Wagen für ein Verbrechen benutzt worden, wollten Sie den Überraschten spielen und behaupten, er sei Ihnen gestohlen worden.«

»Ich dachte, das könnte klappen. Ich hab das Geld echt gebraucht.«

»Haben Sie jemals jemanden mit dem Honda herumfahren gesehen?«

»Seit Jahren nicht mehr. Anfangs hab ich ihn ein paarmal geparkt gesehen. Aber nie mit jemandem am Steuer. Ich *wollte* niemanden sehen. Ich wollte nicht wissen, wer und warum.«

»Sie wollten nicht riskieren, dass er sein Geld zurückverlangt.«

Der Mechaniker sagt nichts.

»Sehen Sie mich an, Mr. Martin.«

Der Angesprochene lässt den Kopf gesenkt. »Ich will aber nicht.«

»Sehen Sie mich an!«

»Sie wollen mir wehtun.«

»Und es wird noch schlimmer, wenn Sie mich nicht ansehen.«

Fennel Martin hebt widerstrebend den Kopf, sieht schreckensbleich auf.

Dubose sagt: »Ich hätte gute Lust, Ihnen die Eier zu zerquetschen. Buchstäblich! Sie haben sich jedes Detail aus der Nase ziehen lassen. Jetzt können Sie nur hoffen, dass es noch was Nützliches gibt, das Sie mir bisher nicht erzählt haben. Sonst taugen Sie für keine Frau mehr, wenn wir hier rausgehen.«

Fennel Martin beteuert mit großem Pathos: »Sonst gibt es nichts. Ehrlich! Ich hab Ihnen alles erzählt. Mehr gibt es nicht.«

»Hoffentlich doch.«

»Aber es gibt nichts.«

»Stehen Sie auf, Mr. Martin.«

»Ich kann nicht.«

»Sie sollen aufstehen!«

»Vielleicht ...«

»Ich warte.«

»Vielleicht eine Sache. Die war irgendwie komisch. Das mit der Maschine geschriebene Angebot war durch Spiegelstriche untergliedert. Und nach jedem Strich hat der Kerl, wer immer er war, ›bitte und danke Ihnen‹ getippt. Zum Beispiel: ›Der Kaufpreis beträgt sechzigtausend Dollar, bitte und danke Ihnen.‹ Oder: ›Keiner von uns meldet den Verkauf, bitte und danke Ihnen.‹«

Dubose starrt verächtlich auf ihn hinab und fragt sich nach

längerer Pause: »Was soll ich mit dieser wertlosen Information anfangen?«

»Mehr hab ich nicht. Ich wusste nicht mal, dass ich die hatte.«

»Haben Sie das schriftliche Angebot aufgehoben?«

»Nein.«

Nach weiterem Schweigen, während der Mechaniker aussieht, als könnte ihn vor Spannung der Schlag treffen, sagt Dubose: »Teufel, Sie sind die Mühe nicht wert.« Er marschiert aus dem Trailer.

DREIZEHN

Es war eine Sache, die Auswirkungen solcher Brutalität zu sehen, aber eine ganz andere, das tatsächliche Gemetzel auch nur eine Minute lang zu beobachten.

Jane steckte die DVD angewidert in ihre Kartonhülle zurück und legte sie zu den fünfzehn anderen in die Kunststoffbox. Sie vertraute auf Booth Hendricksons Aussage, zwei weitere DVDs beträfen weitere von Anabel geschiedene Männer. Eine würde den Unglücklichen zeigen, der sich angeblich mit Stacheldraht erhängt hatte – nur hatte er winselnd um sein Leben gebettelt, bevor Männer mit Kapuzen ihn henkten. Und vielleicht waren es dieselben Kapuzenmänner, gut bezahlt und zu allen Schandtaten bereit, die in einem Video festhielten, wie der andere Ehemann um Gnade flehte, bevor sie das Haus anzündeten. Oder bevor sie *ihn* in Brand setzten und durchs Haus laufen ließen.

Zu den anderen DVDs gehörten neuere Videos von wichtigen Persönlichkeiten, denen ein Kontrollmechanismus injiziert wurde, um sie zu versklaven: ein U.-S.-Senator, ein Gouverneur, dem zugetraut wurde, in Washington Karriere zu machen, ein Richter des Obersten Gerichtshofs, der Präsident einer großen Fernsehgesellschaft, der Herausgeber eines hoch angesehenen Nachrichtenmagazins und andere, die jetzt zu den Angepassten gehörten. Videos von ihrer Konversion wollte Anabel, die jeden von ihnen als persönlichen Feind betrachtete, als geschichtlichen Nachweis und zu ihrer eigenen Unterhaltung.

Mit diesem Beweismaterial und den zusätzlichen Namen und Details, die sie Hendrickson verdankte, würde Jane Mittel finden, um die Techno-Arkadier zu entmachten, jeden Einzelnen von ihnen.

Als sie die Kunststoffbox in ihrer Sporttasche verstaute, leuchtete der Fernsehschirm wieder auf. Er zeigte Anabel Claridge, mit fünfundsiebzig noch immer schön. Eine gebieterische Schönheit. Hohe Wangenknochen, fein geschnittene Züge. Dichtes, schimmerndes Haar, das nicht weiß, sondern glänzend silbern war. Ihre Augen waren so leuchtend blau wie Janes Augen, so blau wie Petra Quists Augen und die Augen von Simons Ehefrauen, vielleicht ein intensiveres Blau, aber ohne irgendein wahnsinniges Glitzern.

Hendrickson stand weiter wie ein Zombie vor dem Fernseher. Er hatte anscheinend eine andere DVD eingeschoben.

Aber dann fragte Anabel: »Booth, was machst du da? Welche dumme Sache hast du zugelassen?«

»Tut mir leid, Mutter. Sorry. Tut mir leid. Sie hat mich gezwungen.«

Anabel war live auf Sendung, vielleicht mit Skype. Hinter ihr war ein Fenster zu sehen, dahinter eine Palme. Ihr Landsitz in La Jolla.

Von morbider Faszination gepackt hatte Jane sich einige Schritte von dem Schreibtisch entfernt und war offenbar in den Aufnahmebereich der in den Bildschirm eingebauten Kamera gelangt.

Die Matriarchin starrte sie an. »Mein Sohn ist kein Schwächling wie sein wertloser Vater. Mein Sohn ist stark. Wie haben Sie's geschafft, ihn so rasch gefügig zu machen?«

Als Hendrickson das Geheimfach im Spiegelschrank geöffnet hatte, musste er einen Knopf gedrückt haben, der aber nicht die Polizei, sondern Anabel im weit entfernten La Jolla alarmiert hatte.

Die Frau sah wieder ihren Sohn an. »Booth, geh kein Risiko ein. Große Feuerkraft. Leg sie um.«

Er wandte sich von dem Fernseher, von Jane ab und ging quer durch den Raum zu der Schranktür.

Jane sagte: »Booth, spiel Manchurian mit mir.«

Anabels schockiertes Atemholen bewies, dass niemand gewusst hatte, dass Jane Ampullen mit dem Kontrollmechanismus erbeutet hatte, als sie vor einigen Wochen in Bertold Shennecks Haus im Napa Valley eingedrungen war.

»Spiel Manchurian mit mir«, wiederholte Jane.

Auch diesmal reagierte er nicht, während er die Tür des begehbaren Kleiderschranks öffnete.

Jane zog ihre Heckler & Koch und drückte zweimal ab, als er in den Schrank flitzte. Der erste Schuss traf den Türrahmen und überschüttete Booth mit Holzsplittern, der zweite ging durch den kleiner werdenden Spalt zwischen Tür und Rahmen, bevor die Tür zugeknallt wurde.

»Ignorante Schlampe!!« Anabels Hass war in Wirklichkeit *Verbitterung*, eine Verderbtheit von Herz und Verstand, entstanden aus praktizierter Bösartigkeit, die lange geschwelt hatte und nun virulent und unversöhnlich war. Ihre geifernde Verbitterung besaß die Macht, das Gesicht einer elegant alternden Grande Dame aus den Seiten von *Town & Country* zu einem grotesken Angesicht zu verzerren, das schrecklich und schön zugleich war wie das Gesicht eines gefallenen Engels, der von seiner Fähigkeit, Böses zu tun, hingerissen war. »Dämliche kleine Schlampe! Ihre Kontrolle wird von meiner überlagert, die ich ihm schon vor Monaten injiziert habe. Meine ist stärker als Ihre. Er gehört *mir*, und er wird immer mir gehören.«

Kein Wunder, dass er psychisch immer weiter abgebaut hatte. In seinem Kopf überlagerte ein Nanonetz das andere, sodass sein freier Wille längst erloschen war.

Große Feuerkraft. Er war dabei, sich eine vollautomatische Waffe zu holen, vielleicht eine automatische Schrotflinte mit erweitertem Magazin.

Anabel im fernen La Jolla war eine Gefahr, der sie sich später stellen konnte. Booth war *jetzt* gefährlich.

Es gab nur einen Ausweg.

Jane steckte die Pistole weg, schnappte sich die Sporttasche und lief zu der Tür, durch die sie hereingekommen waren.

Als sie die Stahltür aufriss, wurden im Schrankinneren mehrere Feuerstöße abgegeben. Geschosse durchschlugen die Tür und durchlöcherten die Schrankwand, vor der Jane eben noch gestanden hatte.

Sie trat über die Schwelle, hob ihre dort zurückgelassene Stablampe vom Boden auf, schaltete sie ein und hastete eine Steinrampe in die nächste Höhle hinauf. Die Stahltür schloss sich mit einem Krachen, das düstere Warnungen durch dieses steinerne Schneckenhaus hallen ließ.

VIERZEHN

Mit gegen die schmerzhaft grelle Wüstensonne aufgesetzter Sonnenbrille, ohne recht zu wissen, wonach er Ausschau hält, während er seine jämmerlichen intellektuellen Fähigkeiten und das wenige Wissen einsetzt, das Princeton ihm vermittelt haben mag, lenkt Dubose den VelociRaptor durch die kümmerliche kleine Stadt.

Carter Jergen auf dem Beifahrersitz, ebenfalls mit Sonnenbrille und wegen ihrer Situation besorgter, als er zugeben würde, sagt: »Wir haben das Mittagessen ausgelassen. Wo sollen wir zu

Abend essen? In der malerischen mexikanischen Bar mit Grill, dem Taco House oder am Automaten in irgendeinem schäbigen Motel?«

»Hätte er ihn an jemand hier in der Stadt verkauft«, sagt Dubose, »hätte er den Honda im Lauf der Jahre mehr als zweimal gesehen.«

»Vermutlich«, stimmt Jergen zu.

»Definitiv. Irgendein Einheimischer hat ihn gekauft, aber niemand aus der Stadt. Jemand, der bereit und imstande war, einen Haufen Geld dafür zu zahlen, dass ein Wagen auf seinen Namen zugelassen wurde.«

»Sechzigtausend würde ich nicht als Haufen bezeichnen.«

»Für Fennel Martin war's einer.«

»Wir haben ihn nie gefragt, was es mit dem Namen *Fennel* auf sich hat.«

»Doch, ich hab's getan. Während du Ginger aufs Klo gesperrt hast.«

Jergen verzog das Gesicht. »Toilette.«

»Seine Mutter, die ist groß in Naturheilkunde, sie sagt, dass man zwanzig Jahre länger lebt, wenn man jeden Tag genug Fenchel isst, also füttert sie ihn nicht nur damit, sondern nennt ihn auch danach.«

»Wie alt ist seine Mutter?«

»Die ist mit zweiunddreißig gestorben. Hör zu, solange es noch hell ist, fahren wir ein bisschen im Tal herum und sehen uns um.«

»Wonach?«

»Nach irgendwas. Nach allem. Du hast ein Foto des Honda auf deinem iPhone?«

»Ja.«

»Wir zeigen es Leuten, die wir hier und da sehen. Vielleicht erkennt jemand ihn wieder. Für einen Honda ist das ein seltenes Grün.«

Das ist zu viel für Jergen, diese Kenntnis esoterischer Details à la Sherlock Holmes. »Du kennst dich mit den Farben von zwölf Jahre alten Hondas aus?«

»Ich liebe Hondas. Mein erstes Auto war ein Honda.«

Dubose wirkt weiterhin wie eine Comicfigur, aber der Unterschied ist diesmal, dass Carter Jergen das Gefühl hat, durch Assoziation mit diesem Koloss an Substanz zu verlieren, sodass er selbst wie ein tollpatschiger Detektiv in einer Cartoon-Show im Frühstücksfernsehen enden wird.

FÜNFZEHN

In dem schwankenden und springenden Lichtstrahl schien der glatte nasse Kalkstein zu pulsieren wie die Peristaltik eines monströsen Schluckmuskels, der sie verschlingen wollte, während sie sich nach oben kämpfte … Mit offenem Mund kletternd, um das Pfeifen und Keuchen ihrer Atmung zu minimieren, während sie angestrengt auf Verfolgergeräusche horchte, die den Feuerstößen vorausgehen würden …

In der Höhle vor dem Raum, in dem der LED-Bildschirm Anabels Gesicht zeigte, waren Janes rasche Schritte auf trockenem Untergrund fast lautlos und auf nassen Stellen leise quatschend. Sie erreichte die nächste Kammer, in der auf beiden Seiten Kinderskelette als zeitloses Vermächtnis von Hass und Grausamkeit aufgehäuft waren. Der Pfad durch dieses Beinhaus von Unschuldigen brachte sie zu einem überdachten Tor zwischen Steinplatten, die frühere Erdbeben durcheinandergeworfen hatten. Dort öffneten sich drei Gänge. Als Jane den mit einem roten Pfeil markierten nahm, drang von unten der Knall der zufallenden Stahltür herauf, der unheilverkündend von den Felsen ringsum widerhallte.

Hendrickson war auf der krummen Treppe und hatte die Verfolgung aufgenommen.

Lass dich nicht von Angst unterkriegen. Du musst für deinen Jungen am Leben bleiben.

Sie rannte durch einen Korridor weiter, in dem ihr kaltes Wasser von der Decke ins Gesicht tropfte, und kam in der nächsten Höhle zu einer Planke, die über eine ungefähr zwei Meter breite Spalte führte. Jenseits dieser schmalen Brücke machte sie halt, stellte ihre Sporttasche ab und leuchtete in die zehn Meter tiefe Spalte. Zahlreiche Griffe und Tritte ermöglichten einen raschen Abstieg und einen mühsamen Aufstieg auf ihrer Seite. Booth würde einige Minuten brauchen, um dieses Hindernis zu überwunden – kostbare Zeit, in der sie einen sicheren Vorsprung gewinnen konnte.

Jane legte ihre Stablampe auf den Boden, sodass sie die primitive Brücke beleuchtete. Sie kniete sich hin, hob die Planke vor sich hoch und zog sie aus der jenseitigen Halterung. Das schwere Brett glitt ihr aus den Händen und polterte mit dumpfem Geräusch von den Felswänden abprallend in die Tiefe.

Sie kam wieder auf die Beine, schnappte sich die Tasche mit dem kostbaren Beweismaterial, griff nach ihrer Stablampe und schaltete sie aus. Sie sah den tropfnassen Korridor entlang zu dem Tor unter Steinplatten und sah in der Kammer mit den Kinderskeletten einen schwankenden Lichtstrahl. Seit Hendrickson jetzt das Labyrinth betreten hatte, kam er mit seiner automatischen Waffe rascher voran, als sie befürchtet hatte.

Jane machte wieder Licht und hastete durch die Höhle weiter. Als sie eine Treppe mit niedrigen, unebenen Stufen hinauflief, krabbelten über eine davon drei durchscheinend alabasterweiße Insekten, die sie noch nie gesehen hatte und deren Inneres im Licht der Stablampe wie Voodoo-Veves auf einem Fotonegativ aussah. Sie ermahnte sich, bei aller Eile vorsichtig zu sein, weil sie's sich nicht leisten konnte, zu stolpern und zu stürzen. Mit einem gebrochenen Bein würde sie's nie schaffen, aus dieser Vorhölle rauszukommen.

Auf halbem Weg durch die obere Kammer hörte sie Hendrickson in der unteren Höhle jenseits der Spalte. Er rief ihr angeberisch wie ein kleiner Junge zu: »Ich kann springen! Ich brauche keine Planke! So weit kann ich leicht springen! Ich kann springen!«

Sie traute sich nicht, abzuwarten, bis er vor Schmerzen laut schreiend in der Spalte lag. Vielleicht hätte er vor vierzig Jahren als gelenkiger Junge den Sprung wagen können, aber auch wenn er jetzt wieder ins Kindliche zurückfiel, blieb er doch ein unsportlicher Mann Ende vierzig. Jane rannte auf seinen Sturz hoffend weiter und wurde erst recht angespornt, als er keinen Schmerzensschrei, sondern ein Triumphgeheul ausstieß, weil er die breite Spalte auch ohne Brücke überwunden hatte.

Der Ausgang dieser Höhle knickte scharf rechts ab. Jane verschwand darin. Sie schaltete die Lampe aus, steckte sie unter ihren Gürtel. Ließ die Sporttasche fallen. Zog die Heckler & Koch. Drehte sich nach der Kammer um, die sie gerade verlassen hatte. Sie würde ihn erschießen, wenn er auf der Treppe erschien, auf der die geisterhaften Insekten ihren Weg gekreuzt hatten. Das Mündungsfeuer der HK .45 Compact würde ihre Position verraten, aber Booth würde verwundet oder tot sein, bevor er ihr Feuer erwidern konnte.

Jane hörte ihn auf der Treppe, aber sie sah keinen schwankenden Lichtschein, der seine Position verriet. Hendrickson kam durchs Dunkel herauf. Vielleicht war er wirklich in seine Kindheit oder Jugend zurückgekehrt. Dann konnte er in diesem beschränkten Zustand eine schwache Erinnerung an die Architektur des steinernen Bienenstocks haben, die er in vielen tausend Stunden blindlings erforscht hatte. Und nun brauchte er so wenig Licht wie die gesichtslosen Insekten auf der Treppe.

Obwohl ihr das Herz bis zum Hals schlug, lag die Pistole ruhig in ihren beiden Händen. Sie brauchte jetzt nicht mehr zu tun, als auf seine veränderte Atmung und den Schrittwechsel zu achten, wenn er oben an der Treppe ankam. Dann hatte sie ihn keine zehn Meter entfernt direkt vor sich. Nicht jeder Schuss würde seine Körpermitte treffen, aber wenn sie rasch nacheinander viermal abdrückte, musste sie mindestens zwei Treffer erzielen, von denen wenigstens einer ihn schwer verwunden oder sogar töten würde.

Absolute Dunkelheit ohne den geringsten Lichtschein, ohne abgestufte schwarze Schatten, die für Perspektive sorgten, war desorientierend. Sie behielt ihre Haltung bei, ließ die Pistole keinen Millimeter zur Seite driften. Er brauchte weniger als eine Minute für die Treppe, aber in dieser Finsternis schien die Zeit langsamer zu vergehen. Jane hielt den Atem an, um besser zu hören, wann Hendrickson die Treppe verließ.

Schon mehrmals, beim FBI und auch nach ihrem Ausscheiden, hatte sie durch Ausbildung und Intuition überlebt. Hätte sie zwischen den beiden wählen müssen, hätte sie sich für ihre Intuition entschieden – die ruhige, leise Stimme, die aus Knochen und Blut und Muskeln kommt.

Die sprach nun zu ihr, und Jane erkannte, dass Hendrickson eine Falle vorausgesehen hatte. Er war die letzten Stufen heraufgeschlichen und hatte mit angehaltenem Atem darauf geachtet, kein Geräusch zu machen. Jetzt würde er sich an der Höhlenwand entlang weiterschieben. In der Hoffnung, seine Absicht rechtzeitig genug erraten zu haben, zögerte sie nicht, zwei Schüsse abzugeben, jedoch nur zwei, um sich nicht allzu sehr zu exponieren. Zusätzliche zwei Sekunden konnten den Unterschied zwischen Leben und Tod bedeuten. Als sie in den Gang zurückwich, gab er einen Feuerstoß mit fünf, sechs Schuss auf ihr Mündungsfeuer ab. Gestein zersplitterte, Querschläger surrten schrill pfeifend davon, und sie konnte trotz des Krachs deutlich hören, wie einer oder zwei Schüsse durch die Öffnung gingen, in der sie eben noch gestanden hatte.

Sie musste ihn zehn, fünfzehn Sekunden lang im Ungewissen lassen. Riskierte sie, ihre Stablampe einzuschalten, würde er ihr folgen, den Gang unter Beschuss nehmen und sie mit einem direkten oder indirekten Treffer erledigen. Sie nahm ihre Tasche mit, ließ die Stablampe im Gürtel stecken und wich weiter in den pechschwarzen Korridor zurück. Sie wusste, dass er nach vier, fünf Metern links abknickte und in eine von Wasser glattgeschliffene Steilrampe überging. Soweit sie sich erinnerte, gab es dort keine Stufen, aber ihre Erinnerung war nur eine grobe Skizze im Vergleich zu den mentalen Blaupausen, die Hendrickson aufrufen konnte.

SECHZEHN

Sie waren um Stunden verspätet. Travis wollte nicht glauben, dass ihnen etwas Schlimmes zugestoßen war, aber sie waren sehr spät dran.

Obwohl er von den Fenstern wegbleiben sollte, stand er jetzt im Wohnzimmer, starrte auf den Highway hinaus und hoffte, der grüne Wagen werde vor diesem kleinen blauen Haus vorfahren, alle zuletzt doch gesund und glücklich.

Ab und zu fuhren Autos vorbei, aber nie das richtige.

An dem Tag, an dem jemand seinen Dad ermordet hatte, hatte er bei einem Freund gespielt, bei ihm übernachtet. Vom Tod seines Dads hatte er erst am nächsten Tag erfahren.

Er wollte nicht später erfahren, was Onkel Gavin und Tante Jessica zugestoßen war. Er wollte, dass sie heimkamen. Er bat Gott, sie nach Hause zu geleiten.

Die Hunde waren ruhelos. Duke und Queenie streiften durchs Haus, nicht nur wachsam, sondern wie auf der Suche nach etwas.

Auf der Suche nach Gavin und Jessie, genau wie Travis. Gavin und Jessie sollten hier sein. Die Hunde wussten, dass Gavin und Jessie hier sein sollten, genau wie Travis.

Es wurde Zeit, die Hunde zu füttern. Für sie gab es Trockenfutter, das sie mit Hundekuchen und Halsbändern und Leinen und blauen Kackbeuteln von daheim mitgebracht hatten.

Er wusste, wie viel Futter sie bekamen. Später würde er sie anleinen und mit ihnen rausgehen müssen.

Aber er wollte nicht mit ihnen rausgehen. Schließlich sollte er das Haus nicht verlassen. Mach niemandem auf, meide die Fenster, geh nicht ins Freie.

Das waren die Regeln. Seine Mom sagte, wer sich an die Regeln halte, habe die besten Aussichten auf ein gutes, glückliches Leben.

Außerdem hatte er Angst, ein Verstoß gegen das Gebot, das Haus nicht zu verlassen, könnte Gavin und Jessie verhexen. Dann würden sie vielleicht nie mehr zurückkommen.

Duke kam zu ihm und sah auf die Palmen, die lange Schatten warfen, die tief stehende Sonne, den leeren Highway hinaus. Der Hund ließ ein klagendes Winseln hören.

SIEBZEHN

Die in leichter Kurve verlaufende Rampe aus durch Wasser geglättetem Fels kam ohne Stufen aus. Obwohl Jane die Kurve mehrmals falsch einschätzte und mit den Wänden kollidierte, schaffte sie's nach oben, wo sie kurz haltmachte, um zu horchen. Hendrickson schien davor zurückzuschrecken, ihr allzu dicht zu folgen, als fürchte auch er einen Feuerüberfall auf beengtem Raum.

Bleib in Bewegung. Schmiede einen Plan und führe ihn aus. Belauerte man jemanden, der einen belauerte, war Untätigkeit lebensgefährlicher, als die Initiative zu ergreifen.

Weil sie mehr Aufgaben als Hände hatte, steckte sie die Pistole ins Holster zurück. Sie trug ihre Tasche in der linken und die Stablampe in der rechten Hand. Mit zwei Fingern über dem

Glas deckte sie die Lampe ab, damit der diffuse Lichtstrahl hinter Ecken und in anderen Kammern weniger leicht zu sehen war.

Nun wie eine Fechterin seitwärts durch eine enge Passage, die Stablampe nach vorn gestreckt wie ihr Florett. In eine weite Höhle mit einer Säulenhalle aus zusammengewachsenen Stalaktiten und Stalagmiten, die eine tempelartige Atmosphäre erzeugten, als hätten sich hier einst unter der Erde lebende Mutanten versammelt, um nach geheimnisvollen Ritualen unbekannte Götzen anzubeten. Zwei Korridore führten von hier weg, und während Jane dem mit einem roten Pfeil markierten folgte, sah sie sich häufig um.

Sie kam sich wie Jonas im Bauch des Walfischs vor, aber wenn dies ein Leviathan gewesen wäre, hätte er vor Hunderten von Millionen Jahren in einem Meer gelebt, das zurückgewichen war, sein massiver Leib versteinert, seine gewaltigen Eingeweide zu einem Höhlensystem geworden.

Sie hatten eine halbe Stunde gebraucht, um durch die Höhlen hinabzusteigen, aber der Aufstieg würde länger dauern. Indem sie sich schneller bewegte, als vielleicht klug war, hoffte sie, einen gewissen Vorsprung vor dem ohne Licht aufsteigenden Hendrickson gewinnen und die Oberfläche vielleicht schon in vierzig Minuten erreichen zu können.

Jane merkte, dass sie einige Male die Luft anhielt, ohne es wirklich zu wollen, und ihr Mund war wiederholt voller Speichel, als fürchte sie unbewusst, jedes Schluckgeräusch könnte ihre genaue Position verraten.

In der ersten Kammer mit Schädeln, in denen teilweise Spitzkeile aus Feuerstein und Obsidian steckten, während andere Schlangenköpfe in den Augenhöhlen hatten, wurde Jane plötzlich klar, dass die tiefe Stille nicht bedeutete, dass Hendrickson ihr katzengleich nachschlich, sondern ihr nicht mehr folgte. Aber nicht weil sie ihn tödlich getroffen hatte. Auch nicht, weil er sich schwer verletzt nicht mehr bewegen konnte. Erst recht nicht, weil er in irgendeinen Wahn verfallen war, der ihn daran hinderte, normal zu funktionieren. *Er folgt dir nicht mehr, weil er eine andere Route genommen hat, die nur er kennt, und wird dir irgendwo weiter oben auflauern.*

Als sie jetzt haltmachte, starrten Hunderte von leeren Augenhöhlen von ihren Felsbändern auf sie herab, während Hunderte von Totenschädeln humorlos zu grinsen schienen. *Nein. Gib der Angst keine Chance.* Sie wusste, was sie tun musste. Hier unten lauerte der Tod überall, ja, aber auch in der oberirdischen Welt lauerte er überall. *Zwischen der Idee und der Umsetzung, zwischen dem Entschluss und der Tat liegt der Schatten.* Auch im Tal des Todesschattens musste sie in Bewegung bleiben. *Schmiede einen Plan und führe ihn aus.* Zögern ist tödlich.

ACHTZEHN

An diesem hellen Sonntagnachmittag im ländlichen Borrego Valley scheint die weiße Holzkirche mit ihrem mit weißen Schindeln eingedeckten Turm in der starken Wüstensonne zu leuchten, als sauge sie das grelle Licht auf und werfe es augenfreundlicher gedämpft zurück. Carter Jergen erinnert sie an die detailliert nachgebauten Gebäude von Modelleisenbahnen, die zu Weihnachten in Schaufenstern stehen und auf denen elektrische Züge leise klickend ihre eintönigen Runden drehen.

Vor der Kirche parken einige Dutzend Autos, und Neuankömmlinge gehen nicht in die Kirche, sondern seitlich daran vorbei zu den anderen Gemeindemitgliedern, die unter einigen Bäumen an langen Picknicktischen sitzen.

Dubose hält mit dem VelociRaptor auf der gegenüberliegenden Straßenseite und beobachtet die Szene einen Augenblick lang. »Was geht hier vor?«

»Heute ist Sonntag«, sagt Jergen.

»Aber nicht Sonntag*morgen.*«

»Manche der Neuen tragen Körbe.«

»Körbe mit was?«

»Vielleicht Essen«, schlägt Jergen vor. »Vielleicht wollen sie gemeinsam zu Abend essen.«

Nach kurzem Überlegen sagt Dubose: »Ich glaube nicht, dass mir das gefällt.«

»Langweilig wie ein Bingo-Abend im Seniorenheim«, bestätigt Jergen. »Aber so können wir das Foto des Honda in kurzer Zeit vielen Leuten zeigen.«

Dubose nickt widerstrebend. »In Ordnung. Aber wir machen's kurz, okay?« Er fährt auf den Parkplatz neben der Kirche und stellt ihren SUV ab.

Als sie über den Asphalt davongehen, sieht Jergen sich nach dem VelociRaptor um. Er sieht wie ein prächtiges maschinelles Raubtier aus, das in einem unbeobachteten Augenblick zum Leben erwachen und all die kümmerlichen kleinen Autos in seiner Umgebung verschlingen könnte.

Als sie um die Ecke der Kirche biegen, empfängt sie fröhliches Kindergeschrei. Dubose bleibt unwillkürlich stehen. »Ach du Scheiße.«

Kinder klettern dem Riesen gern auf den Schoß und zupfen ihn an den Ohren und machen Grunzlaute, wenn sie ihn an der Nase ziehen. Für sie ist er wie ein großer zottiger Hund.

»Zehn Minuten«, verspricht Jergen ihm.

Sie folgen einem Klinkerweg durch eine Landschaft aus Kieselsteinen und Kakteen und Silberdollarpflanzen und merkwürdigen Sukkulenten zu der Gruppe von neun Bäumen, in deren Schatten die Picknicktische stehen.

Keines der kleineren Kinder tobt unter den Bäumen, wo die Erwachsenen sich versammelt haben. Auf einem mit Gummifliesen ausgelegten Kinderspielplatz gibt es ein Klettergerüst, eine Rutsche, Schaukeln und weitere Attraktionen, die Jergen seit der Erfindung des Game Boys für ausgestorben hielt. Kreischende Kinder rennen, springen, rutschen, wippen, schaukeln und kämpfen mit Schaumgummischwertern gegeneinander.

»Scheiße«, murmelt Dubose, ohne jedoch auszureißen.

Jergen fragt eine Frau in einem großgeblümten Kaftan, ob der Pfarrer da ist, und sie zeigt auf einen Mann Anfang dreißig, der sich unter dem übernächsten Baum mit Gemeindemitgliedern unterhält. »Pastor Milo«, sagt sie.

Pastor Milo hat einen glattrasierten Schädel und einen athletischen Körperbau. Er trägt Sneakers, weiße Jeans, ein blaues Hawaiihemd und einen Ohrring, an dem ein winziges Kreuz baumelt.

Jergen, der sich an Reverend Gordon M. Gordon von der Mission of Light Church erinnert, flüstert Dubose zu: »Bemüh dich, den hier nicht zu erschießen.«

NEUNZEHN

Die Sporttasche über ihrer linken Schulter, die Stablampe jetzt in der linken Hand, weiterhin zwei Finger über dem Glas, um nur ein Minimum an Licht austreten zu lassen, die Heckler & Koch in ihrer rechten Hand, ohne Aussicht darauf, die Pistole mit zwei Händen zu halten …

Alle fünf Sinne durch Angst und Adrenalin aufs Äußerste gespannt. Die Dunkelheit mit beweglichen Schatten unterlegt, die sich nicht bewegten, weil es hier Lebewesen gab, sondern weil ihre Stablampe bei jedem Schritt Phantome zu kurzem Leben erweckte. Das leise Pfeifen ihres Atems. Sonst kein Geräusch außer dem langsamen Tropfen von Wasser an verschiedenen Stellen im Dunkel, als tickten dort Uhren, die schon Millionen von Jahren abgemessen hatten. Der Geruch von nassem Fels, von ihrem eigenen Angstschweiß.

Wie traumähnlich diese Minuten vor einem finalen Showdown waren, wenn es darum ging, zu töten oder getötet zu werden – dieses Mal noch traumartiger als sonst. Höhlen, deren Wände in sanften Falten lagen, als schmölzen die Wände ständig, um sich um sie herum neu zu bilden. Die massiven Schädel und Stoßzähne von Mastodonten, die sich wie eine in den Genen gespeicherte Erinnerung an Inkarnationen in weit zurückliegenden anderen Leben materialisierten. Hier wieder die Regimenter aus skelettierten Händen mit knochigen Gesten, einst mit Fleisch überzogen und vielseitig damit beschäftigt, zu arbeiten, zu spielen, zu lieben, zu kämpfen. Und durch jeden Traum strich irgendein – manchmal menschliches – Ungeheuer, wobei die menschliche Art erschreckender war. Denn nur das Ungeheuer in Menschengestalt kannte Schönheit und wies sie zurück, kannte Wahrheit und verachtete sie, kannte Frieden und liebte ihn nicht, anders als Tiger und Wolf, die nichts von alledem wussten.

Diesmal war es ein Junge, ein verirrter Junge trotz der fast fünf Jahrzehnte, die er schon gelebt und in denen er seinen Weg gesucht hatte, der jetzt durch diese Unterwelt kroch, in der er sich im Dunkel besser zurechtfand als bei Licht. Wenn er sie ermordete, weil er den Auftrag hatte, sie zu töten, würde er sie vielleicht besonders brutal ermorden, weil er sie in seiner Demenz für seine verhasste Mutter hielt, die ihren Jungen in ein Ungeheuer verwandelt hatte.

Als Jane die letzten ausgestellten Hände erreichte, blieb sie einen Augenblick in einer Art Vorraum zwischen zwei Höhlen stehen. Von dieser kleinen Verbindungskammer führten zwei Korridore weg: ein breiter Gang nach rechts, ein schmaler nach links, während direkt vor ihr ein Raum wartete, der nicht grausig ausgeschmückt war. Hier war sie nur noch wenige Ebenen vom Ausgang entfernt.

Sie bewegte sich langsam vorwärts, nahm die Finger vom Glas der Stablampe und suchte den breiten rechten Gang im

Licht ab: Stufen, die im Zickzack in die Tiefe führten, und Wände, deren Fuß nicht mehr zu sehen war. Der schmalere Gang links führte ohne Stufen so weit geradeaus, wie der Lichtstrahl ihrer Stablampe reichte.

Jane blendete das Licht wieder mit den Fingern ab und blieb horchend stehen. Aus der Höhle vor ihr kamen keine Tropfgeräusche, sondern ein leises Plätschern. Sie erinnerte sich an einen Felsspalt, aus dem ein Wasserfaden geflossen war. Sie bemühte sich, das Plätschern auszublenden, das ein weißes Rauschen war, das wichtigere Geräusche tarnen konnte, aber ansonsten herrschte nur Stille.

Über dem Durchgang zwischen dem Vorraum und der nächsten Kammer wölbte sich ein Steindach. Sie zögerte darunter, ließ den rechten Arm mit nach vorn zielender Pistole an ihre Seite gepresst und nahm wieder die Finger von der Streuscheibe. Der Lichtstrahl schoss in den Raum, den sie rasch absuchte. Hier gab es keine unmittelbare Gefahr, keine Risse in den Wänden, in denen ein Mann sich hätte verstecken können, bis sie vorbei war.

Der einzige riskante Punkt würde die Spalte sein, die den Boden teilte und auf einer Planke überquert werden musste. Jane konnte sich nicht erinnern, wie breit oder wie tief sie war. Bei anderen Stegen war sie vorsichtig gewesen, weil sie fürchtete, er könnte ihr in einer flachen Spalte versteckt auflauern und das Feuer eröffnen, sobald sie einen Fuß auf die Planke setzte. So dicht vor dem Ausgang war jede weitere Überquerung gefährlicher als die vorige.

Sie blendete die Lampe erneut ab und kam unter dem Überhang hervor. Die Bewegung und der Schritt waren eins, sodass sie ihn erst in der Zehntelsekunde hörte, in der er sich von dem Steindach auf sie stürzte und mit sich zu Boden riss. Keine Zeit, sich herumzuwerfen und zu schießen. Die Pistole wurde ihr aus der Hand geschlagen, kreiselte über den Höhlenboden. Auch die Stablampe rollte weg. Weil sein Aufprall ihr die Luft aus der Lunge gepresst hatte, konnte sie sich im ersten Augenblick nicht wehren, während sein ganzes Gewicht auf ihr lastete, und fühlte sich dem Tod näher als je zuvor.

Er hätte sie gleich erledigen können, aber das tat er nicht, sondern wälzte sie auf den Rücken, hockte sich auf sie, fixierte sie mit den Knien und würgte sie mit der linken Hand mit solch übermenschlicher Kraft, dass sie keine Chance hatte, ihre Lunge wieder mit Luft zu füllen. Im Widerschein des Lampenlichts war sein Gesicht ein surrealistisches Werk aus Licht und Schatten, von Hass und Wut so wild verzerrt, dass es kaum mehr menschenähnlich war, als habe er beim Aufstieg Lage für Lage seiner Identität abgeschuppt, bis nur mehr ein vorzeitliches Ich zurückgeblieben war, unzivilisiert und unvernünftig, ein von unverfälscht dunklen Gefühlen beherrschtes Wesen.

Als er dann sprach, stieß er die Worte wie unter der Folter schreiend hervor, explodierte in einer Speichelwolke. *»Er gehört mir, wird immer mir gehören. Stimmt das? STIMMT DAS? Er ist mein, wird immer mir gehören. Glaubst du das? Was glaubst du jetzt, du bösartige Schlampe? Gehöre ich dir? Werde ich immer dir gehören? Nein! DU BIST JETZT MEIN.«* Er zitierte seine Mutter, als habe Jane das alles gesagt, und falls er den Unterschied zwischen Anabel und ihr kannte, war ihm dieser Unterschied egal. Sie krallte nach der Hand an ihrem Hals, zerkratzte ihm die Haut. Eine Dunkelheit, die nichts mit dem Raum zu tun hatte, sondern aus ihr selbst kam, ließ ihr Blickfeld an den Rändern schwarz werden, als Hendrickson mit der rechten Hand etwas aufhob und hoch über dem Kopf schwang. Einen großen Knochen. Einen menschlichen Oberschenkelknochen. Aus irgendeiner Kammer mitgenommen, die sie nicht kannte. Am abgebrochenen Ende umgaben Splitter den hohlen Kern des Knochens, in dem das Knochenmark früher Blut gebildet hatte. Vielleicht war er in solche Demenz abgesunken, dass er keine Schusswaffe mehr bedienen konnte, oder hatte nur ein Reservemagazin eingesteckt, als er die Verfolgung aufgenommen hatte. Aber als sie in seine diabolische Fratze aufsah, in der die Augen vor Gemeinheit und Mordlust funkelten, wusste sie, dass er die Waffe zurückgelassen hatte, weil sie nicht *persönlich* genug war. Er musste ihr selbst Gewalt antun, ihr Entsetzen riechen und sie unter sich zittern spüren, die Wärme und Konsistenz ihres Bluts genau kennen. Vor ihren Augen wurde es noch dunkler.

Wenn es ein Bild gab, das Jane mitnehmen konnte, wenn sie diese Welt verließ, musste es das Gesicht ihres Kindes, ihres süßen Jungen sein – das Gesicht der Unschuld als Antwort auf dieses Zerrbild eines Menschen. Er stieß mit dem gezackten Knochen zu, wollte ihre Augen treffen, und vielleicht war es der Gedanke an Travis, der sie elektrisierte, ihr Kraft gab, obwohl sie kaum noch Luft bekam. Sie machte ein Hohlkreuz unter ihm und warf den Kopf zur Seite, sodass der Knochen nur den Felsboden traf und sie Splitter auf dem Gesicht spürte.

Jahrzehntelang schwärender Hass hatte finsterste Bösartigkeit bewirkt, der er seine übermenschlichen Kräfte verdankte, aber als der Knochen mit solcher Gewalt auf Fels traf, schwächte die durch seinen rechten Arm zuckende Resonanz ihn für einen Augenblick, sodass ihm der lange Knochen aus der Hand glitt. Er wollte sie blind und entstellt und tot sehen. Als er sie unversehrt und lebendig sah, steigerte seine Wut sich ins Ungeheure, sodass er selbst seine tierische Listigkeit einbüßte. Er nahm die linke Hand von ihrem Hals, zog den Arm zurück, machte eine Faust und hörte dabei unwillkürlich auf, ihre Oberschenkel mit den Knien zusammenzudrücken. Jane zog ihr rechtes Bein bis zur Brust an, und als seine Faust herabhämmerte, trat sie ihn mit aller Kraft zwischen die Beine. Ihr Tritt brachte ihn aus dem Gleichgewicht, und sein Fausthieb ging ins Leere. Jane stieß ihn von sich weg und kam mühsam auf die Beine, als er zur Seite fiel.

Keuchend nach Luft ringend wich sie vor ihm zurück und sah sich nach der Heckler & Koch um. Aber ihre Pistole lag irgendwo im Schatten, wenn sie nicht sogar in die Spalte gerutscht war.

Hendrickson rappelte sich mit dem Rücken zu Jane auf und belegte sie mit übelsten Ausdrücken, als könne er sich nur noch mit Worten artikulieren, die unflätig und schmutzig waren und die er in seiner geistigen Verwirrung nicht mal zu kohärenten Beschimpfungen aneinanderreihen konnte. Als er sich umdrehte und sie sah, stürzte er sich sofort auf sie, sodass ihr nichts anderes übrig blieb, als den Oberschenkelknochen aufzuheben. Einige der gezackten Spitzen waren abgebrochen, aber dafür waren wieder neue entstanden, weil der Knochen weiter zersplittert war. Als Hendrickson herangestürmt kam, wich Jane nicht zurück, sondern trat ihm mutig entgegen. Seine blinde Wut machte ihn unvorsichtig, sodass er ihren überraschenden Angriff nicht rechtzeitig parierte, ihren Arm nicht zur Seite schlug, als sie ihm den abgebrochenen Knochen unter dem Kinn in den Hals rammte.

Jane trat rasch zurück, ließ den Knochen in seiner Kehle stecken. Obwohl die Wunde blutete, schoss kein arterieller Blutstrahl heraus, wie sie gehofft hatte. Er stand mit einer Hand an dem Knochen benommen schwankend da und bewegte die Lippen, ohne einen Ton herauszubringen. Sie glaubte, er müsse auf die Knie sinken, aber stattdessen riss er den Knochen laut keuchend heraus und hielt ihn wie eine Waffe gepackt. Er machte einen Schritt auf sie zu, ragte wie der unbesiegbare Avatar irgendeines grausamen Gottes über ihr auf. Sein Fuß trat auf die Stablampe, die er wegkickte, und sein Grinsen war ein Halbmond aus Dunkelheit und von Blut roten Zähnen.

Wie ein Rouletterad machte die kreiselnde Lampe ihr Hoffnung auf einen Gewinn, als sie so liegen blieb, dass sie die Heckler & Koch anstrahlte. Jane schnappe sich die Pistole, warf sich mit der Waffe in beiden Händen herum und traf Booth Hendrickson mit drei Schüssen, als er mit dem alten Knochen in einer Faust mit der glupschäugigen Freude eines Mannes auf sie zukam, der seine Seele und mit ihr alle Hemmungen verloren hat. Als er zusammenbrach und tot vor ihr liegen blieb, drückte sie noch zweimal ab.

ZWANZIG

Pastor Milo versichert ihnen, dass er großen Respekt vor dem FBI hat, auch wenn er gewisse Zweifel wegen der letzten Direktoren äußert. Während er Jergen und Dubose durch die Reihen seiner Schäfchen führt, ermahnt er sie, keine Handyfotos zu machen, um sie anschließend in sozialen Medien zu posten, weil das diese bewährten Agenten bei zukünftigen verdeckten Ermittlungen, zu denen sie vielleicht eingeteilt werden, gefährden könnte.

Von allen Anwesenden glauben nur vier, den grünen Honda von Zeit zu Zeit gesehen zu haben. Aber lediglich einer, ein grauhaariger Kerl namens Norbert Gossange, sagt etwas, das Jergen und Dubose aufhorchen lässt.

»Das ist ein spezielles Grün für einen Honda«, sagt Gossange und kratzt sich im Genick, »deshalb erinnere ich mich überhaupt an ihn.«

Dubose wirft Jergen einen Blick zu, der seine Zweifel am Wert eines Harvard-Studiums ausdrückt. »Ja, Sir, da haben Sie recht.«

»Ein Honda ist kein Auto, dessen Besitzer viel für Extras ausgeben«, sagt Gossange mit einem Finger im linken Ohr. »Deshalb fällt ein Sonderlack umso mehr auf. Diesen Wagen hier …« Er nimmt den Finger aus dem Ohr und tippt damit auf das Display, ohne einen Gedanken darauf zu verschwenden, dass Jergen es nun wird desinfizieren müssen. »… den hab ich drunten im South Valley gesehen, wo die Route drei sich gabelt. In dieser Gegend hab ich früher gearbeitet.«

»Wo exakt haben Sie ihn gesehen?«, fragt Dubose.

»Nirgends exakt. Er war immer unterwegs, wenn ich ihn gesehen hab.«

»Haben Sie eine Idee, wer ihn gefahren haben könnte?«

»Irgendein Kerl. Ich hab ihn nie genau gesehen. Tatsächlich hab ich mich verdrückt, wenn er aufgekreuzt ist. Ich glaub nicht, dass er mal richtig fahren gelernt hat. Und ich hab ihn schon jahrelang nicht mehr gesehen.«

Jergen fragt enttäuscht: »Jahrelang?«

»Mindestens drei Jahre. Vielleicht länger.«

Obwohl sie sich bemühen, Norbert Gossange weitere Details zu entlocken, ist nicht mehr aus ihm herauszupressen.

Inzwischen umklammern drei kleine Kinder Duboses Hosenbeine, und der große Mann sieht aus, als könnte er gleich anfangen, nach ihnen zu schlagen.

Zeit zu gehen.

EINUNDZWANZIG

Jane nahm ihre Tasche mit, hob die Stablampe auf, überquerte die Spalte und widerstand der Versuchung, sich umzusehen, als bleibe Hendrickson nur so lange tot, wie sie davon überzeugt blieb, ihn erschossen zu haben.

Sie verließ die Treppe und den kleinen Rundbau, trat in dichtes Schneetreiben hinaus. Achtunddreißig Minuten waren vergangen, seit sie aus Anabels Schlupfwinkel am Fuß der Treppe geflüchtet war.

Zweifellos hatte die Frau aus ihrem Winterhaus in La Jolla Janes Aufenthaltsort denen gemeldet, die den glühenden Wunsch hatten, sie zu liquidieren. Sie musste in Bewegung bleiben, schneller als schnell, aber der Schneesturm, der sie auf der Fahrt nach Norden behindert hatte, war jetzt ihr Verbündeter. Ihre Feinde konnten vielleicht Profikiller aus Las Vegas, sogar aus Reno oder Sacramento in Marsch setzen. Aber es schneite stärker als je zuvor, und aus der leichten Brise war ein stürmischer Wind geworden. Um rechtzeitig einzutreffen, hätten die Killer mit einem Hubschrauber kommen müssen, aber der Sturm, schlechte Sicht und die Vereisungsgefahr würden sie zwingen, vorerst am Boden zu bleiben.

Als Jane den Explorer Sport erreichte, zitterte sie unkontrollierbar, was nicht nur aufs Wetter, für das sie nicht gekleidet war, zurückzuführen war. Der Motor sprang sofort an. Sie drehte die Heizung ganz auf.

Von der kurzen Forststraße bis zur längeren, zur County Road, zum Highway 50 South war weiß das Wort für die Welt. Erst als sie über die Staatsgrenze zwischen Nevada und Kalifornien fuhr, konnte sie die Heizung zurückdrehen.

Sie machte eine Tankpause in South Lake Tahoe und überlegte, ob sie dort übernachten sollte, weil niemand damit rechnen würde, dass sie am folgenden Morgen noch in der näheren Umgebung sein würde. Aber obwohl die Straßenverhältnisse alles andere als ideal waren, funktionierte der Winterdienst, und der Highway 50 West war offen.

Seit dem Kampf mit Hendrickson schmerzte ihre linke Körperhälfte zwischen Brustkorb und Hüfte. Dort war sie vor einer Woche in San Francisco verletzt worden. Nichts Ernstes, aber die Wunde hatte von einem befreundeten Arzt genäht werden müssen. Vielleicht waren ein, zwei Stiche ausgerissen, aber darum konnte sie sich jetzt nicht kümmern.

Sie fuhr.

Was sie sonst an Schnee liebte, fehlte diesem Sturm völlig. Heute hatte er etwas von Asche an sich, als stehe die Welt außerhalb der geringen Sichtweite, die der Blizzard gestattete, in hellen Flammen, sodass sich nach dem Ende des Aschefalls auf allen Seiten brandgeschwärzte Ruinen zeigen würden.

Überleben mochte von Ausbildung und Intuition abhängen, aber es war auch immer ein Geschenk, das Dankbarkeit erforderte. Meile um Meile wollte die Trostlosigkeit, die ihr Herz umschattete, nicht weichen, wollte nicht zulassen, dass sie Gnade empfand.

Zuletzt nahm sie Zuflucht zu Musik und stellte sie so laut, dass das monotone Surren der Schneeketten übertönt wurde. Artur Rubinstein, Klavier, Jascha Heifetz, Violine, und Gregor Piatigorsky, Cello. Tschaikowskys Klaviertrio in a-Moll, Opus 50.

Jane wusste nicht mehr, wann sie zu weinen begonnen hatte, während sie fuhr, und sie merkte auch nicht, wann sie aufhörte, aber unterdessen war die Asche wieder zu Schnee geworden, und in ihr stieg Dankbarkeit auf, und sie empfand Gnade und Hoffnung.

ZWEIUNDZWANZIG

Noch blieb eine halbe Stunde Tageslicht, aber Travis wusste, dass er nicht länger warten durfte. Etwas Schreckliches war passiert.

Eigentlich sollte er nicht ins Freie gehen, aber die alten Regeln waren außer Kraft gesetzt. Er musste selbständig denken.

Er fütterte die Hunde und leinte sie an und führte sie Gassi. Sie waren brave Hunde, die nicht wegliefen, als er die Leinen fallen ließ, um ihre Hinterlassenschaften in blauen Beuteln zu sammeln. Er verknotete die Beutel und stellte sie neben der Haustür ab.

Travis nahm die Leinen wieder in die Hand und ging mit den Hunden zu der baufälligen Scheune, die nicht wirklich baufällig war, obwohl sie echt schlimm aussah.

Er stand vor der Tür, vor der Onkel Gavin früher an diesem Tag gestanden hatte, als es noch so ausgesehen hatte, als könnte alles in Ordnung kommen.

Er rüttelte nicht an der Klinke, klopfte auch nicht an. Onkel Gavin hatte gesagt, es gebe überall Kameras, und Cousin Cornell werde wissen, dass draußen jemand wartete.

Vielleicht schlief Cousin Cornell gerade oder brauchte einige Zeit, um sich zu entscheiden, was er tun sollte, aber nach langem Warten waren ein Summen und ein Klicken zu hören, und die Tür ging nach innen auf.

Travis betrat einen kleinen Vorraum, brachte die Hunde mit. Die Tür hinter ihm schloss sich von selbst.

Die Tür vor ihm ging nicht gleich auf. Die Hunde waren unruhig, Travis nicht.

Er sah in die Kamera auf, und weil er glaubte, sein Kommen erklären zu müssen, sagte er nach einer Pause: »Etwas sehr Schlimmes ist passiert.«

Eine bis zwei weitere Minuten vergingen, dann öffnete sich die innere Tür.

Travis betrat einen großen Raum voller Bücher und bequemer Sessel und Stehlampen, mit vielen Lichtinseln und Schattenbereichen.

Duke und Queenie waren in der neuen Umgebung so aufgeregt, dass sie ihre Leinen aus Travis' Händen zogen, kreuz und quer durch den Raum liefen und alles beschnüffelten.

Im Lampenschein neben einem Sessel stand ein Mann. Er war sehr groß und nicht so schwarz wie Onkel Gavin. Groß und hager wie eine Vogelscheuche auf Stelzen.

Der Mann sagte: »Das sind große Hunde. Lass sie mich nicht totbeißen, bitte und danke dir.«

DREIUNDZWANZIG

Bei schwindendem Tageslicht fahren Jergen und Dubose weiter durchs Borrego Valley, ohne recht zu wissen, was sie suchen. Zumindest weiß Carter Jergen das nicht. Sein Partner, der sich einzubilden scheint, er sei hellseherisch begabt, fährt langsam, winkt ungeduldige Autofahrer an sich vorbei, kneift die Augen hinter seiner Sonnenbrille zusammen, sucht die unwirtliche Landschaft ab, als könnte Travis Hawk hier im Tarnanzug herumlaufen, und mustert jedes Gebäude, als vermute er, darin könnte ein Fünfjähriger mit einem Waffenlager und hunderttausend Schuss Munition verschanzt sein.

»Den komisch grünen Honda können wir nicht suchen; der ist in der Stadt, steht vor dem Markt.«

Dubose sagt nichts.

»Und wer ihn vor Jahren gefahren hat, muss jetzt was anderes fahren, aber wir wissen nicht, was.«

Dubose fährt schweigend weiter.

»Wenn du mich fragst«, sagt Jergen, »sollten wir tief in der Vergangenheit der Washingtons wühlen, um zu sehen, ob sie eine Verbindung zu jemandem in dieser gottverlassenen Wüste hatten.«

Diesmal geruht Dubose zu antworten. »Damit fangen wir nach Einbruch der Dunkelheit an, wenn's für die Suche zu finster ist.«

»Okay, aber wonach suchen wir eigentlich?«

Dubose behält seine Strategie für sich.

Er wird langsamer, als vor ihnen ein kleines blaues Haus mit weißem Blechdach im Schatten zerzauster Palmen auftaucht.

VIERUNDZWANZIG

Als Travis berichtete, wie Onkel Gavin und Tante Jessie ihr Aussehen verändert hatten, bevor sie in die Stadt gefahren und nicht zurückgekommen waren, blieb der große Mann ständig in Bewegung, während er zuhörte. Er ging zu einem Sessel, schien sich setzen zu wollen, tat es aber doch nicht, sondern wählte einen anderen Sessel, in den er sich dann auch wieder nicht setzte.

Während er ständig mal hierhin, mal dorthin in Bewegung war, rieb er seine riesigen Pranken, als wasche er sie unter fließendem Wasser. Zwischendurch bedeckte er sein Gesicht mehrmals mit den Händen, als wolle er etwas nicht sehen und habe vergessen, dass er dazu nur die Augen zu schließen brauchte. Weil er sich auch mit den Händen vor dem Gesicht bewegte, wäre er fast über einen Sessel gefallen. So stieß er gegen einen Beistelltisch, dass die darauf stehende Lampe ratterte.

An Travis' Bericht war nicht allzu viel dran, aber der große fremde Mann, der Cornell Jasperson war, forderte ihn auf, verschiedene Details mehrmals zu wiederholen, als könnten sie sich jedes Mal ein wenig verändern, bis nach einiger Zeit die gesamte Story verändert war und Gavin und Jessie vor Stunden zurückgekommen waren, sodass kein Grund zur Sorge bestand.

Als Mr. Jasperson endlich aufhörte, zum x-ten Mal nach dieser oder jener Kleinigkeit zu fragen, stand er schweigend da, bedeckte sein Gesicht mit den Händen und sah Travis zwischen gespreizten Fingern hindurch an. Nach längerer Pause sagte er: »Ich weiß nicht, was ich tun soll.«

»Ich auch nicht«, sagte Travis. »Aber ich sollte es meiner Mutter erzählen, glaube ich.«

Als er das sagte, merkte er, dass er das Wegwerfhandy, auf dem die Handynummer seiner Mutter klebte, mitzunehmen vergessen hatte. »Ich muss noch mal ins Haus zurück.«

FÜNFUNDZWANZIG

Die unbefestigte Einfahrt des kleinen blauen Hauses ist mit Unkraut überwuchert. Die unmittelbar ans Haus angrenzenden Flächen sind mit Feinkies bestreut. Hinter dem Haus steht eine ungestrichene Scheune mit schiefen Wänden: eine baufällige Ansammlung von Trockenfäule und Rost und Wellpappe, die einstürzen könnte, wenn eine Kuh furzt.

»Erinnert mich an daheim in West Virginia«, sagt Dubose.

Carter kann es nicht lassen, ihn ein bisschen aufzuziehen. »Du hast in einer Scheune gelebt?«

»Wir hatten ein Haus, das vielleicht etwas netter als dieses war. Aber unsere Scheune war schlimmer.«

»Wie kann sie schlimmer gewesen sein?«, fragt Jergen.

»Das hat etwas Mühe gekostet, aber sie hat so baufällig ausgesehen, dass nur ein Lebensmüder sich reingewagt hätte. So hat sie kein Offizieller betreten, als mein Großvater und mein Daddy dort drinnen Whiskey gebrannt und abgefüllt haben. Und auch später nicht, als mein Bruder Carney all die Lampen installiert und eine Hanfplantage angelegt hat.«

»Dein Großvater und dein Vater waren Schwarzbrenner?«

»Das ist kein Wort, das sie benützt hätten.«

»Und dein Bruder handelt mit Gras?«

»Er baut ein bisschen an, aber er raucht selbst so viel, dass er nichts verkaufen kann. Außerdem ist Carney ein Arschloch erster Klasse. Für mich ist er tot.«

Jergen denkt über die letzte Aussage nach. »Willst du damit sagen, dass du ihn …?«

»Nein, ich hab ihn nicht umgelegt. Manchmal wünsche ich mir, ich hätte's getan. Aber selbst mit Carney war das Leben damals gut.«

»Nun«, sagt Jergen mitfühlend, »so einen Verwandten hat vermutlich jeder.«

Dubose, dessen nostalgische Anwandlung zu Ende geht,

nimmt den Fuß vom Bremspedal und lässt den VelociRaptor weiterkriechen. »Sie haben den Jungen irgendwo zurückgelassen, als sie zum Einkaufen gefahren sind. Ist er noch hier, erfährt seine Mutter davon und kreuzt früher oder später auf, um ihn zu holen.«

SECHSUNDZWANZIG

»Lass mich nicht mit diesen schrecklich großen Hunden allein«, sagte Jasperson, »bitte und danke dir.«

»Sie tun dir nichts«, versicherte Travis ihm. »Ich renne nur rüber und hole das Handy und bin gleich wieder da.«

»Ach, du meine Güte. Ach, du lieber Gott.«

»Keine Angst, dir passiert nichts.«

Duke und Queenie lagen eng beieinander: eine Ansammlung von Hundefell, nicht bedrohlicher als ein kleiner Läufer.

»Ich beeile mich«, versprach Travis.

Er trat in den Vorraum hinaus, und die Tür schloss sich hinter ihm, und er öffnete die äußere Tür.

Draußen auf der Straße fuhr langsam ein Monstertruck vorbei: ein auf Breitreifen rollender Dreiachser, glänzend schwarz lackiert und so cool wie irgendwas aus einem *Star-Wars*-Film.

SIEBENUNDZWANZIG

»... noch hier, erfährt seine Mutter davon und kreuzt früher oder später auf, um ihn zu holen«, sagt Dubose und beschleunigt.

»Und wir stellen ihr hundert Fallen«, sagt Jergen.

»Ja, aber ich würde nicht viel darauf wetten, dass sie in eine geht. Während wir auf sie warten, müssen wir weiter den Jungen suchen.«

»Glaubst du, dass sie sich stellt, wenn sie weiß, dass wir ihn haben? Ich meine, sie muss doch wissen, dass sie und er Injektionen bekommen, wenn wir sie nicht gleich beide liquidieren.«

»Nach intensivem Nachdenken über die Mutter-Kind-Bindung«, sagt Dubose wie ein ausgewiesener Hinterwäldler-Philosoph, »bin ich dafür, den kleinen Scheißer zu erledigen, wenn sie sich nicht binnen sechs Stunden stellt, sobald sie weiß, dass wir den Jungen haben. Das ist fast so, als würden wir die Schlampe selbst umlegen. Danach ist sie erledigt. Sein Tod bricht ihr das Rückgrat. Vielleicht bringt sie sich sogar selbst um und erspart uns Arbeit.«

Während die Dunkelheit herabsinkt, fahren sie ein paar Meilen schweigend weiter, während Jergen über die gnadenlose Unbarmherzigkeit seines Partners nachdenkt, die er widerstrebend bewundern muss. »Ich glaube, du hast recht, was den Jungen betrifft. Aber ich würde ihr nicht sechs Stunden Zeit lassen. Vielleicht zwei.«

ACHTUNDZWANZIG

In den Jahren des Goldrauschs war Placerville, das an der Ostflanke der Hauptader lag, als Old Dry Diggings bekannt. Dort herrschte solche Gesetzlosigkeit, dass die Behörden dazu übergingen, Schwerverbrecher paarweise aufzuknüpfen, worauf die Siedlung als Hangtown bekannt wurde. Heutzutage war es in Placerville ruhig.

Zwanzig Meilen außerhalb des Schneesturms hatte Jane die Schneeketten abnehmen lassen, als sie tankte. Jetzt fand sie ein Durchschnittsmotel, zahlte bar für eine Nacht und nahm ihr gesamtes Gepäck ins Zimmer mit. Der mit 210 000 Dollar gefüllte Aktenkoffer aus einer Titanlegierung, der Simon Yegg gehört hatte, verschwand unter dem Toilettentisch, der auf vier niedrigen Beinen stand.

Sie ging zu einem Supermarkt in der Nähe und bestellte an der Imbisstheke zwei Roastbeef-Sandwichs mit Provolone und Senf.

Die stämmige Frau, die ihre Sandwichs machte und einpackte, deutete ihre Stimmung richtig. »War wohl ein langer Tag, Schätzchen?«

»Hab schon bessere erlebt.«

»Doch hoffentlich keine Männerprobleme?«

»Nicht mehr.«

»Wer so hübsch ist wie Sie, sollte *denen* Probleme machen.«

»Das ist auch schon vorgekommen.«

In der Spirituosenabteilung suchte sie Wodka Belvedere und legte eine Halbliterflasche in ihren Einkaufskorb.

Im Motel füllte sie einen Eiskübel aus dem Eisbereiter in der Automatennische und kaufte zwei Dosen Diet Coke.

Wieder in ihrem Zimmer nahm sie die Elizabeth-Bennet-Perücke ab. Den Fake-Nasenring hatte sie irgendwo verloren, aber das war unwichtig. Anabel Claridge hatte sie in dieser Aufmachung gesehen, sie vermutlich sogar fotografiert, was bedeutete, dass sie nicht länger Liz sein konnte.

Sie zog sich aus und begutachtete die Wunde in ihrer linken Seite. Nicht weiter schlimm. Etwas angetrocknetes Blut. Einer der Stiche war ausgerissen. Aber die Wunde heilte gut, und sie hatte noch reichlich Antibiotika.

Nachdem sie heiß geduscht hatte, zog sie einen Slip und ein T-Shirt an. Sie mixte sich eine Wodka-Cola und setzte sich aufs Bett, um ihre Sandwichs zu essen: einen ganz, von dem anderen nur das Fleisch und den Käse.

Im Zimmer stand ein Fernseher, aber sie hatte keine Lust, ihn einzuschalten.

Der als Diebstahlssicherung auf dem Nachttisch angeschraubte Radiowecker bot eine Alternative. Sie fand einen

Sender, der eine Mariah-Carey-Retrospektive brachte. Diese sensationelle Stimme! »I Don't Wanna Cry» und »Emotions«. Und dann »Always Be My Baby«, »Love Takes Time», »Hero« und weitere.

Musik konnte einen auf Höhenflüge mitnehmen, Musik konnte einen vernichten, und manchmal konnte ein einziger Song beides.

Sobald sie aufgegessen hatte und ganz zur Ruhe gekommen war, wollte sie das Handy anrufen, das sie bei Gavin und Jessie zurückgelassen hatte.

Jane war beim zweiten Wodka, als ihr eigenes Wegwerfhandy klingelte. Sie schaltete den Radiowecker aus, griff nach dem Handy und nahm den Anruf entgegen. Sie hörte Travis fragen: »Mommy?«

Was auch passiert sein mochte, lag alles in diesem einen Wort, denn seit sie vor Monaten mit ihm aus ihrem Haus in Virginia geflüchtet war, hatte er sie nur Mom genannt, als verstehe er, dass ihm die Aufgabe zugefallen war, schnell erwachsen zu werden. Außerdem kannte sie ihn so gut, dass sie seinen Gemütszustand aus zwei Silben beurteilen konnte. Sie schwang die Beine zur Seite und setzte sich auf die Bettkante. »Was ist passiert, Sweetie?«

»Onkel Gavin und Tante Jessie sind einkaufen gefahren und nie mehr zurückgekommen.«

NEUNUNDZWANZIG

Jane in Placerville, das ihr wie ein Vorhof der Hölle erschien, weil Travis weit drunten im Borrego Valley war, ihr Motelzimmer jetzt ein Käfig, in dem sie rastlos, ziellos auf und ab tigerte, Schmerzen in ihrer Brust, als sei die Angst, die ihr das Herz abdrückte, eine Dornenranke, ein quälender Dämon, der sich von ihren Gedanken ernährte …

Sie kannte die ganze Story von Gavins Cousin Cornell Jasperson, brillant und höchst exzentrisch, eine Art Prepper, der auf alle möglichen Katastrophen vorbereitet, aber keineswegs verrückt war. Sie war mit seinem kleinen Haus als Zufluchtsort einverstanden gewesen. Aber sie hatte nie geglaubt, dass ein Augenblick wie dieser jemals kommen würde.

Travis würde dort für einige Zeit sicher sein. Für kurze Zeit. Zwei Tage. Vielleicht drei.

Außer Gavin und Jessie hatten Injektionen bekommen. Dann würden sie seinen Aufenthaltsort verraten.

Aber sie hatten keine bekommen. Sie würden sich nicht gefangen nehmen lassen. Sie wussten, was das bedeutete: Nanonetz-Versklavung.

Sie waren bestimmt tot. Sie waren nicht weniger ein Teil ihres Herzens als seine Muskelwände, und sie waren tot. Am Morgen würde es irgendeine Meldung über ihren Tod geben, irgendeine erfundene Story, die als einzige Wahrheit nur die Wahrheit ihrer Ermordung enthielt.

Jane wurde das Gefühl nicht los, für ihren Tod verantwortlich zu sein, weil sie die beiden für ihren Krieg angeworben hatte. Ja, sie hatten die Risiken gekannt, das stand außer Zweifel. Sie hatten diesen Kampf auch als ihren Krieg betrachtet, als den Krieg aller, die die Freiheit liebten und aus eigener Erfahrung wussten, dass das Böse real und unversöhnlich war. Hätten sie jetzt von jenem geheimnisvollen Ort, dessen ganze Wahrheit kein menschliches Wesen kannte, zu ihr sprechen können, hätten sie ihre Verantwortlichkeit bestritten, aber in ihrer Trauer litt Jane unter quälenden Schuldgefühlen.

Sie zog sich an und trat ins Freie und atmete in der frischen Nachtluft tief durch und stand von unterdrückter Energie zitternd da. Der Himmel blieb so bedeckt wie bei ihrer Ankunft.

Auch noch so viel Wodka würde ihr in dieser Nacht keinen Schlaf bringen können.

Sie wollte *jetzt* in Borrego Springs sein. Aber sie hätte keine größere Dummheit machen können, als sofort zu Travis zu fahren. Sie würde die ganze Nacht brauchen, um hinzukommen. Man würde sie erwarten, und sie würde erschöpft und leicht zu überwältigen sein. Sie brauchte einen Plan, um unentdeckt in das Tal zu kommen und es wieder zu verlassen. Als Agentin, die Serien- und Massenmörder aufgespürt hatte, und nun als angebliche Mörderin und Verräterin hatte sie nur überlebt, weil sie cool geblieben war. Aber dies … dies war die höchste Bewährungsprobe für ihre Klugheit und Stärke angesichts extremer Gefahren. Nicht nur ihr eigenes Leben, sondern auch das ihres Sohns hing jetzt davon ab, dass sie nicht heißblütig emotional reagierte.

Trotzdem wollte sie Travis näher sein, wenn auch nur ein kleines Stück, und sie wollte noch etwas anderes. Sie wollte Sterne.

Sie ging in ihr Zimmer zurück und legte das exzessive Augenmake-up und den blauen Lippenstift auf und setzte die schwarze Punkerperücke auf, weil das ihre schnellste Option war. Die anderen kannten jetzt zwar diesen Look, aber nicht den Namen Elizabeth Bennet; also konnte Jane ihn noch einmal benutzen.

Sie lud ihr Gepäck ein, gab den Zimmerschlüssel an der Rezeption ab und fuhr nach Westen, nach Sacramento und dann nach Süden in Richtung Stockton.

DREISSIG

Diese Erschöpfung hatte die Substanz eines realen Wesens, das vermummt in ihrem Genick hockte und dessen schwere Gewänder auf ihren Schultern lasteten. Es gab immer einen Augenblick, in dem eiserner Wille und ein entschlossenes Herz die Übermüdung von Geist und Körper nicht länger kompensieren konnten. Sie konnte vor Müdigkeit immer weniger klar sehen, bis sie – falls sie auf der Straße blieb – eine Gefahr für sich und andere darstellte.

Gegen 23.50 Uhr lösten sich in der Nähe von Stockton die Wolken auf. Noch weiter südlich, wo die Nacht die letzten Wolkenfetzen abwarf, fuhr Jane von der Interstate 5 ab und erreichte die Kleinstadt Lathrop, wo sie sich ein Zimmer für die Nacht nehmen würde.

Vor der Stadtgrenze hielt sie jedoch am Straßenrand, stieg aus und ging ein paar Schritte in eine Wiese hinein. Der Himmel war ein Meer aus Sonnen, die in dem ewigen Dunkel schwebten, das nur durch ihr Licht gemildert wurde. Die nächste aller Sonnen, die die Erde wärmte, stand schon seit Stunden unter dem Horizont. Wenn sie aufging, würde sie eine Welt voller Wunder zeigen, eine Welt, die mit solch natürlicher Schönheit in solch erstaunlicher Tiefe und Komplexität beschenkt worden war, dass jedes aufrichtige Herz darin eine Bedeutung ahnte und sich danach *sehnte*, sie zu erkennen. In der Nacht, wie sie jetzt war, und bei Morgenlicht gab es Männer und Frauen, die Musik machten, Gedichte und Romane schrieben, an neuen Medikamenten forschten, Kriege gegen die Mächte des Bösen führten, schwere und ehrliche Arbeit leisteten, Familien gründeten, liebten, betreuten und hofften. Ein Loch in der Erde, dessen Galerien als Museum für die Ausstellung von abscheulich grausamen Werken dienten – das war nicht die Wahrheit der Welt, wie Anabel behauptet hatte. Diese »Wahrheit« war eine Wahnvorstellung jener, für die das Leben nur ein Machtkampf war, die die Schönheit und die Wunder dieser Welt nicht sehen konnten oder wollten, die nichts Bedeutsames außerhalb des eigenen Ichs finden wollten, die dafür lebten, andere zu beherrschen, ihnen zu sagen, was sie tun und denken sollten, und es genossen, die Unnachgiebigen zu vernichten. Auch wenn die Weiterentwicklung der Technik ihnen letzten Endes die absolute Macht gewähren würde, nach der sie strebten, musste man ihnen trotzdem Widerstand leisten. Als das Universum geschaffen wurde und die Sterne zu leuchten begannen, wenn schon in diesem ersten Augenblick alles auf Tyrannei und Sklaverei abgezielt hatte, würde sie lieber verdammt sein, als solch eine Zukunft für sich und ihr Kind zu akzeptieren. Wenn die anderen sie zwangen, in Blut zu waten, und ihr nie erlaubten, eine friedliche Küste zu erreichen, würde sie trotzdem eine suchen, solange sie lebte. Und wenn sie weiter die höllische Transformation dieser Welt anstrebten, würde sie ihnen mit eigener Hand das Tor zur Hölle aufstoßen.

Und jetzt das Motelzimmer. Ein Kopfkissen. Erschöpfung und Trauer und Liebe und Dankbarkeit. Sofortiger Schlaf. Und mit Sonnenaufgang die Wunder und die Schrecken von allem.